BOULE DE FOUDRE

DU MÊME AUTEUR

LE PROBLÈME À TROIS CORPS (prix Hugo du meilleur roman 2015), Actes Sud, 2016 ; Babel n° 1579.
LA FORÊT SOMBRE, Actes Sud, 2017 ; Babel n° 1643.
LA MORT IMMORTELLE, Actes Sud, 2018 ; Babel n° 1725.
BOULE DE FOUDRE, Actes Sud, 2019 ; Babel n° 1782.
TERRE ERRANTE, Actes Sud, 2020.

Titre original :
球状闪电
Éditeur original :
Chongqing Publishing & Media Co., Ltd., Chongqing
（重庆出版传媒股份有限公司）

ISBN 978-2-330-15558-2

LIU CIXIN

BOULE DE FOUDRE

roman traduit du chinois
par Nicolas Giovanetti

BABEL

La description des propriétés et du comportement de la foudre en boule dans ce livre est basée sur des témoignages historiques authentiques.

PRÉLUDE

Ce jour-là, c'était mon anniversaire. Ce n'est cependant que le soir, lorsque j'ai vu mes parents allumer les bougies du gâteau d'anniversaire, et que nous nous sommes assis tous les trois autour de ces quatorze petites flammes, que je m'en suis souvenu.

C'était une nuit d'orage. L'univers entier semblait se réduire aux éclairs qui zébraient sans arrêt le ciel et à cette petite pièce. À l'extérieur, chaque fois que fulgurait la lumière bleue d'un éclair, les gouttes de pluie se figeaient brièvement dans une clarté absolue ; elles semblaient presque solides, tel un dense réseau de cristaux étincelants suspendu entre ciel et terre. Une idée m'est soudain venue à l'esprit : ce serait très amusant si le monde restait toujours comme ça. En sortant de chez soi, on marcherait tous les jours à travers un nuage de cristaux, qui bruisseraient autour de nous avec un doux son de clochettes. Mais comment un univers aussi finement ciselé pourrait-il supporter la violence du tonnerre et des éclairs ?… Le monde que je voyais avait toujours été différent du monde que voyaient les autres. J'essayais tout le temps de le faire changer de forme dans mon esprit. À cet âge, c'était la seule chose que je savais vraiment sur moi-même.

La tempête avait commencé à la tombée de la nuit. Depuis, les éclairs et le tonnerre n'avaient cessé de gagner en intensité. Au début, après chaque éclair, l'image de cet univers cristallin fugacement entrevu par la fenêtre restait imprimée dans mon esprit, et je guettais avec une extrême tension l'arrivée du prochain roulement de tonnerre. Mais les éclairs étaient maintenant trop nombreux, je n'arrivais déjà plus à déterminer quel coup de tonnerre correspondait à quel éclair.

C'est pendant ce genre de nuit de tempête que l'on réalise à quel point la famille et le foyer sont choses précieuses ; il suffit d'imaginer le monde effrayant et dangereux qui s'étend à l'extérieur pour se sentir comme enivré par la douce chaleur du foyer. Dans de tels moments, on éprouve une profonde compassion pour les âmes errantes qui grelottent à l'extérieur, sous la pluie et sous l'orage ; on a presque envie de leur ouvrir la fenêtre pour qu'elles se précipitent à tire-d'aile à l'intérieur. Mais le monde extérieur est si terrible, si effrayant, que l'on n'ose laisser le moindre souffle d'air troubler la douce chaleur du foyer.

— Ah, la vie…

Mon père a vidé d'un trait un grand verre d'alcool, les yeux fixés sur les petites flammes qui dansaient sur le gâteau d'anniversaire.

— Toujours changeante et imprévisible, pleine de hasards et de probabilités… Elle ressemble à une brindille flottant sur un ruisseau, tantôt arrêtée par un petit caillou, tantôt aspirée par un tourbillon…

— Il est encore jeune, il ne comprend pas ces choses, a dit ma mère.

— Il est bien assez grand ! a répondu mon père. Il arrive à l'âge où l'on doit savoir à quoi ressemble vraiment la vie !

— Et bien sûr, toi, tu sais… a dit ma mère avec un sourire moqueur.

— Bien sûr que je sais !

Mon père a encore vidé un demi-verre d'alcool et s'est tourné vers moi :

— En fait, fils, avoir une vie merveilleuse, ce n'est pas difficile. Écoute bien le conseil que je vais te donner. Choisis un problème mondialement connu pour sa difficulté, de préférence un problème mathématique qui ne demande qu'une feuille de papier et un stylo, comme la conjecture de Goldbach, ou le dernier théorème de Fermat. Ou même un problème de pure philosophie, qui ne demande ni papier ni stylo, comme l'origine de l'univers. Lance-toi corps et âme dans l'étude de ce problème, en ne pensant qu'au travail lui-même, jamais aux récompenses. À force de t'y absorber, avant même que tu ne t'en rendes compte, ta vie aura passé. Quand les gens parlent de trouver leur place dans le monde, ce n'est rien d'autre que cela. Ou à l'inverse, donne-toi pour seul but dans la vie de gagner de l'argent. Consacre chaque instant à réfléchir au meilleur moyen d'en gagner. Pas besoin de te demander à quoi il te servira ; au moment de ta mort, tu pourras faire comme le père Grandet, étreignant un tas de pièces d'or en répétant : "Ça me tient chaud…" Bref, la clé d'une vie merveilleuse, c'est de se trouver une passion. Moi, par exemple…

Mon père a fait un geste pour désigner les petites aquarelles accrochées un peu partout dans la pièce. Elles étaient de facture très classique, peintes avec minutie, dans les plus strictes règles de l'art ; mais aucun souffle ne les habitait. À la lueur des éclairs, elles ressemblaient à une foule de petits écrans clignotants.

— Je me suis pris de passion pour la peinture, même si je savais bien que je ne serais jamais Van Gogh.

— Oui, le cynique et l'idéaliste croient chacun que l'autre est malheureux. Mais en fait, ils ont tous les deux beaucoup de chance, a commenté ma mère d'un air pensif.

Mes parents, d'habitude si affairés tout au long de la journée, s'étaient soudain transformés en philosophes. On aurait dit que c'étaient eux qui fêtaient leur anniversaire.

— Maman, ne bouge pas ! ai-je dit à ma mère.

De sa chevelure aile de corbeau, j'ai détaché un cheveu blanc. Il n'était en fait qu'à moitié blanc, l'autre moitié était encore noire.

Mon père a levé le cheveu devant la lampe pour l'examiner. À la lueur des éclairs, il brillait comme le filament d'une ampoule.

— À ma connaissance, c'est le premier cheveu blanc de ta mère depuis sa naissance. En tout cas, c'est le premier qu'on découvre.

— Mais qu'est-ce que tu fabriques ! Quand on en arrache un, il en repousse sept ! s'est exclamée ma mère, rejetant ses cheveux en arrière avec colère.

— Ah, c'est la vie, a dit mon père.

Il a montré du doigt les bougies sur le gâteau :

— Imagine que tu emportes une petite bougie comme celle-ci au fond du désert de Gobi. Admettons qu'il n'y ait pas de vent, et que tu arrives à l'allumer. Ensuite, tu t'éloignes. Qu'est-ce que tu éprouverais en voyant scintiller au loin cette petite flamme ? Mon fils, c'est ça la vie, l'existence humaine : fragile et incertaine, incapable de résister au moindre souffle de vent.

Nous contemplions en silence les petites flammes des bougies. À les voir trembloter dans la froide lumière bleue jetée par les éclairs, nous avions l'impression d'observer une minuscule forme de vie, que nous aurions patiemment élevée depuis sa naissance.

Dehors, une nouvelle rafale d'éclairs a zébré le ciel.

C'est à ce moment qu'elle est arrivée. Elle a traversé le mur et émergé juste à côté d'une peinture représentant une bacchanale de dieux grecs, tel un esprit jaillissant du tableau. Elle avait la taille d'un ballon de basket, et brillait d'une lueur rougeâtre presque vaporeuse. Elle s'est élevée en flottant avec grâce au-dessus de nos têtes, laissant derrière elle une traînée d'un rouge sombre, sa trajectoire erratique dessinant au-dessus de nous des motifs complexes et fascinants. Elle émettait en flottant une sorte de cri, un sifflement grave sous lequel perçait cependant une plainte aiguë, comme un spectre soufflant dans un *xun** au cœur d'une antique lande désolée.

Effrayée, ma mère a agrippé mon père. Je l'ai détestée toute ma vie pour ce geste. Si elle n'avait pas fait ça, j'aurais peut-être encore un de mes deux parents aujourd'hui.

La sphère a continué à flotter, comme si elle cherchait quelque chose. Elle a fini par trouver, et s'est immobilisée cinquante centimètres au-dessus de la tête de mon père. Le sifflement est devenu grave et intermittent, comme un rire glacial.

À cet instant, j'ai pu voir l'intérieur de la chose – un brasier rouge et translucide, qui semblait d'une profondeur infinie. Du cœur insondable de ce gouffre brumeux, une myriade de petites étoiles bleues se déversaient continuellement, comme le ciel étoilé vu par un esprit désincarné fonçant à travers l'espace à la vitesse de la lumière.

Ce n'est que plus tard que j'ai appris que sa densité énergétique interne pouvait atteindre 20 000 à 30 0000 joules

* Le *xun*, instrument chinois très ancien, est une sorte de flûte sphérique en terre cuite, percée de neuf trous, connue pour ses sonorités graves et mélancoliques. *(Sauf mention contraire, toutes les notes sont du traducteur.)*

par centimètre cube, alors que la densité énergétique du TNT n'est que de 2 000 joules par centimètre cube. Et que même si sa température intérieure dépassait les 10 000 °C, sa surface était en fait froide.

Mon père a levé la main, non pas pour essayer de toucher la chose, mais pour se protéger la tête. Lorsque sa main s'est dressée dans les airs, elle a semblé exercer une sorte d'attraction sur la chose, comme une goutte de rosée se formant à la pointe d'une feuille.

Il y a eu une flamme blanche aveuglante, un bruit assourdissant, et le monde a explosé à côté de moi.

Lorsque l'aveuglement causé par le flash lumineux s'est dissipé, j'ai pu voir la scène qui allait me hanter tout le reste de ma vie. C'était comme si l'on avait pris une image en couleurs, et qu'on l'avait convertie en noir et blanc avec un logiciel de retouche photo. En une fraction de seconde, les corps de mon père et de ma mère étaient devenus entièrement noir et blanc – ou plus exactement d'un blanc grisâtre, car le noir n'était en fait que les ombres projetées par les reliefs de leurs corps à la lueur de la lampe. Tout le reste était blanc comme le marbre. Mon père avait encore la main levée ; ma mère était encore penchée vers lui, étreignant son bras de ses deux mains. Sur leur visage de statues, leurs yeux pétrifiés semblaient encore pleins de vie.

Dans l'air flottait une odeur étrange. Ce n'est que plus tard que j'ai appris que c'était celle de l'ozone.

— Papa ! ai-je crié.

Pas de réponse.

— Maman ! ai-je encore crié.

Pas de réponse.

Je me suis approché des deux statues, dans ce qui reste à ce jour le moment le plus terrifiant de mon existence. Auparavant, c'était en rêve que j'avais connu la plupart de mes effrois. Dans le monde des cauchemars, je n'avais jamais vraiment succombé à la panique, car une partie de mon subconscient était toujours restée vaguement éveillée, tandis qu'une voix me criait depuis un lointain recoin de ma conscience : "Ce n'est qu'un rêve !" Mais ce jour-là, il a fallu que cette voix hurle de toutes ses forces au fond de mon esprit pour que je continue à avancer. J'ai tendu une main tremblante vers le corps de mon père. Au moment où ma main a touché la surface grisâtre de son épaule, j'ai eu l'impression qu'elle passait à travers une coquille extrêmement fine et fragile. J'ai entendu un léger craquement, comme le bruit que fait un verre lorsqu'on y verse de l'eau bouillante en plein hiver. Les deux statues se sont effondrées devant mes yeux, comme une avalanche en miniature.

Deux petits tas de cendres blanches se sont formés sur le tapis. Il ne restait rien d'autre.

Les tabourets de bois sur lesquels ils étaient assis étaient encore là, couverts d'une couche de cendre. J'ai épousseté la cendre, et j'ai vu que la surface des tabourets était parfaitement intacte, et même froide au toucher. Je savais pourtant que les crématoriums doivent chauffer un corps humain à 2 000 °C pendant trente minutes pour le réduire en cendres. C'était donc un rêve.

J'ai regardé tout autour de moi, désemparé, et j'ai vu de la fumée s'échapper des portes vitrées de la bibliothèque. Celle-ci était remplie de fumée blanche. Je me suis approché et j'ai ouvert les portes. La fumée s'est dispersée, et j'ai vu qu'environ un tiers des livres avaient été réduits en cendres à l'intérieur, une cendre de la même couleur que les deux petits tas sur le tapis. Mais la bibliothèque elle-même ne portait pas la moindre trace de brûlure. C'était un rêve.

J'ai ensuite vu un filet de vapeur s'échapper du frigo à demi ouvert. Je me suis approché et j'ai ouvert la porte. À l'intérieur, un poulet surgelé était maintenant tout à fait cuit, dégageant un agréable fumet. Les crevettes et le poisson étaient cuits eux aussi. Mais le frigo lui-même était parfaitement intact ; je pouvais même entendre le bruit du compresseur qui venait de se mettre en marche. C'était un rêve.

Je me sentais moi-même un peu bizarre. J'ai ouvert ma veste, et une pluie de cendre s'en est échappée. Le débardeur que je portais sous ma veste avait été réduit en cendres, mais la veste elle-même était encore en parfait état, et je n'avais absolument rien senti. J'ai fouillé les poches de ma veste, et je me suis brûlé la main. J'ai extrait de ma poche ma console de jeux portable ; ce n'était plus qu'un amas de plastique calciné. C'était vraiment un rêve, un rêve décidément bien étrange !

Dans un état second, je suis retourné m'asseoir à ma place. Je ne voyais plus les deux petits tas de cendres sur le tapis de l'autre côté de la table, mais je savais qu'ils étaient là. Dehors, le tonnerre commençait à faiblir, les éclairs se faisaient moins nombreux. Puis la pluie s'est arrêtée, et plus tard encore, la lune est apparue entre les nuages, nimbant la pièce d'un halo argenté. J'étais toujours assis, sidéré. Le monde n'existait plus pour moi ; je flottais dans un vide informe et illimité. Je ne sais pas combien de temps s'est écoulé avant que le soleil levant ne me réveille. Encore hébété, je me suis levé, et je suis allé chercher mon cartable pour partir à l'école. Je l'ai cherché à tâtons, puis j'ai ouvert la porte, également à tâtons, car mon regard était toujours perdu dans le lointain.

Quand mon esprit s'est remis à fonctionner normalement, une semaine plus tard, la première chose dont je me suis souvenu, c'est que cette nuit-là c'était mon anniversaire. Mais sur le gâteau, il n'aurait fallu mettre qu'une seule bougie – non, pas même une seule bougie, en fait, car cette nuit-là avait été pour moi une seconde naissance. À dater de ce jour, je n'ai plus jamais été le même.

Comme me l'avait conseillé mon père dans les derniers instants de sa vie, je m'étais enfin trouvé une passion. J'allais pouvoir découvrir la vie merveilleuse dont il m'avait parlé.

I

L'UNIVERSITÉ

Cours obligatoires : mathématiques supérieures, mécanique théorique, mécanique des fluides, informatique fondamentale et appliquée, langages informatiques et programmation, météorologie dynamique, principes de météorologie, climat chinois, prévisions statistiques, prévisions météorologiques à moyen et long terme, prévision numérique du temps, etc.

Cours optionnels : circulation atmosphérique, analyse et diagnostic météorologique, pluies torrentielles et méso-échelles, prévision et prévention des orages, climat tropical, changement climatique et prévisions météorologiques à court terme, météorologie radar et satellitaire, pollution atmosphérique et climat urbain, climat des hauts plateaux, interactions climat-océan, etc.

Cinq jours plus tôt, j'avais réglé tout ce qui restait à régler à la maison, et je m'étais mis en route pour une ville du Sud, à plus d'un millier de kilomètres de chez moi, où j'allais faire mes études universitaires. En fermant pour la dernière fois la porte de la maison quasiment vide, je savais que j'y laissais mon enfance et mon adolescence. Désormais, je ne serais plus qu'un automate, attaché à poursuivre un seul et unique objectif.

En examinant la liste des cours qui allaient occuper les quatre prochaines années de ma vie, j'ai été un peu déçu. La plupart portaient sur des choses dont je n'avais pas besoin ; et certaines des choses dont j'avais le plus besoin, comme l'électromagnétisme ou la physique des plasmas, n'y figuraient pas. Je me suis dit que je m'étais peut-être trompé de spécialité ; j'aurais sans doute dû m'inscrire en physique, et non en sciences de l'atmosphère.

Je me suis rapidement mis à passer tout mon temps enfermé dans la bibliothèque. Je consacrais la totalité de mes journées aux mathématiques, à l'électromagnétisme, à la mécanique des fluides et à la physique des plasmas ; je ne suivais que les cours qui avaient un quelconque rapport avec ces sujets, et je séchais presque tous les autres. La vie haute en couleur du campus ne m'atteignait pas, et je ne m'intéressais pas à elle. Tous les jours, je ne rentrais à mon dortoir qu'à une ou deux heures du matin ; ce n'était qu'en entendant parfois un camarade de chambrée marmonner dans son sommeil le nom de sa petite amie que je me rendais compte qu'il existait un autre mode de vie que le mien.

Un soir, à minuit passé, j'ai levé la tête de l'épais volume sur les équations différentielles que j'étais en train d'étudier. Je pensais être le dernier étudiant dans cette salle réservée à la lecture nocturne, mais de l'autre côté de la table était assise une jolie jeune fille. Elle était dans ma classe et s'appelait Dai Lin. Aucun livre n'était posé devant elle ; elle tenait sa tête entre ses mains et elle me regardait. Même ses nombreux prétendants auraient eu bien du mal à trouver le moindre charme à ce regard : c'était le regard de quelqu'un qui vient de démasquer un espion, le regard que l'on porte sur un être étrange et différent. Je ne sais pas depuis combien de temps elle me regardait comme ça.

— Tu es vraiment quelqu'un de très particulier. On voit bien que tu n'es pas un rat de bibliothèque, tu as vraiment un but, m'a-t-elle dit.

— Ah ? Et vous autres, vous n'avez aucun but ? ai-je demandé nonchalamment.

J'étais peut-être le seul garçon de la classe à ne lui avoir jamais adressé la parole.

— Nos objectifs sont vagues et superficiels. Mais toi, tu cherches quelque chose de bien précis.

— Tu as un bon jugement sur les gens, ai-je répondu froidement, tout en me levant et en rangeant mon livre.

J'étais le seul à ne pas ressentir le besoin d'attirer sans cesse son attention, et j'en tirais un certain sentiment de supériorité.

— Qu'est-ce que tu cherches ? a-t-elle lancé dans mon dos alors que j'atteignais la porte.

— Ça ne t'intéresserait pas.

Je suis parti sans me retourner.

Dehors, dans la paisible nuit d'automne, j'ai regardé la voûte étoilée. J'ai eu l'impression d'entendre la voix de mon père descendre du ciel : *La clé d'une vie merveilleuse, c'est de se trouver une passion.* Ce n'était qu'à présent que je comprenais à quel point ses paroles étaient justes. Ma vie était semblable à un missile fendant les airs ; mon seul désir était de le voir exploser en touchant sa cible. Rien d'autre ne comptait. C'était un but dépourvu de toute considération pratique : l'atteindre signifierait simplement que ma vie était achevée. Je ne savais pas pourquoi je devais atteindre cet objectif – je voulais seulement l'atteindre, et cela me suffisait. C'est l'une des pulsions les plus fondamentales de l'humanité.

Le plus étrange était qu'à ce jour, je n'avais jamais consulté la moindre documentation à Son sujet. Elle et moi étions comme deux chevaliers qui passent leur vie à se préparer à un duel. Tant que je ne serais pas prêt, je n'irais pas à Sa rencontre, je ne Lui accorderai pas même une pensée.

Trois semestres ont passé en un clin d'œil. Cette période m'a laissé une impression de continuité monolithique ; elle n'avait pas été interrompue par les vacances, car je n'avais nul chez-moi où retourner, et je passais donc toutes mes vacances sur le campus. J'étais tout seul dans l'immense bâtiment des dortoirs étudiants, mais je n'éprouvais aucune solitude. Il n'y a que la veille du Nouvel An chinois, quand j'ai entendu le bruit des pétards à l'extérieur, que j'ai vaguement repensé à ce qu'était ma vie avant qu'Elle n'y fasse irruption – une vie qui me semblait déjà perdue dans un lointain passé. Pendant quelques nuits, dans le dortoir où l'on avait coupé le chauffage, le froid glacial a rendu mes rêves d'une extraordinaire vivacité. Un soir, j'ai même cru que mes parents allaient m'apparaître en rêve. Mais ils ne sont pas venus. Je me suis rappelé une légende indienne : après la mort d'une concubine qu'il aimait d'un amour fou, un roi décida de lui édifier un mausolée tel qu'il n'y en avait jamais eu en ce monde. Il consacra toute sa vie à la construction de ce mausolée. Lorsque celui-ci fut achevé, il contempla le cercueil de la concubine royale, placé au centre de l'édifice, et dit : "Ça ne va pas avec le reste. Enlevez-moi ça d'ici."

Le souvenir de mes parents s'était déjà évanoui dans le lointain. C'était Elle qui prenait maintenant toute la place au fond de mon cœur.

Mais ce qui s'est passé ensuite a rendu toute sa complexité au monde simplifié qui était devenu le mien.

PHÉNOMÈNES ÉTRANGES

À la fin de ma deuxième année, je suis rentré à la maison pendant les vacances d'été. Je voulais mettre notre vieille maison en location afin de subvenir à mes futurs frais de scolarité.

Il faisait déjà nuit quand je suis arrivé. J'ai ouvert la serrure à tâtons, j'ai poussé la porte et je suis entré. J'ai allumé la lumière, et un spectacle familier s'est présenté à mes yeux. La table sur laquelle nous avions posé le gâteau d'anniversaire, au cours de cette nuit d'orage, était toujours au milieu de la pièce. Trois chaises étaient encore disposées autour de la table, comme si j'étais parti la veille. Je me suis assis sur le canapé, épuisé. J'ai mesuré la pièce du regard, avec l'impression que quelque chose ne collait pas. Au début, c'était un sentiment très vague ; mais il a petit à petit commencé à se préciser, comme un récif indistinct émergeant du brouillard pendant une traversée, jusqu'à ce que je sois obligé de le regarder en face. J'ai finalement réussi à mettre le doigt sur la source de cette impression.

C'était comme si j'étais parti la veille.

J'ai examiné attentivement la table. Il y avait bien une fine couche de poussière à la surface, mais considérant que j'étais parti depuis deux ans déjà, elle était beaucoup trop fine.

J'avais le visage plein de sueur et de poussière, et je suis entré dans la salle de bains pour me laver la figure. Après avoir allumé la lumière, j'ai vu très clairement mon reflet dans le miroir. Beaucoup trop clairement : le miroir n'aurait pas dû être aussi propre. Je me suis rappelé avec clarté la fois où j'étais parti en vacances avec mes parents, alors que j'étais encore à l'école primaire. Nous n'étions partis qu'une semaine, mais à mon retour il y avait déjà assez de poussière à la surface du miroir pour que j'y dessine un petit bonhomme avec mon doigt. J'ai à nouveau tenté de dessiner quelques traits à la surface, mais mon doigt n'a pas laissé la moindre trace.

J'ai ouvert le robinet, un robinet en acier qui était resté fermé pendant deux ans. Il aurait dû s'en écouler une eau troublée par la rouille, mais l'eau qui a jailli était parfaitement claire.

Après m'être lavé la figure et être revenu dans le salon, j'ai remarqué quelque chose d'autre. Quand j'étais parti deux ans plus tôt, avant de fermer la porte, j'avais jeté un dernier regard à travers la pièce, craignant d'oublier quelque chose. Je m'étais aperçu qu'il restait un verre sur la table. J'avais un instant pensé le retourner, pour éviter qu'il ne prenne la poussière ; mais c'était trop d'effort que de rentrer à nouveau dans la pièce avec mon sac de voyage à l'épaule, et j'avais finalement renoncé. Je me rappelais nettement ce détail.

Mais sur la table, le verre était maintenant bel et bien retourné.

À ce moment-là, les voisins, qui avaient vu de la lumière, sont arrivés. Ils m'ont tous prodigué le genre de paroles amicales que l'on adresse à un orphelin parti à l'université, et m'ont promis de s'occuper pour moi de toutes les affaires ayant trait à la location de la maison. Si je ne pouvais pas revenir à la fin de mes études, ils m'aideraient même à la vendre à un bon prix.

— L'environnement a l'air de s'être amélioré depuis que je suis parti, ai-je dit au détour de la conversation, alors que nous parlions des changements survenus pendant ces deux dernières années.

— Amélioré ? Tu dois être myope ! La centrale à charbon à côté de l'usine de bière est entrée en service l'an dernier, on a deux fois plus de poussière que quand tu es parti ! Ha ! Ça n'existe plus, des endroits où l'environnement s'améliore !

J'ai regardé la surface de la table et sa trop fine couche de poussière. Je n'ai rien dit, mais quand ils se sont finalement apprêtés à partir, je n'ai pu m'empêcher de leur demander si l'un d'entre eux avait la clé de chez moi. Les voisins ont échangé des regards surpris ; ils m'ont tous assuré qu'il n'en était rien. Je les ai crus, car notre maison n'avait à l'origine que cinq jeux de clés au total. Il n'en restait que trois intacts ; et en partant deux ans plus tôt, je les avais tous emportés. J'en avais un sur moi, et les deux autres étaient dans le dortoir de mon université, bien loin d'ici.

Une fois les voisins partis, j'ai revérifié toutes les fenêtres. Elles étaient toutes bien fermées, il n'y avait aucune trace d'effraction.

Il y avait encore deux autres jeux de clés : ceux de mes parents. Mais ils avaient fondu au cours de cette nuit fatidique. Jamais je ne pourrais oublier la manière dont j'avais extrait ces bouts de ferraille tordus des deux tas de cendres qu'étaient devenus mes parents – deux clés qui avaient fondu avant de se solidifier à nouveau, et que je gardais maintenant dans mon dortoir, à mille lieues d'ici, comme un rappel constant de l'inconcevable énergie qui les avait tués.

Je me suis assis un instant et j'ai commencé à ranger les choses que je comptais entreposer ailleurs après avoir loué la maison, ou que je voulais emmener. J'ai commencé par ranger les aquarelles de mon père, l'une des rares choses dans cette pièce que je voulais vraiment garder. J'ai d'abord décroché les quelques tableaux accrochés au mur, puis ceux qui se trouvaient sur les étagères. J'ai fait de mon mieux pour n'en oublier aucun, les mettant tous ensemble dans un carton. À la fin, j'ai vu qu'il en restait un sur l'étagère du bas. Je ne l'avais pas remarqué tout de suite, parce qu'il était posé à plat, image vers le bas. Avant de le mettre dans le carton, j'y ai jeté un rapide coup d'œil, et mon regard s'est immédiatement figé.

C'était une peinture de paysage. Elle représentait la scène que l'on peut voir depuis l'entrée de notre maison, une scène d'une morne banalité : quelques vieux immeubles grisâtres de quatre étages, quelques rangées de peupliers blancs, qui avaient l'air à demi morts tellement ils étaient couverts de poussière... Mais mon père, peintre amateur de troisième zone, était paresseux : il allait rarement très loin pour peindre, et se contentait de dessiner inlassablement les mêmes paysages poussiéreux qui l'entouraient, affirmant avec emphase qu'il n'y avait pas de paysage ennuyeux, seulement des peintres médiocres. Mais il était justement ce genre de peintre : ces paysages déjà très ordinaires, une fois passés au filtre de sa technique sans âme, se voyaient ajouter une nouvelle couche de banalité, jusqu'à en devenir emblématiques de la vie quotidienne de cette terne ville du Nord. Le tableau que je tenais à présent à la main était exactement de ce type, identique à la plupart de ceux que j'avais déjà mis dans le carton : dépourvu de toute originalité. Mais une chose en particulier avait retenu mon attention dans le tableau : un château d'eau aux couleurs légèrement plus vives que les vieux immeubles gris qui l'entouraient, et qui s'élançait vers le ciel comme une immense fleur de volubilis. En soi, cela n'avait rien de bien extraordinaire. Ce château d'eau existait bel et bien : en levant les yeux, je pouvais voir par la fenêtre sa haute silhouette noire en forme de pagode se découper contre les lumières de la ville.

Sauf que ce château d'eau n'avait été construit qu'après mon entrée à l'université. Quand j'avais quitté la ville deux ans plus tôt, la structure était encore couverte d'échafaudages, et n'était qu'à moitié achevée.

J'ai été pris d'un violent frisson. Le tableau m'a échappé des mains, heurtant le parquet. C'était une chaude nuit d'été, mais un souffle glacial semblait avoir soudain envahi la maison.

J'ai fourré le tableau dans le carton, et j'ai bien refermé celui-ci. Je me suis mis à ranger d'autres affaires, m'efforçant de concentrer mon attention sur ce que j'étais en train de faire ; mais mon imagination se comportait à la manière d'une aiguille métallique suspendue au bout d'un fil, irrésistiblement attirée par l'aimant qu'était le carton. J'avais beau m'efforcer de tourner l'aiguille dans une autre direction, au moindre relâchement, elle était à nouveau attirée vers le carton. Dehors, il pleuvait ; les gouttes frappaient les vitres avec un léger staccato, et je n'arrivais pas à me débarrasser de l'impression que le bruit provenait du carton... N'y tenant plus, je me suis finalement précipité vers celuici, je l'ai ouvert, et j'en ai extrait le tableau. En prenant bien soin de le maintenir tourné vers le bas, je suis allé dans la salle de bains, j'ai sorti mon briquet, et j'ai allumé un des coins de l'aquarelle. Lorsque le feu a eu dévoré un tiers de la toile, je n'ai pu m'empêcher de la retourner une dernière fois. Le château d'eau avait l'air encore plus vivant qu'avant, comme s'il s'apprêtait à sortir du tableau. J'ai regardé la flamme l'engloutir, prenant une teinte étrange et fascinante à mesure qu'elle dévorait les pigments de l'aquarelle. J'ai jeté les restes qui achevaient de brûler dans l'évier ; je les ai regardés se consumer, et j'ai ouvert le robinet. L'eau a emporté les cendres. En refermant le robinet, mon regard s'est posé sur le rebord de l'évier, et j'ai remarqué quelque chose que je n'avais pas vu tout à l'heure en me lavant le visage.

Plusieurs cheveux. Des cheveux longs.

C'étaient des cheveux blancs. Certains étaient entièrement blancs, et se confondaient presque avec la couleur de l'évier. D'autres étaient à moitié blancs, et c'est leur partie noire qui avait attiré mon attention. Ils ne pouvaient pas avoir été laissés là deux ans plus tôt. Je n'avais jamais eu les cheveux aussi longs, et encore moins des cheveux blancs. J'ai délicatement soulevé un cheveu mi-blanc mi-noir.

Quand on en arrache un, il en repousse sept…

J'ai jeté le cheveu comme s'il m'avait brûlé la main. Il est lentement retombé en flottant. À ma grande surprise, il a dessiné dans son sillage une sorte de traînée formée par une succession de fugaces reflets de lui-même, comme si l'image du cheveu en train de tomber avait persisté sur ma rétine plus longtemps que la normale. Le cheveu n'a pas atteint le rebord de l'évier ; arrivé à mi-chemin, il s'est volatilisé dans les airs. J'ai cherché les autres cheveux sur le bord de l'évier. Ils avaient tous disparu sans laisser de trace.

Je me suis mis la tête sous le robinet et j'ai longuement laissé couler l'eau. Je suis revenu dans le salon, hébété, et je me suis assis sur le canapé, écoutant le bruit de la pluie à l'extérieur. La pluie tombait très fort maintenant, c'était une vraie tempête, mais il n'y avait ni éclair ni tonnerre. Les gouttes qui martelaient la vitre ressemblaient à une voix, ou au murmure d'une foule, comme si elles essayaient de me rappeler quelque chose. Après les avoir longuement écoutées, je me suis mis à imaginer ce qu'elles murmuraient. Elles répétaient encore et encore la même chose, et paraissaient de plus en plus réelles :

Cette nuit-là il y avait du tonnerre, cette nuit-là il y avait du tonnerre, cette nuit-là il y avait du tonnerre, cette nuit-là il y avait du tonnerre, cette nuit-là il y avait du tonnerre…

Une fois de plus, par une nuit de tempête, je suis resté assis dans la maison jusqu'à l'aube. Une fois de plus, je suis parti de chez moi dans un état second. Je savais que je laissais quelque chose derrière moi pour toujours ; et je savais que je ne reviendrais plus jamais.

FOUDRE EN BOULE

J'allais enfin devoir L'affronter, car à la rentrée commenceraient les cours portant sur l'électricité atmosphérique.

Ceux-ci étaient assurés par un professeur assistant du nom de Zhang Bin. Âgé d'une cinquantaine d'années, il n'était ni grand ni petit, portait des lunettes aux verres ni trop fins ni trop épais, parlait d'une voix ni trop basse ni trop forte. Ce n'était pas un bon professeur ; ce n'était pas non plus un mauvais professeur. Bref, c'était un homme parfaitement ordinaire, dont le seul trait distinctif était qu'il boitait légèrement. Mais c'était imperceptible tant que l'on n'y prêtait pas attention.

Ce jour-là, à la fin des cours de l'après-midi, il ne restait plus que Zhang Bin et moi dans l'amphithéâtre. Il était en train de ranger ses affaires sur l'estrade et ne m'avait pas remarqué. C'était la fin de l'automne, et le soleil couchant jetait des rayons de lumière dorée dans l'amphithéâtre. Une couche de feuilles jaunes s'était déposée sur le rebord de la fenêtre. Moi qui m'étais toujours senti indifférent à tout, j'ai soudain songé que c'était une saison idéale pour la poésie.

Je me suis levé et je me suis approché de l'estrade.

— Professeur Zhang, j'aimerais vous demander conseil sur un problème sans rapport avec le cours d'aujourd'hui.

Zhang Bin a levé la tête et m'a regardé. Il a opiné du chef et s'est remis à ranger ses affaires.

— Qu'est-ce que vous pouvez me dire sur la foudre en boule ?

Je prononçais enfin ces trois mots que j'avais toujours gardés enfouis au fond de moi, sans jamais oser les dire à voix haute.

Les mains de Zhang Bin ont cessé de s'affairer. Il a relevé la tête, mais sans me regarder ; son regard est resté fixé sur le soleil couchant à l'extérieur, comme si c'était de cela que j'avais parlé.

— Qu'est-ce que tu veux savoir ? m'a-t-il demandé après quelques secondes.

— Tout ce qu'il y a à savoir.

Parfaitement immobile, Zhang Bin continuait à regarder le couchant, laissant les rayons du soleil inonder son visage. La lumière était encore très vive à cette heure de la journée, et j'ai été étonné qu'il ne soit pas aveuglé.

— Les témoignages historiques, par exemple, n'ai-je pu m'empêcher d'ajouter.

— En Europe, elle est mentionnée par écrit dès le Moyen Âge. En Chine, le premier témoignage écrit relativement détaillé a été rédigé par Zhang Juzheng, sous la dynastie Ming*. Mais le premier compte rendu vraiment scientifique date de 1837, et la communauté scientifique ne la reconnaît comme un véritable phénomène naturel que depuis une quarantaine d'années.

— Et il existe des théories à son sujet ?

— Toutes sortes de théories, s'est contenté de répondre Zhang Bin, avant de se taire à nouveau.

* La dynastie Ming a régné sur la Chine de 1368 à 1644. Zhang Juzheng (1525-1582) était un homme de lettres et haut fonctionnaire impérial, qui a occupé le poste de Grand Secrétaire du gouvernement de 1572 à 1582.

Son regard s'est enfin détourné du soleil couchant, mais il ne s'est pas remis à ranger ses affaires. Il avait l'air plongé dans une intense réflexion.

— Quelles sont les théories traditionnelles ?

— On considère que c'est une sorte de plasma à haute température sous forme tourbillonnaire. La force centrifuge générée par sa vitesse de rotation interne atteint un point d'équilibre avec la pression atmosphérique externe, ce qui lui permet de rester stable pendant un intervalle de temps relativement long.

— Et il y en a d'autres ?

— D'autres théories estiment qu'il s'agit d'une réaction chimique qui se produit dans un mélange de différents gaz à haute température, qui lui permet de rester énergétiquement stable.

— Vous pouvez m'en dire plus ? ai-je demandé.

Le questionner me donnait l'impression de pousser une énorme meule de pierre qui n'avançait que par à-coups. D'habitude, Zhang Bin n'était pourtant pas comme ça.

— Il y a aussi la théorie maser-soliton. Selon cette théorie, la foudre globulaire serait engendrée par un maser naturel occupant un volume atmosphérique de quelques mètres cubes, et dont l'énergie correspond globalement à celle d'un laser de faible intensité. Dans un volume d'air très important, le rayonnement micro-onde conduit à la formation d'une onde solitaire dans un champ électrique local, donnant naissance à une boule de foudre visible.

— Et les théories les plus récentes ?

— Elles sont nombreuses aussi. Une théorie qui a suscité beaucoup d'attention est la théorie formulée par Abrahamson et Dinniss, de l'université de Canterbury, en Nouvelle-Zélande. Ils considèrent que la foudre en boule est essentiellement un réseau sphérique de microparticules de silicium en combustion. Les autres théories sont très variées. Certains pensent même qu'il s'agirait d'un phénomène de fusion nucléaire à température ambiante.

Zhang Bin s'est interrompu un instant, puis s'est enfin décidé à m'en dire plus de son propre chef :

— En Chine, à l'Institut des sciences atmosphériques de l'Académie des sciences, quelqu'un a postulé qu'il s'agissait d'un plasma atmosphérique. En partant des équations de la mécanique des fluides électromagnétiques, il a construit un modèle de soliton se propageant de manière circulaire dans une cavité résonante. Dans les limites d'une certaine plage de températures, son modèle permet en théorie d'obtenir toutes les conditions nécessaires à l'existence d'un plasma atmosphérique sous forme tourbillonnaire, c'est-à-dire d'une boule de feu.

— Et qu'est-ce que vous pensez de ces théories ?

Zhang Bin a lentement secoué la tête :

— Pour prouver leur exactitude, il faudrait obligatoirement arriver à produire une boule de foudre en laboratoire. Mais personne n'y est arrivé à ce jour.

— En Chine, combien y a-t-il de témoignages directs sur la foudre en boule ?

— Il y en a pas mal, peut-être plus d'un millier de cas. Le plus connu date de 1998. La chaîne CCTV tournait un documentaire sur la lutte contre les inondations du Yangtze, et pendant le tournage, l'équipe a filmé par hasard une image très claire d'une boule de foudre.

— J'ai une dernière question, professeur Zhang. Dans le milieu de la physique atmosphérique en Chine, est-ce qu'il y a des gens qui ont directement assisté à ce phénomène ?

Zhang Bin a à nouveau levé la tête vers le soleil couchant à l'extérieur.

— Oui.

— Quand ?

— Le cas le plus ancien remonte à juillet 1962.

— Et c'était où ?

— Sur le pic de l'Empereur de Jade, sur le mont Tai*.

— Et vous savez où se trouve maintenant ce témoin ?

Zhang Bin a secoué la tête et levé le bras pour regarder sa montre.

— Il est l'heure pour toi d'aller à la cantine.

Il a rassemblé ses affaires et s'est dirigé sans un mot vers la sortie.

Je l'ai rattrapé, et toutes les questions que je gardais enfermées au fond de moi depuis toutes ces années ont jailli comme un torrent :

— Professeur Zhang, pouvez-vous imaginer un corps ayant la forme d'une boule de feu, capable de traverser les murs sans difficulté, et de réduire quelqu'un en cendres en une fraction de seconde, alors même qu'il ne dégage aucune chaleur en flottant dans les airs ? Selon un témoignage, il aurait même incinéré un couple dans son lit pendant son sommeil, sans laisser la moindre trace de brûlure sur les couvertures ! Pouvez-vous l'imaginer entrer dans un frigo, et transformer en un instant tous les surgelés en aliments cuits et fumants, alors même que le frigo continue à fonctionner normalement ? Pouvez-vous l'imaginer consumer des vêtements à même la peau, sans que la personne qui les porte ne s'en aperçoive le moins du monde ? Les théories dont vous parlez, est-ce qu'elles sont capables d'expliquer tout ça ?

— Je t'ai dit qu'aucune de ces théories n'était prouvée, a dit Zhang Bin sans s'arrêter.

— Alors, sortons du champ de la simple physique atmosphérique : pensez-vous que dans la physique actuelle, ou

* Le mont Tai, ou Taishan, est situé dans la province du Shandong, près de la ville de Tai'an. C'est l'une des cinq montagnes sacrées de Chine. Son sommet, le pic de l'Empereur de Jade, culmine à 1 545 m.

même dans toutes les sciences en général, quelque chose puisse expliquer ce phénomène ? Vous n'êtes même pas un tout petit peu curieux ? L'indifférence dont les physiciens de l'atmosphère font preuve à ce sujet me sidère encore plus que de voir une boule de foudre !

Zhang Bin s'est arrêté. Il s'est retourné et pour la première fois il m'a regardé droit dans les yeux.

— Tu as vu une boule de foudre ?

— Ce… ce n'était qu'une métaphore.

Je me sentais incapable de confier mon secret le plus intime à l'homme froid et indifférent que j'avais devant moi. Ce genre d'apathie vis-à-vis des plus grands mystères de la nature a envahi toute la société ; dans le domaine scientifique, c'est devenu un véritable fléau. Si les gens comme lui étaient un peu moins nombreux dans le monde de la science, l'humanité aurait peut-être déjà atteint les étoiles…

— La physique atmosphérique est une science largement tournée vers les applications pratiques. La foudre globulaire est un phénomène extrêmement rare. Tellement rare que ni la norme internationale IEC/TC-81 de protection des bâtiments contre la foudre, ni les dernières "Normes architecturales de protection des bâtiments contre la foudre" publiées en Chine en 1993 ne l'ont prise en compte. Lui consacrer trop d'efforts ne présente donc que très peu d'intérêt.

Discuter avec ce genre d'individu ne sert pas à grand-chose. Je l'ai remercié et je suis parti. Mais à dire vrai, le seul fait qu'il eût admis l'existence de la foudre en boule représentait déjà un grand progrès. Ce n'est qu'en 1963 que la communauté scientifique a véritablement reconnu l'existence de ce type de foudre. Auparavant, tous les témoignages visuels avaient été rejetés comme de simples hallucinations. Mais un jour de 1963, le professeur Roger Jennison, spécialiste de l'électromagnétisme à l'université américaine du Kent, a vu de ses propres yeux une boule de foudre dans un aéroport de New York. La sphère présentait un diamètre de 20 cm environ ; elle a traversé un mur pour pénétrer dans un hangar, est passée à travers le fuselage d'un avion et est ressortie par le mur opposé avant de disparaître.

Le soir, pour la première fois, j'ai tapé *"ball lightning** *"* dans la barre de recherche de Yahoo. Je n'espérais pas grand-chose, mais la recherche a donné plus de quarante mille résultats. Pour la première fois, j'ai eu l'impression que la chose à laquelle je me préparais à consacrer mon existence intéressait l'humanité tout entière.

Un nouveau semestre a commencé, et un été brûlant est arrivé. Pour moi, l'été avait un intérêt supplémentaire : c'était la saison des orages. Cela me donnait l'impression de pouvoir me rapprocher d'Elle.

Un jour, Zhang Bin est venu me voir. Le cours qu'il nous donnait s'était achevé le semestre dernier, et j'avais quasiment oublié son existence. Il m'a dit :

— Chen, j'ai entendu dire que tu n'avais plus tes parents et que ta situation financière était assez difficile. Pendant les vacances d'été, il me manque un assistant pour un projet. Tu peux venir ?

Je lui ai demandé de quel projet il s'agissait.

— C'est une étude de paramètres pour les installations de protection contre la foudre d'une voie ferrée en cours de conception dans le Yunnan. Il y a aussi un autre objectif : de nouvelles normes antifoudre sont en train d'être définies au niveau national, dans le but de remplacer le coefficient de densité de foudroiement de 0,015 utilisé comme

* "Foudre en boule." En anglais dans le texte.

référent dans tout le pays par des coefficients différenciés en fonction des régions. Nous sommes chargés des relevés pour la région du Yunnan.

J'ai accepté. Ma situation financière n'était pas très confortable, mais elle restait supportable. Si j'ai accepté, c'est surtout parce que parce que c'était ma première occasion d'étudier concrètement la foudre.

Le groupe de travail comptait une dizaine de personnes, réparties en cinq équipes, qui avaient été déployées dans une zone assez étendue, chaque groupe étant séparé des autres par une centaine de kilomètres. L'équipe dont je faisais partie, outre un chauffeur et des assistants techniques, comportait trois membres à proprement parler : moi, Zhang Bin et un de ses étudiants de master, du nom de Zhao Yu. Une fois arrivés sur la zone à étudier, nous avons été logés dans une station météorologique du comté.

Le lendemain matin, il faisait très beau, et nous avons commencé notre première journée de travail en extérieur. Alors que nous étions en train de sortir le matériel de mesure de la pièce qui nous servait d'entrepôt provisoire pour le charger dans le véhicule, j'ai demandé à Zhang Bin :

— Professeur Zhang, à l'heure actuelle, existe-t-il des moyens d'explorer la structure interne de la foudre ?

Zhang Bin m'a jeté un regard pénétrant. Il savait de toute évidence à quoi je pensais.

— Du point de vue des besoins architecturaux actuels du pays, l'étude de la structure physique de la foudre n'est pas une tâche de première importance. Notre priorité est l'étude statistique de sa répartition à grande échelle.

Chaque fois que j'effleurais le sujet de la foudre en boule, même de manière aussi lointaine qu'aujourd'hui, il esquivait mes questions. Il était clair que cet homme avait en horreur toute recherche dépourvue de valeur pratique.

C'est Zhao Yu qui a répondu à ma question :

— Il existe peu de moyens efficaces. À l'heure actuelle, même la tension électrique d'un éclair est impossible à mesurer directement. On ne peut la calculer qu'indirectement, à partir de l'intensité du courant de foudre. Quant à l'instrument le plus couramment utilisé pour étudier la structure physique de la foudre, c'est celui-ci.

Il a désigné un tas de tubes posés dans un coin de l'entrepôt.

— Ça s'appelle un enregistreur magnétique. On l'utilise pour mesurer l'amplitude et la polarité du courant électrique d'un éclair. Il est fait d'un matériau capable d'une rémanence magnétique très élevée. Quand le fil conducteur qui se trouve à l'intérieur capture un éclair, le passage du courant de foudre génère un champ magnétique, et on peut ensuite calculer l'intensité et la polarité du courant électrique à partir du magnétisme rémanent de l'aimant. Celui-ci est un modèle en acier 60si2mn, mais il existe aussi des modèles à tube plastique, à cœur lamellaire ou à limaille de fer.

— Et nous allons nous en servir ?

— Bien sûr, sinon pourquoi on l'aurait amené ? Mais c'est pour plus tard.

La première étape de notre travail était d'installer un système de localisation de la foudre à travers toute la zone à étudier. Ce système consistait à répartir un peu partout un grand nombre de capteurs de foudre, qui renvoyaient des signaux vers un ordinateur central ; cela permettait de calculer le nombre d'éclairs, leur fréquence et leur répartition sur l'ensemble de la région, et de réaliser automatiquement des statistiques. En fait, le système se contentait de compter et de localiser les éclairs, sans se préoccuper des caractéristiques physiques de la foudre elle-même. Il ne m'intéressait donc pas du tout. Notre principale tâche était de poser les capteurs en extérieur. C'était un travail difficile et laborieux, qui se déroulait en pleine nature. Si nous avions de la chance, nous pouvions parfois fixer les capteurs à un poteau électrique ou à un pylône à haute tension ; mais la plupart du temps, il nous fallait ériger nos propres poteaux. Au bout de quelques jours, tous les assistants techniques ne cessaient de se plaindre.

Zhao Yu était quelqu'un qui ne s'intéressait à rien, et surtout pas à sa propre spécialité. Il paressait et procrastinait à la moindre occasion. Au début, il s'extasiait au moins sur les paysages de forêt tropicale qui nous entouraient, mais la nouveauté s'est rapidement émoussée, et après quelque temps, il semblait perpétuellement éteint. Mais il était d'un abord facile, et nous nous entendions bien.

Tous les soirs, en rentrant au chef-lieu du comté, Zhang Bin s'enfermait dans sa chambre et se plongeait dans le classement des données de la journée. Zhao Yu s'éclipsait dès qu'il pouvait, et me traînait boire un verre dans la très rustique rue principale du bourg local. Il n'y avait souvent pas d'électricité ; à la lueur hésitante des bougies, les vieilles maisons de bois vacillaient entre ombre et lumière, nous ramenant à une époque où les sciences de l'atmosphère, les sciences physiques et même la science en général n'existaient pas encore. Pendant un moment, j'en oubliais complètement le présent.

Un jour, alors que nous étions assis à la lumière des bougies d'un petit restaurant, légèrement embrumés par l'ivresse, Zhao Yu m'a dit :

— Si les habitants du fin fond de cette forêt vierge voyaient un jour ta foudre en boule, ils pourraient sans doute t'en donner une très bonne explication.

— J'ai demandé aux natifs. Ils en ont déjà vu, et cela fait longtemps qu'ils ont une explication : ce sont les lanternes des esprits, ai-je répondu.

— Et ça ne te suffit pas ? a-t-il déclaré en écartant les mains. C'est une explication parfaite. Ces histoires de plasmas, de solitons et de cavités résonantes n'ont pas forcément plus de choses à t'apprendre que cette théorie. Plus de modernité, c'est plus de complexité. Je n'aime pas la complexité.

— Un type comme toi, avec une attitude pareille, il n'y a bien qu'un prof comme Zhang Bin qui puisse te supporter, ai-je grogné avec dédain.

— Ne me parle pas de Zhang Bin, a dit Zhao Yu en agitant la main avec ivresse. Zhang Bin, s'il fait tomber ses clés, il ne va pas s'accroupir pour les chercher à l'endroit où il a entendu du bruit. Il va aller chercher un mètre et de la craie, il va dessiner un quadrillage sur le sol de toute la pièce, et il va se mettre à examiner chaque case l'une après l'autre…

Nous avons tous les deux éclaté de rire.

— Les gens comme lui ne savent faire qu'un seul type de travail, un travail qui tôt ou tard sera fait par des robots. La créativité, l'imagination, ce sont des choses qui n'ont aucun sens pour eux. Dans le monde académique, ils s'appuient sur une prétendue rigueur et sur un prétendu sérieux pour cacher leur indigence et leur médiocrité. Tu l'as vu toi-même, l'université est pleine de types comme ça. Mais il faut admettre qu'en cherchant case après case, ils finissent toujours par trouver quelque chose. C'est pour ça qu'au final ils ne s'en sortent pas trop mal dans leur domaine.

— Et Zhang Bin, qu'est-ce qu'il a trouvé ?

— Je crois qu'il a dirigé un programme de recherche et développement sur une sorte d'enduit antifoudre pour les lignes à haute tension. Les résultats obtenus n'étaient pas mauvais en termes de protection contre la foudre. En appliquant ce genre d'enduit sur les lignes à haute tension, on pouvait se passer du câble de garde qui court au-dessus des lignes. Mais l'enduit était trop cher à produire ; à grande échelle cela représentait en fait un plus gros investissement que d'utiliser des câbles de garde traditionnels, donc ça n'avait pas de réelle valeur pratique. Ça ne lui a rapporté que la publication de quelques articles de recherche, et un deuxième prix de la réussite scientifique de niveau provincial. À part ça, je ne crois pas qu'il ait accompli grand-chose.

Notre zone d'étude était une vallée encaissée, orientée dans le sens des vents, au fond de laquelle coulait une rivière. Constituée d'une bande d'alluvions isolée au milieu d'une vaste région rocheuse, elle présentait un sol à faible résistivité électrique. Elle contenait également des gisements de sel, et les nappes phréatiques étaient relativement élevées. Ces conditions naturelles faisaient de la zone un couloir d'orages typique.

Le réseau de localisation de la foudre n'avait pas encore été entièrement installé quand est arrivé notre premier grand orage. Sur la carte topographique affichée à l'écran de l'ordinateur portable, dans toute la zone où avait déjà été installé le système, des points rouges représentant les éclairs ont commencé à se multiplier. On aurait dit des gouttes de pluie s'abattant sur un désert. Je regardais l'écran, et j'imaginais à mon tour un système de localisation de la foudre en boule ; les points rouges de mon système n'auraient pas été statiques, ils auraient décrit des trajectoires aléatoires en flottant un peu partout à l'écran, comme des lucioles par une nuit d'été…

Le tonnerre et les éclairs semblaient rejouer cette nuit fatidique de mon enfance. Une fois de plus, je me trouvais dans une petite maison perdue au milieu de l'orage, et il n'y avait que trois personnes dans la pièce.

Cette fois-ci, Elle est apparue à l'extérieur de la fenêtre, dans le sillage aveuglant d'un éclair. Enfin, je La retrouvais ! La boule de lumière orangée était suspendue au milieu d'un brouillard pluvieux. L'eau qui ruisselait sur la vitre lui donnait l'air de trembloter. Je l'ai vue approcher en flottant. Elle s'est dirigée vers la porte de la maison, et elle est sortie de mon champ de vision. Mon sang s'est figé dans mes veines. Mon regard était fixé sur la porte. La porte s'est ouverte en claquant, et la boule de feu est apparue en plein milieu de l'encadrement. La sphère était surmontée d'un visage encapuchonné dans un imperméable. C'était le gardien de la station météorologique.

— Professeur Zhang, le directeur de la station m'a envoyé vous demander si le plafond prenait l'eau !

Cette nuit-là, je L'ai à nouveau revue en rêve. Cette fois, c'était une sphère de lumière d'un violet sombre, qui laissait dans son sillage une éclatante traînée verte. Elle flottait au-dessus de ma tête en émettant sa fantomatique mélodie flûtée. Comme ensorcelé, j'ai levé la main sans pouvoir m'en empêcher. Une force mystérieuse émanant de la sphère a englouti ma main, comme un tourbillon aspire une brindille dans un torrent. Il y a eu un éclair de lumière, et la sphère a disparu ; je flottais désormais dans un vide sans limite. Devant moi, je pouvais distinguer ma main réduite en cendres, dont la forme était cependant parfaitement préservée. À travers le vide ténébreux, un petit garçon s'est approché de moi en flottant. Il s'est arrêté à côté de moi, les yeux emplis de terreur, et a tendu la main vers moi. Au moment où son doigt s'apprêtait à toucher mon corps déjà changé en cendres, je me suis réveillé en hurlant. Zhang Bin et Zhao Yu se tenaient à côté de mon lit, m'observant d'un air inquiet.

Le projet est enfin arrivé à l'étape que j'attendais tant : la phase de mesure des paramètres physiques de la foudre. Nous sommes retournés travailler en extérieur pour installer une grande quantité d'enregistreurs magnétiques et d'antennes de capture de la foudre. Après chaque orage, nous allions récupérer les enregistreurs magnétiques frappés par la foudre pour en extraire les données. L'opération demandait d'extrêmes précautions : il fallait éviter les vibrations et se tenir à l'écart des lignes électriques et de toute autre source de champ magnétique, afin de ne pas influencer le magnétisme rémanent de l'enregistreur, ce qui en aurait perturbé la précision. On se servait ensuite d'un magnétomètre (qui était essentiellement composé d'une boussole ; l'inclinaison de l'aiguille nous permettait de déterminer l'intensité et la polarité du champ magnétique). Après avoir déchiffré les résultats, il fallait encore démagnétiser les enregistreurs à l'aide d'un démagnétiseur, puis les replacer à leur position d'origine en prévision du prochain orage.

Le travail que nous devions effectuer pendant cette phase était toujours aussi éreintant et monotone qu'auparavant, mais il m'intéressait beaucoup, car c'était la première fois que j'effectuais par moi-même des mesures quantitatives sur la foudre. Ce feignant de Zhao Yu s'en était rendu compte, et se montrait encore plus paresseux à la tâche : dès que Zhang Bin s'absentait, il me laissait faire tout le travail et partait pêcher dans la petite rivière qui coulait non loin de là.

Le courant de foudre enregistré par les capteurs magnétiques était en général d'environ 10 000 ampères. L'éclair le plus puissant que nous avons mesuré atteignait 100 000 ampères, ce qui nous a permis de déduire que son intensité électrique s'élevait à un milliard de volts !

— Dans des conditions physiques aussi extrêmes, qu'est-ce qui peut bien se produire, d'après toi ? ai-je demandé à Zhao Yu.

— Que veux-tu qu'il se produise ? m'a-t-il répondu avec dédain. L'énergie générée par une explosion atomique ou dans un accélérateur de particules est beaucoup plus importante que ça, et pourtant elle ne produit pas les trucs auxquels tu penses. La physique atmosphérique est une discipline très ordinaire, mais tu veux toujours absolument en faire quelque chose de mystérieux. Je suis tout le contraire de toi, je préfère rendre ordinaires les choses étranges.

Il a regardé le vert sombre de la forêt tropicale qui entourait la station météorologique :

— Mon vieux, va donc chercher ta mystérieuse boule de feu. Moi, je préfère vivre une vie ordinaire.

Il avait presque terminé ses études de master et n'avait pas l'intention de poursuivre en doctorat.

Nous sommes retournés à l'université et les cours ont repris. Pendant mon temps libre et mes vacances, j'ai encore participé à plusieurs projets dirigés par Zhang Bin. Son respect permanent du protocole et son manque de créativité m'insupportaient parfois, mais à part ça, c'était quelqu'un d'aimable ; il possédait une vaste expérience pratique, et surtout, son domaine d'étude était celui qui se rapprochait le plus de mes propres préoccupations.

C'est pour ces raisons qu'une fois ma licence obtenue, et l'examen d'entrée en master passé avec succès, je l'ai choisi comme directeur de mémoire.

Comme je m'y attendais, Zhang Bin a catégoriquement refusé que je choisisse la foudre globulaire comme sujet de recherche. Dans d'autres domaines, il était très accommodant, y compris lorsqu'il s'agissait de supporter un étudiant paresseux comme Zhao Yu ; mais sur ce point précis, il s'est montré absolument intraitable.

— Les jeunes gens ne doivent pas se consacrer à poursuivre des chimères, a-t-il déclaré.

— La foudre globulaire est un phénomène dont l'existence est objectivement reconnue par la communauté scientifique. En quoi est-ce une chimère ?

— Je te l'ai déjà dit : si même les normes internationales et les règlements nationaux n'en tiennent pas compte, à quoi sert-il de l'étudier ? En licence, tu pouvais te permettre d'aborder ta spécialité sous l'angle des sciences fondamentales. Tu as acquis des connaissances approfondies, mais dans un domaine très restreint. En master, tu ne pourras pas en faire autant.

— Professeur Zhang, la physique atmosphérique est presque une science fondamentale. Elle n'est pas seulement utile en matière d'ingénierie, elle a aussi pour mission de comprendre l'univers qui nous entoure.

— Mais dans notre pays, il est primordial de se mettre au service du développement économique.

— Admettons. Mais même ainsi, si les paratonnerres des entrepôts pétroliers de Huangdao avaient tenu compte de la foudre en boule, la catastrophe de 1989 aurait peut-être pu être évitée.

— Les causes du grand incendie de Huangdao en 1989 ne sont que des conjectures. Les recherches sur la foudre en boule elle-même sont encore plus conjecturales. À partir de maintenant, tu dois absolument éviter ce genre d'idées néfastes dans tes études.

Toute discussion était impossible. Mais je me préparais à consacrer ma vie entière à ma quête, et le sujet que j'étudierais pendant mes deux années de master n'était au fond pas très important. J'ai donc suivi le conseil de Zhang Bin, et j'ai fait mon mémoire sur le système de protection contre la foudre d'un centre informatique.

Après deux années sans événement, j'ai terminé avec succès mes études de master.

À dire vrai, pendant ces deux années, j'ai tout de même appris un tas de choses auprès de Zhang Bin. Sa rigueur technique, son expertise dans le domaine expérimental et sa riche expérience en matière d'ingénierie m'ont beaucoup apporté. Mais les choses essentielles dont j'avais besoin, je ne pouvais les obtenir auprès de lui ; cela, je le savais déjà deux ans auparavant.

J'ai aussi appris un certain nombre de choses sur la vie privée de Zhang Bin. Sa femme était décédée il y a longtemps. Il n'avait pas d'enfants. Il vivait seul depuis de nombreuses années et se mêlait très peu à la société. De fait, la monotonie de son existence avait quelques points communs avec celle de ma propre vie ; mais je trouvais que la seule raison valable de mener une telle existence était de se vouer à une quête qui dominait tout le reste – *avoir une passion*, comme aurait dit mon père, ou *avoir un but*, comme l'avait dit la jolie jeune fille qui m'avait parlé six ans plus tôt dans la bibliothèque. Zhang Bin n'avait quant à lui ni but ni passion, il se consacrait mécaniquement à des projets de recherche appliquée prosaïques et insipides, qu'il traitait comme un simple travail, et non comme un plaisir. Il faisait preuve de la même attitude dépassionnée envers les choses telles que la gloire ou l'argent. Vue sous cet angle, sa vie devait être d'un ennui torturant, et cela m'a amené à éprouver pour lui une sorte de compassion.

Je ne pensais absolument pas être prêt à résoudre l'énigme qui m'obsédait. Bien au contraire, tout ce que j'avais étudié au cours des six dernières années m'avait fait ressentir avec acuité à quel point j'étais faible et démuni face à Elle. Au début, j'avais jeté toute mon énergie dans l'étude de la physique ; mais j'avais ensuite découvert que la physique tout entière était en fait une vaste énigme : à ses frontières les plus extrêmes, même l'existence de l'univers finit par être remise en question. Par ailleurs, en admettant que la foudre en boule ne soit pas un phénomène surnaturel, les principes physiques nécessaires pour la comprendre ne devaient pas être d'un niveau particulièrement élevé : il suffisait de maîtriser les équations de Maxwell dans le domaine de l'électromagnétisme, et celles de Navier-Stokes dans celui de la mécanique des fluides (ce n'est que plus tard que j'ai réalisé à quel point mes idées étaient à ce moment superficielles et puériles). En même temps, toutes les structures connues à l'heure actuelle dans les domaines de l'électromagnétisme et de la mécanique des fluides étaient des structures somme toute très simples par rapport à la foudre globulaire. Si la foudre en boule était une structure complexe, capable de se maintenir dans un état d'équilibre, tout en respectant toutes les lois élémentaires de l'électromagnétisme et de la mécanique des fluides, sa description mathématique devait alors être extraordinairement complexe. C'était comme le jeu de go, dans lequel des pions noirs et blancs et un ensemble de règles très simples suffisent à engendrer le jeu le plus complexe au monde.

J'estimais donc que j'avais maintenant besoin de trois choses : les mathématiques, les mathématiques, et encore les mathématiques. Pour résoudre l'énigme de la foudre globulaire, des outils mathématiques complexes et avancés étaient absolument indispensables. Mais un bon nombre de ces outils étaient aussi difficiles à maîtriser qu'un cheval sauvage en train de ruer, et même si Zhang Bin estimait que mes compétences mathématiques dépassaient largement les besoins ordinaires de la physique atmosphérique, je savais que j'étais encore loin de pouvoir m'attaquer à la foudre en boule. Dès que l'on aborde des structures électromagnétiques et hydromécaniques complexes, les descriptions mathématiques deviennent d'une férocité inouïe, avec d'étranges équations aux dérivées semblables à des nœuds coulants, des matrices compliquées qui ressemblent à des pièges couverts de lames acérées.

Je savais qu'avant de pouvoir vraiment commencer mon enquête, il me restait encore énormément à apprendre. Je ne pouvais pas quitter tout de suite le milieu universitaire. J'ai donc décidé de faire un doctorat.

Mon directeur de thèse s'appelait Gao Bo. Il jouissait d'une solide renommée ; il avait obtenu son doctorat à l'Institut de technologie du Massachusetts. Il était l'exact opposé de Zhang Bin : la première chose qui avait attiré mon attention sur lui était son surnom, "Boule de feu". Par la suite, j'ai découvert que ce surnom n'avait aucun rapport avec la foudre en boule. Il venait peut-être de son esprit vif et de sa forte personnalité. Lorsque je lui ai parlé de mon intention de choisir la foudre en boule comme sujet de thèse, il a tout de suite accepté. À ce moment-là, c'était plutôt moi qui commençais à hésiter. En effet, le volet expérimental de ce type de recherches exigeait un générateur de foudre artificielle de grandes dimensions ; il n'existait qu'une seule machine de ce genre en Chine, et il était évidemment impossible qu'on me la confie pour ma thèse. Mais Gao Bo ne trouvait pas cela problématique.

— Écoute, m'a-t-il dit, les seules choses dont tu aies besoin, c'est un crayon et une feuille de papier. Ton objectif sera de construire un modèle mathématique de la foudre en boule. Il faut que ce soit un modèle cohérent, original du point de vue théorique, mathématiquement parfait, et capable d'être simulé par des moyens informatiques. Fais comme si tu bâtissais une œuvre d'art théorique.

Je n'ai pu m'empêcher de lui confier mes inquiétudes :

— Est-ce qu'un travail dépourvu de toute base expérimentale sera accepté ?

Gao Bo a fait un geste de la main :

— Et les trous noirs, ils sont acceptés ? À ce jour, on n'a pas la moindre preuve concrète de leur existence, mais regarde jusqu'où les astrophysiciens ont réussi à développer la théorie des trous noirs. Il y a un tas de gens qui gagnent leur vie grâce aux trous noirs. Au moins, la foudre en boule, on est certains qu'elle existe ! Ne t'inquiète pas – si ta thèse répond à mes exigences, mais est rejetée par le jury, je démissionne, et on ira voir ailleurs !

Par rapport à Zhang Bin, je trouvais qu'il tombait dans l'extrême inverse. Je n'aspirais pas à construire une œuvre d'art théorique. J'étais néanmoins très heureux d'être son élève.

Pendant les vacances précédant la rentrée, j'ai décidé de rentrer dans ma ville natale pour rendre visite aux oncles et aux anciens camarades de lycée qui n'avaient cessé de m'aider. Je me rendais compte qu'à l'avenir, j'aurais peut-être très peu d'occasions d'y retourner.

Mais lorsque le train est entré en gare de Tai'an, mon cœur a bondi dans ma poitrine. Je me suis soudain rappelé ce que Zhang Bin m'avait dit : un chercheur en physique atmosphérique avait vu de ses propres yeux une boule de foudre sur le pic de l'Empereur de Jade. Je suis donc descendu à mi-chemin, et je suis allé escalader le mont Tai.

LIN YUN

Le taxi m'a déposé devant la Porte céleste du Milieu*. J'avais d'abord pensé prendre le téléphérique jusqu'au sommet, mais en voyant l'interminable queue à l'entrée, j'ai finalement décidé de faire l'ascension à pied.

La montagne était noyée dans un épais brouillard. Des deux côtés, les arbres n'étaient que de vagues silhouettes sombres qui s'élançaient vers le haut avant de disparaître dans la brume. Au bord du chemin, des pierres gravées datant de diverses époques surgissaient régulièrement du brouillard, avant d'y être à nouveau englouties.

Depuis que j'étais allé au Yunnan avec Zhang Bin, je ressentais une sorte de frustration chaque fois que je me trouvais en pleine nature. J'avais du mal à croire que nos pauvres équations puissent un jour arriver à cerner les mystères infiniment complexes de ce monde changeant et plein de vie. Dans ces moments, une phrase prononcée par Einstein vers la fin de sa vie me revenait toujours à l'esprit : "La moindre feuille d'arbre à notre fenêtre nous montre à quel point la science des hommes est faible et puérile."

* Point d'accès situé à mi-parcours du chemin qui conduit au sommet du mont Tai, et à partir duquel il reste 3,5 km d'ascension le long d'un escalier très raide. Étant une montagne sacrée, le mont Tai est fréquenté par de nombreux touristes et pèlerins.

Mais ma frustration a rapidement cédé la place à la fatigue physique. Devant moi, les marches de pierre se succédaient à l'infini dans la brume, et la Porte céleste du Sud semblait suspendue quelque part dans la stratosphère.

C'est à ce moment que je l'ai vue pour la première fois. Ce qui a attiré mon attention, c'est le contraste qu'elle formait avec les autres gens que j'avais croisés. Sur la route qui grimpait vers le sommet, je rencontrais fréquemment des couples d'amoureux. La fille était toujours assise, épuisée, sur une marche de pierre, tandis que le garçon, debout à côté d'elle, essayait de reprendre son souffle, tout en l'encourageant à continuer. Chaque fois que j'avais dépassé quelqu'un, ou plus rarement quand quelqu'un m'avait dépassé, j'avais pu entendre qu'ils étaient hors d'haleine. Je m'efforçais de suivre le rythme d'un porteur devant moi ; son dos large et puissant, couleur de bronze, était ce qui me donnait la force de continuer. Soudain, une silhouette blanche nous a lestement dépassés, le porteur et moi. C'était une jeune fille vêtue d'une chemise blanche et d'un jean blanc, comme si elle était faite de brume condensée. Dans la file des grimpeurs qui progressaient marche après marche, la vitesse à laquelle elle montait attirait immédiatement l'attention. Elle avançait d'un pas agile et bondissant, sans donner la moindre impression de lourdeur ; et quand elle m'a dépassé, je n'ai entendu nulle respiration haletante. Elle s'est retournée pour jeter un regard derrière elle. Ce n'était pas moi qu'elle regardait, mais le porteur. Son regard était paisible et ne laissait pas transparaître la moindre fatigue – elle donnait l'impression que son corps mince était sans poids, que cette montée épuisante n'était pour elle qu'une promenade sur un boulevard ombragé. Après un instant, sa silhouette a disparu dans la brume.

Quand j'ai enfin atteint la Porte céleste du Sud, j'ai découvert que j'étais déjà au-dessus de la mer des nuages. Le soleil était en train de se coucher à l'ouest, teintant de ses reflets rouges l'océan de nuages qui s'étendait en contrebas.

Je me suis traîné d'un pas lourd jusqu'à la station météorologique du pic de l'Empereur de Jade. Quand je me suis présenté et que j'ai expliqué les raisons de ma venue aux gens de la station, ils n'ont pas eu l'air particulièrement étonnés. C'était une station météorologique célèbre, des chercheurs et des ingénieurs en sciences de l'atmosphère venaient sans cesse y faire toutes sortes de relevés. Le directeur de la station était occupé, il était déjà descendu de la montagne, mais ils m'ont présenté au directeur adjoint. En nous rencontrant, nous avons tous deux laissé échapper un cri de surprise. C'était Zhao Yu.

Depuis notre voyage au Yunnan, plus de trois années s'étaient écoulées. Quand je lui ai demandé comment il s'était retrouvé dans ce drôle d'endroit, il m'a dit :

— Je suis venu chercher le calme et la tranquillité. Le monde d'en bas, c'est vraiment que des emmerdes !

— Tu ferais mieux de te faire moine au temple de Dai.

— Ça fait longtemps que le temple n'est plus un endroit tranquille. Et toi ? Toujours en train de courir après le même fantôme ?

Je lui ai expliqué la raison de ma venue.

Il a secoué la tête :

— 1962, c'était il y a longtemps. Le personnel de la station a déjà changé plusieurs fois depuis, j'ai bien peur que personne ne soit au courant de cette histoire.

— Ce n'est pas grave, ai-je répondu. Si je veux en apprendre plus sur cette affaire, c'est parce qu'il s'agit du premier cas avéré en Chine dans lequel des chercheurs en physique atmosphérique ont vu de leurs propres yeux une boule de foudre. Mais ce n'est pas spécialement important, en fait. Je suis aussi monté pour me changer les idées. Peut-être que j'aurai la chance de voir un orage. En dehors du pic Jin dans les monts Wudang, c'est encore le meilleur endroit de Chine pour observer la foudre.

— Tu n'as rien de mieux à faire que d'aller observer la foudre ? C'est vraiment une obsession chez toi ! Ici, quand il y a un orage, les gens font tout pour l'éviter. Mais si tu veux vraiment en voir un, reste quelques jours, tu auras peut-être de la chance.

Zhao Yu m'a emmené dans ses quartiers. C'était déjà l'heure du dîner, et il a téléphoné à la cantine de la station pour se faire amener à manger – de fines galettes croustillantes du mont Tai, des oignons marinés gros comme des verres à thé, et même une bouteille de liqueur du mont Tai.

Le cuisinier est arrivé avec les plats et Zhao Yu l'a remercié. Alors que le vieil homme s'apprêtait à partir, Zhao Yu a soudain semblé se souvenir de quelque chose :

— Maître Wang, depuis quand travaillez-vous à la station ?

— Je travaille à la cantine depuis 1960. C'était une époque difficile. Vous n'étiez même pas encore né à l'époque !

Zhao Yu et moi nous sommes regardés en souriant, agréablement surpris.

Je me suis empressé de l'interroger :

— Et est-ce que vous avez déjà vu une boule de foudre ?

— Vous voulez dire… du tonnerre-qui-roule ?

— Oui ! C'est ça ! C'est son appellation populaire !

— Bien sûr que j'en ai vu. En quarante ans, j'en ai vu trois ou quatre fois, je pense.

Zhao Yu a sorti un verre supplémentaire, et nous avons cordialement invité le vieux Wang à s'asseoir avec nous. Tout en lui versant de l'alcool, j'ai continué à l'interroger :

— Vous vous souvenez du cas de 1962 ?

— Ne m'en parlez pas ! C'est la fois que je me rappelle le mieux, la fois où il y a eu un blessé !

Le vieux Wang a commencé à raconter :

— C'était fin juin, vers sept heures du soir, je crois. Normalement, en cette saison, il fait encore jour à cette heure. Mais ce jour-là, les nuages étaient tellement épais qu'on n'y voyait plus rien si on n'allumait pas les lampes. La pluie tombait à torrents, on aurait pu se noyer rien qu'en se tenant dessous ! Les éclairs tombaient encore et encore, sans arrêt...

— Sans doute un orage lié au passage d'un front, a commenté Zhao Yu à mon intention.

— J'ai entendu un coup de tonnerre. L'éclair qui venait de tomber était tellement brillant que même à l'intérieur j'ai été aveuglé. Dehors, j'ai entendu quelqu'un hurler qu'il y avait un blessé. Je suis sorti en courant pour aller aider. À l'époque, il y avait quatre types qui étaient venus faire des observations scientifiques à la station. C'est l'un d'entre eux qui avait été frappé par la foudre. Je l'ai traîné jusqu'à l'intérieur. Il avait les jambes qui fumaient, même que la pluie grésillait en tombant dessus, mais il était encore tout à fait conscient. C'est à ce moment que le tonnerre-qui-roule est entré, il est arrivé par la fenêtre ouest. La fenêtre était pourtant bien fermée ! Ça avait... Ça avait à peu près la taille de cette galette, et c'était rouge sang, ça éclairait toute la pièce d'une lumière rouge. La boule flottait à travers la pièce... aussi vite que ça ! a continué le vieux Wang en agitant son verre dans les airs.

Elle flottait par-ci par-là... C'est comme si j'avais vu un fantôme, j'avais tellement la trouille que j'en étais muet. Mais les savants, ils ont gardé leur calme, ils nous ont dit de ne surtout pas la toucher... La chose a continué à flotter, des fois elle allait jusqu'au plafond, des fois elle passait juste au-dessus du lit. Heureusement elle n'a touché personne. Finalement elle s'est engouffrée dans la cheminée, et a explosé avec un gros "boum" ! J'ai passé des années sur la montagne, et j'ai entendu des tas de coups de tonnerre. Mais je n'ai jamais entendu un bruit aussi terrible. Tellement violent que j'ai eu les oreilles qui sifflaient pendant plusieurs jours. Ça m'a esquinté l'oreille gauche, aujourd'hui encore je n'entends plus très bien. Toutes les lampes à huile de la pièce ont été soufflées, les globes des lampes et la doublure en verre des thermos ont éclaté en morceaux, et il y avait des traces de brûlure sur les draps du lit. Plus tard, quand on est sortis, on a vu que la cheminée sur le toit avait explosé !

— Et ces quatre chercheurs qui faisaient des relevés, ils venaient d'où ?

— Je ne sais pas.

— Comment ils s'appelaient ?

— Aïe, c'était il y a tellement longtemps… Je me souviens seulement de celui qui a été blessé, c'est moi qui l'ai porté avec deux autres gars de la station jusqu'à l'hôpital en bas de la montagne. Il était très jeune, je crois qu'il était encore étudiant. Une de ses jambes était tellement brûlée qu'elle ne ressemblait plus à rien. À l'époque il n'y avait pas de bon hôpital à Tai'an, ils ont dû l'envoyer à Jinan. Il est sûrement resté handicapé. Je crois qu'il s'appelait Zhang, Zhang quelque chose… Zhang-quelque chose-Fu.

Zhao Yu a brutalement reposé son verre sur la table :

— Zhang Hefu ?

— Oui, oui, c'est ça, Zhang Hefu. À l'hôpital de Tai'an, je me suis occupé de lui pendant deux jours. Après son départ il m'a écrit une lettre pour me remercier, une lettre de Beijing, je crois. Après je n'ai plus eu de nouvelles, je ne sais pas où il est maintenant.

— Il est à Nanjing. Il enseigne dans mon ancienne université. C'était notre directeur de maîtrise à tous les deux, a répondu Zhao Yu au vieux Wang.

J'ai failli lâcher mon verre :

— Quoi ?!

— C'est comme ça que Zhang Bin s'appelait avant. Il a changé de nom pendant la Révolution culturelle, parce que ça faisait trop penser à Khrouchtchev*.

Zhao Yu et moi sommes longtemps restés silencieux. C'est le vieux Wang qui a fini par rompre le silence :

— Ce n'est pas une si grosse coïncidence, vous travaillez tous dans le même domaine après tout. C'était un bon petit gars. Sa jambe lui faisait mal à en hurler, mais il passait quand même son temps à lire sur son lit. Je lui ai dit de se reposer un peu, mais il m'a répondu qu'il avait décidé de ne plus jamais gaspiller son temps, parce qu'il avait maintenant un but dans la vie. Il venait juste de le découvrir : il avait décidé d'étudier ce machin, il voulait même essayer d'en fabriquer.

— Fabriquer quoi ? ai-je demandé.

— Du tonnerre-qui-roule ! Ce que vous appelez la foudre en boule.

Zhao Yu et moi nous sommes regardés, stupéfaits.

Le vieux Wang n'avait pas remarqué notre expression et il a poursuivi :

— Il a dit qu'il voulait passer sa vie à étudier ce truc. On voyait bien que depuis qu'il avait rencontré le tonnerre-qui-roule sur la montagne, il était fasciné. Les gens sont comme ça, des fois sans savoir pourquoi ils deviennent obsédés par quelque chose, ils ne peuvent plus penser à rien d'autre. C'est comme moi, il y a vingt ans, un jour je suis allé chercher du bois pour la cuisine. J'ai tiré une grosse racine du tas de bois,

* "Hefu" ressemble à la contraction de "Heluxiaofu", transcription chinoise de "Khrouchtchev", avec qui la Chine était alors en froid. Ce genre de changement de prénom n'était pas rare pendant la Révolution culturelle, où les prétextes les plus futiles suffisaient parfois à accuser quelqu'un d'être un réactionnaire ou un ennemi du peuple.

je m'apprêtais à la jeter dans le feu, et puis j'ai tout à coup trouvé qu'elle ressemblait à un tigre. Je l'ai polie et repolie, je l'ai posée dans un coin, elle était vraiment jolie. Depuis, je suis passionné par la sculpture de racines. C'est à cause de ça que je suis resté ici même après l'âge de la retraite.

Ce n'est qu'à ce moment-là que je me suis aperçu que la chambre de Zhao Yu était en effet décorée d'un grand nombre de racines sculptées de toutes les dimensions. Il m'a expliqué qu'elles étaient toutes l'œuvre du vieux Wang.

Nous n'avons plus reparlé de Zhang Bin. Nous pensions tous les deux à cette histoire, mais elle nous avait frappés d'une manière qu'il était difficile d'exprimer en mots.

Après le dîner, Zhao Yu m'a emmené faire une visite nocturne de la station météo. Lorsque nous sommes passés devant l'unique fenêtre éclairée de la petite maison d'hôtes de la station, je me suis arrêté, surpris. À travers la fenêtre, je pouvais voir la fille vêtue de blanc. Elle était seule à l'intérieur. Les deux lits et la table de sa chambre étaient couverts de plans et de livres ouverts. Elle faisait les cent pas dans la pièce, comme si elle réfléchissait à quelque chose.

— Hé, sois poli, arrête d'espionner les gens !

Zhao Yu m'a poussé pour me faire avancer.

— Je l'ai vue pendant l'ascension, ai-je expliqué.

— Elle est venue faire des relevés sur la foudre. Avant son arrivée, le bureau météorologique de la province nous a prévenus, mais il ne nous a pas dit d'où elle venait. C'est sûrement un département important, ils prévoient d'amener leur matériel par hélicoptère.

Contre toute attente, j'ai eu droit à un orage dès le lendemain après-midi. Au sommet de la montagne, la violence de l'orage n'avait aucune commune mesure avec ce qui se produit en bas. On aurait dit que le mont Tai était devenu le paratonnerre de la planète et attirait à lui tous les éclairs de l'univers. Des étincelles jaillissaient sur le toit de la station, et l'on avait l'impression d'avoir tout le corps engourdi par les vibrations. Ici, il n'y avait quasiment aucun délai entre les éclairs et les roulements de tonnerre ; d'énormes craquements ébranlaient jusqu'à la moindre de nos cellules, et il nous semblait que la montagne allait se déchirer sous nos pieds, que notre âme allait être expulsée de notre corps et irait flotter au vent, terrifiée, sans nulle part où se cacher sous ce déluge d'éclairs aveuglants…

J'ai aperçu la fille de la veille. Elle se tenait à l'extrémité du couloir qui donnait sur l'extérieur. Des bourrasques chargées de grosses gouttes de pluie faisaient voler ses cheveux courts. Sa silhouette, si mince qu'elle en paraissait frêle, était tournée vers l'immense réseau d'éclairs qui striait les épais nuages noirs, aussi immobile qu'une statue au milieu des roulements de tonnerre assourdissants. C'était un tableau vraiment saisissant.

— Tu ferais mieux de te tenir à l'intérieur ! C'est dangereux, et en plus tu es trempée ! ai-je crié derrière elle.

Elle s'est arrachée à la contemplation fascinée des éclairs et a reculé de deux pas. Elle a tourné la tête pour me jeter un regard et m'a dit avec un sourire radieux :

— Merci. Tu ne me croiras peut-être pas, mais il n'y a que dans ce genre de moment que je me sens un peu en paix.

C'était étrange. Le fracas du tonnerre était si violent qu'il fallait hurler pour se faire entendre. Elle avait parlé tout doucement, mais comme par enchantement, sa voix douce perçait sans mal le vacarme, et je l'entendais parfaitement. Cette mystérieuse jeune fille m'intéressait soudain beaucoup plus que l'orage.

— Tu es vraiment spéciale, toi ! ai-je dit en toute sincérité.

— Il paraît que tu étudies l'électricité atmosphérique ? a-t-elle demandé sans réagir à ma remarque. Moi aussi j'étudie la foudre !

À ce moment-là, le bruit du tonnerre a un peu décru, il est devenu plus facile de discuter. Je lui ai demandé :

— Vous venez faire des relevés sur la foudre ?

Zhao Yu m'avait donné l'impression qu'il valait mieux ne pas lui demander à la légère pour qui elle travaillait, et je suis donc resté prudent.

— Oui.

— Vous voulez mesurer quoi au juste ?

— Le processus de formation de la foudre. Je ne veux pas rabaisser ta spécialité, mais dans le milieu de la physique atmosphérique, à l'heure actuelle, même des questions aussi simples que la manière dont se forment les éclairs dans les nuages d'orage divisent encore les opinions. Vous ne savez même pas clairement comment fonctionne un paratonnerre.

J'ai compris que même si elle n'était pas spécialisée en physique atmosphérique, elle avait au moins reçu une formation décente dans ce domaine. Elle disait vrai sur la formation des éclairs dans les nuages d'orage : il n'existait aucune théorie vraiment satisfaisante à ce sujet. Quant au principe du paratonnerre, c'était une question qui semblait peut-être à la portée d'un élève de primaire – mais d'un point de vue théorique, le phénomène n'était effectivement pas vraiment compris. Ces dernières années, on avait par exemple réussi à calculer avec précision la charge électrique qui se forme par effet de couronne autour de la pointe métallique d'un paratonnerre, et l'on avait découvert qu'elle était loin d'être suffisante pour neutraliser la charge accumulée dans un nuage d'orage.

— Vous faites donc de la recherche fondamentale.
— Mais notre but ultime est d'ordre pratique.
— Vous étudiez le processus de formation de la foudre… pour la supprimer artificiellement ?
— Non, pour la produire artificiellement.
— Produire… de la foudre ? Mais pour quoi faire ?
Elle m'a adressé un charmant sourire :
— Devine !
— Fabriquer des engrais azotés ?
Elle a secoué la tête.
— Réparer le trou de la couche d'ozone ?
Elle a de nouveau secoué la tête.
— Une nouvelle source d'énergie ?
Elle a fait non une nouvelle fois.
— Ah, bien sûr qu'on ne peut pas en faire une source d'énergie. Produire de la foudre demanderait encore plus d'énergie. Il ne reste alors qu'une seule possibilité, ai-je dit en plaisantant. Tuer des gens avec la foudre ?
Elle a acquiescé d'un hochement de tête.
J'ai éclaté de rire.
— Il va falloir travailler sur le problème de la visée, alors. La trajectoire de la foudre suit une ligne brisée complètement aléatoire.
Elle a poussé un léger soupir :
— Ça, on y réfléchira plus tard. Pour l'instant, nous sommes encore loin d'avoir résolu la question de la formation de la foudre. La foudre qui se crée dans les nuages d'orage ne nous intéresse pas. Notre but, c'est d'arriver à produire la catégorie très rare de la foudre sans orage, qui peut survenir même par beau temps. Mais c'est un phénomène très difficile à observer… Qu'est-ce qu'il y a ?
— Tu… tu es sérieuse ? ai-je demandé, hébété.
— Bien sûr ! Nous estimons que l'application pratique la plus utile de ce programme de recherche serait de créer un

système de défense antiaérienne en produisant un champ électrique de grandes dimensions au-dessus d'une ville ou d'un site à protéger. Dès que les appareils offensifs de l'ennemi entreraient dans la zone, ils attireraient immédiatement la foudre. Dans ce genre de configuration, le problème de précision dont tu parlais n'a aucune importance. Évidemment, en faisant du sol le second pôle du champ électrique, on pourrait aussi toucher des cibles terrestres, mais cela pose beaucoup d'autres problèmes… En fait, nous ne procédons pour l'instant qu'à une étude de faisabilité – nous jouons avec des concepts, nous essayons de revenir à la recherche fondamentale pour trouver de nouvelles idées. S'il s'avère que c'est vraiment faisable, la réalisation pratique devra être confiée à des organismes plus spécialisés, comme le vôtre.

J'ai poussé un soupir :

— Tu es dans l'armée ?

Elle s'est présentée. Elle s'appelait Lin Yun et était doctorante à l'université de la Défense nationale. Sa spécialité était les systèmes d'armes antiaériens.

L'orage s'est arrêté. Le soleil couchant a jeté une multitude de rayons dorés à travers les trouées nuageuses.

— Oh, regarde comme le monde a l'air neuf ! On dirait qu'il vient de renaître grâce à l'orage ! s'est exclamée Lin Yun avec une surprise ravie.

J'éprouvais le même sentiment, mais je ne savais pas si c'était à cause de l'orage ou à cause d'elle. En tout cas, je n'avais jamais rien ressenti de tel.

Le soir, Lin Yun, Zhao Yu et moi sommes sortis nous promener. Zhao Yu a rapidement dû retourner à la station à cause d'un appel. Lin Yun et moi avons continué à suivre un petit sentier de montagne, et nous sommes arrivés à la

Rue du Ciel*. Il faisait déjà nuit noire, et une nappe de brouillard indistincte flottait sur la promenade. Dans la brume, les lampadaires brillaient d'une vague lueur étouffée. Au sommet de la montagne, la nuit était d'un calme extraordinaire ; le vacarme du monde d'en bas semblait n'être plus qu'un lointain souvenir.

— C'est affreux, tu ne vas pas te sentir en paix ici, ai-je dit à Lin Yun.

Elle a eu l'air déroutée pendant un instant, mais a rapidement compris l'allusion et m'a répondu en souriant :

— Oh, non, c'est très paisible aussi, vraiment.

La brume s'est un peu dissipée, et quelques rares étoiles sont apparues dans le ciel. La lueur des étoiles s'est aussitôt reflétée sur ses pupilles limpides. J'ai contemplé avec ravissement les étoiles qui brillaient dans ses yeux, puis j'ai rapidement détourné le regard pour le reporter sur le véritable ciel étoilé. Si ma vie était un film, elle avait jusqu'à présent été un film en noir et blanc ; mais aujourd'hui, au sommet du mont Tai, elle était soudain devenue un film en couleurs.

Cette nuit-là, sur la promenade noyée de brume, j'ai confié mon secret le plus intime à Lin Yun. Je lui ai raconté cette cauchemardesque nuit d'anniversaire, toutes ces années auparavant, et je lui ai parlé de ce à quoi j'avais décidé de consacrer ma vie. C'était la première fois que je racontais ces choses à quelqu'un.

— Tu éprouves de la haine pour la foudre en boule ? m'a-t-elle demandé.

— Quels que soient les désastres qu'elle apporte, il est difficile d'éprouver de la haine pour une entité aussi mystérieuse, une entité que l'humanité entière n'est pas encore

* Promenade située non loin du sommet du mont Tai, bordée d'échoppes et de restaurants.

arrivée à comprendre. Au début, j'étais juste curieux ; mais à mesure que j'en apprenais davantage à son sujet, ma curiosité a commencé à changer de nature. Je suis devenu complètement fasciné. Tout au fond de moi, j'ai parfois l'impression qu'elle est une porte vers un autre monde, un monde dans lequel je pourrai enfin voir toutes ces choses splendides et mystérieuses dont je n'ai jamais cessé de rêver…

À ce moment-là s'est levée une brise légère, enivrante, et la brume s'est complètement dissipée. Dans le ciel de cette nuit d'été, un sublime océan d'étoiles est apparu, s'étirant jusqu'à l'horizon. Dans le lointain, au bas de la montagne, les lumières de la ville de Tai'an formaient un autre petit océan d'étoiles, comme un lac reflétant le ciel.

De sa voix douce, Lin Yun a commencé à réciter un poème :

Les lanternes de la rue scintillent au loin,
Comme d'innombrables étoiles brillantes.
Sur la voûte céleste apparaissent des astres étincelants,
Comme d'innombrables lanternes allumées…

J'ai continué à réciter avec elle :

Je pense qu'au fond de ce ciel brumeux,
Sans doute se tient un joli marché.
Toutes sortes d'articles sont sur les étals,
*Sans doute des merveilles jamais vues en ce monde**…

Des larmes ont coulé sur mes joues. Dans la splendeur de la nuit, le monde a un instant paru se déformer à travers

* Il s'agit des deux premières strophes d'un poème plus long, *Le Marché dans le ciel*, du célèbre écrivain chinois Guo Moruo (1892-1978).

le rideau de mes larmes, puis est devenu encore plus limpide qu'avant. J'ai compris que j'étais à la poursuite d'un rêve ; et j'ai compris à quel point en ce monde, la vie des gens comme moi était périlleuse. Même si ma propre Porte céleste du Sud n'émergeait jamais du brouillard, je continuerais tout de même à grimper à jamais. Je n'avais pas le choix.

ZHANG BIN

Mes deux années de doctorat ont passé très rapidement. Pendant cette période, j'ai construit mon premier modèle mathématique de foudre globulaire.

Gao Bo était un directeur de thèse brillant. Une de ses plus grandes qualités était sa capacité à stimuler la créativité de ses élèves. Sa passion pour la théorie était aussi extrême que son dédain pour les expériences pratiques, un dédain qui atteignait parfois des proportions insupportables. En conséquence, mon modèle mathématique est devenu une sorte de chimère boursouflée, dépourvue de la moindre assise expérimentale. Mais j'ai tout de même réussi ma soutenance, et ma thèse a reçu l'évaluation suivante : "A présenté ses idées de manière novatrice, en faisant preuve de compétences mathématiques solides et d'une grande adresse technique." Les lacunes rédhibitoires de mon modèle dans le domaine expérimental ont évidemment suscité beaucoup de discussions au cours de la soutenance. Vers la fin de la discussion, un des membres du jury m'a demandé sur un ton ouvertement insultant, provoquant les rires de l'assistance :

— Dernière question : combien d'anges peuvent se tenir sur la pointe d'une aiguille ?

Zhang Bin faisait partie du jury de soutenance. Il ne m'a posé qu'une seule question, sur un point de détail sans importance, et n'a pas vraiment formulé d'opinion. Pendant ces deux années, je ne l'avais jamais interrogé sur l'affaire du mont Tai. Je ne savais pas moi-même pourquoi ; je pressentais peut-être que cela l'aurait obligé à avouer un secret personnel très douloureux. Mais à présent, je me préparais à quitter l'université, et je ne pouvais m'empêcher d'essayer de tirer les choses au clair.

Je suis allé voir Zhang Bin chez lui, et je lui ai raconté toute l'histoire que j'avais entendue sur le mont Tai. Une fois mon histoire terminée, il est resté silencieux, fixant le parquet en fumant. Quand il a eu fini sa cigarette, il s'est levé avec lourdeur et m'a juste dit :

— Viens.

Il m'a emmené vers la porte toujours verrouillée qui se trouvait au fond de son appartement.

Zhang Bin habitait seul, dans un appartement de deux pièces ; mais l'intégralité de sa vie quotidienne semblait n'en occuper qu'une seule. La porte de l'autre pièce était toujours fermée à double tour. Zhao Yu m'avait un jour raconté qu'un de ses camarades de classe était venu le voir depuis une autre province. Il avait pensé à Zhang Bin et lui avait demandé s'il pouvait héberger son camarade pour une nuit, mais à son grand étonnement, Zhang Bin avait répondu qu'il n'avait pas la place. Pourtant, nous connaissions assez Zhang Bin pour savoir que même s'il se mêlait peu à la société, il n'était pas pour autant dépourvu de générosité. Zhao Yu et moi avions donc toujours trouvé que cette porte fermée avait quelque chose de mystérieux.

Zhang Bin a ouvert la porte. La première chose que j'ai vue, c'est une haute pile de cartons. Je l'ai contournée, et j'ai découvert d'autres cartons empilés un peu partout. À part les cartons, la pièce ne semblait rien contenir de particulier. Sur le mur opposé était accrochée la photo en noir et blanc d'une femme portant des lunettes. Elle avait les cheveux courts à l'ancienne mode ; derrière les verres de ses lunettes, son regard brillait d'une vive intelligence.

— Mon épouse. Décédée en 1971, m'a dit Zhang Bin en montrant la photo.

J'ai remarqué quelque chose de très étrange. Le maître des lieux faisait de toute évidence des efforts pour que la zone entourant la photo reste bien rangée ; les cartons étaient tous empilés à une certaine distance, laissant un espace vide en demi-cercle devant la photo. Mais à côté de celle-ci, un imperméable était suspendu à un clou – un de ces vieux imperméables de marin en toile cirée, de couleur vert sombre. Cela n'allait pas du tout avec le reste.

— Comme tu le sais déjà, après avoir vu cette boule de foudre sur le mont Tai, je suis devenu obsédé par ce phénomène. À l'époque j'étais encore étudiant de licence. Mon état d'esprit était en tout point identique au tien, je n'ai donc pas besoin d'en dire plus. J'ai d'abord commencé à chercher la foudre en boule au cœur des orages naturels. Je suis allé dans toutes sortes d'endroits. Par la suite, j'ai rencontré ma femme. Ce qui nous liait, c'était la foudre en boule. Elle aussi était une chercheuse passionnée, et nous nous sommes connus au milieu d'une tempête. Après quoi, c'est ensemble que nous avons continué notre quête. À l'époque, les conditions de vie étaient plus dures qu'aujourd'hui, il fallait presque tout faire à pied. Le soir, nous dormions la plupart du temps chez l'habitant ; nous avons souvent passé la nuit dans des temples en ruine, dans des grottes de montagne, parfois même à la belle étoile. Une fois, après avoir fait des relevés pendant une tempête en plein automne, nous avons tous les deux attrapé une pneumonie. C'était un endroit reculé, il n'y avait ni médecin ni médicaments. Elle est tombée gravement malade, elle a failli en mourir.

Nous avons croisé des meutes de loups, nous avons été mordus par des serpents venimeux, nous avons souvent eu faim, et plus d'une fois, la foudre est tombée tout près de nous. Nous avons continué nos observations en extérieur pendant dix ans ; au cours de ces dix années, je ne sais plus combien de routes nous avons parcourues, combien de souffrances nous avons endurées, combien de dangers nous avons affrontés. Pour mieux nous consacrer à cette entreprise, nous avons décidé de ne pas avoir d'enfants.

La plupart du temps, nous partions à deux. Mais quand elle était occupée par ses tâches d'enseignement ou de recherche, il m'arrivait aussi de partir tout seul. Une fois, dans le Sud, je suis entré par erreur sur le terrain d'une base militaire. En me voyant avec mon appareil photo et mes instruments de mesure, alors que la Révolution culturelle battait son plein, et comme en plus mes parents avaient jadis étudié en URSS, ils m'ont soupçonné d'être un espion. Sur la base de simples doutes, j'ai passé deux ans en prison. Pendant ces deux années, elle n'a jamais cessé d'aller faire des relevés de terrain.

Ce sont les habitants d'un village qui m'ont raconté les circonstances de sa mort. C'était pendant une grosse tempête. Elle était enfin tombée sur une boule de foudre et elle s'était mise à la suivre. Quand elle a vu que la boule allait traverser un torrent de montagne infranchissable, son empressement lui a fait oublier toute prudence. Elle a touché la sphère avec la perche de capture de foudre de l'enregistreur magnétique qu'elle tenait à la main. Après les faits, les habitants ont tous dit que c'était de la folie. Mais ils ne pouvaient pas comprendre ce qu'elle a dû ressentir au moment où, après avoir enfin trouvé la chose qu'elle pourchassait depuis dix ans, elle a soudain réalisé qu'elle allait perdre l'occasion de l'observer…

— Je comprends très bien, ai-je dit.

— Des témoins qui ont vu la scène de loin m'ont raconté la suite. La sphère s'est approchée du capteur de foudre, et a soudain disparu. Elle est en fait remontée à l'intérieur de la perche en passant par le fil conducteur et est ressortie à l'autre extrémité. À ce moment-là, ma femme était encore indemne. Mais finalement elle n'a pas échappé à la catastrophe : après être ressortie de la perche, la boule de feu a tourné plusieurs fois autour d'elle, et a explosé au-dessus de sa tête. Il y a eu une lumière aveuglante, et ma femme a disparu. À l'endroit où elle s'était tenue, les gens n'ont retrouvé que cet imperméable, parfaitement intact. Sous l'imperméable, il y avait un petit tas de cendres blanches. Les cendres ont en grande partie été emportées par la pluie, formant des petits ruisseaux blancs autour de l'imperméable…

J'ai regardé le ciré, en essayant d'imaginer l'âme jeune et obstinée qu'il avait jadis enveloppée. J'ai dit doucement :

— Elle est morte comme les navigateurs qui périssent en mer, ou les astronautes dans l'espace. C'était une mort appropriée.

Zhang Bin a doucement hoché la tête :

— C'est aussi ce que je pense.

— Et l'enregistreur magnétique ?

— Il était intact aussi. Je l'ai emmené au plus vite au laboratoire pour mesurer sa rémanence magnétique.

— Elle était de combien ? ai-je demandé nerveusement.

C'était une donnée unique au monde – la première mesure quantitative directe dans l'histoire des recherches sur la foudre en boule.

— Zéro.

— Quoi ?!

— Il n'y avait aucun magnétisme rémanent.

— Cela veut dire qu'aucun courant électrique n'est passé dans le fil conducteur. Mais alors, sous quelle forme la boule a bien pu remonter à travers la perche ?

Zhang Bin a fait un geste de la main :

— La foudre en boule présente bien trop de mystères, je n'ai pas envie d'en discuter ici et maintenant. Et comparé à certains des autres mystères qui l'entourent, celui-ci n'a en fait rien de bien extraordinaire. Je vais te montrer quelque chose d'encore plus incroyable.

Il a extrait un carnet de notes à couverture plastifiée d'une des poches de l'imperméable.

— C'est ce qu'elle avait dans la poche de son imperméable au moment de sa mort, a-t-il expliqué.

Avec d'infinies précautions, il a posé le carnet sur un carton, comme s'il s'agissait d'un objet fragile :

— Il faut le feuilleter délicatement.

C'était un carnet tout ce qu'il y a de plus ordinaire. La couverture était ornée d'une image de la place Tiananmen, à demi effacée par les frottements. J'ai délicatement ouvert le carnet. Sur la page de garde jaunie par le temps, quelqu'un avait tracé d'une écriture élégante :

La porte d'entrée de la science est la porte d'entrée de l'enfer (Karl Marx).

J'ai levé la tête et regardé Zhang Bin. Il m'a fait signe de continuer. J'ai tourné la première page et j'ai compris pourquoi il m'avait demandé d'être délicat. La première page avait brûlé et était partiellement tombée en cendres. J'ai délicatement tourné la page calcinée ; la page suivante était intacte, on pouvait encore y lire clairement une série de mesures chiffrées, alignées d'une écriture serrée, comme si elles avaient été écrites la veille.

— Continue, m'a dit Zhang Bin.

La page 3 était aussi brûlée.

La page 4 était parfaitement intacte.

La page 5 était brûlée.

La page 6 était intacte.

La page 7 était brûlée.

La page 8 était intacte…

J'ai continué à feuilleter le carnet. Il n'y avait jamais deux pages brûlées d'affilée, ni deux pages intactes d'affilée. Certaines des pages brûlées avaient entièrement disparu, il n'en restait qu'une mince bordure calcinée le long de la reliure ; mais les pages intactes qui les entouraient de part et d'autre ne portaient pas la moindre trace de brûlure. J'ai relevé la tête, regardant Zhang Bin d'un air stupéfait.

— Est-ce que tu me crois ? Je n'ai jamais montré ce carnet à personne. Ils auraient certainement pensé que c'était un canular, m'a-t-il dit.

— Oui, professeur Zhang, je vous crois, ai-je répondu en le regardant.

Alors, pour la deuxième fois, j'ai raconté à quelqu'un la terrible nuit d'anniversaire de mes quatorze ans.

Après avoir écouté mon histoire, Zhang Bin a dit :

— Je me doutais plus ou moins que tu avais déjà vécu une expérience liée à la foudre en boule. Mais je ne pensais pas que c'était quelque chose d'aussi terrible… Puisque tu as vu tout cela de tes propres yeux, tu dois te rendre compte que c'est vraiment stupide d'étudier la foudre en boule.

— Je ne comprends pas. Pourquoi ?

— En fait, moi-même je ne l'ai compris que très tard. Pendant les trente dernières années, je ne me suis pas contenté d'aller chercher la foudre en boule au milieu des orages. J'ai dépensé encore plus d'énergie à l'étudier du point de vue théorique. Plus de trente années ! Je te passe les détails, tu n'as qu'à regarder par toi-même…

Il m'a montré du doigt les grands cartons qui nous entouraient.

J'ai ouvert deux des cartons les plus lourds. Ils étaient remplis à ras bord de manuscrits couverts de calculs mathématiques. J'en ai extrait deux cahiers, et j'ai parcouru le dense alignement de matrices et d'équations aux dérivées partielles. J'ai relevé la tête et j'ai regardé autour de moi. Il y avait encore une dizaine de cartons, qui formaient presque un petit mur. La quantité de travail qu'il avait fournie en trente ans m'a fait froid dans le dos.

— Et sur le plan expérimental, qu'est-ce que vous avez fait ? ai-je demandé.

— Pas grand-chose. Comme les moyens de l'époque étaient limités, ce genre de recherches pouvait difficilement obtenir de gros financements. Mais la principale raison, c'est qu'aucun de ces modèles mathématiques ne mérite d'être testé sur le plan expérimental. Il n'y en a pas un seul qui tienne la route du point de vue théorique. Chaque fois que j'arrivais à la fin, je me rendais compte que j'avais fait fausse route dès le début… Mais même en admettant que l'on arrive à construire un modèle mathématique intrinsèquement cohérent, ce serait encore loin d'être suffisant pour produire de la foudre en boule en laboratoire.

— Vous travaillez encore à ces recherches ?

Zhang Bin a secoué la tête :

— J'ai arrêté il y a quelques années. Par le plus grand des hasards, c'était l'année où tu es venu me poser des questions sur la foudre globulaire. Cette année-là, la nuit de Nouvel An, j'étais encore empêtré dans des calculs sans espoir. Dehors, j'ai entendu l'horloge sonner la nouvelle année, et les étudiants pousser des cris de joie. Tout à coup j'ai réalisé que ma vie était quasiment finie, et je me suis senti écrasé par un chagrin que je n'avais encore jamais connu. Je suis venu dans cette pièce, comme je l'avais fait tant de fois par le passé. J'ai sorti le carnet de la poche du ciré, je l'ai délicatement feuilleté, et c'est à ce moment-là que j'ai enfin compris la vérité.

— Quelle vérité ?

Il a ramassé le carnet et l'a doucement tenu devant sa poitrine :

— Regarde bien ceci et rappelle-toi cette nuit de tempête, le jour de tes quatorze ans. Tu crois vraiment que tout ça peut être expliqué par les lois de la physique actuelle ?

Je ne savais que répondre.

— Nous sommes des hommes ordinaires. Même si nous faisons plus d'efforts que les gens du commun pour essayer de trouver des réponses, nous sommes tout de même des hommes ordinaires. Nous ne pouvons que travailler à l'intérieur du cadre des théories scientifiques établies. Il est impossible de faire un seul pas en dehors de ces limites, car ce serait comme de s'aventurer dans un vide sans oxygène ; mais à l'intérieur de ce cadre, nous ne pouvons parvenir à aucune conclusion.

En l'entendant parler ainsi, j'ai à nouveau ressenti l'impuissance que j'avais éprouvée sur le sentier brumeux du mont Tai.

Zhang Bin a continué :

— J'ai reconnu en toi celui que j'étais dans ma jeunesse, et j'ai fait tout ce que j'ai pu pour t'empêcher de t'engager sur cette voie dangereuse. Mais je savais que c'était peine perdue, et que tu continuerais sur cette pente. Ce que j'essaie de dire, c'est que j'ai déjà fait tout ce que je pouvais.

Il s'est tu et s'est assis sur un carton avec un air las.

— Professeur Zhang, vous devez juger votre travail à sa juste valeur – vous avez consacré tous vos efforts à la chose qui nous obsède, et c'est déjà bien assez. C'est aussi une forme de réussite, ai-je dit.

— Merci pour ces paroles de réconfort, a-t-il répondu d'une voix faible.

— Je le dis aussi pour moi. Quand j'aurai votre âge, c'est aussi comme ça que je me consolerai.

Zhang Bin a de nouveau désigné les cartons qui nous entouraient :

— Tu peux emporter tous ces cartons. Il y a aussi quelques disquettes. Tu pourras y jeter un œil si ça t'intéresse. Si ça ne t'intéresse pas, tant pis… De toute manière tout cela ne rime à rien. Ce carnet, tu peux le prendre aussi. Le seul fait de le voir me terrifie.

— Merci ! ai-je répondu, la gorge serrée par l'émotion.

J'ai désigné la photo accrochée au mur :

— Est-ce que je peux la scanner ?

— Bien sûr. Mais pour quoi faire ?

— Peut-être le monde entier saura-t-il un jour qu'elle a été la première personne à mesurer directement la foudre en boule.

Zhang Bin a délicatement décroché la photo du mur et me l'a tendue :

— Elle s'appelait Zheng Min, de la promotion 63 du département de physique de l'université de Pékin.

Le lendemain, j'ai déménagé tous les cartons de l'appartement de Zhang Bin jusqu'à mon dortoir, qui s'est mis à ressembler à un entrepôt. Pendant les jours suivants, j'ai lu jour et nuit les manuscrits qu'ils contenaient. Je ressemblais à un alpiniste débutant qui vient d'arriver, épuisé, en haut d'un sommet qu'il croyait encore vierge – pour découvrir autour de lui les tentes laissées par ses prédécesseurs, et les traces du chemin qu'ils ont emprunté pour poursuivre leur ascension. J'en étais déjà à la lecture du troisième modèle mathématique de foudre en boule construit par Zhang Bin. Chacun était un chef-d'œuvre de virtuosité. L'un d'entre eux suivait la même approche que ma thèse de doctorat – mais il avait été conçu dix ans plus tôt. Ce qui me faisait plus honte encore, c'est que Zhang Bin indiquait dans les dernières pages du manuscrit les erreurs de ce modèle – des erreurs que ni moi, ni Gao Bo, ni aucun des autres membres du jury n'avions repérées. La plus grande partie des manuscrits contenait cependant des modèles mathématiques incomplets, Zhang Bin ayant réalisé en cours de route qu'il s'était engagé dans une impasse.

Le soir, alors que j'étais encore immergé dans des piles de feuillets, Gao Bo est venu me voir. Il a mesuré du regard les montagnes de manuscrits couverts de calculs qui s'empilaient dans ma chambre et a hoché la tête :

— Eh bien ! Tu veux vraiment faire comme lui, et passer toute ta vie à ça ?

— Professeur Gao… ai-je commencé en riant.

Il a agité la main :

— Je ne suis plus ton professeur. Dans quelque temps, nous serons peut-être même collègues.

— Dans ce cas, ce que j'ai à vous dire sera d'autant plus facile. Pour être honnête, je n'ai jamais rencontré personne d'aussi brillant que vous, je le dis sans flatterie. Par contre, excusez ma franchise, mais je trouve que vous manquez de persévérance. Par exemple il y a quelque temps, le projet de dispositif paratonnerre CAO – c'était un très bon projet, il suffisait de quelques efforts pour le terminer. Mais vous avez juste fait le travail de développement préliminaire, et vous avez passé le problème à quelqu'un d'autre.

— Ha ! Ce genre de persévérance, c'est comme passer sa vie entière sur une seule et même chose, ça ne correspond plus aux tendances actuelles. Maintenant, en dehors de la recherche fondamentale, tous les projets doivent être des frappes éclair. D'ailleurs, j'étais justement venu te donner une nouvelle preuve de mon manque de persévérance… Tu te souviens de ce que je t'avais dit ? Que si ta thèse n'était pas acceptée, je démissionnerais ?

— Mais elle a été acceptée.

— Et je vais quand même démissionner. Tu comprends maintenant que ma promesse n'était qu'une ruse !

— Et vous allez où ?

— On m'a proposé la direction de l'Institut de recherche sur la foudre de l'Académie des sciences de l'atmosphère. L'université, ça me fatigue déjà ! Et toi, tu as des projets pour l'avenir ? Viens avec moi !

J'ai répondu que j'allais y réfléchir, et deux jours plus tard, j'ai accepté. Je ne connaissais pas bien cet institut, mais c'était après tout le plus grand organisme de recherche sur la foudre en Chine.

Deux jours avant de quitter le campus, dans la soirée, j'étais encore en train de lire des manuscrits couverts de calculs, quand j'ai entendu frapper à la porte. C'était Zhang Bin.

Il a regardé mes valises déjà prêtes.

— Tu t'en vas ?

— Oui, je pars après-demain. On m'a dit que vous aviez pris votre retraite ?

Il a acquiescé :

— J'ai fini les formalités hier. J'ai déjà l'âge de la retraite, et j'ai juste envie de me reposer. J'ai eu une vie épuisante.

Il s'est assis, et je lui ai allumé une cigarette. Il est resté un moment silencieux, puis m'a dit :

— Je suis venu te dire une dernière chose. Une chose que toi seul peux comprendre, j'en ai bien peur. Tu sais ce qui a été le plus douloureux dans ma vie ?

— Je crois savoir, professeur Zhang. Ça doit être très dur de laisser toute cette histoire derrière vous. Elle vous a occupé pendant trente ans, après tout… Mais durant ces trente années, vous avez aussi fait beaucoup d'autres choses. Et sur les cent dernières années, il y a sans doute eu pas mal de gens qui ont consacré leur vie à la foudre en boule, mais aucun d'entre eux n'a finalement été plus chanceux que vous.

Zhang Bin a hoché la tête en souriant :

— Tu n'as rien compris du tout. J'ai vécu beaucoup plus de choses que toi, et je suis parvenu à une compréhension de la science et de la vie un peu plus profonde que la tienne… Je n'ai aucun regret pour ces trente années de recherche. Il n'y a rien de douloureux dans tout ça. Comme tu l'as dit toi-même, j'ai fait tout ce que je pouvais, je n'ai aucune raison de ne pas arriver à tourner la page.

De quoi voulait-il parler, alors ? J'ai songé à toutes les années qu'il avait dû passer seul après la mort de sa femme…

Il a semblé deviner mes pensées, et m'a dit :

— La mort de Zheng Min a certes été un coup dur. Mais je pense que tu sais aussi bien que moi que pour les gens comme nous, habités corps et âme par une unique passion, au point qu'elle en devient une partie d'eux-mêmes, le reste sera toujours secondaire.

— Qu'est-ce que vous essayez de me dire, alors ? ai-je demandé, interdit.

Zhang Bin a à nouveau hoché la tête avec un sourire amer :

— C'est un aveu difficile.

Il a continué à tirer avec force sur sa cigarette. J'étais confus. Qu'est-ce qu'il pouvait bien y avoir de si inavouable ? En raison de notre obsession commune, il existait cependant entre nous une sorte de compréhension mutuelle instinctive, et j'ai soudain compris de quoi il parlait.

— Si je me souviens bien, vous avez dit que pendant ces trente années, vous n'aviez jamais cessé de chercher la foudre en boule sur le terrain ? ai-je demandé.

Il a longuement exhalé la fumée de sa cigarette, puis a dit :

— Oui. Après la mort de Zheng Min, ma santé s'est dégradée, je me suis mis à boiter de plus en plus. Je partais moins souvent en voyage… mais je n'ai pas arrêté de chercher pour autant. Même si c'était juste dans le voisinage, je n'ai presque jamais laissé échapper un orage.

— Vous voulez dire…

Je me suis interrompu. À cet instant, j'ai soudain ressenti toute la souffrance qui l'habitait.

— Oui. Tu as deviné juste. En trente ans, je n'ai jamais revu de foudre en boule.

Comparée à d'autres phénomènes naturels mystérieux, la foudre en boule n'est pas d'une rareté exceptionnelle : selon certains sondages, près d'une personne sur cent en aurait déjà vu. Mais son occurrence n'obéit à aucune règle particulière, elle apparaît de manière totalement aléatoire. Il est tout à fait possible de passer trente ans à la traquer inlassablement au cœur des orages, sans qu'elle ne se montre une seule fois ; et l'on ne peut en blâmer que la cruauté du destin.

Zhang Bin a poursuivi :

— Il y a bien longtemps, j'ai lu un roman russe qui racontait l'histoire d'un riche propriétaire terrien. Son seul plaisir dans la vie était de déguster de grands vins. Un jour, il acheta auprès d'un mystérieux vendeur ambulant une bouteille récupérée dans l'épave d'un antique navire. Il restait encore un peu de vin au fond de la bouteille. Après l'avoir bu, le riche propriétaire fut saisi d'une délicieuse ivresse du corps et de l'esprit. Le vagabond lui confia que seules deux bouteilles avaient été retrouvées dans l'épave ; mais nul ne savait où avait échoué la seconde bouteille. Le seigneur n'y prêta au début guère attention. Mais au bout de quelque temps, le souvenir de ce vin commença à le hanter ; il ne pouvait s'empêcher d'y penser jour et nuit. Il finit par vendre son manoir et tout son patrimoine, et partit à l'aventure en quête de la deuxième bouteille. Il traversa des épreuves sans nombre, et parcourut le monde d'un bout à l'autre jusqu'à un âge très avancé. Il finit par la trouver, alors qu'il n'était déjà plus qu'un vieux mendiant rongé par la maladie. Il but la bouteille, et mourut dans la joie.

— C'était un homme chanceux, dis-je.

— D'une certaine façon, Zheng Min a été chanceuse elle aussi.

J'ai acquiescé, perdu dans mes pensées.

Après un moment, Zhang Bin a repris la parole :

— Maintenant que je t'ai conté mon malheur, tu te sens toujours aussi capable de détachement ?

Je me suis levé et je suis allé à la fenêtre, contemplant le campus plongé dans la nuit.

— Non, professeur Zhang, je suis incapable d'un tel détachement. Les sentiments que vous décrivez… À mon sens, ce n'est pas seulement de la douleur. Je trouve surtout ça terrifiant… Si vous vouliez me montrer à quel point la voie que nous suivons est dangereuse, vous y êtes vraiment arrivé, cette fois.

Oui, il y était bel et bien parvenu. Je pouvais accepter de passer le reste de mon existence à travailler en vain ; je pouvais accepter de renoncer à tout, et de finir ma vie dans la solitude ; je pouvais même accepter, si nécessaire, de sacrifier ma vie. Mais je ne pouvais accepter de ne plus jamais revoir la foudre en boule. Dès l'instant où j'avais posé les yeux sur elle, elle avait scellé mon destin ; il serait intolérable de ne plus jamais la revoir. Les gens ordinaires auront peut-être du mal à le comprendre. Mais un marin supporterait-il de ne jamais revoir la mer ? Un alpiniste de ne jamais revoir un sommet enneigé ? Un aviateur de ne jamais revoir le ciel bleu ?

— Peut-être que tu nous permettras de la revoir un jour, a dit Zhang Bin en se levant

J'ai continué à regarder par la fenêtre, complètement perdu.

— Je ne sais pas, professeur Zhang.

— En tout cas, c'est le seul espoir qui me reste. Je dois y aller. Tu as fini de scanner la photo ?

J'ai repris mes esprits.

— Oh, oui, je l'ai scannée. J'aurais dû vous la rendre plus tôt. Mais j'ai cassé le cadre en sortant la photo. Je voulais en acheter un nouveau, mais je n'ai pas eu le temps de sortir ces jours-ci.

— Ce n'est pas grave. Le vieux cadre me suffira.

Je lui ai rendu la photo, et il a ajouté :

— Ces derniers jours, j'avais l'impression qu'il manquait quelque chose chez moi.

Je suis retourné à la fenêtre. J'ai regardé la silhouette du professeur disparaître dans la nuit. Il boitait de manière plus prononcée que d'ordinaire, il semblait avoir beaucoup de mal à marcher.

PHÉNOMÈNES ÉTRANGES II

Une fois Zhang Bin parti, j'ai éteint la lumière et je me suis couché. Mais je n'ai pas réussi à m'endormir, et c'est pourquoi je suis certain que j'étais encore parfaitement éveillé quand la chose s'est produite.

J'ai entendu un léger soupir.

Impossible de déterminer de quelle direction il venait ; c'était comme s'il emplissait tout l'espace obscur de la chambre. J'ai levé la tête de mon oreiller, tous les sens en alerte.

J'ai à nouveau entendu un soupir. Il était très léger, mais clairement perceptible.

Les vacances scolaires avaient déjà commencé, et la résidence étudiante était quasiment vide. Je me suis brusquement redressé, parcourant du regard la chambre plongée dans les ténèbres. Je ne discernais que les cartons, que l'obscurité faisait ressembler à des blocs de pierre empilés au hasard. J'ai allumé la lumière. Pendant le bref instant où la lampe fluorescente a clignoté avant de s'allumer, j'ai aperçu une silhouette indistincte au-dessus des cartons. C'était une silhouette blanche, je ne l'ai vue qu'une fraction de seconde, et elle a disparu avant que je n'aie pu en discerner la forme. Peut-être était-ce une hallucination, mais avant qu'elle ne disparaisse, je l'ai vue se diriger vers la fenêtre, laissant derrière elle une sorte de traînée – une traînée manifestement formée d'une succession d'images éphémères d'elle-même, comme une sorte de persistance de la vision dans l'œil de l'observateur.

J'ai repensé au cheveu sur le lavabo.

Je me suis allongé avec la lumière allumée, mais il était encore plus difficile de trouver le sommeil. Le temps s'écoulait avec une lenteur torturante ; autant me lever tout de suite. Je suis allé ouvrir un des cartons pour continuer à lire les manuscrits de Zhang Bin. J'ai repris ma lecture là où je m'étais interrompu la dernière fois, et j'ai parcouru une dizaine de pages. L'une d'entre elles a retenu mon attention. La moitié des déductions mathématiques de la page avaient été barrées d'un grand X. La couleur de l'encre qui barrait la page était cependant très différente de celle du manuscrit original. Dans la marge blanche, on avait écrit une formule succincte, de toute évidence destinée à remplacer les calculs de la partie barrée. La croix noire et la formule étaient tracées avec la même encre. Mais ce qui avait attiré mon attention, c'est surtout que la formule était notée d'une écriture élégante et soignée, très différente de celle de Zhang Bin. J'ai sorti le carnet aux pages alternativement intactes et brûlées que Zhang Bin m'avait donné, et je l'ai délicatement ouvert pour en comparer l'écriture à celle de la formule dans la marge. Si incroyable que ce soit, je ne m'étais pas trompé. Zhang Bin était un homme méticuleux : chacun de ses feuillets de calcul était soigneusement daté. Celui que j'avais entre les mains portait la date du 7 avril 1983, soit douze ans après la mort de sa femme.

Et pourtant, l'écriture dans la marge était celle de Zheng Min.

J'ai examiné attentivement la formule et la partie barrée. J'ai constaté que la partie barrée était un calcul des conditions aux limites d'un plasma en état de faible dissipation.

La formule concise notée dans la marge remplaçait quant à elle efficacement ces encombrantes déductions mathématiques, parce qu'elle utilisait une constante prête à l'emploi. Cette constante avait été déterminée en 1985 dans un des laboratoires de Mitsubishi Electric. À l'époque, les ingénieurs de Mitsubishi essayaient de développer une dynamo à haut rendement en remplaçant le rotor traditionnel par un flux de plasma. Le projet avait finalement été un échec ; mais il avait eu pour retombée secondaire la découverte de cette constante de la circulation des plasmas, qui avait dès lors commencé à être largement utilisée. Mais tout cela se passait après 1985.

J'ai immédiatement ouvert les quelques cartons que je n'avais pas encore déballés, et j'ai parcouru leur contenu à la hâte. J'ai découvert cinq autres manuscrits sur lesquels des modifications avaient été apportées avec la même écriture ; sans doute pourrais-je en trouver d'autres en cherchant méthodiquement. Tous les manuscrits concernés avaient été rédigés par Zhang Bin après les années 1980.

Je suis resté assis très longtemps, hébété, sur le rebord de mon lit. J'entendais avec acuité les battements de mon propre cœur. Mon regard s'est posé sur l'ordinateur portable qui se trouvait sur mon bureau. Je l'ai allumé, et j'ai retrouvé sur le disque dur la photo de Zheng Min que j'avais scannée pendant la journée. C'était un scan en haute définition. Je l'ai observé attentivement, essayant de faire abstraction du regard perçant de la jeune femme sur la photo. Il m'a vaguement semblé percevoir quelque chose d'étrange, et je me suis empressé d'ouvrir un logiciel de traitement d'image. Je devais souvent traiter de grosses quantités de photos d'éclairs, et mon ordinateur était donc bien équipé dans ce domaine. Le logiciel que j'avais ouvert pouvait convertir automatiquement une image en noir et blanc en image couleur. Il a rapidement converti la photographie. Les couleurs n'étaient pas entièrement fidèles à la réalité, mais c'était suffisant. Sur les photos en noir et blanc, les gens paraissent toujours très jeunes. Cette photo de Zheng Min avait été prise un an avant sa mort ; mais à présent, la couleur révélait ce que le noir et blanc avait occulté : sur la photo, Zheng Min était bien plus âgée qu'elle n'aurait dû l'être au moment de sa mort.

Zheng Min portait une blouse blanche de laboratoire. Un objet était glissé dans sa poche de poitrine gauche, et la finesse du tissu permettait d'en discerner vaguement la forme. L'objet a tout de suite attiré mon attention. À l'aide du logiciel, j'ai découpé cette partie de la photo, et je l'ai transférée vers un autre logiciel de traitement d'image, afin d'essayer de faire apparaître plus de détails. À force de retoucher des photos d'éclairs floues, je maîtrisais parfaitement ce genre d'opération, et j'ai rapidement fait ressortir de manière plus marquée les contours et les détails de l'objet.

Je pouvais maintenant clairement distinguer qu'il s'agissait d'une disquette informatique de 3,5 pouces.

Les disquettes de 5,25 pouces n'ont commencé à être couramment utilisées en Chine qu'au début des années 1980. Les disquettes de 3,5 pouces sont arrivées encore plus tard. Ce que Zheng Min aurait normalement dû avoir dans sa poche, c'était plutôt une bobine de papier perforé.

J'ai brutalement arraché la prise de l'ordinateur, oubliant qu'il avait aussi une batterie. D'une main tremblante, j'ai déplacé la souris pour cliquer sur le bouton d'arrêt, et j'ai immédiatement refermé l'ordinateur. J'avais l'impression que le regard pénétrant de Zheng Min continuait à me fixer depuis l'ordinateur fermé. Le silence de mort de la nuit s'est refermé sur moi comme une immense main glaciale.

COUP DE TONNERRE DANS UN CIEL BLEU

Lorsque j'ai annoncé à Gao Bo que j'avais décidé de le suivre à l'Institut de recherche sur la foudre, il m'a dit :

— Avant que tu ne prennes ta décision finale, je dois être clair avec toi. Je sais que la seule chose qui te préoccupe en ce moment, c'est la foudre en boule. Même si c'est pour d'autres raisons, je trouve aussi que c'est un projet de recherche très intéressant. Mais tu dois bien comprendre qu'au début, je ne pourrai pas me permettre de consacrer une part trop importante des ressources de l'institut à tes recherches. Tu sais pourquoi Zhang Bin a échoué ? Parce qu'il s'est enfermé dans la théorie et qu'il n'a plus réussi à s'en extraire. Mais on ne peut pas lui en vouloir, ce sont les conditions matérielles de son époque qui étaient trop rudimentaires. Ces deux dernières années, je sais que je t'ai donné l'impression de négliger l'aspect expérimental. Mais c'est faux. Pendant ton doctorat, si je n'ai pas voulu mettre l'aspect expérimental en avant, c'est parce que l'investissement financier que demande ce genre d'expériences est beaucoup trop élevé. Au vu de notre situation, il aurait été impossible d'expérimenter dans de bonnes conditions. Des résultats imprécis, voire faux, n'auraient fait que perturber ton travail théorique, et au final ni la théorie ni l'expérience n'auraient donné de résultat valable. Si je te demande maintenant de venir avec moi, c'est bien pour te permettre d'étudier la foudre en boule, tu peux en être certain. Mais nous ne pourrons vraiment commencer que lorsque les bases du travail expérimental auront été fermement établies. Pour l'instant, ce dont nous avons besoin, c'est d'argent, d'argent et encore d'argent. Je veux que tu fasses tout ton possible pour m'aider à gagner de l'argent. Tu comprends ?

Le discours de Gao Bo m'a soudain amené à le voir sous un jour nouveau. Il est rare de rencontrer des gens comme lui, à la fois dotés d'un esprit vif sur le plan académique et réalistes vis-à-vis de la société. C'est peut-être une caractéristique des gens qui ont étudié au MIT. De fait, j'étais tout à fait d'accord avec lui, je comprenais fort bien que nous devions d'abord nous doter d'installations expérimentales de base avant de commencer à expérimenter sur la foudre en boule ; car le seul véritable critère de réussite de nos recherches sur ce phénomène serait d'arriver à produire artificiellement une boule de foudre. Ces installations expérimentales devraient comprendre de très gros dispositifs de production artificielle de la foudre, des installations complexes destinées à produire des champs magnétiques, et un système de capteurs et de détecteurs spécialisés encore plus complexe. Tous ces systèmes représentaient sans aucun doute un budget absolument effrayant. Je ne suis pas un rat de bibliothèque : je savais très bien que pour réaliser mon rêve, je devais être réaliste et commencer par le commencement.

Dans le train, Gao Bo m'a soudain interrogé sur Lin Yun. Il s'était écoulé deux ans depuis mon expédition sur le mont Tai, et l'image de Lin Yun n'avait jamais quitté mon esprit ; mais en raison de mon obsession pour la foudre en boule, je n'avais pas laissé ce souvenir évoluer vers quelque chose d'incontrôlable. Les quelques moments que j'avais passés avec elle sur le mont Tai étaient mon trésor le plus précieux. Chaque fois que j'étais las ou épuisé, le souvenir de ces instants resurgissait dans mon esprit, et j'avais soudain l'impression d'entendre une douce mélodie qui avait sur moi une sorte d'effet reposant. Gao Bo m'avait un jour confié qu'il m'enviait beaucoup cet état d'esprit, car la vie sentimentale doit s'accompagner d'un certain détachement. Elle ne doit pas devenir un piège.

Alors que nous parlions de Lin Yun, Gao Bo m'a dit :

— Elle t'a parlé d'un système d'armes basé sur la foudre. C'est quelque chose qui m'intéresse beaucoup.

— Tu voudrais travailler sur un programme de défense ?

— Pourquoi pas ? L'organisme de recherche sur la foudre de l'armée est sans doute loin d'être parfait. Ils seront tôt ou tard obligés de s'appuyer sur nous. Ce genre de programme nous garantirait un financement régulier, et c'est un marché extrêmement prometteur.

Depuis ma rencontre avec Lin Yun, je n'avais pas été en contact avec elle. Elle m'avait juste laissé un numéro de téléphone portable. Gao Bo m'a incité à l'appeler dès notre arrivée à Beijing.

— Il faudrait que tu arrives à savoir où en sont leurs recherches sur les armes à foudre. Mais attention, ne lui demande pas ça tout de suite… Tu peux d'abord l'inviter à dîner, ou à un concert, quelque chose comme ça, et lorsque vous serez plus intimes…

À cet instant, Gao Bo ressemblait à un espion retors et calculateur.

Dès notre arrivée à Beijing, avant même de m'être installé, j'ai appelé Lin Yun. Lorsque sa voix familière a retenti au bout du fil, une indescriptible sensation de douceur m'a envahi. À son ton, je pouvais entendre qu'elle aussi était agréablement surprise que je l'appelle. Gao Bo voulait que je lui propose d'aller la voir sur son lieu de travail, mais les mots restaient bloqués dans ma gorge. Contre toute attente, c'est finalement elle qui m'a invité à lui rendre visite.

— Viens me chercher à Nouveaux Concepts, il faut qu'on parle ! a-t-elle déclaré, tout en me dictant une adresse dans la proche banlieue de Beijing.

— "Nouveaux Concepts" ?

Sur le coup, la seule chose qui me soit venue à l'esprit était le titre du célèbre manuel d'anglais de L. G. Alexander*.

— Oui, c'est le surnom du Centre de développement des nouveaux concepts d'armes de l'université de la Défense. C'est là que je travaille depuis la fin de mes études.

Je n'avais pas encore eu le temps de me présenter à mon nouveau poste, mais Gao Bo m'a pressé d'aller voir Lin Yun.

Après avoir dépassé le quatrième périphérique, le taxi a encore roulé pendant une demi-heure environ. Des champs de blé sont apparus au bord de la route. Le secteur accueillait apparemment beaucoup d'instituts de recherche de l'armée. La plupart étaient des bâtiments simples et dépouillés, entourés de hauts murs, sans aucune plaque permettant de les identifier. Le Centre de développement des nouveaux concepts d'armes était par contre un grand immeuble moderne de vingt étages, qui ne dissimulait pas son nom. Il ressemblait à une tour de bureaux d'une quelconque multinationale ; à la différence des bâtiments des alentours, il n'y avait pas de sentinelle à l'entrée, les gens entraient et sortaient à leur guise.

Après avoir franchi une porte coulissante, je me suis retrouvé dans un hall d'entrée vaste et lumineux. J'ai pris l'ascenseur pour me rendre au bureau de Lin Yun. L'endroit ressemblait en tout point à une administration civile. Des

* *New Concept English*, un manuel de langue anglaise populaire en Chine.

deux côtés du couloir, des portes entrouvertes laissaient apercevoir des espaces de travail cloisonnés à la manière des bureaux modernes, où un grand nombre d'employés s'affairaient entre des ordinateurs et des piles de dossiers. S'ils n'avaient pas été en uniforme, on se serait vraiment cru dans les bureaux d'une grande entreprise. Dans un des bureaux, j'ai même vu plusieurs étrangers, dont deux étaient vêtus de l'uniforme de leur pays, et discutaient en riant avec des militaires chinois.

J'ai trouvé Lin Yun dans un bureau sur la porte duquel était inscrit : "Évaluation systèmes – Bureau n° 2". Elle m'a accueilli en uniforme de major, avec un sourire resplendissant. Elle dégageait une beauté qui transcendait les étroits critères de la mode, et mon cœur s'est mis à battre la chamade. J'ai tout de suite compris qu'elle faisait bel et bien partie de l'armée.

— C'est différent de ce que tu imaginais ? m'a-t-elle demandé après m'avoir salué.

— Très différent. Mais vous faites quoi ici au juste ?

— Exactement ce que le nom suggère.

— C'est quoi, des "nouveaux concepts d'armes" ?

— Pendant la Seconde Guerre mondiale, l'armée soviétique a par exemple eu l'idée de fixer des explosifs sur des chiens militaires spécialement entraînés, et de les envoyer se glisser sous les chars allemands. C'était un nouveau concept d'arme, et c'est un concept qui reste d'ailleurs "nouveau" même de nos jours, bien qu'il présente maintenant de nombreuses variantes : attacher des charges explosives sur des dauphins pour qu'ils aillent attaquer des sous-marins, ou encore munir des oiseaux de charges explosives miniatures. Voici la dernière innovation dans ce domaine, a poursuivi Lin Yun en se penchant sur son ordinateur.

Elle a ouvert à l'écran un document illustré qui ressemblait à une page internet sur les insectes.

— On essaie maintenant de fixer des réservoirs miniatures contenant une substance corrosive sur des cafards, ou des insectes du même genre, pour les envoyer détruire les circuits intégrés des systèmes d'armes ennemis, a-t-elle expliqué.

— Très intéressant, ai-je dit en me penchant vers l'écran pour mieux voir.

J'étais tout près de Lin Yun, et je pouvais sentir un très léger parfum – un parfum où ne perçait aucune note sucrée, mais plutôt une sorte de subtile et délicieuse amertume, qui m'évoquait une verte prairie inondée de soleil après l'orage…

— Regarde, il y a aussi ça : une sorte de liquide que l'on peut pulvériser sur une route pour la rendre glissante et impraticable. Ou encore ceci : un gaz qui fait s'éteindre les moteurs des véhicules et des chars. Tiens, ça, c'est moins intéressant – c'est un laser, très similaire au canon à électrons d'un écran de télévision. En balayant une zone avec, on peut rendre aveugles tous les gens qui s'y trouvent, de manière temporaire ou permanente…

Une chose m'étonnait tout de même beaucoup : le fait qu'elle puisse montrer à une personne extérieure tout ce qui se trouvait sur leur système informatique.

— Nous produisons des concepts. La plupart de ces concepts sont complètement inutiles, certains ressemblent même à des canulars. Mais il en reste toujours environ un sur cent, ou un sur mille, qui s'avère réalisable, et là, les choses deviennent très intéressantes.

— En gros, vous êtes un groupe de réflexion.

— On peut dire ça. Mon département a pour fonction de trier toutes ces idées pour identifier des concepts susceptibles de recevoir une application pratique, puis de procéder à des recherches supplémentaires. Ces recherches vont parfois assez loin, par exemple dans le cas des armes à foudre dont nous allons bientôt parler…

C'était plutôt bon signe qu'elle aborde aussi rapidement le sujet sur lequel Gao Bo voulait des renseignements. Mais je l'ai d'abord interrogée sur un autre point qui m'étonnait :

— Comment ça se fait qu'il y ait aussi des officiers occidentaux ici ?

— Ils sont là en tant que chercheurs invités. La conception de nouveaux armements est une science, et comme toutes les autres sciences, elle a besoin d'échanges. Les nouveaux concepts d'armes sont encore très loin d'une quelconque application pratique, ce ne sont que des concepts. C'est un domaine qui nécessite avant tout une pensée vivante ; il faut brasser de grandes quantités d'informations, confronter toutes sortes d'idées entre elles. Les échanges sont profitables aux deux parties.

— Ça veut dire que vous envoyez aussi des chercheurs à l'étranger ?

— Il y a deux ans, à mon retour du mont Tai, j'ai passé trois mois en Europe et en Amérique du Nord, comme chercheuse invitée dans différents instituts de nouveaux concepts d'armes. Aux États-Unis, l'organisme chargé de cette mission s'appelle le Comité avancé d'évaluation des systèmes d'armes, il existe depuis l'époque de Kennedy. Et toi, comment vas-tu depuis deux ans ? Tu passes encore ton temps à courir après la foudre en boule ?

— Bien sûr. Qu'est-ce que je pourrais faire d'autre ? Mais pour l'instant je ne lui cours après que sur le papier.

— Dans ce cas, j'ai un cadeau pour toi.

Elle a cherché quelque chose dans son ordinateur à l'aide de la souris.

— C'est le récit d'une rencontre directe avec la foudre en boule.

— J'ai déjà lu des milliers de témoignages de ce genre, ai-je répondu avec dédain.

— Celui-ci est différent.

Une vidéo s'est affichée à l'écran. La scène semblait se passer près d'une forêt, dans une sorte de clairière où était posé un hélicoptère militaire. Devant l'hélicoptère se tenaient deux personnes. L'une d'elles était Lin Yun, vêtue d'une tenue d'entraînement de l'armée de terre. L'autre portait une combinaison de vol et était manifestement le pilote de l'hélicoptère. Derrière eux, dans le lointain, on pouvait apercevoir plusieurs ballons flottant à moyenne altitude.

— C'est le capitaine Wang Songlin, pilote d'hélicoptère dans l'armée de terre, a expliqué Lin Yun.

Dans la vidéo, on pouvait ensuite entendre la voix de Lin Yun : "Raconte-moi encore toute l'histoire. Je vais l'enregistrer pour l'ami dont je t'ai parlé."

Le capitaine s'est lancé :

"OK. Comme je disais, ce que j'ai vu cette fois-là, je suis certain que c'est le truc dont tu parles. C'était en 1998, pendant la lutte contre les inondations du Yangtze. J'ai décollé pour un largage sur la zone sinistrée. À 700 m d'altitude, je suis entré par mégarde dans un nuage d'orage. C'est une zone dangereuse, absolument interdite aux pilotes, mais je n'ai pas réussi à en sortir tout de suite. À l'intérieur du nuage, les courants ascendants faisaient danser l'hélicoptère dans tous les sens, comme une feuille dans le vent. Ma tête a heurté plusieurs fois la vitre du cockpit. Les aiguilles des instruments de navigation tournaient dans tous les sens, je n'entendais plus rien dans la radio. Il faisait noir autour de l'appareil, quand un éclair a soudain illuminé la scène. C'est alors que je l'ai vue. Elle faisait la taille d'un ballon de basket, et elle émettait une lumière rouge orangé. Dès qu'elle est apparue, les parasites dans la radio se sont intensifiés…"

— Écoute bien la suite ! m'a averti Lin Yu.

"… la boule de lumière s'est mise à faire le tour de l'hélicoptère. Elle ne se déplaçait pas très vite, elle est d'abord allée depuis le nez de l'appareil jusqu'à la queue ; elle est ensuite montée à la verticale en passant à travers les pales, puis elle les a retraversées vers le bas, jusque sous l'appareil. Elle a plané comme ça pendant trente secondes, et elle a soudain disparu."

— Attends, reviens un peu en arrière ! me suis-je écrié.

Comme l'avait annoncé Lin Yun, ce témoignage avait en effet quelque chose d'inhabituel.

Elle est revenue en arrière dans la vidéo. Nous avons revu le même passage, puis l'enregistrement a continué. À l'écran, Lin Yun a posé au pilote la question qui me brûlait les lèvres :

"À ce moment-là, l'hélicoptère était en vol stationnaire, ou il se déplaçait ?

— Comment j'aurais pu rester en vol stationnaire au milieu d'une tempête ? Bien sûr que l'hélicoptère se déplaçait ! Je devais faire au moins du 400, j'essayais de sortir du nuage.

— Tu dois te tromper, tu étais sûrement en vol stationnaire, sinon c'est impossible !

— Je sais à quoi tu penses. C'est bien ça qui est bizarre : ce truc n'était absolument pas affecté par le déplacement d'air ! Admettons que je me souvienne mal, ou que je me sois trompé à ce moment-là. Admettons que j'aie bel et bien été en vol stationnaire. Mais même ainsi, le rotor continuait à tourner, le déplacement d'air était énorme, et c'est sans compter le vent ! La boule de feu avait l'air de flotter lentement autour de l'hélicoptère, mais si on prend en compte la vitesse relative, elle se déplaçait en fait très vite – et elle n'était pas du tout affectée par les courants aériens !"

— C'est effectivement une information capitale ! me suis-je exclamé. Dans les témoignages que j'ai lus, il y en a pas mal qui mentionnent des choses comme ça, par exemple des récits dans lesquels une boule de foudre sort d'une pièce par la porte ou par la fenêtre, alors même que le vent est en train de s'engouffrer vers l'intérieur. D'autres témoignages décrivent même une boule de foudre flottant à contre-vent. Mais aucun de ces récits n'est aussi précis et fiable que celui-ci. Si les mouvements de la boule de foudre ne sont pas affectés par le déplacement d'air, l'idée selon laquelle il s'agirait d'un plasma ne tient plus la route, alors même que c'est le fondement de la plupart des théories actuelles. Je pourrais rencontrer ce pilote ?

Lin Yun a secoué la tête

— C'est impossible. Bien, venons-en au fait. Je veux d'abord te montrer tout ce que nous avons accompli ces deux dernières années.

Elle a décroché le téléphone et a passé un appel. Elle semblait en train d'arranger une sorte de visite. Je me suis dit que la mission que m'avait confiée Gao Bo était en bonne voie, et j'en ai profité pour jeter un œil sur le bureau de Lin Yun.

J'ai d'abord remarqué une photo de groupe, sur laquelle Lin Yun posait en compagnie de plusieurs fusiliers marins. Ils portaient tous la tenue de camouflage bleu et blanc de l'infanterie de marine, et Lin Yun était la seule femme du groupe. Elle avait l'air très jeune, son visage avait encore quelque chose d'enfantin. Elle serrait son fusil d'assaut comme un petit chien entre ses bras. Elle avait le grade de sergent. Derrière eux, sur l'océan, on pouvait distinguer plusieurs navires de débarquement. De petits nuages de fumée laissés par des explosions flottaient encore aux alentours.

— Tu étais déjà dans l'armée avant d'aller à l'université ? ai-je demandé.

Elle a acquiescé de la tête en continuant à téléphoner.

Mon attention s'est portée sur une autre photo. C'était un jeune capitaine de marine – très beau, plein de prestance. Derrière lui s'élevait l'immense îlot du porte-avions *Everest*, que l'on voyait souvent dans les médias. J'ai immédiatement été pris d'une violente envie de demander à Lin Yun de qui il s'agissait, mais j'ai réussi à me retenir.

Lin Yun avait fini de téléphoner.

— Allons-y, m'a-t-elle dit. Je t'emmène voir le résultat, ou plutôt le non-résultat, de nos deux dernières années de travail.

Nous sommes sortis du bureau et nous avons pris l'ascenseur pour descendre. En chemin, elle m'a dit :

— Pendant deux ans, nous avons consacré énormément d'efforts à mettre au point des armes basées sur la foudre. Nous avons lancé deux sous-programmes, mais aucun n'a abouti. Ils ont maintenant été annulés. C'est l'un des systèmes d'armes pour lesquels Nouveaux Concepts est allé le plus loin et a investi le plus d'argent. Mais le résultat est lamentable.

Dans le hall d'entrée, j'ai remarqué que beaucoup de gens saluaient Lin Yun ou lui souriaient, et j'ai eu la nette impression qu'elle jouissait en fait d'un statut supérieur à celui d'une simple major.

Dehors, Lin Yun m'a conduit jusqu'à une petite voiture. En m'asseyant à ses côtés sur le siège avant, j'ai à nouveau senti la légère amertume de l'herbe après la pluie, et mon cœur s'est gonflé d'une sorte de joie insouciante. Mais le parfum était encore plus ténu que tout à l'heure, comme la dernière trace d'un nuage dans un vaste ciel bleu, comme le tintement évanescent d'une clochette au fond d'un val silencieux. Pour mieux le saisir, je n'ai pu m'empêcher de humer du nez.

— Tu aimes ce parfum ? m'a demandé Lin Yun en me regardant avec un sourire.

— Oh… euh… dans l'armée, ce n'est pas interdit de mettre du parfum ? ai-je demandé bêtement.

— C'est parfois autorisé.

Avec un sourire charmant, elle a fait démarrer le véhicule. Une petite babiole accrochée au-dessus de la vitre a attiré mon attention. C'était un petit morceau de bambou, composé de deux segments distincts, de l'épaisseur d'un doigt environ. Il était encore orné d'un petit rameau feuillu à la forme délicate. Ce qui a suscité ma curiosité, c'est que le bambou et ses feuilles avaient déjà entièrement jauni ; dans l'air sec du Nord, la tige s'était fendillée en plusieurs endroits. L'objet avait l'air ancien, et pourtant Lin Yun le gardait accroché bien en évidence, laissant supposer que ce morceau de bambou avait une histoire. J'ai tendu la main pour le décrocher et l'examiner de plus près, mais Lin Yun a agrippé mon poignet. Sa main était très fine et très blanche, et pourtant dotée d'une force étonnante. Elle a écarté ma main, et l'impression de force s'est rapidement dissipée, ne laissant sur mon poignet qu'une douce sensation de chaleur, qui a de nouveau fait bondir mon cœur dans ma poitrine.

— C'est une mine, a-t-elle dit calmement.

Je l'ai regardée avec étonnement, puis j'ai à nouveau regardé le petit morceau de bambou, qui avait l'air totalement inoffensif. C'était difficile à croire.

— C'est une mine antipersonnel. Sa conception est très simple : la partie inférieure est remplie de poudre. La partie supérieure contient un détonateur, qui n'est en fait composé que d'un petit percuteur flexible et d'un élastique. Lorsqu'on marche sur le bambou, il se déforme, et l'aiguille du percuteur s'abaisse pour frapper la charge explosive.

— Ah… et ça vient d'où ?

— Il a été pris à l'ennemi au début des années 1980, sur le front du Guangxi*. C'est un mécanisme tout ce qu'il y a

* C'est-à-dire dans le cadre des conflits sino-vietnamiens. Après la guerre sino-vietnamienne de février-mars 1979, des escarmouches et incidents frontaliers périodiques ont continué à se produire entre les deux pays jusqu'en 1990.

de plus classique. Sa production ne coûte pas plus cher que celle d'un simple pétard, mais il cause des dégâts très importants. Et comme il renferme très peu de métal, la plupart des détecteurs de mines sont incapables de le repérer. C'est le cauchemar des ingénieurs militaires : il se fond dans son environnement, et il n'a pas besoin d'être enterré ; il suffit d'en semer quelques-uns au sol. À l'époque, l'armée vietnamienne en semait par dizaines de milliers.

— C'est difficile à croire… Une si petite chose peut vraiment tuer quelqu'un ?

— Elle ne tue généralement pas, mais elle peut sans problème arracher la moitié d'un pied ou d'une jambe. Pour affaiblir les forces combattantes de l'ennemi, ce genre d'arme est encore plus efficace que les armes létales.

Entendre cette jolie jeune fille – la première qui m'ait jamais attiré – parler de sang et de mort avec un tel calme, sur le ton que les autres filles de son âge auraient employé pour discuter maquillage, m'a causé un malaise indéfinissable. Mais qui sait si cela ne faisait pas indissociablement partie du charme qui avait éveillé mon intérêt pour elle ?

— Elle pourrait encore exploser ? ai-je demandé en montrant le bambou du doigt.

— Je pense, oui. Enfin, depuis toutes ces années, l'élastique qui propulse le percuteur s'est sans doute déjà dégradé.

J'ai pâli d'effroi.

— Quoi ? Tu veux dire qu'il… qu'il est encore…

— Oui, il est encore chargé. Le percuteur est armé, donc il vaut mieux ne pas y toucher.

— Mais… c'est horriblement dangereux !

J'ai fixé avec effroi le petit morceau de bambou qui se balançait devant moi à la vitre du véhicule. De ses yeux clairs, Lin Yun regardait calmement la route devant elle. Ce n'est qu'après un long silence qu'elle a dit doucement :

— J'aime cette sensation.

Après un moment, peut-être juste pour rompre le silence embarrassé qui s'était installé, elle m'a demandé :

— Tu t'intéresses aux armes ?

— Ça m'intéressait quand j'étais petit. À l'époque, dès que je voyais une arme, j'avais les yeux qui brillaient, comme la plupart des petits garçons... Mais je préfère qu'on ne parle pas trop d'armes. Tu te rends compte de l'impression que ça fait à un homme de demander des explications sur les armes à une femme ?

— Tu ne trouves pas qu'elles ont une sorte de beauté transcendante ?

Elle a désigné la mine-bambou :

— C'est une véritable œuvre d'art.

— J'admets que les armes possèdent en effet une sorte de dimension esthétique difficile à exprimer. Mais c'est une beauté fondée sur le meurtre. Si ce bambou n'était qu'un morceau de bambou, il ne resterait pas grand-chose de sa beauté.

— Et tu ne t'es jamais demandé pourquoi une chose aussi atroce que le meurtre pouvait aussi véhiculer quelque chose de beau ?

— C'est un sujet bien profond... Je ne suis pas très versé dans ce genre de réflexions.

Le véhicule a pris un virage, s'engageant sur une route étroite. Lin Yun a continué :

— En fait, on peut parfaitement dissocier la beauté de ce genre d'objets de leur fonction pratique. Prends les timbres, par exemple : pour un collectionneur, la fonction pratique d'un timbre n'a absolument aucun rapport avec sa valeur.

— Et toi ? Tu crées des armes pour leur beauté ou pour leur valeur pratique ?

À peine avais-je fini ma phrase que j'ai songé que j'avais été trop direct. Lin Yun s'est à nouveau contentée d'un léger sourire en guise de réponse. Par beaucoup d'aspects, elle restait pour moi une énigme.

— Tu fais partie de ces gens dont la vie entière est consumée par une seule et unique obsession, a-t-elle dit.

— Pas toi ?

— Hm. Si, moi aussi.

Nous sommes restés silencieux pendant le reste du trajet.

Après avoir traversé un verger, le véhicule s'est arrêté. La chaîne de montagnes qui quelques instants auparavant semblait encore lointaine était maintenant presque devant nous. Au pied des montagnes s'étendait une zone entourée d'une grille de fer, qui contenait essentiellement un terrain envahi par les herbes folles. Dans un coin se nichait un petit groupe de bâtiments – un édifice au toit large, qui ressemblait à un entrepôt, et trois petits immeubles de quatre étages. Devant les bâtiments étaient posés deux hélicoptères militaires. J'ai reconnu l'endroit : c'est là qu'avait été filmé le récit du pilote. C'était la base de test des armes à foudre. À la différence de l'immeuble de Nouveaux Concepts, les lieux étaient lourdement gardés. Dans un des bâtiments du complexe, nous avons rencontré le responsable de la base, un colonel de l'armée de l'air du nom de Xu Wencheng, qui donnait l'impression d'être un homme simple et honnête. Quand Lin Yun me l'a présenté, j'ai reconnu son nom : il faisait partie des chercheurs spécialisés dans l'étude de la foudre en Chine. J'avais souvent lu ses articles scientifiques dans des publications académiques chinoises ou étrangères, et son nom m'était donc familier ; mais je ne l'avais jamais rencontré, et j'avais encore moins imaginé qu'il puisse être un militaire.

Le colonel s'est adressé à Lin Yun :

— Yun, on nous presse de nouveau de vider les lieux. Essaie encore de les convaincre…

J'ai remarqué que son attitude envers Lin Yun ne ressemblait pas tout à fait à celle d'un supérieur hiérarchique envers un de ses subordonnés ; il semblait un peu trop poli, un peu trop prudent.

Lin Yun a secoué la tête :

— Vu les résultats que nous avons obtenus, je ne peux pas faire grand-chose. Mais nous allons persévérer !

Son ton ne ressemblait pas non plus à celui d'un subordonné s'adressant à un supérieur.

— Ce n'est pas une question de persévérance. Le département général de l'Armement nous soutient encore pour le moment, mais ça ne va pas durer.

— Nouveaux Concepts aussi aimerait avoir des résultats rapidement, au moins sur le plan théorique. Oh, voici le Dr Chen, de l'Institut de recherche sur la foudre.

Le colonel m'a cordialement serré la main :

— Si nos deux organismes avaient coopéré plus tôt, les choses n'en seraient peut-être pas là. Pour quiconque étudie la foudre, ce que nous allons vous montrer aujourd'hui est une vraie nouveauté !

À ce moment, la luminosité des ampoules de la pièce a soudain augmenté, montrant qu'un équipement à haute consommation d'énergie venait de s'arrêter. Le colonel l'a également remarqué :

— On dirait que le rechargement est terminé. Yun, emmène le Dr Chen assister aux opérations. Je ne vous accompagne pas, je dois continuer à "persévérer" ici, comme tu le dis si bien. Quand tu auras fini, tu te rendras à l'Institut de recherche sur la foudre pour prendre contact avec eux et établir des relations entre nos deux organismes. Je connaissais bien l'ancien directeur du centre, M. Xue, mais il a pris sa retraite. Ils en sont au même point que nous, ils ont découvert des choses, mais ils n'ont pas réussi à en faire quoi que ce soit.

En entrant, j'avais remarqué que l'endroit était équipé d'un laboratoire de recherche très complet, ainsi que d'un atelier à véhicules. C'était une autre différence majeure avec les locaux de Nouveaux Concepts : ici, on faisait de toute évidence un travail très concret.

— Nos recherches sur les armes à foudre se subdivisent en deux grands volets. Je vais d'abord te montrer le premier : un système offensif air-sol, m'a expliqué Lin Yun.

En sortant du bâtiment principal, j'ai vu un pilote et un technicien se diriger vers un hélicoptère. Deux autres personnes rangeaient un épais câble électrique qu'elles venaient de débrancher de l'appareil. Le câble courait jusqu'à l'intérieur d'un autre bâtiment. Plusieurs soldats étaient en train de charger un tas de vieux barils d'essence usagés dans un camion. Manifestement, les gens qui travaillaient ici étaient longtemps restés inoccupés, et maintenant qu'une tâche se présentait enfin, ils avaient l'air très excités.

Lin Yun m'a conduit jusqu'à un bunker en sacs de sable. Devant nous s'étendait un espace dégagé de la taille d'un terrain de football, au milieu duquel les soldats déchargeaient maintenant les barils du camion. Ils les ont empilés à l'intérieur d'un grand carré rouge, jusqu'à former une sorte de petite maison. Le grondement d'un moteur a retenti au loin. Dans un nuage de poussière soulevé par les pales, l'hélicoptère s'est lentement élevé ; le rotor s'est légèrement incliné, et l'appareil s'est dirigé vers le tas de barils d'essence. Il est arrivé au-dessus de la cible, et après quelques secondes en vol stationnaire, un éclair brillant a jailli du ventre de l'appareil et a frappé la pile de barils. Presque en même temps, le fracas assourdissant d'un roulement de tonnerre a retenti. Je ne m'y attendais pas, et j'ai vivement sursauté. Dans le sillage du roulement de tonnerre, une rapide succession de violents craquements s'est élevée lorsque les barils qui contenaient encore un fond d'essence ont commencé à exploser et à s'enflammer. Complètement stupéfait, je fixais le brasier rouge sombre, noyé dans une nappe de fumée noire. Il s'est écoulé un long moment avant que je n'arrive enfin à demander :

— Avec quelle énergie est produit l'éclair ?

— Ce n'est pas nous qui avons conçu la source d'énergie. C'est l'œuvre de l'Institut de recherche sur les supraconducteurs de l'Académie des sciences de Chine. Il s'agit d'une batterie faite d'un matériau qui possède des propriétés supraconductrices à température ambiante. Le principe est en fait très simple : le courant électrique circule en boucle dans une bobine de fil supraconducteur. La batterie peut contenir une immense quantité d'énergie électrique.

À ce moment, l'hélicoptère a lâché une nouvelle décharge électrique vers le sol, mais cette fois de manière continue, et à très faible intensité. Un mince arc électrique reliait l'appareil au sol, serpentant à travers les airs, comme les gracieux mouvements d'une danseuse, ou comme une toile d'araignée se balançant au vent en émettant une lueur violette.

— La batterie supraconductrice est en train de décharger à basse intensité ce qui lui reste d'électricité. Ce genre de batterie est très instable, c'est un vrai danger, on ne peut pas la stocker quand elle est chargée. On va attendre un peu, cela devrait prendre au moins dix minutes. C'est un bruit désagréable, n'est-ce pas ?

— Vous pouvez lancer combien de décharges rapides à haute intensité ? ai-je demandé.

— Ça dépend de la capacité et du nombre de batteries utilisées. Avec un hélicoptère comme celui-ci, on peut tirer huit à dix décharges. Mais on ne peut pas se permettre de vider toute la batterie de cette façon.

— Pourquoi ?

— Les gens protesteraient.

Lin Yun a pointé le nord du doigt, et j'ai vu qu'à proximité de la base s'étendait un ensemble de luxueuses villas.

— À l'origine, la base devait être construite très loin de la ville, mais pour toutes sortes de raisons on l'a finalement installée ici. Tu verras tout à l'heure que cette erreur n'a pas eu pour seule conséquence de causer des nuisances sonores aux voisins.

Une fois l'excédent d'énergie déchargé, Lin Yun m'a laissé examiner le dispositif dont l'hélicoptère était muni. Je ne m'y connaissais pas beaucoup en mécanique ou en électronique, et je ne comprenais pas tous les principes du système, mais la batterie cylindrique m'a tout de même beaucoup impressionné.

— Pourquoi dites-vous que ce système est un échec ? ai-je demandé, encore plein d'admiration pour ce que je venais de voir.

— Le lieutenant Yang est pilote dans le régiment d'aviation du 38ᵉ corps d'armée. Il sera plus qualifié que moi pour te résumer la situation.

J'ai repensé au pilote qui avait été témoin d'une boule de foudre, mais l'homme que j'avais maintenant devant moi était de toute évidence un peu plus jeune. Il a dit :

— La première fois que j'ai vu ce dispositif, j'étais tout excité. Je pensais qu'aucun éloge ne pouvait lui rendre justice, et qu'il allait vraiment aider à renforcer les capacités offensives air-sol des hélicoptères d'attaque… Bref, j'étais comme un pilote de la Première Guerre mondiale qui aurait soudain vu un missile guidé moderne. Mais je me suis vite rendu compte qu'en fait, ce n'était qu'un jouet.

— Pourquoi ?

— D'abord, à cause de la portée, qui ne peut pas dépasser 100 m, sans quoi la décharge ne peut pas se produire. Même une grenade peut être lancée à 100 m.

— Nous avons tout essayé, mais c'est vraiment la portée maximale du système, a ajouté Lin Yun.

Ce n'était pas difficile à comprendre : pour créer un arc électrique de plusieurs milliers de mètres de long, comme ceux qui se produisent dans la nature, la capacité d'une batterie supraconductrice était largement insuffisante. Et même si l'on arrivait à remplacer la batterie par une autre source d'énergie, comme une réaction nucléaire, aucune plateforme d'armements moderne, qu'il s'agisse d'un hélicoptère ou même d'un destroyer, ne serait capable de supporter une telle décharge d'énergie ; en libérant un éclair de cette intensité, elle serait elle-même détruite.

— Il y a un autre problème, encore plus ridicule… mais je préfère laisser le Dr Lin l'expliquer, a dit le lieutenant.

— Tu as peut-être déjà deviné, m'a dit Lin Yun.

J'y avais en effet déjà pensé :

— Tu veux parler de l'autre pôle de la décharge électrique ?

— Oui, c'est ça.

Lin Yun a désigné au loin le grand carré rouge au milieu duquel les barils étaient encore en train de brûler.

— Avant de procéder au tir, nous devons d'abord faire monter la charge électrique négative de la zone cible à 1,5 coulomb.

J'ai réfléchi un instant :

— Vous ne pourriez pas utiliser des radiations, ou quelque chose de ce genre, pour induire à distance une charge électrique négative dans la zone cible ?

Lin Yun a soupiré.

— C'est ce que nous pensions faire au début. Quand nous avons commencé à développer cette arme, nous avons aussi essayé de développer un dispositif permettant de produire de l'électricité statique à distance. Mais c'est très difficile sur le plan technique, surtout dans des conditions de combat réel : pour toucher efficacement une cible en mouvement, il faudrait pouvoir charger électriquement la zone concernée en l'espace d'une seconde à peine. Au vu de nos capacités techniques actuelles, c'est quasiment impossible à réaliser… Comme l'a dit le lieutenant, nous avons conçu un jouet. Il est peut-être assez effrayant dans le cadre d'une démonstration, mais il n'a aucune valeur en combat réel.

Lin Yun m'a ensuite emmené voir le deuxième programme.

— C'est peut-être celui qui t'intéressera le plus, a-t-elle déclaré. Il vise à créer des éclairs atmosphériques.

Nous sommes entrés dans le haut bâtiment au toit large que j'avais vu tout à l'heure. Lin Yun m'a expliqué que c'était un entrepôt reconverti. Une rangée de projecteurs fixés sur la voûte d'un haut plafond éclairait un immense espace, dans lequel résonnait le bruit de nos pas. La voix de Lin Yun produisait elle aussi un agréable écho.

— Les éclairs qui se forment habituellement dans les nuages d'orage sont assez difficiles à reproduire à grande échelle, et présentent une valeur militaire limitée. L'objectif de nos recherches est plutôt de produire de la foudre sèche, c'est-à-dire une décharge qui se produit en l'absence de nuage, au sein d'un champ électrique engendré par des couches d'air électriquement chargées dans l'atmosphère.

— Tu m'en avais parlé sur le mont Tai.

Lin Yun m'a montré deux appareils installés contre le mur. Chacun des appareils avait la taille d'un camion. Ils étaient essentiellement composés d'une immense cuve d'air sous pression, qui ressemblait à un compresseur d'air géant.

— C'est un appareil qui produit de l'air électriquement chargé. Il aspire une grande quantité d'air, lui communique une charge électrique, puis le recrache. Les deux appareils produisent respectivement de l'air chargé positivement et négativement.

De chaque appareil émergeait un épais conduit qui longeait le mur au niveau du sol. À partir de chaque conduit, des centaines de tuyaux plus petits s'élevaient à intervalles réguliers, formant une rangée de tubes verticaux qui montaient très haut le long du mur. Les deux rangées de tubes se terminaient par deux rangées de bouches à air, l'une située tout en haut du mur, l'autre un peu plus bas. Lin Yun m'a expliqué que l'une des rangées expulsait de l'air chargé positivement, l'autre de l'air chargé négativement, ce qui permettait de créer un champ électrique atmosphérique propice à l'apparition d'une décharge.

À ce moment, quelqu'un a amené un modèle réduit d'avion sur un trolley. Il l'a hissé à mi-hauteur entre les deux rangées de bouches.

— Voici notre cible. On utilise les modèles les moins chers, ils ne peuvent voler qu'en ligne droite, a expliqué Lin Yun.

Après un tour des installations, Lin Yun m'a emmené dans une petite salle située dans un coin du bâtiment. La pièce était en fait une grande cage de fer vitrée, à l'intérieur de laquelle se trouvait un pupitre de contrôle.

— La foudre ne frappe généralement pas jusqu'ici, mais pour des raisons de sécurité nous avons tout de même construit une salle de contrôle protégée. C'est en fait une cage de Faraday, m'a expliqué Lin Yun.

Elle m'a tendu un petit sac plastique contenant une paire de bouchons d'oreilles.

— C'est très bruyant. Si tu ne les mets pas, ça risque d'endommager tes tympans.

J'ai mis les bouchons d'oreilles, et Lin Yun a pressé un bouton rouge sur le pupitre de contrôle. Les deux grandes machines se sont mises à vrombir, et les deux rangées de bouches fixées au mur se sont mises à cracher l'une de la brume rouge, l'autre de la brume bleue. Les deux nuages colorés, violemment éclairés par les projecteurs du plafond, formaient une scène particulièrement étrange.

— L'air électriquement chargé est normalement incolore, mais nous l'avons teinté pour le rendre visible. L'air est électrisé en y injectant une grande quantité de particules d'aérosols électriquement chargées, a continué Lin Yun.

Les deux masses d'air bleue et rouge ont continué à s'étendre, jusqu'à former deux nappes égales au-dessus de nous. Sur le pupitre de contrôle, un chiffre clignotait en rouge ; Lin Yun m'a expliqué qu'il s'agissait de l'intensité du champ électrique. Après quelques minutes, une sonnerie a retenti, indiquant que l'intensité avait atteint la valeur programmée. Lin Yun a pressé un nouveau bouton, et le petit avion suspendu dans les airs s'est élancé. Lorsqu'il est passé entre les deux couches d'air colorées, un éclair a jailli, si brillant que des taches de lumière ont dansé devant mes yeux. Au même moment, j'ai entendu un coup de tonnerre dont la violence m'a ébranlé jusqu'aux os en dépit des bouchons d'oreilles. Lorsque ma vue est revenue à la normale, j'ai vu que le petit avion s'était désintégré en une multitude de fragments, comme si une immense main invisible avait jeté des petits bouts de papier dans tous les sens. À l'endroit où l'avion s'était trouvé juste avant l'éclair, un nuage de fumée jaune se dissipait lentement dans les airs.

Je contemplais la scène, stupéfait.

— C'est l'avion qui a déclenché l'éclair ? ai-je demandé.

— Oui. Nous avons fait monter le champ électrique jusqu'à un seuil critique. N'importe quel corps conducteur d'une certaine taille provoque un éclair dès qu'il pénètre dans le champ. C'est comme un champ de mines aérien.

— Vous avez fait des tests en extérieur ?

— Nous en avons fait beaucoup, mais je ne peux pas te faire de démonstration, chaque expérience représente un très gros investissement. Pour diffuser de l'air électriquement chargé en extérieur, nous nous servons de ballons captifs. Chaque ballon emporte deux tuyaux, avec une sortie haute et une sortie basse, qui expulsent respectivement de l'air chargé négativement et positivement. Pour créer un champ électrique dans l'atmosphère, il faut aligner des dizaines ou même des centaines de ballons, afin de former une rangée supérieure et une rangée inférieure de bouches de sortie, qui produisent ensuite une couche d'air positive et une couche d'air négative. Bien sûr, ce n'est qu'un dispositif expérimental. Dans des conditions de combat réel, on utiliserait d'autres méthodes pour répandre l'air, par exemple par avion, ou à l'aide de fusées tirées depuis le sol.

J'ai réfléchi un instant.

— Mais en extérieur, l'atmosphère ne reste jamais statique. Les courants aériens vont rapidement disperser les couches d'air chargées électriquement.

— C'est en effet un gros problème. À l'origine, nous pensions utiliser le dispositif uniquement dans le sens du vent, en expulsant les couches d'air chargé de manière continue, afin de créer un champ électrique dynamiquement stable au-dessus de l'objectif à protéger.

— Et qu'ont donné les tests ?

— Ils ont globalement réussi. Mais c'est justement parce qu'ils ont réussi que nous avons eu un accident.

— Qu'est-ce qui s'est passé ?

— Avant de procéder à des tests de production d'éclairs dans l'atmosphère, nous avons bien réfléchi à toutes les questions de sécurité. Nous ne procédions à des tests que lorsque la direction du vent ne présentait aucun danger. La stabilité du champ électrique créé dans l'atmosphère pendant les expériences dépassait parfois largement nos prévisions, et le champ était emporté très loin par le vent ; des éclairs de chaleur étaient signalés dans toute la zone située sous le vent, parfois jusqu'à Zhangjiakou*. Mais ces éclairs ne causaient aucun dommage, car leur intensité ne dépassait pas celle d'un petit éclair naturel. Dans la plupart des directions, le vent est sans danger ; même en direction des zones urbaines, nous avons estimé qu'il n'y avait aucun risque particulier. Mais il y a une exception : la direction de l'aéroport. En effet, ce genre de champ électrique atmosphérique est extrêmement dangereux pour les avions, parce qu'à la différence des nuages d'orage naturels, il reste invisible pour les pilotes et les radars au sol. Pour renforcer sa visibilité, nous avons recouru au procédé que tu viens de voir, en colorant les couches d'air électriquement chargées. Mais nous avons par la suite découvert que lorsqu'il est porté par le vent sur de longues distances, l'air coloré a tendance à se séparer de l'air chargé électriquement ; en outre, à la différence de l'air chargé électriquement, qui est saturé d'aérosols à ions lourds, l'air coloré se disperse très vite, et sa couleur disparaît rapidement.

Avant chaque expérience, nous vérifiions à plusieurs reprises toutes les données relatives au sens du vent avec l'armée de l'air et les autorités météorologiques locales. À cet effet, nous avons même mis sur pied notre propre équipe météo. Mais même ainsi, il reste impossible de prévoir certains changements soudains de la direction du vent. Au cours de notre douzième test, le vent a brusquement changé de direction après la création du champ électrique, et le champ a flotté en direction de l'aéroport de la capitale. L'aéroport a dû être fermé en urgence. Nous avons envoyé cinq hélicoptères suivre le champ électrique mobile. C'est

* Ville située à près de 200 km au nord-ouest de Beijing.

très difficile et très dangereux : comme la couleur indiquant les couches d'air chargées s'était rapidement dissipée, on ne pouvait se repérer qu'en surveillant les variations d'intensité des interférences radio à bord des appareils. Un des hélicoptères est entré par erreur dans le champ électrique et a déclenché un éclair. Il a explosé en plein vol. Le pilote était le capitaine que tu voulais rencontrer, celui qui a vu une boule de foudre.

L'image du jeune pilote a surgi avec netteté dans mon esprit. Ces dernières années, chaque fois que j'apprenais que quelqu'un avait été tué par la foudre, je ressentais au fond de moi une peur indescriptible ; une peur qui était maintenant plus forte que jamais. À la vue de la brume rouge et bleu qui flottait dans les airs, j'ai senti mes cheveux se dresser sur ma tête.

— Est-ce qu'on peut dissiper le champ électrique ? ai-je demandé.

— C'est très facile, a répondu Lin Yun.

Elle a pressé un bouton vert, et les deux rangées de bouches se sont mises à cracher un air incolore.

— La charge électrique est en train d'être neutralisée.

Elle a désigné le chiffre rouge indiquant l'intensité du champ électrique, qui était en train de décliner rapidement.

Mais mon anxiété n'a pas disparu pour autant. J'avais l'impression qu'un champ électrique invisible nous entourait de toutes parts, enserrant l'espace comme un élastique tendu à se rompre, prêt à se refermer sur nous… J'avais du mal à respirer.

— Sortons d'ici, ai-je proposé à Lin Yun.

Ce n'est qu'en émergeant du bâtiment que j'ai pu respirer un peu plus normalement.

— Ce truc est vraiment terrifiant ! ai-je déclaré.

Lin Yun n'avait pas remarqué mon état inhabituel :

— Terrifiant ? Non, c'est encore un dispositif raté. Nous avons négligé quelque chose de très important. Nous avons mesuré et remesuré les courbes de relation entre le volume occupé par le champ électrique, son intensité et la quantité d'air électriquement chargé nécessaire. Les projections étaient très optimistes à ce stade. Mais toutes ces mesures ont été faites en intérieur, dans un espace réduit ; elles ne sont absolument pas transposables à des espaces extérieurs de grandes dimensions. Pour créer un champ électrique atmosphérique à grande échelle dans des conditions de combat réel, la quantité d'air chargé nécessaire augmente rapidement de manière géométrique. Pour expulser en continu de l'air chargé et maintenir un champ électrique de grandes dimensions dans la durée, il faudrait un dispositif d'une taille colossale. Même si l'on fait abstraction du coût d'un tel système, sa taille en ferait une cible beaucoup trop facile en temps de guerre. Comme tu peux le voir, ces deux systèmes expérimentaux sont des échecs. Ou plutôt, ce sont des réussites superficielles sur le plan technique, mais sans aucune valeur dans un contexte de combat réel. Pour ce qui est des raisons de notre échec, tu les comprends sans doute mieux que moi.

— Euh… quoi ? ai-je demandé, hébété.

Je n'avais pas écouté un mot de ce qu'elle venait de raconter.

— Tu as dû te rendre compte que l'échec de ces deux systèmes était lié à leur nature même. Ce sont les bases technologiques qui posent fondamentalement problème ; de simples améliorations techniques ne résoudraient rien. Nous sommes déjà parvenus à la conclusion que ces deux systèmes étaient une impasse.

— Hum… Peut-être, oui…

J'avais répondu mécaniquement, mais mon esprit était ailleurs. Des images ne cessaient de défiler devant mes yeux.

Le champ électrique rouge et bleu. Un éclair brillant. Les débris du petit avion. Des barils d'essence en train de brûler…

— En conséquence, nous devons concevoir un système d'arme à foudre entièrement nouveau, tu as sans doute deviné où je veux en venir…

… un immense champ électrique porté par le vent. Le visage du jeune capitaine. Un hélicoptère qui explose…

— La foudre en boule ! s'est écriée Lin Yun.

J'ai soudain repris mes esprits. Je me suis rendu compte que nous avions déjà traversé tout le terrain, et que nous étions revenus à l'entrée principale de la base. Je me suis figé, fixant Lin Yun avec hébétude.

— Si nous pouvions vraiment produire artificiellement ce type de foudre, son potentiel serait largement supérieur à celui des deux précédents projets. La foudre en boule pourrait détruire une cible avec une sélectivité et une précision incroyables – par exemple une seule et unique page au milieu d'un livre… C'est une particularité qu'absolument aucun autre système d'arme ne possède. Autre point important : elle n'est pas affectée par les déplacements d'air…

— Tu as vu la foudre frapper l'hélicoptère de ce pilote ? ai-je interrompu.

Elle s'est arrêtée un instant, a secoué la tête :

— Non, personne n'a rien vu. L'hélicoptère a explosé en morceaux, nous n'avons retrouvé que des débris épars.

— Et tu as déjà vu des gens tués par la foudre ?

Elle a encore secoué la tête.

— Alors tu as encore moins idée de ce que la foudre en boule fait à ses victimes…

Elle m'a regardé avec un air inquiet :

— Tu ne te sens pas bien ?

— Mais moi, j'en ai une idée très claire, ai-je poursuivi en réprimant de toutes mes forces la nausée qui m'envahissait. Je l'ai vue tuer devant mes yeux. Je l'ai vue tuer mes parents. Je les ai vus se faire incinérer en une fraction de seconde. Quand j'ai effleuré de la main ces deux statues de cendre, je les ai vues s'effondrer au sol en petits tas. À l'époque, je n'ai même pas osé le raconter à la police. Dans le dossier de mes parents, ils ont simplement écrit : "Disparition." Pendant toutes ces années, j'ai gardé cette scène profondément enfouie au fond de moi. Je ne l'ai jamais racontée à personne. Jusqu'à cette nuit il y a deux ans… Sur le mont Tai, dans la Rue du Ciel, je te l'ai enfin racontée. Jamais je n'aurais imaginé que mon histoire puisse te donner des idées pareilles…

Elle m'a regardé, l'air confus :

— Laisse-moi t'expliquer, s'il te plaît… Je n'ai pas voulu te blesser, je suis vraiment navrée.

— Ça ne fait rien. À mon retour j'informerai mon directeur de tout ce que j'ai appris aujourd'hui. Je lui parlerai de votre proposition de coopération. Mais d'un point de vue personnel, je n'éprouve pas le moindre intérêt pour les armes à foudre.

Nous n'avons pas échangé un mot sur la route du retour.

— J'ignorais que tu avais les nerfs aussi fragiles !

J'étais de retour à l'Institut de recherche. Gao Bo n'était pas du tout satisfait de moi. Il ne savait rien de mon expérience personnelle avec la foudre en boule, et je n'avais aucune envie de lui en parler.

— Ce que tu as découvert reste néanmoins très utile. J'ai appris par d'autres sources que l'armée avait effectivement suspendu son programme de recherche sur les armes à foudre. Mais ce n'est que provisoire. Au vu de l'investissement qu'ils ont englouti dans les deux derniers programmes, il est clair qu'ils attachent une grande importance à ce type de recherches. Ils ont juste besoin d'un nouvel axe de travail, et la foudre en boule est en effet une excellente idée. Ce genre de projet demande un énorme investissement, et ni l'armée ni nous ne pouvons espérer nous lancer dans un avenir proche. Mais nous pouvons au moins commencer à nous préparer sur le plan théorique. Pour l'instant, je ne peux pas encore te donner d'argent pour travailler sur ce programme, mais je peux te laisser lui consacrer du temps et de l'énergie. Construis-moi encore quelques modèles mathématiques, en t'appuyant sur des approches théoriques et des conditions aux limites différentes. Comme ça, dès que l'occasion se présentera, nous pourrons directement commencer à tester les modèles les plus prometteurs. Évidemment, il faut d'abord finaliser la question de notre coopération avec l'armée.

J'ai secoué la tête :

— Je n'ai pas envie de créer des armes.

— Je ne savais pas que tu étais pacifiste, en plus !

— Ce n'est pas la question… Je ne veux pas revoir la foudre en boule réduire des gens en cendres. Ça n'a rien de bien compliqué.

— Tu préfères qu'un jour quelqu'un d'autre l'utilise pour nous réduire en cendres ?

— Je t'ai dit que ça n'avait rien de si compliqué ! Tout le monde a ses propres champs de mines intérieurs… Je n'ai pas envie de m'aventurer sur ce terrain-là, c'est tout.

Gao Bo a eu un sourire rusé :

— C'est la nature même de la foudre en boule qui veut que ces recherches soient inévitablement liées aux armes. Tu vas vraiment renoncer à la quête à laquelle tu as juré de consacrer ta vie ?

Je n'y avais pas pensé sous cet angle. Je n'ai pas su quoi répondre.

L'après-midi, une fois mon travail terminé, je suis revenu dans ma chambre. Je me suis aussitôt écroulé sur mon lit, l'esprit complètement vide. On a frappé à la porte, et je suis allé ouvrir. C'était Lin Yun. Elle était habillée comme une étudiante et avait l'air beaucoup plus jeune qu'en uniforme.

— Je suis désolée pour hier, a-t-elle déclaré d'un air sincère.

— C'est plutôt à moi de m'excuser, ai-je dit avec embarras.

— Après ce qui t'est arrivé, il est compréhensible que mon idée t'inspire des réticences. Mais nous avons une cause à servir, nous n'avons d'autre choix que de nous montrer forts.

— Lin Yun, je ne crois pas que nous servions la même cause.

— Ne dis pas cela. Toutes les grandes avancées scientifiques de notre siècle, que ce soit la conquête spatiale, l'énergie nucléaire ou l'informatique, sont nées de la collaboration des scientifiques et des militaires. Ils servaient des causes différentes, mais ils ont su faire converger leurs intérêts respectifs vers un objectif commun. Et notre objectif commun est très clair : produire artificiellement de la foudre en boule. La seule différence, c'est que pour toi c'est une fin en soi, alors que pour moi ce n'est qu'un début. Mais je ne suis pas venue pour t'expliquer mes objectifs, je sais que nous aurions du mal à nous comprendre. Je veux seulement essayer d'atténuer le dégoût que t'inspirent les armes à foudre.

— Tu peux toujours essayer.

— Bien. Quand je parle d'armes à foudre, la première chose à laquelle tu penses, c'est que ce sont des armes qui tuent – ou en langage militaire, des armes capables de supprimer les capacités combattantes de l'ennemi. Mais si tu réfléchis bien, tu te rendras compte que même si l'on arrive à mettre au point des armes à foudre efficaces, elles ne seront pas pour autant plus puissantes que d'autres types d'armes ordinaires. Si l'on attaque une cible constituée d'un important volume de métal, elle se comportera en fait comme une cage de Faraday et jouera un rôle d'écran contre la foudre, réduisant en partie ou totalement la létalité de l'arme pour les personnes qui s'y trouvent. En termes de pertes humaines, les armes à foudre sont donc loin d'être aussi terribles qu'elles en ont l'air. Bien au contraire, c'est peut-être le système d'armes qui permettra d'obtenir la victoire avec le moins de pertes ennemies.

— Comment ça ?

— Quels sont les éléments qui subiraient les plus gros dégâts en cas d'attaque avec des armes à foudre ? Les systèmes électroniques. Si l'intensité de l'impulsion électromagnétique générée par la foudre dépasse 2,4 gauss, les circuits intégrés subissent des dommages irréparables. Même une intensité supérieure à 0,07 gauss suffit à perturber le fonctionnement des micro-ordinateurs. L'impulsion électromagnétique soudaine provoquée par la foudre peut en outre traverser n'importe quoi : même sans toucher directement sa cible, elle reste capable de porter un coup dévastateur aux composants électroniques les plus sensibles. C'est la raison pour laquelle les armes à foudre suscitent un tel intérêt. Et à ce niveau, la foudre en boule présente un potentiel encore plus extraordinaire. Sa capacité à frapper une cible de manière extrêmement sélective lui permettrait de détruire tous les circuits intégrés des armements ennemis, sans toucher à aucun autre composant. Et à notre époque, si tous les circuits des systèmes d'armes de l'ennemi ont fondu, la guerre est terminée.

J'ai gardé le silence, méditant ces paroles.

— Je pense que cela devrait déjà un peu atténuer ton aversion. En second lieu, je t'invite à réfléchir à tes propres objectifs. La recherche sur la foudre en boule ne fait pas partie des sciences fondamentales. À l'heure actuelle, sa seule application pratique potentielle, ce sont les systèmes d'armes. Si tu refuses de faire de la recherche sur les armements, qui acceptera de t'accorder des crédits de recherche ? Tu n'es pas assez naïf pour croire que tu vas pouvoir produire de la foudre en boule juste avec du papier et un crayon ?

— Mais pour l'instant, il va falloir nous contenter d'une feuille et d'un crayon.

Je lui ai expliqué l'idée de Gao Bo.

— Ça veut dire que nous pouvons travailler ensemble ?

Elle a bondi de sa chaise avec excitation.

— Je ne peux qu'admirer tes talents de persuasion…

— Nécessité professionnelle ! Nouveaux Concepts passe son temps à essayer de convaincre des gens d'accepter des idées bizarres. Pour les armes à foudre, nous avons réussi à persuader le département général de l'Armement. Mais jusqu'à maintenant, nous n'avons fait que les décevoir.

— Je comprends que ce soit une position difficile.

— Ce n'est plus juste une position difficile. Notre programme d'armes à foudre a été suspendu. Pour le moment, nous devrons nous contenter de livrer bataille tout seuls – ou pour parler comme toi et le directeur Gao, de faire des préparatifs théoriques. Mais l'occasion se représentera tôt ou tard. Ce genre d'armes est beaucoup trop intéressant, je refuse de croire qu'ils vont en rester là… Mais tu n'as pas encore mangé ? Allons dîner, je t'invite.

Nous sommes entrés dans un restaurant aux lumières tamisées. Il n'y avait pas grand monde. Un piano jouait en sourdine quelque part.

— J'ai l'impression que la vie militaire te réussit bien, ai-je dit après m'être assis.

— Peut-être. J'ai grandi dans l'armée.

Dans la lumière tamisée du restaurant, je l'ai observée attentivement. Mon attention s'est arrêtée sur sa broche, le seul bijou qu'elle portait. Elle représentait une épée, de la taille d'une allumette, surmontée d'une petite paire d'ailes. C'était une broche argentée délicatement ciselée, d'une très grande beauté. Même dans la lumière tamisée du restaurant, elle jetait des reflets d'argent, comme une étoile cousue à même le revers de son col.

— Tu la trouves jolie ? m'a-t-elle demandé en baissant la tête pour regarder la broche.

J'ai acquiescé, et j'ai dit que je la trouvais très jolie. Mais je me suis senti très gêné ; comme la veille avec son parfum, elle avait immédiatement remarqué l'attention que je lui portais. Je ne pouvais m'en prendre qu'à moi-même et à ma vie sociale limitée. Je n'avais pas l'habitude de me retrouver en tête à tête avec le sexe opposé, et j'avais encore moins l'habitude de sa sensibilité et de son attention au détail. Mais voir ces qualités si féminines s'exprimer chez une fille qui avait coutume de se promener avec une mine antipersonnel dans sa voiture... c'était une impression vraiment très curieuse.

Mais j'ai rapidement découvert que cette broche était tout aussi effrayante que le petit morceau de bambou.

Lin Yun a décroché la broche. Tenant la garde de la petite épée entre ses doigts, elle a pris dans l'autre main une fourchette et une cuillère qui se trouvaient sur la table. Elle les a tenues ensemble à la verticale et a doucement passé le fil de l'épée contre les deux couverts. J'ai blêmi. Les couverts métalliques avaient été coupés net au niveau de la poignée, comme s'ils étaient faits de cire.

— Il s'agit d'un alliage siliconé créé par un procédé de réagencement moléculaire. Le tranchant n'a que quelques molécules d'épaisseur. C'est l'épée la plus acérée au monde.

J'ai délicatement pris la broche qu'elle me tendait, et je l'ai élevée à la lumière pour mieux l'observer. Le tranchant de la petite épée était si fin qu'il en devenait presque invisible.

— Mais c'est dangereux de porter ce truc sur toi !

— J'aime cette sensation de danger, comme les Inuits aiment le froid. Elle me force à penser plus vite, et elle m'aide à trouver l'inspiration.

— Les Inuits n'aiment pas le froid, ils n'ont juste pas le choix. Tu… tu es vraiment spéciale.

— Je m'en suis rendu compte, a-t-elle dit en hochant la tête.

— Tu aimes les armes, tu aimes le danger… Et la guerre ? Tu aimes ça aussi ?

— Au vu de la situation internationale actuelle, aimer ou ne pas aimer la guerre est une question dépourvue de sens.

Une fois de plus, elle avait adroitement esquivé ma question. Je savais qu'elle était encore loin de s'être ouverte à moi. Peut-être ne le ferait-elle jamais.

Mais cela ne nous a pas empêchés de discuter avec animation, et les sujets de discussion ne manquaient pas. Lin Yun avait l'esprit aussi tranchant que sa petite épée, et ses remarques acérées ne cessaient jamais de me surprendre. Elle avait une sorte d'imperturbable rationalité que je n'avais jamais vue chez les autres femmes.

Mais pas une fois elle n'a parlé de sa famille. Chaque fois que la conversation s'engageait dans cette direction, Lin Yun changeait adroitement de sujet. Je savais seulement que ses parents étaient aussi militaires.

Sans même nous en rendre compte, nous avons discuté jusqu'à deux heures du matin. Les bougies du chandelier de notre table étaient presque consumées et il ne restait plus que nous dans le restaurant. Le pianiste s'est approché pour nous demander si nous voulions encore écouter un morceau en particulier ; c'était de toute évidence une manière polie de nous mettre à la porte.

J'ai essayé de trouver un morceau rare, en me disant que s'il n'arrivait pas à le jouer, nous pourrions peut-être rester encore un peu :

— Dans la suite symphonique *Schéhérazade*, il y a un passage qui décrit les aventures de Sindbad le Marin, mais j'ai oublié comment il s'appelle…

Le pianiste a secoué la tête d'un air embarrassé, et m'a demandé de choisir un autre morceau.

— *Les Quatre Saisons !* a dit Lin Yun.

Puis, se tournant vers moi :

— Je suis sûre que tu aimes *L'Été*. C'est la saison des orages !

Nous avons continué à discuter sur l'air des *Quatre Saisons*, parlant de choses plus légères que tout à l'heure.

— Je suis certaine que tu n'as jamais parlé à la plus jolie fille de ta classe quand tu étais à l'université ! m'a dit Lin Yun.

— Si, je lui ai parlé.

J'ai repensé à cette nuit dans la bibliothèque, quand la reine de beauté de ma promotion m'avait demandé ce que je cherchais. J'ai eu beau réfléchir, je n'ai pas réussi à me souvenir de son nom.

Lorsque *Les Quatre Saisons* se sont achevées, il était temps pour nous de partir. Mais Lin Yun m'a invité avec un sourire à rester assis encore un moment :

— Je vais te le jouer, ton passage de *Schéhérazade*.

Elle s'est installée devant le piano. L'air de Rimski-Korsakov, qui m'avait jadis accompagné à travers d'innombrables nuits de solitude, s'est mis à flotter dans les airs comme une brise de printemps. En regardant ses doigts longs et souples courir sur les touches du piano, j'ai soudain songé que si j'avais demandé ce morceau, tout à l'heure, c'était parce que le restaurant m'évoquait un havre. Une jolie major me racontait en musique les voyages de Sindbad : elle narrait la mer tempétueuse, l'océan calme et paisible ; elle parlait de princesses, de fées, de démons et de pierres précieuses, de palmiers et de plages de sable sous le couchant.

Devant moi, sur la table, à la lueur des bougies en train de s'éteindre, reposait en silence l'épée la plus acérée du monde.

SETI@HOME

J'ai recommencé à compter les anges sur la pointe d'une aiguille. Mais cette fois, Lin Yun les comptait avec moi.

En travaillant sur un modèle mathématique de foudre en boule, j'ai découvert que même si Lin Yun n'était pas aussi douée que moi en mathématiques, elle disposait néanmoins d'un large éventail de connaissances ; elle avait reçu une formation poussée dans un grand nombre de disciplines, car c'était un des besoins de sa spécialité. Elle était particulièrement douée en informatique, et c'est elle qui programmait les simulations de mes modèles. Ses programmes permettaient une excellente visualisation des modèles : si le modèle mathématique était cohérent, l'écran affichait une boule de foudre en trois dimensions, dont la structure interne était représentée dans les moindres détails ; au moment de sa dissipation, le processus de libération de l'énergie pouvait être visualisé au ralenti de manière très détaillée. On pouvait également changer de mode de visualisation pour observer sa trajectoire dans un système de coordonnées à trois dimensions. Par rapport aux tables et aux courbes arides que produisaient mes anciens programmes, ce n'était pas seulement plus esthétique et plus facile à visualiser : avant, lorsque les données brutes sortaient de la machine, je devais consacrer un temps fou à des analyses fastidieuses pour savoir si le modèle était viable ; mais maintenant, tout se faisait automatiquement par ordinateur. Ce logiciel a permis à nos recherches théoriques sur la foudre en boule de faire un véritable saut qualitatif.

Il était possible de créer un nombre infini de modèles mathématiques de la foudre en boule. En principe, ce n'était qu'un simple exercice académique : il suffisait de construire un système respectant les lois de la physique, mathématiquement cohérent, qui permette à l'énergie de conserver une structure sphérique stable sous l'effet de la force électromagnétique, tout en intégrant les caractéristiques connues de la foudre globulaire. En pratique, ça n'avait cependant rien d'aisé. Comme l'a un jour dit un astronome, si les étoiles n'existaient pas réellement dans le ciel, il serait très facile de prouver que leur existence est impossible*. Cette phrase s'appliquait parfaitement à la foudre en boule. Concevoir un système dans lequel une onde électromagnétique se déplaçant à la vitesse de la lumière puisse en même temps rester confinée dans une sphère aussi petite était un véritable casse-tête.

Avec assez de patience et de passion pour les problèmes insolubles, il était tout à fait possible de construire un tel modèle. Mais savoir s'il pourrait réussir l'épreuve d'une vérification expérimentale était une autre affaire. De fait, j'étais déjà quasiment certain que mes modèles ne seraient pas viables en laboratoire. Chacun de nos modèles mathématiques n'exprimait qu'une partie des propriétés connues de la foudre en boule. Certaines caractéristiques étaient impossibles à exprimer dans un modèle donné, alors qu'elles s'exprimaient très facilement dans un autre ; mais aucun modèle ne permettait de rendre compte de toutes ses propriétés connues en même temps.

* Paraphrase d'une citation attribuée à Geoffrey Burbidge, astronome britannique (1925-2010).

Outre le problème du confinement d'une onde électromagnétique dans une sphère stable, que j'ai déjà mentionné, un autre mystère de la foudre en boule était la manière particulièrement sélective dont elle libère son énergie. Dans nos simulations informatiques, la boule de foudre de mes modèles se comportait comme une bombe : lorsqu'elle entrait en contact avec un solide, ou qu'elle déchargeait spontanément son énergie, elle incinérait tout aux alentours. Chaque fois, je ne pouvais m'empêcher de repenser aux livres calcinés sur les étagères intactes de mes parents, aux fruits de mer cuits dans le frigo intact, à mon tee-shirt réduit en cendres sous ma veste intacte, à la surface glaciale des tabourets sur lesquels mes parents venaient d'être incinérés… Mais ce qui restait le plus profondément gravé dans ma mémoire était le carnet que m'avait montré Zhang Bin, dont une page sur deux avait été incinérée. C'était la manifestation la plus arrogante d'une force mystérieuse qui anéantissait sans pitié tous nos efforts pour la comprendre.

Je travaillais la plupart du temps à l'Institut de recherche sur la foudre, mais j'allais parfois aussi à Nouveaux Concepts.

La majorité des collègues et amis de Lin Yun étaient des militaires, toujours des hommes. Même pendant son temps libre, je la voyais très rarement avec des amies de sexe féminin. Ces jeunes officiers appartenaient à une nouvelle classe en pleine expansion au sein de l'armée, celle des intellectuels militaires ; et ils possédaient tous une sorte de virilité que l'on rencontre rarement dans la société actuelle. Face à eux, je souffrais d'un certain complexe d'infériorité, un complexe qui atteignait son paroxysme lorsque Lin Yun se lançait avec eux dans des discussions passionnées sur des sujets militaires dont j'ignorais absolument tout. Et le jeune capitaine dont la photo trônait sur le bureau de Lin Yun était le plus parfait représentant de cette caste.

Lorsque j'ai rencontré Jiang Xingchen, il avait atteint le grade de commodore*, ce qui prouvait que Lin Yun le connaissait depuis assez longtemps déjà. Il avait l'air encore plus jeune que sur sa photo, peut-être une trentaine d'années. Il était sans aucun doute très rare de devenir commodore à un âge aussi jeune.

— Jiang Xingchen, commandant du porte-avions *Everest*, m'a dit Lin Yun en faisant les présentations, sans s'encombrer de formules honorifiques**.

Le regard qu'ils ont brièvement échangé m'a confirmé la nature de leur relation.

— Docteur Chen, Lin Yun m'a beaucoup parlé de vous et de votre foudre en boule, a-t-il dit en me fixant d'un regard aimable.

Il y avait dans ses yeux une sorte de sincérité qui m'a tout de suite mis à l'aise. Il était très différent de ce que j'avais imaginé d'un commandant de porte-avions.

Au premier regard, j'ai compris qu'essayer de rivaliser avec lui n'avait absolument aucun sens. Au contraire des citadins modernes, qui ne cessent de faire agressivement étalage de leur virilité devant les femmes, Jiang Xingchen semblait à chaque instant faire de grands efforts pour dissimuler sa force. Et cela venait manifestement d'une bonne

* Grade sans réel équivalent dans la marine française. Il correspond en Chine au plus haut échelon de la classe des officiers supérieurs, juste avant les officiers généraux.

** En chinois, l'usage du prénom est considéré comme plus intime ou plus familier qu'en français. Même s'il s'agit de présentations peu formelles, on utilise généralement le titre (docteur, professeur, directeur, etc.) suivi du nom de famille. Le fait que Lin Yun présente Jiang Xingchen par son nom et son prénom atteste d'une relation très familière.

intention, comme s'il craignait que cette force ne blesse les gens comme moi. Il semblait à chaque instant être en train de dire : "Je suis vraiment désolé de te donner un complexe d'infériorité devant elle. Je ne fais vraiment pas exprès, essayons de remédier ensemble à cette situation."

— Votre porte-avions coûte en moyenne dix yuans d'impôts à chaque citoyen.

J'essayais d'avoir l'air décontracté, mais à peine avais-je fini ma phrase que je me suis rendu compte à quel point elle était maladroite.

— Et c'est sans compter les appareils aériens embarqués ou les croiseurs d'escorte. C'est pour ça que chaque fois que nous allons en mer, nous savons que nous portons une lourde responsabilité sur nos épaules, a-t-il répondu avec le plus grand sérieux, réussissant une fois de plus à dissiper ma nervosité.

Contrairement à ce qu'on pourrait imaginer, ma rencontre avec Jiang Xingcheng ne m'avait en rien déprimé. J'avais plutôt l'impression de m'être déchargé d'un fardeau. Au fond de mon cœur, Lin Yun était devenue une sorte de petit monde à part entière, un monde dont j'admirais la beauté, où je me reposais lorsque j'étais las ou fatigué, mais dans lequel je faisais bien attention à ne pas me laisser capturer. Quelque chose dressait une barrière entre nos âmes, quelque chose que je n'aurais pas su exprimer en mots, mais dont je reconnaissais clairement l'existence. À mes yeux, Lin Yun était comme l'épée miniature qu'elle portait à la poitrine : une beauté étincelante et cristalline, mais dangereusement effilée.

Après avoir mis au point quelques modèles mathématiques, j'ai commencé à trouver mes marques. Les nouveaux modèles que je construisais parvenaient à intégrer un nombre croissant de propriétés de la foudre en boule. Mais dans le même temps, ces modèles demandaient également de plus en plus de calculs informatiques, et mon ordinateur P4, avec son processeur à 3 GHz, devait parfois tourner pendant plusieurs jours pour achever une seule simulation. Dans les locaux de Nouveaux Concepts, Lin Yun a monté dix-huit ordinateurs en réseau, et nous avons commencé à diviser nos modèles en dix-huit paquets de données capables de tourner en parallèle ; les dix-huit ordinateurs effectuaient séparément leurs calculs, puis nous faisions fusionner les résultats. Notre rendement a ainsi connu une nette amélioration.

Quand j'ai enfin réussi à mettre au point un modèle mathématique qui intégrait la totalité des propriétés connues de la foudre en boule, le moment que Lin Yun redoutait depuis un moment déjà est finalement arrivé. Lorsque je lui ai transmis le modèle, elle n'a pas tout de suite programmé la simulation, mais a passé plusieurs jours à estimer la complexité des opérations nécessaires. Quand elle a eu fini, elle a poussé un long soupir.

— Nous avons un problème. Au vu de la quantité de calculs que requiert ce modèle mathématique, un micro-ordinateur actuel aurait besoin d'environ cinq cent mille heures pour achever la simulation.

— Mais ça fait… cinquante ans ! me suis-je exclamé, ébahi.

— Oui. Et d'après les simulations précédentes, nous savons que chaque modèle doit être débogué plusieurs fois avant de pouvoir fonctionner. Vu la complexité de ce nouveau modèle, il y aura sans doute encore plus de corrections à faire. Mais nous ne pouvons pas nous permettre de passer plus de dix jours sur une simulation.

J'ai fait un rapide calcul mental :

— Il faudrait près de deux mille ordinateurs calculant en même temps !

Nous avons commencé à chercher le moyen d'accéder à un macro-ordinateur. Ce n'était pas facile. Ni l'Institut de recherche sur la foudre ni Nouveaux Concepts n'avaient d'ordinateur central de ce calibre. La plus grosse machine disponible était un AlphaServer. Les macro-ordinateurs de l'armée étaient très demandés et leur utilisation sévèrement contrôlée ; et comme notre projet n'était pas officiellement recensé dans la liste des programmes de recherche de l'armée, nous n'avons pas pu obtenir l'autorisation nécessaire, en dépit des efforts répétés de Lin Yun. Nous ne pouvions donc plus que placer nos espoirs dans un macro-ordinateur civil, mais ni Lin Yun ni moi n'avions de contact dans ce domaine. Nous n'avions d'autre choix que de demander l'aide de Gao Bo.

Depuis quelque temps, Gao Bo était cependant en mauvaise posture. Dès qu'il avait pris ses fonctions, il s'était attaché à transformer l'institution publique qu'était notre institut en une quasi-entreprise entièrement tournée vers le marché. Dans le même temps, il avait également procédé à des recrutements concurrentiels afin de se débarrasser d'une grande partie du personnel. Comme il était impulsif et manquait souvent de prudence, et qu'en plus il n'avait pas le sens des usages sociaux et des relations humaines, il avait fini par avoir de mauvais rapports avec tout le monde d'un bout à l'autre de la hiérarchie.

Au niveau économique, il avait subi un revers encore plus cuisant. Depuis sa prise de fonctions, il avait consacré toutes les énergies de l'institut à développer de nouveaux modèles de paratonnerres et de parafoudres. Ces nouveaux dispositifs étaient très différents des modèles standards ; ils comprenaient entre autres un suppresseur de surtension semi-conducteur, un paratonnerre optimisé et des systèmes de capture de foudre par impulsion laser, par fusée ou par colonne d'eau. Ces travaux avaient malencontreusement coïncidé avec le colloque du Sous-Comité d'étude sur la surtension et l'isolation du Comité d'étude des hautes tensions de la Société du génie électrique de Chine. Leurs discussions avaient justement porté sur les nouveaux modèles de paratonnerres et de parafoudres. Les conclusions du colloque avaient estimé que ni la théorie ni la pratique ne permettaient de prouver que ces nouveaux équipements non conventionnels étaient plus efficaces que les équipements traditionnels contre la foudre, qu'un grand nombre de recherches et d'améliorations étaient encore nécessaires, et que ces nouveaux modèles n'étaient donc pas adaptés à une utilisation généralisée dans les travaux de construction.

Le prestige, l'autorité et l'influence de cette organisation étaient tels que ses recommandations seraient certainement intégrées aux nouvelles normes nationales sur les dispositifs paratonnerre, qui étaient justement en train d'être rédigées. Les projets développés par l'institut perdaient donc toute valeur sur le marché, ce qui signifiait un énorme investissement jeté par la fenêtre. Lorsque je suis allé voir Gao Bo pour discuter de notre affaire de macro-ordinateur, il était justement en train de me chercher. Il voulait que j'interrompe temporairement mes recherches sur la foudre en boule pour concentrer mes efforts sur le développement d'un nouveau système de localisation de la foudre destiné à être utilisé par le réseau de distribution électrique. Je devais également participer à la phase finale de la conception du dispositif paratonnerre de l'Opéra national. En conséquence, accéder à un macro-ordinateur était désormais hors de question ; même l'étude de la foudre en boule serait à l'avenir cantonnée à mon seul temps libre.

Lin Yun et moi avons fait d'autres tentatives, en vain. Il était surprenant de découvrir qu'en cette époque où les ordinateurs sont devenus des objets de la vie courante, les macro-ordinateurs restaient toujours aussi rares.

— Nous pouvons tout de même nous estimer chanceux, m'a dit Lin Yun. Par rapport aux programmes actuels de supercalcul un peu partout dans le monde, la quantité de calculs que nous avons à effectuer reste négligeable. Je viens de voir les données d'une simulation américaine d'essai nucléaire. Les capacités de calcul dont ils disposent actuellement, soit 12 000 milliards d'opérations par seconde, sont encore très insuffisantes pour simuler un essai nucléaire. Ils sont maintenant en train de mettre au point un système de serveurs en grappes réunissant près de 12 000 processeurs AlphaPowered, qui pourraient atteindre une puissance de calcul de 100 000 milliards d'opérations par seconde. Par rapport à ça, nos calculs restent dans les limites de l'ordinaire, ça devrait être possible de trouver une solution.

Lin Yun faisait toujours tout à la manière d'un soldat : quelles que soient les difficultés rencontrées, elle allait de l'avant sans se laisser abattre. En même temps, elle s'efforçait toujours de minimiser nos difficultés, afin de réduire la pression qui pesait sur moi. C'était plutôt moi qui aurais dû faire ça pour elle.

— La simulation mathématique de la foudre en boule a beaucoup de points communs avec celle d'un essai nucléaire, ai-je expliqué. Dans les deux cas, il s'agit de modéliser l'évolution dans le temps d'un processus énergétique. Par certains aspects, la foudre en boule est même encore plus complexe, ce qui signifie que tôt ou tard nous en arriverons aussi à cette quantité de calculs. Mais pour en revenir au présent, je ne vois vraiment pas comment résoudre notre problème pour le moment.

Les jours suivants, j'ai concentré mon énergie sur le système de localisation de la foudre dont Gao Bo m'avait chargé, et je n'ai pas eu de contact avec Lin Yun. Mais elle m'a finalement appelé pour me donner l'adresse d'un site internet, en me demandant d'aller y jeter un œil au plus vite. Elle avait l'air très excitée.

J'ai ouvert la page d'accueil du site. Sur le fond noir de l'espace, un bandeau montrait la planète Terre flottant sur une onde radio de couleur violette. Le site était intitulé "SETI@home", l'abréviation de "Recherche d'intelligence extraterrestre à domicile*".

Je connaissais en fait déjà ce projet. Il avait pour but de mettre la puissance de calcul inutilisée de centaines de milliers d'ordinateurs connectés à internet au service d'une grande expérience de recherche de civilisations extraterrestres. Le logiciel de SETI@home était en fait une sorte d'écran de veille, qui analysait les données récoltées par le plus grand radiotélescope du monde pour l'aider à chercher des signes d'intelligence extraterrestre. Lorsque le télescope recevait de grandes quantités de données, il devenait impératif de disposer d'un superordinateur de grandes dimensions pour en extraire des informations utiles. Mais c'était un outil extrêmement cher, et les scientifiques du projet, dont les fonds étaient assez limités, avaient donc eu l'idée d'une solution de fortune : plutôt que d'utiliser un supercalculateur, il serait plus avantageux de recourir à un très grand nombre de "petits" ordinateurs pour effectuer ce fastidieux travail d'analyse.

Chaque jour, toutes les données reçues par le radiotélescope d'Arecibo étaient enregistrées sur une cassette digitale à haute densité, puis renvoyées au centre de recherche installé à l'université de Californie. Les données étaient

* En anglais, "Search for Extra-Terrestrial Intelligence", un projet remontant aux années 1960. Le projet "SETI@home" a quant à lui été lancé en 1999.

ensuite divisées en petites "unités de travail" d'environ 0,25 Mo, avant d'être diffusées depuis le serveur principal de SETI@home vers divers ordinateurs individuels partout à travers le monde. La seule chose que les internautes soutenant le projet avaient à faire était de télécharger et d'installer une sorte de logiciel d'écran de veille. Le programme se mettait automatiquement en marche lorsque l'utilisateur cessait de travailler ou allait dormir ; l'ordinateur, bien qu'apparemment en veille, participait en fait à la recherche d'intelligence extraterrestre. Il recevait et analysait les données envoyées par SETI@home sous forme de petites "unités de travail", et une fois son analyse terminée, il renvoyait automatiquement les résultats au centre de recherche, avant de réceptionner un nouveau paquet de données.

J'ai téléchargé le logiciel depuis le site et je l'ai lancé. L'écran de veille était un fond noir, dont la partie inférieure affichait les signaux reçus par le radiotélescope dans un système de coordonnées à trois dimensions. On aurait dit une vue aérienne d'une mégapole géante couverte d'innombrables gratte-ciel. C'était assez impressionnant. Dans le coin supérieur gauche était affichée l'image d'une onde en constante évolution, qui représentait la portion de signal en train d'être analysée. Il y avait aussi une barre indiquant l'état d'avancement de l'analyse ; au bout de cinq minutes, elle n'avait progressé que de 0,01 %.

— Fantastique ! me suis-je écrié avec enthousiasme en frappant mon bureau de la main, faisant se retourner tous mes collègues.

Là-bas, des scientifiques pourtant plus fortunés que nous avaient rencontré un problème similaire au nôtre et avaient réussi à trouver une solution à la fois économique et créative. J'avais honte de ne pas y avoir pensé. Je me suis aussitôt rendu à Nouveaux Concepts. Lin Yun était devant son ordinateur, et comme je m'y attendais, elle était déjà en train de créer une page internet.

— J'ai presque terminé, j'ai déjà trouvé un serveur. Mais comment allons-nous présenter notre projet ?

— Il suffit de dire qu'on cherche de la foudre en boule.

— Certainement pas ! Qui s'intéresse à ça ? Je pense qu'on devrait aussi dire qu'on cherche des extraterrestres.

— On ne peut pas mentir aux gens !

— Ce n'est pas vraiment un mensonge. Le comportement de la foudre en boule est très difficile à expliquer en s'appuyant sur les simples lois de la physique. Tu ne t'es jamais dit qu'il suffirait peut-être de la considérer comme une forme de vie pour que tout fasse sens ?

— C'est une idée qui frise le surnaturel…

— Pourtant, je me suis sérieusement posé la question. Notre monde d'atomes et de molécules a déjà évolué jusqu'à permettre l'apparition de la vie. Et si la théorie du Big Bang est correcte, dans la longue histoire de l'univers, le monde invisible de l'électromagnétisme existe en fait depuis bien plus longtemps que celui des atomes et des molécules. Pourquoi le monde électromagnétique n'aurait-il pas lui aussi donné naissance à une forme d'organisation électromagnétique complexe, semblable à la vie ?

— C'est décidé, alors. Cherchons des extraterrestres !

— Et nous avons un avantage par rapport à SETI : les extraterrestres qu'ils cherchent sont à des dizaines de millions d'années-lumière de nous, alors que les nôtres sont dans notre atmosphère, a poursuivi Lin Yun.

Elle m'a montré la page internet qu'elle avait créée. Elle était très similaire à celle de SETI@home ; le fond était simplement devenu un ciel bleu azur, et le titre était SEML@home : "Recherche de vie électromagnétique à domicile". Le logiciel d'écran de veille chargé du calcul des données affichait une boule de feu d'un bleu diffus, qui flottait lentement à l'écran avec une traînée violette, en émettant un son grave et distant.

L'étape suivante était de fragmenter notre modèle mathématique en deux mille petites unités de calcul parallèles, un travail épuisant qui nous a pris un mois. Après quoi, nous avons adapté ces unités au logiciel d'économiseur d'écran, et nous les avons mises en ligne. Le site était plus complexe que celui de SETI@home, car les diverses unités de calcul devaient pouvoir échanger des données entre elles. Nous avons enfin chargé la page sur internet, et nous avons commencé à attendre le résultat avec espoir.

Trois jours plus tard, nous avons réalisé que nous avions été un peu trop optimistes. Moins de cinquante personnes avaient visité notre site, et quatre d'entre elles seulement avaient téléchargé le logiciel. Dans la partie réservée aux commentaires, deux personnes avaient laissé un message, nous enjoignant sur un ton moralisateur d'arrêter de faire de la pseudoscience.

— Il ne nous reste qu'une seule solution, a déclaré Lin Yun : le piratage. Nous allons transférer les données à calculer directement sur le serveur de SETI@home. C'est très facile de pénétrer dans leur serveur. Comme ça, les milliers d'ordinateurs qui ont téléchargé leur écran de veille travailleront pour nous. Il suffira d'ordonner au programme de renvoyer les résultats vers notre propre serveur.

Je n'ai pas protesté. Je me suis rendu compte que lorsqu'on désespère vraiment d'atteindre son but, les injonctions de la morale ont bien peu de poids. J'ai tout de même essayé de me justifier, en me disant : "Il y a plus de cent mille ordinateurs qui travaillent actuellement pour eux, et nous n'avons besoin que de deux mille d'entre eux. Dès que nous aurons fini nos calculs, nous quitterons leur serveur, et cela n'aura eu aucune incidence sur leurs recherches."

Lin Yun n'éprouvait pour sa part aucun besoin de se consoler. Elle s'est connectée à internet en haut débit et a commencé à travailler à toute vitesse. En la voyant procéder avec autant d'aisance et de familiarité, je n'osais imaginer ce qu'elle avait jadis pu faire sur internet… Deux jours plus tard, elle avait transféré avec succès nos données et notre programme de calcul sur le serveur de SETI@home (serveur qui, je ne l'ai su que plus tard, se trouvait à l'université de Berkeley).

C'est à cette occasion que j'ai réalisé que Lin Yun était beaucoup moins entravée que moi par les injonctions de la morale. Lorsqu'elle voulait atteindre un but, elle ne se souciait aucunement des conséquences.

En deux jours à peine, les deux mille paquets de données que nous avions placés sur le serveur de SETI@home ont tous été téléchargés et les résultats ont commencé à affluer sur notre serveur. Dans les jours suivants, Lin Yun et moi passions souvent des heures entières à regarder les données s'accumuler sur notre ordinateur ; il était grisant d'imaginer deux mille ordinateurs disséminés partout à travers le monde en train de travailler pour nous.

Mais le huitième jour, quand j'ai allumé mon ordinateur à l'Institut de recherche sur la foudre et que je me suis connecté au serveur de Nouveaux Concepts, j'ai découvert que les résultats avaient cessé d'arriver. Le dernier élément qui nous était parvenu était un document texte, dans lequel on pouvait lire :

> Avec des ressources extrêmement limitées, nous nous sommes lancés dans la plus noble quête jamais entreprise par l'humanité. Vous devriez avoir honte d'interférer ainsi avec notre travail !
>
> Norton Parker, directeur du projet SETI@home

Mon cœur s'est soudain figé dans ma poitrine, comme si j'étais tombé dans un bain d'eau glacée. Je n'ai pas eu le courage de téléphoner à Lin Yun. C'est elle qui m'a finalement appelé :

— Oui, j'ai vu, m'a-t-elle dit quand j'ai abordé le sujet. Mais ce n'est pas pour ça que je t'appelle. Va vite voir la section commentaires de notre ancien site !

J'ai ouvert l'ancienne page SEML@home – "Recherche de vie électromagnétique à domicile", et j'ai vu qu'un nouveau message avait été laissé en anglais dans les commentaires :

> Je sais ce que vous essayez de calculer (FB). Ne gâchez pas votre vie. Venez me voir ! – Appartement 561, bâtiment 106, 24e rue, Cité scientifique de Noksbek, oblast de Novossibirsk, Fédération de Russie.

"FB" était l'abréviation de "Foudre en boule".

LA SIBÉRIE

— Écoute le bruit du vent dans les pins ! s'est exclamée Lin Yun avec enthousiasme.

Mais je ne partageais pas son humeur esthète ; j'étais occupé à essayer de fermer mon manteau le plus étroitement possible. À travers la neige qui tourbillonnait autour de nous, les montagnes n'étaient que des ombres indistinctes dans le lointain.

Après quatre heures de vol depuis Moscou, nous venions de nous poser à l'aéroport de Novossibirsk. Le sentiment d'étrangeté éprouvé une semaine plus tôt en atterrissant à Moscou s'est encore accru, et seule la pensée que nous nous étions en fait rapprochés de la Chine m'a quelque peu réconforté.

En lisant ce dernier message sur notre site, nous avions instinctivement pressenti que bien des choses se cachaient derrière ces quelques mots ; mais même en rêve, je n'aurais jamais imaginé que nous puissions vraiment nous rendre en Sibérie. Une semaine plus tard, Lin Yun m'a cependant informé qu'elle et moi allions nous joindre à un groupe de conseillers techniques en visite en Russie. Les négociations sino-russes relatives à la production de chasseurs de combat SU-30 sur le territoire chinois avaient été couronnées de succès, m'a-t-elle expliqué. Les conseillers techniques accompagnaient une délégation officielle de bas niveau, envoyée en Russie pour régler quelques problèmes de détail. J'étais le seul spécialiste de la foudre au sein de la délégation. Je me doutais bien que cela n'avait rien d'une coïncidence, et quand j'ai demandé à Lin Yun comment elle avait fait pour obtenir cette opportunité, elle m'a dit d'un air mystérieux :

— J'ai invoqué une faveur spéciale, une faveur que je n'ai pas voulu utiliser même pour trouver un macro-ordinateur. Mais cette fois, nous n'avions vraiment pas d'autre recours.

Je n'avais aucune idée de quelle faveur il pouvait bien s'agir, et je n'ai pas cherché à en savoir plus.

Après notre arrivée à Moscou, je me suis vite rendu compte que Lin Yun et moi n'avions absolument rien à faire pendant les activités de la délégation. Nous avons accompagné les représentants dans une visite du bureau de conception Sukhoï, et nous avons fait le tour de plusieurs usines de montage du complexe militaro-industriel.

Un soir, à Moscou, Lin Yun est sortie après avoir demandé congé au directeur de la délégation. Elle n'est revenue à l'hôtel qu'au milieu de la nuit. Je suis allé la voir dans sa chambre. Elle était assise, hébétée, les yeux rougis, des traces de larmes sur ses joues. Cela m'a beaucoup surpris ; je pensais qu'elle était du genre à ne jamais pleurer. Elle n'a rien dit et je n'ai pas osé la questionner. Pendant les trois jours qui ont suivi, elle a eu l'air particulièrement démoralisée. J'ai soudain réalisé que la vie de Lin Yun était beaucoup plus compliquée que je ne l'imaginais.

Lorsque la délégation a embarqué pour rentrer à Beijing, nous sommes tous deux montés à bord d'un autre avion, qui se dirigeait dans la même direction, mais pour une destination beaucoup plus proche. De fait, la Sibérie était à peu près à égale distance de Moscou et de Beijing.

Après avoir débarqué, nous avons pris un taxi pour nous rendre à la Cité scientifique* de Noksbek. C'était un trajet

* Les Cités scientifiques, ou "Naoukograd", ont vu le jour dans l'URSS du début des années 1960. Souvent créées ex nihilo par planification

de 60 km, d'après le chauffeur. Des deux côtés de la route verglacée, un paysage de forêts noires et de neige tourbillonnante s'étendait à perte de vue. Lin Yun parlait plus ou moins russe et semblait avoir lié connaissance avec le chauffeur. Celui-ci s'est retourné pour me jeter un regard. Je grelottais de froid sur la banquette arrière. Il a eu l'air de compatir en voyant que je ne pouvais pas participer à la conversation, et est soudain passé à un anglais impeccable pour continuer sa discussion avec Lin Yun :

— … les Cités scientifiques sont une idée romantique de la fin des années 1950, une idée imprégnée de la naïveté, de l'innocence et de l'aspiration idéaliste à construire un monde nouveau qui avaient cours à l'époque. En réalité, le résultat est loin d'être aussi réussi que ce que vous avez pu entendre. Les Cités scientifiques sont trop loin des grands centres urbains ; la rareté des moyens de transport a énormément limité leur rayonnement scientifique. La population était trop réduite pour donner naissance à une véritable culture urbaine, ce qui allait à l'encontre de la tendance naturelle de la civilisation à rechercher l'urbanisation. Les Cités ont vainement tenté de rivaliser avec les grandes villes ; finalement, elles n'ont pu que regarder avec impuissance les scientifiques de talent déménager vers des grandes villes plus conformes à leurs rêves…

— Vous ne parlez pas comme un chauffeur de taxi, ai-je observé.

Lin Yun a fait les présentations :

— Ce monsieur est chercheur dans la division sibérienne de l'Académie des sciences de Russie, il… vous avez dit que votre spécialité était quoi, de nouveau ?

d'État, elles avaient vocation à devenir des pôles industriels et technologiques ; certaines étaient des "villes ouvertes", d'autres des "villes fermées" lorsque des recherches sensibles s'y déroulaient.

— J'étudie la planification globale des ressources dans les zones non développées de la Région économique spéciale d'Extrême-Orient. Une discipline complètement inutile en cette époque obsédée par le profit immédiat.

— Et vous êtes au chômage ?

— Pas encore. Mais aujourd'hui c'est dimanche. Je gagne plus d'argent en faisant le taxi le week-end qu'avec une semaine de travail normal.

Le taxi est entré dans la Cité scientifique. Des deux côtés de la route, des bâtiments des années 1950 et 1960 ont commencé à défiler, voilés par des tourbillons de neige. À un moment, je suis certain d'avoir vu une statue de Lénine. C'était une ville qui dégageait un profond sentiment de nostalgie, une nostalgie que les villes historiques millénaires sont incapables d'inspirer, car elles sont trop anciennes – si anciennes qu'elles n'ont plus aucun rapport avec nous, et ne nous inspirent en fait plus rien. Seule une ville jeune comme celle-ci était capable d'évoquer une époque qui venait tout juste de disparaître, une époque dans laquelle j'avais passé mon enfance et ma jeunesse, et qui était ma propre préhistoire, ma propre antiquité.

Le taxi s'est arrêté devant un bâtiment de cinq étages. Le quartier semblait être une zone résidentielle, avec ses alignements d'immeubles absolument identiques. En partant, le chauffeur nous a lancé par la fenêtre cette phrase énigmatique :

— C'est la zone résidentielle la moins chère de la ville. Mais les gens qui y habitent ne sont certainement pas les moins chers…

Nous sommes entrés. Il faisait très noir à l'intérieur. C'était un bâtiment typique de l'architecture des années 1950, avec de très hauts plafonds. Aux murs du vestibule étaient placardées les affiches électorales de divers partis politiques en lice aux élections locales. Plus loin, on ne pouvait progresser qu'à tâtons. Nous sommes montés jusqu'au cinquième étage, examinant la numérotation des portes à la lueur d'un briquet. En émergeant de la cage d'escalier, j'ai élevé le briquet qui commençait à me brûler la main pour chercher le numéro 561. Une voix d'homme grave et puissante a soudain retenti quelque part, appelant en anglais :

— C'est vous ? Vous venez pour la FB ? Troisième porte à gauche.

Après avoir poussé la porte, nous sommes entrés dans une pièce qui donnait simultanément deux impressions contradictoires : il faisait très sombre, et la lampe pendue au plafond était aveuglante. Une forte odeur d'alcool flottait dans l'air. Des livres étaient empilés un peu partout ; un certain désordre semblait régner sur les lieux, mais pas au point d'être devenu incontrôlable. Un écran d'ordinateur a brillé un instant avant de s'éteindre et un homme de haute taille s'est levé. Il avait une longue barbe, le teint assez pâle. Il semblait avoir la cinquantaine.

— Quand on habite ici depuis longtemps, on reconnaît tout de suite les étrangers à leur pas dans l'escalier. Et les seuls étrangers qui peuvent venir ici, c'est vous. J'étais certain que vous viendriez.

Il nous a mesurés du regard.

— Vous êtes jeunes. Aussi jeunes que moi quand j'ai commencé cette vie misérable. Chinois ?

Nous avons acquiescé d'un signe de tête.

— Mon père est allé en Chine dans les années 1950, comme ingénieur en hydroélectrique. Il vous a aidés pour la station hydroélectrique de Sanmenxia. Il paraît que ça vous a finalement causé des ennuis ?

Lin Yun a réfléchi un instant.

— Je crois me souvenir qu'ils n'ont pas pris en compte la boue et le sable transportés par le fleuve Jaune. Le barrage a tendance à causer des inondations en aval, on n'ose plus remplir le réservoir de nos jours.

— Ah, encore un échec. Tout ce que cette époque romantique nous a laissé, ce sont des souvenirs d'échecs…

Il s'est présenté :

— Alexander Gemov.

Nous nous sommes présentés à notre tour. Il nous a de nouveau mesurés des yeux, avec un regard cette fois plus lourd de sens. Il a marmonné pour lui-même :

— Si jeunes… Vous méritez encore d'être sauvés.

Lin Yun et moi avons échangé un regard surpris, essayant de deviner ce que ces paroles pouvaient bien signifier. Gemov a posé sur la table un verre et une grande bouteille d'alcool, puis s'est mis à fouiller dans tous les coins à la recherche de quelque chose. J'ai remarqué qu'une forêt de bouteilles vides entourait l'ordinateur sur le bureau. Nous avons profité de ce répit pour examiner plus attentivement la pièce. J'ai compris d'où venait l'impression contradictoire que j'avais eue en entrant : les murs de la pièce étaient entièrement tapissés de papier sombre, ce qui donnait l'impression d'être dans une chambre noire. Au fil des années, l'humidité suintant des murs avait décoloré le papier noir, laissant sur le mur une multitude de taches et de traînées blanchâtres.

— Ah, les voilà, bon sang ! Peu de gens viennent me voir…

Gemov a posé deux autres verres sur la table et rempli les trois verres à ras bord. C'était une sorte de vodka artisanale d'une teinte blanchâtre. Les verres étaient de gros verres à thé. J'ai annoncé que j'étais incapable d'en boire autant.

— Alors laisse la fille boire à ta place, a-t-il répondu froidement.

Il a vidé son verre d'un trait et l'a rempli de nouveau.

Lin Yun ne s'est pas défilée. Elle m'a horrifié en vidant son verre d'un seul coup, puis a pris mon verre et en a encore bu la moitié.

— Vous savez pourquoi nous sommes venus, ai-je dit à Gemov.

Il n'a pas répondu et s'est contenté de remplir à nouveau son verre et celui de Lin Yun. Ils ont continué à boire ainsi à tour de rôle, sans dire un mot, pendant un long moment. J'ai regardé Lin Yun, je voulais qu'elle dise quelque chose, mais c'était comme si elle avait à son tour contracté l'alcoolisme de Gemov. Elle a de nouveau vidé un demi-verre, puis a continué à regarder fixement notre hôte. Je commençais à m'impatienter. J'ai tapoté la table à côté d'elle avec un verre vide. Elle m'a jeté un regard puis m'a désigné le mur d'un geste de la tête.

J'ai à nouveau examiné ces étranges murs noirs. Je me suis aperçu que sur le papier noir, on pouvait en fait distinguer de vagues images. En regardant de plus près, j'ai découvert qu'il s'agissait de paysages photographiés un peu partout à travers le globe – des bâtiments, des forêts, des choses comme ça. On aurait dit que toutes les scènes se passaient la nuit ; elles étaient floues et indistinctes, la plupart ne montraient que des silhouettes sombres. J'ai ensuite examiné les taches et les traînées blanches, et mon sang s'est soudain figé dans mes veines.

Des murs au plafond, le moindre espace de cette vaste pièce était entièrement recouvert d'innombrables photos de foudre en boule en noir et blanc.

Il y avait des photos de toutes dimensions, mais la plupart étaient de format 9 × 13 ou 13 × 18. Il était difficile d'imaginer leur nombre. Je les ai examinées l'une après l'autre. Aucune photo ne se répétait.

— Regardez celle-ci, a dit Gemov en désignant l'entrée.

Nous avons levé la tête et nous avons vu une grande photo accrochée au-dessus de la porte par laquelle nous étions entrés. On aurait dit un lever de soleil. Le soleil venait d'émerger au-dessus de la ligne d'horizon, et la sombre silhouette d'une forêt se découpait dans l'immense sphère de lumière blanche.

— La photo a été prise en 1975 au Congo. Son diamètre…

Gemov s'est interrompu pour vider un nouveau verre.

— … son diamètre était de 500 m. Lorsqu'elle a explosé, elle a incinéré deux hectares de forêt et fait s'évaporer un petit lac. Le plus étrange, c'est que cette boule de foudre géante est apparue par beau temps.

J'ai pris un verre devant Lin Yun, je l'ai rempli et je l'ai bu d'un trait. Ces images démentes se sont mises à tourner autour de moi. Ni Lin Yun ni moi n'avions envie de parler ; il nous fallait un peu de temps pour absorber le choc et laisser retomber nos émotions. J'ai reporté mon attention sur les piles de livres et j'ai tendu la main vers l'ouvrage le plus proche. Cette fois, j'ai été déçu. Je ne comprenais guère le russe, mais la tache en forme de carte du monde qui décorait le crâne de l'auteur en photo sur la couverture m'a suffi à l'identifier. Lin Yun a pris le livre et y a jeté un œil avant de le reposer.

— *"Perestroïka"*, a-t-elle traduit.

À cet instant, j'ai compris pourquoi je n'avais pas eu de réelle impression de désordre en entrant. Les livres, luxueusement reliés, étaient tous identiques. C'étaient tous des exemplaires de *Perestroïka**.

— Les documents que vous cherchez, je les avais jadis. Il y en avait tellement qu'on n'aurait pas pu tous les entasser

* *Perestroïka. Nouvelles vues sur notre pays et sur le monde*, œuvre de Mikhaïl Gorbatchev, destinée à présenter sa nouvelle doctrine politico-économique au grand public. Publiée en 1987 en France, et en 1989 en Chine sous le titre *La Pensée nouvelle*.

ici… Mais j'ai tout jeté au feu il y a dix ans. Après quoi j'ai acheté des caisses entières de ce livre, dans l'intention d'en vivre, a dit Gemov.

Nous l'avons regardé avec incompréhension.

Gemov a saisi un livre :

— Regardez la couverture. Les lettres du titre sont dorées à l'or fin. Avec de l'acide, on peut détacher la poudre d'or… On pouvait les acheter en gros, et si on n'arrivait pas à les écouler, on les retournait à la maison d'édition. Il suffisait de redorer les lettres de la couverture avec de la fausse poudre d'or. À la fin, je ne me donnais même plus la peine de redorer le titre, de toute façon ils ne se rendaient compte de rien… Il y avait pas mal d'argent à gagner comme ça. La seule chose que je reproche à l'auteur, c'est qu'il aurait pu choisir un putain de titre un peu plus long. Du genre *Nouvelles vues sur la possibilité pour l'Union soviétique socialiste de construire un nouveau système démocratique et d'intégrer la communauté des nations démocratiques pour en devenir un membre à part entière*… Mais je n'ai pas pu gagner d'argent très longtemps avec ça. Le drapeau rouge a cessé de flotter, ils ont arrêté de mettre de l'or dans les lettres du titre, et puis ils ont même arrêté de publier le livre. Ceux-ci sont les derniers que j'ai achetés. Ils sont restés à la cave pendant dix ans, et comme le prix du bois de chauffage a augmenté, je me suis dit qu'ils iraient très bien dans le poêle… Ah, d'ailleurs, c'est vrai, j'ai des invités, il faut que je l'allume…

Il a pris un livre, l'a enflammé à l'aide d'un briquet et l'a regardé brûler pendant un instant.

— Le papier était vraiment de bonne qualité, en dix ans il n'a pas jauni… C'est peut-être même du bouleau de Sibérie.

Il a jeté le livre dans le poêle, puis en a ajouté deux autres, et le feu a pris vigoureusement. La lueur rouge des flammes s'est mise à danser sur les innombrables photos de foudre en boule, et la pièce glaciale s'est un peu réchauffée.

Sans détourner le regard des flammes, Gemov a encore échangé deux ou trois mots avec nous, nous interrogeant succinctement sur notre situation. À aucun moment il n'a abordé le sujet de la foudre en boule. Finalement il s'est emparé d'un vieux téléphone à cadran, a composé un numéro et a prononcé quelques mots dans le combiné.

— On y va, a-t-il dit en se levant.

Nous sommes descendus tous les trois et nous nous sommes à nouveau retrouvés dehors, dans la neige et le blizzard. Une jeep était maintenant arrêtée à l'entrée, et Gemov nous a fait signe de monter. Le chauffeur avait à peu près le même âge que lui, mais il était beaucoup plus massif. Il ressemblait à un vieux marin. Gemov nous l'a présenté :

— C'est l'oncle Levalenko. Il fait du commerce de fourrures. Nous avons besoin de lui pour le transport.

La jeep a remonté la rue principale. Il y avait très peu de voitures sur la route, et nous sommes bientôt sortis de la zone urbaine pour nous retrouver à nouveau sur une vaste plaine enneigée. Le véhicule s'est engagé sur une petite route couverte d'ornières et a encore roulé environ une heure avant que n'émerge du brouillard et de la neige un bâtiment qui ressemblait à un entrepôt. La jeep s'est arrêtée devant l'entrée. La grande porte s'est ouverte en grondant lorsque Levalenko l'a poussée, et nous sommes entrés. À l'intérieur, des piles de fourrures s'alignaient sur les deux côtés de l'entrepôt, dégageant une odeur forte et âcre. Sur un espace dégagé au centre du bâtiment était garé un avion. C'était un vieux modèle de biplan au fuselage abîmé par le temps, et dont la coque d'aluminium était fissurée en plusieurs endroits.

Levalenko a prononcé quelques paroles en russe. Lin Yun a traduit :

— "Il servait jadis à répandre des pesticides sur la forêt. Je l'ai racheté quand les exploitations forestières ont été privatisées. Ce vieux coucou a l'air en mauvais état mais il marche encore très bien. Nous devons d'abord décharger tout ce qui se trouve à bord."

Nous avons commencé à décharger des tas de fourrures depuis la minuscule cabine de l'appareil. Je ne sais pas de quel animal venaient les fourrures, mais elles étaient manifestement de première qualité. Quand nous avons eu tout déchargé, Levalenko a versé un peu d'essence en dessous de l'avion et y a mis le feu. Gemov nous a expliqué qu'il faisait trop froid ; les tuyaux du moteur étaient probablement gelés, il fallait les réchauffer avant de pouvoir décoller. Pendant que le feu continuait à brûler, Levalenko a sorti une bouteille de vodka et nous avons bu tour à tour au goulot. Après deux gorgées, je me suis assis par terre. Je me sentais déjà incapable de me relever, mais Lin Yun a continué à boire avec eux. Sa tolérance à l'alcool m'impressionnait. Une fois la bouteille terminée, Levalenko nous a fait signe que nous pouvions embarquer. Avec une agilité surprenante pour son âge, il a grimpé dans la cabine de pilotage. Il n'avait pas eu l'air aussi leste tout à l'heure, mais la vodka semblait agir comme un vrai lubrifiant sur ces rudes Sibériens. Gemov, Lin Yun et moi nous sommes faufilés par la petite porte latérale de la carlingue. Gemov a sorti de nulle part trois épais manteaux de fourrure et nous les a tendus :

— Mettez ça. Sinon vous allez geler.

Le moteur de l'avion a démarré en toussotant. L'hélice s'est mise à tourner et le biplan est lentement sorti de l'entrepôt, émergeant dans le vent et la neige qui emplissaient le ciel. Levalenko a sauté du cockpit et est retourné fermer la porte du hangar à clé, puis est remonté aux commandes de l'appareil. L'avion a commencé à prendre de la vitesse sur la plaine enneigée, mais après quelques instants, le moteur s'est arrêté. On n'entendait plus que le bruit des flocons frappant le verre des hublots. Levalenko a juré en russe. Il est descendu et s'est longuement affairé autour de l'appareil avant que le moteur ne se décide finalement à redémarrer. L'avion a recommencé à filer sur l'étendue enneigée. Depuis mon siège, derrière le poste de pilotage, j'ai demandé à Levalenko :

— Si le moteur s'arrête en plein vol, qu'est-ce qui se passe ?

Lin Yun a traduit. Levalenko a haussé les épaules avec indifférence :

— On s'écrase.

Levalenko a ajouté quelques mots en russe. Lin Yun a traduit :

— "En Sibérie, ce n'est pas forcément une bonne chose d'être sûr à 100 % de quelque chose. Parfois on arrive à bon port, et on se rend compte qu'on aurait mieux fait de s'écraser à mi-chemin. Le Dr Gemov en a fait l'expérience toute sa vie – n'est-ce pas, docteur ?"

— Oh, ça va, lieutenant. Conduis ton avion ! a répondu Gemov, manifestement piqué au vif.

— Vous étiez pilote dans l'armée ? a demandé Lin Yun à Levalenko.

— Bien sûr que non. Je suis juste le dernier commandant de la garnison de la base.

Nous avons été comprimés sur nos sièges et nous avons vu les champs de neige s'éloigner en dessous de nous par le hublot. L'avion avait décollé. Outre le bruit du moteur, le martèlement des flocons de neige contre le fuselage s'était aussi accéléré, comme si l'avion traversait un rideau de pluie. Le vent a balayé la neige accumulée contre le hublot. Dehors, sous le blizzard, un océan de sombres forêts a commencé à se déplacer graduellement. Parfois apparaissaient des lacs gelés, formant des petits points blancs au milieu des noires étendues de forêts, ce qui m'a fait repenser aux photos accrochées aux murs de l'appartement de Gemov.

À la vue de ces vastes étendues sibériennes, je me suis senti envahi par toutes sortes d'émotions. Même en rêve, je n'aurais jamais pensé que la foudre en boule m'emmènerait un jour ici.

— Ô Sibérie, misère et romantisme, idéalisme et sacrifice… a murmuré Lin Yun, la tête appuyée contre le hublot, contemplant ces vastes terres étrangères avec émoi.

— Ça, c'est la Sibérie du passé, la Sibérie des romans, a dit Gemov. Maintenant, il ne reste plus que l'échec et l'avidité. Sur les terres qui s'étendent au-dessous de nous, tout n'est que déforestation sauvage et braconnage, pétrole noir et gisements de brut…

— Les Chinois… a commencé Levalenko depuis le poste de pilotage. Il y a pas mal de Chinois ici. Ils nous échangent notre bois et nos fourrures contre de l'alcool frelaté qui rend aveugle. Ils nous vendent des manteaux de duvet remplis de plumes de poules… Mais vous êtes les amis de Gemov, je vous fais quand même confiance.

Nous sommes tous restés silencieux. L'avion montait et descendait dans les airs comme une feuille d'arbre emportée par la tempête. Nous étions engoncés dans nos manteaux pour échapper à la morsure du froid glacial.

Le vol a encore duré une vingtaine de minutes, puis l'avion a commencé à descendre. En contrebas, j'ai aperçu un vaste espace dégagé au milieu de la forêt, où l'appareil est finalement venu se poser.

— Laissez vos manteaux ici, vous n'en aurez pas besoin, a dit Gemov avant que nous ne descendions.

Son conseil semblait incompréhensible : dès que nous avons ouvert la porte de l'avion, une bourrasque glaciale nous a frappés avec violence ; dehors, la neige et le vent glacé se déchaînaient avec une intensité terrifiante. Levalenko est resté à bord pour nous attendre. Gemov est descendu de l'avion et s'est éloigné en ligne droite. Nous le suivions de près, le vent glacial transperçant nos vêtements comme si nous n'avions porté qu'une mince étoffe. La neige était profonde, mais je pouvais sentir sous mes pas que nous étions en train de suivre une voie ferrée. Devant nous, à quelque distance, a émergé l'entrée d'un tunnel, mais je pouvais voir d'ici qu'il avait été obstrué par un mur de béton. Nous avons atteint le tunnel, qui s'étendait sur quelques mètres avant de rencontrer le mur. Au moins, nous étions temporairement protégés du vent glacial. Gemov a déblayé de ses mains la neige accumulée au sol, et en tirant avec force, a retiré une grosse pierre à demi enfouie sous la neige. Nous avons vu apparaître dans la paroi un trou noir de un mètre de diamètre environ.

— C'est moi qui l'ai creusé. Il fait une dizaine de mètres de long, il contourne le mur de béton, a expliqué Gemov.

Il a sorti d'un sac trois grosses lampes torches et nous en a tendu une à chacun. Il a pris la sienne et nous a fait signe de le suivre à l'intérieur.

Je suivais Gemov de près, et Lin Yun fermait la marche. Le tunnel était tellement bas qu'il fallait presque ramper. Dans cet espace confiné, j'ai été assailli d'une angoisse étouffante, qui ne cessait de s'amplifier à mesure que nous progressions à l'intérieur du tunnel. Mais Gemov s'est soudain relevé et j'ai pu me redresser à mon tour. À la lumière de nos torches, j'ai vu devant nous un vaste tunnel s'enfoncer graduellement en pente douce vers les profondeurs de la terre. La voie ferrée que j'avais sentie sous mes pas à l'extérieur suivait le tunnel, se perdant dans les ténèbres. J'ai promené la lumière de ma torche sur les parois, et j'ai constaté que de nombreux crochets et plaques de fixation en acier émergeaient de la surface lisse du béton. Un grand nombre de câbles électriques passaient manifestement jadis par ici. Nous avons commencé à descendre le long du tunnel. À mesure que nous descendions, le froid glacial a progressivement disparu. Au bout d'un moment, nous avons pu sentir une odeur d'humidité et entendre le bruit de l'eau en train de goutter. La température était remontée au-dessus de zéro.

Devant nous, l'espace s'est soudain élargi et le rayon lumineux de ma torche s'est perdu dans le lointain, comme si nous étions sortis du tunnel pour émerger sous le ciel d'encre de la nuit. En regardant attentivement, on pouvait encore voir le cercle de lumière dessiné par la torche sur la voûte, très loin au-dessus de nous ; mais le plafond était très haut et le cercle de la torche si large et si diffus qu'on le distinguait à peine. Nos pas déclenchaient une cascade d'échos, et j'avais du mal à estimer la taille que pouvait atteindre la caverne. Gemov s'est arrêté, a allumé une cigarette et a commencé à raconter.

— Il y a plus de quarante ans, j'ai obtenu mon doctorat en physique à l'université de Moscou. Je me souviens encore très bien du jour où, avec des milliers d'autres, j'ai vu Gagarine traverser la place Rouge dans une jeep ouverte, juste après son retour de l'espace. Il agitait un bouquet de fleurs et sa poitrine était couverte de médailles. Mon sang bouillait dans mes veines ; dans ce monde entièrement nouveau, j'aspirais ardemment à accomplir quelque chose de grand. J'ai demandé à être affecté à la division sibérienne de l'Académie des sciences soviétique, qui était justement en train d'être créée. Dès mon arrivée en Sibérie, j'ai dit au directeur que je voulais travailler sur quelque chose de radicalement nouveau, quelque chose que personne n'avait jamais fait. Peu importait la difficulté. Il m'a dit : “Très bien, tu vas travailler sur le Projet 3141.” Comme je l'ai appris par la suite, les responsables avaient choisi le nom du projet en fonction de la valeur de pi. Mais plusieurs jours après avoir rencontré le directeur du programme, je ne savais toujours pas sur quoi portait celui-ci. Le projet était dirigé par l'académicien Nikolaï Narnov, un homme d'une trempe particulière. Même selon les critères de l'époque, il faisait partie des fanatiques les plus extrémistes sur le plan politique. Il lisait Trotski en cachette et était obsédé par l'idée d'une révolution mondiale.

Lorsque je l'ai interrogé sur le contenu du Projet 3141, il m'a dit :

“Camarade Gemov, je sais que les récents accomplissements dans le domaine de la conquête spatiale ont été une source d'inspiration pour toi. Mais à quoi ça rime ? Depuis son orbite, Gagarine n'aurait pas même pu jeter une pierre sur la tête des capitalistes de Wall Street. Notre projet est différent. Si nous réussissons, les armes conventionnelles des impérialistes ne seront plus que de simples jouets. Leurs escadres aériennes seront aussi inoffensives que des papillons ; leurs flottes, aussi fragiles que des bateaux en carton !”

Je suis ensuite venu ici, avec le tout premier groupe de chercheurs. À l'époque, le paysage était exactement le même que celui que vous avez vu à la surface ; le jour où je suis arrivé, il y avait aussi une tempête de neige. La zone venait juste d'être défrichée, on voyait encore les souches dépasser du sol. Je ne vous raconterai pas la suite en détail. Même si nous avions le temps, je n'en aurais sans doute pas la force. La seule chose que vous avez besoin de savoir, c'est que l'endroit où nous nous tenons était jadis le plus grand centre de recherche sur la foudre en boule du monde. Ici, nous avons étudié la foudre en boule pendant trente ans. À l'apogée du programme, plus de cinq mille personnes travaillaient ici ; les physiciens et les mathématiciens les plus talentueux d'Union soviétique ont tous plus ou moins été impliqués dans ce projet à un moment ou un autre. Pour vous faire comprendre l'énormité des fonds qui ont été investis dans ce programme de recherche, je n'aurai besoin que d'un seul exemple. Regardez.

Gemov a dirigé le faisceau de sa torche derrière nous. Nous avons vu qu'à côté du tunnel par lequel nous étions arrivés, s'ouvrait un autre énorme tunnel.

— Ce tunnel fait 20 km de long. À l'époque, pour garder le secret, tout le matériel destiné à la base était d'abord déchargé à l'autre bout du tunnel, puis acheminé sous terre jusqu'ici. Cela se traduisait évidemment par la disparition inexpliquée d'une énorme quantité de matériel. Pour ne pas attirer l'attention et les suspicions du monde extérieur, on a donc construit une petite ville à l'autre extrémité du tunnel ; et toujours pour garder le secret, personne n'avait le droit d'y habiter, c'était juste une ville fantôme. Pour dissimuler les radiations générées par les éclairs artificiels pendant nos recherches, toute la base a été construite sous terre. L'endroit où nous nous tenons n'est qu'un laboratoire de taille moyenne. Le reste de la base a été muré ou démoli à coups d'explosifs, on ne peut plus y accéder. Jadis, il y avait ici toutes sortes de gigantesques équipements expérimentaux : les plus grands générateurs de foudre artificielle au monde, des installations destinées à produire des champs magnétiques complexes, ou encore de gigantesques tunnels à vent. Tout était conçu pour reproduire, à la plus grande échelle possible, tous les aspects de l'environnement dans lequel apparaît la foudre en boule. Regardez ça.

Nous étions arrivés devant une immense plateforme trapézoïdale en béton.

— Imaginez une électrode en platine de la taille d'un immeuble. Elle se trouvait sur cette plateforme.

Gemov s'est baissé pour ramasser quelque chose au sol et me l'a tendu. C'était une boule en métal, extrêmement lourde.

— Ça ressemble aux boules d'acier utilisées dans les moulins à billes, ai-je remarqué.

Il a secoué la tête :

— Pendant les expériences sur la foudre, certaines pièces métalliques situées sur la voûte du tunnel fondaient sous l'action des éclairs. Le métal a pris cette forme après avoir coulé depuis le plafond et s'être refroidi.

J'ai examiné le sol autour de nous à la lumière de ma torche ; il y avait un grand nombre de boules métalliques du même genre.

— Dans le laboratoire central, les éclairs artificiels produits par nos générateurs de foudre géants atteignaient parfois une intensité supérieure d'un ordre de grandeur à celle des éclairs naturels, au point que les détecteurs d'activité nucléaire de l'Otan en ont perçu les ondes de choc. Ils ont cru que nous faisions des essais nucléaires souterrains, ce que le gouvernement soviétique a confirmé. Ça nous a valu pas mal d'ennuis pendant les négociations sur le désarmement nucléaire. Quand nous faisions ce genre d'expériences sur la foudre, toute la montagne tremblait. L'ozone produit par les éclairs remontait jusqu'à la surface, au point que l'air avait une odeur extraordinairement pure à 100 km à la ronde. En plus de produire des éclairs artificiels, nous faisions aussi tourner des générateurs de champs magnétiques, des émetteurs de rayonnement micro-onde, ou encore des tunnels à vent gigantesques, afin de créer des éclairs dans des conditions complexes. Les résultats étaient ensuite analysés par un immense système informatique. Les paramètres de certaines expériences dépassaient largement les conditions les plus extrêmes qui surviennent dans les orages naturels : des éclairs de très haute intensité étaient injectés dans des champs magnétiques d'une complexité labyrinthique, ou baignés dans des radiations micro-ondes assez puissantes pour vaporiser un lac en un instant. Pendant trente ans, les recherches se sont poursuivies sans interruption.

J'ai levé la tête vers la plateforme trapézoïdale qui avait jadis accueilli une électrode géante. Dans les ténèbres de la caverne, sous les faisceaux de nos torches, elle ressemblait à un autel sacrificiel aztèque au milieu de la jungle. Elle dégageait quelque chose de sacré. Nous autres, pauvres chercheurs de foudre en boule, ressemblions à des pèlerins qui viennent de pénétrer dans le Saint des Saints, emplis d'un mélange de crainte et de respect. En regardant cette pyramide de béton, je me suis demandé combien de chercheurs lui avaient été offerts en sacrifice au cours de ces trente longues années.

Je me suis enfin décidé à poser la question fatidique :

— Et quel a été le résultat final ?

Gemov a sorti une nouvelle cigarette et l'a allumée en tirant une longue bouffée. Il est resté silencieux. À la lueur des torches, je ne distinguais pas bien son visage, mais il m'a fait songer à Zhang Bin ; je me suis souvenu de l'expression de mon professeur pendant qu'il me décrivait l'indicible détresse du chercheur de foudre en boule… C'est ce qui m'a poussé à répondre pour Gemov :

— Ça n'a jamais marché, n'est-ce pas ?

Mais j'ai tout de suite compris que je m'étais trompé. Gemov s'est mis à rire :

— Jeune homme, tu vois les choses de manière beaucoup trop simple. Sherlock Holmes a dit qu'il craignait moins les affaires étranges que les affaires ordinaires, car ce sont souvent les cas les plus prosaïques qui sont les plus difficiles à résoudre. Si nous n'avions pas réussi une seule fois en trente ans, cela aurait été tellement extraordinaire que cela nous aurait en fait encouragés à continuer… Le malheur, c'est que nous n'avons pas même la consolation de l'extraordinaire. Tout ce que nous avons récolté est d'un prosaïsme désespérant. Si, nous avons réussi : en trente ans, nous sommes parvenus à produire vingt-sept boules de foudre.

Lin Yun et moi étions une fois de plus sous le choc. Nous sommes restés un moment silencieux, hébétés.

Gemov a ri à nouveau :

— J'imagine facilement vos sentiments respectifs en ce moment : la major est très heureuse, parce que la seule chose qui intéresse les militaires, c'est la possibilité d'utiliser la foudre pour créer des armes ; et toi, tu es triste et déçu, comme Scott arrivant enfin au pôle Sud pour y trouver le drapeau norvégien planté par Amundsen*. Mais ces sentiments sont parfaitement inutiles. La foudre en boule est toujours une énigme. Nous n'en savons pas plus sur elle que quand nous sommes arrivés ici pour la première fois, il y a plus de trente ans. Nous n'avons absolument rien appris.

— Que voulez-vous dire ? a demandé Lin Yun, surprise.

Gemov a lentement exhalé la fumée de sa cigarette. Son regard s'est perdu dans la contemplation des volutes complexes et changeantes que dessinait la fumée à la lumière des torches, tandis qu'il se replongeait dans les souvenirs d'un passé révolu.

— La première fois que nous avons produit une boule de foudre, c'était en 1962, c'est-à-dire trois ans après le début de nos recherches. Je l'ai vue de mes propres yeux. Elle est apparue au beau milieu des airs, après une décharge électrique créée dans notre simulateur d'orage. Elle était d'un jaune cireux et laissait une traînée lumineuse derrière elle en se déplaçant. Elle a disparu dans les airs sans un bruit après une vingtaine de secondes.

* L'expédition du Norvégien Roald Amundsen a été la première à atteindre le pôle Sud en 1911, coiffant au poteau le Britannique Robert Falcon Scott, arrivé un mois plus tard.

— J'imagine que vous étiez très excités, a dit Lin Yun.

Gemov a secoué la tête :

— Tu te trompes encore. À l'époque, la foudre en boule n'était selon nous qu'un phénomène électromagnétique ordinaire. Au début, le Projet 3141 n'était pas supposé atteindre une telle ampleur. Des plus hauts dirigeants de l'Académie et de l'armée jusqu'aux plus modestes chercheurs et ingénieurs du projet, tout le monde pensait que pour un pays qui avait réussi à envoyer un homme dans l'espace, il suffisait de rassembler les forces scientifiques nécessaires pour que la production d'une boule de foudre ne soit qu'une question de temps. Mais nous n'avons obtenu aucun résultat au cours des trois premières années – un délai qui dépassait déjà largement la plupart de nos prévisions. Quand cette boule de foudre est enfin apparue, nous avons juste été soulagés. Personne ne pouvait savoir que vingt-sept longues années de travail nous attendaient encore, et se solderaient par un échec. À l'époque, notre confiance semblait fondée. À la différence de la foudre naturelle, les conditions et les paramètres de production de l'éclair avaient été méticuleusement enregistrés. Aujourd'hui encore, je pourrais récrire de mémoire la totalité des paramètres de l'expérience. Le courant de l'éclair était de 12 000 ampères, la tension de 80 millions de volts, la décharge électrique a duré 119 microsecondes… bref, c'était un éclair tout ce qu'il y a de plus ordinaire. Au moment de la décharge, il y avait un courant d'air d'une vitesse de 2,4 m/s, un rayonnement micro-onde d'une puissance de 550 watts et un champ magnétique externe. Il y avait encore tout un tas d'autres paramètres, certains très ordinaires, comme la température de l'air ou la pression atmosphérique, et d'autres moins ordinaires, comme un dispositif photographique à très haute vitesse pour enregistrer la trajectoire de l'éclair, toutes sortes d'appareils pour mesurer l'intensité et la forme du champ magnétique, un détecteur de radioactivité, etc. Toutes les données que nous avions enregistrées pendant cette expérience formaient une liasse aussi épaisse que *Guerre et Paix*. Elles étaient évidemment classées top secret. À l'époque, on était en plein milieu de la crise des missiles de Cuba. Je me souviens de Narnov, brandissant cette grosse liasse de données, déclarant : "On peut rappeler les missiles, ça n'a aucune importance ! Nous avons ici quelque chose d'encore plus terrifiant pour les impérialistes !"

À ce moment-là, nous pensions tous qu'il suffirait de reproduire un éclair en respectant les mêmes paramètres pour créer des boules de foudre en série.

— Et ça n'a pas marché ? ai-je demandé.

— Je te l'ai dit, tu vois les choses de manière trop simpliste. Ce qui s'est passé ensuite a déjoué les prévisions de tout le monde. Nous avons employé exactement les mêmes paramètres pour reproduire la même expérience, et rien ne s'est passé. Exaspéré, Narnov nous a fait recommencer l'expérience encore et encore. En l'espace d'un an, nous avons reproduit cinquante mille fois le même éclair, en appliquant rigoureusement les mêmes paramètres que la première fois, mais nous n'avons pas vu l'ombre d'une boule de foudre. Il faut savoir qu'à l'époque, le déterminisme et le mécanisme dominaient sans partage le monde scientifique soviétique. Les chercheurs considéraient que la nature était nécessairement dirigée par des rapports de cause à effet absolument inflexibles. Cette mentalité était elle-même le produit du contexte politique : le spectre de Lyssenko* planait encore

* Trofim Lyssenko (1898-1976), promoteur d'une théorie pseudoscientifique de la génétique, qu'il érigea en doctrine officielle exclusive en rejetant la "science bourgeoise" de l'Occident. Sous son influence, nombre de chercheurs en génétique furent forcés d'adapter leurs conclusions à l'idéologie officielle, même lorsque les faits contredisaient celle-ci. Lyssenko sera discrédité dans les années 1960, mais

sur l'ensemble du monde académique. S'écarter de la pensée dominante n'était peut-être plus aussi dangereux que par le passé, mais suffisait encore à ruiner une carrière universitaire. Les gens qui osaient défier l'orthodoxie, comme l'avait jadis fait Gamow*, étaient très peu nombreux. Il en allait ainsi pour les sciences fondamentales comme pour la recherche théorique pure ; et pour un projet comme le nôtre, qui avait été classé "programme de recherche appliquée", le raisonnement linéaire traditionnel dominait encore plus fortement les esprits. Ils étaient incapables d'accepter les résultats que nous avions obtenus, car ils étaient absolument convaincus que si une expérience avait réussi une fois à produire une boule de foudre, répéter la même expérience avec les mêmes paramètres devait nécessairement en produire une à nouveau. Après ces cinquante mille essais manqués, Narnov a donc tiré la conclusion qui semblait la plus naturelle : il devait y avoir une erreur dans les paramètres enregistrés au cours de la première expérience.

En théorie, il n'y avait pas de quoi en faire une histoire. L'affaire pouvait facilement être réglée dans un cadre strictement professionnel : si quelqu'un devait être puni, il pouvait être renvoyé, il serait tout au plus renvoyé pour négligence. Mais Narnov ne pouvait s'empêcher de tout politiser. Son attitude autoritaire lui avait déjà valu beaucoup d'ennemis au sein du projet, et l'affaire lui a donné une occasion de se débarrasser des dissidents. Dans un rapport adressé au plus haut niveau de la hiérarchie, il a gonflé l'affaire, affirmant que des espions impérialistes sabotaient le Projet 3141.

l'influence du lyssenkisme sur la recherche soviétique a perduré bien plus longtemps.

* George Gamow (1904-1968), physicien et astronome russe, émigré aux États-Unis dans les années 1930, notamment en raison de ses désaccords avec le monde académique soviétique.

Comme il s'agissait d'un programme national d'armement de première importance, l'affaire a rapidement attiré l'attention, et une enquête de grande envergure a été ouverte.

Le comité d'enquête était principalement composé de membres du GRU*, mais Narnov en faisait également partie. Pour expliquer l'échec des expériences antérieures, Narnov a avancé une "hypothèse Jekyll", d'après le roman *L'Étrange Cas du Dr Jekyll et de Mr Hyde*. Dans le roman, le protagoniste réussit à mettre au point une drogue qui provoque un dédoublement de personnalité. Mais lorsqu'il tente de la recréer, la potion ne fonctionne plus. Il en déduit donc que les nouveaux ingrédients qu'il vient d'acheter présentent des impuretés. Mais par la suite, il se rend compte que c'étaient en réalité les ingrédients utilisés la première fois qui étaient impurs, et que c'était justement une de ces impuretés qui avait permis à la drogue de fonctionner.

Narnov croyait ainsi qu'à chaque expérience, un saboteur faisait dévier le système de ses paramètres prédéfinis. Un jour, par le plus grand des hasards, c'était justement cette déviation qui avait permis de produire une boule de foudre ; mais bien évidemment, les paramètres gardés en mémoire par le système étaient les paramètres originellement prévus, et pas les déviations introduites par le saboteur. C'était une explication tirée par les cheveux, mais c'est la seule que le comité d'enquête a acceptée. La question était maintenant de savoir quels paramètres avaient été modifiés. À l'époque, les expériences reposaient sur quatre systèmes distincts : le générateur de foudre artificielle, le générateur de champ magnétique externe, l'émetteur de rayonnements

* GRU, ou Direction générale du renseignement, service de renseignement de l'armée soviétique. Le service de renseignement militaire actuel de la Fédération de Russie a conservé le même acronyme, bien qu'il s'agisse en fait d'une organisation différente.

micro-ondes et la soufflerie d'air. Le personnel de chacun de ces systèmes était plus ou moins indépendant, et il était peu probable qu'ils aient tous été infiltrés en même temps par des saboteurs. Les enquêteurs sont donc partis du principe que les paramètres d'un seul des systèmes avaient été modifiés. À l'époque, à peu près tout le monde estimait que les paramètres les plus importants de l'expérience étaient ceux de la décharge électrique produite par le générateur de foudre. Et c'est justement moi qui avais été chargé de concevoir et d'opérer ce système.

Le temps de la chasse aux contre-révolutionnaires qui avait eu cours avant la guerre était révolu ; on ne pouvait plus déclarer quelqu'un coupable sur la base de simples suppositions. Mais à peu près au même moment, alors qu'il participait à un colloque universitaire en Allemagne de l'Est, mon père a fait défection à l'Ouest. Mon père était biologiste ; c'était un fervent défenseur de la génétique. Mais à l'époque, les théories génétiques étaient encore considérées comme une hérésie en Union soviétique, et ses idées scientifiques avaient été sévèrement réprimées. Cela l'avait plongé dans une profonde dépression, et je pense que c'est la principale raison pour laquelle il a fait défection. Sa décision a eu pour moi des conséquences catastrophiques : l'enquête s'est concentrée sur ma personne. Ils ont rapidement découvert que j'avais eu une aventure avec une Anglaise pendant une visite académique en Europe de l'Ouest. Pour se protéger, certains membres de ma propre équipe ont accepté sur les conseils de Narnov de m'accuser de tous les maux. Au final, les accusations d'espionnage ont été retenues et j'ai été condamné à vingt ans de travaux forcés.

Mais Narnov ne pouvait se passer de moi sur le plan technique. Il a donc demandé en haut lieu que je puisse purger ma peine sur la base, tout en poursuivant mon travail.

De retour à la base, j'ai mené la vie d'un paria ; je n'étais pas libre de mes mouvements, je ne pouvais pas quitter la base, même la couleur de mes vêtements de travail était différente de celle des autres. Le plus dur, c'était encore la solitude ; en dehors du cadre professionnel, personne ne voulait s'approcher de moi. La seule personne à me traiter en égal était une jeune diplômée qui venait tout juste d'être affectée à la base. Elle m'a apporté beaucoup de réconfort, et elle est ensuite devenue ma femme.

Pour oublier ma condition, je me suis lancé corps et âme dans mes recherches. J'éprouvais une haine sans nom pour Narnov. Mais même si cela peut paraître étrange, j'étais d'accord sur le principe de son "hypothèse Jekyll". Je ne croyais pas que quelqu'un ait intentionnellement saboté les paramètres, mais je pensais honnêtement que c'était la déviation d'un paramètre inconnu qui avait permis à la première expérience de réussir. Cela me mettait cependant dans une position désespérante, car si j'arrivais à découvrir le ou les paramètres qui avaient dévié de la valeur prévue, ce n'en serait que plus difficile de prouver mon innocence… Dans le cadre de mes recherches, je n'ai cependant pas réfléchi un seul instant à cet aspect du problème : j'ai travaillé d'arrache-pied en espérant sincèrement pouvoir produire une nouvelle boule de foudre.

La marche à suivre pour la suite de nos recherches était simple. La déviation qui s'était produite pendant la première expérience ne pouvait pas être très importante, sinon elle aurait été détectée par les divers instruments de mesure, ou même à l'œil nu, au moment de la décharge électrique. Il fallait donc reprendre nos expériences en faisant très légèrement varier la valeur de chacun des paramètres de l'expérience initiale. Mais si c'était non pas un, mais plusieurs paramètres qui avaient dévié de leur valeur, on se retrouvait avec un nombre colossal de combinaisons possibles, et il fallait donc procéder à un très grand nombre de tests. Au cours de ces expériences, ma conviction que Narnov m'avait sciemment piégé s'est renforcée ; car s'il avait réellement pensé que j'étais un saboteur, il aurait forcément trouvé un moyen de me faire avouer quels paramètres j'avais modifiés. Mais il ne m'a pas posé une seule fois la question. Le reste du personnel, exténué par ces expériences incessantes, me haïssait cordialement. Mais à ce moment-là, tout le monde, moi y compris, considérait toujours que produire une nouvelle boule de foudre n'était qu'une question de temps.

Ce qui s'est passé ensuite a une fois de plus déjoué toutes nos attentes : nous avons essayé toutes les modulations possibles de tous les paramètres, sans succès. De manière inattendue, cela prouvait mon innocence. C'est à cette époque que Brejnev est arrivé au pouvoir. Contrairement à son prédécesseur, ce fils de porchers*, Brejnev se piquait de culture et se montrait beaucoup plus modéré envers les intellectuels. Mon cas a été réexaminé, et même si je n'ai pas été officiellement innocenté, j'ai eu droit à une libération anticipée et on m'a offert de revenir à Moscou pour enseigner à l'université. Sur cette base coupée du monde, nombreux étaient ceux qui aspiraient à une telle opportunité ; mais je suis resté. La foudre en boule faisait désormais partie de ma vie, il m'était impossible de la quitter.

C'était maintenant au tour de Narnov d'être en mauvaise posture. Il devait endosser la responsabilité de l'échec de nos recherches. Même si les conséquences ne seraient pas aussi graves pour lui que pour moi, sa carrière académique et politique était terminée. Il a essayé de se battre, il a continué à soutenir son "hypothèse Jekyll", en affirmant cette

* Nikita Khrouchtchev était né dans une famille de paysans pauvres. Léonid Brejnev lui a succédé à la tête de l'URSS en 1964.

fois que c'étaient les paramètres de l'un des trois autres systèmes qui avaient été modifiés. Il a ordonné une nouvelle série d'expériences, avec un programme de travail encore plus colossal que le précédent. Je ne sais combien de temps ces expériences auraient pu se poursuivre si elles n'avaient pas été interrompues par un événement imprévu.

La base du Projet 3141 disposait du plus grand générateur de foudre artificielle au monde, et en parallèle des recherches sur la foudre en boule, elle servait aussi à plusieurs autres programmes expérimentaux à visée civile ou militaire. Un jour, pendant une expérience liée à l'ingénierie des paratonnerres, une boule de foudre est à nouveau apparue de manière totalement inattendue. Les paramètres de la décharge électrique étaient pourtant radicalement différents de ceux de notre première expérience réussie ; il n'y avait absolument aucun point commun entre les deux procédures. Un certain nombre de facteurs extérieurs, comme le champ magnétique et le rayonnement microonde, étaient même totalement absents de l'expérience, qui n'avait consisté qu'à produire un seul et unique éclair.

Un nouveau cycle infernal a donc commencé : nous avons répété des dizaines de milliers de fois la même expérience en appliquant les paramètres de ce test, et comme la première fois, aucune boule de foudre n'est apparue. Cette fois-ci, aucune déviation ne pouvait être imputée à un quelconque saboteur, et même Narnov a été obligé de reconnaître que son "hypothèse Jekyll" était erronée. Il a été rappelé à la division sibérienne de l'Académie des sciences, où on lui a confié un poste administratif sans importance jusqu'à sa retraite.

À ce moment-là, le Projet 3141 fonctionnait depuis quinze ans déjà. Après le départ de Narnov, nous avons modifié nos méthodes de travail. Nous avons expérimenté sur toutes sortes de combinaisons de paramètres. En l'espace de dix ans, nous avons à nouveau produit neuf boules de foudre. La foudre en boule surgissait en moyenne tous les sept mille éclairs. Le record a été de plusieurs dizaines de milliers d'éclairs avant qu'une boule de foudre n'apparaisse. À chaque manifestation, les paramètres expérimentaux étaient différents ; la plupart du temps, les divergences étaient même immenses.

Au milieu des années 1980, face à la menace représentée par le projet "Guerre des étoiles" des États-Unis, l'URSS a augmenté les fonds alloués aux programmes d'armements de haute technologie et de nouveaux concepts, y compris pour la foudre en boule. La base s'est rapidement agrandie, et le rythme des expériences a été multiplié par deux. Notre objectif était maintenant de nous appuyer sur un très grand nombre d'essais pour tenter de discerner des schémas récurrents dans les conditions d'apparition de la foudre en boule. Pendant les cinq dernières années, nous avons encore produit seize boules de foudre, mais comme toutes les fois précédentes, nous n'avons découvert absolument aucun point commun entre leurs conditions d'apparition respectives.

Gemov nous a invités à nous rapprocher de la plateforme trapézoïdale, qu'il a éclairée de sa torche.

— J'en ai fait une sorte de mémorial. Quand je suis tourmenté par les souvenirs du passé, je viens y graver quelque chose.

J'ai examiné la surface de la plateforme. À la lumière de la torche, je pouvais distinguer une multitude de courbes, comme une masse de serpents en train d'onduler.

— Pendant ces trente années, nous avons produit vingt-sept boules de foudre. Chacune de ces courbes représente toutes les valeurs prises par un des paramètres de ces vingt-sept expériences réussies. Cette courbe, par exemple, c'est l'amplitude du courant de l'éclair ; celle-ci, c'est l'intensité du champ magnétique externe…

En regardant de plus près, j'ai découvert que chacune des courbes était en effet composée de vingt-sept points. Elles ressemblaient au tracé d'enregistrement d'un bruit complexe, ou aux spasmes convulsifs d'une créature à l'agonie. Toutes les courbes étaient totalement irrégulières.

Nous avons fait le tour de la plateforme avec Gemov. L'autre face était couverte de noms gravés dans le béton.

— Ce sont les noms de tous ceux qui ont sacrifié leur vie au Projet 3141 au cours de ces trente années. La plupart sont morts à cause des mauvaises conditions de travail. Là, c'est ma femme. Elle est morte d'une maladie inconnue causée par une exposition répétée aux radiations générées par les décharges électriques. Son corps s'est couvert d'ulcères, et elle est morte dans d'horribles souffrances. Pas mal de gens dans cette liste sont morts de la même maladie. Ici, c'est mon fils. Il a été tué par la toute dernière boule de foudre que nous avons réussi à produire. En l'espace de trente ans, les vingt-sept boules de foudre que nous avons créées ont tué trois personnes.

Cette chose semble capable de traverser n'importe quoi. Personne ne peut prévoir à quel moment ou sur quoi elle va libérer son énergie. Nous ne considérions pas ce genre d'expériences comme particulièrement dangereuses, parce qu'il était extrêmement rare que nous arrivions à produire une boule de foudre ; tellement rare que notre vigilance avait tendance à s'émousser, et c'était toujours au moment où nous commencions à nous relâcher que la foudre en boule choisissait d'apparaître pour causer un désastre. La dernière fois que nous avons réussi à produire une boule de foudre, tous ceux qui se trouvaient sur place s'en sont sortis parfaitement indemnes. La boule a traversé plusieurs mètres de roche, et est allée incinérer mon fils, qui se trouvait dans la salle des commandes centrale. À l'époque, il travaillait sur la base comme ingénieur en informatique.

Gemov a éteint sa torche et s'est tourné vers l'immensité ténébreuse de la caverne en poussant un long soupir.

— Quand je suis entré dans la salle des commandes, tout était aussi calme que d'habitude. Au plafond, la lampe brillait de sa douce lumière habituelle, tout était propre et net et bien éclairé. Tous les équipements informatiques tournaient normalement, sans un bruit. Mais sur le blanc immaculé du sol antistatique se trouvait le corps presque entièrement calciné de mon fils. On aurait dit une image projetée depuis un autre monde… C'est à ce moment-là que j'ai reconnu ma défaite. Après trente années de lutte, face à cette force naturelle ou surnaturelle, j'avais bel et bien perdu. Ma vie s'est arrêtée à cet instant. Depuis, je n'ai fait que survivre.

Quand nous sommes revenus à la surface, il s'était arrêté de neiger. À l'ouest, le soleil couchant dardait ses rayons au-dessus de la cime des arbres, couvrant la plaine enneigée d'une teinte rouge sang. Je suis retourné d'un pas lourd vers l'avion, avec l'impression que ma propre vie était terminée aussi.

De retour à l'appartement de Gemov, nous avons bu sans interruption pendant toute la nuit. Dehors, les bourrasques sibériennes hurlaient à la fenêtre. Nous avons jeté un à un tous les exemplaires de *Perestroïka* dans le poêle. Les innombrables boules de foudre au plafond et sur les murs se sont mises à tourner autour de moi, de plus en plus vite, comme si j'étais tombé dans un tourbillon de boules de lumière blanches.

À moitié ivre, Gemov nous a dit :

— Mes enfants, trouvez-vous une autre occupation… Le monde est plein de choses intéressantes, et on n'a qu'une seule vie. Ne gâchez pas la vôtre pour une chimère…

J'ai fini par m'endormir au milieu des piles de livres. Je suis revenu en rêve à la nuit de mes quatorze ans, dans cette petite pièce au milieu de la tempête. J'étais seul devant mon gâteau et mes bougies d'anniversaire, papa et maman n'étaient pas là, la foudre en boule n'était pas là. Mon rêve était bel et bien terminé.

Le lendemain matin, Gemov nous a ramenés à l'aéroport. Au moment des adieux, Lin Yun a dit :

— Je sais que vous nous avez confié beaucoup de choses que vous n'aviez pas le droit de révéler. Mais ne vous inquiétez pas, nous promettons sur l'honneur de ne jamais le répéter.

Gemov a fait un geste de la main à Lin Yun :

— Non, major, si je vous ai demandé de venir, c'est justement pour que le monde apprenne notre histoire. Je veux que les gens sachent que jadis, pendant cette tragique époque d'idéalisme, une bande de Jeunes Communistes* est venue s'enterrer au fin fond de la forêt sibérienne. Ils ont couru après un fantôme, et ils lui ont sacrifié leur vie.

Nous nous sommes étreints avec force, le visage plein de larmes.

Après le décollage, j'ai fermé les yeux et je me suis enfoncé dans mon siège, épuisé. J'avais l'esprit complètement vidé. Un passager à côté de moi m'a poussé du doigt, et m'a demandé : "Chinois ?" J'ai opiné du chef et il m'a montré l'écran devant mon siège, comme s'il était bizarre qu'un Chinois ne regarde pas la télévision. Celle-ci était en train de diffuser un bulletin d'informations. La situation

* Les "Komsomolets", membres du Komsomol, ou Union des jeunes léninistes communistes, qui accueillait des militants de quinze à vingt-huit ans.

internationale s'était à nouveau dégradée et les nuages de la guerre semblaient prêts à crever à tout moment. Mais j'étais trop fatigué, mon esprit engourdi ne s'intéressait plus à rien, pas même à la situation internationale ou à la guerre. J'ai tourné la tête pour regarder Lin Yun ; elle était absorbée par les nouvelles. Je l'enviais, car la foudre en boule n'était qu'une partie d'un épisode de sa vie. S'en séparer ne serait pas un coup fatal pour elle. Je me suis rapidement endormi, et quand je me suis réveillé, nous étions déjà sur le point d'atterrir.

C'était bientôt le soir, et la brise printanière de Beijing nous caressait le visage avec une douceur enivrante. Un instant, l'ombre jetée par la situation internationale a paru s'estomper. Les paysages de neige et de glace de la Sibérie me semblaient déjà incroyablement lointains, comme un monde qui n'aurait existé qu'en rêve. De fait, à présent, c'était toute ma vie passée qui ressemblait à un rêve, un rêve dont je venais à peine de me réveiller.

Sur l'avenue Chang'an illuminée par les réverbères, Lin Yun et moi nous sommes regardés en silence. Depuis le début, nous suivions des chemins différents ; nos mondes respectifs étaient très éloignés l'un de l'autre, et seule la foudre en boule nous avait rapprochés. Mais maintenant, ce lien n'existait plus. Zhang Bin, Zheng Min, Gemov… trop de gens avaient déjà été sacrifiés sur cet autel, et cela n'avait guère de sens d'y ajouter ma propre dépouille. J'ai eu l'impression que la petite flamme d'espoir qui brûlait au fond de mon cœur venait d'être aspergée d'eau glacée. Il n'en restait plus que des cendres noyées au fond de l'eau. Au revoir, jolie major…

— Il ne faut pas renoncer, a dit Lin Yun en me regardant.

— Lin Yun, je ne suis qu'un homme ordinaire.

— Moi aussi je suis ordinaire. Mais il ne faut pas renoncer.

— Au revoir.

Je lui ai tendu la main. À la lumière des réverbères, j'ai vu des larmes briller dans ses yeux. J'ai lâché avec rudesse sa main douce et chaude et je suis parti à grands pas sans me retourner.

II

LE PHARE DE LA RÉVÉLATION

Je me suis efforcé de m'habituer à ma nouvelle vie. Je me suis mis à jouer à des jeux en ligne. J'ai commencé à regarder le basket à la télé, puis à y jouer moi-même. Je jouais aux cartes jusque très tard dans la nuit. Je suis allé à la bibliothèque pour rendre tous mes ouvrages spécialisés et j'en ai ramené une grosse pile de DVD. J'ai essayé de jouer en Bourse. Je songeais à acheter un petit chien. J'ai continué à cultiver le penchant pour l'alcool que j'avais contracté en Sibérie. Parfois, je buvais seul ; d'autres fois, en compagnie du nombre croissant d'amis en tous genres que je m'étais mis à fréquenter. Je pensais même essayer de me trouver une petite amie et de fonder une famille, mais je n'avais pas encore eu l'occasion de rencontrer quelqu'un. Je n'aurais plus jamais besoin de fixer avec hébétude un tas d'équations aux dérivées partielles jusqu'à deux heures du matin. Je n'aurais plus jamais besoin de passer une dizaine d'heures d'affilée devant mon ordinateur, à attendre un résultat dont je savais d'avance qu'il ne pouvait que me décevoir. Le temps, qui était auparavant une ressource si précieuse pour moi, semblait maintenant disponible en quantité illimitée. Pour la première fois, je découvrais ce qu'étaient le repos et la détente ; pour la première fois, je me rendais compte à quel point la vie pouvait être riche ; et pour la première fois, je réalisais soudain que tous ces gens pour qui j'éprouvais jadis du dédain, voire de la pitié, vivaient en fait beaucoup mieux que moi. Leur manière de vivre était finalement la plus raisonnable qui soit. Un peu plus d'un mois s'est écoulé et j'ai commencé à prendre du poids ; les quelques cheveux que j'avais prématurément perdus se sont mis à repousser, plus drus que jamais, et plus d'une fois je me suis réjoui de m'être réveillé avant qu'il ne soit trop tard.

Mais parfois – même si c'était pendant quelques secondes à peine – ma vie passée revenait soudain me hanter. En général, cela se produisait quand je me réveillais au milieu de la nuit. Dans ces moments, j'avais toujours l'impression d'être revenu au fond de cette lointaine caverne souterraine ; une pyramide de béton se dressait majestueusement dans les ténèbres, sa base parcourue de courbes sinueuses qui se tordaient en tous sens… Mais rapidement, les ombres des arbres de la rue, projetées sur les rideaux de ma fenêtre par le réverbère, me rappelaient où j'étais, et je me rendormais bien vite. C'était un peu comme si j'avais enterré un cadavre dans mon jardin. Je l'avais profondément enfoui pour essayer de l'oublier, mais en vain : je savais tout de même qu'il était là, et surtout, je savais que je savais… J'ai fini par comprendre que pour vraiment l'oublier, il me fallait le déterrer et aller le brûler loin d'ici. Mais je n'avais pas la force de le faire ; et plus il s'enfonçait profondément dans le sol, plus il devenait difficile de me résoudre à le déterrer, car je n'osais songer à ce qu'il était devenu sous terre…

Mais après un peu plus d'un mois, la fréquence à laquelle mon ancienne vie revenait me hanter a rapidement décliné, notamment parce que j'étais tombé amoureux. C'était une étudiante qui venait juste d'être affectée à notre institut de recherche, et j'avais rapidement remarqué que je lui plaisais aussi. Le premier matin des vacances de la fête du 1er mai, j'ai hésité quelques minutes, assis dans ma chambre, avant de me décider à l'inviter à dîner. Je me suis levé pour aller frapper à sa porte, au deuxième étage. Mais je me suis ravisé, me disant qu'il était peut-être plus approprié de lui téléphoner ; j'ai tendu la main vers mon téléphone… La vie que j'avais commencé à mener aurait pu continuer, simple et confortable ; je me serais plongé dans le long fleuve de l'amour, puis j'aurais fondé une famille, j'aurais eu des enfants, j'aurais obtenu tout ce que les gens désirent sur le plan professionnel ; bref, j'aurais eu la même vie heureuse et ordinaire que la plupart des gens. Peut-être que dans mes vieilles années, assis sur une plage face au soleil couchant, mes souvenirs les plus profondément enfouis seraient revenus flotter devant moi : je me serais souvenu de ce petit bourg du Yunnan, de la tempête sur le mont Tai, de la base de recherche sur les armes à foudre dans la banlieue de Beijing, de la Sibérie battue par les vents et la neige ; je me serais rappelé une jeune fille en uniforme militaire et la petite épée qu'elle portait au col… À ce moment-là, toutes ces choses seraient cependant déjà bien loin, comme si elles avaient eu lieu dans une autre vie.

Mais à l'instant où ma main allait saisir le téléphone, celui-ci s'est mis à sonner.

C'était le commandant Jiang Xingchen. Il m'a demandé quels étaient mes projets pour la fête du 1er mai ; j'ai répondu que je n'en avais pas encore.

— Tu veux venir faire un tour en bateau ?

— Bien sûr. Mais c'est vraiment possible ?…

— Viens me rejoindre.

J'ai reposé le téléphone, stupéfait. Je n'avais rencontré le commandant qu'une seule fois, lorsque Lin Yun me l'avait présenté. Depuis, je n'avais plus été en contact avec lui. Quel était donc le but de cette invitation ? J'ai rapidement rassemblé quelques affaires, et j'ai attrapé le premier vol pour Guangzhou. Inviter cette fille à dîner allait devoir attendre mon retour.

Je suis arrivé le jour même à Guangzhou. L'atmosphère martiale y était plus marquée que dans l'intérieur du pays ; il y avait beaucoup plus de véhicules militaires sur les routes, et partout s'étalaient des affiches et des slogans liés à la défense antiaérienne. Il m'était difficile de comprendre que le commandant du porte-avions de la Flotte de la mer du Sud puisse être d'humeur aussi oisive en un tel moment. Mais le lendemain, j'ai bel et bien embarqué sur un petit sloop au départ de Shekou. Sur le bateau, à part le commandant Jiang et moi, il n'y avait qu'un autre officier de marine et un pilote d'une unité d'aviation navale. Jiang Xingchen m'a enseigné avec enthousiasme les rudiments de la navigation, en me montrant comment lire une carte maritime et comment utiliser un sextant. J'ai découvert que manœuvrer un voilier était une tâche très éprouvante ; à part me coincer les doigts dans les cordages de la voilure, je n'étais d'aucune utilité. Je passais la plupart de mon temps assis tout seul à la proue du navire, à regarder le ciel bleu et la mer émeraude, la lumière du soleil dansant à la surface de l'eau, les ombres mouvantes jetées sur la mer par les nuages qui scintillaient à l'horizon… Il était merveilleux d'être vivant.

— Vous autres marins, vous passez déjà toutes vos journées en mer… et en plus de ça, vous naviguez encore pour le plaisir ? ai-je demandé à Jiang Xingchen.

— Bien sûr que non. Cette balade en mer, elle est pour toi, a-t-il répondu avec un air mystérieux.

Au crépuscule, nous avons accosté sur une petite île déserte. Elle faisait à peine la taille de deux terrains de foot. À part un petit phare inhabité, elle était complètement nue.

Nous nous sommes préparés à passer la nuit sur l'île. Mais alors que nous étions en train de débarquer les tentes et le reste du matériel du bateau, un spectacle incroyable est apparu dans le lointain.

À l'ouest, la mer était reliée au ciel par une gigantesque bande verticale. Sa moitié inférieure était blanche, mais les rayons du couchant teintaient sa moitié supérieure d'une couleur rouge sombre. La colonne se tordait lentement comme une créature vivante entre la mer et le ciel. Voir un tel monstre apparaître aussi soudainement au-dessus d'une mer au repos, c'était comme voir un énorme python aux couleurs chatoyantes surgir de l'herbe pendant un pique-nique ; le monde que l'on croyait familier se changeait brusquement en un lieu étrange et sauvage.

— Ah, Chen, nous avons enfin un sujet de conversation commun ! Elle atteint quelle intensité, d'après toi ? m'a demandé Jiang Xingchen en désignant l'horizon.

— Difficile à dire. C'est la première fois que je vois une tornade. Mais je dirais… probablement F2, ai-je répondu*.

— Ce n'est pas dangereux pour nous d'être ici ? a demandé le pilote avec anxiété.

— D'après la direction dans laquelle elle se déplace, sans doute pas, a calmement répondu le commandant.

— Et comment on sait qu'elle ne va pas changer de direction ?

— Les tornades se déplacent généralement en ligne droite.

Dans le lointain, la tornade s'est lentement déplacée vers l'est. Quand elle est passée au plus près de l'île, le ciel s'est couvert de nuages sombres, et j'ai entendu un grondement assourdi – un bruit qui m'a donné la chair de poule. Je me

* Sur l'échelle de Fujima, qui va de F1 à F10. Les catégories 6 à 10 sont cependant des catégories théoriques, jamais observées dans la nature.

suis retourné pour regarder Jiang Xingchen. Il était très calme et semblait admirer la tornade avec ravissement ; ce n'est que lorsqu'elle a finalement disparu qu'il a détaché à regret son regard de l'horizon.

— Est-ce que la météorologie a fait des progrès en matière de prévision des tornades ces derniers temps ? m'a-t-il demandé.

— Je ne crois pas. Les tornades et les tremblements de terre restent les deux catastrophes naturelles les plus difficiles à prévoir.

— Avec le changement climatique global, la mer de Chine méridionale est petit à petit devenue une zone de formation de tornades. C'est un grave danger pour nous.

— Pourquoi ? Les porte-avions craignent les tornades ? C'est vrai qu'une tornade pourrait balayer tous les avions du pont d'envol, mais le navire lui-même…

— Vous êtes naïf, docteur Chen, a déclaré l'officier de marine qui nous accompagnait. La structure d'un porte-avions est conçue pour résister à des tornades de force F2 ; mais si le bâtiment rencontrait une tornade un tant soit peu plus puissante, le pont se casserait en deux. Ce serait un désastre.

L'eau de mer que la tornade avait aspirée vers le ciel a commencé à retomber, entraînant une averse brève mais extrêmement violente. Avec la pluie, quelques poissons encore vivants se sont abattus sur l'île, et nous en avons fait notre dîner.

Le soir, je me suis promené sur la plage avec le commandant. Le ciel étoilé était limpide et m'a rappelé une certaine nuit sur le mont Tai.

— Lin Yun était très malheureuse que tu quittes le programme de recherche sur la foudre en boule. Le projet ne peut pas se passer de toi… C'est pourquoi je me suis porté volontaire pour venir te demander de réintégrer le programme. Et j'ai promis à Lin Yun que je réussirais, a déclaré Jiang Xingchen.

Il faisait nuit noire sur l'océan, mais je n'avais aucun mal à imaginer son sourire. Accepter une telle mission au nom de la femme qu'il aimait était le signe d'une grande confiance en soi. D'un autre côté, cette démarche dissimulait peut-être aussi quelque chose dont le commandant lui-même n'avait pas conscience – une façon pour Lin Yun d'exprimer un certain dédain envers moi.

— Commandant, ces recherches sont sans espoir.

J'ai poussé un long soupir en me tournant vers l'océan plongé dans l'obscurité.

— Lin Yun m'a dit que votre voyage en Russie avait été un choc pour toi. Mais je pense que tu ne devrais pas te laisser impressionner par le temps ou par l'ampleur des financements que les Russes ont consacrés à ce projet. D'après ce que Lin Yun m'a expliqué, je crois avoir compris une chose : si les Russes ont échoué, c'est parce qu'ils se sont entêtés dans une logique obsolète d'ingénieurs en armement, pour essayer de résoudre ce qui est en fait un problème de sciences fondamentales. Avec une telle mentalité, il était inévitable qu'ils tombent à court de nouvelles idées, d'imagination et de créativité.

En quelques phrases, Jiang Xingcheng avait touché juste. Et il fallait indéniablement une vraie hauteur de vue pour comprendre que l'étude de la foudre en boule appartenait en fait aux sciences fondamentales.

— De plus, tu t'étais préparé à passer ta vie entière à tenter de comprendre la foudre en boule… c'est en tout cas ce que m'a dit Lin Yun. Si c'est vrai, tu ne devrais pas renoncer à la légère. Moi, par exemple, mon rêve était initialement de devenir chercheur en stratégie militaire. Pour toutes sortes de raisons, j'ai finalement emprunté une autre voie… mais malgré le poste élevé que j'occupe maintenant, au fond de moi, je ne me sens toujours pas à ma place.

— Je vais y réfléchir, ai-je vaguement grommelé.

Mais la suite de la conversation m'a fait comprendre que les choses étaient plus compliquées que je ne l'imaginais.

— Tu as travaillé longtemps avec Lin Yun, tu la connais bien. Tu sais que sa manière de penser et son tempérament comportent des aspects… dangereux, pourrait-on dire. J'aimerais que tu l'aides à rester à l'écart de ces dangers.

— Les dangers dont tu parles… Ce sont des dangers pour elle-même ? Ou pour les autres ? ai-je demandé, perplexe.

— Les deux. Je vais te raconter quelque chose. Quand la Chine a signé la Convention internationale sur l'interdiction des mines antipersonnel, Lin Yun était encore doctorante. Elle a clamé haut et fort que signer cette convention était une grave erreur, car les mines étaient avant tout une arme anti-agression, une arme de combattants pauvres. Pendant sa première année de doctorat, elle s'est mis en tête de concevoir un nouveau modèle de mine avec deux de ses camarades de classe. Ils y travaillaient dans le laboratoire de nanotechnologie de l'école. Son but était de mettre au point un type de mine qu'aucun ingénieur militaire classique ne serait en mesure de repérer – quelque chose que la Convention interdit formellement. Elle a réussi et elle a mis au point une mine qui a l'air très simple en apparence.

— J'ai vu le morceau de bambou accroché dans sa voiture, l'ai-je interrompu.

Il a agité la main avec dédain :

— Non, non, comparée à son invention, cette chose est un jouet. Elle a mis au point une mine liquide. Visuellement, c'est juste un liquide incolore et transparent ; en réalité, c'est de la nitroglycérine modifiée par des procédés nanotechnologiques. Elle a réussi à supprimer la sensibilité de la nitroglycérine aux vibrations, mais à renforcer sa sensibilité à la pression. Le stockage du liquide passe donc par des règles très strictes : il doit être entreposé dans des conteneurs spéciaux composés de rayonnages rigides, sans quoi la pression exercée sur les couches inférieures suffirait à déclencher une explosion. Pour poser ce genre de mine, il suffit de répandre le liquide au sol ; le moindre pas dans la zone d'épandage provoque alors une explosion. Sa létalité est extrêmement élevée, et les soldats du génie sont incapables de détecter les zones piégées par des moyens traditionnels. Elle a proposé ce nouveau modèle de mine à sa hiérarchie et a demandé à ce que les troupes en soient équipées, mais elle a bien sûr été sévèrement réprimandée. Elle s'est alors juré de montrer à tout le monde le potentiel de son invention sur le champ de bataille.

— Vu sa fascination pour les armes, et plus particulièrement pour les nouveaux concepts d'armes, je peux tout à fait l'imaginer faire ce genre de chose.

— Mais tu peux difficilement imaginer la suite de l'histoire… L'an dernier, vers la fin de l'année, quand a éclaté la guerre frontalière entre le Chili et la Bolivie, ces mines ont fait leur apparition dans le conflit. Elles ont fait d'énormes dégâts.

J'ai regardé le capitaine avec étonnement, réalisant la gravité de la chose.

— Le plus étonnant, c'est que les deux parties en présence, l'armée chilienne et l'armée bolivienne, utilisaient toutes les deux ce type de mine.

— Quoi ?!

Je me suis figé, mon étonnement soudain transformé en effroi.

— Mais elle… elle n'a que le grade de major ! Elle a vraiment ce genre de relations ?

— Je vois qu'elle ne t'a pas tout dit sur elle-même. Elle parle rarement de ces choses, et à très peu de gens.

Jiang Xingchen m'a dévisagé. Dans l'obscurité, je ne distinguais pas son regard, mais c'était sans aucun doute un regard lourd de sens.

— Oui, elle a ce genre de relations.

De retour dans ma tente, je n'arrivais pas à dormir. J'ai ouvert le volant et j'ai regardé le phare à l'extérieur, espérant que ses clignotements réguliers finiraient par m'hypnotiser. Cela a marché, et j'ai lentement glissé dans un état de semiconscience. Le phare s'est peu à peu fondu dans l'obscurité, jusqu'à ce qu'il ne reste plus que sa lumière clignotante, flottant au milieu des airs – tantôt visible lorsqu'elle s'allumait, tantôt remplacée par les ténèbres infinies de la nuit lorsqu'elle s'éteignait. Je lui ai vaguement trouvé quelque chose de familier et j'ai entendu une petite voix dans mon esprit, comme si une bulle était remontée des profondeurs de l'océan pour venir éclater à la surface. La voix disait : *Le phare est toujours là, mais tu ne le vois que lorsqu'il s'allume…*

Un éclair de compréhension a fusé dans mon esprit et je me suis brusquement redressé. Je suis resté très longtemps à écouter le roulement de la mer, puis je suis allé réveiller Jiang Xingchen.

— Commandant, est-ce qu'on peut rentrer tout de suite ?

— Pour quoi faire ?

— Pour aller étudier la foudre en boule, pardi !

LE GÉNÉRAL LIN FENG

Ce n'est qu'après avoir atterri à Beijing que j'ai appelé Lin Yun. L'histoire que m'avait racontée Jiang Xingchen m'avait empli d'un incompréhensible effroi, mais en entendant la douce voix de la major, j'ai senti mon cœur fondre, et j'ai soudain eu très envie de la revoir.

— Ah, je savais bien que Xingchen réussirait ! s'est exclamée Lin Yun avec enthousiasme.

— C'est surtout qu'il m'est soudain venu une nouvelle idée.

— C'est vrai ? Viens dîner à la maison !

Cette invitation m'a beaucoup surpris, car Lin Yun avait toujours soigneusement évité de parler de sa famille ; même Jiang Xingchen ne m'avait rien révélé à ce sujet.

En sortant de l'aéroport, j'ai eu la surprise de tomber sur Zhao Yu. Il avait démissionné de la station météo du mont Tai et voulait se lancer à son compte dans toutes sortes d'affaires. Il avait beaucoup d'idées, comme installer des dispositifs de capture de foudre à grande échelle sur des terres agricoles, afin de produire de l'engrais à partir des orages naturels, ou encore se servir de la foudre pour réparer le trou de la couche d'ozone au niveau des pôles. Il a même évoqué les armes à foudre – car Lin Yun lui en avait aussi parlé sur le mont Tai – mais il pensait que cette idée avait peu de chances d'aboutir.

— Tu ne vis plus au jour le jour ? ai-je demandé.

— Vu la situation actuelle, tout le monde est très nerveux. Vivre au jour le jour n'est plus aussi amusant qu'avant.

Zhao Yu était quelqu'un d'intelligent ; avec un peu d'effort, il était capable de réussir beaucoup de choses. En le regardant, j'ai réalisé que notre manière de voir le monde est à certains égards profondément enracinée en nous, au point de pouvoir rester inchangée pendant toute une vie. Mais par d'autres aspects, elle est aussi très fragile : l'orientation de nos vies est entièrement déterminée par l'époque dans laquelle nous vivons, et nul ne peut s'écarter très loin de son époque.

Avant de nous séparer, Zhao Yu s'est souvenu de quelque chose :

— Il n'y a pas longtemps, je suis repassé à l'université, j'ai vu Zhang Bin.

— Ah ?

— Dès qu'il m'a vu, il m'a demandé de tes nouvelles. On lui a diagnostiqué une leucémie incurable. Je pense que c'est à force d'avoir réprimé ses émotions pendant si longtemps…

En regardant s'éloigner Zhao Yu, les paroles du Sibérien Levalenko me sont revenues à l'esprit : *Parfois on arrive à bon port, et on se rend compte qu'on aurait mieux fait de s'écraser à mi-chemin…*

Un certain effroi m'a de nouveau étreint à la pensée du chemin inconnu qui s'étendait devant moi.

Ce n'est pas Lin Yun mais un sous-lieutenant qui est venu me chercher en voiture à l'aéroport.

— Docteur Chen, le chef et la major Lin m'ont demandé de venir vous chercher.

Après avoir salué, il m'a poliment invité à monter dans une voiture de marque Drapeau rouge*. Sur la route, il s'est

* Célèbre marque chinoise de limousines de luxe.

contenté de conduire et n'a pas décroché un mot. La voiture a finalement pénétré dans un complexe résidentiel à l'entrée duquel des sentinelles montaient la garde. De petits immeubles résidentiels surmontés de toits à larges corniches s'alignaient en rangs bien ordonnés. Après avoir dépassé plusieurs rangées de peupliers, la voiture s'est arrêtée devant un petit bâtiment à deux étages, tellement typique de l'architecture des années 1950 que si l'on m'avait demandé quel était le premier mot qui me venait à l'esprit en le voyant, j'aurais immédiatement répondu : "Parents."

Le sous-lieutenant m'a ouvert la porte de la voiture :

— Le chef et la major sont à la maison. Je vous en prie.

Il a de nouveau salué et m'a suivi des yeux jusqu'à ce que j'arrive en haut des marches.

Lin Yun est sortie pour m'accueillir. Elle avait maigri depuis la dernière fois que je l'avais vue ; elle était manifestement surmenée ces derniers temps. Pour moi, ce changement était très soudain et je me suis rendu compte que pendant cette période où je ne l'avais pas revue, elle avait continué à exister dans ce petit monde clos au fond de mon cœur – un monde dans lequel elle restait à jamais inchangée.

En entrant, j'ai vu le père de Lin Yun assis sur le canapé, en train de lire le journal. Il s'est levé pour me serrer la main. Il était mince et vigoureux, sa poignée de main pleine de force.

— Ah, tu es ce fameux docteur qui étudie la foudre ? Bonjour ! Yun me parle souvent de toi. D'habitude, tous ses amis sont des soldats. Je lui ai déjà dit que ce n'était pas sain. À notre époque les soldats ne devraient pas rester toujours entre eux, sinon leurs idées risquent de se scléroser.

Il s'est tourné vers Lin Yun :

— Mme Zhang n'arrivera pas à tout faire toute seule, je vais aller l'aider à préparer deux ou trois de mes spécialités pour le Dr Chen.

Puis, s'adressant à nouveau à moi :

— Aujourd'hui, ce n'est pas seulement une invitation de Yun, c'est aussi moi qui t'invite. Nous parlerons tout à l'heure.

— Pas trop de piment, papa ! a crié Lin Yun alors que son père s'éloignait.

Je le connaissais depuis moins d'une minute, mais je lui trouvais une sorte d'ineffable dignité, qui se mêlait harmonieusement à son amabilité pour lui conférer un charisme rare.

De lui, je savais seulement qu'il était militaire, peut-être même général. J'avais bien glané quelques vagues indices à partir d'allusions entendues dans l'entourage de Lin Yun ; mais j'ai toujours été très mauvais dans ce domaine, je suis incapable de deviner quoi que ce soit sur les gens. Même à présent, je ne savais à peu près rien de concret sur le père de Lin Yun. Mais son affabilité m'avait aidé à me détendre. Assis sur le canapé, j'ai commencé à fumer les cigarettes apportées par Lin Yun, et j'ai examiné le salon du regard. La pièce était meublée de manière très simple, quasiment dépourvue de toute décoration. Au mur étaient accrochées une carte du monde et une carte de Chine, tellement immenses qu'elles occupaient presque le mur entier. Il y avait aussi une sorte de grande table – certainement un bureau – sur laquelle étaient posés un téléphone rouge et un téléphone blanc, ainsi que diverses piles de ce qui ressemblait à des dossiers. L'ensemble du salon évoquait en fait un bureau. Mon regard s'est finalement posé sur la penderie à côté de la porte, où était accroché un uniforme. Depuis le canapé, je pouvais distinguer le grade cousu sur l'épaulette. J'ai plissé les yeux pour mieux voir et j'ai lâché ma cigarette de surprise.

Il y avait trois étoiles sur l'insigne d'épaule*.

* C'est-à-dire le grade de général d'armée, le plus haut grade des officiers généraux des forces terrestres de l'Armée populaire de libération.

Je me suis empressé de ramasser ma cigarette et de l'éteindre dans le cendrier et je me suis rassis, mains sur les genoux, dans la posture d'un écolier bien sage.

Lin Yun a éclaté de rire en me voyant :

— Détends-toi, mon père a une formation d'ingénieur, il s'entend bien avec les scientifiques. Il n'a jamais soutenu nos recherches sur les armes à foudre, et on dirait maintenant qu'il a eu raison… Mais quand je lui ai parlé de la foudre en boule, il a été très intéressé.

Mon regard a été attiré par une photo en noir et blanc accrochée au mur. Elle représentait une jeune femme vêtue d'un uniforme militaire très simple, à l'ancienne mode. Sa ressemblance avec Lin Yun était frappante.

Lin Yun s'est levée et s'est approchée de la photo. Elle a simplement dit :

— Ma mère. Morte pour la patrie en 1981, pendant le conflit frontalier… Mais parlons plutôt de la foudre en boule. J'espère que tu n'as pas déjà tout oublié !

— Qu'est-ce que tu as fait ces derniers temps ?

— Je me suis servie du macro-ordinateur de l'un des centres de recherche du Second corps d'artillerie* pour tester le dernier modèle mathématique que tu avais créé. En comptant les débogages, je l'ai fait tourner une trentaine de fois.

Elle a doucement secoué la tête, et j'ai su que c'était encore un échec.

— C'est la première chose que j'ai faite en rentrant. Mais pour être honnête, c'était uniquement pour que tu n'aies pas fait tout ça pour rien.

— Merci. Merci beaucoup. Mais arrêtons avec les modèles mathématiques, ça ne sert à rien.

* Le Second corps d'artillerie était chargé de la dissuasion nucléaire chinoise de 1966 à 2016. Il a été restructuré et renommé “Forces des fusées” le 1er janvier 2016.

— Je suis arrivée à la même conclusion. À mon retour, je me suis renseignée par d'autres canaux et j'ai appris qu'au cours des dernières décennies, outre l'URSS, les grandes puissances occidentales avaient aussi investi de très grosses sommes dans la recherche sur la foudre en boule. Je me demande si nous ne pourrions pas obtenir des informations de ce côté.

— Mais ils n'ont jamais publié de données techniques à ce sujet. Même Gemov ne nous a rien montré de concret.

Lin Yun s'est mise à rire :

— Ah, tu penses vraiment comme un universitaire !

— Comme un rat de bibliothèque, tu veux dire…

— Non, tu n'es pas un rat de bibliothèque. Si c'était le cas, tu n'aurais pas déserté le programme il y a quelque temps. Mais le fait que tu aies voulu abandonner prouve au moins que tu as compris une chose importante – une chose qui aurait pu être un point de départ, mais que tu as préféré considérer comme une fin.

— Et qu'est-ce que j'ai compris au juste ?

— Qu'il est impossible de résoudre l'énigme de la foudre en boule en s'appuyant sur les manières de penser traditionnelles. En soi, c'est une conclusion qui vaut déjà des milliards !

— Effectivement. Il est absolument aberrant que de l'énergie électromagnétique puisse se maintenir sous cette forme. Nous pourrions tordre les équations dans tous les sens pour les forcer à produire un modèle mathématique de foudre en boule, mais j'ai l'intuition que nous passerions à côté de la vérité. Je pense en effet qu'aucune théorie classique ne peut expliquer les propriétés les plus étranges de la foudre en boule, comme la manière sélective dont elle libère son énergie, ou sa capacité à traverser n'importe quoi.

— C'est pourquoi nous devons ouvrir notre esprit. Tu as dit que nous n'étions que des gens ordinaires ; mais à partir de maintenant, nous devons nous forcer à penser comme des gens extraordinaires.

— J'y ai déjà réfléchi, ai-je dit avec excitation. Voici l'idée qui m'est venue : *La foudre en boule n'est pas produite par les éclairs. C'est une structure qui existe déjà dans la nature !*

— Tu veux dire que… l'éclair se contente de l'allumer ou de la stimuler ? a immédiatement répondu Lin Yun.

— Exactement ! Comme quand le courant électrique fait s'allumer une ampoule – l'ampoule existait déjà avant le passage du courant.

— Bien. Mettons un peu nos pensées en ordre… Bon sang, mais cette idée explique étonnamment bien tout ce qui s'est passé sur cette base en Sibérie !

— Oui. Les vingt-sept boules de foudre produites par le Projet 3141 n'avaient en fait absolument aucun rapport avec les paramètres des éclairs artificiels qui les avaient précédées. Elles se trouvaient *déjà là*, elles ont juste été révélées par les éclairs !

— Ce qui voudrait dire que cette chose est capable de se déplacer sous terre… mais pourquoi pas ! Beaucoup de gens ont vu des boules de foudre jaillir de fissures dans le sol juste avant un tremblement de terre.

En proie à une excitation incontrôlable, nous faisions les cent pas en spéculant à travers le salon :

— L'erreur fondamentale de toutes les recherches passées est maintenant très claire : il ne faut pas essayer de *produire* une boule de foudre, mais plutôt d'en *trouver* une ! Ce qui signifie que pendant les expériences de production artificielle de la foudre, l'élément clé ne se trouve pas dans la nature ou la structure physique de l'éclair, et encore moins dans des facteurs externes comme le champ magnétique ou le rayonnement micro-onde. L'important, c'est de faire en sorte que l'éclair couvre le plus d'espace possible !

— Exactement !

— Comment allons-nous procéder pour la suite, alors ?

Derrière nous, le général Lin nous a appelés pour le repas. Une table couverte d'une profusion de plats avait été installée au milieu du salon.

— Fais attention, Yun, le Dr Chen est notre invité, et on ne parle pas de travail à table ! a déclaré le général en me servant un verre d'alcool.

— Ce n'est pas du travail, c'est un passe-temps ! a répondu Lin Yun.

Nous avons commencé à discuter de sujets plus décontractés. J'ai appris que le général Lin avait fait de brillantes études à l'Institut de génie militaire de Harbin. Il s'était spécialisé en électronique, mais n'avait ensuite plus jamais travaillé dans le domaine technique ; il s'était tourné vers une carrière purement militaire, et était devenu l'un des rares officiers généraux de l'armée à disposer d'une formation scientifique.

— Sur tout ce que tu as appris, j'ai bien peur que tu ne te souviennes plus que de la loi d'Ohm, l'a taquiné Lin Yun.

Le général s'est mis à rire :

— Tu me sous-estimes ! Mais ce qui m'a le plus marqué, ce n'est pas l'électronique, c'est l'informatique. À l'époque, le premier ordinateur que j'ai vu était un modèle soviétique. J'ai oublié la fréquence du processeur, mais la mémoire interne était de 4 Ko. C'était une mémoire à tore magnétique, qui devait être encore plus volumineuse que cette bibliothèque… Mais la plus grosse différence avec ce qui se fait maintenant, c'était au niveau logiciel. Yun n'arrête pas de me vanter ses talents de programmation, mais si elle avait eu affaire à cette machine, elle aurait dû suer sang et eau pour programmer un calcul aussi simple que 3 + 2.

— Il n'existait que le langage assembleur à l'époque, c'est bien ça ?

— Même pas. Il n'y avait que des 0 et des 1. La machine était incapable de compiler quoi que ce soit, il fallait écrire le programme sur une feuille de papier, puis le traduire instruction par instruction en code machine, c'est-à-dire en séquences de 0 et de 1. On appelait ça du codage manuel.

Le général s'est retourné pour prendre un stylo et une feuille sur le bureau derrière lui. Il a rédigé une série de 0 et de 1, puis nous l'a tendue :

— Regardez. Cette séquence d'instructions ordonne à la machine de prendre les valeurs stockées dans deux registres, de les envoyer dans un accumulateur, puis de transférer le résultat dans un autre registre. Pas besoin d'avoir l'air aussi sceptique, Yun. Je suis sûr que c'est juste. À l'époque, j'ai passé un mois entier à concevoir un programme pour calculer la valeur de pi. Depuis, je me souviens mieux des équivalences entre code machine et instructions que des tables de multiplication.

— En fait, il n'y a pas de différence de nature entre les ordinateurs actuels et ceux de l'époque. Au final, ce sont toujours des séries de 0 et 1 qui sont traitées par la machine, ai-je dit.

— Oui, c'est ça qui est intéressant. Prenons le XVIIIe siècle, ou même avant – les savants qui essayaient d'inventer une machine à calculer croyaient sans doute que leur échec venait du fait qu'ils n'avaient pas réussi à penser en termes assez complexes ; alors qu'en réalité, ils n'avaient pas réussi à penser en termes assez simples.

— C'est la même chose pour la foudre en boule, a dit Lin Yun d'un air songeur. Le Dr Chen vient d'avoir une idée de génie qui m'a fait réaliser que notre échec venait justement du fait que nous n'avions pas pensé en termes assez simples.

Elle a expliqué ma nouvelle idée à son père.

— C'est très intéressant, et tout à fait plausible, a dit le général en hochant la tête. Vous auriez dû y penser plus tôt. Comment allez-vous procéder maintenant ?

Lin Yun a poursuivi, réfléchissant à mesure qu'elle parlait :

— Nous allons construire un grand réseau de générateurs d'éclairs. Pour obtenir des résultats dans des délais raisonnables, il faudrait une superficie de... laissez-moi réfléchir... au moins 20 km^2. Sur l'ensemble de cette zone, nous installerons un millier de générateurs d'éclairs.

— Oui ! Et pour les générateurs d'éclairs, il suffira d'utiliser les armes à foudre que vous avez déjà construites ! ai-je ajouté avec excitation.

— Ce qui nous amène au problème du financement... Une batterie supraconductrice coûte plus de trois cent mille yuans, et il nous en faudrait un millier, a poursuivi Lin Yun, pensive.

— C'est assez pour équiper une escadrille entière de SU-30, a fait remarquer le général.

— Mais si nous réussissons, une escadrille de SU-30 ne vaudra plus rien !

— Écoute, je ne veux plus entendre de "peut-être" ou de "si". Pour les armes à foudre, c'était la même rengaine, toujours des "si". Résultat ? Est-ce que ça a réussi ? Et je dois préciser quelque chose au sujet de ce programme. Le département général de l'Armement s'est obstiné à vouloir faire ces recherches, et je n'ai pas eu le pouvoir de m'y opposer. Mais laisse-moi te poser une question : le rôle que tu as joué dans ce programme, tu crois vraiment que c'était le rôle d'une simple major ?

Lin Yun est restée sans voix.

— Pour ce qui est de ton projet de foudre en boule, je ne peux pas te laisser continuer à n'en faire qu'à ta tête. Je suis d'accord pour ce projet, mais je ne te donnerai pas un sou, a poursuivi le général.

— Mais c'est absurde ! Que veux-tu qu'on fasse sans argent ? Les médias occidentaux te décrivent comme un des seuls grands généraux de Chine à être aussi un grand universitaire, mais je vois qu'ils se sont trompés, s'est écriée Lin Yun avec colère.

— L'universitaire, c'est ma fille, et elle ne fait rien d'autre que me demander de l'argent pour le jeter par la fenêtre. Vous avez encore votre base de recherche sur les armes à foudre dans la banlieue de Beijing, non ? Vous n'avez qu'à faire vos expériences là-bas !

— Mais papa ! Ça n'a rien à voir !

— Comment ça, rien à voir ? Dans les deux cas il s'agit d'éclairs, il y a bien un point commun, non ? Avec tout le matériel que vous avez là-bas, je refuse de croire qu'il n'y ait rien d'utilisable.

— Papa, on a besoin de construire un réseau d'éclairs à grande échelle !

Le général Lin s'est mis à rire en secouant la tête :

— S'il y a une idée stupide entre toutes, c'est bien celle-ci. Je ne comprends vraiment pas comment deux docteurs en sciences ont pu avoir une idée pareille…

Lin Yun et moi nous sommes regardés avec incompréhension.

— Chen, tu viens de rentrer de Shanghai, je crois. Comment font les pêcheurs quand ils pêchent ? Tu les as vus couvrir la mer entière de filets ?

— Papa, tu veux dire… qu'il faudrait rendre l'éclair mobile ? Ah ! Je suis tellement emballée par l'idée du Dr Chen que j'en deviens idiote.

— Comment ça, le rendre mobile ? ai-je demandé, ahuri.

— Il y a juste besoin de faire transporter un générateur de foudre par un hélicoptère, et la cible électriquement chargée par un autre. Cela permettra de former un arc électrique aérien. Si les deux hélicoptères se déplacent à la même vitesse, ils pourront transporter l'arc électrique pour scanner une très grande superficie, ça aura exactement le même effet qu'un réseau d'éclairs. Et avec cette méthode, on n'a besoin que d'une seule batterie !

— Comme si l'on tirait un filet de pêche à travers le ciel ! ai-je déclaré, ne me tenant plus d'excitation.

— Un filet céleste ! s'est écriée Lin Yun avec enthousiasme.

Le général a repris :

— Réaliser ce projet ne sera pas aussi facile que vous l'imaginez. Je ne pense pas avoir besoin de vous en expliquer les difficultés.

— Ce sera surtout très dangereux, a répondu Lin Yun. L'un des pires ennemis des appareils aériens, c'est la foudre. Les zones d'orage sont catégoriquement interdites aux pilotes. Mais nous allons littéralement devoir leur demander de transporter un éclair avec eux.

— Oui, a dit le général avec gravité. Ce sera une vraie bataille !

FRELONS TUEURS

Après le repas, le général Lin a déclaré qu'il voulait me parler en tête à tête. Lin Yun nous a jeté un regard méfiant et est montée à l'étage.

Le général a allumé une cigarette et m'a dit :

— Je voudrais te parler de certaines choses concernant ma fille. Quand Lin Yun était petite, je passais tout mon temps à l'armée, en première ligne. Je n'avais pas le temps de m'occuper de ma famille. Elle a été élevée par sa mère, et c'est pourquoi elle était très attachée à elle.

Le général s'est levé et s'est approché du portrait de sa défunte épouse.

— À l'époque, sur le front du Yunnan, elle commandait une compagnie des transmissions. Les équipements de communication étaient assez rudimentaires ; en première ligne, les communications se faisaient encore au moyen de grandes quantités de câbles téléphoniques. Ces câbles étaient fréquemment attaqués par des escouades vietnamiennes opérant des deux côtés de la frontière. Leur tactique favorite consistait à couper une ligne, puis à tendre une embuscade ou à poser des mines à proximité de la coupure. Le jour où elle a sacrifié sa vie, des combats avaient éclaté entre deux divisions, et une ligne de communication cruciale avait été coupée par l'ennemi. On avait perdu contact avec la première équipe de trois soldats envoyée pour examiner la ligne. Elle a donc décidé d'aller vérifier en personne l'état de la ligne, en emmenant quatre soldats des transmissions avec elle.

En arrivant près du site, ils sont tombés dans une embuscade. C'était dans une forêt de bambous, et l'ennemi avait abattu tous les bambous autour du point de coupure, formant une petite clairière. Quand la mère de Lin Yun et son équipe sont arrivées sur place, l'ennemi a ouvert le feu depuis la forêt, et la première salve a tué trois soldats. Comme cela se passait de notre côté de la frontière, et qu'ils étaient très peu nombreux, les Vietnamiens n'ont pas osé prolonger l'engagement et se sont rapidement repliés. La mère de Lin Yun et le dernier soldat des communications – elle aussi une femme – ont commencé à se rapprocher du point de coupure, en déminant pas à pas le terrain. Lorsque l'autre soldate a finalement trouvé une des deux extrémités du câble sectionné, il y avait un petit morceau de bambou d'un pouce de long accroché au fil. Elle a essayé de le détacher et le bambou a explosé, lui réduisant le visage en bouillie.

Quand la mère de Lin Yun a commencé à essayer de raccorder les deux morceaux du câble sectionné, elle a soudain entendu une sorte de vrombissement. Elle a levé la tête et vu au-dessus d'elle une petite boîte en carton laissée par l'ennemi. De la boîte a jailli une nuée de frelons, qui se sont rués vers elle. Elle a été piquée plusieurs fois et s'est mise à courir vers la forêt en se protégeant la tête avec sa veste de camouflage, mais l'essaim continuait à la suivre. Elle a fini par se jeter dans une mare, essayant de rester sous l'eau. Toutes les trente secondes, elle sortait la tête de l'eau pour reprendre son souffle ; l'essaim de frelons continuait à tourner au-dessus d'elle, refusant de se disperser. Elle a commencé à s'impatienter ; sur le front, la situation était critique et chaque minute sans communications pouvait entraîner de lourdes pertes. Finalement, elle a décidé de retourner faire son devoir, au mépris des conséquences. Elle est sortie de la mare, est retournée dans la clairière et s'est remise à réparer la ligne, toujours entourée d'une nuée de frelons. Elle a réussi à terminer les réparations, mais elle avait été piquée un nombre incalculable de fois. Quand une patrouille l'a retrouvée, elle était déjà inconsciente. Elle est morte d'empoisonnement une semaine plus tard. Sa peau était couverte d'ulcères noirs et suppurants, son visage avait tellement gonflé qu'il était méconnaissable. Elle est morte dans d'horribles souffrances. Lin Yun avait cinq ans ; elle a vu sa mère dans cet état à l'hôpital de Kunming… Après sa mort, elle n'a plus dit un mot pendant un an. Lorsqu'elle a recommencé à parler, un an plus tard, elle avait beaucoup de mal à s'exprimer.

Le récit du général Lin m'a ébranlé. Les souffrances et les sacrifices de cette époque pourtant pas si lointaine me paraissaient inconcevables de nos jours.

Le général a poursuivi :

— Après une expérience pareille, tous les enfants ne vont pas réagir de la même façon. Certains vont avoir une réaction de rejet : toute leur vie, ils haïront la guerre et tout ce qui la concerne. D'autres vont plutôt commencer à être intéressés, voire obsédés par ce genre de choses. Malheureusement, ma fille fait partie de la deuxième catégorie.

— La fascination de Lin Yun pour les armes, et en particulier pour les nouveaux concepts d'armes, est liée à ces événements ? ai-je demandé avec précaution.

Le général n'a pas répondu. Je ne comprenais pas bien pourquoi il me racontait tout cela, et il a semblé deviner ma perplexité.

— En tant que chercheur, tu sais bien qu'il est tout à fait normal pour un scientifique d'être fasciné par l'objet de ses recherches. Mais la recherche sur les armes est un domaine très particulier. Si un chercheur se prend de passion pour les armes, cela peut devenir très dangereux – à plus forte raison dans le cas d'une arme basée sur la foudre en boule, qui deviendrait instantanément, en cas de succès, une arme d'une puissance terrifiante. La fascination excessive de Lin Yun pour les armes, ajoutée à sa tendance à ne reculer devant rien pour atteindre son but, ne font que rendre le danger encore plus marqué… Je ne sais pas si tu comprends ce que je veux dire ?

— Je comprends, général Lin. Le capitaine Jiang m'a dit la même chose, ai-je répondu en hochant la tête.

— Oh ? Vraiment ?

Je ne savais pas très bien si le général était ou non au courant de l'histoire des mines liquides. Je n'ai pas osé demander, car peut-être ne savait-il pas encore.

— Dans cette affaire, Jiang Xingchen ne peut pas faire grand-chose. Lin Yun et lui travaillent très loin l'un de l'autre. Et par ailleurs…

Il a hésité un instant, avant de conclure par une allusion lourde de sens :

— "Ils ne voient pas la montagne, car ils se tiennent déjà sur son sommet*."

— Qu'est-ce que je peux faire, alors ?

— Je voudrais que tu surveilles Lin Yun pendant vos recherches sur la foudre en boule, afin d'empêcher tout incident éventuel.

J'ai réfléchi quelques secondes, et j'ai acquiescé de la tête.

— Très bien, général, je ferai tout mon possible.

— Merci.

Il s'est approché du bureau et a noté au crayon un numéro de téléphone sur une feuille avant de me la tendre :

* Paraphrase du poème *Écrit sur un mur du temple de Xilin*, du poète Su Shi (1037-1101) : "Je ne peux voir le vrai visage du mont Lu / Puisque je me tiens déjà sur son sommet."

— En cas de besoin, tu peux me contacter directement. Je m'en remets à toi, Chen. Je connais bien ma fille, et je suis vraiment très inquiet.

Le général a prononcé cette dernière phrase avec un air particulièrement grave.

FILET CÉLESTE

Lin Yun et moi sommes retournés à la base de recherche sur la foudre. Le véhicule s'est arrêté quelques secondes à l'entrée de la base pendant que la sentinelle vérifiait nos papiers d'identité. Il y a six mois, au début du printemps, alors que la nuit était en train de tomber, c'est ici que Lin Yun m'avait pour la première fois exposé son idée d'utiliser la foudre en boule comme une arme. J'ai réalisé avec une certaine émotion que j'avais beaucoup changé depuis cette époque.

Nous avons retrouvé le colonel Xu Wencheng, qui était toujours responsable de la base. En apprenant que celle-ci allait rester ouverte, et qu'un nouveau programme de recherche allait être lancé, il a été agréablement surpris ; mais après avoir écouté les détails de notre projet, il est redevenu pessimiste.

— La première étape sera de tirer le meilleur parti possible du matériel dont nous disposons pour trouver des boules de foudre, afin que la hiérarchie puisse se rendre compte de leur potentiel en tant qu'armes, a expliqué Lin Yun.

Le colonel a eu un sourire énigmatique :

— Je pense que la hiérarchie a déjà parfaitement conscience de leur potentiel. Vous savez, un des sites stratégiques les plus sensibles du pays a jadis subi une attaque de foudre en boule.

Lin Yun et moi avons échangé un regard ébahi, et Lin Yun lui a demandé où cela s'était produit.

— Dans le complexe des invités d'État de Diaoyutai*.

Depuis des années, je collectionnais les comptes rendus et les témoignages sur les occurrences de foudre en boule en Chine et à l'étranger, remontant jusqu'à la fin de la dynastie Ming ou au début de la dynastie Qing. J'avais toujours pensé que j'en savais plus que n'importe qui à ce sujet, mais je n'avais jamais entendu parler de cette histoire.

— C'était le 16 août 1982. Deux boules de foudre sont apparues en même temps à deux endroits différents du complexe de Diaoyutai. Elles sont toutes les deux descendues le long d'un arbre. La première est apparue près de l'enceinte orientale de l'hôtel des invités d'État et a touché un soldat en faction. Celui-ci se tenait devant un corps de garde de plus de deux mètres de haut, et l'arbre le long duquel la boule de foudre est descendue se trouvait deux ou trois mètres plus loin. Lorsqu'elle est arrivée, le garde a juste senti une boule de feu tout près de lui, puis tout est devenu noir et il a perdu conscience. Quand il s'est réveillé, il était indemne – sauf qu'il était devenu sourd. L'avant-toit en béton et le mur de briques du corps de garde étaient percés de plusieurs petits trous ; à l'intérieur, toutes les lampes avaient grillé, plus aucun interrupteur ne fonctionnait et la ligne téléphonique était coupée.

La deuxième boule de foudre est apparue dans l'aile sud-est du complexe, à une centaine de mètres du corps de garde. Elle est aussi descendue le long d'un arbre. À environ deux mètres de l'arbre se trouvait un petit entrepôt en bois, entouré par trois grands sophoras du Japon. La boule de foudre a roulé le long du tronc de celui qui se trouvait

* Luxueux complexe d'hôtels et de jardins utilisé pour recevoir les dignitaires étrangers en visite à Beijing.

du côté est et a pénétré dans l'entrepôt par la fenêtre, perçant au passage deux petits trous à travers la vitre. Elle a brûlé le mur est et le coin sud-est de l'entrepôt, ainsi que deux chambres à air de vélo accrochées au mur, et tous les disjoncteurs de l'entrepôt. La ligne électrique a aussi été coupée…

— Comment connaissez-vous tous ces détails ? a demandé Lin Yun.

— Après l'incident, je faisais partie du groupe d'experts appelé pour examiner les lieux et réfléchir à des mesures de protection. Nous avons proposé d'installer un paratonnerre à cage maillée, en équipant les portes et les fenêtres d'une gaze métallique reliée à la terre ; nous avons aussi bouché toutes les ouvertures inutiles des deux bâtiments et recouvert la cheminée et les conduits d'aération de grillages métalliques reliés à la terre.

— Et ça a servi à quelque chose ?

Il a secoué la tête :

— Au moment de l'incident, la fenêtre par laquelle est passée la foudre en boule était déjà équipée d'un filet métallique aux mailles assez étroites, et il a quand même été percé en huit endroits. Mais à l'époque, nous ne pouvions rien proposer d'autre que ce genre de mesures conventionnelles. Si l'on pouvait utiliser cette chose en combat réel, elle aurait effectivement une puissance terrible. Je connais un peu les recherches sur la foudre en boule à l'étranger, et il est bien possible que vous soyez les premiers à avoir eu cette idée. C'est une idée qui a l'air tout à fait raisonnable, mais pour ce qui est de l'appliquer…

Il a encore secoué la tête.

— La foudre est l'un des phénomènes naturels les plus difficiles à contrôler, à plus forte raison sous sa forme globulaire. Cette chose possède non seulement la puissance destructrice d'un éclair, mais aussi la furtivité d'un spectre.

Personne ne peut prévoir à quel moment ni sur quoi elle va choisir de décharger sa terrible énergie… La contrôler sera plus facile à dire qu'à faire.

— De toute façon, nous ne pouvons progresser que pas à pas, a dit Lin Yun.

— Oui, si vous arrivez vraiment à trouver une boule de foudre, ce sera déjà une grande avancée pour les sciences de l'orage. Et notre base aura au moins une réussite à son actif… Mais ce qui m'inquiète, c'est la sécurité. Il m'est venu une idée : est-ce qu'il ne serait pas possible de monter le générateur d'éclairs et sa cible sur des véhicules terrestres ? Ils pourraient transporter l'arc électrique en terrain plat, cela permettrait aussi de balayer une grande surface.

— Nous y avons déjà pensé, a répondu Lin Yun en secouant la tête. Nous avons même pensé à scanner la surface de l'océan en déplaçant l'arc électrique avec deux navires. Mais ça ne marcherait pas.

Le colonel Xu a réfléchi un instant et a hoché la tête.

— C'est vrai, la terre et la mer sont des corps conducteurs. L'effet d'induction empêcherait l'arc électrique de durer très longtemps.

— Nous avons aussi pensé à utiliser des avions, dans la mesure où il serait plus facile pour le pilote de sauter en parachute en cas d'accident. Mais ça n'irait pas non plus, car leur vitesse de vol est trop élevée, et l'arc électrique serait dissipé par le déplacement d'air. Nous devrons nous contenter de mettre en place des mesures préventives avant les expériences, par exemple en faisant répéter aux pilotes la procédure d'évacuation de l'hélicoptère en conditions extrêmes. Par ailleurs, les forces aériennes de la marine sont justement en train d'introduire un nouveau dispositif d'éjection spécial pour hélicoptères ; le principe est un peu le même que pour les avions de chasse, mais l'éjection se fait à l'horizontale. Nous en avons déjà commandé quelques unités au département général de l'Armement.

Le colonel Xu a secoué la tête :

— Ces mesures n'auront qu'une utilité limitée. Nous allons tout de même prendre de gros risques.

— C'est vrai, a reconnu Lin Yun. Mais au vu de la situation actuelle, alors que toutes les troupes sont déjà en état d'alerte maximale, nous ne pouvons pas nous permettre de trop nous attarder sur les questions de sécurité.

La réponse de Lin Yun m'a quelque peu choqué, mais le colonel Xu a tacitement accepté cet argument. C'était manifestement un homme conciliant, et il ne pouvait pas faire grand-chose face à l'obstination intraitable de Lin Yun. Par ailleurs, il est vrai qu'au vu de la situation internationale, c'était le moment ou jamais pour les soldats de prendre des risques.

La base disposait pour le moment de deux hélicoptères militaires Z-9 de fabrication chinoise. Avant de commencer les expériences, les deux pilotes se sont entraînés pendant une semaine au saut en parachute. L'un d'eux simulait une manœuvre de chute libre aux commandes de l'hélicoptère, pendant que l'autre sautait par la porte arrière de l'appareil. Ils ont aussi testé le nouveau dispositif d'éjection, qui ressemblait à une petite fusée fixée dans le dos du pilote. Quand il se déclenchait, l'hélicoptère semblait émettre une boule de fumée blanche, comme s'il avait été touché par un tir, et le parachutiste était projeté comme une pierre hors de l'appareil ; il parcourait une longue distance à travers les airs avant de déclencher son parachute. C'était extrêmement impressionnant.

Un jour, alors que nous faisions une pause, un des pilotes a demandé à Lin Yun :

— Major, nous risquons vraiment d'être abattus en vol ? Parce que si ça se passe comme pour le capitaine Wang, ça ne sert à rien de s'entraîner comme ça.

— Cette fois, l'intensité de l'éclair sera beaucoup plus faible. Même si par malchance l'éclair touchait un hélicoptère, il ne causerait pas le même genre de dégâts. Et les tests réels se dérouleront à plus de 5 000 m d'altitude, vous aurez largement le temps de sauter.

L'autre pilote a demandé :

— On m'a dit que j'allais devoir projeter un éclair vers un autre hélicoptère ?

— Oui, mais l'intensité de la décharge sera aussi faible que celle que vous utilisiez auparavant pour vider la charge excédentaire de la batterie.

Le pilote s'est mis à rire :

— Vous voulez dire que vous comptez utiliser cette arme en combat aérien ? Une arme qui n'a que 100 m de portée, dans un combat aérien ?

— Bien sûr que non. Vous allez déplacer l'arc électrique qui se formera entre vos deux appareils à travers les airs. Cet arc sera comme un filet, destiné à capturer ou à stimuler l'apparition d'une certaine structure potentiellement présente dans l'atmosphère. Si l'on arrive à trouver cette chose, elle pourrait devenir l'arme la plus dissuasive qui ait jamais été conçue.

— Major, ça devient de plus en plus farfelu. Pour être tout à fait honnête, j'ai presque entièrement perdu confiance en vous. Vivement qu'on en finisse, que je puisse retourner dans mon unité d'origine.

À l'évocation du capitaine Wang Songlin, abattu en vol par l'éclair engendré par un champ électrique artificiel, mon cœur s'est serré dans ma poitrine. Je me suis demandé comment je réagirais si je devais effectuer un vol aussi dangereux ; je serais sans doute tétanisé par la peur. D'un autre côté, si j'étais Lin Yun, je serais également incapable d'expliquer la situation aux pilotes avec un tel détachement. Pourtant, les jeunes visages que j'avais maintenant devant moi étaient tous extraordinairement calmes, comme s'ils s'apprêtaient à faire une simple promenade en voiture.

Par la suite, nous avons essayé de mettre au point d'autres procédures plus sûres. Une des plus réalisables consistait à suspendre le générateur d'éclairs à un câble en dessous de l'hélicoptère ; avec un câble suffisamment long, cela réglerait définitivement les problèmes de sécurité. Nous nous en sommes voulu de ne pas y avoir pensé plus tôt, mais en procédant à des tests concrets, nous avons découvert que cela ne fonctionnait pas. Dans les airs, le balancement du générateur d'éclairs était trop important, et l'arc électrique ne pouvait pas être dirigé avec une précision suffisante pour établir la liaison entre les deux hélicoptères. Nous avons donc été forcés d'en revenir à notre méthode originale, malgré le danger.

Depuis le début, j'étais très curieux quant aux principes de fonctionnement de ce modèle d'arme à foudre. Bien que l'arme n'ait qu'une portée de 100 m, il était stupéfiant que la minuscule électrode du générateur d'éclair parvienne à décharger de l'électricité sur une telle distance ; et il était encore plus surprenant qu'elle arrive à maintenir l'arc électrique sans qu'il se dissipe. En raison du secret-défense, je n'avais pas osé poser trop de questions. Mais en examinant pour la première fois le générateur d'éclairs, j'avais été très intrigué par une pièce d'équipement très particulière, visible à l'extérieur du dispositif. Il s'agissait d'un petit tube trapu, situé à côté de l'électrode ; une de ses extrémités était orientée dans la même direction que la décharge électrique, et l'autre s'enfonçait dans une sorte de gros appareil. La forme circulaire et les câbles à haute tension qui couraient à l'extérieur de l'appareil le faisaient ressembler à un accélérateur de particules en miniature. J'en avais conclu que c'était cette pièce qui détenait le secret de la décharge électrique à longue distance. Par la suite, j'ai appris qu'il s'agissait en fait d'un émetteur de particules. Avant la décharge, il tirait un flux de particules électriquement chargées vers la cible ; le faisceau de particules ionisait l'air sur son passage, canalisant l'arc électrique jusqu'à sa cible.

Le jour du premier test, il faisait un temps magnifique ; à l'aube, il n'y avait quasiment pas de vent au sol. Tout le personnel de l'expérience était rassemblé sur le site. Nous étions peu nombreux : entre les ingénieurs, les techniciens et le personnel de sol, cela ne faisait pas plus d'une vingtaine de personnes. Une ambulance était stationnée non loin des hélicoptères, et le personnel médical, avec ses blouses d'un blanc éclatant, était particulièrement voyant dans la lumière trouble du jour naissant. Sa présence m'inspirait un certain malaise, et les deux brancards vides posés sur l'herbe contribuaient à provoquer en moi une vague angoisse. Mais les deux hommes à qui ces brancards seraient peut-être destinés dans un instant ne leur prêtaient pour le moment aucune attention, plaisantant nonchalamment avec les deux jolies infirmières dont ils venaient de faire la connaissance. Mon complexe d'infériorité a resurgi. La nuit d'orage qui avait propulsé ma vie sur cette trajectoire m'avait doté d'une peur de la mort beaucoup plus profonde que la plupart des gens.

Lin Yun a apporté deux combinaisons de travail jaunes et les a tendues aux pilotes :

— Nous avons emprunté ces combinaisons au bureau municipal du réseau de distribution électrique, ce sont des tenues de protection utilisées par les techniciens quand ils travaillent sur des équipements encore électrifiés. Elles reposent sur le principe de la cage de Faraday pour faire écran aux décharges électriques, et permettent aussi de se protéger contre la foudre.

Un des pilotes s'est saisi de la combinaison avec un sourire :

— Ne vous inquiétez pas, major, votre arc électrique me fait moins peur qu'un missile Stinger !

Lin Yun leur a expliqué la procédure expérimentale :

— Vous allez d'abord monter à 5 000 m d'altitude. Les deux hélicoptères devront ensuite se rapprocher le plus possible l'un de l'autre sans dépasser la distance de sécurité. Quand vous serez au plus proche, vous allumerez l'arc électrique, et les deux hélicoptères s'écarteront alors lentement l'un de l'autre, en restant en vol stationnaire jusqu'à avoir atteint la portée maximale du générateur d'éclair. Ensuite, vous commencerez à avancer. Pour la vitesse, suivez les instructions que vous communiquera le commandant de sol. Vous devrez faire très attention à la stabilité de l'arc électrique ; à tout moment, il faudra pouvoir ajuster votre vitesse, et choisir de continuer ou de vous arrêter pour maintenir la liaison. Mais vous avez déjà l'habitude de cette manœuvre. Il y a un point sur lequel il faudra faire très attention : si l'arc électrique s'éteint en cours de route, écartez-vous impérativement le plus vite possible, éteignez le générateur d'éclairs, et ne cherchez surtout pas à le rallumer. Si vous essayez d'enclencher l'arc à trop grande distance, il pourrait frapper l'hélicoptère. Faites extrêmement attention à ce point, à moins de vouloir devenir des martyrs de la science !

Conformément à la procédure, les deux hélicoptères devaient d'abord monter à l'altitude prévue, puis voler dans le sens du vent pour réduire au maximum la vitesse relative du déplacement d'air. Ils allumeraient ensuite l'arc électrique, et avanceraient sur une certaine distance, toujours dans le sens du vent ; ils éteindraient ensuite l'arc et reviendraient à leur point de départ pour reprendre la procédure.

Les deux hélicoptères sont rapidement montés à l'altitude prévue. On ne pouvait désormais plus les distinguer qu'avec des jumelles. Ils se sont positionnés dans le sens du vent, tout en se rapprochant l'un de l'autre ; ils étaient si proches que depuis le sol, on aurait dit que leurs hélices étaient sur le point de se toucher. Soudain, un arc électrique aveuglant est apparu entre les deux appareils et un craquement cristallin a retenti, se répercutant faiblement jusqu'au sol. Les deux hélicoptères ont commencé à s'écarter lentement l'un de l'autre, et l'arc électrique s'est étiré. Au début, il formait presque une ligne droite, mais il s'est mis à onduler de plus en plus violemment à mesure que la distance augmentait. Quand les deux appareils ont atteint leur écartement maximal, l'arc ressemblait à un léger filament de gaze en train de danser follement dans les airs, comme s'il s'apprêtait à se libérer de ses deux points d'attache pour s'envoler dans le ciel. À ce moment, le soleil était juste au-dessous de la ligne d'horizon. Dans le tableau formé par le bleu profond du ciel matinal et les deux silhouettes noires des hélicoptères, le scintillement bleu pourpre de l'éclair paraissait irréel, comme si l'on avait rayé une pellicule avant de la projeter sur un écran de cinéma.

J'ai soudain été pris d'un violent frisson. Mon estomac s'est noué, et je me suis mis à trembler de manière incontrôlable. J'ai reposé les jumelles. À l'œil nu, on ne voyait plus au fond du ciel qu'un petit point bleu brillant, comme une étoile qui aurait été tout près de nous.

Quand j'ai à nouveau osé regarder avec les jumelles, j'ai vu que les deux appareils avaient déjà atteint leur écartement maximal. Ils ont commencé à avancer, tirant avec eux l'éclair frémissant qui atteignait maintenant près de 100 m de long. Ils n'avançaient pas très vite, et ce n'est qu'en regardant les nuages illuminés autour d'eux par la lumière du soleil levant que l'on se rendait compte qu'ils étaient en mouvement. À mesure que les deux appareils progressaient vers l'est, la lumière du soleil les a transformés en deux petits points orange brillants, tandis que l'éclat de l'arc électrique semblait quelque peu s'estomper.

J'ai laissé échapper un léger soupir de soulagement, mais j'ai soudain entendu ceux qui regardaient encore à la jumelle pousser des exclamations affolées. J'ai relevé à la hâte mes jumelles pour voir ce qui se passait. Juste à côté de l'hélicoptère récepteur, l'arc électrique s'était divisé, formant une sorte de fourche. La branche principale était encore reliée à l'électrode située sous l'appareil, mais la branche secondaire courait en tous sens sur le fuselage, remontant le long de la queue effilée de l'appareil, comme une fine main en train de chercher quelque chose à tâtons. Cela n'a duré que deux ou trois secondes, puis tous les arcs se sont éteints.

La situation n'avait pas l'air trop inquiétante, car l'éclair ne semblait pas pouvoir causer de dommages graves à l'hélicoptère. Mais je me trompais, car à l'instant où l'arc électrique a disparu, j'ai vu une flamme jaillir du rotor de queue de l'appareil. La flamme s'est immédiatement éteinte, une fumée blanche a commencé à s'échapper du rotor, et l'hélicoptère s'est mis à tourner sur lui-même de plus en plus vite. J'ai appris par la suite que l'éclair avait détruit le circuit de contrôle du rotor de queue, provoquant l'arrêt de l'hélice. Le rotor de queue d'un hélicoptère a pour fonction de contrebalancer le moment de la force engendrée par le rotor principal ; s'il s'arrête, l'appareil va naturellement se mettre à tourner dans le sens inverse du rotor. Dans mes jumelles, j'ai vu l'hélicoptère tourner de plus en plus vite sur lui-même, et se mettre à descendre en oscillant à mesure qu'il perdait sa portance.

— Évacuation ! Saute ! a crié le colonel Xu dans sa radio.

Mais après quelques secondes, le pilote a paru réussir à relancer le rotor de queue, et la rotation de l'hélicoptère sur lui-même a ralenti. Sa chute s'est également ralentie, et l'appareil s'est stabilisé, flottant dans les airs. Il n'est cependant resté qu'un instant en vol stationnaire ; il s'est remis à tourner sur lui-même comme un jouet à ressort, et a repris sa descente.

— Saute ! Vite ! a de nouveau hurlé le colonel.

L'hélicoptère est encore descendu un peu, a de nouveau cessé de tourner sur lui-même, et a ralenti sa chute jusqu'à rester en vol stationnaire ; un instant plus tard, il a recommencé à chuter, et le cycle s'est répété, encore et encore. L'hélicoptère était déjà en dessous de l'altitude de sécurité requise pour sauter en parachute, et il ne restait plus qu'à espérer qu'il toucherait le sol alors qu'il se trouvait en phase de ralentissement. Quand il a finalement atteint le sol, très loin de nous à l'est, sa vitesse avait déjà beaucoup diminué, mais elle restait très supérieure à celle d'un atterrissage normal. Je suis resté un instant hébété, scrutant le lointain avec angoisse. Au moins, aucune colonne de fumée ne s'élevait depuis le petit bois où l'hélicoptère était tombé.

Quand nous sommes arrivés au point de chute à bord de nos véhicules, l'autre hélicoptère s'était depuis longtemps posé non loin de là. Le point de chute se situait au milieu d'un petit verger, où l'hélicoptère accidenté reposait, légèrement incliné. Il avait écrasé quelques arbres dans sa chute, et plusieurs autres troncs, pourtant aussi larges que la main, avaient été sectionnés net par les pales du rotor. La verrière du cockpit était brisée, mais l'appareil ne semblait pas avoir souffert de dommages plus graves. Le lieutenant qui le pilotait était adossé à un arbre fruitier, serrant contre lui son bras ensanglanté. Il a écarté avec impatience le personnel médical et les brancardiers qui se précipitaient vers lui. En voyant Lin Yun, il a tendu son bras valide, pouce levé.

— Major, votre arme à foudre aura finalement abattu au moins un appareil !

— Pourquoi tu n'as pas sauté ? a demandé avec colère le colonel Xu, qui venait d'arriver.

— Colonel, dans l'armée de terre, nous avons nos propres règlements sur le moment où il faut évacuer l'appareil.

Dans le véhicule qui nous ramenait à la base, je n'ai pu m'empêcher d'aborder avec Lin Yun une question qui me brûlait les lèvres :

— C'était toi le commandant de sol désigné pour l'expérience. Mais c'est le colonel Xu qui a ordonné au pilote de sauter.

— Le pilote avait d'excellentes chances d'arriver à sauver son hélicoptère, a répondu Lin Yun d'une voix très calme.

— À peine une chance sur deux. Et s'il n'avait pas réussi ?

— Les tests auraient été interrompus pour longtemps et le programme aurait peut-être été annulé.

J'ai senti mon estomac se retourner.

— Si tu commandais une attaque, et qu'il y avait un champ de mines sur la route, tu ordonnerais quand même aux soldats d'avancer, n'est-ce pas ?

— En vertu des nouveaux règlements militaires, les femmes officiers n'ont pas le droit de commander en première ligne.

Comme toujours, elle esquivait ma question.

— Les militaires ont leur propre manière de faire les choses, qui n'est pas tout à fait la même que celle des civils, a-t-elle ajouté.

Elle avait presque l'air de s'excuser ; peut-être trouvait-elle qu'elle m'avait répondu un peu trop froidement à l'instant.

— Et le colonel Xu n'est pas un militaire, peut-être ?

— Bien sûr que si, a doucement répondu Lin Yun.

Son ton laissait percer un léger mépris, le même mépris qu'elle avait pour l'ensemble du personnel de direction de la base.

L'après-midi, après quelques réparations d'urgence, l'hélicoptère accidenté a finalement pu revenir jusqu'à la base.

— Tant que nous n'aurons pas trouvé de mesures de sécurité plus efficaces, les expériences ne reprendront pas ! a déclaré le colonel Xu avec fermeté pendant la réunion organisée le soir même sur la base.

— Si nous faisons encore deux ou trois vols, nous pourrons peut-être comprendre à quelles règles obéit l'oscillation de l'arc électrique et trouver une méthode pour l'empêcher de toucher le fuselage, a déclaré en agitant sa main bandée le pilote qui s'était écrasé le matin.

À son expression et à ses gestes, on devinait que sa main lui faisait très mal ; mais pour prouver qu'il était encore capable de tenir les commandes, il avait refusé de mettre son bras en écharpe et faisait exprès de faire de grands gestes de la main.

— Ce genre d'incident ne doit pas se reproduire. Nous devons effectivement trouver des mesures de sécurité plus fiables, a déclaré Lin Yun.

L'autre pilote a pris la parole :

— Je veux que tout le monde comprenne bien une chose : ce n'est pas pour votre programme que nous acceptons de prendre des risques, mais pour nous-mêmes. À l'heure actuelle, l'aviation des forces terrestres a plus que jamais besoin de nouvelles armes !

— Capitaine, vous vous méprenez sur les raisons de la suspension des tests. Si nous faisons une pause, ce n'est pas pour vous ménager, mais pour le bien du programme. Si jamais un accident mortel comme celui du capitaine Wang

Songlin se reproduisait, ce serait la fin de ce programme, a répondu Lin Yun.

— Creusons-nous les méninges. Nous devons trouver des mesures de sécurité applicables, a dit le colonel.

— Est-ce qu'on ne pourrait pas utiliser des drones télécommandés ? a demandé un ingénieur.

— À l'heure actuelle, le seul drone capable de se maintenir en vol stationnaire, de se déplacer à vitesse réduite et d'emporter une charge embarquée suffisante, c'est une sorte de dirigeable à hélium développé par l'université d'aéronautique de Beijing, a répondu un des pilotes. Mais je ne sais pas s'il peut être guidé avec assez de finesse pour garantir une décharge électrique précise.

— Même si c'était possible, un drone nous permettrait seulement d'éviter qu'il n'y ait des morts ou des blessés. Mais ça ne changerait rien pour l'expérience elle-même, un drone peut tout aussi bien être frappé par l'arc électrique, a ajouté Lin Yun.

J'ai soudain repensé à quelque chose :

— Mon ancien directeur de maîtrise a développé une sorte de peinture isolante contre la foudre, destinée à être appliquée sur les lignes à haute tension. Mais j'en ai seulement entendu parler, je ne connais pas les détails.

— Zhang Bin était ton directeur de maîtrise ? a demandé le colonel.

J'ai acquiescé de la tête :

— Vous le connaissez ?

— J'ai aussi été son élève. À l'époque, il était maître de conférences, il ne travaillait pas encore dans ton université.

Le colonel Xu a soudain eu l'air abattu, puis a repris :

— Je l'ai encore appelé il y a quelques jours. Je voulais lui rendre visite, mais je n'ai pas trouvé le temps. J'ai peur qu'il ne lui reste plus longtemps à vivre. Tu sais qu'il est très malade ?

J'ai à nouveau acquiescé.

Le colonel a poursuivi :

— C'est quelqu'un de très rigoureux sur le plan académique. Il a travaillé toute sa vie avec application et diligence…

— Revenons à cette peinture isolante ! a coupé Lin Yun avec impatience.

— Je connais cette invention. À l'époque, j'ai participé au comité d'évaluation. Elle présente des propriétés antifoudre exceptionnelles, a expliqué le colonel.

— L'important, c'est de savoir si le revêtement a besoin d'être relié à la terre pour fonctionner. Si c'est le cas, il ne nous servira à rien, a dit Lin Yun.

J'avais toujours admiré son sens des réalités techniques. C'était une question qu'aucun non-spécialiste n'aurait songé à poser. La plupart des revêtements antifoudre ont effectivement besoin d'être reliés à la terre.

Le colonel Xu s'est frotté la tête en réfléchissant.

— Hmm… Ça fait longtemps, je ne suis plus très sûr. Le mieux serait encore de poser la question à l'inventeur lui-même.

Lin Yun s'est saisie du téléphone et me l'a tendu.

— Appelle-le tout de suite. Si c'est bon, dis-lui de venir à Beijing. Nous aurons besoin de produire un stock de peinture dans les plus brefs délais.

Je l'ai regardée avec embarras :

— Il est très malade. Il a le cancer.

— Ça ne fait rien, pose-lui au moins la question, a dit le colonel.

J'ai pris le téléphone des mains de Lin Yun.

— Je ne sais pas s'il est chez lui ou à l'hôpital… ai-je marmonné en fouillant dans mon carnet d'adresses.

J'ai trouvé le numéro de son domicile sur la première page. J'ai composé le numéro et quelqu'un a décroché. Une voix très faible a retenti :

— Oui ? C'est qui ?

Quand j'ai donné mon nom, la voix lointaine de Zhang Bin est soudain devenue plus forte et plus animée :

— Ah ! Bonjour, bonjour ! Où es-tu maintenant ? Qu'est-ce que tu fais ?

— Professeur Zhang, je travaille dans un programme de défense. Comment va votre santé ?

— Ah, tu veux dire que tu as fait des progrès ? a-t-il demandé sans répondre à ma question.

— C'est difficile à expliquer au téléphone. Mais votre santé ?

— De pire en pire tous les jours. Zhao Yu est venu me voir, il te l'a peut-être dit.

— Oui. Comment est l'hôpital là-bas ? Ils sont compétents ?

Pendant que je parlais, Lin Yun s'est approchée avec impatience, me pressant à voix basse :

— Demande-lui…

— Fiche-moi la paix ! ai-je répondu d'une voix dure en couvrant l'émetteur de la main.

J'ai reporté le combiné à mon oreille. Zhang Bin était en train de parler :

— … et j'ai encore rassemblé quelques données sur la foudre en boule, je m'apprêtais à te les envoyer.

— Professeur Zhang, je voulais vous parler d'autre chose, en fait. C'est à propos de la peinture antifoudre que vous avez développée pour les lignes à haute tension.

— Oh… Elle n'avait aucune valeur du point de vue économique, ça fait longtemps qu'elle a été mise au rancart. Qu'est-ce que tu veux savoir ?

— Est-ce qu'elle a besoin d'être reliée à la terre ?

— Non, ce n'est pas nécessaire, ses propriétés isolantes se suffisent à elles-mêmes.

— Nous voudrions l'utiliser sur un appareil aérien.

— Ah, je ne pense pas que ça soit possible. Ce genre de peinture forme une couche très rugueuse, elle n'est certainement pas adaptée aux exigences aérodynamiques de la surface d'un avion. En plus, les coques d'avion et les lignes à haute tension sont faites dans des matériaux très différents ; à long terme, je me demande si cette peinture ne va pas provoquer de la corrosion.

— Ça n'a aucune importance. J'ai juste besoin de savoir si elle peut ou non protéger un avion contre la foudre.

— Sans aucun doute. Il suffit que le revêtement soit assez épais, et ton avion pourra traverser sans problème un orage. En fait, ce revêtement a déjà été utilisé de cette manière, mais pas sur des avions. Une année, le laboratoire des sciences atmosphériques de l'université avait lancé un programme visant à explorer la structure interne des nuages d'orage, en effectuant des mesures à l'aide de ballons-sondes. Mais les ballons et les nacelles remplies de capteurs qu'ils transportaient étaient fréquemment détruits par les éclairs intra-nuageux. Finalement ils ont fait appel à moi, et ils ont enduit les ballons et les nacelles de peinture isolante. Ils ont pu envoyer des ballons à l'intérieur des nuages et les récupérer plusieurs dizaines de fois sans qu'ils soient jamais foudroyés. C'est peut-être la seule application pratique qu'ait jamais eue cette peinture.

— Génial ! Et est-ce qu'il en existe encore un stock quelque part ?

— Oui, il y en a encore, dans l'entrepôt du laboratoire d'électricité atmosphérique. Elle doit encore être utilisable. Il y en a sans doute assez pour recouvrir un avion de petites dimensions. L'intendant de l'entrepôt ne sait pas quoi faire de tous ces barils scellés… ça prend de la place, il a voulu les jeter plusieurs fois, mais je ne l'ai pas laissé faire. Si ça peut vraiment te servir, tu peux tous les prendre. Et j'ai encore tous les documents techniques à la maison, ça ne devrait pas être trop difficile d'en fabriquer de nouveau. Mais j'aimerais savoir… enfin, si tu ne peux pas en parler, tu n'as pas besoin de répondre… est-ce que c'est lié à tes recherches sur la foudre en boule ?

— Oui.

— Ça veut dire que tu as fait des progrès ?

— Professeur Zhang, je ne suis plus tout seul à travailler là-dessus. Il y a un tas de gens qui s'y intéressent aussi. Pour ce qui est des progrès… il est possible qu'il y en ait très bientôt.

— Bien, dans ce cas, j'arrive. Je pourrai au moins vous être utile pour la peinture isolante.

Je n'ai pas eu le temps de répondre que Lin Yun avait déjà placé sa main sur l'émetteur. Elle avait entendu ce qu'avait dit Zhang Bin, et elle craignait manifestement que je refuse de le laisser nous rejoindre. Elle m'a dit à voix basse :

— S'il vient, il pourra être admis à l'hôpital n° 301, les soins y seront meilleurs que là-bas, non ? En plus, si ses documents techniques sont complets, il n'aura sans doute pas grand-chose à faire.

Pendant ce temps, le colonel Xu s'était emparé du téléphone. Zhang Bin et lui devaient être en contact fréquent, car ils ne se sont pas embarrassés des politesses d'usage. J'ai entendu le colonel dire :

— Combien pèsent à peu près les stocks de peinture qui vous restent ? Environ 2 tonnes ? Très bien. Restez chez vous, nous irons vous chercher.

Le lendemain matin, Lin Yun et moi sommes allés chercher Zhang Bin à l'aéroport de Nanyuan. Nous attendions son avion sur le tarmac. C'était le milieu de l'été, mais la pluie qui venait de tomber avait nettoyé l'atmosphère étouffante des derniers jours, et l'air était pur et frais. Après toutes ces journées de stress et d'agitation, ce moment avait un rare goût d'oisiveté.

— Tu supportes de moins en moins de travailler avec moi, n'est-ce pas ? m'a demandé Lin Yun.

— Tu sais à quoi tu ressembles ?

— Vas-y, dis toujours.

— Tu ressembles à un navire qui fonce vers un phare à travers la nuit. Le monde entier se réduit à la lueur clignotante du phare, et rien d'autre n'a la moindre importance pour toi.

— C'est poétique. Mais tu ne trouves pas que c'est toi que tu es en train de décrire ?

Je savais qu'elle avait raison. Bien souvent, ce qu'on a le plus de mal à supporter chez les autres, c'est notre propre reflet. Je me suis soudain rappelé ce moment dans la bibliothèque de l'université, en plein milieu de la nuit, lorsque cette jolie fille m'avait demandé ce que je cherchais. Son regard était encore gravé au fond de ma mémoire ; elle m'avait regardé comme si j'appartenais à une autre espèce. Je suis certain que des garçons avaient déjà regardé Lin Yun de la même façon… Nous étions tous les deux étrangers à notre époque, mais aussi étrangers l'un à l'autre, et rien ne pourrait jamais nous rapprocher.

Un petit avion de transport militaire s'est posé. Zhang Bin et les deux officiers de la base qui étaient allés le chercher sont descendus par la porte arrière. Zhang Bin avait l'air en bien meilleure forme que je ne l'avais imaginé, il paraissait même en meilleure santé que lorsque nous nous étions quittés l'an dernier à l'université ; il ne ressemblait pas à un malade en phase terminale. Lorsque je le lui ai dit, il m'a répondu :

— Il y a deux jours, j'étais loin d'être aussi en forme. Mais ton appel m'a à moitié guéri.

Il a désigné les quatre gros barils qui étaient en train d'être déchargés de l'avion :

— C'est la peinture dont vous avez besoin.

— Nous avons fait des estimations, un baril et demi devrait suffire pour un hélicoptère. Quatre barils suffiront largement pour deux, a déclaré le colonel Xu.

Avant de monter dans la voiture, Zhang Bin m'a dit :

— Le colonel Xu m'a déjà exposé votre idée. Je ne suis pas en mesure d'en estimer la pertinence pour le moment, mais j'ai le pressentiment que toi et moi allons peut-être enfin revoir une boule de foudre.

Il a regardé le ciel, pur et clair après la pluie, et a poussé un long soupir.

— Ce serait vraiment formidable, en tout cas, a-t-il ajouté.

De retour à la base, nous avons procédé le soir même à quelques tests sur la peinture isolante, et nous avons découvert qu'elle jouait un excellent rôle protecteur contre la foudre. Après quoi, il ne nous a fallu que deux heures pour recouvrir les deux hélicoptères d'une couche de peinture noire.

Le lendemain matin, nous avons procédé à notre deuxième test de décharge électrique en vol. Avant le décollage, Zhang Bin s'est adressé au pilote qui avait encore la main bandée :

— Tu peux voler sans inquiétude, mon garçon, il n'y aura aucun problème !

Tout s'est déroulé sans accroc. Les deux hélicoptères ont allumé l'arc électrique à 5 000 m d'altitude et l'ont transporté pendant dix minutes sans rencontrer de problème, avant de revenir se poser sous un tonnerre d'applaudissements.

Au cours de ce seul vol, la surface totale balayée par l'arc électrique était déjà cent fois supérieure à celle de la base du Projet 3141 ; mais elle restait négligeable par rapport à la surface totale que nous comptions examiner.

J'ai expliqué à Zhang Bin que le travail de balayage aérien à grande échelle débuterait dans deux jours.

— N'oublie pas de me prévenir quand vous commencerez ! a-t-il déclaré.

En voyant s'éloigner le véhicule de Zhang Bin, j'ai ressenti un vide que je n'avais encore jamais éprouvé. Regardant les deux hélicoptères, dont les rotors ne s'étaient pas encore tout à fait arrêtés, j'ai dit à Lin Yun :

— Nous avons posé toute notre mise sur la table face à la nature. Est-ce qu'on ne risque pas de tout perdre d'un coup ? Tu crois vraiment que notre filet céleste activera quelque chose dans les airs ?

— Tu réfléchis trop. Continuons, et nous verrons bien, a-t-elle répondu.

FOUDRE EN BOULE II

Deux jours plus tard, dans la soirée, le premier vrai balayage aérien a commencé. Les deux hélicoptères se tenaient à la même altitude dans les airs. J'étais à bord de l'un des deux appareils avec Zhang Bin, et Lin Yun se trouvait dans l'autre. Il faisait très beau ; une mer d'étoiles resplendissait dans le ciel nocturne et les lumières de la capitale brillaient faiblement à l'horizon.

Les deux hélicoptères ont lentement commencé à se rapprocher l'un de l'autre. Un instant plus tôt, je ne pouvais deviner la position du Z-9 de Lin Yun que par ses feux de navigation, mais à mesure qu'il s'est rapproché, sa silhouette a émergé contre le ciel nocturne, et j'ai peu à peu commencé à distinguer son matricule et l'insigne du 1er août à la lueur des feux de signalisation*. Enfin, même les visages de Lin Yun et du pilote sont apparus distinctement, éclairés par les voyants rouges des panneaux de contrôle.

Un craquement cristallin a retenti et l'hélicoptère s'est soudain découpé avec clarté dans une lumière bleue aveuglante, qui a également envahi notre cabine. Comme les deux appareils étaient très proches l'un de l'autre et que

* L'Armée populaire de libération a été fondée le 1er août 1927. Son emblème se compose d'une étoile rouge et des chiffres "huit" et "un" en caractères chinois stylisés.

l'électrode était située sous le ventre de l'hélicoptère, on ne pouvait apercevoir qu'une petite portion de l'arc électrique, mais la lumière bleue qu'il dégageait était déjà assez aveuglante pour qu'on ne puisse pas la regarder en face. À la lueur de l'arc, Lin Yun et moi nous sommes fait signe de la main à distance.

— Mettez vos lunettes de protection ! nous a crié le pilote.

Après une semaine de préparatifs et d'ajustements en vue de l'expérience, j'avais déjà les yeux rouges, gonflés et larmoyants à force de voir des arcs électriques.

J'ai tourné la tête vers Zhang Bin. Il n'avait pas mis ses lunettes et ne prêtait aucune attention à l'arc électrique. Il fixait le plafond de la cabine illuminé par la lumière bleue de l'arc, et avait l'air d'attendre, ou d'être perdu dans ses pensées.

J'ai enfilé mes lunettes de protection et tout s'est effacé à part l'arc électrique. À mesure que les deux hélicoptères s'écartaient l'un de l'autre, l'arc s'est progressivement allongé. Protégés par les lunettes, mes yeux contemplaient un univers d'une absolue simplicité : il n'y avait plus qu'un vide ténébreux et sans limites, traversé par ce long arc électrique. Cet univers donnait en réalité une image bien plus fidèle du royaume que nous étions en train d'explorer : un univers électromagnétique intangible dans lequel le monde de la matière n'existait plus, un univers entièrement composé de champs et d'ondes. Cette image m'a fait perdre le peu d'espoir qui me restait ; il était difficile d'imaginer que quoi que ce soit puisse exister dans cet univers de ténèbres absolues, à part cet arc électrique. Pour échapper à cette impression, j'ai enlevé les lunettes, et j'ai fait comme Zhang Bin, gardant mon regard fixé sur le plafond de la cabine. La vue du monde matériel illuminé par l'arc électrique m'a un peu rassuré.

L'arc était maintenant pleinement formé et s'étirait sur 100 m de long. Tiré par les deux hélicoptères volant en formation, il a commencé à avancer de plus en plus vite vers l'ouest. Si quelqu'un voyait depuis le sol cet arc électrique apparaître soudainement dans le ciel nocturne, et se mettre à avancer lentement sur le fond étoilé, pour quoi le prendrait-il ?

Nous avons continué à voler pendant une demi-heure. À part quelques brèves paroles échangées par radio entre les pilotes, nous étions tous silencieux. La surface balayée par l'arc électrique était déjà mille fois supérieure à la surface couverte par la totalité des éclairs artificiels jamais créés par l'homme ; mais rien n'était apparu.

La brillance de l'arc a progressivement diminué. La batterie supraconductrice était presque vide. Dans les écouteurs, j'ai entendu la voix de Lin Yun :

— Attention à tous, éteignez l'arc électrique et éloignez-vous l'un de l'autre. Nous rentrons à la base.

Elle avait parlé d'un ton qui se voulait consolateur.

Dans la vie, j'ai constaté une loi inébranlable : si on a le pressentiment qu'une entreprise va échouer, alors elle échouera certainement. Bien sûr, il nous restait encore un mois pour continuer à scanner le ciel de cette manière, mais j'avais le sentiment que je connaissais d'ores et déjà le résultat final.

— Professeur Zhang, nous nous sommes peut-être trompés, ai-je dit à Zhang Bin.

Pendant toute la durée du vol, il n'avait quasiment pas jeté un regard hors de la cabine, et était resté silencieusement plongé dans ses pensées.

— Non, a-t-il dit. Maintenant plus que jamais, je suis certain que vous avez vu juste.

— J'avoue que je n'ai déjà plus grand espoir pour les balayages du mois à venir, ai-je dit avec un léger soupir.

Zhang Bin m'a regardé :

— Il n'y aura pas besoin d'un mois. J'ai l'intuition qu'elle doit apparaître ce soir. Est-ce qu'on peut rentrer à la base pour recharger la batterie ?

— Vous devez vous reposer. On verra demain, ai-je dit en secouant la tête.

— C'est bizarre. Elle aurait dû apparaître… a marmonné Zhang Bin pour lui-même.

— Les intuitions ne sont jamais fiables, ai-je dit.

— Non, en trente ans, c'est la première fois que j'ai ce pressentiment. Je suis certain qu'il est fiable !

La voix d'un pilote a soudain retenti dans nos écouteurs :

— Cible repérée ! Premier tiers de l'arc à partir de l'appareil n° 1 !

Zhang Bin et moi avons violemment sursauté. Nous nous sommes aussitôt penchés sur le hublot pour regarder vers l'arrière. Et c'est ainsi qu'après trente années pour lui, et treize années pour moi, nous avons enfin revu la foudre en boule qui avait façonné toute notre existence.

La sphère était d'un rouge orangé et laissait derrière elle une traînée relativement courte. Elle flottait dans le ciel nocturne selon une ligne changeante, mais sa trajectoire montrait clairement qu'elle n'était pas affectée par les vents violents qui soufflent à cette altitude, comme si elle n'interagissait absolument pas avec notre monde.

— Attention à tous ! Éloignez-vous de la cible ! Danger ! a crié Lin Yun dans la radio.

En y repensant, j'ai vraiment admiré son sang-froid ; à ce moment-là, Zhang Bin et moi étions complètement captivés par la boule de foudre, et j'aurais été bien incapable de penser à quoi que ce soit d'autre.

Les deux hélicoptères se sont éloignés l'un de l'autre. Avec la distance, l'arc électrique s'est rapidement éteint. Maintenant que la lueur de l'arc ne faisait plus interférence, la boule de foudre se découpait encore plus nettement dans le ciel nocturne. Sa lumière teintait de rouge les traînées de nuages qui l'entouraient, comme un lever de soleil en miniature. La première boule de foudre allumée par la main de l'homme a lentement flotté dans le ciel pendant environ une minute, et a soudain disparu.

De retour à la base, nous avons immédiatement rechargé la batterie, et nous avons redécollé. Cette fois, au bout de quinze minutes de vol à peine, nous avons déclenché l'apparition de notre deuxième boule de foudre ; la troisième est apparue au bout de cinquante minutes. Cette dernière présentait une couleur singulière, une sorte de violet très étrange. Elle s'est maintenue très longtemps, environ six minutes, nous laissant, à Zhang Bin et à moi, tout le loisir de savourer l'incroyable émotion de voir notre rêve devenu réalité.

Lorsque nous avons à nouveau atterri, il était minuit. Zhang Bin, Lin Yun et moi nous tenions sur l'herbe du terrain de la base. Quand les rotors des hélicoptères se sont enfin arrêtés, nous avons pu entendre tout autour de nous le chant estival des insectes. La nuit n'en paraissait que plus calme. Les étoiles du ciel d'été resplendissaient de tous leurs feux dans le firmament, comme si l'univers avait allumé pour nous seuls d'innombrables lanternes.

— J'ai enfin bu de ce vin, je peux mourir heureux ! s'est exclamé Zhang Bin.

Lin Yun est restée interloquée, mais je me suis tout de suite souvenu de l'histoire russe qu'il m'avait jadis contée.

BOULES DE TONNERRE

Depuis cette première découverte, je nageais dans un bonheur que je n'avais encore jamais connu. Le monde était soudain plein de beauté et de nouveauté, comme si je venais de commencer une nouvelle vie. Chez Lin Yun et le colonel Xu, l'excitation le disputait cependant à une certaine anxiété, car cette découverte n'était pour eux que le premier pas sur le long chemin qui les séparait encore de leur objectif. Lin Yun avait dit que mon point d'arrivée était leur point de départ ; ce n'était pas tout à fait exact, mais il y avait néanmoins une part de vérité là-dedans, même si mon point d'arrivée restait lui aussi fort lointain.

J'avais entendu les pilotes discuter entre eux des boules de foudre. Ils les appelaient des "boules de tonnerre", peut-être à cause du titre du film de James Bond*. En Chine, certains chercheurs avaient jadis surnommé la foudre en boule "tonnerre globulaire", mais le terme de "boule de tonnerre" était par contre nouveau. Il était plus poétique que les anciens termes, et comme nous savions maintenant qu'il était de toute façon inexact de parler de "foudre" à propos de ce phénomène, le nouveau nom a rapidement été adopté par tout le monde.

* *Opération Tonnerre*, dont le titre original en anglais est *Thunderball*.

Après cette première percée, nos progrès se sont arrêtés. Tout ce que nous pouvions faire, c'était de promener encore et encore notre éclair à travers le ciel pour faire apparaître des boules de tonnerre. Lorsque nous étions chanceux, nous en trouvions une dizaine dans la journée, mais nous n'avions que très peu de moyens de les étudier ; nous ne pouvions que les examiner avec toutes sortes d'instruments de mesure à distance, comme des radars de différentes longueurs d'onde, des détecteurs de rayons infrarouges, des sonars, des spectrographes, etc. Une mesure par contact direct restait hors de question. Même analyser l'air qui avait été en contact avec elle était difficile, car la vitesse du vent était très élevée à cette altitude, et le volume d'air affecté par la boule était dispersé en un instant par les bourrasques. Au bout de deux semaines d'études, notre compréhension des boules de tonnerre n'avait donc quasiment pas progressé.

Mais la déception de Lin Yun avait une autre origine. Pendant une de nos réunions régulières sur la base, elle m'a déclaré :

— La foudre en boule ne paraît vraiment pas aussi dangereuse que tu le dis. Jusqu'à présent, je ne lui ai pas vu le moindre potentiel destructeur.

— C'est vrai, a dit un pilote d'hélicoptère. Ces boules de feu ont l'air toutes fragiles, vous êtes sûrs qu'elles pourront servir d'armes ?

— Il faut que quelqu'un se fasse réduire en cendres pour que vous soyez satisfaits ? ai-je demandé avec humeur.

— Ne le prends pas comme ça ! Notre but est quand même de fabriquer des armes.

— Tu peux douter de tout ce qui a trait à la foudre en boule, mais la seule chose dont tu ne dois jamais douter, c'est son potentiel destructeur. Si vous relâchez un tant soit peu votre vigilance, elle va bien vite exaucer vos vœux ! ai-je répondu.

Le colonel Xu est intervenu pour me soutenir :

— Il règne en ce moment une tendance particulièrement dangereuse : la sécurité est de plus en plus négligée pendant les opérations. L'hélicoptère d'observation s'est déjà approché plusieurs fois à moins de 50 m de la cible, parfois même à 20 m. C'est totalement inacceptable ! J'avertis tout le personnel de vol, et notamment les pilotes : si à l'avenir vous recevez l'ordre d'approcher une boule de tonnerre au-delà de la distance de sécurité établie, vous devrez refuser cet ordre !

Ce que personne n'aurait imaginé, c'est que ma sombre prophétie allait se réaliser le soir même.

La probabilité de découvrir des boules de tonnerre était la même de jour comme de nuit, mais comme elles étaient beaucoup plus visibles dans le ciel nocturne, la plupart de nos recherches avaient lieu de nuit. Cette fois-ci, nous en avons déclenché six. Sur les cinq premières, nous avons procédé sans problème à toutes les mesures habituelles, qui consistaient essentiellement à analyser la trajectoire de la sphère, l'intensité de ses radiations, les caractéristiques de son spectre, ou encore l'intensité du champ magnétique à l'endroit de sa disparition.

L'accident s'est produit alors que nous tentions d'effectuer des mesures de proximité sur la sixième. Lorsque celle-ci est apparue, l'hélicoptère d'observation s'est approché et a calqué son vol sur sa trajectoire flottante, s'efforçant de conserver une distance de 50 m environ. Mon hélicoptère suivait le premier appareil, légèrement en retrait. Nous avons volé ainsi pendant quatre minutes, puis la boule de tonnerre a soudain disparu. Mais à la différence des fois précédentes, nous avons entendu une faible explosion au moment de sa disparition. Sachant que les cabines des hélicoptères sont très bien insonorisées, la déflagration avait dû être assourdissante à l'extérieur.

Tout de suite après, nous avons vu de la fumée blanche s'échapper de l'hélicoptère d'observation devant nous. Le pilote a perdu le contrôle de l'appareil, qui s'est mis à tomber en tournoyant, disparaissant rapidement de notre champ de vision. À la lumière de la lune, nous avons vu un parachute blanc s'ouvrir quelque part en contrebas, ce qui nous a légèrement rassurés. Un instant après, une boule de feu a jailli du sol, illuminant les alentours d'une intense lumière rouge, particulièrement visible au milieu des terres plongées dans l'obscurité. Notre cœur s'est à nouveau serré. Ce n'est qu'en apprenant que l'appareil s'était écrasé sur une montagne inhabitée sans faire de victime que nous avons poussé un soupir de soulagement.

De retour à la base, le pilote, encore sous le choc, a raconté qu'au moment où la boule de tonnerre avait explosé devant l'hélicoptère, des étincelles électriques avaient jailli à l'intérieur du cockpit, immédiatement suivies d'une épaisse fumée blanche. Il avait ensuite perdu tout contrôle sur l'appareil. Après le crash, l'hélicoptère n'était plus qu'une masse informe, il nous était donc impossible de déterminer avec exactitude quels composants internes avaient été touchés.

— Qu'est-ce qui te fait penser que l'accident a forcément un rapport avec la boule de tonnerre ? L'hélicoptère a très bien pu avoir une panne au moment précis où la boule a explosé, a demandé Lin Yun pendant la réunion d'analyse de l'accident.

Le pilote a regardé fixement Lin Yun. Il avait le regard très particulier de quelqu'un qui vient juste de s'éveiller d'un cauchemar.

— Major, en temps normal j'aurais été de votre avis, mais… Regardez.

Il a tendu les deux mains vers nous :

— Et ça, c'est aussi une coïncidence ?

Tous ses ongles avaient disparu sans laisser la moindre trace, à l'exception de quelques petits morceaux calcinés encore accrochés à un pouce et à un majeur. Le pilote a enlevé ses bottes pour nous montrer ses pieds ; tous les ongles de ses pieds s'étaient également volatilisés.

— Quand la boule de tonnerre a explosé, j'ai senti une drôle de sensation dans mes doigts. J'ai baissé la tête pour les regarder, et j'ai vu que tous mes ongles brillaient d'une lumière rouge. Ça n'a duré qu'une fraction de seconde, puis mes dix ongles sont devenus d'un blanc opaque. J'ai cru que je m'étais brûlé, j'ai levé la main pour souffler dessus, et tous mes ongles se sont envolés dans un nuage de cendres !

— Et tes doigts n'ont rien ?

Lin Yun s'est saisie de sa main pour l'examiner.

— Croyez-moi ou pas, mais je n'ai pas ressenti la moindre sensation de chaleur. En plus, je portais des bottes et des gants épais, et ils sont complètement intacts !

Avec cet accident, le personnel du projet a pour la première fois pris conscience de la puissance de la foudre en boule ; plus personne n'osait la qualifier de "fragile". Ce qui avait le plus marqué les esprits était le fait que l'énergie libérée par la boule de tonnerre puisse affecter des corps physiques situés à plus de 50 m de distance. En fait, parmi les dizaines de milliers de témoignages que nous avions réunis sur la foudre en boule, ce genre de phénomène était fréquent.

Après cet incident, nos recherches se sont retrouvées dans une impasse. À ce jour, nous avions suscité l'apparition de quarante-huit boules de tonnerre, et nous avions déjà eu un accident grave. Nous ne pouvions pas continuer ce genre d'expériences, d'autant plus que tout le monde comprenait bien que persévérer en dépit du danger n'aurait pas eu de sens. Ce qui nous avait le plus secoués, ce n'était pas tant la puissance destructrice de la foudre en boule que son étrangeté presque surnaturelle. Les ongles volatilisés du pilote étaient là pour nous rappeler qu'il était impossible de résoudre l'énigme de la foudre en boule par des procédés traditionnels.

Je me suis souvenu des paroles de Zhang Bin : *Nous sommes des hommes ordinaires. Même si nous faisons plus d'efforts que les gens du commun pour essayer de trouver des réponses, nous sommes tout de même des hommes ordinaires. Nous ne pouvons que travailler à l'intérieur du cadre des théories scientifiques établies. Il est impossible de faire un seul pas en dehors de ces limites, car ce serait comme de s'aventurer dans un vide sans oxygène ; mais à l'intérieur de ce cadre, nous ne pouvons parvenir à aucune conclusion.* J'ai inclus cette phrase dans mon rapport à la hiérarchie du département général de l'Armement.

— L'étude de la foudre en boule doit s'aventurer aux frontières de la physique contemporaine, a déclaré Lin Yun.

— Oui. Nous devons faire appel à quelqu'un d'exceptionnel, a ajouté le colonel Xu.

DING YI

Le département général de l'Armement a organisé une réunion destinée à renforcer le personnel du programme par de nouvelles recrues. La plupart des participants représentaient des organismes de recherche civils, notamment dans le domaine de la physique. Il y avait le directeur de l'Institut national de physique, et les responsables des départements de physique de plusieurs universités célèbres. Celui qui présidait la réunion nous a remis la douzaine de dossiers qu'ils avaient rassemblés avant de venir. Chaque dossier présentait succinctement la carrière, la spécialité et les accomplissements des candidats qu'ils avaient présélectionnés pour nous.

Le colonel Xu et moi les avons examinés, mais aucun ne nous convenait.

— Ce sont les plus brillants chercheurs du pays dans les domaines qui vous intéressent, a déclaré le directeur de l'Institut national de physique.

— Nous le croyons sans mal, mais nous avons besoin de quelque chose de plus fondamental, a répondu le colonel.

— Encore plus fondamental ? Vous étudiez la foudre en boule ! En quoi ça peut bien être si fondamental ? Vous ne voulez pas non plus qu'on vous envoie Stephen Hawking ?

— Stephen Hawking serait parfait ! s'est exclamée Lin Yun.

Ils ont échangé un regard. Le directeur de l'Institut national de physique a dit au responsable d'un département :

— On n'a qu'à leur envoyer Ding Yi.

— Il fait de la recherche fondamentale ?

— La plus fondamentale qui soit.

— Et son niveau académique ?

— Le plus élevé de Chine.

— Il travaille dans quel département ?

— Il n'a pas de département.

— Nous n'avons pas besoin d'un dilettante.

— Ding Yi a deux doctorats, un en philosophie et un en physique quantique. Il a aussi un master en mathématiques, je ne sais plus dans quelle branche exactement. Il est professeur émérite et membre de l'Académie des sciences. C'est même le plus jeune membre de l'Académie des sciences. Il a dirigé un projet national de recherche sur la désintégration des neutrons, pour lequel il a été nominé pour le prix Nobel l'an dernier. Vous appelez ça un dilettante ?

— Pourquoi est-ce qu'il n'est affilié à aucun département, alors ?

Le directeur de l'Institut et le responsable de département ont émis un grognement.

— Il faudra lui demander vous-même.

Lin Yun et moi nous sommes rendus au domicile de Ding Yi, dans une nouvelle résidence du quartier de Haidian. La porte était entrebâillée. Nous avons sonné plusieurs fois, mais personne n'est venu. Nous avons finalement décidé d'entrer. C'était un vaste appartement de cinq pièces, presque entièrement vide, dépourvu de toute décoration. Au sol et sur le rebord de la fenêtre étaient éparpillées d'innombrables feuilles de papier A4 blanc. Certaines étaient vierges ; d'autres étaient couvertes de formules ou de graphiques bizarres. Des crayons à papier jonchaient aussi le sol. Une seule des pièces de l'appartement était meublée, et contenait une bibliothèque et un ordinateur. Il y avait peu de livres sur les étagères, mais l'amoncellement de feuilles A4 était ici à son paroxysme, recouvrant quasiment tout le parquet. Seul le centre de la pièce était encore dégagé, et c'est là que se trouvait Ding Yi, ronflant sur un fauteuil inclinable. Il avait une trentaine d'années ; il était grand et maigre, vêtu d'un short et d'un débardeur trop larges. De sa bouche entrouverte s'échappait un filet de salive qui gouttait sur le parquet. À côté du fauteuil, sur une petite table à thé, étaient posés une énorme pipe et un paquet de cigarettes "Forêt de Pierre" ouvert. Plusieurs cigarettes avaient été déchirées, et leur tabac avait été vidé dans un bocal en verre. Ding Yi était apparemment en train de se livrer à cette tâche lorsqu'il s'était endormi. Nous l'avons appelé, mais il ne s'est toujours pas réveillé, et il nous a fallu nous frayer un passage jusqu'à lui entre les feuilles de papier pour le secouer.

— Hein ? Ah ! C'est vous qui avez téléphoné ce matin ?

Ding Yi a essuyé un filet de bave avec un sifflement.

— Il y a du thé sur l'étagère. Servez-vous si vous en voulez.

Il s'est redressé sur son fauteuil, et s'est soudain mis à hurler :

— Vous avez dérangé mes calculs ?! Ils étaient classés ! Vous avez tout mis en pagaille !

Il s'est fiévreusement jeté sur ses calculs et s'est mis à remettre en place les feuillets que nous avions écartés pour pouvoir passer, nous coupant ainsi toute voie de retraite.

— Vous êtes le professeur Ding ? a demandé Lin Yun, apparemment très déçue par sa première impression.

— Je suis Ding Yi.

Il a sorti deux petits tabourets pliants et nous a fait signe de nous asseoir, avant de retourner s'affaler sur son fauteuil.

— Avant que vous ne m'expliquiez la raison de votre venue, je dois d'abord vous raconter le rêve que je viens de faire… Non, non, vous devez m'écouter. C'était un très bon rêve, et vous l'avez interrompu. Dans mon rêve, j'étais assis ici, j'avais un couteau à la main, long comme ça, j'étais en train de couper une pastèque. À côté de moi, il y avait aussi cette table à thé, mais dessus il n'y avait ni ma pipe ni tous ces machins, il y avait juste deux objets ronds, gros comme ça, tout ronds, en forme de globes. Vous savez ce que c'était ?

— Des pastèques ?

— Non, non, pas des pastèques. C'étaient un proton et un neutron. Un proton et un neutron gros comme des pastèques. J'ai d'abord découpé le proton, et sa charge électrique a coulé sur la table basse, c'était tout collant, mais ça sentait bon. Après que je l'ai coupé en deux, les quarks qui étaient à l'intérieur ont roulé dehors en tintinnabulant. Ils étaient gros comme des noix, de toutes les couleurs, ils roulaient dans tous les sens sur la table à thé, certains ont même roulé jusqu'au sol. J'en ai attrapé un blanc, il était tout dur, mais en mordant dedans très fort j'ai réussi à le croquer, il avait un délicieux goût sucré de raisin vert… Et à ce moment-là, vous m'avez réveillé.

Avec un sourire, Lin Yun a dit :

— Mais professeur Ding, c'est un rêve d'écolier. Vous devez savoir que le proton, le neutron et les quarks ne se présenteraient que sous forme d'effets quantiques, ils ne ressembleraient certainement pas à ça.

Ding Yi a fixé Lin Yun pendant quelques secondes.

— Ah, c'est vrai, c'est vrai, vous avez raison. J'ai toujours tendance à trop simplifier les choses. Si seulement les protons et les neutrons étaient aussi gros… La vie serait merveilleuse. Mais ils sont tellement minuscules, le couteau dont j'aurais besoin pour les découper coûte des milliards et des milliards… Je suis comme un enfant pauvre qui rêve de sucreries. Ne vous moquez pas de moi.

— J'ai entendu dire que ni l'accélérateur de particules ni le grand collisionneur de hadrons n'avaient été intégrés au nouveau plan quinquennal technologique, ai-je commenté.

— Ils disent tous que c'est un gaspillage d'argent et de ressources humaines. Nos physiciens devront donc continuer d'aller mendier à Genève, en implorant le Cern* de leur accorder quelques misérables heures pour leurs expériences.

— Mais vos recherches sur la désintégration des neutrons ont pourtant été une réussite. J'ai entendu dire que vous aviez failli obtenir le prix Nobel ?

— Ne me parlez pas du Nobel. Sans lui, je n'en serais pas là, sans rien à faire de mes journées…

— Que voulez-vous dire ?

— C'est juste à cause de quelques propos innocents… C'était l'année dernière, à… j'ai oublié où, mais je suis sûr que c'était en Europe. Pendant un débat télévisé, à l'heure de grande écoute. Le présentateur m'a demandé mes impressions en tant que favori de la course au prix Nobel. Je lui ai expliqué que le Nobel n'avait jamais été décerné à des idées brillantes. Il n'a jamais récompensé que la chance et le manque d'imagination. Il n'y a qu'à voir Einstein, c'est seulement pour ses travaux sur l'effet photoélectrique qu'il a reçu le Nobel… De nos jours, le prix Nobel n'est plus qu'une vieille putain aux charmes fanés, qui doit recourir à des habits clinquants et à des ruses élaborées pour attirer le client. Elle ne

* Acronyme de l'Organisation européenne pour la recherche nucléaire, qui dispose en Suisse de plusieurs installations de recherche et d'accélérateurs de particules, comme le grand collisionneur de hadrons (LHC).

m'intéresse pas du tout. Mais le pays a investi énormément d'argent dans ce programme, donc j'ai dit que s'ils tenaient absolument à me donner le prix, je l'accepterais.

Lin et moi avons échangé un regard ébahi, et nous avons éclaté de rire.

— Et vous avez démissionné juste à cause de ça ?

— Ils ont dit que j'étais irresponsable, que j'essayais d'amuser la galerie, que j'avais tout gâché pour les autres… Évidemment, ils me trouvent tous bizarre. "Quand les principes diffèrent, point de projet commun*", donc j'ai préféré partir… Bon, bref, dites-moi pourquoi vous êtes venus, vous deux.

— Nous voulons vous demander de prendre en charge le volet théorique d'un programme de défense nationale, ai-je dit.

— Pour étudier quoi ?

— La foudre en boule.

— Ah, bravo. Si ces types vous ont envoyés pour m'humilier, ils ont réussi.

— Écoutez d'abord nos explications, vous jugerez ensuite. C'est peut-être quelque chose qui vous permettra à votre tour de les humilier, a dit Lin Yun en allumant l'ordinateur portable qu'elle avait apporté.

Elle a lancé une vidéo de l'une des boules de foudre que nous avions activées et a présenté succinctement nos recherches à Ding Yi.

— Vous dites que vous avez réussi à utiliser des éclairs pour activer une structure inconnue présente dans notre espace ? a demandé Ding Yi tout en fixant la boule de foudre qui flottait paresseusement à l'écran.

Lin Yun a confirmé que c'était bien le cas. À mon tour, j'ai tendu à Ding Yi le carnet aux pages alternativement

* Citation tirée des *Entretiens de Confucius*, livre XV, paragraphe 40.

brûlées et intactes de Zhang Bin, en lui expliquant l'histoire de l'objet. Il l'a pris et l'a examiné avec attention, avant de me le rendre précautionneusement.

Ding Yi a pris une pincée de tabac dans le bocal en verre, a bourré son énorme pipe et l'a allumée. Il a montré du doigt un tas de cigarettes :

— Occupez-vous de ça.

Il s'est retourné et est allé se mettre face au mur en fumant sa pipe. N'ayant guère le choix, nous avons commencé à déchirer une à une les cigarettes pour en verser le contenu dans le bocal.

— Je connais un endroit qui vend du tabac à pipe, ai-je dit en levant la tête vers Ding Yi.

Il n'a pas semblé m'entendre. Il était debout, immobile, exhalant la fumée de sa pipe. Son visage était tout près du mur, auquel il avait presque collé sa tête. Il recrachait sa fumée contre la paroi, comme s'il essayait d'enfumer quelque chose à l'intérieur. Son regard était perdu dans le lointain ; on aurait dit que le mur était une frontière transparente ouvrant sur un vaste univers dont il était le seul à pouvoir percevoir les complexes paysages.

Il a rapidement fini sa pipe. Toujours tourné vers le mur, il a repris la parole :

— Je ne suis pas aussi imbu de moi-même que vous pourriez le penser. Je dois d'abord prouver que je suis compétent pour participer à ce programme. Si je ne fais pas l'affaire, vous pourrez aller chercher quelqu'un d'autre.

— Vous acceptez donc de nous rejoindre ?

— Oui. Je vous accompagne dès maintenant, a-t-il déclaré en se retournant.

Cette nuit-là, sur la base, beaucoup de gens ont eu du mal à s'endormir ; ils ne cessaient de se lever pour aller observer, par la fenêtre de leur chambre, une étrange petite étincelle qui clignotait sur le grand terrain réservé aux expériences sur la foudre. C'était la pipe de Ding Yi.

Dès notre retour à la base, Ding Yi avait brièvement feuilleté les documents que nous avions préparés pour lui, puis s'était lancé dans une série de calculs. Il semblait ne jamais utiliser d'ordinateur, se contentant de jeter des équations au crayon sur des feuilles de papier. Rapidement, le bureau que nous venions de lui attribuer a été aussi rempli que son appartement de feuilles blanches éparpillées dans tous les sens. Il a passé plus de deux heures à faire des calculs, puis s'est arrêté et est parti s'installer avec une chaise au bord du terrain d'expériences, le tout sans jamais cesser de fumer la pipe. Dans la nuit estivale, l'étincelle clignotante de sa pipe se mêlait aux lucioles, brillant comme une lueur d'espoir pour nos recherches.

Le clignotement régulier de l'étincelle avait un effet hypnotique ; à force de la regarder, j'ai eu très sommeil et je suis allé me coucher. Lorsque je me suis réveillé, il était deux heures du matin. En jetant un œil par la fenêtre, j'ai vu que la petite étincelle brillait encore sur le terrain d'expériences. Mais elle était maintenant en mouvement, se déplaçant comme une luciole tandis que Ding Yi faisait les cent pas. Je l'ai suivie un moment du regard avant de me rendormir. Quand je me suis réveillé, il faisait grand jour. J'ai jeté un œil sur le terrain à l'extérieur. Il était vide, Ding Yi était enfin allé se coucher. Il ne s'est réveillé qu'à dix heures et est venu nous exposer le fruit de ses réflexions.

— La foudre en boule est visible.

Nous nous sommes regardés avec un sourire forcé.

— Professeur Ding… évidemment qu'elle est visible !

— Je parle de la foudre en boule à l'état non excité, ce que vous appelez une "structure déjà présente dans notre espace". Elle est visible. Elle provoque une courbure des rayons lumineux.

— Visible ?… mais comment ?

— D'après mes calculs sur la courbure des rayons, on peut la voir à l'œil nu.

Nous avons échangé un regard perplexe.

— Et… elle ressemble à quoi, alors ?

— À une sphère transparente. En raison de la courbure de la lumière, elle présente des contours arrondis. Elle ressemble à une bulle de savon, mais sans les couleurs produites par la diffraction. C'est pourquoi elle n'est pas aussi voyante qu'une bulle de savon. Mais je suis certain qu'elle est visible.

— Mais personne n'en a jamais vu !

— Parce que personne n'a jamais fait attention.

— C'est impossible ! Pensez donc – depuis l'aube de l'humanité, il y aurait toujours eu des bulles flottant dans les airs, et personne ne les aurait jamais vues ?

— Est-ce qu'on peut voir la lune pendant la journée ? a soudain demandé Ding Yi.

— Bien sûr que non, a répondu quelqu'un sans hésiter.

Ding Yi a ouvert la fenêtre. Il faisait un temps magnifique, et un croissant de lune d'un blanc neigeux se découpait distinctement au milieu de l'azur, de toute beauté contre le ciel bleu. En la regardant plus attentivement, on distinguait clairement sa forme sphérique.

— Ah, je n'avais jamais fait attention ! s'est émerveillé l'homme qui avait parlé.

— Quelqu'un a fait un sondage montrant que 90 % des gens n'y prêtent jamais attention. Mais depuis l'aube de l'humanité, la lune est fréquemment visible en journée. Vous vous attendez vraiment à ce que les gens remarquent une petite bulle translucide, perdue toute seule au milieu de quelques kilomètres cubes, voire de dizaines de kilomètres cubes d'atmosphère ?

— Ça reste quand même difficile à croire.

— Laissons les faits parler d'eux-mêmes, alors. Excitez encore quelques boules de foudre, et vous verrez.

BULLES VIDES

Dans l'après-midi, les deux hélicoptères qui étaient restés cloués au sol depuis plusieurs jours ont à nouveau décollé. Ils ont allumé leur arc électrique à 3 000 m d'altitude et ont fait apparaître trois boules de foudre. Nous étions sept à bord des deux appareils, dont Lin Yun et moi. Tout le monde a suivi chaque boule de foudre à la jumelle jusqu'au moment de sa disparition, mais personne n'a rien remarqué de particulier.

— Vous n'avez pas une assez bonne vue, s'est contenté de déclarer Ding Yi en apprenant le résultat de l'expérience.

— Le capitaine Liu et moi n'avons rien vu non plus, a dit le capitaine Zheng, qui pilotait l'un des deux appareils.

— Vous n'avez pas une assez bonne vue non plus, alors.

— Comment ça ? Nous, pas une bonne vue ? Nous avons une acuité visuelle parfaite, vous trouverez difficilement quelqu'un qui ait de meilleurs yeux que nous ! s'est exclamé le capitaine Liu, qui pilotait l'autre hélicoptère.

— Excitez-en encore quelques-unes, alors, et regardez plus attentivement, a répondu Ding Yi avec dédain.

— Professeur Ding, exciter des boules de tonnerre est une procédure très dangereuse. Nous devons être très prudents, a déclaré le colonel Xu.

Lin Yun est intervenue :

— Je pense qu'il faudrait refaire un essai, comme nous le conseille le professeur Ding. Il est parfois inévitable de prendre des risques.

Depuis que Ding Yi était arrivé sur la base, moins de deux jours plus tôt, l'attitude de Lin Yun à son égard avait changé de manière frappante. Les doutes qu'elle avait affichés au moment de leur première rencontre s'étaient changés en respect, un respect que je ne l'avais jamais vue témoigner à quiconque par le passé. Après la réunion, je l'ai interrogée à ce sujet. Elle m'a dit :

— Ding Yi a énormément d'idées. Il appréhende la foudre en boule depuis une hauteur que nous sommes incapables d'atteindre.

— Jusqu'à maintenant, je ne l'ai pas vu avoir d'idée particulièrement brillante.

— Ce n'est pas quelque chose que je vois, c'est quelque chose que je sens.

— Et en quoi ses idées incroyablement abstruses vont nous aider à résoudre notre problème ? Sans parler de son obstination presque maladive, que je trouve insupportable.

— La foudre en boule elle-même est une chose incroyablement abstruse.

Le lendemain matin, nous avons donc procédé à un nouveau vol expérimental de trois heures pour activer des boules de foudre. Nous en avons découvert deux, mais tout comme la veille, nous n'avons rien vu de particulier après leur disparition.

— Je maintiens que vous n'avez pas une assez bonne vue. On ne peut pas faire venir de meilleurs pilotes ? Je parle de gens qui pilotent des vrais avions avec des ailes, a déclaré Ding Yi.

Ses paroles ont mis les pilotes d'hélicoptère en colère. Le capitaine Zheng s'est écrié avec agacement :

— Ça s'appelle des pilotes de chasse ! Écoutez-moi bien : les pilotes de l'armée de l'air et de l'armée de terre ont chacun leurs points forts, il n'y a pas de meilleur ou de moins bon ! En tout cas, au niveau acuité visuelle, les exigences sont exactement les mêmes pour eux et pour nous !

— Ha ! Les questions militaires ne m'intéressent pas. Bon, si vous dites vrai, alors ça doit être un problème de distance par rapport à l'objet. À cette distance, peut-être que personne ne peut discerner les boules de tonnerre.

— Je suis certain que même en étant tout près, on ne verrait rien du tout.

— C'est possible. Ça reste une bulle transparente. Les conditions d'observation sont trop mauvaises en altitude. La seule chose qui nous reste à faire, c'est d'en ramener une pour l'observer tranquillement sur une table.

Nous avons à nouveau échangé un regard effaré. C'est une expression que les gens avaient assez souvent autour de Ding Yi.

— Oui, j'ai un plan pour capturer et stocker une boule de foudre à l'état non excité.

— Comment c'est possible ? On n'arrive même pas à les voir !

— Écoutez-moi. Pendant que vous voliez, j'ai examiné la documentation technique sur ce truc, a déclaré Ding Yi en montrant les deux batteries supraconductrices posées non loin de là.

— Quel rapport avec la foudre en boule ?

— Ces batteries peuvent stocker une boule de foudre à l'état non excité.

— Comment ça ?

— C'est très simple. Il suffit de toucher la boule de foudre avec un câble supraconducteur relié à l'anode de la batterie. La boule sera canalisée le long du câble jusque dans la batterie, et restera stockée à l'intérieur exactement comme le courant électrique qui y circule en boucle. Ensuite, en reliant le même genre de câble au pôle négatif de la batterie, on pourra la faire ressortir de l'autre côté.

— Mais quelle histoire à dormir debout ! me suis-je écrié. Les affabulations de Ding Yi commençaient à m'insupporter. Je regrettais vraiment de l'avoir invité à nous rejoindre.

— Ce ne sera pas facile, a déclaré Lin Yun d'un air très sérieux. Si on ne peut pas voir la bulle, comment établir le contact ?

— Major, vous êtes quelqu'un d'intelligent. Réfléchissez un peu, a répondu Ding Yi avec un sourire malicieux.

— On pourrait procéder ainsi : on peut voir la boule de foudre dans son état excité ; si à l'instant où elle disparaît, on projette le fil conducteur à l'endroit précis où elle se trouvait, on devrait pouvoir la toucher.

— Il faudra faire très vite, sans quoi la bulle va flotter au loin, a acquiescé Ding Yi, toujours avec le même rictus malicieux.

Nous avons mis un moment à comprendre ce que Lin Yun voulait faire.

— Mais c'est du suicide ! s'est écrié quelqu'un.

— Major, n'écoutez pas ses conneries, a dit le capitaine Liu en montrant Ding Yi du doigt.

— Capitaine, le professeur Ding est un physicien mondialement connu, membre de l'Académie des sciences. Vous lui témoignerez le respect qui lui est dû, a tranché le colonel Xu d'une voix sévère.

— Ah, ce n'est rien, ce n'est rien, j'ai l'habitude, a dit Ding Yi en agitant la main.

— J'ai une idée ! Chen, viens avec moi. Je dois t'emmener quelque part, a soudain déclaré Lin Yun, m'entraînant derrière elle.

Lin Yun m'a expliqué qu'elle voulait me montrer quelque chose appelé "système de défense par déploiement de perche", affirmant que ce dispositif au nom étrange pourrait nous aider à résoudre notre problème. Nous avons roulé pendant quatre ou cinq heures en direction de Zhangjiakou. Au fond d'une vallée, nous sommes finalement arrivés sur un grand terrain dégagé, sillonné de traces de chenilles, où flottait un épais nuage de poussière. Lin Yun m'a expliqué qu'il s'agissait du terrain de test du char de combat principal Type 2005.

Un major en uniforme de tankiste a accouru vers nous. Il a expliqué à Lin Yun que le responsable de l'équipe de recherche sur le système de défense par déploiement de perche ne serait pas disponible avant un moment, et nous a invités à patienter.

— Vous prendrez bien un peu d'eau, a-t-il proposé.

Il n'avait pas de bouteille d'eau sur lui. C'est un char qui est venu nous apporter deux verres d'eau sur un plateau posé en équilibre sur l'extrémité de son canon. Le Béhémoth s'est approché de nous, montant et descendant sur les inégalités du terrain ; et pourtant, son canon restait toujours absolument droit, tendu dans la même direction comme si une force magnétique l'aimantait vers sa cible. Lorsque le char s'est arrêté devant nous, pas une goutte d'eau des deux verres posés sur le plateau n'avait été renversée. Des officiers des troupes de blindés qui se trouvaient non loin de là ont ri avec joie devant notre air ébahi.

Le T-05 était très différent des chars que j'avais pu voir par le passé. Il présentait une silhouette aplatie, avec des angles très marqués, au point que l'on ne distinguait pratiquement aucune courbe à sa surface. L'habitacle et la tourelle du char ressemblaient à deux minces trapézoïdes empilés l'un sur l'autre, donnant une impression d'invulnérabilité.

Au loin, un autre char tirait en avançant. Le bruit des explosions répétées était si violent que mes tympans me faisaient mal. J'avais envie de me boucher les oreilles mais en voyant Lin Yun et les officiers discuter gaiement sans prêter attention au vacarme, je n'ai pas osé.

Au bout d'une demi-heure, nous avons enfin pu rencontrer le responsable du programme. Il nous a d'abord emmenés voir une démonstration du système de défense. Nous sommes arrivés devant un lance-roquettes multiple de petites dimensions. Deux soldats étaient en train de charger une roquette dans le tube supérieur.

— Ça coûterait beaucoup trop cher de faire une démonstration avec un missile antichar. Nous utiliserons donc plutôt ce type de projectile. Nous l'avons déjà testé, il ne manquera pas sa cible, a expliqué le responsable, désignant au loin le char T-05 qui allait servir de cible.

Un soldat a pressé le bouton de tir et la roquette a jailli en rugissant, projetant un nuage de poussière et de fumée derrière nous. Elle a décrit un arc aplati en laissant une traînée de fumée blanche dans les airs et s'est dirigée droit vers sa cible. Mais alors qu'elle se trouvait à environ 10 m au-dessus du char, la roquette a soudain paru heurter quelque chose. Sa trajectoire a brutalement dévié, et elle est allée se planter dans le sol à une dizaine de mètres de sa cible. Comme elle ne transportait pas de tête explosive, elle a juste soulevé un petit nuage de poussière en touchant terre.

J'en suis resté bouche bée de surprise.

— Il y a un champ de force autour du char ?! ai-je demandé.

Les soldats autour de nous ont éclaté de rire. Le responsable m'a répondu en riant lui aussi :

— Rien d'aussi extraordinaire ! Les champs de force, c'est seulement dans les romans de science-fiction. Ce système repose en fait sur un principe extrêmement simple.

Je ne comprenais pas ce qu'il voulait dire par "simple", mais Lin Yun m'a expliqué :

— Le principe remonte à l'époque des armes blanches. Les cavaliers chargeaient en agitant une longue lance devant eux. Avec un peu d'adresse, ils pouvaient dévier les flèches tirées par l'ennemi.

Voyant que je ne comprenais toujours pas, le responsable du programme est intervenu :

— C'était trop loin, et ça s'est passé trop vite, c'est normal que vous n'ayez pas bien vu. Mais regardez l'enregistrement au ralenti, a-t-il dit en m'amenant devant un écran d'affichage.

À l'écran, une fraction de seconde avant que la roquette ne touche le char, j'ai vu une longue perche très fine, qui ressemblait à une espèce de grande canne à pêche, se déployer en un éclair depuis le sommet du char. Elle a frappé avec précision la tête de la roquette, la faisant dévier de sa trajectoire.

— En conditions de combat réel, le projectile est parfois dévié de sa trajectoire comme vous venez de le voir ; d'autres fois, il explose en vol avant de toucher sa cible. C'est un système de défense remarquablement efficace contre les missiles antichars à basse vitesse ou les bombes aériennes, a poursuivi le responsable.

— C'est une idée incroyable que vous avez eue ! me suis-je exclamé avec une sincère admiration.

— Ah, ce n'est pas nous qui en avons eu l'idée. Le concept des systèmes de défense par déploiement de perche a été imaginé par les experts en armement de l'Otan à la fin des années 1980. Par la suite, ce sont les Français qui ont mis au point les premières applications réussies sur leurs chars Leclerc de nouvelle génération. Nous n'avons fait que marcher sur leurs traces.

— Bien que le système repose sur des principes très simples, le dispositif de détection et de localisation du projectile reste un système extrêmement sophistiqué, a expliqué Lin Yun. La perche doit toucher le projectile ennemi non seulement dans un délai extrêmement bref, mais aussi selon un angle optimal. C'est quasiment un système de défense antimissile miniaturisé.

Je comprenais maintenant le but de notre visite. Ce système semblait avoir été fait sur mesure pour nous.

Le responsable a continué :

— Hier, la major Lin m'a expliqué en détail ce que vous vouliez faire, et la hiérarchie nous a ordonné de coopérer étroitement avec vous. À dire vrai, il fut un temps où j'aurais dédaigné ce genre de recherches ; mais plus maintenant. La première fois que j'ai entendu parler du concept de défense par déploiement de perche, j'ai aussi trouvé ça ridicule. Je n'aurais jamais imaginé que ce système puisse un jour devenir aussi efficace. Sur les champs de bataille modernes, seuls les plus paranoïaques survivent.

— Pour le moment, le principal problème est la longueur de la perche. C'est possible de la rallonger ? a demandé Lin Yun. Il est extrêmement dangereux pour un hélicoptère de s'approcher trop près d'une boule de tonnerre.

— À l'heure actuelle, la longueur maximale de la perche est de 10 m. Au-delà, elle n'a plus assez de force pour être efficace. Mais pour l'usage que vous voulez en faire, la force de frappe de la perche est sans importance, et la vitesse de réaction nécessaire est inférieure d'un à deux ordres de grandeur à celle que nous utilisons. J'ai fait des calculs approximatifs, et je pense qu'on pourrait atteindre 25 m. Mais il y a des limites : la perche pourra être équipée du câble supraconducteur que vous m'avez décrit, mais c'est tout ; on ne pourra absolument rien monter à son extrémité.

— Ça devrait aller, a acquiescé Lin Yun.

Sur la route du retour, je lui ai demandé :

— Tu veux vraiment faire ça ? Tu ne trouves pas que nous misons beaucoup trop sur les théories de Ding Yi ?

Elle a secoué la tête :

— Il faut essayer. J'ai le sentiment que Ding Yi est le seul homme capable d'accomplir une percée dans l'étude de la foudre en boule. Nous avons déjà dit plusieurs fois qu'il était impossible de résoudre un tel mystère de la nature au moyen d'idées traditionnelles... Et maintenant qu'une idée non conventionnelle se présente à nous, vous la rejetez tous.

— Maintenant, le problème va être de persuader le colonel Xu et les pilotes.

Lin Yun a poussé un soupir :

— Ah, si seulement je savais piloter un hélicoptère...

De retour à la base, nous nous sommes hâtés d'organiser une réunion, et Lin Yun a exposé son projet.

— Toucher une boule de tonnerre avec une perche ? Major, vous avez perdu la tête ? s'est écrié le capitaine Zheng.

— Comme je l'ai déjà expliqué, la perche ne touchera pas la boule de foudre à l'état excité. Ce n'est qu'au moment où elle s'éteindra que l'on déploiera la perche à l'endroit où doit se trouver la bulle vide.

— Le professeur Ding a dit que le câble supraconducteur fixé sur la perche devait atteindre la position de la boule une demi-seconde après son extinction, sans quoi votre bulle aura déjà flotté ailleurs. Le dispositif est assez précis pour ça ? Et si la perche se déclenche une demi-seconde trop tôt ?

— Le temps de réaction du système de défense par déploiement de perche est supérieur de deux ordres de grandeur à ce dont nous avons besoin. La seule différence, c'est que le système d'origine active sa perche lorsqu'une cible apparaît, alors que la perche de notre système modifié entrera en action lorsque sa cible disparaîtra. Grâce à nos observations antérieures, nous disposons de critères assez précis pour être certains que la boule de foudre s'est bien éteinte, que ce soit en se basant sur les radiations électromagnétiques ou sur la lumière visible.

— Même si l'on arrive à faire tout ça, l'hélicoptère devra quand même s'approcher à 25 m de la boule de tonnerre. C'est la moitié de la distance à laquelle un accident s'est produit la dernière fois. Vous vous rendez compte à quel point c'est dangereux ?

— Je m'en rends compte, capitaine. Mais c'est un risque à prendre.

— Je ne suis pas d'accord avec ce plan, a déclaré le colonel Xu d'un ton catégorique.

— Colonel, même si vous étiez d'accord, nous refuserions cette mission, a déclaré l'autre pilote, le capitaine Liu. Nos deux équipages ont seulement été prêtés à votre base de recherche, mais en dernière instance, c'est du commandement de notre corps d'armée que nous recevons nos ordres. Et nous sommes autorisés à refuser tout ordre susceptible de mettre en danger la sécurité des équipages. Le commandant de notre division nous l'a clairement rappelé après le dernier accident.

Lin Yun est restée imperturbable :

— Capitaine Liu, si l'ordre émanait directement du commandement de votre corps d'armée, vous accepteriez la mission ?

— Dans ce cas, ce serait différent. Nous ferions notre devoir, évidemment.

— Vous pouvez me le garantir ?

Lin Yun regardait fixement le capitaine Liu. Son expression m'a effrayé.

— En tant qu'officier responsable de cette unité d'hélicoptères, je m'y engage. Mais le corps d'armée ne donnera jamais ce genre d'ordre, major.

Sans dire un mot, Lin Yun s'est emparée du téléphone et a composé un numéro.

— Bonjour. Je voudrais parler au brigadier général Zeng Yuanping… Ici la base de recherche du Projet B436. Oui, exact. C'est moi. Oui. Merci !

Elle a tendu le téléphone au capitaine Liu :

— Capitaine, le commandant de la 2e division d'aviation du 38e corps d'armée.

Le capitaine Liu s'est saisi du téléphone.

— Oui, c'est moi… Oui, commandant… Je comprends, oui. Sans faute !

Il a reposé le téléphone sans regarder Lin et s'est tourné vers le colonel Xu :

— Colonel, nous avons reçu l'ordre d'effectuer cette mission. Pour ce qui est de l'horaire et du nombre de sorties, nous nous en remettons aux décisions de la base.

— Non, capitaine Liu, a déclaré le colonel Xu d'un ton résolu. Vous allez immédiatement dire à votre supérieur que tant que nous n'aurons pas mis au point une procédure de sécurité fiable, tous les vols d'observation de la base sont suspendus.

Le capitaine a pris le combiné d'un air hésitant. Son regard s'est tourné vers Lin Yun. Dans la pièce, tous les regards étaient fixés sur elle.

Lin Yun s'est mordu la lèvre inférieure et a gardé le silence pendant quelques secondes. Elle a pris le combiné des mains du capitaine et interrompu la communication de l'autre main. Elle a composé un autre numéro.

— Sixième directeur ? Bonjour, ici la base du Projet B436. Oui, c'est moi. Je voulais savoir si une décision avait été prise à propos du rapport que j'ai transmis hier… Oui, très bien.

Elle a tendu le combiné au colonel Xu :

— Le Sixième directeur du département général de l'Armement.

Le colonel Xu a pris le combiné et écouté quelques instants avec une mine sombre. Finalement, il n'a prononcé que deux mots : "Oui, commandant." Puis il a raccroché. Il s'est tourné vers l'assemblée, et a déclaré avec gravité :

— La hiérarchie nous ordonne de procéder à une expérience de capture d'une boule de foudre à l'état non excité suivant la procédure définie par la major Lin. Elle nous ordonne également de suspendre toutes les autres recherches en cours pour concentrer nos énergies sur cette expérience et espère que tout le monde fera son devoir avec la plus extrême diligence. Merci aux responsables techniques du projet de rester avec moi à la fin de la réunion.

À notre retour du terrain de test des chars, Lin Yun était allée en ville, et y avait passé une journée entière avant de rentrer à la base. Je savais maintenant ce qu'elle était allée faire.

Personne n'a plus rien dit. Les gens se sont lentement dispersés en silence - un silence lourd de sens, qui était clairement dirigé contre Lin Yun.

— Capitaines !

Lin Yun a doucement rappelé les deux pilotes qui étaient en train de partir.

— Je vous prie d'essayer de comprendre. Si nous étions en temps de guerre, ce ne serait qu'une sortie de routine.

— Vous croyez qu'on a peur de mourir ? a dit le capitaine Liu en se touchant la poitrine du doigt. Nous voulons juste ne pas mourir pour rien, pour une expérience condamnée à l'échec, une expérience absurde basée sur des théories absurdes pondues par un type absurde.

— Je pense que même le professeur Ding n'est pas absolument certain que nous allons pouvoir capturer une boule de tonnerre avec cette méthode, a ajouté le capitaine Zheng.

Ding Yi était resté silencieux pendant la réunion ; tout ce qui venait de se passer semblait l'avoir laissé de marbre. Il a secoué la tête :

— Si tout se passe précisément selon la procédure définie par la major Lin, si, j'en suis absolument certain.

Les deux pilotes partis, il ne restait plus dans la pièce que le colonel Xu, Lin Yun, Ding Yi et moi. Après un long silence, le colonel Xu a pris la parole d'un ton sévère :

— Lin Yun, cette fois, tu as dépassé les bornes. Je t'invite à réfléchir à ta conduite depuis que tu es arrivée sur la base. Dans le cadre de ton travail, tu n'as cessé de n'en faire qu'à ta tête et d'agir arbitrairement, en ne reculant devant aucune méthode pour arriver à tes fins. Tu outrepasses systématiquement tes devoirs pour te mêler de tout, et tu contournes régulièrement les autorités de la base pour faire ce qui te plaît. Cette fois, tu n'as pas hésité à faire jouer tes privilèges en recourant à des canaux inappropriés pour passer par-dessus plusieurs départements, et à t'adresser directement au sommet de la hiérarchie pour imposer ton point de vue personnel en leur communiquant des informations inexactes. Tu es engagée sur une pente dangereuse. C'est vrai, tous les camarades de la base t'ont tolérée jusqu'à présent, mais c'était pour le bien de notre mission. L'armée n'existe pas dans un vide : nous sommes tous conscients du rôle que tes relations ont joué dans ce projet, et nous apprécions le fait que tu aies utilisé ton influence pour nous soutenir. Mais tu as pris la tolérance et la confiance de tes camarades pour du laisser-faire, et tu es de plus en plus déraisonnable… Quand cette expérience sera terminée, je transmettrai un rapport objectif à la hiérarchie pour lui exposer ta conduite. Mais si tu as un tant soit peu conscience de tes propres actions, tu quitteras de ton propre chef la base et le projet. Tout le monde a déjà beaucoup trop de mal à travailler avec toi.

Lin Yun a baissé la tête, les deux mains entre les genoux. Il ne restait plus rien du calme et de la détermination dont elle avait fait preuve à l'instant. Elle ressemblait maintenant à une petite fille qui vient de faire une bêtise.

— Si l'expérience échoue, j'assumerai une plus grande part de responsabilité, a-t-elle dit d'une petite voix.

— Et si l'expérience réussit, ça rendra peut-être ta conduite appropriée ? a déclaré le colonel.

— Je trouve qu'il n'y a là rien d'inapproprié, a déclaré Ding Yi. Pour faire progresser des recherches non conventionnelles, il faut des moyens non conventionnels. Sans quoi, dans cette société sclérosée, la science ne pourrait pas avancer d'un pas. Si j'avais moi-même eu l'esprit un peu plus agile à l'époque, le programme d'accélérateur de particules n'aurait pas été supprimé.

Lin a relevé la tête et lui a lancé un regard de gratitude.

Ding Yi s'est levé et s'est mis à faire les cent pas. Il avait de nouveau le sourire malicieux qu'il arborait souvent.

— Pour ma part, je n'endosserai aucune responsabilité. Nous autres théoriciens, notre devoir est de formuler des hypothèses. Si l'hypothèse n'est pas vérifiée par l'expérience, notre devoir se borne à en formuler une nouvelle.

— Mais nous allons risquer des vies humaines pour vérifier votre hypothèse, ai-je dit.

— Par rapport à ce que vous pouvez en retirer, c'est un petit prix à payer.

— C'est facile à dire quand on n'est pas à bord de l'hélicoptère.

Ding Yi s'est soudain mis en colère :

— Quoi ? Vous voudriez peut-être que je monte à bord juste pour faire preuve d'une espèce d'esprit héroïque ? Pas question ! Ma vie appartient déjà tout entière à la physique. Je vous garantis que je ne monterai dans aucun hélicoptère !

— Personne ne vous demande de le faire, professeur Ding, a soupiré le colonel Xu en hochant la tête.

Une fois la réunion terminée, je suis allé chercher un endroit isolé au bord du terrain d'expériences, et j'ai composé un numéro sur mon portable. Après une seule sonnerie, la voix posée du colonel Lin a retenti :

— Docteur Chen ?

J'ai été surpris qu'il ait deviné que c'était moi. Cela montrait en tout cas que la hiérarchie suivait de près les progrès de nos recherches. J'ai raconté le déroulement de la réunion au général, et il a immédiatement répondu :

— Nous sommes déjà au courant de la situation que tu me décris. Mais ce sont des circonstances peu ordinaires, nous sommes pressés par le temps, et nous avons besoin que ce programme produise rapidement des résultats. C'est pourquoi certains risques sont nécessaires. Bien sûr, la manière de faire de Lin Yun n'est pas la bonne. On peut même dire qu'elle est détestable. Mais c'est dans sa nature, et parfois on ne peut rien y faire. Cependant, je reconnais que nous n'avons pas suffisamment pris cet aspect en compte. Demain, nous enverrons un émissaire du département général de l'Armement, il sera chargé d'établir une liaison entre la base et la hiérarchie. Mais je te remercie tout de même de ta confiance, Chen.

— Général, ce que je voulais surtout vous dire, c'est que les théories de Ding Yi sont vraiment trop absconses, trop difficiles à croire…

— Dans la physique moderne, y a-t-il encore des théories qui ne soient pas absconses ou difficiles à croire ?

— Mais…

— Nous avons déjà demandé à plusieurs experts et universitaires d'examiner les hypothèses et les calculs du professeur Ding, que Lin Yun nous a transmis. Nous avons aussi soigneusement réfléchi à la procédure expérimentale qu'elle a élaborée. Par ailleurs, tu ne le sais peut-être pas, mais ce n'est pas la première fois que Ding Yi participe à un programme de défense nationale. Nous avons toute confiance en ses capacités. Même si ses théories semblent absurdes, c'est un risque qui vaut la peine d'être pris.

C'est pendant les deux semaines qui ont suivi que j'ai vraiment pris conscience de la différence qui existe entre les civils et les militaires. Cette expérience, qui paraissait ridicule du point de vue du sens commun, avait engendré une hostilité marquée entre la majorité du personnel du projet, qui s'y opposait fermement, et une minorité représentée par Lin Yun. Une telle situation, transposée dans un institut de recherche civil, aurait inévitablement entraîné des problèmes : les opposants auraient rechigné à la tâche, ou se seraient efforcés de saboter en secret le travail de l'autre camp. Mais il en allait autrement sur la base : chacun faisait son devoir avec le plus grand sérieux, et les ordres donnés par Lin Yun étaient scrupuleusement respectés, alors même que nombre d'exécutants avaient un grade plus élevé que le sien. Il était cependant indéniable que le charme personnel de Lin Yun jouait un rôle dans cette attitude : le personnel du programme comptait plusieurs jeunes officiers diplômés, qui se ralliaient aveuglément à elle en toutes circonstances.

Plusieurs spécialistes du système de défense par déploiement de perche avaient également été transférés sur la base pour participer aux préparatifs de l'expérience. Ils avaient perfectionné le matériel informatique du système, avaient allongé la perche d'une fois et demie sa longueur et l'avaient installée sur l'hélicoptère. Ils avaient également procédé à des modifications du logiciel de contrôle du système. En plus d'installer un nouveau programme de reconnaissance de cible, ils avaient inversé les paramètres de déclenchement du système pour que celui-ci s'active au moment où la cible disparaissait.

Au jour fixé pour l'expérience, tout le personnel de la base s'est rassemblé sur la piste de décollage. Cela m'a rappelé la scène juste avant notre première expérience de déclenchement d'un arc électrique aérien, plus d'un mois auparavant. Comme la dernière fois, c'était à l'aube, par une belle journée sans vent ni nuage. Mais cette fois, les deux seules personnes qui semblaient vraiment décontractées étaient les deux capitaines qui s'apprêtaient à risquer leur vie aux commandes des hélicoptères ; comme toujours, ils plaisantaient avec insouciance avec les infirmières à côté de l'ambulance.

Lin Yun était revêtue d'une tenue d'entraînement. Comme avant chaque décollage, elle s'est dirigée vers l'hélicoptère équipé du système de déploiement de perche, mais le capitaine Liu l'a arrêtée.

— Major, le système est automatisé. Il n'y a besoin que d'un pilote à bord.

Lin Yun a écarté son bras en silence avant de monter à l'arrière de la cabine de l'hélicoptère. Le capitaine l'a fixée du regard pendant quelques secondes, puis a grimpé à son tour dans le cockpit et l'a aidée sans un mot à sangler son parachute. Ses ongles brûlés par la foudre n'avaient pas encore repoussé.

Au même moment, Ding Yi s'est remis à s'agiter bruyamment – il craignait apparemment que quelqu'un ne le force à monter dans l'hélicoptère, et a réaffirmé avec emphase que sa vie n'appartenait qu'à la physique, sans prêter la moindre attention aux regards de mépris que tout le monde lui jetait.

Il a déclaré qu'il avait de nouveau fait des calculs approfondis et qu'il était plus certain que jamais que sa théorie était correcte, que la foudre en boule pouvait être capturée et ramenée. L'image que nous avions maintenant de lui était au mieux celle d'un charlatan. À part Lin Yun et lui, personne n'attendait le moindre résultat de cette expérience ; chacun se contentait de prier pour que les équipages des hélicoptères s'en tirent sains et saufs.

Les deux hélicoptères ont décollé en vrombissant. Lorsque le craquement de l'arc électrique s'est fait entendre dans le ciel, les cœurs se sont serrés dans les poitrines de tous ceux qui étaient au sol. D'après la procédure établie, une fois la boule de tonnerre excitée, les pilotes éteindraient l'arc électrique et l'appareil sur lequel était installé le système de déploiement de perche s'approcherait jusqu'à 25 m de l'objectif. Lorsque la boule s'éteindrait, la perche serait automatiquement activée, entraînant avec elle un câble supraconducteur de moins de 0,5 cm d'épaisseur, pour tenter d'atteindre l'endroit où Ding Yi pensait que se trouverait une bulle vide. Le fil conducteur était relié à une batterie supraconductrice vide placée dans la cabine de l'appareil.

Les deux hélicoptères se sont lentement éloignés en formation, jusqu'à ce que l'arc électrique ne soit plus qu'une petite étoile argentée sur le bleu du ciel matinal. Ce qui s'est passé ensuite, nous ne l'avons appris que plus tard.

Après vingt-quatre minutes de vol, une boule de foudre est apparue. Une fois l'arc électrique éteint, l'hélicoptère équipé du système de perche s'est approché de la boule qui dérivait dans le ciel. Arrivé à 25 m de distance environ, il a braqué la perche dans sa direction. Depuis que nous avions commencé à exciter des boules de foudre, c'était la première fois qu'un appareil s'approchait à une distance aussi réduite de l'une d'entre elles. Suivre la boule en vol était extrêmement difficile, car elle n'était pas affectée par les courants aériens, et personne n'avait la moindre idée de ce qui déterminait sa trajectoire ; changeante et chaotique, celle-ci ne semblait obéir à aucune règle précise. Le plus dangereux était qu'elle pouvait à tout instant décider de se rapprocher de l'hélicoptère. Après l'expérience, les enregistrements ont de fait révélé qu'à un moment, elle s'était approchée à 16 m à peine de l'appareil. C'était une boule de foudre très ordinaire, qui émettait une lueur jaune orangé, assez peu visible en plein jour. Environ une minute et trente-cinq secondes après son apparition, elle s'est évanouie alors qu'elle se trouvait à 22,5 m de l'hélicoptère. À bord de l'appareil, le capitaine Liu et Lin Yun ont clairement entendu le bruit d'explosion émis au moment de sa disparition. Au même moment, le système de déploiement de perche est entré en action ; une perche de plus de 20 m de long a fulguré, positionnant l'extrémité du câble supraconducteur à l'endroit exact où la boule venait de disparaître. Les enregistrements ont révélé qu'entre l'instant où la boule avait disparu et le positionnement de la perche, il s'était écoulé 0,4 seconde.

Quasiment au même instant, un violent bruit a retenti à côté de Lin Yun. Quelque chose venait d'exploser à bord de l'appareil, et la cabine a instantanément été envahie par un nuage de vapeur brûlante. L'appareil a cependant réussi à maintenir sa trajectoire, et est revenu atterrir sans encombre sur la base.

L'hélicoptère s'est posé au milieu des acclamations de la foule. Comme l'avait dit le colonel Xu, le seul fait que l'équipage revienne sain et sauf était déjà une victoire.

Après examen, nous avons découvert que ce qui avait explosé était une bouteille d'eau minérale oubliée par le personnel de sol sous un des sièges arrière de l'appareil. La boule de tonnerre avait choisi de libérer son énergie dans l'eau de la bouteille, qui s'était instantanément transformée en nuage de vapeur. Heureusement, la bouteille s'était trouvée sous le siège, et elle avait éclaté sans projeter de fragments. Seule Lin Yun avait été légèrement brûlée au mollet par la vapeur à travers sa tenue d'entraînement.

— Nous avons vraiment de la chance que le système de refroidissement de l'hélicoptère fonctionne à l'huile. Si cela avait été un réservoir à eau comme pour les voitures, il se serait transformé en véritable bombe, a déclaré le capitaine Liu, encore sous le choc du danger auquel il venait d'échapper.

— Vous oubliez un autre point sur lequel vous avez eu encore plus de chance, a déclaré Ding Yi en s'approchant, un sourire mystérieux aux lèvres comme si tout cela n'était qu'un jeu pour lui. Vous oubliez qu'il y avait une autre réserve d'eau à bord, en dehors de la bouteille !

— Où ça ? a demandé Lin Yun, avant de comprendre presque immédiatement de quoi il s'agissait : Mon Dieu ! Dans notre corps !

— Exact. Votre sang.

Tout le monde a frissonné. Il était difficile d'imaginer l'atrocité de ce qui se serait passé si leur sang s'était soudain mué en vapeur brûlante. Ce n'est qu'à cet instant que nous avons réalisé toute l'horreur du risque qu'ils venaient de prendre.

— Cela signifie qu'au moment où la foudre globulaire choisit la cible sur laquelle elle décharge son énergie, les conditions aux limites de la cible sont très importantes, a marmonné Ding Yi d'un air pensif.

— Professeur Ding, vous devriez plutôt vous préoccuper de la boule de tonnerre qui a déjà déchargé son énergie. Vous appelez ça comment, de nouveau ? Une bulle vide ? Elle doit maintenant se trouver à l'intérieur de la batterie, a dit quelqu'un.

Ding Yi a acquiescé de la tête.

— Toute la procédure de capture s'est déroulée exactement comme prévu. Elle doit effectivement s'y trouver.

L'enthousiasme nous a tous repris et la batterie supraconductrice a été déchargée de l'hélicoptère. Il entrait une bonne part de moquerie dans cette excitation : la plupart des gens se doutaient déjà que l'expérience serait un échec. Tout le monde prenait cela comme un divertissement, une comédie destinée à fêter le retour des pilotes.

— Professeur, quand est-ce qu'on pourra faire sortir la bulle pour que tout le monde la voie ? ont demandé certains une fois la lourde batterie extraite de l'hélicoptère.

La plupart des gens s'attendaient à ce que Ding Yi s'empresse de faire enfermer la batterie dans un laboratoire, afin que le moins de gens possible puissent être témoins de son échec. Mais sa réponse a déjoué toutes les attentes :

— Tout de suite.

L'assemblée a laissé échapper un tonnerre d'acclamations. Ils m'ont fait penser à une foule vicieuse venue assister à une décapitation en place publique.

Le colonel Xu est monté sur le marchepied d'un des hélicoptères et a pris la parole d'une voix forte :

— Votre attention s'il vous plaît ! La libération de la bulle contenue dans la batterie est une opération très délicate, qui nécessite des préparatifs très complets ! La batterie va maintenant être ramenée au laboratoire n° 3, nous vous informerons du résultat dès que possible.

— Colonel, tout le monde a travaillé très dur à cette expérience, notamment le capitaine Liu et la major Lin, qui ont risqué leur vie. Je pense qu'ils ont le droit d'être récompensés de leurs efforts dès maintenant ! a déclaré Ding Yi, déclenchant une nouvelle vague d'acclamations.

— Professeur Ding, il s'agit d'un programme expérimental d'une importance capitale. Ce n'est pas un jeu. J'ordonne que la batterie soit immédiatement ramenée au laboratoire, a maintenu avec fermeté le colonel Xu.

J'ai pensé que le colonel était un homme de cœur ; même à cet instant, il faisait de son mieux pour préserver la dignité de Ding Yi.

— Colonel, n'oubliez pas que c'est moi qui suis intégralement responsable de l'opération de libération de la bulle. J'ai le droit de décider quand et comment procéder à cette étape de l'expérience ! a répondu Ding Yi au colonel.

— Professeur, vous devriez vous calmer, a murmuré le colonel à Ding Yi.

— Et qu'en pense la major Lin ? a demandé Ding Yi à Lin Yun, qui n'avait pas dit un mot jusqu'à présent.

Lin Yun a rejeté ses cheveux en arrière et a répondu de manière résolue :

— Faisons-le maintenant. Quel que soit le résultat, autant savoir tout de suite.

— Tout à fait ! a renchéri Ding Yi en agitant la main. J'invite maintenant les ingénieurs du bureau des supraconducteurs à venir au premier rang !

Trois ingénieurs chargés d'opérer les batteries supraconductrices se sont faufilés à travers l'assemblée jusqu'au-devant de la scène.

— Nous avons déjà discuté hier de la procédure d'extraction, je pense que vous savez comment faire. Vous avez amené le générateur de champ magnétique de confinement ? leur a demandé Ding Yi.

Les ingénieurs ont acquiescé.

— Commençons, alors.

La batterie cylindrique a été déposée sur une table de travail, et un ingénieur a connecté à son pôle négatif un fil supraconducteur, à la base duquel se trouvait un interrupteur. Ding Yi a désigné l'interrupteur :

— Il suffit que j'appuie sur ce bouton, et le fil supraconducteur sera relié à la batterie ; la bulle vide contenue dans la batterie sera conduite vers l'extérieur.

À l'autre extrémité du fil, deux ingénieurs avaient installé un appareil composé de plusieurs bobines disposées à intervalles réguliers. Ding Yi a continué à expliquer au public :

— Une fois la bulle sortie de la batterie, il n'existe absolument aucun réceptacle capable de la contenir. Elle peut traverser n'importe quel corps matériel et s'en aller en flottant. Cependant, la théorie prédit que la bulle est encore porteuse d'une certaine quantité de charges électriques négatives, ce qui signifie qu'elle peut être retenue par un champ magnétique. Ce dispositif génère un champ magnétique de confinement, qui permettra de retenir la bulle pour que tout le monde puisse la voir. Bien, mettons le champ magnétique en marche.

Un ingénieur a poussé un interrupteur, et une petite lampe rouge s'est allumée sur le générateur de champ magnétique.

— Pour que tout le monde puisse voir la bulle plus clairement, j'ai amené ceci.

Ding Yi a sorti de derrière lui un objet carré.

Tout le monde a constaté avec surprise qu'il s'agissait d'un plateau de go*.

— Et maintenant, place au moment historique !

Ding Yi s'est approché de la batterie, a posé la main sur l'interrupteur rouge, et sous les regards attentifs de toute l'assemblée, a pressé le bouton.

Il ne s'est rien passé.

L'expression de Ding Yi était toujours aussi impassible. Il a désigné le générateur de champ magnétique et annoncé d'un air solennel :

— Voici une boule de foudre à l'état non excité.

* Le plateau du jeu de go s'apparente à un damier, mais avec davantage de cases. Il s'agit d'un quadrillage uniforme, toutes les cases étant de même couleur.

Il n'y avait rien à l'endroit qu'il désignait.

Un silence de mort pesait sur l'assemblée. On n'entendait plus que le léger ronronnement du générateur de champ. Le temps a paru se ralentir et s'étirer comme de la glu. J'ai espéré qu'il se remette rapidement à s'écouler.

Soudain, quelqu'un a bruyamment pouffé derrière nous, faisant sursauter tout le monde. Je me suis retourné et j'ai vu le capitaine Liu en train de se tordre de rire. Il venait de boire une gorgée d'eau et riait si fort qu'il n'avait pu s'empêcher de la recracher.

— Ha ha ha ! Regardez le professeur Ding… Vous ne trouvez pas qu'il ressemble au tailleur dans l'histoire des *Habits neufs de l'empereur** ?

L'assemblée a semblé trouver la comparaison particulièrement appropriée et tout le monde a éclaté de rire, amusé par l'effronterie et l'humour du physicien.

— Silence, tout le monde ! Écoutez-moi !

Le colonel Xu a fait taire les rires d'un geste de la main.

— Nous devons adopter un point de vue et une attitude adéquats vis-à-vis de cette expérience. Nous savions depuis longtemps qu'elle échouerait, et nous étions tous parvenus à la même conclusion : il suffirait que les participants reviennent tous sains et saufs pour que ce soit une victoire. De ce point de vue, le résultat de l'expérience doit être considéré comme satisfaisant !

— Quelqu'un devra quand même répondre de cet échec ! a crié quelqu'un. Des millions ont été investis dans ce projet ! Un hélicoptère et la vie de deux personnes ont été misés sur un coup de poker ! Et tout ça pour cette farce ?

* Conte d'Andersen, dans lequel un empereur se fait confectionner par des escrocs un habit que "seules les personnes intelligentes peuvent voir" ; de peur de passer pour des sots, ni l'empereur ni sa cour n'osent avouer qu'ils ne voient rien.

Ces paroles ont soulevé des échos approbateurs dans la foule.

À ce moment, Ding Yi a levé le plateau quadrillé à la verticale au-dessus de l'émetteur de champ magnétique. Son geste a attiré l'attention de la foule et le vacarme est rapidement retombé. Lorsqu'un calme total est revenu, Ding Yi a lentement abaissé le plateau vers le bas, jusqu'à ce que son bord inférieur touche le générateur de champ. Tout le monde s'est approché pour regarder le plateau. Les spectateurs se sont figés sous le choc, pétrifiés comme des statues.

Une partie des petites cases carrées du plateau apparaissaient déformées. La zone affectée par la déformation faisait nettement ressortir les contours d'une sphère, comme si l'on avait placé une boule de cristal extrêmement transparente devant le plateau de go.

Ding Yi a retiré le plateau, et tout le monde s'est penché pour ajuster sa vision. Même sans l'aide du plateau de go, on pouvait maintenant distinguer la bulle. Ses contours sphériques et diaphanes se détachaient de manière presque imperceptible au milieu des airs, comme une bulle de savon totalement incolore.

Le premier à réagir au milieu de la foule pétrifiée a été le capitaine Liu. Il a tendu un doigt dépourvu d'ongle et l'a approché avec hésitation de la bulle. Il n'a finalement pas osé la toucher et a retiré sa main.

— C'est sans danger. Vous pourriez même mettre votre tête à l'intérieur, ça ne ferait rien, a déclaré Ding Yi.

Le capitaine l'a pris au mot et a glissé sa tête à l'intérieur de la bulle. Pour la première fois dans l'histoire de l'humanité, quelqu'un contemplait le monde depuis l'intérieur d'une boule de foudre. Le capitaine n'a rien constaté de particulier ; il a seulement vu la foule se remettre à acclamer Ding Yi. Mais cette fois, les acclamations étaient sincères.

MACRO-ÉLECTRONS

La base ne se trouvait pas très loin de la steppe de Kangxi, et pour fêter la réussite de l'expérience, nous sommes tous allés manger un mouton grillé. La table était installée en plein air, à la lisière de la steppe herbeuse.

Le colonel Xu a prononcé un discours :

— À une époque reculée, il y a certainement eu un jour où un homme a soudain réalisé avec effarement qu'il vivait au milieu de l'air. Plus tard, les gens ont peu à peu appris qu'ils étaient maintenus au sol par l'attraction terrestre ; qu'ils baignaient dans un océan d'ondes électromagnétiques ; que des radiations cosmiques les traversaient en permanence… Maintenant, nous savons aussi que des bulles vides flottent à tout instant autour de nous, dans ce ciel que nous croyions vide. Aujourd'hui, au nom de l'ensemble du personnel, je souhaite exprimer toute mon admiration au professeur Ding et à la major Lin.

Applaudissements et acclamations ont à nouveau retenti.

Ding Yi s'est approché de Lin Yun et a levé un verre d'alcool en son honneur – car il n'était pas seulement grand fumeur, mais aussi grand buveur :

— Major, j'avais jadis beaucoup de préjugés sur les militaires. Je pensais que vous étiez le symbole par excellence d'une pensée rigide et mécanique. Mais vous m'avez fait changer d'avis.

Lin Yun a regardé Ding Yi sans dire mot. Je crois que je ne l'avais jamais vue regarder qui que ce soit de cette façon, pas même Jiang Xingchen.

Je me suis rendu compte que dans cette assemblée où tout le monde portait l'uniforme, Ding Yi se détachait de la masse comme une grue dans un poulailler. Dans le vent chaud de la steppe, il ressemblait à trois drapeaux montés les uns sur les autres : le premier était ses longs cheveux agités par la brise, les deux autres son débardeur et son short trop grands, qui ne cessaient de flotter au vent. Sa silhouette maigre comme un clou ressemblait à un mât auquel on aurait accroché trois étendards. À ses côtés, dans la lumière du crépuscule, Lin Yun était d'une beauté radieuse.

— À présent, tout le monde n'a qu'une envie : que le professeur Ding nous explique enfin ce qu'est véritablement la foudre en boule.

Ding Yi a hoché la tête :

— Je sais que beaucoup de gens ont travaillé très dur pour essayer de résoudre ce mystère de la nature, y compris le Dr Chen et la major Lin. Ils ont consacré toute leur énergie à cette tâche, ils ont tordu les équations et les formules de l'électromagnétisme et de la mécanique des fluides jusqu'au vertige, les portant presque à leur point de rupture. Ils ont alors ajouté du mortier pour combler les fissures qui ne cessaient d'apparaître un peu partout, puis ont encore dû ajouter un pilier de soutènement après l'autre pour étayer cet édifice vacillant. À la fin, ils se sont retrouvés avec quelque chose d'immensément compliqué, d'une monstruosité sans précédent… Docteur Chen, vous savez pourquoi vous avez échoué ? Parce que vous avez essayé de faire trop compliqué. Vous n'avez pas envisagé les choses de manière assez simple.

Le père de Lin Yun avait jadis prononcé ces mêmes paroles. Deux hommes extraordinaires, venus de deux domaines entièrement différents, se rencontraient en esprit.

— Qu'est-ce que vous entendez par "simple" ? ai-je demandé, interloqué.

Ding Yi n'a pas répondu à ma question.

— Je vais maintenant vous révéler ce qu'est la foudre en boule.

Les rares étoiles qui étaient déjà apparues dans le ciel ont soudain paru cesser de scintiller, comme pour mieux entendre le Jugement dernier :

— La foudre en boule n'est rien de plus qu'un électron.

Nous nous sommes regardés les uns les autres ; pendant un instant, chacun a paru plongé dans une intense réflexion. Finalement, une foule de regards impuissants se sont tournés vers Ding Yi. Sa réponse était tellement étrange que nous ne savions quelle question lui poser après cela.

— Un électron gros comme un ballon de foot, a ajouté Ding Yi.

— Un électron ? Mais comment un électron peut-il ressembler à ça ? a demandé quelqu'un, l'air perdu.

— Vous pensez que les électrons devraient ressembler à quoi ? Une petite boule dure et opaque ? Oui, c'est comme ça que la plupart des gens se représentent les électrons, les protons et les neutrons. Mais pour vous permettre de mieux comprendre, je dois d'abord vous expliquer la manière dont la physique contemporaine décrit l'univers : l'univers n'est pas matériel ; il est purement géométrique.

— Vous ne pouvez pas expliquer de manière moins abstraite ?

— En d'autres termes, dans l'univers, rien d'autre n'existe que de l'espace.

Tout le monde s'est replongé dans un silence méditatif, essayant de saisir un concept qui échappait à la compréhension. Le capitaine Liu a été le premier à reprendre la parole, agitant la demi-cuisse de mouton qu'il tenait à la main :

— Comment ça, rien n'existe ? Comment c'est possible ? Ce mouton grillé, il est bien là, vous allez me dire que je viens de manger de l'espace ?

— Oui, ce que vous avez mangé, c'est de l'espace, et vous n'êtes vous-même que de l'espace. Le mouton et vous-même êtes composés de protons, de neutrons et d'électrons, et ces particules ne sont en fait que de l'espace recourbé sur lui-même à l'échelle microscopique.

Il a écarté les assiettes devant lui et s'est mis à dessiner du doigt sur la table :

— Si cette nappe était l'espace, alors les atomes et les particules seraient les petits plis de la nappe.

— Expliqué comme ça, je crois que je comprends un peu, a répondu le capitaine Liu, comme perdu dans ses pensées.

— Mais cela s'éloigne vraiment beaucoup de notre représentation conventionnelle du monde, a objecté Lin Yun.

— C'est pourtant la représentation qui se rapproche le plus de la réalité, a répondu Ding Yi.

— Cela signifie donc qu'un électron n'est qu'une bulle vide ?

— C'est une courbure de l'espace refermée sur elle-même, a acquiescé Ding Yi avec sérieux.

— Mais… comment un électron peut-il atteindre une telle taille, alors ?

— Pendant un bref instant après le Big Bang, l'univers était totalement plat. Par la suite, à mesure que son niveau d'énergie diminuait, des plis sont apparus dans l'espace, donnant naissance à toutes les particules élémentaires. Mais ce qui nous a toujours troublés, c'est la question suivante : pourquoi ces plis n'existent-ils qu'à l'échelle microscopique ? Ne peut-il pas y avoir de plis macroscopiques ? Pour le dire autrement, ne pourrait-il pas y avoir des particules élémentaires d'échelle macroscopique ? Nous connaissons maintenant la réponse.

La première chose que j'ai éprouvée, à cet instant, c'est la sensation de pouvoir enfin respirer. Mon esprit suffoquait depuis plus de dix ans ; pendant toutes ces années, j'avais été comme un plongeur en apnée, perdu dans des eaux boueuses et impénétrables à la vue dans toutes les directions. Maintenant, je faisais enfin surface, j'aspirais ma première goulée d'air, je voyais pour la première fois le vaste ciel au-dessus de moi. C'était un peu l'impression qu'aurait eu un aveugle en retrouvant soudain la vue.

— La raison pour laquelle nous pouvons voir la bulle vide, c'est que cet espace recourbé provoque aussi une courbure des rayons lumineux qui le traversent, dessinant ainsi des contours visibles, a poursuivi Ding Yi.

— Mais qu'est-ce qui vous fait croire que c'est un électron, et pas un proton ou un neutron ? a demandé le colonel Xu.

— C'est une bonne question. La réponse est en fait très simple : le processus par lequel la bulle vide se transforme en boule de foudre après avoir été excitée par un éclair, avant de revenir à nouveau à l'état de bulle vide, est précisément le processus par lequel un électron excité passe d'un niveau de basse énergie à un niveau de haute énergie, puis revient à son niveau énergétique initial. Parmi les trois particules qui composent l'atome, seul l'électron peut être excité de cette manière.

— Et c'est justement parce que c'est un électron qu'il peut remonter le long du fil conducteur, et circuler en boucle comme un courant électrique dans la batterie supraconductrice, a soudain réalisé Lin Yun.

— Mais ce qui est bizarre, c'est que son diamètre est à peu près le même que celui de la batterie.

— La dualité onde-corpuscule de cet électron géant est principalement dominée par la forme ondulatoire, ce qui signifie que la notion de "taille" a pour lui une signification très différente de notre conception habituelle de ce terme. Il présente encore beaucoup d'autres propriétés incroyables, que nous allons découvrir petit à petit. Je suis certain que cela va complètement changer la manière dont nous voyons le monde. Mais pour l'instant, il faut lui trouver un nom. C'est un électron d'échelle macroscopique, je propose donc qu'on l'appelle un macro-électron.

— Alors, d'après ce que vous venez d'expliquer, il y aurait aussi des macro-neutrons et des macro-protons ?

— Sans aucun doute. Mais comme ils ne peuvent pas être excités, il est beaucoup plus difficile de les repérer.

— Professeur Ding, votre rêve s'est enfin réalisé ! s'est écriée Lin Yun.

À part Ding Yi et moi, personne ne pouvait comprendre de quoi elle parlait.

— Oui, oui… Les physiciens peuvent maintenant vraiment étaler sur leur table de travail des particules élémentaires grosses comme des pastèques. L'étape suivante sera évidemment d'étudier leur structure interne, elle aussi composée de courbures de l'espace. Ce sera difficile, mais je suis certain que ce sera toujours beaucoup, beaucoup plus facile que d'étudier des particules élémentaires à l'échelle microscopique.

— Et est-ce qu'il existe alors aussi des macro-atomes ? Les trois types de macro-particules devraient pouvoir former des macro-atomes !

— Oui, il doit y avoir des macro-atomes.

— Et la bulle vide que nous avons capturée, ou plutôt ce macro-électron, c'est un macro-électron libre, ou est-ce qu'il fait partie d'un macro-atome ? Et s'il fait partie d'un macro-atome, où se trouve son noyau atomique ?

— Ha, vous me posez une colle. Mais il y a énormément d'espace vide à l'intérieur d'un atome. Si un atome faisait la taille d'une salle de théâtre, par exemple, le noyau serait une noix posée au milieu. Donc si ce macro-électron fait vraiment partie d'un macro-atome, le noyau atomique doit se trouver très loin de nous.

— Mon Dieu ! Cela entraîne une autre grande question : s'il y a des macro-atomes, cela signifierait qu'il existe aussi de la macro-matière, et donc un macro-monde ?

— Là, nous entrons dans de grandes réflexions philosophiques, a déclaré Ding Yi en souriant à l'auteur de la question.

— Mais d'après vous, il y a un macro-monde ou pas ? a repris quelqu'un.

Nous étions comme un groupe d'enfants captivés par une histoire.

— Oui, je pense qu'il existe bien un macro-monde, c'est-à-dire un macro-univers. Quant à savoir à quoi il ressemble, c'est un mystère parmi les mystères. Peut-être est-ce un univers radicalement différent du nôtre ; ou peut-être reflète-t-il parfaitement notre univers, comme dans les hypothèses qui postulent un monde composé de matière et d'antimatière. Il existe peut-être une macro-Terre, avec des versions macroscopiques de chacun d'entre nous… Si c'est vraiment le cas, dans le macro-univers, je dois avoir une tête assez grande pour y faire entrer toute notre Voie lactée… N'est-ce pas en fait juste une autre manière de décrire un univers parallèle ?

La nuit était maintenant tombée. Nous contemplions la voûte étincelante du ciel estival, et chacun essayait de percer du regard le vaste océan d'étoiles, s'efforçant de distinguer, au cœur des profondeurs veloutées du cosmos, au-delà de la Voie lactée, les contours gigantesques de la tête de Ding Yi. Dans mon imagination, cette immense tête composée de macro-atomes était transparente comme le cristal. Nous étions tous émerveillés que nos réflexions aient soudain acquis une telle profondeur.

Le festin terminé, nous étions tous un peu ivres, et nous sommes allés nous promener sur la prairie. J'ai vu Ding Yi et Lin Yun marcher ensemble, très près l'un de l'autre, parlant avec intimité. Les trois drapeaux que formait la silhouette de Ding Yi flottaient avec style dans la brise nocturne, et j'ai compris que ce bonhomme maigre comme une perche avait aisément triomphé du charme viril d'un certain commandant de porte-avions. Telle était la puissance de l'intellect. Je ne savais pas pourquoi, mais mon cœur était empli d'une inexprimable amertume.

Dans le firmament, la voûte étoilée était aussi splendide qu'en cette lointaine nuit passée sur le mont Tai. Au-dessus de la steppe, d'innombrables macro-électrons dansaient comme des fantômes dans le ciel nocturne.

ARMES

Après notre capture réussie d'une bulle vide, nos perspectives de recherche se sont immensément élargies ; plus rien ne faisait désormais obstacle à nos progrès, et les réussites se sont accumulées les unes après les autres. Nous avions vraiment l'impression d'être sur des montagnes russes. Après mon hypothèse sur le phénomène d'excitation de la foudre en boule, puis la description théorique du macro-électron fournie par Ding Yi, c'était maintenant au tour du génie technique de Lin Yun d'entrer en scène.

L'étape suivante de nos recherches était naturellement de capturer davantage de macro-électrons. Les recherches théoriques de Ding Yi n'en requéraient qu'un petit nombre, mais pour le programme d'armement de la base, il en fallait en revanche beaucoup plus. Cela semblait au début une entreprise difficile, car la méthode traditionnelle basée sur l'excitation par arc électrique était extrêmement dangereuse, il n'était donc pas envisageable de répéter l'expérience. Tout le monde a réfléchi à toutes sortes de solutions potentielles. Nous avons notamment songé à des drones télécommandés, qui auraient permis de résoudre le problème de la sécurité ; mais pour capturer un très grand nombre de macro-électrons, l'investissement aurait été trop élevé et le rendement trop faible.

Lin Yun a préféré se mettre en quête d'un moyen de localiser directement les macro-électrons à l'état non excité dans l'atmosphère. Dans la mesure où les macro-électrons sont visibles à l'œil nu lorsqu'on se trouve à faible distance, il devait également être possible de les localiser à grande distance au moyen d'un dispositif optique à très haute sensibilité. Lin Yun a donc imaginé un système de sondage optique de l'atmosphère, capable de détecter dans un très grand volume d'air tous les corps transparents réfractant la lumière. Le système consistait en deux lasers balayant l'atmosphère à la perpendiculaire l'un de l'autre ; au sol se trouvait un dispositif ultrasensible de collecte et de reconnaissance d'images. Les déviations du faisceau lumineux des deux lasers projetés dans l'atmosphère étaient analysées et recombinées pour produire une image en trois dimensions, à l'aide d'un algorithme qui s'apparentait à celui d'un scanner CT.

Pendant un moment, la base a été envahie par toutes sortes de gens ne portant pas l'uniforme : ingénieurs en logiciels, spécialistes en optique ou en reconnaissance de formes, et même un concepteur de télescopes.

Une fois le système opérationnel, l'écran d'affichage ne nous montrait pas les macro-électrons, mais un chaos de perturbations atmosphériques et d'écoulements gazeux. Ces mouvements atmosphériques, habituellement invisibles, devenaient nettement perceptibles grâce au système de détection. J'ai réalisé avec émerveillement que l'atmosphère qui nous entoure, malgré son calme apparent, est en réalité un monde chaotique, où l'air est sans cesse brassé et mélangé comme l'eau d'une gigantesque machine à laver. Ce système aurait sans doute pu être très utile dans le domaine météorologique, mais comme toute notre énergie était consacrée à la détection des macro-électrons, je n'ai pas réfléchi davantage à la question. À l'écran, l'image des macro-électrons était noyée dans la masse confuse des perturbations atmosphériques ; mais grâce à leur forme sphérique, les logiciels de reconnaissance de formes n'avaient aucun mal à les extraire du chaos environnant. Nous avons ainsi réussi à localiser un très grand nombre de macro-électrons dans l'atmosphère. Une fois localisés, leur capture s'avérait très simple, dans la mesure où ils n'étaient absolument pas dangereux à l'état non excité. Pour les recueillir, nous n'utilisions plus de perche, mais une sorte de filet composé de câbles supraconducteurs, qui nous permettait parfois même d'en attraper plusieurs à la fois. C'était vraiment comme de pêcher au chalut dans le ciel.

Dès lors, c'était un jeu d'enfant que de capturer des boules de foudre et d'en faire collection. En repensant à toutes les difficultés que l'humanité avait endurées pour étudier la foudre en boule, à ceux qui comme Zhang Bin ou Zheng Min lui avaient consacré toute leur existence, ou même sacrifié leur vie, ou encore à l'héroïsme tragique de la Base 3141, perdue au fond des forêts sibériennes, on ne pouvait qu'être saisi d'une profonde émotion. C'est maintenant seulement que nous comprenions à quel point nous avions tourné en rond, et quel immense détour nous avions fait.

— C'est le propre de la recherche scientifique. Chacune des étapes précédentes, si absurde qu'elle paraisse, était en fait nécessaire, a déclaré le colonel Xu.

C'est au moment de faire nos adieux à l'unité d'hélicoptères qu'il a prononcé ces paroles. Pour économiser les fonds, la capture des macro-électrons se ferait désormais à l'aide de dirigeables à hélium, et nous n'aurions plus besoin d'hélicoptères pour nos recherches. À contrecœur, nous avons fait nos adieux aux deux pilotes avec qui nous avions partagé tant d'épreuves et de dangers. Ces innombrables vols de nuit, pendant lesquels ils avaient tiré dans les airs un arc électrique étincelant, seraient à jamais l'un de nos plus précieux souvenirs ; et il était certain que l'histoire de la science se souviendrait aussi d'eux.

Avant de nous quitter, le capitaine Liu nous a dit :

— Courage, continuez ! Nous attendons avec impatience la livraison de vos mitrailleuses à tonnerre !

Après la "boule de tonnerre", c'était le deuxième terme inventé par les pilotes ; et le nom a par la suite continué à être utilisé dans le domaine des armes à foudre globulaire.

Le succès de notre dispositif de détection optique des macro-électrons à l'état non excité nous a inspiré un nouvel espoir – qui ne venait en fait que de notre connaissance superficielle de la physique. Après la première réussite expérimentale du dispositif, Lin Yun et moi sommes allés voir Ding Yi, surexcités.

— Professeur Ding, on devrait maintenant pouvoir découvrir le noyau du macro-atome !

— Qu'est-ce qui vous fait penser ça ?

— La seule chose qui nous empêchait de détecter les macro-protons et les macro-neutrons est le fait qu'ils ne peuvent pas être électriquement excités comme les macro-électrons. Mais nous sommes maintenant capables de localiser directement les bulles vides dans l'atmosphère par des moyens optiques !

Ding a secoué la tête en riant, comme s'il pardonnait avec indulgence l'erreur de deux écoliers :

— Si nous ne trouvons pas de macro-noyaux atomiques, ce n'est pas parce qu'ils ne peuvent pas être excités, c'est surtout parce que nous n'avons aucune idée de ce à quoi ils peuvent bien ressembler.

— Comment ça ? Ce ne sont pas des bulles ?

— Qui a dit qu'ils devaient être des bulles ? La théorie nous permet d'inférer que leur apparence extérieure est certainement très différente de celle des macro-électrons. Aussi différente que le feu et la glace.

J'étais incapable d'imaginer sous quelles formes ces macro-particules élémentaires pouvaient bien flotter autour de nous. Mais j'ai soudain réalisé que l'espace que nous pensions vide était en fait rempli de choses bien étranges.

Nous pouvions désormais produire des boules de foudre à l'état excité en laboratoire. Le dispositif d'excitation était le suivant : il commençait par une batterie supraconductrice, dans laquelle était stockée une bulle vide ; une fois la bulle libérée de la batterie, elle était accélérée par un champ magnétique et passait ensuite à travers une série de dix générateurs d'éclairs. La somme d'énergie produite par les dix générateurs d'éclairs dépassait de loin celle de l'arc électrique que nous avions utilisé pour faire apparaître des boules de tonnerre dans les airs. En fonction des besoins de l'expérience, nous pouvions en outre choisir le nombre d'éclairs que nous voulions déclencher.

Pour développer des armes, il nous fallait maintenant comprendre la logique régissant la manière extrêmement sélective dont le macro-électron choisit ses cibles au moment où il libère son énergie. Cette caractéristique véritablement diabolique restait la propriété la plus terrifiante et la plus énigmatique de la foudre en boule.

— C'est lié à la dualité onde-corpuscule des macro-particules, a expliqué Ding Yi. J'ai déjà construit un modèle théorique du processus de libération de l'énergie, et j'ai mis au point une procédure expérimentale d'observation qui vous permettra d'assister à un spectacle proprement incroyable. C'est une expérience très simple : il suffit d'observer le processus de libération de l'énergie ralenti 1,5 million de fois.

— 1,5 million de fois ?

— Oui, en me basant sur le plus petit macro-électron que nous ayons capturé pour le moment, j'ai fait des calculs approximatifs, et c'est à peu près le type de ralentissement qu'il nous faut.

— Cela revient à… 36 millions d'images par seconde ! Je ne sais même pas si un dispositif photographique aussi rapide existe, s'est écrié quelqu'un avec perplexité.

— Ça, ce n'est pas mon affaire, a répondu Ding Yi en allumant avec insouciance sa pipe, à laquelle il n'avait pas touché depuis un certain temps.

— On en trouvera un. Je suis sûre que ça existe ! a déclaré Lin Yun avec conviction.

Quand Lin Yun et moi sommes entrés dans le grand centre d'expériences de l'Institut d'optique de la Défense nationale, notre regard a tout de suite été attiré par une immense photographie exhibée dans le hall. La photo représentait une main tenant un pistolet ; l'immense gueule béante du canon, agrandie plusieurs fois, faisait directement face au photographe. La lueur rouge d'une flamme était visible au fond du canon, duquel de la fumée commençait tout juste à s'échapper. Le plus fascinant était un objet sphéroïde, d'apparence lisse et de couleur cuivrée, suspendu dans les airs juste à la sortie du canon. C'était la balle qui venait de jaillir du pistolet.

— C'est une photographie à haute vitesse prise dans les tout premiers temps d'existence de notre institut. La vitesse d'obturation est d'environ 1/15 000e de seconde. Par rapport à ce qui se fait maintenant, c'est une photographie tout ce qu'il y a de plus ordinaire, ce n'est déjà plus considéré comme de la photographie à haute vitesse. On pourrait maintenant acheter l'équipement nécessaire pour prendre ce genre de photo dans n'importe quel magasin grand public, nous a expliqué le responsable de l'institut.

— Et qui est le martyr de la science qui a pris la photo ? a demandé Lin Yun.

Le responsable s'est mis à rire :

— Un miroir. La photo a été prise au moyen d'un dispositif réfléchissant.

L'institut avait convoqué à notre intention une petite réunion, à laquelle étaient présents plusieurs ingénieurs. Lin Yun leur a expliqué que nous avions besoin d'un dispositif de photographie à très haute vitesse, et quelques-uns des ingénieurs se sont aussitôt rembrunis.

— À l'heure actuelle, nos dispositifs photographiques à très haute vitesse accusent encore un retard certain sur le reste du monde. Ils restent très instables, a expliqué le responsable.

— Dites-nous de quelle vitesse d'obturation vous avez besoin, on verra ce qu'on peut faire, a ajouté un ingénieur.

D'une voix gênée, je lui ai donné le chiffre avancé par Ding Yi :

— Environ 36 millions d'images par seconde.

Je m'étais attendu à ne rencontrer que des hochements de tête négatifs, mais pas à les voir éclater de rire :

— Tout ça pour ça ! Vous n'avez en fait besoin que d'un dispositif photographique à haute vitesse ! Vos idées sur la photographie à très haute vitesse remontent aux années 1950. La vitesse la plus élevée qu'on puisse atteindre actuellement en Chine est de 400 millions d'images par seconde, contre 600 millions d'images par seconde pour les meilleurs appareils au monde, a expliqué le responsable.

Ce chiffre monstrueux nous a laissés bouche bée.

— Quel genre de pellicule peut défiler à une telle vitesse ? ai-je demandé.

Ils ont à nouveau éclaté de rire. Un ingénieur nous a expliqué :

— Dans la photographie à haute vitesse actuelle, ce n'est plus la pellicule qui se déplace, c'est l'objectif. Certains dispositifs utilisent des miroirs rotatifs pour imprimer l'image sur la pellicule, d'autres des tubes convertisseurs pour transmettre et enregistrer des images optiques transitoires. Pour ce qui est des dispositifs dont nous avons parlé à l'instant, qui atteignent des fréquences de centaines de millions d'images à la seconde, ils recourent à des technologies encore plus complexes.

Après nous avoir rassurés, le responsable nous a fait visiter l'institut. Il nous a amenés devant un écran d'ordinateur, et nous a demandé :

— Qu'est-ce que c'est, d'après vous ?

Nous avons regardé un moment, et Lin Yun a déclaré :

— On dirait une fleur en train d'éclore. Mais c'est très étrange, les pétales émettent de la lumière.

— C'est pour cela que l'on a coutume de dire que la photographie à haute vitesse est la plus douce de toutes les techniques photographiques. Elle est capable de transformer les processus les plus violents en quelque chose de tendre et de gracieux. Ce que vous voyez, c'est l'explosion au ralenti d'une charge creuse antiblindage au moment où elle touche sa cible.

Il a désigné l'espèce de pistil jaune qui étincelait au cœur de la fleur :

— Regardez, c'est le jet de métal en fusion à haute température et à haute vitesse engendré par l'explosion. Il est en train de pénétrer le blindage. La fréquence de l'enregistrement est d'environ 6 millions d'images par seconde.

Nous sommes entrés dans un second laboratoire, où le responsable nous a expliqué :

— Ce que vous voyez ici devrait correspondre à vos exigences en termes de vitesse. La fréquence de l'enregistrement est d'environ 50 millions d'images par seconde.

La séquence montrait ce qui ressemblait à la surface d'une étendue d'eau calme. Un petit caillou invisible heurtait soudain la surface ; une petite bulle se formait, puis éclatait en projetant en tous sens de minuscules fragments liquides, tandis que des ondes commençaient une à une à se propager à la surface de l'eau.

— C'est un laser à haute énergie frappant une surface de métal.

— Et les dispositifs à très haute vitesse, ceux de plusieurs centaines de millions d'images par seconde, ils servent à filmer quoi ? a demandé Lin Yun, curieuse.

— Ce sont des images top secret, je ne peux évidemment pas vous les montrer. Mais disons que l'un des sujets les plus fréquemment filmés est le processus de fusion nucléaire contrôlée qui se produit à l'intérieur d'un tokamak.

Nous nous sommes donc attelés à photographier à haute vitesse le processus de libération de l'énergie d'une boule de tonnerre. Le macro-électron employé pour l'expérience traverserait la totalité de nos dix générateurs d'éclairs, ce qui aurait pour effet de le porter à un état d'excitation très élevé ; son énergie serait largement supérieure à celle des boules de foudre qui se forment au sein des orages naturels, afin que le processus de décharge soit plus visible. Après avoir été excité, le macro-électron entrerait ensuite dans la zone cible. Celle-ci contenait toutes sortes de cibles de formes et de matériaux différents : un cube en bois, une pyramide en plastique, une boule de métal, un carton rempli de copeaux de bois, un cylindre de verre, etc. Les cibles étaient posées au sol, ou sur des plateformes de béton de diverses hauteurs. Le sol avait été recouvert d'une toile de papier d'un blanc éclatant, si bien que l'ensemble de la zone ressemblait à une exposition d'art moderne. Après être entrée dans la zone cible, la boule de tonnerre serait ralentie par un champ magnétique amortisseur, et on la laisserait ensuite flotter librement dans la zone jusqu'à ce qu'elle libère son énergie, ou qu'elle s'éteigne d'elle-même. Les caméras à haute vitesse avaient été installées sur les bords de la zone cible. Il y en avait trois – d'énormes appareils à la structure complexe, dont personne n'aurait pu deviner sans explication qu'il s'agissait de caméras. Comme il était impossible de prévoir où la boule de foudre déchargerait son énergie, nous ne pouvions que nous en remettre à la chance, et espérer que la cible se trouverait à ce moment-là dans le champ d'une caméra.

L'expérience a commencé. Comme il s'agissait d'une expérience extrêmement dangereuse, tout le personnel avait été évacué, et la procédure était entièrement guidée à distance depuis une salle de contrôle souterraine située 300 m plus loin.

Sur nos écrans de surveillance, la première bulle a émergé de la batterie supraconductrice et a déclenché le premier éclair. Les capteurs sonores du système d'observation nous ont retransmis un gargouillis déformé, mais le bruit assourdissant de l'éclair s'est répercuté jusqu'à nous à travers les 300 m qui nous séparaient du laboratoire. La boule de foudre à l'état excité est apparue, avançant lentement à l'intérieur du champ magnétique de guidage. Elle a poursuivi sa route, déclenchant successivement neuf autres arcs électriques. Le grondement du tonnerre ne cessait de se répercuter jusqu'à nous depuis le laboratoire. Chaque fois que la boule déclenchait un nouvel éclair, son niveau d'énergie était multiplié par deux. Sa luminosité n'augmentait pas en fonction de l'accroissement du niveau d'énergie ; mais sa couleur changeait : d'un rouge sombre au début, elle est tour à tour passée par le jaune orangé, le jaune pur, le blanc, le vert clair, le bleu ciel, un pourpre très sombre, et finalement le violet. Lorsqu'elle est entrée dans l'accélérateur, la boule de feu violette a semblé s'engouffrer dans des rapides ; sa vitesse a soudain augmenté, et elle a brusquement jailli dans la zone cible. Comme si elle était tombée dans un bassin d'eau calme, sa vitesse a graduellement baissé, et elle s'est mise à flotter paresseusement entre les cibles.

Nous avons attendu en retenant notre souffle que se produise la décharge d'énergie. Un brillant éclair a fulguré, et un bruit assourdissant nous est parvenu depuis le laboratoire, faisant vibrer les vitrines à l'intérieur de la salle de contrôle. La décharge d'énergie avait touché un cône en plastique, qui avait été instantanément réduit en un petit tas de cendres noires sur le sol blanc. Mais les ingénieurs qui opéraient les caméras à haute vitesse ont annoncé que la cible était en dehors du champ couvert par les objectifs à ce moment-là. Rien n'avait été enregistré. Nous avons recommencé, produisant à la file huit autres boules de tonnerre, dont cinq ont libéré leur énergie avant de disparaître ; mais aucune des décharges n'a touché une cible suivie par la caméra. La dernière décharge d'énergie a frappé une des plateformes en béton sur lesquelles étaient posées les cibles. La plateforme a été pulvérisée, projetant en tous sens un nuage de particules de béton en suspension qui a totalement obscurci le laboratoire. Nous avons été obligés d'interrompre l'expérience et de pénétrer dans le laboratoire saturé d'ozone pour tout remettre en ordre.

Après avoir tout remis en place, nous avons repris. Nous avons envoyé un macro-électron après l'autre dans la zone cible, mais ils semblaient jouer à cache-cache avec les caméras à haute vitesse. Les ingénieurs de l'Institut d'optique commençaient à s'inquiéter pour la sécurité de leurs trois appareils, qui étaient les équipements d'observation les plus proches de la zone cible. Nous avons cependant pris le risque de continuer. Ce n'est qu'à la onzième décharge que les caméras ont enfin réussi à saisir la libération de l'énergie sur une cible. Il s'agissait d'un cube en bois de pin de 30 cm de côté. C'était une parfaite démonstration du mode de libération de l'énergie de la foudre en boule : le cube avait été totalement transformé en un bloc de cendres d'une teinte blanc clair, et avait même conservé sa forme initiale. Il s'est effondré dès qu'on l'a touché. Après avoir nettoyé les cendres, nous avons découvert que le papier qui tapissait le sol sous le cube était encore d'un blanc éclatant, et ne présentait pas la moindre trace de brûlure.

Une fois les images brutes enregistrées par les caméras à haute vitesse entrées dans l'ordinateur, il s'est avéré que si nous les repassions à la vitesse standard de 24 images par seconde, cela prendrait plusieurs milliers d'heures – dont à peine vingt secondes montraient à proprement parler le processus de libération de l'énergie sur sa cible. Lorsque l'ordinateur a enfin réussi à extraire ces vingt secondes de la masse des autres images, il faisait déjà nuit. Nos regards étaient rivés à l'écran ; nous retenions notre souffle, espérant pouvoir enfin lever le voile sur cette énigme diabolique.

En faisant défiler le film à la vitesse de 24 images par seconde, l'ensemble du processus durait vingt-deux secondes. Au moment où s'était produite la décharge d'énergie, la boule de tonnerre ne se trouvait qu'à 1,5 m environ du cube de bois ; c'était une vraie chance, car cela nous permettait de voir à la fois la boule et le cube à l'écran. Pendant les dix premières secondes, la luminosité de la boule a rapidement augmenté. Nous nous attendions à voir le cube prendre feu, mais nous l'avons vu avec surprise perdre toute couleur et devenir translucide. Il est finalement devenu tellement transparent que l'on ne pouvait plus distinguer que de vagues contours cubiques ; et lorsque la luminosité de la boule de tonnerre a atteint son apogée, même ce vestige de silhouette s'est entièrement évanoui. La luminosité de la boule de tonnerre a alors commencé à décliner. Au ralenti, le processus a duré environ cinq secondes. Tout au long de ces cinq secondes, l'endroit où devait se trouver le cube est resté totalement vide. Enfin, les contours transparents du cube ont commencé à réapparaître indistinctement. Le cube a retrouvé une couleur, et est redevenu matériel – mais il était maintenant d'un blanc grisâtre. C'était déjà un bloc de cendres. À ce moment, la boule de tonnerre s'est éteinte.

Nous sommes restés complètement ahuris, et ce n'est qu'après un long moment que quelqu'un a pensé à repasser l'enregistrement. Nous avons regardé le film au ralenti, image par image, et nous avons fait un arrêt sur image au moment où le cube de bois se changeait en silhouette transparente.

— On dirait vraiment une bulle cubique ! a déclaré Lin Yun en désignant les contours translucides de l'objet.

Les images suivantes ne montraient plus que la boule de tonnerre, et le sol blanc complètement vide. Nous avons fait défiler une image après l'autre, examinant longuement chacune d'entre elles, mais il n'y avait absolument rien à l'endroit où aurait dû se trouver le cube. En continuant, les contours transparents du cube réapparaissaient soudain, et se changeaient comme par magie en un cube de cendres.

Un nuage de fumée s'est soudain élevé de l'écran. Ding Yi se tenait derrière nous, recrachant la fumée de sa pipe. Je ne l'avais pas vu la rallumer.

— Ce que vous venez de voir, c'est la dualité onde-corpuscule de la matière ! s'est-il exclamé en désignant l'écran. Pendant un bref instant, la bulle vide et le cube de bois ont tous les deux possédé les propriétés d'une onde. Ils sont entrés en résonance, et lorsqu'ils se trouvaient dans cet état, ils ne formaient plus qu'une seule entité. L'onde correspondant au cube de bois a reçu l'énergie du macro-électron, puis ils sont tous deux revenus à leur état de corpuscules, et le cube carbonisé s'est reconstitué sous sa forme matérielle à son emplacement d'origine. C'est là l'explication de l'énigme qui a donné des migraines à tant de monde – la manière extrêmement sélective dont la foudre en boule libère son énergie. Au moment où un objet donné reçoit l'énergie de la boule de foudre, son état est celui d'un paquet d'ondes, et il ne se "trouve" plus vraiment à son emplacement d'origine en tant qu'objet physique. C'est pourquoi l'énergie qu'il absorbe n'a aucun effet sur ce qui l'entoure.

— Mais pourquoi n'y a-t-il qu'un seul corps, comme le cube en bois, qui adopte les propriétés d'une onde ? Pourquoi pas la toile blanche en dessous de lui ?

— Ce sont les conditions aux limites du corps matériel qui en décident. Le mécanisme ressemble beaucoup à celui d'un logiciel de traitement d'images, qui va automatiquement distinguer un visage au milieu d'une photo.

— Cela permet aussi de résoudre une autre énigme : la capacité de la foudre en boule à traverser la matière ! s'est exclamée Lin Yun avec excitation. Lorsque la boule de foudre se trouve sous forme d'onde, elle peut naturellement traverser les corps solides. Et quand elle rencontre une ouverture d'un diamètre approximativement similaire au sien, l'onde subit une diffraction.

— Quand la foudre en boule possède les propriétés d'une onde, elle couvre en fait l'ensemble d'une zone donnée. C'est pourquoi au moment où elle libère son énergie, elle peut se propager sous forme ondulatoire jusqu'à des corps situés à une certaine distance d'elle ! s'est exclamé le colonel Xu, comprenant soudain.

Et c'est ainsi que la brume de mystère qui flottait sur la foudre en boule a peu à peu commencé à se dissiper. Ces découvertes théoriques n'avaient cependant aucune utilité directe pour le développement d'armes basées sur la foudre globulaire. En termes de recherche sur les armements, la première chose à faire était pour nous de collecter un grand nombre de macro-électrons dotés d'un haut potentiel létal. La théorie ne nous était d'aucune aide dans ce domaine. Mais la base avait déjà capturé et stocké plus de dix mille macro-électrons, et ce chiffre continuait à augmenter à toute vitesse. Cela nous laissait suffisamment de marge pour procéder à toutes les expériences que nous voulions, y compris des bricolages simplistes ne reposant sur aucune théorie particulière. Nous savions déjà que le type de cible choisi par la foudre en boule au moment de la libération de son énergie était déterminé par les propriétés intrinsèques de chaque macro-électron, et ces propriétés n'avaient aucun rapport avec l'intensité de l'éclair qui l'avait excité. Si un macro-électron choisissait une certaine cible pour libérer son énergie, il continuerait nécessairement à choisir le même type de cible à chaque essai ultérieur. Nous nous sommes donc basés sur ce principe pour définir nos procédures expérimentales.

Nous avons commencé par faire de multiples expériences sur les animaux. Le processus était simple : nous placions dans la zone cible un certain nombre d'animaux similaires à des cibles humaines, comme des lapins de laboratoire, des cochons, des moutons, etc. Un macro-électron était ensuite libéré et excité à l'état de foudre globulaire. Si la boule de foudre tuait un animal au moment de son explosion, nous mettions ce macro-électron de côté pour notre stock d'armes.

À force de voir jour après jour des dizaines d'animaux de laboratoire réduits en cendres par la foudre en boule, il était impossible de ne pas se sentir affecté. Lin Yun m'a rappelé que par rapport à ce qui se passait dans les abattoirs, les animaux tués par la foudre en boule souffraient beaucoup moins ; elle avait raison, et mon trouble s'est atténué pendant un temps. Mais à mesure que les expériences progressaient, j'ai découvert que les choses étaient loin d'être aussi simples. La foudre en boule atteignait parfois un extrême niveau de sélectivité par rapport à ses cibles : en libérant leur énergie, certains macro-électrons ne détruisaient que le squelette d'un animal, ou se contentaient de vaporiser son sang dans ses veines, sans causer le moindre dommage aux chairs et aux muscles. Les animaux affectés de cette manière connaissaient une mort atroce. Heureusement, une nouvelle découverte faite par Ding Yi a mis fin à ces expériences cauchemardesques.

Ding Yi ne cessait de chercher un moyen d'exciter une boule de foudre sans recourir à un éclair. Il avait essayé avec un laser, mais cela n'avait pas marché. Il avait ensuite songé à un rayonnement micro-onde à haute énergie, également sans succès. Mais au cours de cette dernière expérience, il avait découvert que les micro-ondes, en traversant le macro-électron, étaient modulées en un spectre très complexe qui variait d'un macro-électron à l'autre, un peu comme des empreintes digitales. Il nous suffisait donc de trouver quelques macro-électrons qui présentaient les caractéristiques recherchées en termes de préférence de cibles, puis de relever leur spectre ; on pourrait alors s'appuyer sur la reconnaissance de ces caractéristiques spectrales pour identifier d'autres macro-électrons similaires, sans avoir à passer par le stade de la vérification expérimentale. Les expériences sur les animaux sont donc devenues superflues.

En parallèle de ces recherches, le développement d'un dispositif de tir permettant d'utiliser les boules de foudre en situation de combat se poursuivait également. De fait, en se basant sur nos travaux antérieurs, les principes techniques d'un tel lanceur étaient maintenant parvenus à maturité. Une "mitrailleuse à tonnerre" devrait être composée des éléments suivants :

1) une batterie supraconductrice pour stocker les bulles vides non excitées ;

2) un rail permettant d'accélérer la bulle au moyen d'un champ magnétique. Il s'agissait d'une structure cylindrique en métal, de 3 m de long. À l'intérieur du tube, des bobines magnétiques étaient disposées à intervalles réguliers. Le sens du courant électrique qui circulait dans les bobines s'inversait instantanément juste après le passage d'une bulle ; les champs magnétiques ainsi produits tiraient la bulle vers l'avant tout en la poussant par-derrière. En passant à travers plusieurs bobines, la bulle était accélérée jusqu'à la vitesse voulue ;

3) un dispositif d'excitation. Il s'agissait d'une rangée d'électrodes produisant un petit arc électrique. Lorsque la bulle accélérée passait à travers les électrodes, la décharge électrique la transformait en boule de foudre ;

4) des systèmes auxiliaires, comme la batterie supraconductrice qui alimentait le dispositif, le système de visée du canon, etc. Comme il suffisait de réemployer le matériel d'expérience déjà à notre disposition, la première mitrailleuse à tonnerre opérationnelle a pu être assemblée en deux semaines à peine.

Grâce à la technologie de reconnaissance spectrographique, la recherche de macro-électrons offensifs a fait un bond en avant et nous avons stocké plus d'un millier de macro-électrons de ce type. Après avoir été excités, ils ne libéraient leur énergie que sur les tissus organiques vivants. Une telle quantité de boules de foudre aurait suffi à massacrer tous les défenseurs d'une petite ville, sans causer le moindre dommage aux porcelaines enfermées dans ses vitrines.

— Ta conscience ne te trouble même pas un petit peu ? ai-je un jour demandé à Ding Yi.

Nous nous tenions devant la première arme à foudre globulaire de l'histoire de l'humanité. Elle ne ressemblait pas à une arme d'assaut, mais plutôt à un appareil de communication ou à un radar, car le rail d'accélération et les électrodes d'excitation lui donnaient l'apparence d'une sorte d'antenne. À son extrémité arrière se trouvaient deux batteries supraconductrices, des cylindres métalliques de un mètre de haut, dans lesquels étaient stockés plus d'un millier de macro-électrons offensifs.

— Pourquoi tu ne demandes pas ça à Lin Yun ?

— Lin Yun est un soldat. Et toi ?

— Ça m'est égal. L'échelle des objets que j'étudie se situe soit en dessous de 10^{-30} cm, soit au-dessus de 10 milliards d'années-lumière. À ces deux échelles, la Terre et l'humanité sont totalement insignifiantes.

— La vie est insignifiante ?

— Du point de vue de la physique, le vivant est une forme d'organisation dynamique de la matière qui ne présente aucune signification particulière par rapport à d'autres configurations de la matière. Le vivant n'a aucun nouveau principe physique à nous apprendre. De mon point de vue, il n'y a pas de différence de nature entre la mort d'un individu et la fonte d'un morceau de glace. Parfois tu réfléchis trop, Chen. Tu devrais apprendre à voir la vie du point de vue des lois ultimes de l'univers. Tu mènerais une existence beaucoup plus paisible.

La seule chose qui apaisait quelque peu ma conscience, c'était que les armes à foudre globulaire n'étaient en fait pas aussi terrifiantes que je ne l'avais initialement imaginé. On pouvait s'en protéger : les macro-électrons interagissaient avec les champs électromagnétiques, et s'ils pouvaient être accélérés par un champ magnétique, ils pouvaient aussi être déviés de la même manière. Ce genre d'arme ne pourrait sans doute être utilisé efficacement que dans les tout premiers temps d'un conflit, et c'est pourquoi l'armée attachait une énorme importance au secret.

Peu après la naissance de notre première arme à foudre globulaire, Zhang Bin est venu à la base. Il était déjà très faible, mais il est tout de même resté une journée entière. Il a contemplé avec fascination les macro-électrons confinés par un champ magnétique. En les voyant se muer un à un en boules de foudre à mesure qu'ils étaient excités, il ne se tenait plus d'enthousiasme, comme si sa vie entière avait culminé dans cette unique journée.

Après avoir fait la connaissance de Ding Yi, il a dit avec excitation :

— J'ai toujours su que ce serait quelqu'un comme vous qui résoudrait l'énigme de la foudre en boule. Zheng Min, mon épouse, a étudié dans le même département que vous ; et comme vous, elle avait du génie. Si elle avait vécu, c'est peut-être elle qui aurait découvert tout ça.

Avant de partir, Zhang Bin m'a encore dit :

— Je sais qu'il me reste peu de temps à vivre. Mon dernier souhait, c'est d'être incinéré par la foudre en boule après ma mort.

J'ai songé à lui prodiguer quelques paroles de réconfort, mais j'ai compris qu'il n'avait vraiment pas besoin de ce genre de consolation, et j'ai juste acquiescé en silence.

L'OBSERVATEUR

Une unité militaire spécialisée dans les armes à foudre globulaire a été mise sur pied. Elle ne comptait au début qu'une seule compagnie, commandée par un lieutenant-colonel du nom de Kang Ming, un homme calme et posé. Le nom de code de l'unité était "Lumière de l'Aube". C'est Lin Yun et moi qui avions choisi ce nom ; car au moment inoubliable où nous avions pour la première fois réussi à faire apparaître une boule de foudre, celle-ci avait illuminé de sa lueur rouge les traînées de nuages autour d'elle, comme un lever de soleil en miniature.

La compagnie Lumière de l'Aube a tout de suite commencé à s'entraîner avec acharnement. L'entraînement se concentrait principalement sur les exercices de tir. Pour se rapprocher au mieux des conditions d'un combat réel, les exercices se faisaient en extérieur, mais uniquement par temps couvert, afin d'éviter toute surveillance satellite. Pour cette raison, plusieurs champs de tir avaient été choisis dans le Sud du pays, une région souvent pluvieuse et couverte, et la troupe se déplaçait constamment d'un terrain d'entraînement à l'autre.

Sur les champs de tir, les boules de foudre tirées par les mitrailleuses se succédaient en rafales, filant vers leurs cibles en ligne droite ou en éventail. Le bruit qu'elles émettaient en fendant les airs ressemblait au son triste et strident d'un clairon, ou encore au vent soufflant sur une lande aride. Le bruit produit par leur explosion était extrêmement étrange : il était impossible à localiser et semblait venir de partout à la fois, parfois même de l'intérieur de notre propre corps.

Un jour, nous venions d'être déployés sur un nouveau champ de tir avec la compagnie Lumière de l'Aube, lorsque Ding Yi nous a rejoints. Il s'occupait pourtant uniquement de la théorie, et n'avait normalement rien à faire ici.

— Je suis venu pour vous éviter une erreur, et pour vous faire découvrir un nouveau prodige, a-t-il annoncé.

La troupe était en train de se préparer à un exercice de tir réel.

— Vous arrive-t-il de pratiquer la réflexion philosophique ? a demandé Ding Yi.

— Rarement, ai-je répondu.

— Jamais, a répondu Lin Yun.

Ding Yi lui a lancé un bref regard :

— Ce n'est pas surprenant. Tu es une femme.

Lin Yun l'a regardé fixement.

— Ça ne fait rien, a-t-il repris. Aujourd'hui, je vais vous obliger à un peu de réflexion philosophique.

J'ai regardé autour de moi. Le champ de tir, surplombé par une sombre couche de nuages, n'était qu'une clairière humide au milieu de la forêt. À l'autre extrémité du terrain, des constructions temporaires et des vieux pneus usagés faisaient office de cibles. Je ne voyais vraiment pas ce que la philosophie pouvait bien venir faire ici.

Le lieutenant-colonel Kang s'est approché, vêtu de sa tenue de camouflage, et a demandé à Ding Yi s'il avait des instructions de tir particulières.

— C'est très simple. Premièrement, vous allez éteindre tous les équipements de surveillance du champ de tir.

Deuxièmement, et c'est très important aussi, après avoir visé la cible, vous allez fermer les yeux au moment de tirer. Tout le monde doit fermer les yeux, même les officiers supérieurs. Vous ne les rouvrirez que sur mon ordre.

— Euh… Puis-je vous demander pourquoi ?

— Je vous expliquerai. Mais d'abord, lieutenant-colonel, je voudrais vous poser une question. Quand vous essayez de toucher des cibles à cette distance, quel est votre taux de réussite ?

— Presque 100 %, professeur. Comme les boules de tonnerre ne sont pas affectées par le vent, leur trajectoire est très stable.

— Très bien. Commençons, alors. N'oubliez pas, après avoir visé, tout le monde ferme les yeux !

Quand j'ai entendu annoncer "Visée effectuée !", j'ai fermé les yeux. J'ai entendu crépiter les arcs électriques d'excitation des boules de tonnerre sur les rails d'accélération, un bruit qui donnait la chair de poule. Immédiatement après, le sifflement des boules de foudre a retenti. J'avais l'impression qu'elles se dirigeaient toutes vers moi, et j'ai senti une sueur froide le long de mon crâne, mais j'ai réussi à me contrôler et à garder les yeux fermés.

— Bien, ouvrez tous les yeux ! a ordonné Ding Yi, avant de se mettre à tousser sous l'effet de l'ozone dégagé par les explosions.

J'ai ouvert les yeux et j'ai ressenti un bref vertige. J'ai entendu la voix du rapporteur de cibles dans le talkie-walkie : "Nombre de tirs : 10. Cibles touchées : 1. Cibles manquées : 9." Tout de suite après, je l'ai encore entendu ajouter à voix basse : "Bizarre !" J'ai vu que plusieurs soldats étaient en train d'éteindre un début de feu de broussailles allumé par une des boules qui avait manqué sa cible.

— Qu'est-ce qui s'est passé ? Je vous ai demandé de viser avec les yeux ouverts. C'est après qu'il fallait les fermer ! a demandé le lieutenant-colonel Kang au tireur posté derrière la mitrailleuse.

— C'est ce que j'ai fait. Je suis certain que la visée était correcte ! a répondu le sergent.

— Ah… Vérifiez votre arme, sergent !

— Ce ne sera pas nécessaire. Ni l'arme ni son opérateur ne sont en faute, a déclaré Ding Yi en agitant la main. N'oubliez pas que la foudre en boule est un électron.

— Tu veux dire qu'elle présente un effet quantique ? ai-je demandé.

Ding Yi a hoché la tête affirmativement.

— Exactement ! Dès qu'un observateur est présent, l'état du macro-électron se réduit à une valeur déterminée. Cette valeur se conforme à notre expérience conventionnelle du monde, et les boules touchent donc leur cible. Mais en l'absence d'observateur, les macro-électrons se trouvent dans un état quantique où rien n'est déterminé, et leur position ne peut plus être décrite que de manière probabiliste. Dans ce cas de figure, la rafale de boules de foudre se comporte comme un ensemble de nuages électroniques, c'est-à-dire comme un ensemble de nuages de probabilités. Il n'y a donc que très peu de chances qu'une boule aille toucher sa cible.

— Vous voulez dire que les boules de tonnerre ratent leur cible parce que personne ne les *regarde* ? a demandé le lieutenant-colonel, incrédule.

— C'est exactement ça. C'est merveilleux, n'est-ce pas ?

— Ça me semble un peu trop… idéaliste, a soupiré Lin Yun en hochant la tête, l'air troublée.

— Voilà, tu fais de la philosophie. Les femmes aussi peuvent philosopher quand on les pousse un peu ! a déclaré Ding Yi en m'adressant un rictus, avant de reprendre pour Lin Yun : N'essaie pas de me donner des leçons de philosophie.

— Je n'oserais pas. Mais si tout le monde voyait les choses avec autant de distance que toi, le monde serait vraiment un endroit effrayant, a répondu Lin Yun en haussant les épaules.

— Tu connais au moins quelques principes de base de la mécanique quantique ? a demandé Ding Yi.

— Oui, bien sûr. Pas seulement quelques principes, d'ailleurs. Mais…

— Mais tu n'aurais jamais pensé pouvoir les observer à l'échelle macroscopique, n'est-ce pas ?

— Est-ce que ça veut dire que pour que la boule de foudre touche sa cible, nous devons la regarder du début à la fin ? a demandé le lieutenant-colonel.

— Si l'ennemi la regarde, ça va aussi. Mais il faut qu'il y ait un observateur, a acquiescé Ding Yi.

— Réessayons. Je veux voir à quoi ressemble le nuage de probabilités d'un électron ! s'est exclamée Lin Yun avec excitation.

Ding Yi a hoché la tête :

— C'est impossible. L'état quantique ne se manifeste qu'en l'absence de tout observateur. Dès qu'un observateur apparaît, le nuage de probabilités s'effondre et se réduit à un état défini pour se conformer à notre expérience du réel. Il est par essence impossible de voir un nuage de probabilités.

— Et si on installe une caméra automatisée ? a demandé le lieutenant-colonel.

— Une caméra est aussi un observateur. Elle provoquerait aussi la réduction de l'état quantique. C'est pourquoi je vous ai demandé d'éteindre tous les instruments de surveillance.

— Mais une caméra n'est pas un être conscient, a objecté Lin Yun.

— Tiens, qui est idéaliste, maintenant ? L'observateur n'a pas besoin d'être doué de conscience, a répondu Ding Yi en adressant un sourire malicieux à Lin Yun.

— Il y a un problème, ai-je dit, pensant avoir enfin pris en défaut le raisonnement de Ding Yi. D'après ta définition, tout ce qui entoure la boule de foudre pourrait être considéré comme un observateur. De même que la foudre en boule laisse une image d'elle-même dans le système photosensible des caméras, elle provoque aussi une ionisation de l'air sur son passage ; sa lumière affecte les plantes aux alentours ; le son qu'elle émet fait vibrer les grains de sable à la surface du sol… Elle exerce forcément une influence plus ou moins importante sur la totalité de son environnement. Ce n'est pas essentiellement différent de l'image enregistrée par une caméra.

— C'est exact. Mais il y a d'importantes différences de niveau entre les observateurs. Une caméra est un observateur fort, tandis que des grains de sable vibrant à la surface du sol constituent un observateur faible. Les observateurs faibles peuvent aussi contribuer à la réduction de l'état quantique, mais seulement dans une infime mesure.

— Une théorie aussi bizarre est vraiment difficile à croire.

— Sans preuve expérimentale, personne n'y croirait. Mais l'existence de l'effet quantique à l'échelle microscopique a été prouvée au début du siècle dernier. Ce n'est que maintenant que nous pouvons observer ses manifestations à l'échelle macroscopique. Ah, si seulement Bohr était encore vivant ! Si seulement Broglie était encore vivant ! Si seulement Heisenberg et Dirac étaient encore vivants…

Ding Yi a commencé à s'agiter avec émotion, faisant les cent pas comme un somnambule, marmonnant pour lui-même.

— Mais heureusement qu'Einstein est mort, a ajouté Lin Yun.

Je me suis soudain souvenu d'un détail : dans le laboratoire d'excitation des macro-électrons, Ding Yi avait insisté pour installer quatre caméras de surveillance. Je l'ai interrogé à ce sujet.

— Oui, c'était par précaution. Si tous les systèmes de surveillance cessaient de fonctionner en même temps, la boule de foudre passerait dans un état quantique. Une fois dans cet état, le nuage de probabilités du macro-électron recouvrirait une grande partie de la base – ce qui signifie que la boule de foudre pourrait soudain réapparaître à n'importe quel endroit.

Je comprenais à présent pourquoi, dans la plupart des témoignages historiques sur la foudre en boule, celle-ci semblait errer d'un endroit à l'autre, laissant des traces mystérieuses derrière elle, ou apparaissant soudain au milieu de nulle part, sans qu'aucun éclair capable de la susciter n'ait été signalé à proximité. C'était probablement parce que l'observateur ou l'observatrice se trouvait au cœur d'un nuage électronique de probabilités ; et son observation fortuite de la boule de foudre provoquait l'effondrement de l'état quantique.

J'ai soupiré :

— Je croyais déjà bien connaître la foudre en boule. Je ne me serais jamais douté…

— Il y a encore bien d'autres choses dont tu ne te doutes pas, docteur Chen. La nature est d'une étrangeté que tu peux difficilement imaginer, m'a interrompu Ding Yi.

— Quel genre d'autres choses ?

— Des choses dont je n'ose même pas te parler, a répondu Ding Yi en baissant la voix.

Je n'ai pas réagi tout de suite à ces paroles, mais après quelques secondes, un frisson m'a parcouru. J'ai levé la tête, et j'ai vu que Ding Yi m'observait avec un étrange regard de serpent qui m'a donné la chair de poule. Quelque part, tout au fond de ma conscience, il y avait une sinistre zone d'ombre que je m'efforçais d'oublier ; j'avais presque réussi, et je ne voulais pas m'en approcher maintenant.

Pendant les deux jours qui ont suivi, l'effet quantique de la foudre en boule à l'échelle macroscopique a reçu de nouvelles confirmations expérimentales. Il suffisait de supprimer tout observateur pour que les points d'impact des boules de foudre tirées par nos armes connaissent une importante dispersion ; le taux de réussite tombait à 10 % du taux enregistré lorsqu'un observateur était présent. Nous avons fait venir de nouveaux équipements pour procéder à des expériences plus complexes. Nous avons principalement essayé de déterminer les dimensions du nuage de probabilité du macro-électron à l'état quantique. Cette façon de parler manque en fait de rigueur par rapport aux définitions de la mécanique quantique. Le nuage de probabilités d'un électron (que ce soit à l'échelle micro ou macroscopique) est en réalité aussi étendu que l'univers lui-même : la boule de foudre à l'état quantique pourrait tout à fait réapparaître dans la constellation de la Vierge. La probabilité qu'elle se comporte ainsi est juste extrêmement faible. Quand nous parlons de "dimensions" du nuage de probabilités, c'est d'un point de vue technique : cela désigne seulement une frontière plus ou moins floue au-delà de laquelle les probabilités deviennent si faibles qu'elles peuvent être pratiquement négligées.

Mais le troisième jour, une anomalie s'est produite. Alors qu'aucun observateur n'était présent, les dix boules de foudre tirées par le canon ont toutes touché leur cible avec précision. Pour ces tests, nous utilisions des macro-électrons qui avaient pour propriété de libérer leur énergie sur le métal. À l'état excité, ils présentaient un niveau d'énergie très élevé, et ils ont liquéfié un tiers de l'épave de blindé que nous utilisions comme cible.

— Il s'agit certainement d'une négligence, un observateur était encore présent. Peut-être une caméra qui n'a pas été éteinte, ou plus probablement un soldat qui a brièvement ouvert les yeux en cachette pour essayer de voir le nuage de probabilités, a déclaré Ding Yi avec assurance.

Au tir suivant, nous avons donc démonté les deux seules caméras présentes sur les lieux, et nous avons évacué l'ensemble du personnel vers un abri souterrain complètement coupé du monde extérieur. Il n'y avait plus personne sur le champ de tir. Une fois la visée effectuée, le canon serait déclenché par un dispositif automatisé.

Mais les quinze boules de foudre suivantes ont de nouveau atteint leur cible.

J'étais content de voir la théorie de Ding Yi prise en défaut, même de manière provisoire. Après avoir examiné les résultats du tir, il a en effet eu l'air très inquiet – mais pas pour la raison à laquelle je pensais. Il n'était de toute évidence absolument pas déconcerté.

— Arrêtez immédiatement les expériences et les exercices de tir, a-t-il dit à Lin Yun.

Lin Yun lui a jeté un regard puis a regardé le ciel.

— Pourquoi nous arrêter ? ai-je demandé. Nous sommes certains qu'il n'y a eu aucun observateur cette fois-ci, et pourtant l'état quantique ne s'est pas manifesté. Il faudrait tout de même essayer d'en déterminer la raison.

— Si, il y avait un observateur, a répondu Lin Yun avec un signe de tête vers le haut.

J'ai levé la tête pour regarder le ciel. Je ne sais pas quand cela s'était produit au juste – mais la dense couverture nuageuse qui nous surplombait depuis quelques jours s'était à présent fissurée, laissant entrevoir une mince bande de ciel bleu.

INCINÉRATION DE PUCES ÉLECTRONIQUES

Quand je suis rentré du Sud, l'automne était arrivé à Beijing et les nuits étaient déjà fraîches.

Outre la température, l'enthousiasme de l'armée pour les armes à foudre en boule s'était lui aussi refroidi. Dès notre arrivée à la base, le colonel Xu nous a appris que le quartier général de l'état-major et le département général de l'Armement n'avaient pas l'intention d'en équiper les forces armées à grande échelle, et que les effectifs de la compagnie Lumière de l'Aube ne seraient pas augmentés. L'attitude de la hiérarchie s'expliquait principalement par la possibilité de se défendre contre les armes à foudre globulaire. Les armes que nous avions conçues contenaient en elles-mêmes les germes de leur propre Némésis : si la foudre en boule pouvait être accélérée par un champ magnétique, elle pouvait aussi être déviée de la même façon. En conséquence, l'ennemi pouvait tout à fait utiliser un champ magnétique répulsif pour s'en protéger ; si ces armes étaient déployées sur le champ de bataille, elles se heurteraient sans doute rapidement à un système de défense efficace.

L'étape suivante de nos recherches était donc de trouver un moyen de permettre à la foudre en boule de traverser un champ magnétique défensif, tout en la dirigeant non plus contre des cibles humaines, mais contre les systèmes d'armes ennemis, et plus particulièrement contre les systèmes d'armes de haute technologie.

Nous avons d'abord songé à réunir des macro-électrons capables de brûler les fils conducteurs ; c'était un moyen efficace de neutraliser les armements de pointe de l'ennemi. Mais nous avons rencontré un sérieux obstacle au cours de nos recherches : les boules de foudre qui détruisaient les fils électriques étaient aussi celles qui tendaient à libérer leur énergie sur les gros volumes de métal. La liquéfaction du métal consommait énormément d'énergie, si bien que ces boules de foudre gaspillaient la majeure partie de leur décharge énergétique sur de grosses pièces métalliques, et seulement une petite partie sur les fils conducteurs. Le rendement était donc faible, et le processus très limité en termes de capacité de destruction des armements ennemis.

Nous nous sommes donc naturellement tournés vers les puces électroniques, qui constituaient une cible idéale pour les armes à foudre globulaire. En premier lieu, les puces électroniques étaient composées de matériaux très particuliers : à la différence de ce qui se passait avec les câbles électriques, il n'existait aucun autre matériau similaire pour provoquer une dispersion inutile de la décharge énergétique. En second lieu, les puces électroniques étaient de petites dimensions, il suffisait donc d'une décharge énergétique réduite pour en détruire une grande quantité. Pour les armements modernes de haute technologie, la perte de leurs circuits intégrés était un coup fatal. Mais les macro-électrons capables de libérer leur énergie sur les puces électroniques (nous les appelions des "mangeurs de puces") étaient extrêmement peu nombreux, et ils étaient donc pour nous de véritables perles rares. Pour en recueillir une quantité suffisante, il nous fallait capturer des quantités monstrueuses de macro-électrons, avant de les analyser un par un au spectrographe. Cela représentait un très gros investissement financier, alors même que la hiérarchie avait déjà décidé de ne plus nous accorder de crédits supplémentaires.

Pour attirer l'attention de nos supérieurs et obtenir de nouveaux financements, le colonel Xu a décidé d'organiser une démonstration d'attaque avec les macro-électrons mangeurs de puces dont nous disposions déjà.

La démonstration a eu lieu sur la base de test des chars T-05 où j'étais jadis allé avec Lin Yun pour examiner le système de défense à déploiement de perche. À présent, le calme était retombé sur le terrain et des herbes folles repoussaient déjà dans les sillons laissés par les chars. Il n'y avait plus que deux chars de bataille T-05, amenés la veille pour servir de cibles.

À l'origine, seuls des observateurs du département général de l'Armement étaient supposés assister au test, mais deux heures avant le début de la démonstration, nous avons été informés que le nombre de spectateurs serait doublé. La plupart des observateurs supplémentaires venaient du quartier général de l'état-major. Il y avait même un major général et un lieutenant général.

Nous les avons d'abord emmenés examiner la zone cible. Outre les deux chars, les cibles du test comptaient également plusieurs véhicules blindés, à l'intérieur desquels avaient été placés toutes sortes d'équipements électroniques de niveau militaire. L'un des blindés contenait un appareil de communication à évasion de fréquence ; un autre était équipé d'une unité de contrôle radar ; un autre encore renfermait plusieurs ordinateurs renforcés de qualité militaire. Tous les ordinateurs étaient allumés, affichant toutes sortes d'images en fond d'écran. Parmi les cibles, il y avait enfin un vieux modèle de missile sol-air décommissionné. Les véhicules et les autres cibles étaient disposés en ligne.

Pendant l'inspection des équipements qui allaient servir de cibles, nous avons eu soin d'ouvrir tous les compartiments de contrôle des appareils, afin que nos invités puissent bien voir que les composants électroniques des circuits imprimés étaient tous en parfait état.

— Jeune homme, êtes-vous en train de nous dire que votre nouvelle arme peut détruire ces composants électroniques ? m'a demandé le lieutenant général.

— Oui, général. En laissant quasiment tout le reste intact.

— C'est l'induction électromagnétique engendrée par la foudre qui va détruire les circuits intégrés, n'est-ce pas ? m'a demandé le major général.

Il était très jeune, et manifestement officier dans un corps technique.

J'ai secoué la tête.

— Non. L'induction électromagnétique créée par la foudre est en général fortement affaiblie par la cage de Faraday que forme l'armature métallique externe des chars et des blindés. La foudre en boule peut par contre traverser le blindage pour réduire en cendres tous les circuits intégrés.

Les deux généraux ont échangé un regard et hoché la tête en souriant. Cela leur paraissait de toute évidence difficile à croire.

Lin Yun et le colonel Xu les ont ensuite amenés au poste de tir, à 500 m de là, pour qu'ils puissent examiner la mitrailleuse à tonnerre. Elle avait été montée sur un camion qui servait à l'origine de plateforme lance-roquettes.

— J'ai un sixième sens pour les armes, a déclaré le lieutenant général. Peu importe son apparence extérieure, une arme de grande puissance dégage toujours une impression de menace invisible. Mais cette chose ne m'inspire rien du tout.

— Général, la première bombe atomique de l'histoire ne ressemblait qu'à un gros tube en métal, a déclaré le colonel Xu. Elle ne dégageait aucune impression de menace non plus. Votre sixième sens ne s'applique qu'aux armements conventionnels.

— Je l'espère, a répondu le général.

Le test allait maintenant commencer. Par sécurité, nous avions construit un abri en sacs de sable et les observateurs sont tous venus s'aligner derrière.

Dix minutes plus tard, le test a débuté. Le maniement de la mitrailleuse à foudre globulaire était très proche de celui d'une mitrailleuse traditionnelle : elle était équipée d'un dispositif de tir similaire à une détente, et le système de visée était presque le même aussi. Dans les premiers temps, nous avions conçu un système de tir assisté par ordinateur ; la visée et le verrouillage de la cible se faisaient avec une souris sur un écran, et l'ordinateur ajustait ensuite automatiquement l'orientation du rail de tir. Mais cela nécessitait un dispositif électromécanique complexe, alors que les armes à foudre globulaire n'avaient en réalité pas besoin d'une visée très précise : même si une déviation se produisait, la foudre en boule pouvait tout de même détruire sa cible. Pour opérer ces armes de pointe, nous avions donc choisi le dispositif le plus rudimentaire possible – à la fois parce que nous étions pressés par le temps, et parce qu'un dispositif plus simple est toujours plus fiable. Le sergent qui opérait maintenant l'arme était l'un des meilleurs tireurs de la troupe.

Nous avons d'abord entendu une série de craquements assourdissants produits par les éclairs artificiels à la pointe du rail de lancement. Tout de suite après, trois boules de foudre d'un rouge orangé ont jailli, espacées d'environ cinq mètres l'une de l'autre. Formant une ligne droite dans les airs, elles ont volé vers un char avec un sifflement plaintif et ont disparu en touchant leur cible, comme si elles s'étaient fondues dans le véhicule. Trois explosions ont aussitôt retenti depuis l'intérieur du char, extraordinairement distinctes, comme si elles s'étaient produites non pas dans le véhicule, mais juste à côté de nos oreilles. Le tireur a continué, envoyant successivement entre deux et cinq boules de foudre vers chacune des autres cibles. Les craquements de l'arc électrique, le sifflement plaintif des boules de foudre et leur explosion lorsqu'elles touchaient leur cible se succédaient sans interruption. Dans la zone cible, à 500 m de là, flottaient encore deux boules de foudre qui avaient manqué ou traversé leur cible sans exploser.

La dernière boule de foudre est allée frapper le missile sol-air, et le calme est retombé. Les deux boules qui avaient manqué leur cible ont plané un moment au-dessus de la zone, avant de disparaître sans bruit l'une après l'autre. L'un des blindés émettait un filet de fumée noire, mais les autres cibles étaient toujours tranquillement à leur place, comme si rien ne s'était passé.

— Quel effet ont eu ces espèces de balles traçantes ? a demandé un brigadier général à Lin Yun.

— Vous verrez bien ! a-t-elle répondu avec confiance.

Nous avons tous quitté l'abri, et nous avons parcouru les 500 m qui nous séparaient des cibles. J'avais confiance dans les résultats que nous allions constater, mais à la vue de tant d'officiers de haut rang, qui allaient décider de l'avenir de notre programme, je ne pouvais m'empêcher d'être un peu nerveux. Devant nous, le blindé avait cessé de fumer. Dans les airs flottait une odeur pure et fraîche, qui est devenue de plus en plus puissante à l'approche de la zone cible. Un officier a demandé de quoi il s'agissait.

— C'est l'ozone qui se dégage au moment où la foudre en boule libère son énergie, commandant, a répondu Lin

Yun. Elle remplacera peut-être un jour l'odeur de la poudre sur les champs de bataille.

Lin Yun et moi avons d'abord emmené tout le monde devant un des blindés. Les observateurs se sont pressés autour du véhicule pour l'examiner de plus près, espérant apparemment y trouver des traces extérieures de brûlures ; mais il n'y avait rien, le blindage était parfaitement intact. Quand nous avons ouvert les portes du véhicule, d'autres ont passé la tête à l'intérieur, mais à part la lourde odeur d'ozone, absolument aucun dommage n'était visible. Les quatre ordinateurs militaires étaient toujours disposés en bon ordre. La seule différence que les observateurs ont pu constater, c'est que tous les écrans étaient maintenant noirs. J'ai extrait un ordinateur du véhicule et je l'ai posé au sol. Lin Yun a rapidement ouvert la coque verte de l'appareil. J'ai levé l'ordinateur et je l'ai légèrement incliné, et une fine poussière de cendres blanches mêlée de petits débris noirs s'en est écoulée. Je l'ai levé plus haut pour que tout le monde puisse bien voir l'intérieur, et la foule a laissé échapper des exclamations admiratives.

Sur la carte mère de l'ordinateur, les deux tiers des puces avaient disparu.

Les cris de surprise se sont succédé à mesure que les observateurs examinaient les autres cibles. À l'intérieur du T-05, plus de la moitié des puces électroniques du système de communication et de la console radar avaient grillé ou étaient tombées en cendres. Nous avons finalement ouvert la tête du missile guidé, et les exclamations ont atteint leur apogée. Le compartiment abritant les microcircuits du système de guidage était devenu une véritable urne funéraire. Les deux soldats de la compagnie de missiles qui venaient de procéder au démontage de l'ogive ont levé la tête, regardant Lin Yun et moi d'un air effrayé ; à travers les rangs des observateurs, ils ont à nouveau jeté un regard vers la mitrailleuse à boules de foudre à l'autre bout du terrain. Ils avaient l'air d'avoir vu un fantôme.

— Voilà qui s'appelle vraiment "décapiter l'ennemi d'une seule frappe" ! s'est exclamé d'une voix forte le lieutenant général.

Les observateurs ont applaudi avec enthousiasme. Si l'on avait voulu trouver un slogan publicitaire pour les armes à foudre globulaire, il n'y en aurait pas eu de plus approprié.

De retour à la base, j'ai découvert que mon matériel aussi avait subi des dommages : je n'arrivais plus à allumer l'ordinateur portable que j'avais emmené sur le champ de tir. J'ai démonté l'appareil et j'ai découvert qu'il était rempli de cendres blanches. J'ai soufflé sur la cendre, elle s'est envolée, et j'ai été pris d'une quinte de toux. Sur la carte mère de l'ordinateur, le processeur et deux barrettes de mémoire de 256 Mo avaient disparu, remplacés par les cendres qui flottaient maintenant autour de moi. Pendant la démonstration, je m'étais posté à mi-chemin entre le poste de tir et la zone cible pour observer et prendre des notes, mais j'étais tout de même bien au-delà de la distance de sécurité standard de 50 m.

Évidemment, j'aurais dû y penser plus tôt. Les puces électroniques présentaient une surface très réduite, et chaque puce ne pouvait absorber qu'une toute petite partie de l'énergie de la foudre en boule. L'énergie excédentaire était donc libre de se propager plus loin ; lorsque la foudre en boule était dirigée contre des cibles aussi minuscules que des circuits intégrés, son rayon d'action s'élargissait en conséquence.

PHÉNOMÈNES ÉTRANGES III

Cette nuit-là, la lune était splendide. Lin Yun, Ding Yi et moi nous promenions sur un sentier peu fréquenté de la base, en discutant des moyens de permettre aux armes à foudre globulaire de percer d'éventuels champs magnétiques défensifs.

— Ce qui est certain, c'est que ce problème restera insoluble tant que nous utiliserons des macro-électrons porteurs d'une charge électrique, a fait remarquer Lin Yun.

— C'est aussi mon avis, a répondu Ding Yi. Depuis quelque temps, j'essaie de m'appuyer sur les mouvements des macro-électrons pour déterminer la position du noyau atomique auquel ils appartiennent. Mais c'est extraordinairement complexe du point de vue théorique, certains obstacles sont quasi impossibles à surmonter. Il y a encore énormément de chemin à faire. Je doute que l'humanité accomplisse une quelconque avancée dans ce domaine au cours de notre siècle.

J'ai levé la tête pour contempler les rares étoiles encore visibles malgré le clair de lune, m'efforçant de me représenter ces macro-atomes, qui devaient atteindre 500 ou même 1 000 km de diamètre.

Ding Yi a poursuivi :

— Pour en revenir au sujet qui nous occupe, si nous arrivions à trouver un macro-noyau atomique, nous pourrions logiquement obtenir un macro-neutron dépourvu de charge électrique. Il serait sans doute capable de traverser un champ magnétique.

— Mais les macro-neutrons ne pourraient pas être excités comme les macro-électrons, ils n'auraient aucune énergie à libérer. Comment pourrait-on en faire des armes ? a demandé Lin Yun, devançant la question que je m'apprêtais à poser.

Ding Yi était sur le point de répondre, lorsque Lin Yun a porté un doigt à ses lèvres :

— Chut… Écoutez !

Nous venions d'arriver à côté du laboratoire où avaient lieu les expériences d'excitation de la foudre en boule. Avant de mettre au point la méthode de reconnaissance spectrographique pour identifier les macro-électrons susceptibles de servir d'armes, nous avions procédé dans ce laboratoire à de nombreuses expériences animales. Des centaines d'animaux de laboratoire y avaient été incinérés par la foudre en boule. De fait, c'était aussi le bâtiment où Lin Yun m'avait emmené pour me montrer les armes à foudre la première fois que j'étais venu sur la base. À la lueur de la lune, le vaste entrepôt reconverti n'était maintenant qu'une ombre indistincte. Sur un signe de Lin Yun, nous nous sommes immobilisés. Lorsque le bruit de nos pas s'est arrêté, j'ai entendu un son s'élever du laboratoire.

C'était le bêlement d'un mouton.

Mais il ne pouvait pas y avoir de mouton dans le laboratoire. Les expériences animales avaient cessé deux mois plus tôt, et le bâtiment était resté fermé depuis.

J'ai à nouveau entendu ce qui était sans l'ombre d'un doute le bêlement d'un mouton. L'appel était intermittent et avait quelque chose de vaguement lugubre. Bizarrement, il m'évoquait le bruit que font les boules de foudre en explosant. Les deux sons avaient une caractéristique commune : on pouvait déterminer leur provenance, mais ils semblaient en même temps emplir la totalité de l'espace, et donnaient parfois même l'impression de venir de l'intérieur de notre propre corps.

Lin Yun s'est approchée de la porte principale et Ding Yi l'a suivie. J'avais l'impression que mes pieds étaient de plomb. Ils étaient collés au sol et refusaient de bouger. J'ai ressenti une sensation familière – un frisson m'a parcouru, comme si une immense main glacée se refermait sur moi. Je savais déjà qu'ils ne trouveraient aucun mouton à l'intérieur.

Lin Yun a ouvert la porte du laboratoire. L'énorme porte de fer a coulissé en grondant le long de son rail, noyant le bruit indistinct du bêlement. Lorsque le fracas est retombé, l'appel avait aussi disparu. Lin Yun a allumé la lumière. À travers l'ouverture, je pouvais voir une partie du laboratoire. Une grille de fer de plus de deux mètres de haut formait un enclos carré. C'est là que l'on plaçait les cibles pendant les expériences d'excitation de la foudre en boule ; c'est à cet endroit que des centaines d'animaux de laboratoire avaient été incinérés. Mais la zone était maintenant complètement vide. Lin Yun faisait les cent pas dans l'immense laboratoire, cherchant ici et là. Comme je l'avais prévu, elle n'a rien trouvé. Ding Yi se tenait immobile à l'entrée. À la lumière des lampes, sa silhouette dégingandée projetait une ombre démesurément allongée à l'extérieur.

— Je suis certaine d'avoir entendu un bêlement ! s'est exclamée Lin Yun, sa voix amplifiée par l'écho.

Ding Yi n'a pas répondu. Il s'est retourné et s'est approché de moi. À voix basse, il m'a demandé :

— Pendant toutes ces années, tu n'as rien vu de particulier ?

— Qu'est-ce que tu veux dire ?

J'essayais de toutes mes forces de contrôler le tremblement de ma voix.

— Certaines… choses que tu n'aurais pas crues possibles.

— Je ne comprends pas.

Je me suis forcé à rire, d'un rire qui devait sonner atrocement faux.

— Bon, tant pis.

Ding Yi m'a tapoté l'épaule. C'était quelque chose qu'il n'avait jamais fait, et qui m'a apporté un certain réconfort.

— Dans la nature, l'étrange n'est souvent qu'une autre manifestation de la norme, a-t-il ajouté.

Alors que je méditais le sens de cette phrase, Ding Yi a crié à Lin Yun à l'intérieur du bâtiment :

— Pas la peine de chercher, reviens !

Lin Yun a éteint la lumière en sortant. Juste avant que la porte ne se referme, j'ai entrevu un rayon de lune qui traversait une des hautes fenêtres du bâtiment. Dans les ténèbres du laboratoire, elle dessinait un trapézoïde de lumière, qui tombait exactement au centre de l'enclos qui avait jadis servi d'abattoir. L'intérieur de l'édifice m'a paru terriblement froid et sombre, comme un mausolée depuis longtemps abandonné.

LA CENTRALE NUCLÉAIRE

La première véritable utilisation des armes à foudre globulaire a eu lieu bien plus tôt que nous ne l'avions imaginé.

Un jour, à midi, la compagnie a reçu un ordre urgent : elle devait se mettre en route immédiatement, équipée et prête au combat. L'ordre précisait qu'il ne s'agissait pas d'un exercice. Un peloton de la compagnie a immédiatement embarqué à bord d'un hélicoptère avec deux mitrailleuses à tonnerre. Le colonel Xu, Lin Yun et moi les avons accompagnés. L'hélicoptère n'a volé qu'une dizaine de minutes avant de se poser. Dans cette zone, les routes n'étaient pourtant guère embouteillées ; nous n'aurions pas mis beaucoup plus de temps à parcourir cette distance par voie terrestre, ce qui nous a fait comprendre que c'était vraiment une urgence.

Dès que nous avons débarqué de l'hélicoptère, nous avons su où nous étions. Devant nous s'étendait un groupe de bâtiments blancs étincelant sous le soleil, que nous avions souvent vus à la télévision ces derniers temps. Au milieu des bâtiments, un énorme édifice cylindrique attirait immédiatement l'attention – un gigantesque réacteur nucléaire. Il s'agissait de la plus grande centrale nucléaire au monde, dont la construction venait tout juste d'être achevée.

Depuis notre position, on ne voyait pas âme qui vive dans la centrale ; tout était très calme. Autour de nous, en revanche, on s'affairait nerveusement en tous sens. Plusieurs véhicules militaires venaient d'arriver, déversant une foule d'hommes de la Police armée* en tenue de combat intégrale. À côté d'une jeep militaire, trois officiers observaient attentivement la centrale à la jumelle. Près d'un véhicule de police, un groupe de policiers étaient en train de revêtir des gilets pare-balles, leurs pistolets-mitrailleurs éparpillés au sol autour d'eux. Suivant le regard de Lin Yun, j'ai vu que des tireurs d'élite avaient pris position sur les toits des bâtiments derrière nous, et étaient en train d'ajuster leurs armes en direction du réacteur nucléaire.

L'hélicoptère s'était posé dans la grande cour de la maison d'hôtes de la centrale. Un lieutenant-colonel de la police armée nous a conduits sans un mot dans une salle de réunion, manifestement transformée en centre de commandement provisoire. Plusieurs fonctionnaires de police et commandants de la PAP entouraient un officiel en costume noir. L'homme était en train d'examiner un immense diagramme qui semblait être un plan de l'intérieur de la centrale. L'officier qui nous avait introduits nous l'a présenté comme le chef des opérations. Je l'ai reconnu, on le voyait souvent à la télévision. Qu'un cadre d'aussi haut rang soit présent montrait que la situation était grave.

— Qui a fait venir l'armée régulière ? Il vaudrait mieux ne pas impliquer trop de monde, a déclaré un officier de la Police armée.

— C'est moi qui ai demandé à l'état-major central de nous les envoyer. Leur nouvelle arme nous sera peut-être utile, a répondu le chef des opérations.

C'était la première fois qu'il levait la tête depuis notre arrivée. J'ai remarqué qu'il ne semblait pas aussi tendu et anxieux que les officiers de l'armée et de la police autour

* Police armée du peuple (PAP), une force de police militaire similaire à la gendarmerie.

de nous. Il avait plutôt l'air vaguement las de quelqu'un qui règle un problème de routine. Dans une telle situation, c'était le signe d'une grande force intérieure.

— Qui est votre responsable ? Oh, très bien. Colonel, j'ai deux questions. Premièrement : est-il vrai que votre nouvelle arme est capable de détruire des cibles vivantes sans endommager les installations à l'intérieur d'un bâtiment ?

— Oui, commandant.

— Deuxièmement… En fait, prenez d'abord connaissance de la situation sur le terrain, et je vous poserai la deuxième question.

Il s'est aussitôt remis à examiner la grande carte avec les hommes qui l'entouraient :

— Continuons, messieurs.

L'officier qui nous avait introduits nous a fait signe de le suivre à l'extérieur. Nous avons quitté la salle de réunion et nous nous sommes arrêtés devant une porte adjacente. De la porte entrouverte émergeaient un tas de câbles électriques installés à la hâte. Le lieutenant-colonel nous a fait signe de nous arrêter.

— Nous n'avons pas beaucoup de temps, je ne peux vous exposer que les grandes lignes de la situation. Ce matin à neuf heures, huit terroristes armés se sont emparés du réacteur nucléaire de la centrale. Ils sont entrés en détournant un bus d'écoliers venus pour une visite et ont abattu les six gardes du poste de sécurité. Ils ont maintenant trente-cinq otages avec eux – les vingt-sept écoliers et enseignants qui se trouvaient dans le bus, plus huit ingénieurs et techniciens de la centrale.

— Ils appartiennent à quelle organisation ? a demandé Lin Yun.

— Les terroristes ? Au Jardin d'Éden.

J'avais déjà entendu parler de cette organisation terroriste transnationale. Même des idées inoffensives et modérées peuvent devenir dangereuses si elles se radicalisent, et le Jardin d'Éden en était un parfait exemple. À l'origine, ses fondateurs étaient des gens qui rejetaient la technologie. Ils avaient créé une communauté expérimentale sur une petite île du Pacifique, dans le but de se libérer de la technologie moderne et de revenir à un mode de vie plus proche de la nature. Comme beaucoup d'organisations du même genre à travers le monde, ils ne formaient au début qu'un groupe replié sur lui-même, dépourvu de toute agressivité. Mais avec le temps, l'isolement avait progressivement amené leurs idées coupées du monde à devenir de plus en plus extrêmes. Le refus de la technologie s'était transformé en haine de la technologie, le désir de rupture avec le progrès scientifique en opposition ouverte à la science. D'influents idéologues radicaux avaient commencé à quitter la petite île qu'ils surnommaient le "Jardin d'Éden moderne" ; ils se donnaient pour mission d'anéantir la technologie moderne et de rétablir un mode de vie pastoral partout à travers le monde, en recourant notamment au terrorisme. Mais à la différence d'autres types d'organisations terroristes, ils s'en étaient pris à des cibles qui avaient surpris tout le monde : ils avaient fait sauter le synchrotron géant de l'Organisation européenne pour la recherche nucléaire, mis le feu à deux grands laboratoires de recherche génétique nord-américains, détruit le grand bassin de détection d'un observatoire de neutrinos au fond d'une mine canadienne, et assassiné trois lauréats du prix Nobel. Comme les scientifiques et les installations consacrées à la recherche fondamentale n'étaient quasiment jamais protégés, le Jardin d'Éden ne s'était heurté à aucun obstacle. Mais c'était la première fois qu'ils s'en prenaient à un réacteur nucléaire.

— Quelles contre-mesures avez-vous prises ? a demandé Lin Yun.

— Aucune. Nous nous sommes contentés d'encercler la zone. Nous n'osons pas approcher, ils ont posé des explosifs sur le réacteur. Ils peuvent les faire sauter à tout moment.

— À ma connaissance, l'enveloppe externe de ce type de réacteur nucléaire est extraordinairement épaisse et solide. Plusieurs mètres de béton armé. Ils ont amené tant d'explosifs que ça ?

— Non, pas beaucoup. Ils ont juste une fiole de pastilles rouges.

La dernière phrase du lieutenant-colonel nous a fait frissonner. Le Jardin d'Éden haïssait la technologie ; mais pour parvenir à ses fins, il ne refusait pas d'y recourir. En réalité, c'était même l'organisation terroriste qui disposait des moyens technologiques les plus avancés au monde, car une bonne partie de ses membres étaient eux-mêmes d'anciens scientifiques de haut niveau. Ce qu'on surnommait les "pastilles rouges" était une de leurs inventions. Il s'agissait en fait de pastilles d'uranium enrichi, enrobées d'un certain type de nanomatériau. Un impact suffisamment puissant suffisait à provoquer une réaction de fission nucléaire, même sans compression préalable du cœur de la pastille. Leur méthode habituelle consistait à boucher par soudure le canon d'une arme de gros calibre, et à introduire quelques pastilles rouges à l'intérieur. Ils limaient ensuite la tête d'une balle pour l'aplatir. Il suffisait alors de presser la détente, et la balle allait percuter les pastilles avec une violence suffisante pour provoquer une explosion nucléaire. Grâce à ce simple gadget, le Jardin d'Éden avait réussi à faire sauter depuis la surface le plus grand synchrotron enterré du monde ; celui-ci s'était rompu en trois morceaux, alors même qu'il se trouvait à plusieurs mètres sous terre. L'incident avait terrifié le monde entier.

Avant d'entrer, le lieutenant-colonel nous a prévenus :

— Une fois à l'intérieur, faites attention à ce que vous dites. Une liaison vidéo a été établie avec l'ennemi, elle marche dans les deux sens.

Dans la pièce, plusieurs officiers de l'armée et de la police avaient les yeux rivés sur un grand écran. Celui-ci montrait une scène si différente de ce à quoi je m'attendais que je me suis un instant demandé s'il n'y avait pas erreur. Une enseignante était en train de faire cours à un groupe d'enfants. Derrière eux se trouvait une grosse console de commande où clignotaient toutes sortes d'écrans et d'instruments de mesures. Il devait s'agir d'une des salles de contrôle du réacteur nucléaire. Mon attention s'est concentrée sur l'enseignante. Elle devait avoir une trentaine d'années, et était vêtue de manière simple mais élégante. Elle portait de délicates lunettes à chaînettes dorées, que son visage mince faisait paraître immenses. Derrière les verres de ses lunettes, ses yeux brillaient d'intelligence et de bonté. Elle avait une voix douce et chaleureuse, qui a eu le don d'apaiser ma peur et ma nervosité. J'ai tout de suite ressenti une immense estime pour cette femme. Elle avait emmené ses élèves visiter la centrale nucléaire ; à présent, face à un danger mortel, elle arrivait à garder son calme et s'attachait avec un sublime sens du devoir à réconforter les écoliers.

— Voici la responsable de la division Asie du Jardin d'Éden. C'est elle qui a planifié et dirigé cette opération terroriste. En mars de l'année dernière, en Amérique du Nord, elle a poignardé à mort deux lauréats du prix Nobel dans la même journée et a réussi à s'enfuir. C'est le troisième membre du Jardin d'Éden le plus recherché au monde, a expliqué à voix basse le lieutenant-colonel en désignant "l'enseignante".

Je suis resté hébété, comme si je venais de recevoir un coup de bâton sur la tête, et pendant un instant j'ai perdu toute prise sur la réalité qui m'entourait. J'ai tourné la tête pour regarder Lin Yun. Elle ne semblait pas particulièrement choquée. J'ai reporté mon regard sur l'écran, et j'ai tout de suite remarqué quelque chose d'anormal. Les enfants se serraient les uns contre les autres, et fixaient l'Enseignante avec des regards absolument terrifiés, comme s'ils étaient face à un monstre surgi d'un autre monde. J'ai rapidement compris la cause de leur effroi. Au sol était allongé un petit garçon dont le crâne avait volé en éclats. Des morceaux de boîte crânienne de toutes tailles étaient éparpillés autour de lui. Il avait les yeux grands ouverts ; son regard vide semblait contempler avec une sorte d'ahurissement le tableau abstrait que le sang et les fragments de cervelle dessinaient au sol à côté de lui. Par terre, on pouvait encore distinguer les traces de pas sanglantes de l'Enseignante. Sa manche gauche était tachée de sang, et le revolver avec lequel elle avait fait sauter la tête de l'enfant était posé derrière elle sur un pupitre de contrôle.

— Bien, mes enfants, mes chers enfants ! Vous avez été très attentifs. Nous allons maintenant passer à la leçon suivante. Je vais vous poser une question : quels sont les composants élémentaires de la matière ? a poursuivi l'Enseignante.

Sa voix était toujours aussi belle et douce, mais elle me faisait à présent l'effet d'un petit serpent lisse et glacé en train de s'enrouler autour de mon cou. Les enfants avaient sans aucun doute la même impression que moi – en dix fois pire.

Voyant qu'aucun des enfants ne disait mot, elle a interpellé une petite fille :

— Toi, à toi de répondre ! Ce n'est pas grave, mon enfant, n'aie pas peur de te tromper ! a-t-elle dit d'une voix douce, arborant toujours le même sourire aimable.

— Des… des atomes ? a répondu la petite fille d'une voix tremblante.

— Vous voyez ? Tu t'es trompée, mais ce n'est pas grave. Tu es une gentille petite fille ! Écoutez-moi bien, je vais vous donner la bonne réponse.

Avec son doigt, elle a commencé à tracer des caractères dans les airs :

— Les composants élémentaires de la matière sont le Métal, le Bois, l'Eau, le Feu et la Terre ! Bien, tout le monde répète dix fois : Métal, Bois, Eau, Feu, Terre* !

Les enfants ont repris en chœur dix fois de suite.

— Bravo les enfants, bravo ! C'est juste ! Le monde a été rendu trop compliqué par la science, nous devons lui rendre sa simplicité. La vie a été souillée par la technologie, et nous devons lui rendre sa pureté ! Franchement, qui a déjà vu un atome ? Qu'est-ce que les atomes ont à voir avec nous ? Ne vous laissez pas tromper par les savants ! Ce sont les gens les plus stupides, les plus répugnants du monde… Attendez un instant, je vous prie. Je dois finir cette petite leçon avant de continuer les négociations, il ne faut surtout pas laisser l'éducation des enfants prendre du retard !

Ces paroles nous étaient manifestement destinées. De toute évidence, l'Enseignante pouvait elle aussi nous voir à l'aide d'un quelconque dispositif vidéo, car tout en parlant, elle a jeté un regard dans une autre direction, comme si quelque chose avait soudain attiré son attention.

Elle a croisé les mains sur sa poitrine avec une expression de surprise ravie :

— Ah, une femme ! Il y a enfin une femme ici ! Vous êtes vraiment très jolie, a-t-elle dit, s'adressant manifestement à Lin Yun.

Avec un sourire glacial, Lin Yun lui a répondu par un hochement de tête. À cet instant, je me suis rendu compte qu'elle était pour moi un véritable soutien. Je savais que l'absence de pitié de l'Enseignante ne l'effrayait pas – parce qu'elle était tout aussi impitoyable, parce que sa force

* Les "cinq éléments" composant le monde dans la pensée antique chinoise.

intérieure était à la hauteur de celle de l'Enseignante. Pour ma part, je n'avais jamais eu ce genre de force ; l'Enseignante avait renversé sans aucun mal toutes mes défenses intérieures.

Elle a souri à Lin Yun comme on sourit à une amie intime :

— Nous parlons la même langue. Nous, les femmes, nous sommes par nature opposées à la technologie. Pas comme tous ces mâles dégoûtants, dont la nature est foncièrement mécanique.

— Je ne suis pas opposée à la technologie. Je suis ingénieure, a répondu Lin Yun avec calme.

— Moi aussi, je l'étais autrefois. Mais ça ne m'a pas empêchée de chercher une vie nouvelle. Vos épaulettes de major sont très jolies. C'est un vestige des armures des temps anciens. Tout comme notre humanité – elle a été tellement étouffée par la technologie qu'il n'en reste que des vestiges, des vestiges que nous devons chérir.

— Pourquoi avez-vous tué cet enfant, alors ?

— Un enfant ? C'était un enfant ?

L'enseignante a regardé le cadavre allongé au sol avec un air surpris.

— Notre première leçon était un cours d'orientation. Je lui ai demandé ce qu'il voulait faire quand il serait grand, et qu'est-ce que ce petit imbécile m'a répondu ? Il m'a répondu qu'il voulait devenir scientifique. Son petit cerveau était déjà complètement pollué par la science. Oui, la science pollue tout !

Elle s'est tournée vers les enfants.

— Les enfants, ne devenons pas savants, ne devenons pas ingénieurs ou médecins ou je ne sais quoi encore ! Nous ne devons jamais grandir ! Nous devons être des petits bergers qui jouons de la flûte de bambou, en nous promenant paisiblement à dos de buffle sur une verte prairie* ! Vous êtes déjà montés sur un buffle ? Vous savez jouer de la flûte ? Est-ce que vous savez au moins qu'il existait jadis une époque plus belle et plus pure que la nôtre ? En ce temps-là, le ciel était plus bleu et les nuages plus blancs. L'herbe était si verte qu'elle vous faisait verser des larmes de joie. L'air était parfumé, et chaque ruisseau était translucide comme le cristal. La vie était aussi insouciante qu'une sérénade, et l'amour aussi doux qu'un clair de lune… Mais la science et la technologie ont tout emporté. La terre s'est couverte d'affreuses villes, il n'y a plus ni ciel bleu ni nuages blancs, l'herbe s'est desséchée et a péri, les ruisseaux de montagne sont devenus noirs, les bœufs ont été parqués dans des fermes, enfermés dans des cages de fer et transformés en machines à produire de la viande et du lait. Il n'y a même plus de bambou… Il n'y a plus que de la musique rock jouée par des machines, de la musique qui rend les gens fous… Qu'est-ce que nous voulons ? Mes enfants, nous voulons ramener l'humanité dans le Jardin d'Éden ! D'abord, nous devons faire comprendre à tout le monde à quel point la science et la technologie sont répugnantes. Et comment allons-nous faire cela ? Comment fait-on comprendre à quelqu'un qu'un abcès est une chose dégoûtante ? En le crevant ! Aujourd'hui, nous allons crever cet abcès technologique, ce réacteur nucléaire géant… Que son pus et son sang radioactifs se répandent librement ! Que le monde entier voie enfin le vrai visage de la technologie !…

Lin Yun a interrompu l'interminable prêche de l'Enseignante :

— Pouvez-vous m'accorder une requête ?

* Le "bouvier à la flûte" est un motif traditionnel de la peinture et de la poésie ancienne chinoise. Il symbolise une existence idyllique et insouciante.

— Bien sûr, ma chère.

— Laissez-moi prendre la place des enfants comme otage.

L'Enseignante a secoué la tête en souriant.

— Même si vous m'échangez contre un seul enfant…

Elle a continué à secouer la tête en souriant.

— Major, vous croyez que je ne vois pas quel genre de femme vous êtes ? Votre sang est aussi froid que le mien. Si je vous laisse entrer, il ne vous faudra qu'une demi-seconde pour vous emparer de mon arme, et un quart de seconde pour me mettre une balle dans chaque œil.

— Vous parlez en effet comme un ingénieur, a déclaré Lin Yun avec un rire glacial.

— Que tous les ingénieurs aillent en enfer ! a répondu l'Enseignante en souriant toujours.

Elle s'est retournée pour prendre le pistolet sur la console et a approché la gueule du canon de la caméra, jusqu'à ce que l'on puisse voir les stries à l'intérieur. Nous avons entendu le début d'un coup de feu, qui s'est transformé en grésillement dans le récepteur. La caméra a explosé, et l'écran est devenu blanc.

En émergeant de la pièce, j'ai pris une profonde inspiration, comme si je venais de sortir d'une grotte. Le lieutenant-colonel a continué à nous présenter succinctement l'agencement du réacteur nucléaire et de la salle des commandes, et nous sommes retournés dans la salle de réunion. Un officier de la police était en train de parler :

— … si les terroristes avaient des revendications, nous pourrions d'abord répondre à leurs demandes pour assurer la sécurité des enfants, puis chercher une solution. Mais le problème est qu'ils n'ont formulé absolument aucune demande. Ils sont juste venus faire sauter le réacteur nucléaire. La seule raison pour laquelle ils ne l'ont pas encore fait est qu'ils sont en train d'essayer la petite antenne satellite qu'ils ont amenée avec eux. Ils veulent diffuser les événements en direct dans le monde entier. La situation est critique, ils peuvent faire sauter le réacteur d'un instant à l'autre.

En nous voyant entrer, le chef des opérations s'est tourné vers nous :

— Vous connaissez maintenant la situation. Voici ma deuxième question : est-ce que votre arme est en mesure de distinguer entre les adultes et les enfants ?

Le colonel Xu lui a répondu que c'était impossible.

— Est-il possible d'éviter de toucher la salle des commandes où se trouvent les enfants, et de n'attaquer qu'une seule zone du réacteur, celle depuis laquelle les terroristes contrôlent les explosifs ? a demandé un officier de la police.

— Ça ne servirait à rien ! s'est exclamé un brigadier de la PAP sans attendre la réponse du colonel Xu. L'Enseignante dispose d'un détonateur à distance pour les explosifs.

Apparemment, eux aussi avaient adopté "l'Enseignante" comme surnom officiel de cette horrible folle.

— De toute façon, ça ne marcherait pas, a expliqué le colonel Xu. Le réacteur nucléaire et la salle des commandes forment un seul et même bâtiment. Notre arme attaque un édifice dans son ensemble, les murs ne l'arrêtent pas. Au vu de la taille du bâtiment, peu importe la zone visée, la totalité du complexe se trouvera dans le rayon d'action de l'arme. Il faut évacuer les enfants loin du réacteur, sans quoi ils seront blessés ou tués.

— C'est quoi votre arme ? Une bombe à neutrons ?

— Je suis navré, je ne peux pas en dire plus sans autorisation préalable du département général de l'Armement.

— Ce ne sera pas nécessaire, a déclaré le brigadier en se tournant vers le chef des opérations. On dirait que leur arme ne nous servira à rien.

— Si, je pense qu'elle servira.

L'intervention de Lin Yun nous a mis très mal à l'aise. Lin Yun n'avait pas à donner son avis dans cette situation. Elle s'est approchée du bureau improvisé du chef des opérations. Penchée en avant, les deux mains posées sur le rebord de la table, elle l'a fixé d'un regard brûlant. L'officiel a relevé la tête, lui rendant calmement son regard.

— Commandant, la situation est aussi claire que deux et deux font quatre.

— Lin Yun ! a coupé d'une voix sévère le colonel Xu.

— Laissez la major s'exprimer, a dit le chef des opérations d'un ton impassible.

— Commandant, j'ai dit tout ce que j'avais à dire.

Lin Yun a baissé les yeux et fait quelques pas en retrait.

— Bien. À l'exception des membres du commandement opérationnel d'urgence, je prierais tous les autres camarades de bien vouloir attendre dehors, a déclaré le chef des opérations.

À son tour, il a baissé les yeux. Mais son regard n'était plus fixé sur la carte.

Nous sommes montés sur le toit de l'hôtel, où nous avons retrouvé le reste de la compagnie Lumière de l'Aube. Ils avaient déjà installé les deux mitrailleuses à boules de foudre sur le rebord du toit. Les armes étaient couvertes d'une bâche verte. Sous les bâches, deux des quatre batteries supraconductrices contenaient l'énorme énergie nécessaire pour exciter les boules de foudre. Dans les deux autres étaient stockés deux mille macro-électrons assassins.

À plus de 200 m devant nous, l'immense cheminée du réacteur nucléaire se dressait en silence dans la lumière du matin.

Une fois le lieutenant-colonel parti, le colonel Xu s'est adressé à voix basse à Lin Yun.

— Qu'est-ce qui te prend ? Tu connais les risques si nous utilisons les armes à foudre globulaire maintenant. Dès que leur existence sera connue, l'ennemi n'aura aucun mal à mettre au point une défense efficace, et nous aurons perdu l'avantage sur le champ de bataille. La situation internationale est tendue, les satellites de reconnaissance et les espions ennemis guettent la moindre anomalie sur tout le territoire. Dès que nous utiliserons les armes…

— Colonel, nous sommes déjà sur le champ de bataille ! Ce réacteur nucléaire possède dix fois la puissance de celui de Tchernobyl. S'il explose, il transformera toute la région en désert à des centaines de kilomètres à la ronde. Les radiations tueront peut-être des centaines de milliers de personnes.

— J'en suis parfaitement conscient. Et si la hiérarchie nous ordonne d'utiliser l'arme, nous l'utiliserons. Mais tu n'as pas à outrepasser tes prérogatives pour essayer d'influencer la décision du chef des opérations.

Lin Yun est restée silencieuse.

— En réalité, tu meurs d'envie d'utiliser l'arme, n'ai-je pu m'empêcher d'ajouter.

— Et alors ? N'est-ce pas une réaction naturelle ? a-t-elle répondu à voix basse.

Après cet échange, plus personne n'a rien dit. Le vent chaud du début de l'automne soufflait sur le toit. En contrebas retentissait sans arrêt le bruit des véhicules s'arrêtant en trombe, suivi du pas rapide des soldats qui débarquaient et du tintement des casques heurtant les armes. À part quelques ordres brefs, on n'entendait personne parler. Malgré tous ces bruits, j'avais pourtant l'impression qu'un silence funèbre s'était abattu sur les lieux. Tous les autres sons semblaient s'efforcer de lui échapper, mais celui-ci s'empressait de les étouffer sous sa paume géante.

Au bout de quelques instants, le lieutenant-colonel est revenu sur le toit et tout le monde s'est levé. Il s'est contenté de dire :

— Merci à l'officier qui commande la compagnie Lumière de l'Aube de venir avec moi.

Le lieutenant-colonel Kang s'est levé et l'a suivi en rajustant son casque. Le reste de la troupe n'a pas eu le temps de se rasseoir que Kang Ming était déjà de retour.

— Préparez-vous à faire feu ! C'est à nous de décider du nombre de tirs. La destruction totale des cibles organiques à l'intérieur du réacteur doit être garantie.

— Je laisse la major Lin décider du nombre de tirs, a déclaré le colonel Xu.

— Deux cents tirs à dissipation, cent par poste de tir, a annoncé Lin Yun, qui avait de toute évidence déjà réfléchi à la question.

Les macro-électrons stockés dans le chargeur de l'arme étaient de type "dissipatif" : une fois les cibles organiques consumées à l'intérieur du bâtiment, les boules de foudre restantes dissipaient progressivement leur énergie sous forme de rayonnement électromagnétique. Elles s'éteignaient lentement, sans exploser, et ne faisaient donc pas de dégâts supplémentaires. Dans ce genre de situation, d'autres types de macro-électrons auraient en effet pu libérer leur énergie excédentaire sous forme explosive, et causer des dommages aléatoires à des cibles autres que celles sur lesquelles ils déchargeaient normalement leur énergie.

— Équipes de tir n° 1 et n° 2, en avant.

Sur l'ordre du lieutenant-colonel Kang, les deux groupes se sont avancés. Il a fait un geste vers l'avant :

— Les troupes de la PAP vont progresser vers le réacteur. Elles s'arrêteront en atteignant la ligne de sécurité des 100 m, et vous ouvrirez alors le feu.

Mon cœur s'est serré dans ma poitrine. Au loin, je pouvais voir l'immense cylindre du réacteur étinceler sous les feux du soleil, d'un blanc tellement intense qu'il m'était impossible de le regarder en face. Pendant un bref instant, j'ai eu une hallucination auditive – il m'a presque semblé entendre des voix d'enfants, portées par le vent jusque sur le toit.

Les bâches couvrant les deux mitrailleuses ont été retirées, et la coque métallique des rails d'accélération a rutilé sous les rayons du soleil.

— Laissez-moi faire !

Lin Yun est venue s'asseoir au poste de tir de l'une des mitrailleuses. Le lieutenant-colonel Kang et le colonel Xu ont échangé un regard et l'ont tacitement laissée faire. De son regard et de ses gestes émanait une excitation difficile à dissimuler ; elle avait l'air d'une enfant enfin autorisée à déballer son jouet préféré. Elle m'a fait froid dans le dos.

En bas, les hommes de la police armée avaient déjà commencé à progresser en tirailleurs vers le réacteur. Ils paraissaient minuscules à côté de l'énorme cheminée. Leur ligne dispersée avançait rapidement, et ils se sont très vite approchés de la limite des 100 m. À ce moment, les arcs électriques au bout des rails accélérateurs des mitrailleuses se sont allumés. Une série de craquements stridents a retenti, faisant lever la tête aux troupes qui se trouvaient en contrebas. Même les hommes de la PAP dispersés au loin se sont retournés pour regarder. Dès qu'ils se sont arrêtés sur la ligne des 100 m, deux rafales de boules de foudre ont jailli depuis le toit et ont filé vers le réacteur. L'ouragan de mort a parcouru 200 m en hurlant à travers les airs. Au moment où la première boule a touché le bâtiment, des boules de foudre jaillissaient encore sans discontinuer des rails accélérateurs. Leurs traînées formaient une ligne droite, comme deux rivières de feu s'écoulant entre le toit de l'hôtel et le réacteur nucléaire.

Ce qui s'est passé ensuite, je ne l'ai appris qu'après les faits, en regardant les enregistrements vidéo de la salle des commandes.

Une grappe de boules de foudre a jailli en flottant dans la salle des contrôles. L'Enseignante avait déjà terminé son cours et était en train d'effectuer des manipulations sur une des consoles. Les enfants étaient toujours serrés les uns contre les autres dans un coin, surveillés par un terroriste armé d'un fusil d'assaut. Comme les boules de foudre avaient échappé à tout observateur pendant qu'elles traversaient les murs, elles étaient brièvement entrées dans un état probabiliste. Dès qu'elles ont à nouveau rencontré un observateur, elles sont sorties de leur état probabiliste et ont été réduites à un état déterminé, mais elles avaient perdu leur vitesse initiale, et se contentaient maintenant de flotter à basse vitesse sur leur trajectoire initiale. Tout le monde a levé la tête, fixant avec effroi et confusion ces boules de feu qui flottaient autour d'eux, leurs traînées dessinant dans les airs un schéma complexe et changeant. Elles émettaient un son plaintif, comme les gémissements d'une horde de fantômes. Sur les images enregistrées par les caméras de surveillance, on voyait distinctement le visage de l'Enseignante. Les verres de ses lunettes reflétaient le ballet de lumière bleu et orange des boules de foudre. Contrairement aux autres, ses yeux n'exprimaient nulle peur – uniquement de l'étonnement. Elle a finalement laissé échapper un rire, peut-être pour essayer de reprendre ses esprits, ou peut-être parce qu'elle trouvait vraiment ces boules de feu amusantes. C'est la dernière expression qu'elle a eue en ce monde.

Lorsque les boules de foudre ont déchargé leur énergie, une intense impulsion électromagnétique a brièvement brouillé l'image enregistrée par les caméras. Quand l'image est revenue, au bout de quelques secondes, il n'y avait plus personne dans la pièce. Il ne restait que quelques boules de foudre en train de flotter, s'éteignant petit à petit. À mesure que leur énergie décroissait, le son qu'elles émettaient est devenu moins effrayant – il ressemblait maintenant à un requiem.

Sur le toit de la maison d'hôtes, j'ai entendu le bruit des explosions se répercuter jusqu'à nous. Toutes les vitres ont été secouées, et se sont mises à trembler d'un vibrato qui n'affectait pas les tympans mais la moindre cellule de notre corps. Tout le monde a ressenti une vague de nausées, conséquence d'une importante émission d'infrasons.

Avant même de pénétrer dans la salle des contrôles, je savais que je serais incapable de supporter ce que nous allions y trouver. Mais je suis tout de même entré avec Lin Yun. J'étais dans un tel état nerveux que j'avais les jambes en coton, je tenais à peine debout. Plus de dix ans après avoir vu les cendres de mon père et de ma mère, je contemplais maintenant des cendres d'enfants, même si ce n'étaient pas mes propres enfants. À part quelques restes partiellement calcinés, la plupart des morts avaient été totalement incinérés. Leurs vêtements et leurs affaires étaient par contre parfaitement intacts. Dans les crématoriums ordinaires, un corps doit être soumis à une température de plus de 2 000 °C pendant plusieurs minutes pour être entièrement incinéré, mais la foudre en boule avait produit le même résultat en une fraction de seconde. Outre sa température intérieure, qui dépasse les 10 000 °C, son mode de résonance avec la matière permettait à son énergie de se diffuser jusque dans les moindres cellules du corps humain.

Plusieurs policiers entouraient la pile de cendres qui avait été l'Enseignante, fouillant ses vêtements vides. Les sept autres terroristes avaient été anéantis de la même manière, y compris les deux qui s'apprêtaient à faire détonner les pastilles rouges.

J'ai avancé avec précaution entre les cendres des enfants. Chacun de ces tas de cendres blanches, sur lesquels reposaient encore des vêtements d'enfant, était il y a un instant encore une jeune pousse pleine de vie. La plupart des monticules de cendres avaient préservé la silhouette des enfants au moment où ils étaient tombés à terre ; on distinguait encore nettement l'emplacement de la tête et des membres. Le sol de la pièce était devenu une vaste fresque – une fresque peinte par la foudre en boule, sur le thème de la vie et de la mort. Pendant un bref instant, j'ai ressenti une sorte de transcendance, quelque chose d'intangible et d'éthéré.

Je me suis arrêté avec Lin Yun devant un tas de cendres. Les vêtements intacts indiquaient qu'il s'agissait d'une petite fille. Les cendres avaient parfaitement conservé sa dernière posture, et l'on aurait dit qu'elle était entrée dans un autre monde d'un pas joyeux et dansant. À la différence des autres enfants, une petite partie de son corps avait entièrement échappé à l'incinération – une petite main blanche, tendre et délicate. Les plis de la peau à la naissance des doigts étaient visibles dans les moindres détails, comme si la main était encore rattachée à un corps vivant. Lin Yun s'est agenouillée ; elle s'est délicatement saisie de la petite main et l'a serrée contre sa poitrine. Je me tenais derrière elle, totalement immobile. Le temps semblait s'être arrêté pour nous. J'avais envie de me changer en statue insensible, figé pour l'éternité avec les cendres des enfants.

Je ne sais combien de temps s'est écoulé de la sorte. Après un moment, j'ai remarqué que quelqu'un se tenait à nos côtés. C'était le chef des opérations. Lin Yun l'a regardé, et a doucement reposé la main.

— Commandant, laissez-moi annoncer la nouvelle aux parents. C'est moi qui ai pressé la détente pendant l'attaque.

Le commandant a lentement secoué la tête.

— C'était ma décision. Vous n'êtes pas responsable des conséquences. Pas plus qu'aucun des camarades qui ont pris part à l'opération. Vous avez tous été remarquables. Je recommanderai la compagnie Lumière de l'Aube pour une décoration collective. Merci à vous tous. Merci.

Il s'est éloigné d'un pas assuré. Nous savions tous que quelle que soit l'évaluation qui serait faite de l'opération, sa carrière politique était finie. L'officiel s'est arrêté après quelques pas. Sans se retourner, il a ajouté une phrase que Lin Yun n'oublierait sans doute jamais :

— Par ailleurs, major, je vous remercie de m'avoir rappelé à la réalité.

De retour à la base, j'ai remis ma démission. Tout le monde a essayé de me convaincre de rester, mais ma décision était prise.

Ding Yi m'a notamment dit :

— Chen, mon ami, tu dois porter un regard plus rationnel sur cette affaire. Si nous n'avions pas utilisé les armes à foudre globulaire, ces enfants seraient morts tout de même. Ils seraient peut-être même morts de manière bien plus douloureuse – et des milliers ou des dizaines de milliers d'autres personnes seraient mortes avec eux. Elles seraient mortes d'empoisonnement aux radiations, ou de leucémie, leurs enfants seraient nés avec des malformations…

— Laisse tomber, Ding. Je n'ai pas ta rationalité purement scientifique. Je n'ai pas non plus le sang-froid de Lin Yun. Je n'ai rien. Je n'ai d'autre choix que de partir.

— Si c'est à cause de ce que j'ai fait… a lentement dit Lin Yun.

— Non, non, tu n'as rien fait de mal. Comme l'a dit maître Ding, je suis juste trop sensible. C'est peut-être à cause de ce que j'ai vécu quand j'étais petit – mais je n'ai plus le courage de voir qui que ce soit incinéré par la foudre en boule. Je n'ai pas la force de caractère nécessaire pour fabriquer des armes.

— Mais nous sommes justement en train de collecter des macro-électrons mangeurs de puces. Ce genre d'armes permettra au contraire de réduire drastiquement les pertes ennemies sur le champ de bataille.

— C'est du pareil au même pour moi. Je ne veux plus voir une seule boule de foudre.

Nous étions dans la salle des archives. J'étais venu restituer tous les documents top secret dont je me servais pour mon travail, la dernière formalité avant de pouvoir quitter la base. Je devais produire une signature pour chacun des documents restitués, et à chaque signature, je m'éloignais un peu plus de cet univers dont le monde extérieur ignorait tout. Ici, j'avais vécu les moments les plus mémorables de ce qui me restait de jeunesse. Cette fois, je savais en partant que je ne reviendrais plus jamais.

À mon départ, Lin Yun m'a accompagné sur une assez longue distance. Juste avant de nous quitter, elle m'a dit :

— Les recherches sur les applications civiles de la foudre en boule vont sans doute bientôt commencer. Nous pourrons de nouveau travailler ensemble à ce moment-là.

— J'en serais très heureux, si cela arrive un jour.

C'était une idée réconfortante. Mais une intuition me soufflait qu'il valait mieux ne pas attendre ces retrouvailles éventuelles, et dire tout de suite à Lin Yun ce que j'avais toujours voulu lui dire.

— Lin Yun, la première fois que je t'ai rencontrée sur le mont Tai… J'ai ressenti quelque chose que je n'avais encore jamais éprouvé, ai-je dit en regardant au loin la chaîne de montagnes qui entourait Beijing.

— Je sais… mais nous sommes trop différents.

Lin Yun a suivi mon regard, se tournant elle aussi vers le lointain. Cet instant représentait parfaitement les moments que nous avions passés ensemble : nous ne nous étions jamais regardés l'un l'autre, nous avions seulement regardé ensemble dans la même direction.

— Oui, nous sommes trop différents… Prends bien soin de toi.

En cette période de tension où les nuages de la guerre s'amoncelaient au-dessus de nous, elle a dû comprendre ce que je voulais dire.

— Prends bien soin de toi aussi, a-t-elle doucement répondu.

La voiture était déjà loin quand je me suis retourné. J'ai vu qu'elle se trouvait toujours au même endroit. Le vent d'automne soufflait des feuilles mortes à ses pieds, si bien qu'elle semblait se tenir au milieu d'une rivière d'or. C'est le dernier souvenir que m'a laissé la major Lin.

Je ne l'ai plus jamais revue.

PHÉNOMÈNES ÉTRANGES IV

Après mon retour à l'Institut de recherche sur la foudre, je suis tombé dans un état de complet abattement. Pour tuer le temps, je passais mes journées à boire dans ma chambre, plongé dans une torpeur permanente. Gao Bo est finalement venu me voir :

— "Stupide" est vraiment le seul mot qui me vienne à l'esprit pour te décrire.

— Qu'est-ce que tu veux dire ? ai-je demandé avec apathie.

— Tu t'imagines peut-être que tu es un saint, juste parce que tu as quitté un programme d'armement ? N'importe quelle technologie civile peut trouver des applications militaires. En réalité, presque toutes les grandes avancées technologiques du siècle, comme l'aérospatiale, l'énergie nucléaire ou l'informatique, sont le fruit de la coopération entre les mondes militaire et scientifique. Pourquoi est-ce que tu refuses de comprendre un fait aussi élémentaire ?

— J'ai une expérience personnelle particulière. Une blessure que les autres gens n'ont pas. Par ailleurs, je ne te crois pas. Je suis certain de pouvoir trouver un projet de recherche purement voué à protéger et à améliorer la vie humaine, quelque chose que personne ne pourra jamais utiliser comme arme.

— Je ne pense pas que ce soit possible. Même le scalpel du médecin peut devenir une arme. Mais comme tu voudras.

Ça te fera sans doute du bien de trouver quelque chose à faire.

Quand Gao Bo est parti, il était déjà très tard. J'ai éteint la lumière et je me suis allongé sur mon lit. Comme tous les soirs depuis quelque temps, j'ai sombré dans une sorte de sommeil semi-conscient. C'était encore plus épuisant que de veiller, car les cauchemars ne cessaient de se succéder dans mon esprit. Le contenu de mes cauchemars se répétait rarement, mais tous avaient le même fond sonore – le bruit plaintif qu'émet la foudre en boule en flottant, semblable à l'éternelle complainte d'un *xun* solitaire sur une lande aride.

Un bruit m'a réveillé. Un "bip" très bref, mais impossible à confondre avec les bruits qui peuplaient mon cauchemar, si bien que j'ai tout de suite compris qu'il ne venait pas du monde des rêves mais du monde réel. J'ai ouvert les yeux. La pièce baignait dans une étrange clarté bleue, une faible lueur clignotante qui projetait un halo sinistre au plafond, comme si j'étais à l'intérieur d'une tombe.

Je me suis redressé. La lueur émanait de l'écran à cristaux liquide de l'ordinateur portable qui se trouvait sur la table. L'après-midi, j'avais enfin ouvert une des valises que j'avais ramenées de la base, après l'avoir paresseusement laissée traîner plusieurs jours dans un coin. J'y avais retrouvé cet ordinateur, et je l'avais branché sur la ligne internet. Mais lorsque je l'avais allumé, je n'avais obtenu qu'un écran noir, accompagné du message d'erreur de l'autotest de la mémoire morte. Je m'étais soudain rappelé que c'était le portable que j'avais avec moi pendant notre démonstration. Son CPU et ses barrettes de mémoire avaient été incinérés par l'énergie excédentaire des boules de foudre, et s'étaient changés en une fine cendre blanche. J'avais donc laissé l'ordinateur sur la table sans plus m'en soucier.

Mais à présent, il était allumé. Un ordinateur qui n'avait plus ni processeur ni mémoire vive était allumé ! L'écran de démarrage de Windows XP est apparu. J'ai entendu le cliquetis du disque dur, et le bureau Windows s'est affiché, avec pour fond d'écran un ciel d'un bleu intense et une étendue d'herbe si verte qu'elle en faisait mal aux yeux. Le paysage semblait appartenir à un monde étrange, comme si l'écran était devenu une fenêtre vers un autre univers.

Je me suis frénétiquement relevé pour allumer la lumière ; ma main tremblait si violemment que j'ai eu du mal à trouver l'interrupteur. Les quelques secondes écoulées entre le moment où j'ai pressé l'interrupteur et celui où le néon s'est allumé m'ont paru si longues que j'ai eu l'impression de suffoquer. La lumière du néon a noyé l'étrange clarté bleue de l'écran mais n'a en rien diminué la panique qui m'enserrait corps et âme. J'ai alors repensé à ce que Ding Yi m'avait dit au moment de nous quitter :

— S'il se passe quelque chose… appelle-moi.

Il avait prononcé ces paroles d'un ton lourd de sens, en m'adressant à nouveau un regard très particulier.

J'ai pris le téléphone et j'ai fiévreusement composé le numéro de Ding Yi. Il ne dormait manifestement pas, car il a décroché au bout d'une seule sonnerie.

— Viens vite, le plus vite possible ! Il… il s'est allumé ! Il a réussi à s'allumer, à l'instant, là… Je veux dire, mon ordinateur portable s'est allumé…

J'étais dans un tel état que j'avais du mal à m'exprimer clairement.

— Chen ? C'est toi ? J'arrive tout de suite. Ne touche à rien d'ici là ! a répondu Ding Yi d'une voix très calme.

Après avoir raccroché, j'ai à nouveau jeté un œil à l'ordinateur. Rien n'avait changé ; il affichait toujours silencieusement le bureau de Windows XP, comme s'il attendait quelque chose. Le fond d'écran de XP me faisait penser à un drôle d'œil mi-vert mi-bleu en train de me fixer, à tel point qu'il me devenait pénible de rester dans la pièce. Je suis sorti sans même prendre la peine d'enfiler un vêtement. Le couloir du dortoir des célibataires était extrêmement calme. Je n'entendais que les ronflements indistincts du jeune homme qui habitait la chambre voisine. Je me suis senti un peu mieux, et ma respiration s'est apaisée. Je suis resté sur le pas de la porte pour attendre Ding Yi.

Ding Yi est rapidement arrivé. Les recherches théoriques sur la foudre en boule allaient bientôt être confiées à l'Institut national de physique ; Ding Yi s'occupait de l'affaire depuis quelques jours, il était donc venu habiter en ville.

Il a regardé la porte fermée derrière moi.

— On entre ?

— Pas moi. Je ne mets plus les pieds là-dedans. Va voir toi-même, ai-je dit en m'effaçant pour le laisser passer.

— Il y a peut-être une explication très simple.

— Tout est toujours très simple pour toi. Mais moi, je n'en peux plus, ai-je dit en tirant sur mes cheveux.

— Je ne sais pas si les phénomènes surnaturels existent… Mais ce que tu as vu n'en était certainement pas un.

Ses paroles m'ont un peu apaisé. J'étais comme un enfant effrayé dans le noir qui trouve la main d'un adulte, ou comme un homme en train de se noyer qui atteint enfin le rivage. Mais cette impression m'a immédiatement replongé dans l'abattement. Par rapport à Ding Yi, j'étais intellectuellement faible. Par rapport à Lin Yun, mes actes étaient ceux d'un faible. Quoi que je fasse, j'étais toujours un putain de faible. Pas étonnant que j'aie toujours occupé une place inférieure à celle de Ding Yi ou de Jiang Xingchen dans le cœur de Lin Yun… C'est la foudre en boule qui m'avait ainsi façonné. Mon caractère avait reçu sa forme définitive au cours de cette terrible nuit d'anniversaire de ma jeunesse ; j'étais condamné à éprouver pour le restant de mes jours une crainte permanente, une crainte que les gens normaux ne peuvent comprendre.

J'ai serré les dents, et j'ai suivi Ding Yi dans ma chambre. Par-dessus son épaule maigre, j'ai vu que l'ordinateur posé sur la table s'était mis en veille et ne montrait plus qu'un écran noir où défilaient des étoiles. Ding Yi a effleuré la souris, et le bureau d'XP est réapparu. L'étrange prairie verdoyante m'a de nouveau fait détourner les yeux.

Ding Yi a soulevé l'ordinateur, l'a inspecté du regard et me l'a tendu :

— Démonte-le.

— Non.

J'ai repoussé l'ordinateur, mais au contact de la coque tiède de l'appareil, j'ai retiré ma main comme si j'avais reçu un choc électrique. J'avais l'impression que c'était une chose vivante.

— Très bien, je le démonte, et toi tu observes l'écran. Passe-moi un tournevis cruciforme.

— Pas la peine. Je n'ai pas remis les vis la dernière fois.

Ding Yi a commencé à s'affairer sur l'ordinateur. La plupart des portables sont assez difficiles à démonter, mais le mien était le plus récent modèle d'ordinateur modulable de Dell, et Ding Yi n'a eu aucun mal à ouvrir le compartiment inférieur. Il continuait à parler en travaillant :

— Tu te souviens de la première fois que nous avons utilisé un dispositif photographique à haute vitesse pour filmer le processus de libération de l'énergie de la foudre en boule ? Nous avons passé l'enregistrement au ralenti, image par image. Nous avons fait un arrêt sur image au moment où le cube de bois incinéré devenait une silhouette transparente. Tu te souviens de ce que Lin Yun a dit à ce moment-là ?

— Elle a dit : "On dirait vraiment une bulle cubique !"

— C'est exact. Quand j'examinerai l'intérieur, observe bien l'écran.

Il s'est plié en deux et a regardé par en dessous à l'intérieur du compartiment qu'il venait d'ouvrir.

Au même instant, l'écran est devenu noir. Il n'affichait plus que le message d'erreur de la vérification au démarrage, indiquant que ni CPU ni mémoire interne n'avaient été trouvés.

Ding Yi a retourné l'ordinateur pour me montrer l'intérieur. Sur la carte mère, les logements du CPU et des barrettes de mémoire étaient vides.

— À l'instant où je l'ai observé, le paquet d'onde quantique a été réduit.

Ding Yi a doucement reposé l'ordinateur sur la table. L'écran était toujours noir.

— Tu veux dire que le CPU et les barrettes de mémoire incinérés se trouvent dans un état quantique, comme le macro-électron ?

— Oui. Ou pour le dire autrement, après être entrée en résonance avec le macro-électron sous forme ondulatoire, chaque puce électronique est elle-même devenue une macro-particule à l'état quantique. Chacun des composants se trouve dans un état indéterminé – ce qui signifie qu'il existe dans deux états à la fois : un état dans lequel il a été incinéré, et un état dans lequel il ne l'a pas été. Quand ton ordinateur a démarré, à l'instant, les circuits intégrés se trouvaient dans le second état : le CPU et la mémoire étaient intacts, branchés comme il convient sur la carte mère. Mais le fait de les observer a de nouveau provoqué un effondrement de l'état quantique, qui s'est réduit à son état "incinéré". En fait, la libération de l'énergie de la foudre en boule est essentiellement un processus par lequel son propre nuage de probabilités se superpose totalement ou partiellement au nuage de probabilités de sa cible.

— En l'absence d'observateur, à quel moment les composants se trouvent-ils alors dans l'état "intact" ?

— Difficile à dire. C'est une question de probabilités. Tu peux considérer que l'ordinateur tout entier est en quelque sorte enveloppé par le nuage de probabilités de ses composants.

— Et les animaux de laboratoire que nous avons incinérés… ils se trouvent aussi dans un état quantique ? ai-je demandé nerveusement, pressentant que j'étais en train de m'approcher d'une incroyable vérité.

Ding Yi a hoché la tête.

Je n'ai pas eu le courage de poser la question suivante. Ding Yi m'a regardé calmement. Il avait évidemment déjà deviné à quoi je pensais.

— Oui, les gens aussi. Tous ceux qui ont été tués par la foudre en boule se trouvent dans un état quantique. Techniquement, ils ne sont pas vraiment morts. Ils sont comme le chat de Schrödinger : dans un état indéterminé, à la fois morts et vivants.

Ding Yi s'est levé et s'est approché de la fenêtre. Il a contemplé les ténèbres qui s'étendaient au-dehors et a repris :

— Pour eux, être ou ne pas être est vraiment la question.

— Est-ce qu'on peut les voir ?

Toujours tourné vers la fenêtre, Ding Yi a agité la main, comme s'il voulait résolument chasser cette idée de mon esprit.

— Impossible. Nous ne pourrons jamais les voir, parce que leur état réduit standard est l'état "mort". Leur existence à l'état "vivant" n'est rien de plus qu'une probabilité dans un système quantique. Dès qu'un observateur est présent, ils sont instantanément renvoyés à leur état incinéré – réduits à une urne funéraire ou à une tombe.

— Tu veux dire qu'ils vivent dans un monde parallèle ?

— Non, tu ne comprends pas. Ils vivent bel et bien dans notre monde. Leur nuage de probabilité couvre peut-être même un rayon très étendu. Peut-être qu'ils se tiennent ici en ce moment même, juste derrière toi.

Un frisson m'a parcouru l'échine.

Ding Yi a désigné un point derrière moi.

— Au moment où tu tournes la tête pour regarder, ils sont instantanément réduits à l'état "mort". Tu peux me croire. Ni toi ni personne ne pourra jamais les voir. Ni caméra ni aucun autre instrument de mesure ne pourra jamais enregistrer leur présence.

— Mais ils peuvent laisser des traces d'une nature non quantique dans le monde réel ?

— Oui, et je pense que tu as déjà rencontré de telles traces.

— Pourquoi ne laissent-ils pas de message, alors ? me suis-je soudain emporté.

Je disais "ils", mais je ne pensais en réalité qu'à deux personnes.

— À l'état quantique, le comportement d'un organisme doué de conscience, et plus particulièrement d'un être humain, est infiniment plus complexe que celui d'un objet inanimé comme un composant électronique. La manière dont ils interagissent avec notre réalité non quantique est une énigme à laquelle il est difficile de répondre, une énigme pleine de pièges logiques, voire philosophiques. Par exemple : peut-être qu'ils t'ont écrit des lettres – mais quelle est la probabilité pour que ces lettres se manifestent dans un état non quantique qui te permette de les lire ? Ou encore : est-ce qu'ils perçoivent aussi notre monde sous forme quantique ? Si c'est le cas, il leur est peut-être très difficile de repérer ton propre état actuel parmi toutes les possibilités que renferme ton nuage de probabilités. Pour eux, le chemin du retour est long et incertain… Ce sont des choses qu'il est impossible de comprendre en si peu de temps. Si tu t'entêtes dans cette impasse, tu finiras par t'effondrer. Tu as tout le temps d'y réfléchir.

Je n'ai rien répondu. Comment aurais-je pu arrêter d'y penser ?

Ding Yi s'est saisi d'une bouteille d'*erguotou* Étoile rouge* dont j'avais déjà vidé la moitié, et nous a servi un verre chacun.

— Allez, bois, ça t'aidera peut-être à te sortir tout ça de la tête.

À mesure que l'alcool diffusait sa chaleur à travers mes veines, le tumulte qui agitait mes pensées a effectivement commencé à retomber. Je me suis efforcé de penser à autre chose.

— Et comment va Lin Yun ? Qu'est-ce qu'elle fabrique ces derniers temps ? ai-je demandé.

— Toujours en train de récolter des macro-électrons spécialisés dans la destruction des circuits intégrés. Je n'en sais pas plus que ça, nous avons eu des différends.

— Que s'est-il passé ?

— J'ai installé une caméra miniature dans sa chambre.

— …

— Elle l'a trouvée et m'a accusé d'être un pervers. Elle a dit qu'elle aurait peut-être pu pardonner à un autre homme, mais que venant de moi, qui ai toujours l'air de ne pas trop m'intéresser aux femmes… Pourtant, c'est vrai : mon cerveau est déjà entièrement occupé par les abstractions théoriques. Je ne comprends absolument rien à ces histoires irrationnelles. Le pire, c'est que la caméra n'enregistrait rien du tout, elle se contentait de filmer en boucle, en effaçant la

* L'*erguotou* est un puissant alcool de sorgho du Nord de la Chine, typiquement produit à Beijing. Étoile rouge est une des marques les moins chères et les plus populaires.

bande au fur et à mesure. J'ai eu beau lui expliquer encore et encore, elle n'a rien voulu entendre.

— Tu voulais installer un observateur auprès d'elle ? Par crainte des terroristes ?

— Surtout de l'Enseignante. Elle doit vouer une haine sans bornes à Lin Yun.

— Les gens qui se trouvent dans un état quantique peuvent attaquer les gens normaux ?

— Je ne sais pas. Il reste beaucoup de zones d'ombre du point de vue logique. Mais deux précautions valent mieux qu'une.

— Tu n'as pas expliqué la raison de tes actes à Lin Yun ?

— Si. Elle a dit que je racontais n'importe quoi. Quand des effets quantiques se produisent à l'échelle macroscopique, le monde devient un endroit si bizarre et si insolite… la plupart des gens ont du mal à y croire. Je n'ai pas essayé d'en expliquer davantage. En l'absence de preuves expérimentales supplémentaires, je ne voulais pas semer la confusion sur la base.

— Je nage déjà dans la confusion.

Je me suis écroulé sur mon lit, pris d'un violent vertige.

— Il faut que tu te trouves une occupation.

III

TORNADES

J'ai rapidement trouvé quelque chose à faire. C'était le genre de chose dont j'avais parlé à Gao Bo, qui ne pourrait servir qu'à sauver des vies et à améliorer l'existence humaine, qui ne pourrait jamais être utilisé à des fins militaires : la prévision des tornades. Au cours de l'été, la tornade que j'avais aperçue avec Jiang Xingchen m'avait laissé une forte impression. En utilisant le système optique de détection des macro-électrons à l'état de bulle, j'avais constaté que les perturbations atmosphériques s'affichaient avec une extrême clarté à l'écran. Cela m'avait donné une idée : je m'étais dit que ce système permettrait de grandes avancées dans la prévision des tornades. Les sciences météorologiques possédaient déjà une compréhension poussée des mécanismes aérodynamiques qui conduisent à la formation des tornades ; il suffisait donc de construire un modèle mathématique complet de leur processus d'émergence, puis d'appliquer ce modèle aux perturbations atmosphériques enregistrées par le système de détection des bulles. On pourrait ainsi identifier à l'avance les perturbations atmosphériques susceptibles de se transformer en tornades, et donc prévoir l'apparition de celles-ci.

Gao Bo m'a permis de lever le principal obstacle à la réalisation de ce projet, en obtenant que la technologie de sondage optique utilisée pour les bulles vides soit transférée dans le domaine civil. Après avoir contacté l'armée, il a découvert que c'était plus facile que prévu ; dans la mesure où ce système n'avait aucun rapport direct avec la foudre globulaire, l'armée a rapidement accepté de nous en céder la technologie.

À son retour du département général de l'Armement, Gao Bo m'a invité à me mettre en relation avec les deux autres organismes qui s'étaient jadis chargés de développer le système de sondage optique, dont ils avaient respectivement conçu le matériel et le logiciel. Il s'agissait d'organismes civils qui n'avaient déjà plus aucune relation avec mon ancienne base de recherche. J'ai demandé à Gao Bo s'il avait des nouvelles de celle-ci, mais il n'avait été en relation qu'avec le bureau de gestion des programmes du département général de l'Armement et n'avait jamais directement contacté la base. Il avait néanmoins entendu dire que le niveau de confidentialité du projet avait encore été renforcé et que la base avait coupé tout lien avec le monde extérieur. Au vu de la situation géopolitique actuelle, c'était compréhensible, mais je me suis rendu compte que je continuais à m'inquiéter pour mes anciens collègues.

Mes recherches ont progressé rapidement. Comme l'observation des perturbations atmosphériques demandait beaucoup moins de précision que la recherche des bulles vides, le système de sondage optique pouvait être réutilisé tel quel ; de fait, abaisser son seuil de précision permettait même d'élargir d'un ordre de grandeur son rayon d'action. Tout ce qui restait à faire, c'était d'appliquer aux images ainsi obtenues un modèle mathématique pertinent, afin d'identifier les perturbations susceptibles de se transformer en tornades (par la suite, les spécialistes des tornades ont pris l'habitude de surnommer ce type de perturbations des "œufs"). Dans les premiers temps de mes recherches sur la foudre en boule, j'avais consacré beaucoup d'énergie à jouer avec les modèles mathématiques ; je ne regrettais pas les tours et détours théoriques que j'avais dû faire à l'époque, car ma capacité à construire des modèles mathématiques impliquant la dynamique des gaz et des fluides s'avérait maintenant très utile. Elle m'a permis de terminer très rapidement la partie logicielle du système de détection des tornades.

Nous sommes allés tester le dispositif dans la province du Guangdong, où les tornades sont fréquentes, et nous avons réussi à prédire avec succès plusieurs tornades, dont l'une a frôlé l'agglomération de Guangzhou. Ce système permettait de prévoir une tornade dix à quinze minutes à l'avance, ce qui laissait tout juste le temps de mettre la population à l'abri, mais pas d'éviter les dégâts matériels. Dans le domaine météorologique, c'était déjà un accomplissement extraordinaire, car selon les principes de la théorie du chaos, la prévision des tornades à long terme est par essence impossible.

Absorbé par mon travail, je n'ai pas vu le temps passer ; en un clin d'œil, une année s'est écoulée. Cette année-là, j'ai participé à la grande Conférence mondiale sur la météorologie qui a lieu tous les quatre ans, et j'ai même fait partie des cinq candidats nominés pour le prix IMO de l'Organisation météorologique mondiale, surnommé le "prix Nobel de la météorologie". Je ne l'ai finalement pas obtenu, notamment parce que je n'avais pas une assez longue carrière dans ce domaine, et pour diverses autres raisons ; mais mes travaux ont suscité une forte attention dans le domaine météorologique.

Pour faire connaître les dernières avancées en matière de recherche sur les tornades, un des séminaires annexes de cette conférence – le Séminaire international sur les cyclones tropicaux – a choisi de se réunir dans l'Oklahoma, en Amérique du Nord. L'Oklahoma est en effet un célèbre couloir de formation des tornades ; c'est là que se déroule l'intrigue du film *Twister*, qui met en scène des chercheurs spécialisés dans l'étude de ce phénomène.

Le principal but de ce voyage était de découvrir le premier système fonctionnel de prévision des tornades au monde. Nous avons longuement roulé à travers de vastes plaines, tandis que par la vitre défilaient en alternance les trois choses que l'on voit le plus souvent dans l'Oklahoma : d'immenses champs de blé, des élevages de bétail et des champs de pétrole. Alors que nous étions presque arrivés, le Dr Ross, qui nous accompagnait, nous a demandé d'abaisser les rideaux accrochés à la vitre.

— Je suis navré, s'est-il excusé. Nous allons entrer sur une base militaire.

J'ai ressenti une vive déception. M'était-il donc impossible d'échapper à l'armée et aux bases militaires ? Après être descendu de voiture, j'ai vu que la plupart des bâtiments autour de nous étaient des bâtiments provisoires. Il y avait plusieurs antennes radar, abritées dans de vastes coupoles sphériques. Il y avait aussi un dispositif qui ressemblait à une sorte de lunette astronomique montée sur véhicule, qui servait apparemment à émettre un laser à haute énergie, peut-être pour faire des relevés optiques dans l'atmosphère. Nous sommes entrés dans la salle des contrôles et j'ai vu une rangée d'ordinateurs militaires, dont la couleur vert-noir m'était désormais familière, tout comme l'étaient les tenues de camouflage du personnel. Le seul élément qui m'était quelque peu étranger était l'immense écran à plasma haute résolution suspendu au mur. En Chine, on ne pouvait en général pas se permettre un tel luxe, tout le monde utilisait de simples écrans de projection.

À l'écran apparaissaient les perturbations atmosphériques enregistrées par le système de sondage optique de l'atmosphère. La vente de cette technologie à l'étranger avait rapporté une grosse somme d'argent à l'Institut de recherche sur la foudre de Gao Bo. Sur l'immense écran à plasma, des perturbations qui semblaient ordinaires sur petit écran devenaient soudain très impressionnantes. Le chaos des turbulences ressemblait au ballet dément d'une troupe de pythons de cristal, tantôt convergeant les uns vers les autres, tantôt s'égaillant dans tous les sens. Cela m'inspirait un indescriptible mélange d'effroi et de fascination.

— Le ciel paraît tellement vide. On n'imaginerait pas que c'est un monde aussi fou ! s'est exclamé quelqu'un.

Il existe des choses encore plus folles dont vous ne vous doutez même pas, me suis-je dit. J'ai scruté les perturbations désordonnées qui s'agitaient à l'écran, essayant de discerner la bulle vide d'un macro-électron. C'était impossible, bien sûr. Sur une telle superficie, il s'en cachait certainement plus d'un, mais ils ne pouvaient être discernés que par un logiciel de reconnaissance de formes qui était encore top secret.

— Pensez-vous que des "œufs" seront visibles aujourd'hui ? ai-je demandé.

— Ça ne devrait pas être difficile, a répondu le Dr Ross. Ces derniers temps, les tornades sont très fréquentes dans l'Oklahoma et le Kansas. Rien que la semaine dernière, cent vingt-quatre tornades se sont formées en une seule journée sur le territoire de l'Oklahoma. C'est un record historique.

Pour nous éviter de perdre du temps, nos hôtes avaient aménagé une salle de réunion sur la base, où nous pourrions tenir notre séminaire en attendant l'apparition d'un "œuf". Mais nous n'avons même pas eu le temps de nous asseoir qu'une alarme s'est mise à hurler ; le système venait d'en repérer un. Nous nous sommes à nouveau précipités vers la salle des contrôles. Sur le grand écran, un chaos de masses translucides s'agitait toujours, sans différence notable avec tout à l'heure. De fait, les "œufs" n'avaient pas une structure fixe : seul le logiciel de reconnaissance de formes était capable de les discerner et indiquait leur présence par un petit cercle rouge à l'écran.

— Il se trouve à 130 km d'ici, il approche déjà de la périphérie d'Oklahoma City. Il est très dangereux, a déclaré Ross.

— Dans combien de temps estimez-vous qu'il va se transformer en tornade ? a demandé quelqu'un nerveusement.

— Environ sept minutes.

— Cela va être très difficile d'évacuer la population, ai-je fait remarquer.

— Non, docteur Chen, il n'y aura pas besoin d'évacuation ! s'est-il exclamé. C'est la bonne surprise que nous voulions vous faire à tous aujourd'hui.

À l'écran s'est ouverte une fenêtre carrée, dans laquelle nous avons vu un missile guidé jaillir de son lanceur avec un hurlement strident. Le missile a bondi vers le ciel et la caméra a suivi sa trajectoire tandis qu'il laissait derrière lui une mince traîne de fumée blanche, dessinant une immense parabole à travers le ciel. Au bout de quelques minutes, le missile a atteint le sommet de sa parabole et a commencé à perdre de l'altitude. Après une minute encore, il a explosé à environ 500 m du sol. Une boule de feu brûlante a éclos comme une rose au milieu du ciel. Sur l'écran qui affichait les perturbations atmosphériques en temps réel, une vaste sphère cristalline en expansion rapide s'est formée à la place du cercle rouge indiquant la position de "l'œuf". La sphère transparente s'est ensuite déformée avant de disparaître, et les perturbations environnantes se sont engouffrées dans la brèche pour combler le vide. Le cercle rouge a disparu, et l'alarme a cessé de retentir. Le Dr Ross a proclamé :

— L'œuf a été détruit. Nous appelons ce système un "tueur de tornades". C'est le neuvième début de tornade qu'il enraye aujourd'hui.

Il a continué à expliquer :

— Vous savez tous que les tornades se forment au cœur des orages de forte intensité. En s'élevant dans l'atmosphère, l'air chaud et humide se refroidit progressivement en traversant les couches d'air froid au-dessus de lui ; la vapeur se condense pour former des gouttes de pluie ou des grêlons, qui se mettent à retomber. L'air est ainsi de nouveau refroidi, et redescend en même temps que la pluie et la grêle. Il retraverse la couche d'air chaud inférieure, et sous l'effet de la rotation de la Terre et de divers autres facteurs, il se met de nouveau à remonter selon une trajectoire tourbillonnaire, qui finit par former une tornade. Le processus de formation de la tornade est instable, mais le phénomène de redescente de l'air froid représente un transfert d'énergie qui lui est essentiel ; il constitue en quelque sorte le cœur de notre "œuf". Notre système tueur de tornades consiste à diriger avec précision sur la colonne d'air froid un missile muni d'une bombe incendiaire à base d'hydrocarbures. En explosant, il dégage instantanément une importante quantité de chaleur, qui réchauffe la masse d'air descendante, perturbant ainsi le processus de formation de la tornade ; cela revient à le tuer dans le berceau. La technologie des missiles guidés et des bombes incendiaires existe depuis longtemps déjà ; en fait, on ne peut même pas vraiment parler de "frappe de précision", car la précision dont a besoin notre missile est inférieure d'un niveau à celle des missiles militaires. Pour faire des économies, nous n'utilisons que de vieux modèles de missiles guidés dont l'armée n'a plus besoin. Mais en dernière analyse, la clé de notre "tueur de tornades" est la technologie de sondage optique de l'atmosphère créée par le Dr Chen. C'est cette invention qui nous permet de localiser à l'avance les "œufs", et qui rend possible l'élimination artificielle des tornades. Le Dr Chen mérite notre respect à tous !

Le lendemain, à Oklahoma City, la capitale de l'État, on m'a décerné le titre de citoyen d'honneur de la ville. Le gouverneur de l'État m'a remis en personne un certificat honorifique ; après quoi une jeune femme blonde m'a offert la fleur officielle de l'État, une variété de gui que je n'avais jamais vue auparavant. Elle m'a expliqué qu'elle avait perdu ses parents dans une tornade, deux ans plus tôt. Au cours d'une terrible nuit de tempête, une tornade de catégorie F3 avait arraché le toit de sa maison et aspiré tout ce qui se trouvait à l'intérieur à des centaines de mètres dans le ciel. Elle n'avait eu la vie sauve que parce qu'elle était retombée dans un étang. Son récit m'a rappelé cette nuit d'anniversaire où j'avais moi-même perdu mes parents, et m'a empli d'une grande fierté envers mon propre travail. C'est précisément ce genre de travail qui allait enfin me permettre d'échapper à l'ombre de la foudre en boule pour commencer une nouvelle vie plus épanouie.

Après la cérémonie, je suis à mon tour allé présenter mes respects au Dr Ross. Même si j'avais accompli une percée en matière de prévision des tornades, c'était en fin de compte son équipe qui avait vraiment réussi à les vaincre.

— En dernière analyse, ce n'est pas nous qui avons vaincu les tornades, ce sont les TMD, a répondu le Dr Ross d'un air pensif.

— Les TMD ? Les systèmes de défense antimissile de théâtre* ?

— Oui, nous les utilisons quasiment tels quels. Nous n'avons fait que remplacer leur système de reconnaissance

* TMD est l'abréviation de l'anglais "Theater Missile Defense". Il s'agit d'une architecture de défense antimissile destinée à protéger un théâtre d'opérations donné (région, zone, champ de bataille), par opposition à la défense d'un territoire national, assurée par une architecture de type NMD, ou "National Missile Defense".

des missiles offensifs par votre système de détection des "œufs". Les TMD ont l'air d'avoir été faits sur mesure pour lutter contre les tornades.

J'ai réalisé que les deux systèmes étaient effectivement très similaires. Dans les deux cas, il s'agissait d'identifier une cible offensive en approche, et de lancer une frappe de précision pour la neutraliser au moyen d'un missile.

— Mon domaine de recherche n'avait à l'origine aucun rapport avec la météorologie, a-t-il repris. J'ai travaillé pendant pas mal d'années sur les logiciels de contrôle des TMD et des NMD. Quand j'ai réalisé que les systèmes d'armes que j'avais contribué à développer pouvaient aussi profiter à la société, j'ai ressenti une joie sans précédent. Et pour cela, c'est vous que je dois remercier, docteur Chen.

— Je comprends tout à fait, ai-je dit avec sincérité.

— Les épées peuvent être fondues pour forger des socs de charrue, a déclaré Ross en baissant soudain la voix. Mais certains socs de charrue peuvent aussi devenir des épées… Les gens comme nous, qui développons des armes, ne faisons que notre devoir… Mais nous sommes parfois obligés de vivre avec les regrets et la frustration qui vont de pair avec ce devoir. Cela aussi, vous pouvez le comprendre, docteur Chen ?

J'avais jadis entendu Gao Bo tenir des propos similaires. J'ai acquiescé en silence, mais j'étais soudain sur mes gardes. Le "nous" qu'il utilisait, était-ce lui et ses collègues – ou m'incluait-il aussi ? Était-il possible qu'ils soient au courant de mes recherches antérieures ?…

— Merci. Merci beaucoup, a ajouté Ross.

Il m'a adressé un regard étrange, dans lequel perçait une sorte de tristesse. Ce n'est que plus tard que j'ai su que je m'étais inquiété pour rien ; ses paroles n'avaient aucun rapport avec moi. Et ce n'est qu'à ce moment-là que j'ai vraiment compris le sens de ce regard.

J'ai sans doute été l'un des derniers chercheurs à me rendre à l'étranger. Dix jours après mon retour en Chine, la guerre a éclaté.

LA DESTRUCTION DE L'*EVEREST*

La vie quotidienne se déroulait désormais dans une atmosphère très tendue. Nous suivions tous les jours l'évolution de la guerre. Le travail prenait une signification nouvelle ; des soucis et des joies qui occupaient jadis une place essentielle dans notre vie ne semblaient soudain plus très importants.

Un jour, j'ai reçu un appel de l'armée ; j'étais convoqué à une réunion. Un enseigne de vaisseau de deuxième classe est venu me chercher en voiture.

Au début de la guerre, j'avais souvent repensé au programme d'armes à foudre globulaire. En ces temps inhabituels, si la base de recherche avait eu besoin de moi, j'aurais mis de côté mes sentiments personnels et j'aurais répondu à l'appel du devoir. Mais je n'avais absolument plus aucune nouvelle d'eux. Les comptes rendus de la guerre que je lisais dans la presse ne faisaient aucune mention des armes à foudre, alors que le début des hostilités aurait pourtant été le moment idéal pour les utiliser. C'était comme si elles n'avaient jamais existé. J'avais téléphoné à la base de recherche, mais leurs numéros n'étaient plus en service. Ding Yi avait également disparu. Tout ce que j'avais vécu semblait n'être qu'un rêve lointain, qui s'était évanoui sans laisser de trace.

J'ai constaté en arrivant que presque tous les participants de la réunion appartenaient à la marine. Je ne connaissais personne, et j'ai compris que mon invitation n'avait aucun rapport avec les armes à foudre en boule. Tout le monde arborait une mine dure, et l'ambiance était particulièrement pesante.

Sans aucun préambule, un capitaine de marine a pris la parole, s'adressant directement à moi :

— Docteur Chen, nous allons d'abord vous présenter succinctement le déroulement d'une bataille navale qui s'est produite hier. Vous n'avez pas besoin de connaître le lieu exact ni les détails de l'affrontement, je passerai donc tout de suite aux éléments pertinents. Hier, à quinze heures environ, le groupe de bataille du porte-avions *Everest* a été la cible d'une attaque de missiles guidés…

À la mention du porte-avions *Everest*, mon cœur s'est arrêté dans ma poitrine.

— … un très grand nombre de missiles, une quarantaine au total. Le groupe de bataille a immédiatement enclenché ses systèmes de défense, mais a rapidement réalisé qu'il ne s'agissait pas d'une attaque ordinaire. En général, quand ils se dirigent vers une cible navale, les missiles de croisière volent le plus près possible de l'eau pour optimiser leurs chances de traverser les systèmes de défense. Mais cette vague de missiles suivait une trajectoire haute, à environ 1 000 m d'altitude, comme si elle ne se souciait pas vraiment d'être interceptée. En outre, le groupe de missiles n'était pas directement dirigé contre les navires ; tous les missiles ont explosé très loin de notre périmètre défensif. Les détonations ont eu lieu entre 500 et 1 000 m d'altitude. Chaque ogive n'a produit qu'une faible explosion mais a libéré une grande quantité de poudre blanche. Regardez, voici un enregistrement des événements.

Sur un écran de projection s'est affichée une vaste étendue de ciel. Le temps était couvert et une tempête semblait imminente. Soudain, une multitude de petits points blancs sont apparus dans le ciel. Chaque point blanc s'est peu à peu élargi, comme si l'on faisait tomber des gouttes de lait sur une surface liquide.

— Voici les explosions, a repris le capitaine en désignant les points blancs épars. C'était vraiment très étrange. Au début, nous ne savions pas du tout ce que l'ennemi essayait de faire. Ces corps blancs…

— Avez-vous remarqué d'autres éléments sortant de l'ordinaire ? l'ai-je interrompu, soudain envahi par un affreux pressentiment.

— Comme quoi ? À ma connaissance, aucun autre élément lié à ce phénomène n'a été constaté.

— Même des éléments sans rapport. Réfléchissez bien, s'il vous plaît, ai-je à nouveau coupé avec impatience.

Le capitaine a échangé un regard avec quelques officiers. Un commandant de marine portant des lunettes a dit :

— Un appareil de reconnaissance avancée ennemi est passé dans la zone, mais ça n'a rien de spécialement anormal.

— Autre chose ?

— Hmm… Un satellite ennemi en orbite basse a aussi émis un faisceau laser à haute énergie vers cette zone de l'océan, peut-être pour aider l'appareil de reconnaissance à détecter des sous-marins. Il y a un rapport avec l'attaque de missiles dont nous parlons ? Vous ne vous sentez pas bien, docteur ?

J'espère qu'ils cherchaient un sous-marin… Dieu fasse que ce soit ça… implorais-je en mon for intérieur. J'ai poursuivi :

— Non, ce n'est rien… Et ces nuages de poudre blanche, vous avez une idée de ce que c'était ?

— C'est ce que je m'apprêtais à vous dire, a repris le capitaine.

L'image à l'écran a changé, montrant maintenant un éclatant patchwork de couleurs, aussi chaotique que la palette d'un peintre.

— Voici une image infrarouge en fausses couleurs de la même zone du ciel. Regardez, les explosions se transforment rapidement en zones de très basses températures.

Le capitaine a désigné un ensemble de points bleus particulièrement voyants.

— Nous pensons donc que la mousse blanche était peut-être une substance à haut pouvoir réfrigérant.

J'ai eu l'impression d'être frappé par la foudre. Pris de vertige, j'ai dû m'agripper au rebord de la table pour ne pas tomber :

— Retirez immédiatement la flotte de la zone ! Vite ! me suis-je écrié en désignant l'écran.

— Docteur Chen, c'est un enregistrement. Tout cela s'est produit hier.

À demi assommé par tous ces événements, je suis resté hébété pendant un instant avant de comprendre.

— Regardez. Ceci a été filmé depuis le porte-avions *Everest* au moment des faits.

Une vaste étendue de ciel et d'océan s'est affichée à l'écran. Un destroyer d'escorte apparaissait et disparaissait par intermittence dans un coin de l'image. Dans le ciel, j'ai vu se former une étroite colonne qui a commencé à s'étendre vers la mer. Elle s'est rapidement étirée jusqu'à devenir un mince fil suspendu entre le ciel et l'océan. Lorsque l'extrémité inférieure a touché la surface, elle s'est mise à aspirer de l'eau de mer et est immédiatement devenue toute blanche. Le ruban qui reliait la mer au ciel était encore très fin, et oscillait doucement dans les airs ; à son point le plus étroit, il semblait prêt à se rompre. Mais il n'a pas tardé à s'épaissir. D'un mince filament de gaze suspendu au ciel, il est devenu un gigantesque pilier dominant les eaux de toute sa stature, comme s'il soutenait la voûte céleste à lui tout seul. Sa couleur a viré du blanc au noir. Seuls les paquets d'eau de mer qui tourbillonnaient à sa surface brillaient parfois à la lumière du soleil.

À vrai dire, j'avais déjà envisagé cette possibilité. Mais jamais je n'aurais cru que quelqu'un en ferait un jour une réalité.

Les perturbations susceptibles de se transformer en tornades – les "œufs" – étaient en fait très fréquentes dans l'atmosphère, mais seule une petite partie d'entre elles évoluait jusqu'au stade de tornade, de même que seule une petite partie des œufs pondus par une poule donnent naissance à des poussins. Le noyau de "l'œuf" était une masse d'air froid descendante ; en réchauffant cette masse d'air pour l'empêcher de redescendre, on pouvait détruire l'œuf avant qu'il ne se change en tornade, comme je l'avais vu dans l'Oklahoma. Inversement, il était aussi possible de renforcer cette masse d'air froid au moyen d'un réfrigérant, et donc de faire "incuber" artificiellement des "œufs" qui se seraient normalement dissipés spontanément, en les forçant à évoluer vers le stade de tornade. Dans des conditions météorologiques appropriées, ces "œufs" étaient très nombreux, il était donc très facile de provoquer des tornades n'importe où et à n'importe quel moment. La seule technologie indispensable était celle qui permet de repérer ces "œufs" – une possibilité qu'offrait justement mon système de prévision des tornades. Pire encore, mon système était capable de détecter un autre type d'opportunité : la présence de deux ou plusieurs "œufs", situés à proximité les uns des autres, ou même superposés les uns aux autres. Cela permettrait en principe d'incuber plusieurs "œufs" en même temps, et donc de concentrer ingénieusement l'énergie atmosphérique pour donner naissance à une supertornade qui n'existerait normalement pas dans la nature.

La tornade qui était en train de se former sous mes yeux était précisément une telle supertornade. Son diamètre dépassait les 2 km – le double des plus grandes tornades naturelles. Les plus puissantes tornades connues atteignent en général une intensité de niveau F5 ; ce sont des tempêtes d'une telle violence qu'on les surnomme "le doigt de Dieu". Mais cette tornade artificielle devait atteindre au moins le niveau F7.

À l'écran, la tornade a lentement commencé à se déplacer vers la droite. L'*Everest* essayait manifestement de changer de cap de toute urgence pour l'esquiver. Les tornades se déplacent en général en ligne droite, à une vitesse d'environ 60 km/h, soit à peu près la vitesse maximale d'un porte-avions. Si l'*Everest* accélérait et virait de bord assez vite, il pouvait encore en réchapper.

Mais à cet instant, de chaque côté de ce noir pilier céleste, deux nouveaux rubans blancs se sont déployés dans les airs. Ils se sont rapidement épaissis, se muant à leur tour en deux énormes piliers noirs identiques au premier.

La distance qui séparait chacune des trois supertornades était inférieure à leur diamètre – sans doute moins de 1 000 m. Les trois colonnes formaient maintenant une gigantesque grille de mort de 8 000 m de large, dressée entre la mer et le ciel. Le sort de l'*Everest* était scellé.

La monstrueuse colonne d'une supertornade a rapidement empli la totalité de l'écran. Devant elle, des paquets d'embruns tumultueux jaillissaient et retombaient à toute vitesse, comme si une chute d'eau géante marchait droit vers le navire, suivie par le ténébreux gouffre intérieur de la colonne. L'image s'est mise à trembler violemment puis a disparu.

Le capitaine m'a expliqué qu'une des tornades avait balayé l'avant du porte-avions. Comme l'avait jadis prédit cet officier de marine, sur cette petite île du Sud, le pont s'était brisé net. L'*Everest* avait sombré en une demi-heure, et plus de deux mille marins, dont le commandant du navire, l'avaient suivi au fond de l'océan. Alors que la tornade approchait, le commandant avait eu le sang-froid d'ordonner un verrouillage de niveau A des deux réacteurs nucléaires à eau pressurisée, afin d'éviter au maximum toute fuite radioactive. Mais cela avait définitivement privé l'*Everest* de toute capacité de propulsion. Outre le porte-avions, les tornades avaient aussi coulé deux destroyers d'escorte et un navire de ravitaillement. Après avoir dévasté la flotte, une des tornades avait continué sa course sur 200 km avant de se dissiper – le double de la plus longue distance jamais enregistrée pour une tornade. Sur son passage, elle avait encore traversé une petite île, balayant instantanément un village de pêcheurs et tuant une centaine de civils, dont des femmes et des enfants.

— C'est Jiang Xingchen qui commandait l'*Everest* ?

— Oui. Vous le connaissiez ?

Je n'ai rien répondu. J'ai surtout pensé à Lin Yun.

— Si nous vous avons fait venir, c'est pour deux raisons. D'abord parce que vous êtes le meilleur chercheur de Chine dans le domaine des tornades. Ensuite parce que le système offensif qui a détruit l'*Everest* est un système d'arme climatique baptisé Éole, d'après le dieu du vent de la mythologie grecque. Selon nos informations, ce système est lié au fruit de vos recherches.

J'ai lourdement hoché la tête.

— En effet. J'en accepte la pleine responsabilité.

— Vous vous méprenez. Nous ne sommes pas là pour chercher des coupables. Vous n'avez aucune responsabilité dans ce qui s'est produit. La publication et le transfert des travaux de l'Institut de recherche sur la foudre avaient au préalable été vérifiés et approuvés à plusieurs niveaux par les départements officiels concernés. Tout était parfaitement légal. Bien sûr, quelqu'un devra endosser la responsabilité de ces événements, mais ce ne sera pas vous. Nous ne sommes pas aussi vigilants que l'ennemi en matière d'applications militaires des hautes technologies.

— Il est possible de se défendre contre ce genre d'armes, ai-je repris. Il suffit de relier le système de défense antimissile de la flotte à notre système de sondage optique de l'atmosphère. J'ai déjà assisté à une démonstration de suppression d'une tornade à l'aide d'un missile incendiaire. Mais on peut atteindre le même objectif avec une méthode encore plus rapide et plus efficace : en réchauffant la masse d'air froid avec un laser ou un faisceau de micro-ondes à haute intensité.

— Oui, nous travaillons déjà d'arrache-pied à mettre au point ce genre de défense. Nous aurons besoin de toute l'aide que vous pourrez nous apporter.

Le colonel a poussé un léger soupir :

— Mais pour être honnête, il faudra peut-être attendre la prochaine guerre pour pouvoir l'utiliser.

— Pourquoi ?

— La perte de l'*Everest* et de son groupe de bataille est un coup dur pour notre capacité de contrôle des mers. Pour la suite de la guerre, nous ne serons plus en mesure de soutenir une confrontation navale à grande échelle avec l'ennemi. Nous ne pouvons plus compter que sur la puissance de feu de nos unités côtières pour assurer une défense navale de proximité.

Alors que je revenais du Centre opérationnel de la marine, le son plaintif d'une alerte antiaérienne s'est élevé sur la ville. Les rues se sont vidées à toute vitesse et je me suis retrouvé en train d'errer sans but dans les rues désertes. Des membres de la défense civile m'ont fait signe en criant, mais c'était comme si je ne les entendais pas. Ils ont accouru pour me traîner à l'abri et j'ai écarté avec indifférence les mains qui se tendaient vers moi, continuant à marcher comme un somnambule. Me prenant pour un fou, ils sont finalement partis se mettre à couvert. J'étais effondré ; ma seule envie était qu'une bombe vienne mettre fin à ma misérable existence. Mais les bruits d'explosions étaient lointains, faisant paraître les environs encore plus calmes. Je ne sais pas combien de temps j'ai marché. L'alerte a semblé se terminer, et des gens ont peu à peu commencé à reparaître dans les rues. Épuisé physiquement et mentalement, je me suis assis sur les marches d'un petit parc et j'ai soudain réalisé qu'un sentiment nouveau occupait à présent mon esprit vidé – le sentiment de comprendre enfin quelqu'un.

Je comprenais enfin Lin Yun.

J'ai sorti mon téléphone et j'ai composé le numéro de la base de recherche, mais comme toujours, personne n'a répondu. Je me suis levé pour chercher un taxi. Ils étaient rares pendant la guerre, et j'ai dû attendre une demi-heure avant d'en trouver un, à qui j'ai demandé de me conduire sur-le-champ à la base.

Le taxi a mis trois heures pour arriver à destination. J'ai découvert que la base était complètement abandonnée depuis un certain temps déjà. Tout était désert ; personnel et matériel avaient disparu sans laisser de trace. Je suis longuement resté debout, tout seul, au milieu du laboratoire déserté qui avait jadis servi à exciter des boules de foudre. Un faible rayon de soleil couchant a traversé une fenêtre brisée pour venir se poser sur moi, puis a lentement décliné. Je ne suis parti qu'à la nuit tombée.

De retour en ville, je suis allé voir plusieurs organismes liés à l'armée pour tenter de me renseigner sur l'équipe du programme de foudre en boule et sur la compagnie Lumière de l'Aube. Mais personne n'a pu me répondre ; c'était comme s'ils s'étaient évaporés de la surface de la terre. J'ai même composé le numéro que m'avait laissé le général Lin, mais là non plus personne n'a répondu.

Il ne me restait plus qu'à retourner à l'Institut de recherche sur la foudre, et à m'efforcer de trouver un moyen de dissiper des tornades à l'aide d'un faisceau de micro-ondes à haute énergie.

APOCALYPSE ÉLECTRONIQUE

La guerre a commencé à traîner en longueur, et un nouvel automne est arrivé. Les gens s'étaient peu à peu habitués à la vie en temps de guerre. Les alertes antiaériennes et le rationnement alimentaire faisaient maintenant partie de la vie quotidienne, comme autrefois les concerts et les cafés.

Je me suis jeté corps et âme dans le développement d'un système de défense contre les tornades. Le programme avait été pris en charge par l'Institut de recherche sur la foudre de Gao Bo. Nous travaillions fiévreusement, et pendant un temps j'ai oublié tout le reste. Mais un jour, l'équilibre des forces qui s'était installé au cours de la guerre, et qui semblait pouvoir se prolonger indéfiniment, a volé en éclats.

Ce jour-là, vers quinze heures trente, j'étais en train de discuter certains détails techniques relatifs à l'installation d'émetteurs de micro-ondes à haute énergie sur des navires avec des ingénieurs de l'Institut de recherche et de l'armée. Ce type de dispositif pouvait émettre un faisceau micro-onde hautement concentré d'une puissance d'un milliard de watts environ, sur une fréquence de 10 à 100 Hz, un spectre dans lequel les molécules d'eau sont capables d'absorber l'énergie des micro-ondes. En combinant plusieurs faisceaux de ce genre, la zone irradiée pouvait recevoir une énergie d'environ 1 watt par centimètre carré, soit à peu près l'intensité d'un four à micro-ondes. Cela suffirait à réchauffer efficacement l'air froid qui circulait à l'intérieur des "œufs", tuant ainsi la tornade à son stade embryonnaire. Couplé avec le système de sondage optique de l'atmosphère, ce dispositif constituerait une défense efficace contre les armes à tornades.

À ce moment-là, j'ai soudain entendu un son étrange, comme une pluie de grêlons martelant le sol avec violence. Le bruit semblait venir d'assez loin, mais il se rapprochait à toute vitesse et a fini par résonner à l'intérieur même de la pièce. Un concert de craquements s'est élevé partout autour de nous – dont le plus proche a retenti dans ma poche de poitrine gauche ! Au même instant, un phénomène extraordinaire a touché tous les ordinateurs de la pièce : une multitude d'objets minuscules se sont mis à bondir dans tous les sens, jaillissant à travers la coque pourtant intacte des ordinateurs. En regardant de plus près, j'ai constaté que ces petits objets étaient en fait des processeurs, des barrettes de mémoire et toutes sortes d'autres circuits intégrés, tous en parfait état. Une véritable nuée de composants a un instant flotté dans les airs, formant un épais nuage. J'ai agité la main devant moi, et plusieurs puces électroniques sont venues la heurter, me confirmant que ce n'était pas une hallucination. Les circuits intégrés en suspension ont ensuite commencé à se volatiliser les uns après les autres, en laissant une sorte de traînée visuelle derrière eux. En un instant, l'air était à nouveau vide. Les écrans de tous les ordinateurs de la pièce ont brusquement changé, affichant un écran d'erreur bleu, ou s'éteignant purement et simplement.

J'ai senti une brûlure sur le côté gauche de la poitrine. J'ai touché mon téléphone portable, qui se trouvait dans la poche intérieure de ma veste ; il était brûlant, et je me suis empressé de l'extraire de ma poche. Autour de moi, tout le monde était en train de faire exactement la même chose. De tous les téléphones portables se dégageait un filet de fumée. J'ai ouvert la coque du téléphone et un petit nuage blanc s'en est échappé. À l'intérieur, tous les circuits intégrés avaient brûlé. Nous avons ouvert plusieurs ordinateurs autour de nous ; sur les cartes mères, près d'un tiers des puces avaient grillé. Pendant un instant, la fine poussière blanche qui avait remplacé les circuits intégrés a flotté dans la pièce comme un brouillard, accompagnée d'une odeur étrange.

Tout de suite après, les lampes et les derniers écrans d'ordinateurs se sont éteints. L'électricité avait été coupée.

Ma première pensée a été que nous avions subi une attaque de foudre en boule dirigée contre les composants électroniques. Mais ça ne collait pas : tous les bâtiments autour de nous étaient des centres de recherche, qui renfermaient une concentration extraordinairement élevée de puces électroniques. La déperdition énergétique de la décharge libérée par une boule de foudre aurait été très importante, et son rayon d'action n'aurait pas dépassé les 100 m. À cette distance, nous aurions certainement entendu le bruit explosif unique qu'elle aurait produit en libérant son énergie. J'avais déjà vu tellement de boules de foudre que mon oreille était devenue extraordinairement sensible, et que je pouvais même reconnaître le son qu'elles émettent en flottant. Mais je n'avais rien entendu d'autre que les claquements des circuits intégrés en train de griller, et j'étais donc à peu près certain qu'aucune boule de foudre ne s'était manifestée dans les environs.

La première chose à faire était de déterminer les dimensions de la zone touchée par l'attaque. J'ai pris le téléphone fixe sur la table mais il ne marchait plus. Il ne nous restait plus qu'à descendre tous ensemble au bas de l'immeuble pour aller voir par nous-mêmes. Nous avons rapidement constaté que toutes les puces électroniques des deux immeubles de bureau et du laboratoire expérimental de l'Institut avaient été touchées. Environ un tiers des puces avaient brûlé. Certains d'entre nous se sont rendus à l'Institut de recherche en physique atmosphérique, et d'autres au Centre de simulation météorologique, qui jouxtaient tous deux notre bâtiment. Comme chez nous, tous les circuits intégrés des deux instituts avaient été touchés. Au vu du rayon d'action que nous avions identifié pour l'instant, il aurait au moins fallu des dizaines de boules de foudre pour produire de tels effets. Mais nulle part je n'ai trouvé la moindre trace de foudre en boule.

Gao Bo a immédiatement envoyé quelques jeunes employés à vélo pour évaluer la situation aux alentours. Nous sommes restés dans la salle de réunion à attendre anxieusement avec le reste du personnel. À l'Institut de recherche sur la foudre, Gao Bo et moi étions les seuls à connaître l'existence des armes à foudre en boule ; nous échangions fréquemment des regards anxieux, intérieurement plus paniqués encore que les autres. Au bout d'une demi-heure, les jeunes gens ont commencé à revenir les uns après les autres. Ils avaient tous l'air terrifiés, comme s'ils avaient vu un fantôme. Ils avaient chacun parcouru entre 3 et 5 km à vélo ; partout, tous les composants électroniques sans exception avaient été attaqués par une mystérieuse énergie. La proportion de composants détruits était la même partout : environ un tiers. Paniqués, ils n'avaient pas osé aller plus loin, et avaient tous décidé à peu près au même moment de revenir faire leur rapport. Tout le monde était désemparé, car nous n'avions plus l'habitude de nous trouver soudain sans téléphone fixe ni portable.

— Si l'ennemi dispose d'une arme aussi diabolique, nous sommes vraiment perdus ! s'est exclamé quelqu'un.

Gao Bo et moi avons échangé un regard perplexe.

— Voilà ce que nous allons faire : nous allons prendre quatre des voitures de l'institut et rouler dans quatre directions différentes pour élargir la zone de reconnaissance.

Au volant d'une des voitures, j'ai roulé vers l'est, jusqu'aux limites de l'agglomération. Sur la route, aucun bâtiment n'était éclairé. Les gens étaient rassemblés par petits groupes au bas des immeubles, discutant d'un air nerveux. Beaucoup d'entre eux avaient encore à la main un téléphone portable manifestement hors d'usage. Les scènes entrevues dans la rue me suffisaient à comprendre la situation sans avoir à descendre de voiture. Je me suis tout de même arrêté à plusieurs reprises pour demander aux gens s'ils avaient vu des traces de ce qui aurait pu être de la foudre en boule ; mais personne n'avait rien vu ni entendu de tel.

Je suis sorti de la ville et j'ai continué à rouler droit devant moi. J'ai roulé jusqu'au chef-lieu d'un lointain comté de banlieue. Ici aussi, le courant était coupé, mais la panique était moins visible qu'en ville. Mon cœur s'est empli d'espoir – l'espoir d'avoir enfin atteint la limite du périmètre de destruction, ou au moins de trouver des signes de diminution des dommages. Je me suis garé devant un café internet et je me suis rué à l'intérieur. C'était déjà le crépuscule ; il n'y avait pas d'électricité et il faisait très noir. Mais j'ai tout de suite senti l'odeur familière des composants électroniques calcinés. À l'intérieur, les lueurs de deux lampes de poche vacillaient ici et là. Le faisceau d'une torche a brièvement éclairé plusieurs tours d'ordinateur démontées, leurs pièces éparpillées un peu partout sur le sol. J'ai pris une tour d'ordinateur et je l'ai amenée dehors. J'ai examiné la carte mère. À la lumière du crépuscule, j'ai constaté que plusieurs composants électroniques, dont le processeur, avaient disparu. L'appareil m'a échappé des mains et s'est violemment écrasé sur mon pied, mais je n'ai rien senti. J'ai juste frissonné de la tête aux pieds dans le vent frais de l'automne. Je suis remonté dans la voiture et j'ai fait demi-tour.

Les trois autres voitures sont revenues à l'institut peu après moi. Celle qui était allée le plus loin avait parcouru une centaine de kilomètres sur l'autoroute. Partout, la situation était la même qu'ici.

Nous nous sommes frénétiquement mis en quête de nouvelles du monde extérieur. Il n'y avait plus ni télévision, ni internet, ni téléphone. Seule la radio marchait encore. Mais nos luxueuses radios numériques fonctionnaient elles aussi à l'aide de circuits intégrés ; elles étaient devenues complètement inutiles. Après bien des recherches, nous avons finalement mis la main sur un ancien modèle de radio à transistors dans le bureau du vieux commis au courrier de l'institut. L'appareil était encore utilisable, mais le son était épouvantable, et nous n'avons pu capter que quelques stations des provinces méridionales, ainsi que deux ou trois chaînes en anglais et une en japonais. Ce n'est qu'au milieu de la nuit que les stations de radio ont peu à peu commencé à mentionner l'étrange catastrophe qui s'était abattue sur nous. En mettant bout à bout ces informations fragmentaires, nous avons réussi à reconstituer un tableau approximatif de la situation.

La zone de destruction des puces électroniques était centrée autour d'un point situé quelque part dans le Nord-Ouest du pays. Elle s'étendait sur un rayon d'environ 1 300 km, soit un tiers du territoire national – une superficie absolument effarante. Mais la proportion de composants électroniques détruits diminuait progressivement à mesure que l'on s'éloignait du centre de la zone, et notre ville ne se trouvait en fait qu'à la périphérie de ce cercle.

Pendant toute la semaine qui a suivi, nous avons vécu dans une société préindustrielle, comme avant l'avènement de l'électricité. La vie était très dure ; l'eau devait être acheminée par camions-citernes, et la ration allouée à chacun suffisait à peine à boire pendant une journée. Le soir, on ne pouvait s'éclairer qu'à la bougie.

Durant cette période, d'innombrables rumeurs couraient sur la catastrophe. Dans les conversations quotidiennes et dans les médias (qui se limitaient encore pour nous aux stations de radio), l'explication la plus populaire imputait le désastre à des extraterrestres. Aucune rumeur ne faisait cependant mention de la foudre en boule.

De ce foisonnement incohérent d'informations, nous avons cependant pu tirer une conclusion : l'attaque n'avait pas été lancée par nos ennemis, qui étaient manifestement aussi interloqués que nous. Cela nous a quelque peu réconfortés. Au cours de cette période, j'ai imaginé des centaines de possibilités, mais aucune ne réussissait à me convaincre tout à fait. J'étais certain que tout cela avait *quelque chose* à voir avec la foudre en boule, mais j'étais également certain que la foudre en boule n'était pas directement impliquée ; de quoi pouvait-il bien s'agir, alors ?

L'attitude de l'ennemi était tout aussi déconcertante. Après la catastrophe qui avait frappé le pays, nous avions quasiment perdu toutes nos capacités de défense ; mais l'ennemi a suspendu son offensive. Même les alertes antiaériennes qui retentissaient jadis tous les jours se sont arrêtées. La presse mondiale avançait une explication relativement convaincante : face à une force inconnue, qui semblait capable de détruire l'ensemble du monde civilisé, personne n'osait agir de manière inconsidérée avant d'avoir compris de quoi il retournait.

Cela nous a permis de couler les jours les plus paisibles que nous ayons connus depuis le début de la guerre

– une sérénité sous laquelle couvait cependant quelque chose de sinistre et de menaçant. Comme il n'y avait ni électricité ni ordinateurs, nous n'avions rien à faire de la journée, et donc aucun moyen de nous distraire de la crainte qui nous habitait.

Un soir, alors qu'une froide pluie d'automne tombait au-dehors, j'étais assis tout seul dans ma chambre glacée. J'écoutais le bruit de la pluie et j'avais l'impression qu'une obscurité absolue avait recouvert la totalité du monde extérieur. La flamme de la bougie qui dansait devant moi était désormais la seule et unique source de lumière de l'univers. Je me suis senti écrasé par une infinie solitude. Toute ma vie – qui n'était pas bien longue – a défilé comme un film dans mon esprit : le tableau abstrait que dessinaient les cendres des enfants sur le sol de la centrale nucléaire ; le plateau de go que Ding Yi avait introduit dans la bulle vide ; un long arc électrique dans le ciel nocturne ; la neige et le vent en Sibérie ; le morceau de piano joué par Lin Yun et la petite épée qu'elle portait au col ; la tempête et la nuit étoilée au sommet du mont Tai ; ma vie à l'université ; et enfin, cette terrible nuit de tempête, le jour de mon anniversaire… J'ai eu l'impression que ma vie avait décrit un large cercle pour revenir à son point de départ – à la différence qu'aujourd'hui, il y avait de la pluie, mais pas de tonnerre, et qu'il ne restait qu'une seule bougie devant moi.

À ce moment-là, j'ai entendu frapper à la porte. Avant même que j'aie pu me lever, mon visiteur poussait déjà la porte pour entrer. Il a enlevé un imperméable trempé, son long corps maigre tremblant de froid. Son visage est apparu dans la lumière de la chandelle, et j'ai poussé un cri de surprise ravi.

C'était Ding Yi.

— Tu as de l'alcool ? Chaud, de préférence, a-t-il dit en claquant violemment des dents.

J'ai apporté une demi-bouteille d'*erguotou* Étoile rouge. Il l'a tenue au-dessus de la bougie pour la réchauffer mais il n'a pas eu la patience d'attendre bien longtemps et a fini par lever la bouteille pour engloutir plusieurs gorgées au goulot. Il s'est essuyé la bouche, et m'a dit :

— Allons droit au but. Je vais te raconter tout ce que tu veux savoir.

EMBUSCADE EN MER

Ce qui suit est le récit que Ding Yi m'a fait des événements survenus après mon départ de la base de recherche sur la foudre en boule.

Suite à l'éclatante réussite de l'opération menée dans la centrale nucléaire (du moins du point de vue militaire), les armes à foudre en boule dont la hiérarchie s'était désintéressée ont à nouveau attiré l'attention, et le projet a reçu d'importants financements supplémentaires. La majeure partie de ces fonds servait à collecter des macro-électrons capables d'attaquer les puces électroniques, car on estimait que la capacité à détruire des circuits intégrés de manière ciblée était l'aspect le plus prometteur de la foudre en boule. Au terme d'un long travail, la base a réussi à collecter plus de cinq mille de ces macro-électrons extrêmement rares, un nombre suffisant pour mettre sur pied un système offensif utilisable en situation de combat réel.

Quand la guerre a éclaté, une intense excitation s'est mise à régner sur la base. Presque tout le monde pensait que la foudre en boule serait à cette guerre ce que les chars avaient été à la Première Guerre mondiale, ou la bombe atomique à la Seconde : une arme qui allait changer l'histoire. Et ils se préparaient tous avec un bouillant enthousiasme à en écrire un nouveau chapitre. Mais les ordres du commandement suprême se résumaient à un seul mot : attendre. Pendant les premiers temps de la guerre, la compagnie Lumière de l'Aube était en conséquence l'unité la plus oisive du pays. Au début, tout le monde pensait que l'état-major se contentait d'attendre le meilleur moment et le meilleur endroit pour utiliser cette arme. Mais Lin Yun a rapidement appris par ses propres canaux que ce n'était là qu'une douce illusion. Le commandement suprême n'avait en réalité qu'une piètre opinion de ce type d'arme ; il estimait que l'affaire de la centrale nucléaire était un cas particulier, qui ne démontrait en aucun cas le potentiel de cette arme sur un champ de bataille. Aucun service de l'armée n'était particulièrement intéressé par l'idée de l'utiliser en combat réel. En conséquence, les crédits de recherche ont à nouveau été suspendus.

Après la destruction du groupe aéronaval de l'*Everest*, tout le monde sur la base était torturé par l'anxiété. Un nouveau concept d'arme venait de démontrer sa terrible puissance ; il était donc incompréhensible que la hiérarchie continue à négliger les armes à foudre en boule. Beaucoup pensaient que nos armes étaient la seule chance qui nous restait d'inverser le cours de la guerre.

Lin Yun a demandé à plusieurs reprises à son père d'obtenir une affectation de combat pour la compagnie Lumière de l'Aube, mais chaque fois, elle a essuyé un refus cinglant. Le général Lin a fini par déclarer à sa fille : "Lin Yun, ta passion pour les armes est en train de devenir une véritable superstition. Tu dois te doter d'une vision d'ensemble de la guerre. Il est complètement puéril de croire que l'on puisse remporter un conflit en s'appuyant juste sur une ou deux nouvelles armes."

Arrivé à ce point de son récit, Ding Yi a déclaré :

— En tant qu'adorateur de la science, la confiance que j'accordais aux armes était en réalité encore plus forte que celle de Lin Yun. J'étais moi aussi convaincu que la foudre en boule était capable de décider de l'issue du conflit. À l'époque, j'imputais l'attitude du commandement suprême à une sorte d'incompréhensible sclérose intellectuelle ; et comme la plupart des gens sur la base, j'étais très en colère. Mais la suite des événements nous a finalement montré à quel point nous étions naïfs.

Enfin, il y a eu du changement. Le personnel de la base et la compagnie Lumière de l'Aube ont reçu l'ordre de participer à une attaque expérimentale contre le groupe aéronaval de l'ennemi, qui venait d'entrer dans nos eaux territoriales.

Le quartier général de la Flotte de la mer du Sud a convoqué une réunion stratégique pour dresser un plan de bataille. Les participants ne comptaient aucun gradé de très haut rang, montrant que la hiérarchie n'accordait pas une grande importance à cette opération. La réunion était présidée par deux officiers supérieurs : le directeur du département des Opérations de la Flotte de la mer du Sud, et le commandant en second de la Défense côtière du Théâtre opérationnel sud, qui venait de l'armée de terre. La vingtaine d'officiers également présents appartenaient à des unités de sous-marins ou aux forces côtières de la Flotte de la mer du Sud.

Le commandant en second de la Défense côtière a commencé par exposer la situation militaire :

— Pour les raisons que tout le monde connaît, notre capacité de contrôle de la haute mer a été gravement affaiblie. Les forces navales ennemies se rapprochent progressivement de nos côtes. La flotte ennemie s'est déjà avancée à plusieurs reprises à portée de tir de nos lance-missiles antinavires côtiers ; mais toutes nos attaques ont échoué, le système de défense de l'ennemi ayant réussi à intercepter la plus grande partie de nos missiles. Si nous parvenions à détruire ou à endommager les capacités de détection avancée du système antimissile ennemi, nos missiles côtiers pourraient lancer une attaque efficace. Voici l'objectif de cette réunion opérationnelle : utiliser le système "Feuille d'érable" pour détruire les composants électroniques des défenses antimissiles de la flotte ennemie, et les paralyser partiellement ou complètement pour offrir à nos missiles antinavires une fenêtre d'attaque.

"Feuille d'érable" était le nom de code donné aux armes à foudre globulaire. Ce gentil nom reflétait dans une certaine mesure l'impression que la hiérarchie avait de ce type d'armes.

Le directeur du département des Opérations a pris la parole :

— Nous allons maintenant mettre au point une stratégie. Nous définirons d'abord tous ensemble une approche globale, puis chaque service mettra au point les détails de son côté.

— J'ai une question ! a lancé en se levant un colonel de l'armée de terre, qui commandait une unité côtière de missiles. J'ai entendu dire que Feuille d'érable ne pouvait lancer que des attaques à portée visuelle. C'est vrai ?

Le colonel Xu a acquiescé.

— À quoi sert votre machin, alors ? Pouvoir attaquer au-delà de la portée visuelle est une exigence de base de toutes les armes actuelles. On dirait que Feuille d'érable est déjà une arme du passé.

— Ce sont vos idées qui appartiennent au passé, colonel ! a répondu Lin Yun d'un ton agressif, s'attirant les regards hostiles de tous les participants.

— Allons, allons. Laissons d'abord le commandant du programme Feuille d'érable nous exposer ses idées, a déclaré le directeur des Opérations.

— Nous projetons d'utiliser un sous-marin comme plateforme de tir pour Feuille d'érable, a déclaré le colonel Xu.

— Feuille d'érable peut tirer sous l'eau ? a demandé un capitaine des forces de sous-marins.

— Non.

— Pour une attaque à portée visuelle en mer, même dans des conditions climatiques idéales, il faut se trouver à une distance de 8 000 à 10 000 m de la cible. Un sous-marin ne peut pas faire surface aussi près du cœur de la défense anti-sous-marin de l'ennemi ! C'est du suicide ! s'est exclamé avec colère le capitaine.

— Commandant, tout de suite après l'attaque, les systèmes électroniques de la flotte ennemie seront détruits. Leurs défenses anti-sous-marins seront totalement paralysées, elles ne seront donc plus une menace pour vous, a déclaré Lin Yun.

Le commandant des forces de sous-marins a émis un grognement de dédain, manifestement bien décidé à ignorer la jeune major. Il a jeté au directeur des Opérations un regard qui signifiait clairement : "Vous croyez vraiment les promesses de cette gamine ?"

Le directeur des Opérations a fermement secoué la tête :

— Proposition rejetée. Cette idée n'est pas viable.

Après un moment de silence, un capitaine de frégate a proposé une autre solution :

— Nous pourrions utiliser une vedette torpilleur furtive pour nous poster hors de portée visuelle de l'ennemi, et lancer une attaque éclair à portée visuelle dès que la cible arrivera sur zone.

— Ça ne marchera pas non plus, a répondu un autre officier de marine. Une vedette torpilleur n'a aucun moyen de rester cachée, même hors de portée visuelle. N'oubliez pas les capacités de surveillance aérienne de la flotte ennemie. Leurs appareils aériens patrouillent intensément les eaux côtières, et la furtivité n'est efficace que contre les radars. De plus, l'opération exige que l'on attaque toute la flotte ennemie en même temps, ce qui demande un très grand nombre de vedettes. Une cible aussi voyante sera tout de suite repérée par la reconnaissance aérienne. Il faudrait que les vedettes se cachent en formation au-delà de la zone des 300 km dans laquelle opèrent les patrouilles ennemies. Mais ça n'aurait plus aucun intérêt du point de vue opérationnel.

Un colonel de l'armée de terre a parcouru l'assemblée du regard.

— Il n'y a personne de l'armée de l'air ? On ne pourrait pas envisager une attaque aérienne ?

— Feuille d'érable ne dispose d'aucun système aéroporté. De plus, une attaque aérienne à portée visuelle serait tout aussi risquée, a répondu le colonel Xu.

Tout le monde est à nouveau resté silencieux. Les membres de l'unité d'armes à foudre en boule devinaient sans mal ce que les autres participants étaient en train de penser : "Votre machin est un vrai casse-tête."

Le directeur des Opérations a repris :

— Concentrons nos réflexions sur cette question : comment s'approcher à portée visuelle de la flotte ennemie ?

— Il ne reste qu'un seul moyen : un bateau de pêche, a dit Lin Yun.

Quelques rires ont fusé dans l'assemblée.

— D'après nos observations, la flotte ennemie ne prête aucune attention aux bateaux de pêche qui croisent sa route, surtout quand il s'agit de navires de petit tonnage. Si nous utilisons des bateaux de pêche comme plateformes de tir pour Feuille d'érable, nous pourrons peut-être même nous approcher encore plus près que la simple portée visuelle.

Des rires encore plus nombreux ont retenti dans l'assemblée. Le commandant de la Défense côtière a secoué la tête :

— Pas la peine de vous fâcher et de raconter n'importe quoi, major. Tout le monde ici s'efforce de trouver une solution !

— Non, elle parle sérieusement, a déclaré le colonel Xu. C'est un plan que nous avons vraiment envisagé. C'est même celui que nous estimons le plus réalisable. Nous y avons déjà longuement réfléchi avant de recevoir notre ordre de mission. Nous avons même envoyé une équipe spéciale faire des repérages pour étudier la question.

— C'est vraiment…

Le directeur des Opérations a coupé d'un geste de la main l'officier de marine avant qu'il n'ait terminé sa phrase.

— Ça suffit ! Je pense vraiment que c'est une méthode envisageable. Ils y ont apparemment mûrement réfléchi.

— Ha, c'est vraiment une idée du siècle dernier ! s'est exclamé le commandant des forces de missiles que Lin Yun avait attaqué.

— Même pas du siècle dernier ! a déclaré le commandant des forces de sous-marins. Vous imaginez des bateaux de pêche attaquant la flotte ennemie pendant la bataille du Jutland ou de Tsushima* ?

— S'ils avaient eu Feuille d'érable, ils l'auraient fait ! a rétorqué Lin Yun.

— Ça ressemble plus à de la piraterie qu'à une tactique moderne. Si ça s'ébruite, ça risque de faire rire tout le monde, a déclaré un capitaine de vaisseau.

* Bataille du Jutland : plus grand affrontement naval de la Première Guerre mondiale, qui opposa les Allemands aux Anglais dans la mer du Nord en 1916. Souvent vue comme la bataille navale la plus complexe de l'histoire. Bataille de Tsushima : plus grande bataille navale de la guerre russo-japonaise de 1904-1905. Elle eut lieu dans le détroit de Tsushima, entre le Japon et la Corée, et scella la défaite de la Russie.

— Et alors ? Si ça permet d'offrir une fenêtre d'attaque à la Défense côtière, ça ne me dérange pas d'être un pirate, ni même un voleur, a répondu le commandant de la Défense côtière, un des principaux décideurs de l'opération.

Le directeur des Opérations a repris :

— Les deux défauts d'un bateau de pêche sont l'absence d'armements défensifs et une vitesse trop faible. Mais à courte portée, et face à la puissance de feu de toute la flotte ennemie, la différence entre une vedette torpilleur et un bateau de pêche est en fait pratiquement insignifiante.

Tout le monde est resté silencieux. Les participants ont commencé à réfléchir sérieusement à cette solution et quelques officiers de marine ont échangé des idées à voix basse.

— Pour l'instant, ça paraît faisable en principe, mais… a commencé un officier de marine.

L'assemblée est restée silencieuse – un silence qui portait principalement sur le sens de ce "mais". Tout le monde savait ce qu'il s'apprêtait à dire : si l'attaque échouait, ou même si elle réussissait, mais que les missiles de la Défense côtière ne touchaient pas leurs cibles à temps, quelques petits bateaux de pêche n'auraient aucune chance d'en réchapper face à cette puissante armada.

Mais ils étaient des soldats en temps de guerre ; ils savaient qu'il était inutile de s'étendre sur ce "mais".

Le directeur des Opérations a échangé quelques mots à voix basse avec le commandant de la Défense côtière, puis a annoncé :

— Bien. Nous allons partir sur ce cadre de travail. Je veux que chaque service discute des détails tactiques de son côté.

Le lendemain, la compagnie Lumière de l'Aube avec tout son équipement a embarqué à bord de trois avions de transport et a atterri sur un aéroport militaire du théâtre d'opérations du Fujian. Ding Yi et Lin Yun ont été les premiers à descendre. Des deux côtés de la piste d'atterrissage, des chasseurs de combat et des bombardiers ne cessaient de se poser les uns après les autres. Un peu plus loin, sur d'autres pistes, des transporteurs lourds étaient en train d'atterrir. De l'énorme partie arrière de leur fuselage jaillissaient des chars de combat et des grappes de soldats en tenue de camouflage. Avec un grondement assourdissant, une nuée d'autres appareils décrivaient des cercles au-dessus de l'aéroport, attendant de pouvoir se poser. Sur la route, au loin, les véhicules militaires s'écoulaient continuellement comme un torrent d'acier, soulevant des nuages de poussière. On n'en voyait ni le début ni la fin.

— Ils se préparent déjà à repousser un débarquement, a commenté Lin Yun avec un air sombre.

— La foudre en boule rendra tout cela inutile, a déclaré Ding Yi pour la réconforter. À ce moment-là, il en était lui-même convaincu.

Arrivé à ce point de son récit, Ding Yi s'est interrompu.

— Quand j'ai dit cela, Lin Yun m'a fixé pendant quelques secondes. C'était le regard d'une petite fille que l'on vient de réconforter. Pour moi, c'était un sentiment plaisant ; c'était la première fois que j'avais l'impression de n'être pas qu'un penseur, mais aussi un homme fort.

— Tu crois vraiment que tu as plus de force de caractère que Lin Yun ? ai-je demandé avec curiosité.

*— Elle a aussi des faiblesses, et même de grandes faiblesses. Après la destruction de l'*Everest *et la mort de Jiang Xingchen, ces faiblesses sont devenues de plus en plus visibles.*

Lin Yun a désigné à Ding Yi un terrain herbeux non loin de là. Un cordon de sécurité drastique y avait été déployé ; des soldats en tenue de combat intégrale montaient la garde autour d'une véritable montagne de caisses métalliques d'un vert sombre. Chacune mesurait à elle seule la moitié d'un conteneur de transport standard. Des camions ne cessaient d'aller et venir pour les emporter.

— Ce sont des C805, peut-être en prévision de notre opération, a dit Lin Yun à voix basse.

Ding Yi savait qu'il s'agissait d'une classe de missiles antinavires surnommés les "exocets chinois" – les armes de défense côtière les plus puissantes dont disposait la Chine. La quantité qu'il avait sous les yeux lui a donné le vertige.

Dès que le premier lot de mitrailleuses à tonnerre est arrivé, elles ont immédiatement été acheminées vers un port où attendaient déjà des bateaux de pêche réquisitionnés pour l'occasion. C'étaient de très petits bateaux ; le plus gros dépassait à peine les 100 tonnes de déplacement. Les batteries supraconductrices ont été entreposées en cale, mais les mitrailleuses étaient trop longues et ont dû être installées directement sur le pont, dissimulées sous des bâches et des filets de pêche. Les pilotes et les machinistes avaient été remplacés par des hommes de la marine. Il y avait au total plus d'une centaine d'hommes pour cinquante petits navires.

Lin Yun et Ding Yi ont quitté le port pour se rendre au centre de commandement de la Défense côtière du théâtre régional. Xu Wencheng et Kang Ming étaient déjà là avec le reste de la compagnie Lumière de l'Aube. Dans la salle des opérations, un commodore de la marine leur a présenté la disposition des forces ennemies sur un grand écran.

— Voici le noyau de la flotte ennemie. Il est composé de trois porte-avions de bataille : l'*USS Carl Vinson*, l'*USS John C. Stennis*, et l'*USS United States*. Ce sont les derniers modèles de porte-avions nucléaires mis à flot après les années 1980. Le reste du groupe de bataille est composé des unités suivantes : trois croiseurs, quatorze destroyers, douze corvettes et trois navires de ravitaillement, soit un total de trente-cinq bâtiments. Pour ce qui est des sous-marins, la situation est encore floue, mais nous estimons qu'il doit y avoir une dizaine de sous-marins d'attaque.

Un diagramme complexe, composé d'une multitude de petites barres lumineuses, est apparu à l'écran.

— Et voici la disposition de notre embuscade.

À l'écran, deux rangées de vingt-cinq petits points se sont allumées des deux côtés de la flotte ennemie.

— Grâce à ce diagramme, chacun d'entre vous pourra facilement identifier sa cible attitrée. Je dois préciser que la flotte ennemie changera peut-être de formation en entrant dans nos eaux côtières. Mais elle semble avoir déjà adopté une formation défensive côtière classique, il ne devrait donc pas y avoir de changement majeur. Le moment venu, chaque plateforme de tir devra cependant réévaluer sa cible en fonction de la situation.

Je dois aussi vous rappeler quel est votre objectif. Tout à l'heure, il m'a semblé comprendre que tout le monde considérait les porte-avions comme l'objectif principal de cette attaque. Il est à la rigueur excusable que nos camarades de l'armée de terre commettent une telle erreur, mais venant de ceux de la marine, c'est absolument ridicule. Rappelez-vous bien que notre objectif, ce ne sont pas les porte-avions, mais les croiseurs de bataille ! Ils sont les piliers et le centre névralgique de la composante électronique du système défensif Aegis. Ensuite viennent les destroyers, qui constituent une autre composante organique du système.

Si nous arrivons à les paralyser, tout le reste de la flotte ne sera plus qu'une pièce de viande prête pour la découpe. Par ailleurs, en raison de leur position, ce sont également les navires qui seront les plus proches de nos plateformes de tir. Si nous prenons pour cible le cœur de la flotte au lieu de nous occuper en priorité de ce périmètre extérieur, je préfère ne pas imaginer le résultat. Je le répète encore une fois : les porte-avions ne sont que de la viande ; les destroyers et les croiseurs sont le véritable squelette de la flotte. Il faudra au moins 800 tirs sur chaque croiseur, et 150 à 200 sur chaque destroyer.

À l'écran est apparue une coupe longitudinale d'un navire de guerre. Sa structure interne était vertigineusement complexe. Sur le pont du navire est ensuite apparue une ligne verte, qui a commencé à se dérouler en une courbe compliquée, traversant presque chaque compartiment comme un immense ver nématode dans le ventre du vaisseau.

— Voici une coupe d'un croiseur de classe Ticonderoga. La ligne verte représente la trajectoire de mitraillage que devront suivre les boules de foudre.

Tout le long de la courbe verte, des petits cercles sont apparus à plusieurs endroits. À côté de chaque cercle figurait un numéro.

— Ce qui apparaît maintenant, ce sont les points vitaux qui doivent être touchés par le mitraillage. Le chiffre qui apparaît à côté de chaque point est le nombre de boules de tonnerre recommandé pour le détruire. Le fascicule illustré que nous venons de vous distribuer contient les coupes longitudinales de chaque vaisseau, avec chaque fois la trajectoire de mitraillage correspondante. Vous n'aurez pas le temps de tout apprendre par cœur ; l'important est que chacun se souvienne bien de tout ce qui concerne sa cible attitrée. Il sera sans doute un peu plus difficile pour nos camarades de l'armée de terre de comprendre ces schémas, nous leur recommandons donc de tout mémoriser tel quel. Mais je peux résumer de manière simple : pour les croiseurs et les destroyers, le plus important est de détruire les composantes informatiques du système Aegis. Je laisse maintenant la responsable technique des armements compléter les détails.

Lin Yun est venue prendre sa place et a poursuivi :

— Tout ce qui devait être dit, nous l'avons déjà dit au centre d'entraînement de Beijing. Je veux juste rappeler une chose à tout le monde : en raison de la cadence de tir des mitrailleuses à tonnerre, il vous faudra entre quarante secondes et une minute pour terminer vos tirs sur vos cibles respectives. C'est un délai relativement long, et il est d'autant plus important de rester calmes. La trajectoire des boules de tonnerre sera clairement visible, donc faites comme s'il s'agissait de balles traçantes ordinaires : stabilisez d'abord votre tir, puis commencez à balayer les points cibles les uns après les autres.

La vague provoquée par la flotte ennemie dans son sillage constitue un gros problème. Nos bateaux sont très petits, et les vagues latérales qui se propageront jusqu'à nous affecteront certainement la visée. Au moment où la flotte ennemie sera dans la zone d'embuscade, les vagues n'auront pas encore atteint les derniers bateaux de la ligne d'attaque, mais elles se seront déjà dissipées au niveau des premiers. C'est le groupe central qui sera le plus affecté par les vagues, c'est pourquoi nous avons choisi les tireurs les plus expérimentés pour les plateformes de tir du milieu ; ils se sont entraînés en mer, et ont déjà tiré en situation de roulis. Nous aurions normalement dû nous entraîner plus longtemps, mais le temps presse. Il ne nous reste plus qu'à compter sur vos performances sur le champ de bataille !

— Ne vous inquiétez pas, major, un mitrailleur capable de tirer sur un porte-avions ne risque pas de vous faire faux bond ! a déclaré un second lieutenant.

— Je répète : les porte-avions ne font pas partie de nos cibles ! Oubliez-les ! Si quelqu'un gaspille des munitions sur les porte-avions, il en portera la responsabilité ! a hurlé le commodore, déclenchant des rires dans l'assemblée.

À la nuit tombée, les hommes de la compagnie Lumière de l'Aube se sont rendus sur un champ de tir où les attendait un étrange simulacre de flotte ennemie. Des dizaines de grands panneaux en carton avaient été découpés pour représenter de profil toutes sortes de navires. Chaque panneau était monté sur roues et poussé par un soldat. Les panneaux étaient disposés dans le même ordre de bataille que la flotte ennemie et se déplaçaient lentement d'un bout à l'autre du champ de tir. Chaque tireur a réglé sa visée sur la cible dont il avait la charge. Les mitrailleuses avaient été équipées de pointeurs lasers indiquant le point d'impact ; les tireurs devaient s'efforcer de déplacer le point rouge à la surface de leur cible, reproduisant la trajectoire de mitraillage convenue. L'exercice a duré jusqu'au milieu de la nuit, jusqu'à ce que chaque tireur soit parfaitement familiarisé avec le processus de mitraillage de sa cible. Les silhouettes en carton se déplaçaient doucement dans la pénombre ; à leur surface, les petits points rouges se déplaçaient tout aussi lentement, formant un mystérieux tableau abstrait, doté d'un tel pouvoir hypnotique que tout le monde somnolait à la fin de l'exercice.

La troupe est allée passer le reste de la nuit dans un baraquement de la marine. Il paraît que la nuit précédant le débarquement en Normandie, un psychologue a observé le sommeil des soldats. Il pensait qu'à la veille de cette sanglante bataille, personne n'arriverait à s'endormir ; mais il a au contraire constaté que tout le monde dormait encore plus profondément que d'habitude. Il a attribué ce phénomène à un réflexe instinctif du corps humain à l'approche d'une importante dépense d'énergie. Ce réflexe ne se déclencherait par ailleurs que lorsque les individus sont en groupe. De même, cette nuit-là, tout le monde a rapidement sombré dans un sommeil sans rêves.

Au point du jour, la compagnie Lumière de l'Aube s'est rassemblée sur le port. Le soleil était encore sous l'horizon. Les cinquante bateaux de pêche étaient à l'ancre dans le port, se balançant doucement sur les vagues dans le brouillard matinal.

Avant qu'ils ne montent à bord, Lin Yun est arrivée au volant d'une jeep décapotable qui transportait plusieurs gros sacs couleur camouflage. Elle les a sortis de la jeep et les a ouverts devant eux. Ils contenaient des uniformes militaires. Dans les baraquements, les hommes de la compagnie Lumière de l'Aube avaient déjà échangé leurs uniformes contre des tenues de travail puant la mer et le poisson, fournies par une compagnie de pêche. Les uniformes apportés par Lin Yun étaient manifestement ceux qu'ils avaient laissés au camp.

— Lin Yun, qu'est-ce que tu fais ? a demandé le lieutenant-colonel Kang.

— Que tous les soldats mettent leur uniforme et enfilent leur tenue de pêche par-dessus. Dès la fin de l'opération, ils devront immédiatement enlever leurs habits de pêcheurs.

Kang Ming est resté longuement silencieux, et a lentement secoué la tête :

— Merci pour cette attention, Lin Yun. Mais la compagnie Lumière de l'Aube a son propre règlement. Nous n'avons pas le droit de nous laisser capturer. Donne-les plutôt à nos camarades de la marine*.

— Je ne parle pas des officiers qui ont le grade de premier lieutenant ou au-dessus. Leur cas est différent. Mais les autres soldats de l'opération ne sont que de simples mitrailleurs, ils ne disposent d'aucune information utile. J'ai consulté la hiérarchie, et elle a tacitement accepté. C'est la vérité, vous pouvez me faire confiance.

Lin Yun disait vrai. Quand la compagnie Lumière de l'Aube avait commencé à s'entraîner, Kang Ming voulait des tireurs polyvalents, capables à la fois d'opérer et d'assurer la maintenance des mitrailleuses à tonnerre. Mais il s'était heurté à une opposition inébranlable de la part de Lin Yun, qui avait défendu de toutes ses forces le principe d'une séparation complète entre tireurs et personnel de maintenance. C'est elle qui l'avait finalement emporté. En conséquence, les mitrailleurs n'étaient pas autorisés à démonter les armes et n'avaient aucune occasion d'être en contact avec leurs principes de base ou leurs aspects techniques. Ils se contentaient de les utiliser. À ce jour, ils ne savaient même pas que leurs projectiles étaient des boules de foudre : ils croyaient utiliser une sorte d'arme à rayonnement électromagnétique, conformément à ce que leur avait dit leur commandant. Il était maintenant clair que si Lin Yun avait agi ainsi, ce n'était pas uniquement par souci de confidentialité ; elle avait vraiment réfléchi à tous les aspects de la question.

— Ce genre de mission est devenu rare dans les guerres modernes. Si l'attaque échoue, il suffira de détruire rapidement les armes. On ne peut vraiment pas en demander plus aux soldats, a déclaré Lin Yun avec sincérité.

* Seuls les soldats capturés alors qu'ils portent l'uniforme de leur pays peuvent bénéficier du statut de prisonniers de guerre défini par la Convention de Genève. *(N.d.A.)*

Le lieutenant-colonel Kang a hésité quelques secondes puis a fait signe de la main à la troupe :

— OK, enfilez tout de suite vos uniformes. Vite !

Il s'est tourné vers Lin Yun, et lui a tendu la main.

— Merci, major Lin.

— Ce genre de choses montre que Lin Yun a aussi des points faibles, a commenté Ding Yi à ce point de son récit.

Dix minutes plus tard, les cinquante bateaux de pêche ont quitté le port l'un après l'autre. C'était l'image tout ce qu'il y a de plus ordinaire d'une flottille partant pêcher de bon matin. Personne n'aurait pu imaginer que ces embarcations rudimentaires s'apprêtaient à attaquer la plus puissante flotte de la planète.

La suite de l'histoire, Ding Yi l'a reconstituée à partir de témoignages fragmentaires.

Une fois la flotte sortie du port, Kang Ming et les officiers de la marine ont tenu conseil sur un bateau de pêche un peu plus grand que les autres, qui servait de vaisseau amiral. La flotte comptait une centaine de timoniers et de mécaniciens, commandés par un capitaine de corvette, un lieutenant de vaisseau et deux enseignes de vaisseau.

— Colonel, je pense qu'il vaut mieux que vos hommes restent cachés dans la cale. Ça saute aux yeux qu'ils ne sont pas de vrais pêcheurs, a déclaré le capitaine de corvette à Kang Ming.

— L'odeur du poisson est insoutenable dans la cale, a répondu Kang Ming avec une grimace.

— Nos instructions se limitent à conduire les bateaux jusqu'à la zone désignée. Quand la flotte ennemie apparaîtra, nous devrons nous placer sous vos ordres. La hiérarchie a souligné que c'était une opération très dangereuse et n'a fait appel qu'à des volontaires. C'est vraiment très inhabituel, a poursuivi le capitaine.

— Je suis navigateur d'un destroyer de classe Luda. Ce serait vraiment une misère de couler sur un petit rafiot comme celui-ci, a ajouté un des enseignes.

— Et si ce rafiot avait pour mission d'attaquer le groupe aéronaval ennemi ? a demandé Kang Ming.

L'enseigne a hoché la tête :

— Là, ce serait nettement plus héroïque. À l'École navale, avec mes camarades, c'était notre plus grand rêve. Le deuxième étant de devenir capitaine de navire, et le troisième de trouver une fille assez gentille pour supporter nos longs séjours en mer…

— La cible assignée à notre bateau est un croiseur de bataille. Si nous réussissons, le porte-avions ennemi sera coulé en l'espace de quelques minutes.

Les quatre officiers sont restés bouche bée.

— Colonel, vous êtes sérieux ?

— En quoi ça vous étonne tant ? Où est passé le courage de vos ancêtres ? À l'époque de la fondation de la République, la marine chinoise a coulé des destroyers avec des jonques en bois.

— Oui, enfin, si on continue comme ça, on va finir par attaquer une plateforme stratégique mobile* avec une planche de surf ! a répondu le capitaine de corvette.

* Les plateformes stratégiques mobiles, ou plateformes stratégiques navales, sont un projet encore à l'étude. Il s'agit de bâtiments de très grandes dimensions, à demi immergés, principalement armés de missiles guidés à moyenne et longue portée. Ils visent à remplacer le concept opérationnel de groupe aéronaval, centré sur les porte-avions. *(N.d.A.)*

— Bon, admettons. Mais il nous faut quand même des armes, non ? Nous n'avons que quelques pistolets à bord, a fait remarquer un enseigne.

— Et vous croyez que le matériel que nous transportons sert à quoi ?

— Ce sont vraiment des armes ? a demandé le capitaine en regardant ses trois collègues.

— On dirait une radio, ou un radar, quelque chose comme ça. Les machins qui sont sur le pont ne sont pas des antennes ? a renchéri le lieutenant.

— Je peux vous le dire, maintenant : ce sont les armes avec lesquelles nous allons attaquer le groupe aéronaval, a déclaré Kang Ming.

— Camarade colonel, c'est dur de vous prendre au sérieux, a répondu le capitaine en riant.

Croyant avoir tout compris, un des enseignes a désigné les deux batteries supraconductrices :

— Moi je sais ! Ce sont des grenades anti-sous-marines. Et cette armature en fer est un rail de lancement.

Kang Ming a hoché la tête.

— Je n'ai pas le droit de vous révéler la nature exacte de cette arme. Appelez-la une grenade anti-sous-marine si vous voulez.

Il a montré aux officiers un bouton rouge sur l'une des batteries.

— Ceci est le bouton d'autodestruction. Si les choses tournent mal, la première chose à faire sera de presser le bouton et de jeter l'arme à la mer. Quoi qu'il arrive, nous ne devons pas la laisser tomber aux mains de l'ennemi.

— La hiérarchie nous l'a déjà dit et redit, ne vous en faites pas… Bon. S'il n'y a rien d'autre, mettons-nous au boulot. Ce satané moteur n'arrête pas de perdre de l'huile.

La flottille est parvenue sur zone dans l'après-midi et une longue attente a commencé. Kang Ming en a profité pour faire une tournée d'inspection de la ligne de bataille, vérifiant le bon état de chaque mitrailleuse à tonnerre. En dehors de cela, il n'y avait rien à faire. Le bateau de Kang Ming disposait d'une radio, dont il s'est servi deux fois pour contacter le quartier général – la première fois pour signaler que tous les bateaux étaient arrivés sur zone, et la deuxième pour régler une question secondaire. Il avait été décidé que tous les bateaux maintiendraient un black-out lumineux complet une fois la nuit tombée, mais Kang Ming n'était pas satisfait de cette décision, estimant que cela ne ferait au contraire qu'éveiller la méfiance de l'ennemi. Le quartier général a fini par lui donner raison et a autorisé chaque bateau à allumer ses lampes comme un bateau de pêche normal. Le quartier général n'a par contre pu leur donner aucun détail sur la progression de la flotte ennemie.

L'excitation et l'anxiété des troupes sont rapidement retombées sous l'effet du soleil brûlant, et les hommes ont cessé de passer leur temps rivés à leurs jumelles pour observer la ligne d'horizon au nord. Pour ne pas attirer l'attention, les bateaux se déplaçaient de temps à autre sur de courtes distances, et les hommes jetaient et ramenaient régulièrement leurs filets. Le capitaine de corvette s'est révélé plutôt doué à ce petit jeu et a même réussi à attraper quelques poissons. En discutant avec lui, Kang Ming a appris qu'il était né dans un village de pêcheurs du Shandong.

Le reste du temps, ils discutaient et jouaient aux cartes sur le pont, dos au soleil. Ils parlaient de tout et de rien, de la mer et du ciel – de tout sauf de l'opération à venir, et du sort potentiel de leur petite flotte.

À la tombée de la nuit, usée par cette longue attente, la troupe a commencé à relâcher sa vigilance. Le dernier contact avec le quartier général remontait à plus de huit heures ; la radio était restée silencieuse depuis. Bercé par le clapotis monotone des vagues contre le bateau, Kang

Ming, qui n'avait quasiment pas dormi depuis plusieurs nuits, s'est senti glisser vers le sommeil, et a dû faire un gros effort pour rester éveillé.

Quelqu'un l'a doucement secoué. C'était le capitaine de corvette.

— À bâbord devant nous. Regardez discrètement, a-t-il dit à voix basse.

Une lune rougeâtre venait juste d'apparaître au-dessus de l'horizon, et la surface des eaux était bien éclairée. Kang Ming a regardé dans la direction indiquée. Il a d'abord vu un petit sillage en forme de V. En regardant plus attentivement, il a distingué à la tête du V une mince tige noire surmontée d'un objet sphérique. La scène lui a rappelé une photo du monstre du Loch Ness qu'il avait vue quelque part, montrant un long cou s'étirant depuis les eaux noires d'un lac.

— Un périscope, a murmuré le capitaine.

La tige se déplaçait très rapidement. En progressant, elle soulevait à la surface de l'eau une vague d'écume en forme d'arc, dont le léger clapotis était audible jusque sur le bateau. Sa vitesse s'est graduellement réduite et la vague a décru en même temps, jusqu'à disparaître complètement. Le périscope est venu se planter devant la proue du bateau, à une vingtaine de mètres d'eux, et n'a plus bougé.

— Ne le regardez pas, a dit le capitaine avec un sourire décontracté, comme s'il était juste en train de discuter gaiement avec Kang Ming.

Pendant une fraction de seconde avant de détourner le regard, Kang Ming a nettement distingué un reflet lumineux sur le verre de la sphère fichée au sommet de la tige. À cet instant, le lieutenant et les deux enseignes ont émergé de la cabine de pilotage, un filet de pêche à la main. Ils se sont assis avec nonchalance sur la bâche recouvrant le châssis de la mitrailleuse et se sont mis à réparer le filet à la lueur de la lune. Kang Ming suivait des yeux les mains habiles du lieutenant et s'est mis à l'imiter. Mais son esprit revenait sans cesse à cet étrange œil derrière eux, qui les fixait depuis la surface de l'océan. Il ressentait des picotements dans tout le dos.

— Je vais lancer ce filet. Il s'emmêlera peut-être dans leur saloperie d'hélice, a dit le lieutenant d'un air las, comme s'il se plaignait d'être encore en train de travailler à une heure pareille.

— Tant que vous y êtes, balancez aussi ces deux bombes sous-marines, a déclaré en riant un enseigne.

Il s'est tourné vers Kang Ming :

— Dites quelque chose.

Mais Kang Ming n'arrivait à penser à rien. Le lieutenant lui a montré le filet :

— Alors, c'est pas du beau travail ?

Kang Ming a levé le filet pour l'examiner dans la lumière qui filtrait depuis la cabine de pilotage et a répondu au lieutenant :

— Laissons-les admirer vos talents !

— Il a encore bougé, a dit le capitaine.

— Ne vous retournez pas, a soufflé le lieutenant à l'intention de Kang Ming.

Après un instant, le clapotis a de nouveau retenti. Kang Ming a tourné la tête. La tige était en train de s'éloigner à une vitesse croissante. Elle semblait se raccourcir à mesure qu'elle s'éloignait et a fini par disparaître sous les eaux.

Le lieutenant a laissé tomber le filet et s'est levé, se tournant vers Kang Ming.

— Colonel, si j'étais le capitaine de ce sous-marin, j'aurais tout de suite vu que quelque chose clochait. Vous tenez ce filet n'importe comment !

À ce moment, la radio a reçu un bref message du quartier général. La flotte ennemie allait arriver dans la zone ; il fallait se tenir prêts.

Après un moment, un grondement indistinct s'est élevé, qui a rapidement gagné en intensité. Les hommes ont regardé le ciel vers le nord et ont vu apparaître une rangée de points noirs dans le ciel nocturne. Il y en avait cinq. L'un des points noirs est passé par hasard devant le disque de la lune, et ses hélices en rotation se sont nettement découpées dans la clarté lunaire. Les cinq hélicoptères se sont rapidement rapprochés et sont passés au-dessus d'eux en vrombissant, leurs feux de signalisation rouges brillant sous leur ventre. L'un des appareils a largué un objet cylindrique qui a soulevé une gerbe d'écume blanche en touchant la surface de l'océan. Après avoir parcouru une certaine distance, un autre hélicoptère a laissé tomber un autre cylindre. Kang Ming a demandé de quoi il s'agissait. Le capitaine, qui venait d'émerger de la cabine de pilotage, lui a expliqué :

— Des bouées sonars, pour repérer les sous-marins. L'ennemi se méfie particulièrement des sous-marins.

Poursuivant leur route vers le sud, les hélicoptères se sont rapidement estompés dans le ciel nocturne et tout est redevenu silencieux. Dans l'oreillette miniature de Kang Ming, qui était reliée à la radio du bateau, a retenti une voix venue du quartier général :

— Cible en approche. Tous les bateaux en position d'attaque. Terminé.

Les nuages cachaient à nouveau la lune et la surface de l'océan était redevenue d'un noir d'encre. Mais au nord, une clarté diffuse est apparue contre le ciel. C'était le même genre de clarté que Kang Ming voyait tous les soirs depuis la base de Beijing – la clarté de la ville s'élevant au loin vers le ciel. Il a levé ses jumelles pour regarder dans cette direction, et pendant un instant, il lui a semblé voir une côte étincelante de lumière.

— Nous sommes beaucoup trop près ! a crié le capitaine en abaissant ses jumelles. Il s'est précipité vers la cabine de pilotage. La turbine du bateau de pêche s'est mise en marche en rugissant et le bateau a commencé à faire demi-tour.

Au nord, le ciel nocturne était de plus en plus lumineux. Lorsque le bateau de pêche s'est à nouveau retourné pour se remettre en position, les lumières de la "côte" étaient visibles à l'œil nu à l'horizon ; avec des jumelles, on pouvait même distinguer les différents navires. La voix a de nouveau retenti dans l'oreillette de Kang Ming :

— Attention à tous. La formation de la cible n'a quasiment pas changé. Procédez comme prévu. Terminé.

Kang Ming savait qu'à partir de cet instant, le commandement opérationnel de la bataille reposait entièrement sur leur vaisseau. Si tout se passait comme prévu, il suffirait d'attendre que les croiseurs de tête de la flotte passent devant eux, puis de donner l'ordre de tirer. D'après ce qu'on savait de la dernière formation adoptée par la flotte ennemie, celle-ci se trouverait à ce moment entièrement engagée dans la zone d'embuscade. Les hommes ont accompli leur dernière tâche avant d'ouvrir le feu : enfiler leur gilet de sauvetage.

La flotte ennemie s'est rapidement rapprochée. Lorsqu'il a pu distinguer à l'œil nu les différents bâtiments au milieu de cette mer de lumière, Kang Ming a commencé à identifier les cibles une à une.

— Regardez ! L'*USS Stennis* ! s'est écrié le lieutenant.

Peut-être la silhouette du porte-avions s'était-elle gravée dans son esprit pendant ses années à l'École navale. Il s'est tourné vers Kang Ming et lui a adressé un regard qui disait clairement : "Voyons un peu ce que vous allez faire maintenant !"

Kang Ming était planté à la proue du bateau, observant calmement la flotte qui approchait à pleine vitesse.

Devant eux, les projecteurs de la flotte ennemie jetaient de gigantesques faisceaux de lumière ovales, qui se déplaçaient en tous sens à la surface de l'océan. Les faisceaux lumineux tombaient fréquemment sur les bateaux de pêche, projetant d'immenses ombres sur la mer derrière eux, mais ils passaient rapidement à autre chose. Ces insignifiants petits bateaux de pêche n'avaient de toute évidence pas retenu leur attention. À la surface de l'océan, l'immense armada ennemie emplissait à présent tout le champ de vision. En tête s'avançaient deux croiseurs, dont les moindres détails étaient parfaitement visibles à la lumière de la lune et des feux de la flotte. Sur les flancs, les six destroyers n'étaient encore que d'obscures silhouettes. Au centre de la formation s'avançaient les trois porte-avions, dont les silhouettes géantes projetaient trois ombres colossales à la surface de l'océan. À ce moment-là, les hommes de la flottille de pêche ont entendu au-dessus d'eux un sifflement aigu qui gagnait rapidement en intensité, un son à faire se dresser les cheveux sur la tête, comme si un couteau géant était en train de déchirer le ciel. Ils ont brusquement relevé la tête, juste à temps pour voir quatre chasseurs de combat passer juste au-dessus d'eux. Un puissant grondement s'est ensuite élevé, comme des vagues géantes s'écrasant avec violence contre une côte rocheuse – le bruit des vagues soulevées par l'immense proue d'acier des navires fendant l'océan. La longue coque blanche d'un croiseur est passée devant eux, glissant à la surface. Derrière lui s'avançaient plusieurs destroyers d'un gris métallique. Ils étaient plus petits que le croiseur, mais comme ils se trouvaient sur les flancs de la flotte, ils étaient plus proches des bateaux de pêche et paraissaient beaucoup plus imposants. Ils étaient hérissés d'un foisonnement vertigineux d'antennes et de structures complexes et l'on pouvait nettement distinguer des marins en train de s'activer à bord. Bientôt, les trois porte-avions qui étaient auparavant cachés par les destroyers sont apparus droit devant eux. C'étaient de véritables villes flottantes à propulsion nucléaire, des montagnes d'acier apportant la mort et la destruction ; leur silhouette colossale donnait l'impression qu'ils ne pouvaient pas avoir été construits par la main de l'homme. Pour les équipages des bateaux de pêche, cette flotte gigantesque avait quelque chose de surréaliste, comme s'ils avaient soudain atterri sur une planète inconnue couverte d'immenses châteaux de fer.

Kang Ming a tiré de son col un minuscule émetteur sans fil. Sur le bateau, les deux tireurs de la compagnie Lumière de l'Aube, qui étaient jusque-là restés cachés dans la cale, ont soulevé la bâche recouvrant la mitrailleuse à tonnerre. Ils se sont penchés sur l'arme et ont pointé le rail de lancement vers le croiseur qui passait devant eux, suivant lentement le déplacement de leur cible.

— À tous les postes de tir : ouvrez le feu, a dit Kang Ming sans hausser la voix.

Un arc électrique scintillant s'est allumé à la pointe du lanceur avec un craquement de tonnerre assourdissant, illuminant la surface de l'océan d'une aveuglante lumière bleutée. Des boules de tonnerre d'un rouge vif ont jailli en rafale avec un gémissement perçant, presque collées à la surface des eaux, dessinant une longue traînée de lumière. Elles ont fendu les airs avec grâce, passant juste derrière la poupe du premier destroyer, puis devant la proue du second, se dirigeant droit vers le croiseur. Au même moment, les postes de tir des autres bateaux de pêche ont ouvert le feu, projetant vers la flotte des rafales de boules de foudre qui ressemblaient de loin à autant de traits de lumière. Quand une rafale se maintenait assez longtemps dans la même direction, elle laissait dans son sillage une traînée fluorescente, formée par l'ionisation de l'air sur le passage des boules de foudre. Même lorsque le canon changeait de direction, cette traînée continuait à briller dans les airs. Ces traits de lumière en suspension formaient devant chaque bateau de pêche un éventail lumineux qui s'élargissait progressivement à mesure que les tirs se déplaçaient. Les rafales de boules de foudre et les innombrables traînées lumineuses dessinaient sur le champ de bataille une sorte de gigantesque filet jeté sur la flotte ennemie.

Un glorieux chapitre de l'histoire militaire était sur le point d'être écrit.

Mais à l'instant où les premières boules de foudre allaient atteindre leur cible, leur trajectoire a soudain paru déviée par une immense main invisible. Plusieurs boules ont bondi vers le ciel, d'autres se sont enfoncées dans la mer, d'autres encore ont glissé des deux côtés de leur cible, passant très loin de la proue et de la poupe ; et en arrivant à proximité d'autres navires, elles ont à nouveau changé de trajectoire. C'était comme si chaque navire de la flotte était recouvert d'une immense cloche de verre, que les boules de foudre ne parvenaient pas à traverser.

— Des boucliers magnétiques !

C'est la première chose à laquelle a pensé Kang Ming. Ce qui n'avait cessé de hanter les cauchemars des chercheurs du projet était devenu réalité.

— Toutes les équipes d'assaut, cessez le feu ! Détruisez les armes ! a ordonné Kang Ming d'une voix forte.

L'un des deux tireurs du bateau, un sergent de la compagnie Lumière de l'Aube, a pressé le bouton rouge de la mitrailleuse, et l'équipage s'est empressé de faire basculer l'arme par-dessus bord. Après quelques instants, le bruit assourdi d'une explosion est remonté du fond des eaux, et un geyser a jailli à la surface, ballottant leur bateau sur les vagues. Un court-circuit de la batterie supraconductrice avait provoqué une explosion équivalente à celle d'une grenade sous-marine. La mitrailleuse à foudre globulaire n'était désormais plus qu'une pluie de débris au fond de l'océan.

Toutes les rafales tirées depuis les bateaux se sont arrêtées en même temps. Au-dessus de la flotte ennemie, des grappes de boules de foudre erraient sans but, leurs traînes de feu tressant un grand tapis de lumière dans le ciel. Le concert de sifflements uniformes émis par les boules de foudre a commencé à se changer en une cacophonie de bourdonnements désaccordés, comme une stridente lamentation.

Kang Ming a vu un éclair jaillir des canons du destroyer, mais seulement du coin de l'œil ; au moment où les obus ont touché le bateau de commandement, il était en train de contempler l'océan. Au loin, les boules de foudre qui s'étaient enfoncées sous les eaux continuaient à briller d'une vague lueur au fond de la mer, comme un banc de poissons lumineux.

Le grondement des canons a retenti, tonnant sans interruption. À la surface, autour de la flotte ennemie, d'immenses colonnes d'eau ont jailli les unes après les autres, soulevant des débris de bateaux. Au bout de trois minutes, les tirs ont cessé. Sur les cinquante bateaux de pêche, quarante-deux avaient été touchés. Ils étaient trop petits pour sombrer : les obus de gros calibre les avaient simplement pulvérisés en une pluie de fragments épars. Il ne restait plus que huit petits bateaux dispersés ici et là, pris dans les faisceaux des projecteurs de recherche, comme des acteurs solitaires rappelés sur scène une fois le rideau tombé sur la tragédie qui venait de se jouer sur l'océan.

Les boules de foudre, dissipant leur énergie sous forme de rayonnement électromagnétique, se sont rapidement éteintes les unes après les autres. L'air ionisé formait encore une vague auréole fluorescente au-dessus de la flotte. Sous l'effet du rayonnement électromagnétique des boules de foudre qui avaient plongé sous l'eau, la surface de l'océan s'est couverte d'une brume de vapeur blanchâtre. Quelques boules de foudre à la durée de vie plus longue que les autres continuaient à flotter doucement au loin dans le ciel, n'émettant plus qu'un son presque imperceptible, comme de tristes lanternes des morts emportées par le vent.

Nous n'avons jamais vraiment su comment l'ennemi avait découvert l'existence des armes à foudre globulaire et mis au point un système de défense efficace. Mais nous disposions de quelques indices fragmentaires. Un an auparavant, sur ce champ de tir dans le Sud du pays, les boules de foudre tirées par la mitrailleuse étaient sorties de leur état quantique, en l'absence de tout observateur de notre côté ; cela prouvait qu'il y avait eu un autre observateur. Nous pouvions également être quasi certains que l'incident de la centrale nucléaire avait été une autre faille dans la confidentialité des armes à foudre globulaire (ce qui ne signifiait évidemment pas que cette opération eût été une erreur). Il était difficilement possible que l'ennemi ait eu connaissance des principes fondamentaux et des détails techniques de l'arme ; mais ils avaient eux aussi passé des années à étudier ce phénomène naturel, et peut-être avaient-ils même procédé à des expériences à grande échelle, comme le Projet 3141 en Sibérie. À partir de ces informations éparses, il ne leur était pas très difficile de déduire qu'il s'agissait d'une arme à foudre globulaire. L'action des champs magnétiques sur les boules de foudre était par ailleurs un fait empirique bien connu dans le monde de la recherche, qui n'avait pas de rapport avec la nature fondamentale de la foudre en boule.

Dans l'avion de transport qui les ramenait à la base de recherche, Lin Yun était accroupie dans un coin sombre de la cabine, son casque serré entre ses bras, le regard perdu dans le vague. Sa mince silhouette était recroquevillée sur elle-même, comme une petite fille perdue sur une plaine sauvage en plein hiver ; elle avait l'air seule et sans défense. En la voyant ainsi, Ding Yi a soudain été pris de compassion. Il est allé s'asseoir à côté d'elle et a essayé de la réconforter :

— En réalité, les résultats que nous avons obtenus restent formidables. Grâce aux macro-électrons, nous allons pouvoir percer les secrets ultimes de la matière à l'échelle macroscopique, des secrets qui étaient jadis cachés au cœur du monde microscopique. Par rapport à cette avancée, les applications militaires de la foudre en boule sont absolument insignifiantes, et…

— Les gens qui ont été incinérés par la foudre en boule se trouvent vraiment dans un état quantique ? a brusquement demandé Lin Yun.

— Oui, pourquoi ?

— Tu as bien dit que cette "Enseignante" risquait de venir m'attaquer ?

— Je racontais n'importe quoi. De toute façon, tu ne m'as pas cru, si je me souviens bien.

Lin Yun a posé son menton sur le casque qu'elle tenait sur ses genoux, les yeux perdus dans le vague droit devant elle.

— Si. Après que tu m'en as parlé, j'ai dormi tous les soirs avec un pistolet chargé sous mon oreiller. J'avais très peur, mais je n'osais pas l'avouer.

— Désolé de t'avoir effrayée.

— Mais tu penses que c'est possible ?

— En théorie… peut-être. Mais c'est une probabilité tellement faible qu'elle ne peut quasiment pas se produire en pratique.

— Donc c'est possible, a marmonné Lin Yun. L'Enseignante peut m'attaquer. Et je peux aussi attaquer les porte-avions ennemis.

— Quoi ?

— Je peux reprendre un petit bateau de pêche et m'approcher de la flotte ennemie.

— Pour quoi faire ?!

— Si une fois sur place je m'incinère moi-même avec une boule de foudre, je me transformerai en soldat quantique, non ?

— Mais qu'est-ce que tu racontes comme bêtise ?!

— Imagine un peu… À l'état quantique, je peux m'introduire sur un porte-avions. L'ennemi ne pourra pas me voir, parce que dès qu'il me verra, mon état quantique s'effondrera, comme tu nous l'as expliqué. À bord, il y a d'énormes réserves de munitions, des milliers de tonnes d'essence. Il me suffira de les trouver, et ce sera un jeu d'enfant de détruire le porte-avions… Je peux même essayer de trouver le lieutenant-colonel Kang et le reste de la compagnie Lumière de l'Aube, nous serons une armée quantique…

— La défaite a vraiment fait de toi une enfant, Lin Yun.

— Je n'ai jamais prétendu être très âgée…

— Tu as besoin de repos. Nous arriverons à Beijing dans deux heures, tu devrais dormir un peu.

— Mon idée est impossible, alors ?

Lin Yun a relevé la tête de son casque et fixé Ding Yi. Son regard avait quelque chose de suppliant.

— Très bien. Je vais t'expliquer ce qu'est vraiment l'état quantique. À l'état quantique – en admettant que tu aies été incinérée par la foudre en boule –, tu ne seras rien d'autre qu'un nuage de probabilités. Dans ce nuage de probabilités, la totalité de ta personne se trouvera dans un état indéterminé ; tu n'auras absolument aucune liberté de décider de l'endroit où tu te manifestes. L'endroit où tu apparais dans le nuage de probabilités est indéterminé. Il en va de même pour l'état dans lequel tu apparais ; tu peux tout aussi bien te manifester à l'état "mort" qu'à l'état "vivant". La décision ne t'appartient pas : c'est Dieu qui jette les dés*. Si tu es incinérée sur le bateau de pêche, et que tu passes dans un état quantique, ton nuage de probabilités sera centré sur le bateau. Dans l'espace qui entoure ce bateau, la probabilité que tu apparaisses dans la réserve à munitions ou la réserve d'essence d'un porte-avions sera extrêmement faible. Le plus probable, c'est que tu apparaisses en plein milieu de l'océan. Même en admettant qu'à ce moment-là tu te manifestes à l'état "vivant", tu te noieras tout de suite ; ton état quantique cessera alors de contenir la probabilité d'un état "vivant", et l'ensemble de tes possibilités correspondront à l'état "mort". Mais admettons... admettons que tout cela soit possible pour un être humain. Admettons que par miracle tu gagnes la loterie des probabilités, et que tu apparaisses vraiment dans une partie vitale d'un porte-avions ennemi. Même ainsi, rien ne garantit que tu te manifestes à l'état "vivant". Il est également impossible de savoir pendant combien de temps tu te manifesteras : une heure, ou un dixième de seconde ? En plus, il suffit que quelqu'un soit présent, ou même qu'il y ait une caméra de sécurité, pour que tu sois instantanément réduite à l'état et à l'endroit qui constituent le cœur de ton nuage de probabilités : un tas de cendres calcinées sur un bateau de pêche. Il te faudra de nouveau attendre de gagner la loterie ; et le temps que cette infime probabilité se réalise à nouveau, le porte-avions sera déjà à l'autre bout du monde. Il se sera peut-être écoulé un temps si long, qu'il n'y aura même plus de guerre à la surface du globe... Et tu oublies encore une chose : tes compagnons d'armes de la compagnie Lumière

* Allusion à l'expression "Dieu ne joue pas aux dés" d'Einstein, à propos de l'interprétation non déterministe de la réalité entraînée par la physique quantique.

de l'Aube ont été tués par l'artillerie ennemie, pas par la foudre en boule. Avant de sacrifier leur vie, ils avaient déjà détruit et jeté à la mer les armes à foudre… Ils ne sont jamais passés à l'état quantique. Lin Yun, tu me fais penser à la Petite Marchande d'allumettes, perdue dans ses rêveries. Tu as vraiment besoin de te reposer.

Lin Yun a soudain jeté le casque au loin, et s'est mise à pleurer sur l'épaule de Ding Yi. Elle pleurait à chaudes larmes, son corps mince tremblant violemment contre lui, comme si elle se déchargeait soudain de la tristesse de toute une vie.

Ding Yi a interrompu son récit.

— Tu peux imaginer ce que j'ai ressenti à cet instant. Je m'étais toujours considéré comme un homme sans attache : en dehors de la pensée rationnelle, aucune émotion n'avait prise sur moi. Mes quelques expériences passées dans ce domaine me l'ont toutes confirmé. Mais je sais maintenant qu'en dehors de la rationalité, il est autre chose qui peut occuper un homme corps et âme… À ce moment-là, Lin Yun était vraiment redevenue une enfant. Mais qui était la véritable Lin Yun – la major qui avançait toujours avec sang-froid vers son objectif, ou cette petite fille faible et fragile ?

— Sans doute un peu des deux, à mon avis. Mais je comprends encore moins les femmes que toi, ai-je répondu.

— Après la mort de Jiang Xingchen, elle était déjà très abattue. Cette nouvelle défaite dépassait les limites de ce que son esprit pouvait endurer.

— Ce n'est pas idéal, comme état d'esprit. Tu devrais contacter son père.

— Tu crois peut-être que c'est facile ? Comment veux-tu que je contacte quelqu'un d'aussi haut placé ?

— J'ai le numéro du général Lin. Il me l'a donné lui-même, en me demandant de veiller sur Lin Yun.

J'ai réalisé que Ding Yi me fixait, absolument immobile.

— Ça ne sert plus à rien.

Sa réponse m'a empli d'effroi. Ce n'est qu'à ce moment que j'ai réalisé que depuis le début, le récit de Ding Yi était empreint d'une subtile aura de tristesse.

Ding Yi s'est levé et a marché jusqu'à la fenêtre. Il a contemplé en silence la nuit froide et pluvieuse à l'extérieur. Ce n'est qu'après un long moment qu'il s'est retourné. Il a désigné la bouteille vide sur la table :

— Tu en as encore ?

J'ai sorti une autre bouteille, je l'ai ouverte, et je lui ai versé un demi-verre. Il s'est rassis, fixant son verre d'un regard absent.

— Il s'est encore passé bien d'autres choses. Des choses que tu ne peux même pas imaginer.

CORDES

Après l'échec de cette opération, le travail de recherche et de déploiement des armes à foudre en boule a été interrompu. Le personnel a été drastiquement réduit. La base de recherche n'a pas été fermée, mais elle était quasi déserte. C'est à ce moment-là que Zhang Bin est décédé.

— Comme Zhang Bin était un pionnier de la recherche sur la foudre globulaire en Chine, nous avons décidé de respecter ses dernières volontés : être incinéré par une boule de foudre. Cela posait cependant des problèmes de confidentialité, et comme tu avais déjà quitté le programme, tu n'as pas été informé, a expliqué Ding Yi.

J'ai poussé un léger soupir. En cette époque peu ordinaire, la mort de mon ancien directeur de mémoire ne m'affectait pas outre mesure.

Les funérailles ont eu lieu sur le terrain d'essai de la base de recherche. Les herbes folles avaient commencé à repousser un peu partout. Un espace vide a été dégagé au centre et on y a déposé le corps de Zhang Bin. Tout le monde a reculé jusqu'à la ligne de sécurité, 100 m plus loin. Une boule de foudre portée à un très haut niveau d'énergie a été émise à basse vitesse depuis un coin du terrain et s'est dirigée vers le corps. Elle a lentement flotté au-dessus de lui en émettant une grave mélopée de *xun*, comme si elle chantait la triste vie de cet explorateur ordinaire. Après une dizaine de secondes, elle a disparu avec un bruit retentissant. Un filet de fumée blanche s'est élevé ; le tissu blanc qui recouvrait le corps s'est affaissé. En dessous, il ne restait qu'une fine poussière de cendres.

Comme toutes les recherches avaient été suspendues sur la base, Ding Yi était retourné à l'Institut national de physique pour continuer ses recherches sur les macro-électrons. Il était en ville au moment des funérailles et n'avait pas pu y assister. Mais il avait jadis vu les cartons remplis de feuilles de calculs de Zhang Bin, et la quantité de travail que cela représentait l'avait ébranlé. À ses yeux, Zhang Bin appartenait à ces gens qui n'ont pas assez de chance ou d'imagination pour accomplir une véritable percée théorique ; mais il avait passé sa vie entière à explorer à tâtons un marécage désolé, et il méritait la pitié et le respect. Ding Yi a donc pensé qu'il devait au moins aller se recueillir sur la tombe de ce pionnier.

La tombe de Zhang Bin se trouvait dans un cimetière public de Badaling*. Lin Yun y a emmené Ding Yi en voiture. En descendant du véhicule, ils ont longé un chemin pavé jusqu'au cimetière. Une couche de feuilles d'un jaune doré craquait sous leurs pas. Au loin, sur les montagnes couvertes de feuillages rouges, on pouvait distinguer un tronçon de la Grande Muraille. C'était à nouveau l'automne – la saison de la mort, la saison des départs, la saison de la poésie. Le soleil couchant dardait ses derniers rayons à travers une brèche entre deux montagnes, illuminant les tombes alignées en rangs serrés dans le cimetière.

* Site proche de la Grande Muraille, dans la campagne qui entoure Beijing.

Perdus dans leurs pensées, Ding Yi et Lin Yun sont restés silencieux devant la sobre pierre tombale de Zhang Bin, jusqu'à ce que le soleil ait disparu à l'horizon.

Deux chemins divergeaient dans un bois jaune
Désolé de ne pouvoir emprunter les deux
J'ai choisi le moins fréquenté
Et cela a fait toute la différence

Lin Yun a murmuré ce poème de Frost*. Sa voix sonnait comme une source au fond d'un bois.

— Tu as déjà songé à emprunter l'autre chemin ? a demandé Ding Yi.

— Y a-t-il vraiment un autre chemin ? a doucement demandé Lin Yun.

— Après la guerre, quitte l'armée. Viens étudier les macro-électrons avec moi. J'ai les capacités théoriques, tu es une ingénieure de génie. Je m'occuperai de la théorie, et toi des expériences. Ensemble, nous pourrions révolutionner la physique contemporaine.

Lin Yun lui a adressé un bref sourire.

— J'ai grandi dans l'armée. Je ne sais pas si je pourrais appartenir corps et âme à quelque chose d'autre.

Elle a hésité un instant, avant d'ajouter :

— Ou à quelqu'un d'autre.

Ding Yi est resté silencieux. Il s'est approché de la stèle et a déposé à sa base le bouquet de fleurs qu'il avait apporté. À cet instant, quelque chose a paru attirer son attention et il est resté un moment penché en avant. Il s'est finalement

* Il s'agit en fait seulement des deux premiers et des deux derniers vers d'un plus long poème, *The Road Not Taken*, du poète américain Robert Frost (1874-1963).

accroupi, observant attentivement la stèle, le visage presque collé à la pierre.

— Mon Dieu ! Qui a gravé cette stèle ? s'est-il écrié.

Lin Yun est restée interloquée. À part le nom de Zhang Bin et les dates de sa naissance et de sa mort, rien de particulier ne figurait sur la stèle. C'est lui qui l'avait voulu ainsi : il estimait n'avoir rien accompli qui méritât d'être raconté. Lin Yun s'est approchée pour examiner la stèle et s'est figée, bouche bée. En dehors des gros caractères gravés, celle-ci était couverte d'une foule de signes minuscules, qui couvraient même les côtés et le dos de la stèle. C'était une myriade de formules et d'équations, comme si la stèle avait été entièrement plongée dans un bain de formules et d'équations à l'état liquide.

— Ah ! Elles s'estompent, elles sont en train de disparaître ! s'est écriée Lin Yun.

Ding Yi l'a repoussée avec rudesse :

— Retourne-toi ! Avec un observateur de moins, elles se réduiront plus lentement !

Lin Yun s'est retournée, se frottant nerveusement les mains. Ding Yi, penché sur la stèle, avait commencé à lire le dense réseau de gravures qui la recouvrait.

— Qu'est-ce que c'est ? Tu comprends quelque chose ?

— Ne parle pas ! a crié Ding Yi en continuant à lire fixement.

Lin Yun a fouillé dans les poches de son vêtement.

— Tu veux que j'aille chercher un crayon et du papier dans la voiture ?

— Pas le temps. Arrête de me déranger !

Ding Yi continuait à lire à une vitesse effarante, fixant la stèle avec une telle intensité qu'il semblait vouloir la transpercer du regard.

À ce moment, les derniers rayons du jour ont flamboyé à l'ouest, jetant une étrange teinte bleutée sur les tombes du cimetière. La forêt alentour a été engloutie par une ombre crépusculaire. Quelques rares étoiles étincelantes sont apparues, clignotant sur la voûte céleste. Parfois, des feuilles qui n'étaient pas encore tombées bruissaient très doucement sous l'effet de la brise. Mais même ce bruit s'est bientôt estompé, comme si une force inconnue les avait fait taire, et un silence absolu est descendu sur le monde. On aurait dit que l'univers entier s'était absorbé avec Ding Yi dans la lecture de ces inscriptions quantiques.

Au bout de dix minutes, Ding Yi a terminé la lecture des équations gravées sur le devant de la stèle. Il a rapidement balayé du regard le sommet et les côtés de la pierre puis s'est mis à lire l'arrière. Il faisait maintenant totalement nuit ; il a sorti un briquet et a continué à lire fiévreusement à la lueur de la petite flamme.

— Je vais chercher une torche ! a déclaré Lin Yun.

Elle est partie en courant vers la voiture, s'éloignant sur le petit chemin entre les rangées de tombes. Quand elle revenue en courant avec la torche électrique, la flamme du briquet s'était éteinte. Dans le faisceau de sa torche, elle a trouvé Ding Yi adossé à la stèle, les jambes étendues devant lui, le visage tourné vers le ciel.

Sur la stèle, les équations avaient disparu sans laisser de trace. Le marbre était parfaitement lisse et reflétait le faisceau de la torche comme un miroir.

La lumière de la torche a tiré Ding Yi de sa torpeur, comme s'il émergeait d'un rêve. Il a pris Lin Yun par la main et l'a emmenée à l'arrière de la stèle. Il a désigné du doigt la base de la tombe :

— Regarde. Il reste une seule ligne à l'état non quantique. C'est la seule qui n'était pas une équation.

Lin Yun s'est accroupie et a lu les quelques caractères délicatement gravés à la base de la stèle :

Bin, la vitesse nécessaire pour F n'est que de 426,831 m/s. J'ai très peur.

— Je connais cette écriture ! s'est exclamée Lin Yun en fixant les caractères.

Elle avait examiné à de nombreuses reprises le petit carnet laissé par Zhang Bin, le carnet dont une page sur deux avait été brûlée par la foudre en boule.

— Oui, c'est bien elle.

— Qu'est-ce qu'elle avait gravé sur la stèle ?

— Un modèle mathématique. Un modèle mathématique complet du macro-électron.

— Oh… Nous aurions vraiment dû amener un appareil photo.

— Ça ne fait rien. J'ai tout en tête.

— Quoi ? Tout ça ?

— J'avais déjà déduit la majeure partie par moi-même, mais ma théorie bloquait encore sur certains points. Elle m'a donné ce qui manquait pour finir.

— Ça doit être une avancée capitale !

— Pas juste une avancée, Lin Yun. Nous pouvons maintenant trouver les noyaux atomiques.

— Les noyaux atomiques des macro-électrons ?

— Oui. Grâce à ce modèle mathématique, en observant le mouvement d'un macro-électron dans l'atmosphère, nous pouvons déterminer avec précision la position exacte du noyau atomique auquel il appartient.

— Mais comment pourrons-nous l'observer ?

— Comme pour le macro-électron, c'est d'une incroyable simplicité : on pourra le voir à l'œil nu.

— Oh… Et il ressemblera à quoi ? Si je me souviens bien, tu as dit que la forme du noyau atomique était entièrement différente de celle du macro-électron.

— Une corde.

— Une corde ?

— Oui, une corde. Il ressemblera à une corde.

— Une corde de quelle longueur ? De quelle épaisseur ?

— Elle existe essentiellement à la même échelle que les macro-électrons, sa longueur devrait donc être comprise entre 1 et 2 m environ, en fonction de la nature du macro-atome. Pour ce qui est de son épaisseur… elle est infiniment fine. Chaque point de la corde est une singularité mathématique dépourvue de dimensions.

— Comment peut-on voir à l'œil nu une corde infiniment fine ?

— Parce qu'elle déforme aussi les rayons lumineux autour d'elle.

— Mais elle ressemble à quoi, alors ?

Ding Yi a plissé les yeux, comme un dormeur qui vient de s'éveiller et cherche à se souvenir d'un rêve.

— À un serpent de cristal transparent. À un fil incapable de s'étrangler lui-même.

— Ta deuxième comparaison est bizarre.

— Comme cette corde est le plus petit constituant de la macro-matière, elle ne peut pas être coupée ou refermée sur elle-même.

Sur la route du retour, Lin Yun a repris :

— J'ai encore une question. Tu es le plus grand esprit que la physique théorique ait jamais connu dans le pays. J'ai du mal à croire qu'il y a dix ans, une autre chercheuse sur la foudre en boule soit arrivée par hasard à cette conclusion. L'opinion de Zhang Bin sur sa femme était manifestement partiale. Zheng Min a vraiment été capable d'une telle découverte ?

— Si nous vivions dans un monde dépourvu de friction, les trois lois de Newton auraient peut-être été découvertes beaucoup plus tôt par des gens très ordinaires. Si tu existais sous forme de macro-particule à l'état quantique, comprendre le monde serait naturellement bien plus facile pour toi que pour nous.

Et c'est ainsi que la base s'est attelée à la tâche de capturer un macro-noyau atomique.

À l'aide du système de détection optique des bulles vides, ils ont commencé par observer avec précision les mouvements des macro-électrons à l'état libre dans l'atmosphère. Ils savaient à présent que les trajectoires complexes des macro-électrons, que ce soit à l'état de bulle ou à l'état excité, étaient en réalité constituées d'une succession ininterrompue de sauts quantiques ; c'est notre vision qui les interprète comme un mouvement continu. Avec le formidable modèle mathématique trouvé sur la tombe de Zhang Bin, et en procédant à toute sorte de calculs complexes sur les paramètres qui régissent ces sauts, il était possible de déterminer la position du macro-noyau atomique – à condition que le macro-électron observé fasse bien partie d'un macro-atome.

Ils ont d'abord observé les déplacements de dix macro-électrons, tous découverts à 500 m d'altitude environ. Chaque macro-électron devait être observé en continu pendant une demi-heure pour obtenir suffisamment de données brutes sur ses mouvements. Les calculs ont ensuite révélé que sur ces dix macro-électrons, deux étaient des électrons libres. Les huit autres dépendaient chacun d'un macro-noyau atomique différent ; ils se trouvaient à une distance comprise entre 300 et 600 km de leur noyau, une valeur très proche des premières estimations avancées par Ding Yi sur la taille des macro-atomes. Parmi ces huit noyaux, trois se trouvaient dans l'espace, hors de notre atmosphère ; un se trouvait à une grande profondeur sous terre. Quatre se trouvaient dans l'atmosphère, mais deux d'entre eux étaient en dehors de nos frontières, et deux seulement dans notre pays. L'équipe de recherche s'est donc attelée à localiser plus précisément l'un de ces deux derniers noyaux, et a établi qu'il se trouvait à 534 km du macro-électron observé.

En ces temps de guerre, il était impossible de réquisitionner un hélicoptère. Heureusement, la base disposait encore de trois dirigeables à hélium, jadis employés pour capturer les macro-électrons. Ils étaient faciles à utiliser et chaque vol ne représentait qu'un investissement limité. Leur seul défaut était leur lenteur : même à pleine vitesse, ils allaient à peine plus vite qu'une voiture sur une autoroute.

Le jour où ils se sont mis en route, le ciel était parfaitement clair dans le Nord de la Chine, un temps idéal pour une capture. Après un peu plus de quatre heures de vol, ils ont pénétré dans la province du Shanxi et les monts Taihang sont apparus à perte de vue au-dessous d'eux. Comparé au macro-électron, le macro-noyau atomique occupait une position relativement stable. Il se déplaçait cependant à faible vitesse ; la base devait donc observer en continu les déplacements du macro-électron, afin de recalculer en temps réel la nouvelle position du noyau et d'en informer le dirigeable. Au moment où la base leur a signalé qu'ils avaient atteint leur objectif, le pilote a mis en marche le système de détection optique embarqué. Le logiciel de reconnaissance de formes avait été modifié pour se concentrer non plus sur les corps sphériques, mais sur les corps linéaires. Les calculs déterminant la position du macro-noyau présentaient une marge d'erreur de 100 m environ. Le système de détection optique a méticuleusement fouillé ce petit volume d'air, et a rapidement repéré son objectif. Le dirigeable est légèrement descendu, et le pilote a annoncé que la cible se trouvait à quelques mètres à gauche, sur l'avant de la cabine.

— Nous pourrons peut-être le voir directement ! a déclaré Ding Yi.

À moins d'avoir une vue hors du commun, la plupart des gens avaient beaucoup de mal à distinguer à l'œil nu un macro-électron flottant dans le ciel. Mais selon Ding Yi, la forme particulière du macro-noyau devait le rendre plus facile à voir ; son déplacement était en outre plus lent et plus régulier, et donc plus facile à suivre.

— C'est juste là.

Le pilote désignait une zone sur la gauche, légèrement en dessous d'eux. Mais on ne voyait que le moutonnement des chaînes de montagnes.

— Tu le vois ? a demandé Lin Yun.

— Non. Je me base sur les données, a répondu le pilote en montrant l'écran d'affichage du système de détection optique.

— Descendez un peu, qu'on puisse avoir le ciel comme arrière-plan, a indiqué Ding Yi.

Le dirigeable est légèrement descendu. Le pilote manœuvrait en gardant les yeux fixés sur l'écran d'affichage, et bientôt le dirigeable s'est à nouveau immobilisé dans les airs. Le pilote a agité la main :

— Par là…

Mais cette fois, sa main est restée tendue :

— Mon Dieu, il y a vraiment quelque chose ! Regardez, là-bas ! Ça se déplace vers le haut !

Et c'est ainsi qu'après la découverte du macro-électron, l'humanité a pour la première fois contemplé à l'œil nu un macro-noyau atomique.

La corde est apparue sur le fond bleu du ciel, à peine visible. Comme les bulles vides, elle était parfaitement transparente ; seule la réfraction de la lumière lui donnait une forme. Si elle avait été immobile, il aurait été absolument impossible de la distinguer à l'œil nu. Mais la corde ne cessait de se tordre et de se contorsionner en une danse étrange, comme agitée par une vitalité turbulente et imprévisible, qui exerçait sur l'observateur une fascination puissamment hypnotique. Par la suite, pour décrire ce phénomène, la physique s'est enrichie du terme poétique de "danse des cordes".

— Ça te fait penser à quoi ? a demandé Ding Yi, sans quitter le macro-noyau des yeux.

— Ce n'est ni un serpent de cristal, ni un fil incapable de s'étrangler, a répondu Lin Yun. Elle me fait penser à Shiva, le dieu hindou qui ne s'arrête jamais de danser. S'il cessait de danser, le monde serait immédiatement détruit dans un terrible fracas.

— Magnifique ! On dirait que tu commences à devenir sensible à la beauté de l'abstraction.

— J'ai perdu tout intérêt pour la beauté des armes. Il faut bien combler le vide par autre chose.

— Tu vas très vite recommencer à t'intéresser aux armes.

À ces mots, Lin Yun a brièvement détaché son regard du macro-noyau atomique qui dansait à côté de la cabine. Elle a adressé un regard étrange à Ding Yi. Avant cet instant, elle n'avait jamais songé que cette corde dansant dans les airs puisse avoir un quelconque rapport avec une arme. Quand elle a reporté son regard vers le macro-noyau, elle a eu beaucoup de mal à le retrouver.

Il était difficile de concevoir que cette corde translucide dansant dans le ciel formait en réalité, avec une bulle transparente située très loin d'ici, un atome complet d'un rayon de plus de 500 km. Quelles étaient alors les dimensions du macro-univers formé par ces macro-atomes ? L'idée avait de quoi rendre dément.

Pour capturer un macro-noyau, la procédure était la même que pour les macro-électrons. Dans la mesure où le macro-proton du noyau atomique portait une charge électrique positive, il pouvait être attiré par un champ magnétique. La seule différence était qu'il ne pouvait pas circuler dans un câble supraconducteur. Les portes de la cabine du dirigeable se sont ouvertes, et une perche a été déployée avec précaution en direction de la corde qui dansait dans les airs. À l'extrémité de la perche était fixé un puissant électroaimant. Comme il possédait un macro-électron, le macro-atome dans son ensemble présentait une charge électrique nulle ; mais le dirigeable se trouvait maintenant au cœur même du macro-atome, en un point où la charge électrique positive du noyau n'était pas encore neutralisée par la charge négative de l'électron. C'était une situation véritablement extraordinaire. Lorsque la bobine électromagnétique au bout de la perche s'est approchée de la corde, celle-ci a semblé ralentir sa danse ; elle a fait un demi-tour sur elle-même pour venir connecter une de ses extrémités à la bobine, comme si elle savait exactement par quel bout elle devait s'y raccorder. Elle a ensuite continué à danser librement, à la seule différence qu'une de ses extrémités restait maintenant immobile, fixée à la bobine.

Avec mille précautions, Lin Yun et Ding Yi ont doucement rétracté la perche dans la cabine. Encore une fois, ils avaient l'impression d'être à la pêche. La corde, longue de un mètre environ, continuait à se tortiller dans l'habitacle ; elle ressemblait à ces colonnes d'air chaud qui montent du sol en été : à travers la corde, les parois de la cabine apparaissaient légèrement déformées. Lin Yun a tendu une main vers la corde, mais comme le pilote qui avait pour la première fois voulu toucher un macro-électron, sa main s'est arrêtée dans les airs. Elle a regardé Ding Yi d'un air pas très rassuré. Sans aucune crainte, Ding Yi a passé la main à travers le milieu de la corde, qui continuait à danser sans en être affectée.

— Ce n'est rien. Elle n'interagit absolument pas avec la matière de notre monde.

Ils ont longuement contemplé la corde, et Ding Yi a poussé un long soupir chargé d'émotion.

— Effrayant… La nature est effrayante.

— Elle ne peut pas être excitée comme la foudre en boule. Qu'est-ce qu'elle a de si effrayant ? a demandé Lin Yun, interloquée. Telle que je la vois, c'est la chose la plus inoffensive au monde.

Ding Yi a poussé un nouveau soupir et s'est éloigné. Vue de dos, sa silhouette semblait dire : "Attends, et tu verras."

Le personnel d'observation de la base n'a pas tardé à repérer un autre macro-noyau atomique à 300 km de la position du dirigeable. Celui-ci s'est tout de suite mis en route, et un peu plus de trois heures plus tard, ils capturaient leur deuxième macro-noyau au-dessus de Hengshui, dans la province du Hebei. Tout de suite après, on les a informés que trois nouveaux macro-noyaux avaient été détectés ; le plus lointain se trouvait à plus de 400 km, le plus proche à une centaine de kilomètres à peine. Mais le problème qui se posait à présent était que le dirigeable ne disposait que de deux bobines électromagnétiques, et que chacune d'entre elles avait déjà capturé une corde. Lin Yu a proposé de fixer deux cordes en même temps sur l'une des bobines, afin de libérer l'autre pour aller capturer un nouveau noyau.

— Quoi ? Tu es folle ?! a hurlé Ding Yi, faisant sursauter Lin Yun et le pilote.

Ding Yi a désigné du doigt les bobines qui retenaient les deux noyaux atomiques.

— Je le répète encore une fois : ces deux bobines ne doivent *jamais* se trouver à moins de 5 m l'une de l'autre ! C'est compris ?

Lin Yun a fixé pensivement Ding Yi pendant quelques secondes.

— Je suis sûr que tu nous caches quelque chose à propos des macro-noyaux atomiques… Par exemple, tu n'as jamais voulu me dire ce que signifiait la dernière phrase sur la stèle de Zhang Bin.

— C'est une affaire trop sérieuse. Je voulais en parler directement à la hiérarchie, a répondu Ding Yi en évitant le regard de Lin Yun.

— Tu ne me fais pas confiance ?

— Non, je ne te fais pas confiance.

Regardant Lin Yun droit dans les yeux, Ding Yi s'est finalement décidé à parler :

— Je fais confiance au colonel Xu, ou aux autres gens de la base. Mais toi, je ne te fais pas confiance. La deuxième personne en qui je n'ai pas confiance, c'est moi-même. De ce point de vue, nous nous ressemblons beaucoup. Nous pourrions tous les deux utiliser le macro-noyau atomique de manière inconsidérée, bien que pour des raisons différentes – moi en raison de ma curiosité dévorante envers les mystères de l'univers ; et toi, en raison de ta fascination pour les armes, et de tout ce que tu as perdu.

Lin Yun a secoué la tête sans comprendre :

— Tu parles de nouveau d'armes… Mais ces cordes infiniment minces et souples peuvent nous traverser sans même que nous le sentions. Elles ne peuvent pas non plus passer à un état de haute énergie sous l'effet d'une excitation extérieure. Je ne vois pas en quoi elles pourraient servir d'armes… Si tu ne joues pas cartes sur table, ça va compliquer notre travail.

— En fait, tu possèdes déjà les connaissances nécessaires pour comprendre par toi-même, si tu réfléchis un peu.

— Je ne comprends pas. En quoi ça t'effraie tellement de stocker deux cordes au même endroit ?

— Elles s'enrouleraient l'une autour de l'autre.

— Et alors ?

— Qu'est-ce qui se passe dans notre univers quand deux noyaux atomiques se mêlent l'un à l'autre ?

Ding Yi venait de faire tomber le dernier voile cachant la vérité. Il observait attentivement Lin Yun, espérant voir une expression de choc et d'effroi se peindre sur son visage. Pendant un instant, c'est bien ce qui a paru se produire – mais cette expression a aussitôt été remplacée par une intense excitation, l'excitation d'une enfant qui vient de trouver un nouveau jouet.

— Une fusion nucléaire !

Ding Yi a acquiescé en silence.

— Elle dégagerait beaucoup d'énergie ?

— Évidemment. L'énergie libérée dans notre monde par la foudre en boule correspond en fait à une simple réaction chimique dans le macro-monde. Et à quantité égale de particules, l'énergie dégagée par une fusion nucléaire est au moins cent mille fois supérieure à celle d'une réaction chimique.

— Et cette macro-fusion nucléaire – si on peut l'appeler comme ça – libérerait son énergie de la même manière que la foudre en boule, de façon sélective ?

— En théorie, oui, sans doute, puisque la libération de l'énergie se fait dans les deux cas par le même moyen : par résonance quantique avec notre monde.

Lin Yun s'est retournée et a regardé attentivement l'une après l'autre les deux cordes captives.

— C'est fantastique. Il faut normalement une température d'un milliard de degrés pour provoquer une fusion nucléaire. On peut maintenant faire la même chose juste en enroulant ces deux cordes l'une autour de l'autre !

— Ce n'est quand même pas aussi simple. Si j'insiste pour maintenir une distance de sécurité entre les deux cordes, c'est parce que deux précautions valent mieux qu'une. En réalité, même si tu les collais l'une à l'autre, elles ne fusionneraient pas. La répulsion électrique qui s'exerce entre elles les empêcherait de se toucher.

Ding Yi a tendu la main et a caressé une des cordes en train de danser, même si sa main ne sentait rien.

— Il faudrait une vitesse relative assez élevée pour surmonter l'effet de répulsion et faire fusionner les cordes. Je pense que tu comprends maintenant ce que signifie la phrase gravée sur la tombe que tu viens de mentionner.

— La vitesse nécessaire pour F est de 426,831 m/s… Donc F représente la fusion ?

— Oui. Les deux cordes doivent être projetées l'une vers l'autre à cette vitesse relative pour pouvoir s'enchevêtrer, c'est-à-dire pour fusionner.

L'ingénieure a repris le dessus chez Lin Yun et son esprit s'est mis à tourner à toute vitesse :

— Étant donné que les cordes possèdent une charge électrique positive, en utilisant deux rails d'accélération magnétique assez longs, ce ne serait pas très difficile d'accélérer deux cordes jusqu'à une vitesse de 200 m/s chacune.

— Ne commence pas à penser à ça. La première chose à faire, maintenant, c'est de mettre au point un moyen sûr et efficace de stocker les cordes.

— On devrait aussi commencer à construire ces deux rails d'accélération…

— Je t'ai dit de ne pas penser à ça !

— Tout ce que je dis, c'est que nous devons être prêts. Sinon, quand la hiérarchie donnera l'ordre de faire une expérience de macro-fusion, il sera trop tard…

Lin Yun s'est soudain mise en colère et a commencé à faire les cent pas dans l'étroite cabine du dirigeable :

— C'est quoi, ton problème, à la fin ? Tu es devenu tellement nerveux, tu ne vois pas plus loin que le bout de ton nez ! Tu n'es plus du tout le même que quand tu es arrivé !

Ding Yi a eu un rire étrange.

— Ha… Je me contente d'assumer mes quelques misérables responsabilités, voilà tout. Tu imagines vraiment que j'en ai quelque chose à faire de tout le reste ? Je n'en ai rien à faire. Aucun physicien n'en a jamais rien eu à faire ! Au siècle dernier, les hommes qui ont remis aux ingénieurs et aux militaires les équations et les méthodes de libération de l'énergie atomique, avant de prendre des mines naïvement attristées devant Hiroshima et Nagasaki… quelle bande d'hypocrites ! Moi, je te dis qu'ils mouraient d'envie de voir ça, ils mouraient d'envie de voir les effets de l'énergie qu'ils avaient découverte ! C'était dans leur nature, ou plutôt dans notre nature. La seule différence entre eux et moi, c'est que je ne suis pas un hypocrite ! Moi aussi, je meurs d'envie de voir ce qui se passe si on mêle deux cordes composées de singularités. Tu crois que le reste m'intéresse ? Quelle blague !

Ding Yi s'était lui aussi mis à faire les cent pas dans la cabine. Leurs déplacements faisaient se balancer la cabine du dirigeable, et le pilote a tourné la tête, curieux, pour les regarder se disputer.

— Alors rentrons à la base construire ces rails, a marmonné Lin Yun en baissant la tête.

Elle semblait soudain vidée de toute son énergie. Elle avait manifestement été blessée par une des paroles de Ding Yi – et celui-ci a rapidement découvert laquelle. Sur la route du retour, assise avec Ding Yi entre les deux cordes qui continuaient à danser, Lin Yun lui a demandé d'une petite voix :

— En dehors des secrets de l'univers… tu ne te soucies vraiment de personne ?

Ding Yi est un instant resté sans voix.

— Ah… je… je voulais juste dire que je ne me soucie pas des conséquences d'une expérience de macro-fusion nucléaire.

ÉQUIPE DE DIRECTION SPÉCIALE

Après la première capture réussie de macro-noyaux atomiques, la base a remis un rapport d'étude à la hiérarchie. Le programme d'armes à foudre globulaire, qui avait déjà presque été oublié, a immédiatement repris de l'importance.

La base a rapidement reçu un ordre de redéploiement. Elle devait quitter la banlieue de Beijing pour un nouveau site dans le Nord-Ouest du pays. Les premiers éléments à être transférés ont été les macro-noyaux atomiques déjà capturés, dont le nombre s'élevait maintenant à vingt-cinq. Il était évidemment très dangereux de les entreposer si près de la capitale.

Le déménagement de la base a pris un mois. Pendant cette période, le travail de capture des macro-noyaux atomiques (que tout le monde appelait maintenant des "cordes") s'est poursuivi sans interruption. Lorsque le redéploiement de la base s'est achevé, plus de trois cents cordes avaient été capturées et stockées. Il s'agissait en majorité de noyaux d'atomes légers ; il semblerait que le macro-univers, à l'instar de notre univers, présente une abondance d'éléments légers, comme l'hydrogène. Mais Ding Yi s'est obstinément opposé à ce qu'on les qualifie de "macro-noyaux d'hydrogène" ou de "macro-noyaux d'hélium", car on savait à présent que le système des éléments du macro-univers était radicalement différent du nôtre : il reposait sur un tableau périodique qui nous était totalement étranger, et il était parfaitement impossible de faire correspondre un à un les éléments du macro-univers à ceux de notre monde. Les cordes déjà capturées ont été stockées dans de simples entrepôts construits à la hâte au milieu du désert de Gobi, dans le Nord-Ouest du pays. Elles étaient entreposées à l'aide d'une série de bobines magnétiques, espacées d'une distance d'au moins huit mètres ; des champs magnétiques de partition séparaient en outre les cordes les unes des autres, afin de garantir le maintien permanent d'une distance de sécurité. Vus de loin, ces entrepôts ressemblaient beaucoup à des serres. Pour dissimuler la véritable nature de la base au monde extérieur, celle-ci a donc été officiellement baptisée "Base de recherche sur les plantes adaptées à la sécheresse et sur la stabilisation végétale des sables".

La hiérarchie avait abondamment expliqué que ce déménagement était lié à des questions de sécurité. Mais le site choisi pour la nouvelle base suggérait de toute évidence une autre possibilité.

Il s'agissait en effet de l'endroit où avait eu lieu le premier essai nucléaire du pays. Une tour métallique déformée par l'explosion et une minuscule plaque commémorative, qui semblait avoir été posée là dans le seul but d'être oubliée, étaient encore visibles juste à côté de la base. En marchant un peu, on pouvait atteindre la zone cible aménagée à l'époque pour le test. On y trouvait encore des bâtiments et des ponts construits pour observer les effets de l'explosion, et quelques épaves de véhicules blindés qui avaient servi de cibles expérimentales. Les compteurs Geiger avaient cessé de crépiter dans la zone : la radioactivité rémanente s'était dissipée au fil des années, et l'on disait qu'une bonne partie des épaves avaient été emportées par les paysans des environs pour être revendues à des ferrailleurs.

Une grande réunion spécialement consacrée à la question des cordes a été organisée à Beijing. Les participants comptaient plusieurs très hauts dirigeants, dont le Premier ministre en personne. Le père de Lin Yun animait la séance ; pour prendre part à la réunion, il avait accepté d'abandonner pendant une journée entière les tâches urgentes liées à la conduite de la guerre, ce qui attestait de l'importance capitale des cordes.

Après un compte rendu technique de deux heures, donné par Ding Yi et par d'autres physiciens qui venaient de se joindre aux recherches sur les cordes, le général Lin a pris la parole :

— Votre rapport était rigoureux et exhaustif. J'invite maintenant le professeur Ding à éclairer pour nous quelques points clés dans des termes non spécialisés.

— Notre connaissance des lois physiques qui régissent le macro-univers est encore très superficielle, et nos recherches sur les cordes viennent à peine de commencer. Certaines questions ne pourront donc recevoir que des réponses vagues, voire incertaines. J'espère que tous les honorables dirigeants ici présents le comprendront, a répondu Ding Yi.

Le général Lin a hoché la tête :

— Tout d'abord, si l'on projette deux cordes d'atomes légers l'une vers l'autre à la vitesse critique, sommes-nous vraiment certains qu'une fusion nucléaire se produira ? À ma connaissance, dans notre monde, seuls l'hélium-3 et deux isotopes de l'hydrogène sont capables de provoquer une réaction de fusion.

— Général, il est très difficile de comparer les éléments de la matière du macro-univers à ceux de notre univers. En vertu de la structure en forme de corde qui est propre aux macro-noyaux atomiques, il leur est beaucoup plus facile de s'enchevêtrer, et une réaction de fusion nucléaire est donc plus facile à provoquer qu'avec les atomes de notre univers.

En outre, la vitesse à laquelle se déplacent les macro-particules est généralement inférieure de plusieurs ordres de grandeur à celle des particules de notre monde ; ce qui signifie que du point de vue du macro-univers, une collision à plus de 400 m/s correspond déjà à la température de fusion atomique dans notre univers. En conséquence, si la vitesse de collision critique est atteinte, il est certain qu'une réaction de fusion nucléaire se produira.

— Très bien. Question suivante, qui est aussi la plus importante : quels seraient les effets et le rayon d'action de l'énergie dégagée par une macro-fusion nucléaire ?

— Général, c'est justement sur ce point de la théorie que les variables sont les plus nombreuses. Il est très difficile d'en être certains, et c'est ce qui nous inquiète le plus.

— Par prudence, essayons au moins de définir un plafond. Une puissance de 15 ou 20 mégatonnes de TNT, par exemple.

Ding Yi a secoué la tête en souriant :

— Général, ce ne sera certainement pas aussi élevé.

— Par précaution, basons-nous sur cette estimation. Cela correspond aux plus puissantes explosions thermonucléaires déclenchées par l'homme. Au milieu du siècle dernier, les États-Unis ont effectué des tests nucléaires de cette puissance en mer, et l'ex-URSS sur terre. Le rayon de destruction d'une explosion de cette puissance atteint environ 50 km, ce qui reste tout à fait contrôlable. D'où viennent alors vos inquiétudes ?

— Général, je pense que vous oubliez un facteur : la manière hautement sélective dont les macro-particules libèrent leur énergie sur leur cible. L'énergie dégagée par une fusion nucléaire traditionnelle présente une sélectivité nulle : son énergie se communique à toute la matière qui l'entoure, qu'il s'agisse de l'air, de la pierre, de la terre, etc. Ces éléments contribuent à faire rapidement diminuer son énergie. Bien que l'énergie dégagée par une fusion classique soit très élevée, son rayon reste donc limité. Mais la macro-fusion est différente : l'énergie qu'elle dégage n'agit que sur un certain type de matière. Pour elle, tous les autres corps matériels sont complètement transparents. Si le type de matière sur laquelle elle agit n'est présent qu'en petite quantité, la déperdition énergétique est également très faible, et rien n'empêche la vague d'énergie de s'étendre sur une zone immense. Je prends un exemple : si on libère une énergie de 20 mégatonnes de manière non ciblée, elle va totalement incinérer une zone de 50 km de rayon. Mais si son énergie agit exclusivement sur les cheveux, la même explosion suffira à rendre chauve la population du monde entier.

C'était une comparaison amusante, mais personne n'a ri. L'atmosphère de la réunion était austère et pesante.

— Et à l'heure actuelle, êtes-vous en mesure de déterminer sur quel type de cible une corde va libérer son énergie ?

— Oui. Nous avons découvert il y a longtemps que les micro-ondes qui traversent un macro-électron subissent une altération complexe de leur spectre. Chaque macro-électron correspond à un spectre différent, un peu comme des empreintes digitales. Les macro-électrons qui présentent le même type de spectre déchargent tous leur énergie sur le même type de cible. En théorie, cette méthode peut aussi être appliquée aux cordes.

— Mais lorsque vous déterminez pour la première fois la signature spectrale d'un certain type de macro-électron, vous êtes quand même obligés de tester expérimentalement sur quel type de cibles il libère son énergie. Vous affirmez maintenant qu'une corde qui présente la même signature spectrale qu'un certain type de macro-électron va aussi libérer son énergie sur le même type de cible que lui. Est-ce que cette opinion est théoriquement fondée ?

— Oui. Nous pouvons le prouver.

— Et sur quels types de cibles les quelque trois cents cordes que vous avez déjà capturées libèrent-elles leur énergie ?

— Il y en a de toutes sortes. Les plus dangereuses visent uniquement les organismes vivants. Si elles étaient utilisées pour une fusion, leur puissance de destruction serait inimaginable.

— Dernière question : avez-vous des cordes capables de libérer leur énergie sur les circuits intégrés ?

— Comme pour les macro-électrons, ce type de corde est très rare. Nous n'en avons trouvé que trois pour le moment.

— Bien, merci.

Le général Lin a mis fin à son interrogatoire. L'assemblée est restée silencieuse.

— Je pense que la situation a été présentée de manière très claire. Je prierais maintenant les camarades qui ne font pas partie du comité de direction de se retirer, a déclaré le Premier ministre, qui n'avait pas dit un mot jusque-là.

À des milliers de kilomètres de l'ancienne base de recherche sur la foudre en boule, les préparatifs de la macrofusion suivaient fiévreusement leur cours.

Les rails d'accélération des cordes avaient déjà été construits. Ils mesuraient une dizaine de mètres chacun et ressemblaient à deux ponts de chemin de fer en miniature. Ils avaient de fait reçu les noms de code de “Pont n° 1” et “Pont n° 2”. Les deux cordes y seraient accélérées jusqu'à une vitesse de 250 m/s chacune, et à leur point de collision se produirait une fusion des macro-noyaux atomiques.

Le type de corde choisi pour cette expérience était le plus prometteur d'un point de vue militaire : des cordes libérant leur énergie sur les circuits intégrés. Pour l'instant, seules trois de ces cordes avaient été capturées.

La préparation de la zone cible du test représentait le plus gros du travail. La base a commencé par importer de grandes quantités de rebuts électroniques depuis l'étranger – principalement des cartes mères d'ordinateurs et des circuits électroniques en tout genre. Cela faisait partie des rares choses que l'on pouvait encore importer à travers le blocus économique entraîné par la guerre. Par l'intermédiaire d'une tierce partie, il a même été possible d'en acheter de grandes quantités à l'ennemi. En y ajoutant les rebuts collectés à travers le pays, la base a finalement réuni plus de quatre-vingt mille tonnes de déchets électroniques, qui formaient plusieurs monstrueuses collines sur le désert de Gobi. Ces circuits imprimés couverts de puces électroniques ont ensuite été disposés de façon à former trois périmètres cibles centrés autour du point de fusion. Le cercle intérieur avait un rayon de 10 km ; le cercle extérieur atteignait un rayon de 100 km, et englobait même deux petits chefs-lieux de comté en bordure du Gobi. Sur toute la zone, des petits drapeaux jaunes servant de marqueurs ont été répartis ; sous chaque drapeau était fixé un sac noir hermétiquement scellé, contenant quelques circuits électroniques.

Au cours de la dernière réunion de travail, Ding Yi a pris la parole :

— Je n'ai qu'une seule mise en garde : à proximité du point de fusion, la densité énergétique sera si élevée qu'il n'y aura aucune sélectivité des cibles. Dans un rayon de 200 m autour du point de fusion, tout sera incinéré sans distinction. Les rails accélérateurs sont donc à usage unique. Le personnel de l'expérience devra maintenir une distance de sécurité d'au moins 2 000 m avec le point de fusion, et veiller à n'avoir aucun équipement électronique sur lui.

Tout le monde attendait la suite mais Ding Yi s'est tu.

— C'est tout ? a demandé le colonel Xu.

— J'ai déjà dit tout ce que j'avais à dire aux personnes et aux postes concernés, a répondu Ding Yi, impassible.

— Est-ce qu'un événement imprévu reste possible ? a demandé Lin Yun.

— À ce jour, je n'ai encore rien découvert qui soit vraiment prévisible en ce qui concerne la macro-fusion.

— La fusion n'implique de toute manière que deux noyaux atomiques. Il s'agit certes de macro-noyaux, mais ils ne sont que deux… Dans notre univers, même pour une micro-fusion thermonucléaire, une bombe à hydrogène doit peser plusieurs tonnes. Ça représente une quantité de matière bien supérieure à ces deux cordes.

Ding Yi n'a pas répondu et s'est contenté de secouer la tête – soit parce qu'il n'était sûr de rien, soit parce qu'il ne savait que dire face à la naïveté de Lin Yun.

Le lendemain, une des casernes de la garnison locale nous a envoyé un détachement de soldats pour renforcer la sécurité de la base. Tout le monde était très excité, car c'était le signe que l'expérience était imminente.

— Même si l'énergie dégagée par la fusion ne détruit que les puces électroniques du premier périmètre cible, nous aurons une arme contre laquelle il sera impossible de se défendre. Imaginez ça ! Que peut faire une flotte contre une explosion qui a lieu à 10 km de distance ? Et cette fois, l'explosion paralysera la totalité des systèmes électroniques de l'ennemi ! a déclaré Lin Yun avec excitation.

Sur la base, tout le monde était dans le même état d'esprit. Leur dernier échec les avait privés d'une occasion d'écrire l'histoire ; maintenant, une nouvelle occasion se présentait à eux, une occasion bien plus réelle.

Cette nuit-là, Lin Yun a travaillé jusqu'à minuit passé avec les ingénieurs pour procéder aux derniers ajustements sur les deux “ponts”. Pour échapper à la surveillance aérienne de l’ennemi, les ponts avaient été recouverts d’une immense tente de la taille d’un gymnase. Lorsque l’expérience débuterait, cette tente serait la première chose à être incinérée par l’énergie de la fusion. Ding Yi a appelé Lin Yun à l’extérieur, et ils ont lentement marché dans le vent froid du Gobi.

— Lin Yun, quitte la base, a soudain déclaré Ding Yi, rompant le silence.

— Qu’est-ce que tu racontes ?

— Je veux que tu quittes la base. Tu peux demander un transfert, ou une permission, mais pars tout de suite. Demande à ton père de t’aider si nécessaire.

— Tu me prends pour une folle ?

— Tu serais folle de rester.

— Il y a quelque chose que tu ne me dis pas ?

— Rien de précis. C’est juste un pressentiment.

— Et mes sentiments à moi, alors ? Comment veux-tu que je parte à un moment pareil !

Dans les ténèbres, Li Yun a entendu Ding Yi pousser un long soupir.

— La semaine dernière, pendant la réunion à Beijing, j’ai fait mon devoir envers mon pays. Maintenant, j’ai aussi fait mon devoir envers toi.

Il a agité les mains avec force face au ciel étoilé, comme s’il voulait écarter à jamais quelque chose :

— Très bien. Puisque tu ne veux pas partir, préparons-nous à assister ensemble à un prodige, un prodige qui dépassera tes rêves les plus fous !

Au loin, sur le vaste désert de Gobi baigné par la clarté de la lune, dans un groupe de simples entrepôts blancs, plus de trois cents cordes poursuivaient leur éternelle danse silencieuse.

Le lendemain matin, la base a été informée qu'une équipe de direction spéciale allait arriver dans la journée pour prendre en charge la gestion de la base. À cette nouvelle, tout le monde a été envahi d'une intense excitation. C'était un signe sans équivoque que l'expérience de macrofusion était sur le point de débuter.

L'après-midi, l'équipe est arrivée à bord de deux hélicoptères. Elle était commandée par un major général du nom de Du Yulun. Il portait des lunettes, et avait l'air d'un homme instruit et raffiné ; c'était un officier général scientifique. Le directeur de la base et l'ensemble du personnel du programme de foudre en boule sont venus accueillir l'équipe de direction sur le terrain d'atterrissage. Lorsque le colonel Xu a présenté Lin Yun, Ding Yi a vu le sourire s'effacer du visage du général Du. Au moment des salutations, Lin Yun l'a distinctement appelé "Professeur Du". Le major général s'est contenté d'un signe de tête glacial, et s'est tout de suite tourné vers la personne suivante.

Alors qu'ils se dirigeaient vers les bureaux de la base, Ding Yi a surpris la conversation du major général Du et du colonel Xu.

— Général, on dirait que vous connaissez la major Lin ? a demandé le colonel Xu.

— J'ai été son directeur de thèse.

— Ah, c'est donc ça.

Le colonel Xu n'a pas osé interroger plus avant son supérieur. Il avait manifestement remarqué le malaise qui régnait entre le major général et Lin Yun. Mais Du Yulun n'a pas changé de sujet :

— J'ai fait tout mon possible pour qu'elle n'obtienne pas son doctorat, a-t-il déclaré en inclinant légèrement la tête vers Lin Yun, qui les suivait un peu plus loin.

— Pourquoi ? Lin Yun est remarquablement compétente dans son domaine.

— Dans sa spécialité, elle est l'élève la plus brillante qu'il m'ait été donné de former. Je dois admettre qu'elle possède une intelligence technique sans égale. Mais dans le domaine de recherche qui est le nôtre, j'accorde autant d'importance à la moralité qu'au talent d'un individu.

Le colonel Xu a paru surpris.

— Oh… Oui, Lin Yun a une forte personnalité, elle est très têtue…

Le major général a agité la main.

— Non, non, rien à voir avec sa personnalité. J'estime que quelqu'un pour qui les armes sont une drogue n'est pas qualifié pour faire de la recherche sur les armes. Et encore moins sur les nouveaux concepts d'armes ou sur les armements de pointe.

Le colonel Xu n'a rien répondu. Il s'est juste retourné pour jeter un œil à Lin Yun derrière eux.

— Colonel Xu, vous avez dû entendre parler de l'affaire des mines liquides, a repris le major général.

— Oui, la commission disciplinaire du quartier général m'a prévenu… Pourquoi, l'enquête a finalement abouti ?

Le major général a hoché la tête.

— Elle a bel et bien fourni cette arme aux deux camps pendant le conflit entre le Chili et la Bolivie. Une affaire sordide. Elle devra rendre des comptes.

Le colonel Xu a jeté un nouveau regard à Lin Yun, l'air sombre. Elle était toujours à quelque distance derrière eux, en grande conversation avec un groupe de jeunes officiers scientifiques.

— Lin Yun sera placée en isolement et fera l'objet d'une enquête disciplinaire. À partir de maintenant, l'accès à tout matériel ou à toute donnée liés aux recherches sur les cordes lui est strictement interdit. Je me dois de préciser que l'idée vient du général Lin en personne. Il connaît sa fille mieux que nous.

— Mais… Elle est la maîtresse d'œuvre de tout le travail technique de la base. Sans elle, nous n'aurions jamais réussi à mettre au point cette expérience de macro-fusion.

Le major général Du a adressé un regard lourd de sens au colonel Xu, mais n'a rien répondu.

Dès le début de la réunion, le personnel de la base a réalisé que quelque chose ne tournait pas rond. Les premières paroles du major général Du ont choqué tout le monde.

— Colonel Xu, c'est comme ça que vous faites votre travail ? Vous étiez présent à la réunion de Beijing. Vous connaissez donc parfaitement les intentions de la hiérarchie. Vous savez très bien qu'il n'a jamais existé aucun projet concret d'expérience de macro-fusion. La décision de procéder à une macro-fusion a encore moins été prise. Si vous avez reçu l'ordre de vous lancer dans un travail préparatoire, c'était uniquement par précaution, au cas où cela deviendrait un jour nécessaire.

Le colonel Xu a répondu en soupirant :

— Général, je n'ai cessé de le répéter aux camarades de la base, mais… ils ont leurs propres idées sur la chose.

— C'est parce que vous avez toléré avec complaisance certaines inclinations idéologiques dangereuses au sein de la base qu'ils ont été induits en erreur.

Une légère agitation s'est élevée dans l'assemblée.

— Je vais maintenant vous transmettre les ordres de la hiérarchie, a déclaré le major général.

Il a rajusté ses lunettes, et a poursuivi :

— Premièrement : tous les préparatifs expérimentaux de macro-fusion nucléaire sont suspendus, et tout le matériel d'expérience doit être placé sous scellés. Deuxièmement : toutes les recherches expérimentales sur les macro-noyaux atomiques sont également suspendues, ainsi que tout projet d'expérience lié aux macro-noyaux atomiques. Les recherches sur les macro-noyaux atomiques seront désormais strictement limitées au domaine de la théorie pure. Troisièmement : la plupart des macro-noyaux atomiques capturés seront relâchés dans l'atmosphère. Il n'en sera conservé que 10 %, pour d'éventuelles expériences ultérieures. Quatrièmement : l'équipe de direction spéciale prend à partir de maintenant le contrôle de l'intégralité des installations de la base. À l'exception d'une garnison réduite qui sera laissée sur place, l'ensemble du personnel du programme devra se retirer immédiatement et rentrer à Beijing pour attendre de nouveaux ordres.

Un silence de mort s'est abattu sur l'assemblée. Mais ce silence glacial n'a pas duré longtemps. Il a été rompu par la voix de Lin Yun :

— Mais pourquoi, professeur ?!

— Je ne suis plus ton professeur. Par ailleurs, en tant qu'officier technique de rang subalterne, tu n'as été invitée à cette réunion qu'à titre informatif, a répondu le major général, sans regarder une seule fois Lin Yun.

— Mais j'ai aussi un devoir en tant que soldat ! La situation militaire est grave, et nous allons renoncer à une occasion de remporter la victoire juste à cause de quelques risques vagues et mal définis ?

— Lin Yun, c'est là ton idée la plus superficielle et la plus puérile : croire qu'une quelconque arme nouvelle suffira à gagner la guerre. Et comment oses-tu parler de responsabilité, vu ta propre conduite ?

Le major général Du a fixé Lin Yun puis a parcouru l'assemblée du regard.

— Camarades, la situation est en effet très grave. Oui, nous avons une responsabilité vis-à-vis de la nation. Mais nous avons une responsabilité plus grande encore envers l'ensemble de l'humanité !

Lin Yun a levé la tête d'un air plein de défi :

— Vous vous trouvez très noble, n'est-ce pas ?

— Lin Yun ! On ne parle pas ainsi à son supérieur ! s'est écrié le colonel Xu d'une voix sévère.

Le major général l'a interrompu d'un geste de la main, et s'est tourné vers Lin Yun.

— J'applique en effet des ordres très nobles. Des ordres qui ont été donnés par des hommes plus sages, plus moraux et plus responsables que toi. Des hommes dont fait notamment partie ton père.

Lin Yun est restée silencieuse. Sa poitrine s'abaissait et se soulevait rapidement ; des larmes translucides brillaient au coin de ses yeux, mais une flamme farouche brûlait toujours dans son regard.

— Bien. Colonel Xu, commencez tout de suite à préparer la transition. Mais qu'une chose soit claire : la major Lin ne fera pas partie de l'équipe chargée de gérer la transition. Elle est dès à présent exclue du programme. Dès la fin de la réunion, elle montera dans un hélicoptère et quittera la base, a déclaré le major général

Il a adressé un regard lourd de sens à Lin Yun :

— C'est aussi une décision de ton père.

Lin Yun s'est lentement rassise. Lorsque Ding Yi l'a de nouveau regardée, un moment plus tard, elle semblait complètement changée, comme si les vagues qui bouillonnaient en elle étaient soudain retombées ; son expression était aussi calme que l'eau qui dort. Elle est restée silencieuse pendant tout le reste de la réunion.

Celle-ci a encore duré près d'une heure mais a principalement porté sur les détails de la passation des pouvoirs. Lorsque la réunion a enfin été ajournée, Lin Yun n'est pas sortie avec les autres. Elle s'est dirigée vers le major général Du :

— Professeur, désignez quelqu'un pour m'accompagner.

— Pour aller où ? a-t-il demandé, interloqué.

— Sur le site de fusion. Je dois récupérer des effets personnels avant de partir, a calmement répondu Lin Yun.

— C'est vrai. Ces jours-ci, pour les derniers ajustements, elle a mangé et dormi à côté des ponts de lancement, a déclaré le colonel Xu.

Le major général a fait signe à un lieutenant-colonel à ses côtés :

— Accompagnez-la.

Après avoir salué, Lin Yun s'est retournée et est sortie. Elle s'est éloignée dans la lumière rouge sang du soleil qui se couchait sur le vaste désert de Gobi.

MACRO-FUSION

Après la réunion, les membres de l'équipe de direction spéciale et plusieurs responsables techniques de la base ont continué à discuter du problème du stockage des quelques macro-noyaux atomiques qui seraient conservés à des fins d'étude. Ils ont décidé que pour éviter les risques posés par les raids aériens ou par d'autres menaces potentielles, les cordes seraient entreposées dans un abri antiaérien souterrain.

Le colonel Xu a également soulevé la question des orientations futures du programme de foudre en boule. Le major général Du a répondu :

— Je me suis peut-être montré trop dur pendant la réunion. La hiérarchie est parfaitement consciente des accomplissements exceptionnels de votre équipe. Même si les recherches sur les cordes sont provisoirement suspendues, les recherches sur les macro-électrons pourront continuer.

— Général, les armes à foudre en boule ordinaires sont une impasse, a répondu le colonel Xu avec un sourire amer.

— Tout n'est pas si noir. Une attaque contre la flotte ennemie a échoué, rien de plus. Dans les guerres modernes, les flottes navales sont les cibles les mieux défendues qui soient. Mais pensez aux combats terrestres. Il est impossible que chaque soldat ennemi se déplace avec un générateur de champ magnétique sur le dos. Même les chars ou les blindés pourraient difficilement tous en être équipés. Ce type d'arme a encore beaucoup de potentiel, cela dépend juste du contexte dans lequel on l'utilise. Par ailleurs, la hiérarchie est extrêmement intéressée par les boules de foudre à dissipation totale.

— Les macro-électrons à dissipation totale ? Ils ne servent absolument à rien ! a dit le colonel, interloqué.

Les boules de foudre dites "à dissipation totale" étaient celles qui ne déchargeaient jamais leur énergie sous forme explosive ; une fois excitées, elles se contentaient de dissiper lentement leur énergie sous forme de radiations électromagnétiques ordinaires. Elles étaient considérées comme les plus inoffensives et les moins utiles sur le plan militaire.

— Non, colonel Xu. Avez-vous analysé le rayonnement électromagnétique qu'elles émettent ? C'est un rayonnement extrêmement intense, et il couvre quasiment toutes les longueurs d'onde utilisées par les télécommunications. À l'heure actuelle, dans le domaine de la guerre électronique, nos forces s'appuient sur la stratégie du double aveuglement, en brouillant toutes les fréquences de communication utilisables. Mais la source du brouillage est facile à repérer et à détruire ; tandis que les boules de foudre à dissipation totale peuvent accomplir le même résultat, avec comme avantage d'être très difficiles à détruire.

— C'est vrai ! Lorsqu'une boule de tonnerre à dissipation totale flotte dans les airs, toutes les communications sans fil deviennent impossibles dans un large rayon aux alentours. De plus, ce type de boule de foudre a une très longue durée de vie, elle peut mettre jusqu'à deux heures pour dissiper toute son énergie !

— Et elles sont difficiles à détruire. Nous avons fait l'expérience en tirant un obus sur une boule de foudre en vol. L'obus est passé à travers sans l'affecter.

— Effectivement, général. Nous aurions dû avoir cette idée plus tôt.

— Mais c'est vous qui avez eu cette idée, colonel ! Vous transmettez un grand nombre de rapports techniques à la hiérarchie, peut-être n'avez-vous pas fait attention à celui-ci.

Ding Yi est intervenu :

— Je m'en souviens. C'était une idée de Lin Yun.

À l'évocation de Lin Yun, tout le monde s'est tu.

Soudain, des coups de feu ont retenti depuis le site de fusion.

Le site se trouvait à un peu plus de un kilomètre. Le bruit était très atténué, et ce n'est qu'à l'expression alarmée des soldats autour de lui que Ding Yi a compris que c'étaient des coups de feu. D'autres tirs ont retenti, à intervalles plus rapprochés. Tous ceux qui étaient dans la salle de réunion se sont rués dehors pour regarder vers le site de fusion.

Entre le site et le bâtiment administratif s'étendait un vaste espace dégagé, sur lequel ils ont vu un homme arriver en courant. Il venait manifestement de la grande tente recouvrant les deux ponts du site de fusion. Lorsqu'il s'est rapproché, ils ont reconnu le lieutenant-colonel envoyé pour accompagner Lin Yun. Il s'est encore rapproché, et ils ont vu qu'il pressait sa main gauche sur son épaule droite. Un pistolet pendait à sa main droite. Lorsqu'il est arrivé au bâtiment, ils ont vu que du sang coulait goutte à goutte le long du canon de l'arme.

Il a écarté ceux qui voulaient examiner et panser sa blessure et s'est dirigé droit vers le major général Du. Encore haletant, il a annoncé :

— La major Lin Yun a l'intention de procéder de force à une expérience de macro-fusion.

L'air a soudain semblé se solidifier autour d'eux. Tout le monde s'est tourné vers le site de fusion. Pendant un instant, le reste du monde a complètement disparu à leurs yeux ; plus rien n'existait que cette vaste tente dressée au-dessus du désert.

— Qui a tiré le premier ? a demandé le major général.

— C'est moi. Ils étaient nombreux. Si je n'avais pas tiré en premier, je n'en serais pas sorti vivant.

Le lieutenant-colonel a posé son pistolet couvert de sang et s'est assis, épuisé.

— Il y a des blessés ? Des morts ? a demandé le colonel Xu.

— Je suis sûr d'en avoir touché un. Un capitaine, je crois. Je ne sais pas s'il est mort ou blessé.

— Et Lin Yun ? a demandé le major général Du.

— Elle n'a rien.

— Combien sont-ils ?

— Six en comptant Lin Yun. Il y a trois majors et deux capitaines avec elle.

— Ils sont si nombreux à la suivre ? s'est étonné le major général en regardant le colonel Xu.

— Sur la base, Lin Yun a toujours exercé une forte influence sur les jeunes officiers nationalistes.

— Et les noyaux atomiques du site de fusion ?

— Les deux cordes sont déjà installées sur les ponts.

Tous les regards se sont détournés de la grande tente qui se dressait au loin pour se porter sur le major général Du Yulun.

— Ordonnez à la garde de la base d'attaquer et de s'emparer sur-le-champ du site de fusion, a indiqué celui-ci au commandant de la garde, qui venait d'arriver en courant.

Le directeur adjoint de l'équipe spéciale, un brigadier général du nom de Shi Jian, est venu se planter devant le major général :

— Général, je crains que ce ne soit pas possible ! Les cordes sont déjà en place sur les ponts de lancement, la fusion peut se produire à tout moment. Il faut des mesures plus décisives.

— Vous avez vos ordres, a répondu Du Yulun, impassible.

Le brigadier général Shi lui a adressé un regard chargé d'inquiétude. Il a semblé vouloir dire quelque chose, mais s'est finalement retenu.

— Professeur Ding, allons essayer de persuader Lin Yun, a déclaré le colonel Xu à Ding Yi.

Ding a secoué la tête :

— Je n'irai pas. C'est inutile. Par ailleurs, je la comprends.

Il a soutenu calmement les regards étranges que tout le monde lui adressait, avant d'ajouter :

— Je suis peut-être le seul qui la comprenne ici.

— Tant pis. Allons-y !

Sans un regard pour Ding Yi, le colonel Xu est sorti à grands pas avec le commandant de la garde.

— Ne tirez pas sans nécessité, a ajouté le major général dans leur dos.

Le commandant de la garde s'est retourné pour acquiescer rapidement.

— Oui, c'est inutile, il est inutile d'essayer de la persuader… Je ne la comprends toujours pas… a marmonné pour lui-même le major général.

Il a soudain paru très fragile. Peut-être s'en voulait-il d'avoir laissé ses émotions prendre le pas sur son intellect. Tout le monde pouvait voir que Lin Yun avait été son étudiante préférée.

La garde a rapidement encerclé le site de fusion. Disposés en tirailleurs, les soldats ont commencé à resserrer leurs lignes autour de la tente. Tout s'est déroulé dans le plus grand silence ; aucun des deux camps n'a ouvert le feu. Alors que les soldats avaient presque atteint la tente, le colonel Xu s'est mis à hurler dans un mégaphone. De toute évidence, il était lui-même très perturbé par les événements, et ses efforts de persuasion se sont résumés à de vagues exhortations décousues, appelant les insurgés à se calmer et à penser aux conséquences.

Comme en réponse au colonel Xu, le son aigu de l'arc électrique d'une mitrailleuse à tonnerre a retenti dans la tente. Une rafale de boules de foudre d'un bleu froid a jailli en sifflant, passant au-dessus des soldats comme une bourrasque. Les soldats se sont jetés au sol par réflexe, et les boules de foudre ont explosé derrière eux en succession rapide. Une série de violents craquements ont retenti à intervalles rapprochés. Sur le désert, quelques bouquets de tamaris et deux piles de caisses situées non loin de là avaient été réduits en cendre. Ils n'avaient même pas pris feu ; il ne s'en échappait que quelques filets de fumée verdâtre. C'étaient des boules de foudre libérant leur énergie sur le bois et la matière végétale.

Depuis la tente, la voix de Lin Yun s'est élevée, amplifiée par un mégaphone. Elle était aussi calme que l'eau qui dort :

— C'était un avertissement. Il n'y en aura pas d'autre.

— Lin Yun… Tu serais prête à tuer tes propres compagnons d'armes ? a crié le colonel Xu avec désespoir.

Il n'y a pas eu de réponse.

— Ordonnez aux soldats de reculer, a déclaré le major général Du.

— Nous devons immédiatement lancer une attaque de foudre en boule sur la tente, général. Nous ne pouvons plus attendre ! s'est exclamé le brigadier général Shi.

— Ça ne marchera pas, a dit un officier de la base. Ils utilisent les derniers modèles de mitrailleuses à foudre globulaire. Ces modèles sont équipés de champs déflecteurs portatifs. Ils peuvent dévier tous les projectiles tirés par une autre mitrailleuse à tonnerre dans un rayon de 50 m.

Le major général Du a réfléchi quelques secondes. Il s'est emparé du téléphone, et a composé le numéro du général Lin Feng, le père de Lin Yun.

— Général, ici Du Yulun. Je vous appelle de la base du Projet B436. Lorsque l'équipe de direction spéciale a pris la tête des opérations, il y a eu un incident. Lin Yun et cinq autres jeunes officiers se sont emparés par la force du site prévu pour l'expérience de fusion. Ils ont l'intention de forcer le déclenchement d'une macro-fusion. Deux noyaux atomiques sont déjà engagés dans les accélérateurs, la fusion peut se produire à tout moment. Ils sont également armés de mitrailleuses à foudre globulaire. Vous voulez que…

À l'autre bout du fil, il y a eu un silence de deux secondes – deux secondes seulement. Puis le général Lin a demandé d'un ton très calme :

— Il vous faut vraiment des instructions ?

— Mais, général…

— Vous êtes relevé de vos fonctions. Passez-moi le brigadier général Shi Jian.

— Général !

— Vite.

Du Yulun a tendu le combiné au brigadier général. Celui-ci s'est emparé avec empressement du téléphone. Cela faisait manifestement un bon moment qu'il avait envie de parler directement à la hiérarchie. Il a soulevé le combiné et s'est apprêté à dire quelque chose, mais le général Lin l'a interrompu d'un ordre bref et décisif :

— Détruisez le site de fusion.

— À vos ordres, général !

Le brigadier général a reposé le combiné et s'est tourné vers un major :

— Quelle est la plateforme de tir de niveau 2 la plus proche ?

— Rouge 331. Ils sont à environ 150 km.

— Transmettez-leur immédiatement les coordonnées du site de fusion. Quatre décimales de précision. Donnez l'autorisation d'attaquer, et mettez-moi en communication avec leur commandant.

Le commandant de la base de missiles a rapidement appelé. Le brigadier général a décroché :

— Exact. Oui. Vous avez reçu les coordonnées et l'autorisation de tir ? Exact, immédiatement. Bien… Considérez la cible comme un objectif terrestre de catégorie 4… Ça, je vous laisse en décider. La destruction doit être totale. Tout de suite, oui, je reste en ligne…

Ding Yi s'est faufilé jusqu'à eux :

— Écoutez… vous êtes sûrs qu'il n'y a vraiment aucune autre solution ? À propos de la macro-fusion…

Le brigadier général Shi Jian tenait toujours le combiné. Il a jeté un regard dur à Ding Yi et a fait un geste ferme du tranchant de la main, soit pour dire qu'il n'y avait pas d'autre solution, soit parce qu'il ne voulait pas laisser à Ding Yi l'occasion de s'exprimer.

— Bien. C'est noté, a poursuivi le brigadier général avant de reposer le combiné.

Ses gestes se sont ralentis, et la tension qui l'habitait est retombée. Il a poussé un long soupir. Il semblait à la fois s'être débarrassé d'un lourd fardeau, et éprouver une sorte de terreur rétrospective à l'idée de tout ce qui venait de se passer.

— Le missile est déjà dans les airs. Il arrivera dans trois minutes, a-t-il annoncé.

— Général, nous devrions nous éloigner, a dit un officier au major général Du.

— C'est inutile.

Du Yulun a agité la main d'un air épuisé et n'a pas relevé la tête.

Le missile est bientôt apparu au sud. Il dessinait une longue traînée blanche dans le ciel, comme la trace laissée par un avion, mais il se déplaçait beaucoup plus vite.

La voix de Lin Yun s'est à ce moment élevée dans le mégaphone de la tente géante. Elle était toujours aussi calme – comme si tout ce qui s'était passé n'était qu'un harmonieux morceau de musique qu'elle venait d'interpréter, et dont elle annonçait maintenant la fin :

— Papa, tu arrives trop tard.

La fusion s'est produite sans un bruit. Selon la plupart des témoignages, tout était même encore plus calme que d'ordinaire à ce moment-là ; on aurait dit qu'un écran faisait obstacle à tous les autres bruits de la nature, si bien que tout s'est déroulé dans un silence surnaturel. D'après le récit succinct d'un témoin, la fusion a ressemblé à un soleil bleu qui se serait levé puis recouché. La grande tente a d'abord commencé à briller d'une lumière bleue. Tout le monde a ensuite vu apparaître une sphère de lumière bleue, de dimensions encore réduites – car à ce moment-là, la tente avait commencé à devenir transparente, comme une sorte de grande feuille de cellophane suspendue au-dessus de la sphère lumineuse. La feuille de cellophane s'est ensuite rapidement effondrée vers l'intérieur, comme si elle fondait. Bizarrement, au cours de cet effondrement, chaque partie de la tente a paru être attirée en même temps vers le cœur de la fusion ; toute la structure a été aspirée par la sphère lumineuse comme si elle avait glissé dans un tourbillon, sans laisser ni trace ni vestige derrière elle. Après la disparition de la tente, la sphère de lumière a continué à s'étendre, formant rapidement une sorte de grand soleil bleu à la surface du désert. Lorsqu'elle a cessé de croître, son rayon atteignait environ 200 m, exactement comme Ding Yi l'avait prédit. Ce n'est qu'au-delà de cette distance que l'énergie de la macro-fusion commencerait à exercer sa sélectivité ; à l'intérieur de la sphère, la densité énergétique était si élevée que tout avait déjà été incinéré.

Le soleil bleu a maintenu son expansion maximale pendant environ une demi-minute, pendant laquelle il est resté très stable. Un étrange silence recouvrait toujours la scène. Pendant ce bref instant, le soleil bleu dégageait une singulière impression d'éternité, comme s'il avait toujours été là depuis la naissance de l'univers. Il a éclipsé la lueur du soleil couchant, qui avait déjà à moitié disparu à l'ouest ; tout le Gobi a été englouti dans sa lumière bleutée, et le monde a soudain paru se changer en un lieu étrange et inconnu. C'était un soleil froid – même tout près de la sphère, on ne ressentait pas la moindre chaleur.

C'est à ce moment que s'est produit le phénomène le plus extraordinaire. Depuis le calme insondable de la partie intérieure de ce soleil, une multitude de petites étoiles étincelantes se sont mises à fuser vers l'extérieur. Dès qu'elles franchissaient les limites de la sphère de lumière, elles se transformaient instantanément en corps solides de dimensions variées. Quand les témoins ont réalisé ce qu'étaient ces objets filant en tous sens dans les airs, ils sont restés sidérés – c'étaient des tentes ! Ces tentes, qui continuaient à jaillir de l'intérieur du soleil bleu, semblaient tout à fait solides ; elles n'avaient rien d'une hallucination. Il y en avait de toutes les tailles : la plus grande était encore plus grande que la tente originelle, et formait une large ombre noire qui flottait dans le ciel. Les plus petites ressemblaient à de minuscules débris, mais en regardant attentivement, on voyait qu'il s'agissait bel et bien de tentes complètes, comme de délicates répliques miniatures de la tente originelle. Les tentes se trouvaient dans un état de superposition quantique : dès qu'un observateur les fixait du regard, elles se réduisaient instantanément à leur état détruit, et s'évanouissaient dans le ciel en laissant derrière elles des traînées visuelles formées d'une infinie succession de reflets d'elles-mêmes. Les tentes à l'état quantique ne cessaient de jaillir du soleil bleu. Il s'agissait en fait du nuage de probabilités de la tente, qui devenait indistinct à mesure qu'il s'élevait vers le ciel. Le soleil bleu était lui-même enveloppé dans le nuage de probabilités, dont l'expansion n'était limitée que par les regards des observateurs.

Un bruit a enfin rompu le silence. Un léger crépitement s'est élevé de l'ordinateur posé sur la table et des téléphones portables de tous ceux qui étaient présents. C'était le bruit des puces électroniques en train de griller. Au même moment, tout le monde a vu une nuée de petits fragments jaillir des coques intactes des ordinateurs et se mettre à voler dans tous les sens. En regardant de plus près, il s'agissait d'une multitude de processeurs, de barrettes de mémoire et de divers autres composants. Chaque puce, en état de superposition quantique, apparaissait à plusieurs endroits à la fois, ce qui expliquait la quantité des composants en suspension. Pendant un moment, le bâtiment tout entier s'est trouvé enveloppé dans un dense réseau formé par les nuages de probabilités de toutes les puces détruites. Mais les regards des observateurs, comme autant d'invisibles coups de balai, ont bientôt renvoyé tous les circuits intégrés à leur état détruit. Les puces électroniques ont disparu les unes après les autres en laissant des traînées visuelles, et se sont réduites à l'état de cendres à l'intérieur des appareils. En un instant, l'air était de nouveau vide.

Un bruit plus puissant a retenti – un terrible fracas qui s'est répercuté depuis les airs. Une grosse boule de feu est apparue au milieu du ciel. C'était le missile guidé. Une fois ses circuits intégrés réduits en cendres, il s'était mis à retomber en tournoyant avant d'exploser en plein vol.

Le calme est revenu. Le soleil bleu a rapidement rétréci jusqu'à se ramasser en un simple point au-dessus du sol, puis a disparu. Une minute auparavant, en ce point précis, les deux macro-noyaux atomiques projetés par les ponts s'étaient heurtés à une vitesse relative de 500 m/s ; en une fraction de seconde, deux cordes composées de singularités s'étaient enroulées l'une autour de l'autre. Dans un macro-univers aux dimensions inimaginables, deux atomes légers avaient disparu, et un nouvel atome était né. Cet évènement n'aurait pu être ni détecté ni ressenti par aucun observateur du macro-univers ; comme dans notre propre univers, il aurait fallu que des centaines et des centaines de millions de cordes fusionnent pour produire un événement digne de ce nom.

Le soleil couchant brillait paisiblement sur le vaste désert de Gobi, illuminant la base. Quelques appels d'oiseaux se sont élevés depuis les bosquets de tamaris, comme s'il ne s'était rien passé.

Ils se sont rendus sur le site de la fusion. La tente géante et tout ce qu'elle contenait avaient disparu sans laisser de trace ; il n'en restait absolument rien. Devant eux ne s'étendait plus qu'un immense miroir de 200 m de rayon, posé à plat sur le Gobi. Ce miroir s'était formé lorsque le sable et les cailloux à la surface du sol avaient fondu en une fraction de seconde, avant de se resolidifier presque instantanément. Comme tout ce qui est incinéré par la foudre en boule, le sol n'avait quasiment pas dégagé de chaleur en fondant : son changement d'état s'était produit alors qu'il se trouvait sous forme d'onde, dans un autre espace-temps que le nôtre. La surface du miroir était maintenant aussi froide que la glace au toucher. Sa texture était extraordinairement lisse, au point que l'on pouvait clairement y voir son propre reflet. Ding Yi l'a examiné avec attention. Il a longuement réfléchi, sans réussir à déterminer quel mécanisme avait amené cette portion de désert, après avoir fondu, à se solidifier sous une forme aussi parfaitement lisse. Les gens se tenaient en silence autour du miroir géant, dans lequel se reflétaient les splendides lueurs du crépuscule. Enfin, ils ont vu apparaître dans le miroir le reflet de la première étoile à s'allumer dans le ciel nocturne.

Pendant ce temps, la tempête d'énergie déchaînée par la fusion continuait à se propager au loin. La vague d'énergie a traversé sans mal les trois périmètres cibles, réduisant instantanément en cendres les 80 000 tonnes de composants électroniques disséminés sur un rayon de 100 km. Elle a continué à progresser, s'étendant encore sur un millier de kilomètres dans toutes les directions avant d'être finalement affaiblie par les myriades de composants électroniques qu'elle avait dévorés sur sa route, renvoyant un tiers du pays à l'âge préindustriel.

LIN YUN II

Je n'avais pas vu que la pluie s'était arrêtée. Dehors, l'aube commençait à poindre faiblement.

Comme après cette lointaine nuit d'anniversaire de ma jeunesse, à la fin de la nuit qui venait de s'écouler, je n'étais plus le même que la veille. J'avais perdu trop de choses. Pour l'instant, je ne savais pas encore très bien ce que j'avais perdu, mais j'avais l'impression de n'être plus qu'une fragile coquille vide.

— Tu veux entendre la suite ? m'a demandé Ding Yi, un peu ivre, les yeux rougis.

— Non. Je ne veux pas savoir, ai-je répondu faiblement.

— C'est à propos de Lin Yun.

— Lin Yun ? Qu'est-ce qu'il peut bien encore y avoir à dire sur Lin Yun ? Bon, d'accord, continue.

Trois jours après ces événements, le père de Lin Yun est venu voir le site de la fusion.

À ce moment-là, la plus grande partie des trois cents macro-noyaux atomiques capturés avait déjà été relâchée dans les airs. Au moment où les champs magnétiques de confinement qui les retenaient avaient été coupés, les cordes s'étaient rapidement éloignées dans les airs en dansant, et avaient bientôt disparu sans laisser de trace. La trentaine de cordes conservées à des fins de recherche avaient été transférées vers un lieu de stockage plus sûr et la majorité du personnel de la base avait quitté les lieux. Le silence était retombé sur ces étendues désertiques, qui avaient connu deux fois en deux siècles différents la libération d'une énergie colossale.

Seuls Xu Wencheng et Ding Yi ont accompagné le général Lin sur le site de la fusion. Depuis la réunion qui s'était tenue à Beijing quelque temps auparavant, le général avait manifestement beaucoup maigri. Il avait aussi beaucoup vieilli, mais son esprit était resté solide et il continuait à donner l'impression que rien ne pouvait l'abattre.

Ils sont arrivés au bord du miroir géant formé par la macro-fusion. Une fine couche de sable s'était déjà déposée à la surface, mais le miroir était encore lisse et brillant. Il reflétait la course des nuages au-dessus de lui, comme un petit morceau de ciel posé à la surface du désert de Gobi, ou comme une fenêtre ouverte vers un autre espace-temps. Le général Lin et les autres se tenaient en silence au bord du miroir. C'était comme si le temps s'était arrêté dans notre univers mais continuait à s'écouler à toute vitesse dans l'univers sur lequel s'ouvrait le miroir.

— C'est un mémorial très particulier, a déclaré Ding Yi.

— Laissons le sable le recouvrir peu à peu, a répondu le général.

Sur sa tête, des cheveux blancs apparus récemment flottaient au vent.

À ce moment, Lin Yun est apparue.

C'est le bruit d'un garde armant son fusil qui a soudain attiré leur attention. Ils ont levé la tête et ont vu Lin Yun qui se tenait au loin, à l'autre bout du miroir, à 400 m de là. Même à cette distance, tout le monde l'a reconnue. Elle s'est engagée sur le miroir et a commencé à marcher vers eux. Le général Lin et les autres ont rapidement réalisé que c'était vraiment elle ; il ne s'agissait pas d'une hallucination, car ils pouvaient entendre le léger bruit de ses pas tandis qu'elle marchait à la surface du miroir, un bruit qui ressemblait au battement régulier de l'aiguille des secondes d'une horloge. Ils pouvaient aussi clairement distinguer les traces de pas qu'elle laissait sur la fine couche de sable à la surface du miroir. Les nuages continuaient à rouler sur la vaste surface polie, et Lin Yun marchait entre les nuages, levant parfois la main pour écarter ses cheveux courts, que le vent du Gobi rabattait sur son visage. Elle a traversé tout le miroir et s'est approchée d'eux. Son uniforme était propre et impeccablement arrangé, comme s'il était neuf. Elle avait l'air un peu pâle, mais son regard était clair et paisible. Elle s'est enfin arrêtée juste devant son père.

— Papa, a-t-elle dit doucement.

— Yun… Qu'est-ce que tu as fait ?

La voix du général était faible, chargée d'une tristesse et d'un désespoir insondables.

— Papa, tu as l'air très fatigué. Tu devrais t'asseoir.

Le garde a apporté une caisse en bois qui avait jadis servi à stocker du matériel d'expérience et le général s'est lentement assis. Il avait en effet l'air épuisé. Peut-être était-ce la première fois, dans sa longue carrière militaire, qu'il laissait paraître un tel épuisement.

Lin Yun a salué le colonel Xu et Ding Yi d'un léger signe de tête, et a eu un sourire qui leur était familier. Elle s'est tournée vers le garde :

— Je ne suis pas armée.

Le général a fait un geste de la main au garde. Celui-ci a baissé le fusil qu'il tenait braqué sur Lin Yun, mais son doigt n'a pas quitté la détente.

— Papa, je n'aurais jamais pensé que le rayon d'action de la fusion puisse être aussi étendu, a dit Lin Yun.

— Tu as privé un tiers du territoire de ses défenses.

— Oui, papa.

Elle a baissé la tête.

— Yun, je ne t'accuse de rien. C'est trop tard, tout s'est déjà achevé ici. Mais je passe mes journées à me demander comment tu as pu en arriver à ce point.

Lin Yun a relevé la tête et regardé son père.

— Papa, ce point, nous y sommes arrivés ensemble.

Le général a eu un lourd hochement de tête.

— C'est vrai, mon enfant. Nous en sommes arrivés là ensemble. Le chemin que tu as parcouru, il a commencé il y a bien longtemps. Il a peut-être commencé à la mort de ta mère.

Le général s'est abîmé dans la contemplation du ciel bleu et des nuages qui défilaient à la surface du miroir, comme s'il tentait d'y retrouver les jours enfuis.

— Oui, je me souviens encore d'un certain soir… C'était la Fête de la mi-automne, un samedi. Dans l'école maternelle du district militaire, il ne restait plus que moi. J'étais assise dans la cour sur un petit tabouret, je tenais le gâteau de lune* que m'avait donné la maîtresse. Mais je ne regardais pas la lune au-dessus de moi ; je gardais les yeux fixés sur le portail de l'école. La maîtresse est venue me dire que j'étais une gentille petite fille, mais que papa était à l'armée, qu'il ne pouvait pas venir chercher Yun Yun**, et que Yun Yun devrait dormir à l'école cette nuit-là. J'ai dit que mon papa ne venait jamais me chercher à l'école, c'est maman qui allait venir me chercher. La maîtresse m'a dit que ma maman n'était plus là, elle avait sacrifié sa vie dans le Sud, elle ne pourrait plus jamais venir chercher Yun Yun. Je le

* Pâtisserie chinoise traditionnelle qui se mange pendant la Fête de la mi-automne.

** En chinois, le redoublement du prénom est l'équivalent d'un diminutif affectueux, souvent employé pour s'adresser aux enfants.

savais déjà, mais c'est à cet instant que le rêve que je m'efforçais de maintenir en vie depuis plus d'un mois s'est définitivement écroulé. Pendant un mois, mon regard n'avait cessé de revenir sur la porte de l'école ; je la voyais quand j'étais éveillée, et je la voyais dans mes rêves la nuit. Dans mes rêves, je voyais chaque fois maman passer le portail pour venir me chercher ; mais quand j'étais éveillée, la porte restait toujours vide. Cette nuit d'automne a été un tournant dans ma vie. La solitude et le chagrin que j'éprouvais se sont tout à coup transformés en haine. J'ai haï ceux qui avaient pris la vie de maman, qui l'avaient obligée à me laisser toute seule dans cette école, la nuit de la mi-automne.

Le général a dit :

— Une semaine plus tard, je suis allé te chercher. J'ai découvert que tu avais toujours sur toi une petite boîte d'allumettes, dans laquelle tu élevais deux abeilles. Les institutrices avaient peur que tu te fasses piquer, elles avaient essayé de te prendre la boîte, mais tu avais pleuré et hurlé avec une telle violence que tu les avais effrayées.

— Je t'ai dit que je voulais entraîner les deux abeilles pour qu'elles aillent piquer les ennemis, comme ce qui était arrivé à maman. Je t'ai décrit avec fierté tous les moyens auxquels j'avais pensé pour tuer les ennemis. Je savais par exemple que les cochons mangent beaucoup, et je voulais mettre tout plein de cochons à l'endroit où habitent les ennemis, les cochons auraient mangé toutes leurs provisions, et les ennemis seraient morts de faim. J'avais aussi pensé mettre une sorte de petite trompette près de la maison des ennemis, elle se mettrait automatiquement à faire un bruit effrayant en plein milieu de la nuit, pour les faire mourir de peur… J'avais tout le temps ce genre d'idées. Pour moi, c'était devenu un jeu de l'esprit fascinant, je ne m'en lassais jamais.

— En entendant ma fille parler comme ça, j'ai été très inquiet.

— Oui, papa… À l'époque, après avoir écouté toutes mes idées, tu m'as longuement regardée, et tu as sorti d'une pochette à documents deux photographies. C'étaient toutes les deux la même photo, la seule différence était que le coin de l'une d'elles était légèrement brûlé, tandis que l'autre était tachée de traces brunes. Ce n'est qu'ensuite que j'ai su que c'étaient des traces de sang. La photo montrait une famille de trois personnes. Le père et la mère étaient tous deux officiers, mais leur uniforme était différent du tien, ils portaient des épaulettes d'un rang que tu n'avais pas encore à l'époque. La petite fille avait à peu près le même âge que moi. C'était une très jolie petite fille, à la peau si blanche et si fine qu'elle en était presque transparente, on aurait dit de la porcelaine. Moi qui avais grandi dans le Nord, je n'avais jamais vu une aussi jolie peau. Ses cheveux étaient très noirs et très longs, ils lui tombaient jusqu'à la taille. Elle était vraiment mignonne. Sa mère était très jolie aussi, et son père extrêmement beau. Je les ai beaucoup enviés. Mais tu m'as dit que c'étaient des officiers ennemis. Ils avaient tous les deux été tués par un de nos bombardements. En nettoyant le champ de bataille, on avait retrouvé la même photo sur deux corps différents. La petite fille de la photo n'avait maintenant plus ni père ni mère.

— Je t'ai encore dit que les ennemis qui avaient tué ta mère n'étaient pas des hommes mauvais. Ils avaient agi ainsi parce qu'ils étaient soldats. Ils ne faisaient que leur devoir, tout comme ton papa était soldat et devait faire son devoir en tuant des ennemis sur le champ de bataille.

— Je m'en souviens, papa, bien sûr que je m'en souviens. Il faut se rappeler que c'étaient les années 1980. À l'époque, ce genre d'éducation allait à l'encontre des conventions, de telles idées n'étaient pas acceptées. Si cela s'était su, ça aurait suffi à détruire ta carrière politique. Mais tu voulais déterrer la petite graine de haine qui se trouvait au fond de mon cœur pour l'empêcher de germer. C'est ce qui m'a fait comprendre à quel point tu m'aimais. À ce jour, je t'en suis encore reconnaissante.

— Mais ça n'a servi à rien, a soupiré le général Lin.

— Non. À l'époque, j'étais juste très curieuse de cette chose que tu appelais le devoir. Une chose capable de pousser les soldats à s'entretuer, sans pour autant se haïr. Moi, je n'y arrivais pas, je les haïssais toujours, et je voulais toujours que mes abeilles aillent les piquer.

— J'ai été très triste de t'entendre parler ainsi. Il est difficile de dissiper la haine née de la solitude et du chagrin d'un enfant privé de l'amour de sa mère. Seul l'amour maternel lui-même pourrait faire disparaître cette haine…

— Tu l'avais bien compris. Pendant un moment, une femme venait souvent à la maison, elle était très gentille avec moi, et nous nous entendions bien. Mais je ne sais pas pourquoi, elle n'a finalement pas réussi à devenir une nouvelle maman pour moi.

— Yun, j'aurais dû davantage penser à toi à l'époque, a de nouveau soupiré le général.

— Par la suite, je me suis petit à petit habituée à vivre sans avoir de maman. Ma haine enfantine s'est aussi estompée au fil du temps, mais cet amusant petit jeu de l'esprit n'a jamais cessé, et toutes sortes d'armes imaginaires ont accompagné mon enfance. Mais c'est pendant un certain été que les armes sont vraiment devenues une partie de ma vie… C'était pendant les vacances d'été, à la fin de ma deuxième année d'école primaire. Tu devais aller dans le Sud, pour aider à mettre sur pied un nouveau corps d'infanterie de marine. Quand tu as vu à quel point j'étais déçue par cette nouvelle, tu as décidé de m'emmener avec toi. L'unité était cantonnée dans un endroit très reculé, il n'y avait aucun autre enfant autour de moi, je ne pouvais jouer qu'avec tes collègues ou tes subalternes. C'étaient tous des officiers combattants, la plupart d'entre eux ne s'étaient jamais occupés d'un enfant. Le plus souvent, les jouets qu'ils me donnaient étaient des douilles de toutes les tailles, je m'en servais comme de sifflets. Une fois, j'ai vu un homme extraire une cartouche de son chargeur et j'ai fait tout un cinéma pour qu'il me la donne. Il m'a dit que ce n'était pas un jouet pour les enfants, les enfants n'avaient le droit de jouer qu'avec des douilles vides. Je lui ai alors demandé d'enlever la tête de la balle pour me donner la douille. Il m'a dit que ce serait pareil que les douilles vides qu'il m'avait déjà données, et qu'il pouvait m'en donner plein d'autres. Mais je n'ai rien voulu entendre. Je voulais cette douille et pas une autre.

— Tu as toujours été comme ça, Yun. Quand tu te mets une idée en tête, plus rien d'autre ne t'intéresse.

— Je l'ai tellement harcelé qu'il a fini par céder. Il m'a dit que c'était difficile d'extraire la balle, qu'il serait plus simple de la tirer. Il a remis la cartouche dans son arme, il est sorti avec le fusil et a tiré vers le ciel. Il m'a montré la douille qui venait d'être éjectée au sol et m'a dit de la prendre. Mais je ne l'ai pas ramassée. J'ai regardé le soldat avec de grands yeux, je lui ai demandé où était partie la balle. Il m'a dit, elle s'est envolée très haut dans le ciel. J'ai demandé si le bruit que j'avais entendu après la détonation était le bruit qu'elle faisait en volant. Il m'a dit : “Oui Yun Yun, tu es maligne !” Il a de nouveau tiré vers le ciel, et j'ai encore entendu le sifflement de la balle qui fendait les airs. Il m'a expliqué que la balle volait très vite, si vite qu'elle pouvait même traverser une fine plaque d'acier. J'ai touché le canon encore tiède du fusil, et toutes les armes imaginaires que j'avais jadis conçues dans mes jeux ont soudain paru pitoyables. La vraie arme que j'avais maintenant sous les yeux exerçait sur moi une fascination irrésistible.

— Ces rudes gaillards de l'armée trouvaient mignon qu'une petite fille aime les armes à feu, et ils ont continué à te montrer leurs armes pour te faire plaisir. À l'époque, la gestion des munitions n'était pas aussi stricte qu'aujourd'hui – en quittant l'armée, les vétérans pouvaient même partir avec des poignées entières de balles. Ils en avaient bien assez pour te laisser jouer avec. Petit à petit, ils ont fini par te laisser tirer au fusil. Au début, ils t'aidaient à tenir le fusil, mais bien vite tu y arrivais toute seule. Je le savais, mais je n'y ai pas accordé d'importance… À la fin de l'été, tu étais capable de caler un fusil d'assaut au sol et de tirer en rafale.

— À l'époque, quand je tenais le fusil, et que je le sentais tressauter dans mes bras au moment où je pressais la détente, je ressentais ce que ressentent les autres petites filles en tenant une poupée qui chante. Par la suite, sur le champ de tir, j'ai vu tirer des mitrailleuses lourdes. Leur bruit ne m'a pas semblé assourdissant, c'était au contraire une chanson qui m'emplissait de joie… À la fin des vacances, je pouvais écouter sans me boucher les oreilles des explosions de grenades ou des tirs d'armes sans recul.

— Les vacances d'été suivantes, je t'ai souvent emmenée avec moi dans des unités de première ligne. Je voulais surtout passer plus de temps avec toi. Je me rendais bien compte que l'armée n'était pas le meilleur environnement pour un enfant, mais c'était finalement un milieu plutôt simple et innocent, je me disais que ça ne pouvait pas te faire de mal… Mais je me suis vraiment trompé.

— Toutes ces vacances m'ont permis de découvrir encore plus d'armes. Les soldats et sous-officiers de la troupe aimaient me laisser jouer avec leurs armes, parce qu'elles faisaient leur fierté. Dans leurs souvenirs d'enfance, les armes étaient les meilleurs jouets qu'un enfant puisse avoir – et alors que les autres enfants devaient se contenter de jouer avec des répliques, j'avais, moi, la chance de pouvoir jouer avec de vraies armes de guerre. Et puis ça leur faisait plaisir d'apprendre à une enfant à tirer au fusil ; tant que l'on respectait les précautions de sécurité, ce n'était pas bien grave.

— Oui, je m'en souviens bien. C'était dans les premiers temps de la création des fusiliers marins. Les exercices à balles réelles étaient fréquents. En plus d'apprendre à manier les armes légères, tu as aussi assisté à des exercices de tir à charges réelles avec toutes sortes d'armes lourdes – des chars, des pièces d'artillerie, des navires de guerre… Depuis le sommet d'une montagne, au bord de la mer, tu as vu les canons lourds d'un navire de guerre faire feu sur la côte, tu as vu des bombardiers déverser des grappes de bombes sur des cibles en mer…

— Ce que je n'oublierai jamais, c'est la première fois que j'ai vu un lance-flammes. J'étais tout excitée à la vue de ce dragon de feu rugissant, qui projetait une petite mer de flammes à la surface de l'océan… Un capitaine de l'infanterie de marine m'a dit : "Yun Yun, tu sais quelle est la chose la plus terrifiante sur les champs de bataille ? Ce n'est ni le fusil ni le canon. C'est ce truc-là. Sur le front sud, une langue de feu a léché un de mes compagnons d'armes… Après ça, la peau lui tombait du corps dès qu'on la touchait. Il était encore vivant, mais c'était pire que la mort. À l'hôpital de campagne, il a attendu un moment où personne ne faisait attention, et il s'est tiré une balle dans la tête." J'ai repensé à la dernière fois que j'avais vu maman à l'hôpital. Elle aussi avait la peau qui s'ulcérait et pourrissait sur tout le corps. Ses doigts étaient noirs et gonflés, elle n'aurait pas pu mettre fin à ses jours même si elle l'avait voulu. Ce genre d'expérience amène peut-être certaines personnes à se tenir à l'écart des armes pour le restant de leur vie. Mais elle amène aussi une autre catégorie de gens à en tomber amoureux. Je fais partie de cette deuxième catégorie. Ces engins terrifiants renfermaient une puissance cachée, et c'est cette puissance qui m'attirait comme une drogue.

— Yun, l'influence que les armes exerçaient sur toi ne m'a pas échappé à l'époque, mais je n'y ai pas accordé trop d'importance. En tout cas pas avant cet exercice de tir au bord de la plage. L'exercice consistait à tirer à la mitrailleuse sur des cibles flottantes, pas très loin de la côte. C'était un exercice difficile, parce que les cibles n'arrêtaient pas d'osciller à la surface de l'eau ; et sur la plage, le trépied des mitrailleuses légères avait tendance à s'enfoncer dans le sable pendant le tir. Les performances des soldats ont été plutôt piteuses. À ce moment-là, le lieutenant a crié : "Bande de mauviettes ! Regardez-moi ça, vous n'avez même pas le niveau d'une petite fille ! Viens, Yun Yun, montre à ces bons à rien ce que tu sais faire !"

— Je me suis allongée sur la plage et j'ai vidé deux chargeurs. Tous mes tirs ont été parfaits.

— Je regardais la mitrailleuse qui tressautait en crachant des flammes, calée entre tes petites mains blanches et délicates, les mains d'une petite fille de douze ans… Je voyais le souffle des gaz résiduels du canon faire voler ta frange sur ton petit front, je voyais la flamme du canon se refléter dans tes petits yeux d'enfant, et la joie sauvage et l'excitation dans ton regard… Ah, ma petite Yun, à ce moment-là, j'ai été terrifié, vraiment terrifié, je ne comprenais pas comment ma propre fille avait pu devenir ainsi.

— À l'époque tu m'as juste prise par la main, tu m'as traînée loin de là alors que toute la troupe était en train de m'acclamer. Tu as déclaré avec colère à tous ceux qui étaient présents qu'à l'avenir personne ne devait plus me laisser toucher une arme ! Papa, c'était la première fois que je te voyais aussi fâché. Par la suite, tu ne m'as plus jamais emmenée en mission avec toi. À la maison, tu t'es arrangé pour passer plus de temps avec moi, sans te soucier de l'influence que cela pouvait avoir sur ta carrière. Tu m'as appris à déchiffrer la musique, à apprécier les arts et la littérature. Tu as commencé par des choses légères et amusantes, puis nous sommes passés à des choses plus classiques et plus profondes.

— Je voulais cultiver en toi la sensibilité esthétique normale d'une petite fille. Je voulais détourner tes sentiments de ces tendances effrayantes.

— Et tu as réussi, papa. Il n'y a que toi qui pouvais y arriver. À l'époque, autour de toi, aucun de tes collègues n'en aurait été capable. Ta culture et ton érudition m'ont toujours inspiré le plus grand respect. Et il m'est impossible d'exprimer en mots toute la gratitude que j'éprouve pour les efforts que tu m'as consacrés. Tu as planté en moi les fleurs de la beauté, mais sans vérifier dans quel sol elles allaient pousser ; et à ce moment-là, il était déjà très difficile de modifier ce sol. C'est vrai – en grandissant, mes connaissances et ma sensibilité en matière de littérature, d'arts et de musique ont dépassé celles de la plupart des autres filles. Mais pour moi, le principal intérêt de ces connaissances était qu'elles me permettaient d'apprécier avec encore plus d'intensité la beauté des armes. Je me suis rendu compte que le type de beauté qui touche la plupart des gens n'est qu'une beauté faible et fragile. La véritable beauté nécessite une grande force intérieure pour être comprise. Elle ne se révèle qu'à travers des sensations plus puissantes, comme la terreur et la cruauté ; on peut y puiser de la force, mais on peut aussi y trouver la mort. Et rien n'exprime cette beauté de manière plus parfaite et vivante que les armes. C'est ainsi que ma fascination pour les armes est passée à un niveau supérieur, pour atteindre une dimension véritablement esthétique et philosophique. C'était à peu près à l'époque où j'étais au lycée. Et cette sublimation, papa, ne sois pas triste, mais c'est bien toi qui m'as aidée à l'accomplir.

— Mais cela n'explique toujours pas comment tu en es arrivée à ce point, Yun. Admettons que les armes t'aient rendue froide et insensible – mais comment en es-tu arrivée à une telle folie ?

— Papa, après le lycée, nous avons passé de moins en moins de temps ensemble. Ensuite, je me suis engagée, je suis allée à l'université, nous avons eu moins d'occasions de nous voir. Pendant cette période, il s'est passé des tas de choses que tu ne sais pas. Notamment une histoire qui concerne maman, et dont je ne t'ai jamais parlé.

— Une histoire qui concerne ta mère ? À cette époque, elle était morte depuis plus de dix ans.

— Oui. Mais cette histoire a tout de même exercé une profonde influence sur moi.

C'est ainsi que dans le vent froid du désert de Gobi, entre le ciel parcouru de nuages et le miroir géant qui le reflétait, le général Lin, le colonel Xu et Ding Yi ont entendu un terrible récit.

— Vous savez peut-être que la variété de frelon qui a tué maman sur le front sud n'était en fait pas une espèce locale, mais une espèce qui vit à des latitudes beaucoup plus élevées. C'était plutôt étrange : le front se trouvait en milieu tropical, un endroit où il existe une extraordinaire diversité de vespidés ; pourquoi donc utiliser comme arme une espèce venue de très loin au nord ? En plus, c'était une espèce très ordinaire, qui n'avait pas coutume de poursuivre les humains en groupe pour piquer et qui n'était pas spécialement venimeuse. Par la suite, des attaques similaires ont eu lieu plusieurs fois sur le front sud et ont fait plusieurs morts. Mais la guerre s'est rapidement achevée, et la chose n'a pas vraiment attiré l'attention.

Quand j'étais en doctorat, je visitais souvent le site du magazine militaire *Jane's*, et plus particulièrement le forum consacré aux armes. Il y a trois ans, sur ce forum, j'ai rencontré une Russe. Elle parlait très peu d'elle-même, mais en discutant un peu, je me suis vite rendu compte qu'elle n'était pas qu'une simple amatrice d'armes ; elle était manifestement experte en la matière. Sa spécialité était le génie biologique. C'était un domaine très différent du mien, mais elle avait des idées très pointues en termes de théories générales des nouveaux concepts d'armes, et nous nous sommes bien entendues. Nous sommes restées en contact et il nous arrivait souvent de discuter en ligne pendant des heures. Au bout de deux mois, elle m'a dit qu'elle venait d'intégrer une équipe d'enquêteurs mandatés par une organisation internationale. Elle devait se rendre dans la péninsule indochinoise, notamment pour examiner les effets à long terme que les armes chimiques employées par les Américains pendant la guerre du Viêtnam avaient eus sur l'écosystème local. Elle m'a invitée à l'accompagner. J'étais justement en vacances, et j'y suis allée.

Quand nous nous sommes retrouvées à Hanoï, elle était très différente de ce que j'imaginais. Elle avait une quarantaine d'années, très mince, sans aucune trace de cette robustesse qu'ont souvent les femmes russes. Elle avait une sorte de beauté intemporelle, profonde, très orientale, et elle dégageait quelque chose de doux et de réconfortant. Nous avons suivi le groupe d'enquête dans son travail, qui s'est avéré très éprouvant. Nous avons parcouru la longue piste Hô Chi Minh, où les troupes américaines avaient largué du défoliant ; nous sommes allés dans la jungle laotienne, où des traces d'armes chimiques avaient été retrouvées. J'ai découvert qu'elle était très consciencieuse ; elle s'investissait dans son travail avec un dévouement et un sens du devoir exemplaires. Son seul défaut était la boisson : dès qu'elle buvait, c'était à l'excès. Nous sommes rapidement devenues amies. Plusieurs fois, après s'être enivrée, elle m'a raconté quelques épisodes de sa vie.

J'ai appris que l'URSS avait créé dès les années 1960 un organisme chargé d'étudier les nouveaux concepts d'armes, le Comité de planification à long terme de l'équipement du quartier général de l'état-major. Elle avait été affectée à la division biochimique, de même que l'homme qui allait ensuite devenir son mari. J'aurais voulu qu'elle m'en dise un peu plus sur le genre de recherches que menait cet organisme, mais je me suis rendu compte que même ivre, elle gardait la tête froide, car elle ne m'a jamais dit un mot à ce sujet. Il était évident qu'elle avait longtemps travaillé pour un organisme de recherche militaire hautement confidentiel. À force de la questionner, j'ai tout de même réussi à la faire parler d'un projet en particulier. Leur organisme avait pendant un temps étudié des individus dotés de prétendus pouvoirs paranormaux, afin d'essayer de détecter les sous-marins de l'Otan en eaux profondes. Mais ce programme n'était plus confidentiel depuis longtemps, il était même devenu la risée des programmes de recherche sérieux. Cela m'a cependant permis de comprendre que leur organisation avait eu des idées vivantes et dynamiques, très différentes de la manière de penser sclérosée du Projet 3141.

À la fin de la guerre froide, leur organisme de recherche a été dissous. Comme en outre l'armée soviétique était dans un état lamentable, les anciens chercheurs ont renoncé les uns après les autres à l'uniforme pour aller chercher du travail dans la société civile. Mais ils ont rapidement découvert que là aussi, il y avait beaucoup de problèmes. Sautant sur l'occasion, un certain nombre d'organismes de recherche similaires en Occident ont offert des conditions extrêmement avantageuses pour recruter les plus brillants chercheurs. Le mari de mon amie avait lui aussi été démobilisé. Après avoir quitté l'armée, il a immédiatement reçu une offre d'embauche avec un très bon salaire de la part de l'entreprise DuPont*. Quant à elle, DuPont lui a promis le même traitement si elle voulait se joindre à eux – à condition qu'elle amène avec elle les données de ses recherches sur les nouveaux concepts d'armes. Ils se sont violemment disputés à ce sujet. Elle lui a expliqué qu'elle n'était pas coupée des réalités concrètes, qu'elle aussi avait envie de sortir de la pauvreté, d'habiter dans le confort, d'avoir une maison avec piscine ; elle aussi aurait voulu passer chaque année ses vacances en Scandinavie et offrir une bonne éducation à leur fille unique ; et en tant que chercheuse, les généreuses conditions de travail qui leur étaient proposées lui faisaient encore plus envie. Si elle avait travaillé dans un programme civil, ou même dans un programme militaire ordinaire, elle aurait accepté sans hésiter. Mais certaines de leurs recherches avaient déjà dépassé le stade de simples concepts pouvant être diffusés sans risque dans le milieu académique. Certaines de leurs armes étaient déjà très proches de la phase d'application pratique. Sur le plan technologique, elles représentaient des avancées révolutionnaires ; sur le plan militaire, elles avaient le potentiel de devenir des armes très puissantes, qui décideraient peut-être de l'équilibre des puissances au cours du siècle à venir. Elle ne pouvait accepter de voir le fruit de ses recherches, qui avaient occupé la moitié de sa vie, risquer d'être un jour utilisé contre sa patrie. Son mari s'est moqué d'elle – où était donc la patrie dont elle parlait ? Il était d'ascendance ukrainienne ; ses ancêtres à elle venaient de Biélorussie. La patrie qu'elle chérissait tant avait déjà éclaté en

* Entreprise américaine fondée en 1802. D'abord spécialisée dans la poudre à canon, elle a étendu ses activités aux polymères – en inventant notamment le nylon et le kevlar – puis à l'industrie nucléaire. Elle a notamment joué un rôle important dans le projet Manhattan, responsable de la conception de la première bombe atomique durant la Seconde Guerre mondiale.

une multitude de pays, dont certains étaient quasiment devenus ennemis.

Finalement, son mari est parti avec leur fille. Après quoi, elle a vécu dans une grande solitude.

Bien des aspects de sa personnalité et de son tempérament avaient pour moi quelque chose de familier. En y réfléchissant, j'ai compris que cela venait des vagues souvenirs que j'avais de ma mère. Au Laos, notre équipe d'inspection logeait dans un hameau au cœur de la jungle. Dans le village sévissait à ce moment-là une certaine variété de paludisme, une maladie transmise par les moustiques. Deux enfants en étaient déjà morts. Le médecin de l'équipe était désemparé. Les crises déclenchées par cette variété de paludisme étaient particulièrement violentes ; dans les conditions qui étaient celles du village, il était impossible de les traiter. Mais l'infection présentait une période de latence. Si l'on parvenait à identifier les symptômes accompagnant cette période de latence, on pourrait examiner tous les habitants du village et trouver un traitement viable pour ceux chez qui la maladie ne s'était pas encore déclarée. Ayant entendu les explications du médecin, mon amie est sortie. Elle n'est revenue qu'au bout de deux heures, avec un petit sac fabriqué à l'aide d'une moustiquaire. Le sac était rempli de moustiques qu'elle avait capturés par je ne sais quel moyen. Elle a plongé la main dans le sac et fixé celui-ci à son coude avec une cordelette. Quand elle a finalement retiré son bras, il était couvert de piqûres de moustiques. Elle a demandé au médecin de l'examiner, mais il n'a pas réussi à découvrir de symptôme particulier. Elle avait cependant bel et bien été infectée : cinq jours plus tard, elle est tombée malade. Elle a été transportée dans un hôpital de Bangkok, et j'ai passé les derniers jours de mes vacances à son chevet.

Pendant ces quelques jours, je me suis sentie encore plus proche d'elle. Je lui ai confié que ma mère était morte à la guerre quand j'avais six ans, et que depuis, le souvenir que j'avais d'elle ne m'avait jamais quittée. Jusqu'à récemment, dans mon esprit, ma mère était toujours aussi jeune qu'au moment de sa mort. Ce n'est qu'en prenant conscience du passage des années que j'ai commencé à essayer de me la représenter telle qu'elle serait devenue en vieillissant ; mais je n'y arrivais pas. Quand j'avais rencontré mon amie, l'image de ma mère était soudain devenue limpide dans mon esprit : j'étais convaincue que si elle avait vécu, elle lui aurait ressemblé. À ces mots, elle m'a prise dans ses bras et a fondu en larmes. Elle m'a raconté en pleurant qu'il y a six ans, sa fille et son petit ami avaient fait une overdose. On les avait retrouvés morts dans une résidence de luxe du Nevada.

Nous nous sommes quittées en gardant l'une pour l'autre un profond attachement. Et quand je suis allée en Sibérie avec le Dr Chen pour l'affaire de la foudre en boule, je lui ai rendu visite à Moscou.

Vous pouvez imaginer à quel point ma visite lui a fait plaisir. Elle vivait toujours seule, dans une résidence pour retraités glaciale. Elle buvait encore plus qu'avant, elle semblait passer toutes ses journées dans un état de semi-ivresse permanent. Quand elle m'a revue, elle n'arrêtait pas de répéter : "Il faut que je te montre quelque chose, il faut que je te montre quelque chose…" Elle a écarté une pile de vieux journaux, sous lesquels était caché un conteneur hermétiquement scellé aux formes inhabituelles. Elle m'a expliqué qu'il s'agissait d'un dispositif de stockage à très basse température. Elle dépensait la plus grande partie de ses maigres revenus pour renouveler régulièrement le liquide réfrigérant. J'étais étonnée qu'elle garde une telle chose chez elle, et quand je lui ai demandé de quoi il s'agissait, elle a déclaré que c'était l'aboutissement de plus de vingt années d'efforts. Voici ce qu'elle m'a raconté :

"Au début des années 1970, l'organisme de recherche sur les nouveaux concepts d'armes de l'URSS a lancé une enquête à l'échelle mondiale, dans le but de recenser les idées et les pratiques liées aux nouveaux concepts d'armes partout à travers le globe. Ils se sont tout d'abord penchés sur les concepts théoriques. L'enquête se voulait très exhaustive ; les agences de renseignement étaient évidemment impliquées, et nombre d'agents diplomatiques ou d'hommes d'affaires se voyaient également chargés de ramener des informations à ce sujet lorsqu'ils se rendaient à l'étranger. L'enquête a parfois atteint des extrémités ridicules : dans certains départements, des chercheurs sont allés jusqu'à regarder en boucle tous les films de James Bond, dans l'espoir de découvrir dans les gadgets bizarres de 007 des indices sur les nouveaux concepts d'armes occidentaux. Dans le même temps, l'étude s'est également attachée à recenser tous les nouveaux concepts d'armes ayant déjà été utilisées dans les guerres locales à travers le monde. À l'époque, leur attention s'est évidemment portée sur la guerre du Viêtnam.

“Les effets des tactiques populaires employées par les Vietnamiens sur le champ de bataille, comme les fosses garnies de pieux de bambou et autres choses de ce genre, ont été étudiés en détail. Une des premières choses qui a attiré l'attention de mon département, c'est l'usage offensif que certaines troupes de guérilla vietnamiennes faisaient des guêpes et des frelons. Nous en avions d'abord entendu parler par la presse, et je me suis donc rendue au Viêtnam pour enquêter sur ces méthodes. À l'époque, les États-Unis songeaient déjà à se retirer du Viêtnam. Le régime de Saïgon était en train de s'effondrer. Dans le Sud, la guérilla menée par le Parti communiste vietnamien s'était déjà transformée en guerre conventionnelle à grande échelle, et les méthodes de guérilla non conventionnelles sur lesquelles je voulais enquêter avaient spontanément cessé d'être utilisées. Je suis tout de même entrée en contact avec plusieurs unités de guérilla, qui m'ont permis de mieux comprendre les effets de ce type d'armes. De fait, la presse avait grandement exagéré leur efficacité. Tous les soldats que j'ai interrogés et qui avaient utilisé ce type d'armes m'ont confirmé qu'elles n'avaient quasiment aucun potentiel létal. Si elles avaient un effet, il était surtout d'ordre psychologique : elles renforçaient l'impression qu'éprouvaient les soldats américains d'avoir pénétré sur un territoire étrange et effrayant.

"Ces armes m'ont cependant donné beaucoup d'idées. De retour en URSS, nous avons commencé à modifier des frelons à l'aide de technologies génétiques. C'était peut-être la première application pratique des manipulations génétiques au monde. Pendant les premières années, nous n'avons obtenu aucun résultat, car la biologie moléculaire en était encore à ses balbutiements à l'époque ; sans compter qu'après la répression qui avait frappé les sciences génétiques quelques années plus tôt en URSS, nos technologies étaient très en retard sur le reste du monde. Ce n'est qu'au début des années 1980 que nous avons effectué une percée décisive, en parvenant à élever des frelons à la fois très venimeux et très agressifs. Le maréchal Iazov* en personne est venu assister à une démonstration dans laquelle un unique frelon a suffi à tuer un bœuf. La démonstration a profondément marqué le maréchal. Comme c'était moi qui dirigeais le projet, j'ai été décorée de l'ordre de l'Étoile rouge**. Le projet a reçu de gros financements, et nous avons procédé à des recherches supplémentaires sur des frelons offensifs susceptibles d'être utilisés en situation de combat

* Dimitri Iazov, dernier ministre de la Défense et dernier maréchal de l'Union soviétique (le plus haut grade de l'armée soviétique) avant la dissolution de l'URSS en 1991.

** Une des plus hautes décorations de l'armée soviétique.

réel. Nous avons d'abord perfectionné la reconnaissance de cible, en créant une nouvelle variété de frelons extrêmement sensibles à certaines substances chimiques, dont il suffisait à nos soldats de s'enduire en quantité infime pour éviter d'être piqués par accident. Nous avons ensuite travaillé sur la toxicité du venin. En plus des frelons extrêmement venimeux que nous avions déjà élevés, dont la piqûre entraînait une mort immédiate, nous avons mis au point une nouvelle variété. Leur venin était tout aussi puissant, mais la mort ne se produisait qu'au bout de cinq à dix jours afin d'imposer un fardeau supplémentaire à l'ennemi… Dans l'azote liquide de ce dispositif de stockage, se trouvent cent mille embryons de frelons offensifs."

À ce moment de son récit, Lin Yun a poussé un long soupir et sa voix s'est mise à trembler un peu :

— Vous pouvez imaginer ce que j'ai ressenti en écoutant cette histoire. Un voile noir est tombé devant mes yeux, j'ai failli m'évanouir… À tout hasard, je lui ai quand même demandé si cette arme avait déjà été utilisée en combat réel. Mais j'avais déjà deviné sa réponse. Elle n'avait pas remarqué mon expression et a poursuivi son récit avec encore plus d'enthousiasme.

À l'époque, en raison de la guerre au Cambodge et du conflit frontalier avec la Chine, les Vietnamiens n'arrêtaient pas de demander des armes à l'URSS. Le bureau politique était excédé et a décidé de répondre de manière purement symbolique à leurs demandes incessantes. Le Secrétaire général de l'époque a promis à Le Duan*, qui se trouvait alors en visite en URSS, d'offrir au Viêtnam leur système d'arme le plus moderne. Il songeait en fait aux frelons de

* Homme politique vietnamien, membre fondateur du Parti communiste indochinois et secrétaire général du Parti communiste vietnamien de 1960 à sa mort.

combat. Mon amie a été envoyée au Viêtnam avec une première réserve de cent mille frelons offensifs. Vous pouvez imaginer la colère des Vietnamiens quand ils ont réalisé que le système d'arme qu'ils attendaient avec impatience n'était rien de plus qu'un essaim de frelons… Ils ont déclaré que l'URSS avait honteusement dupé des camarades qui versaient leur sang et combattaient en première ligne contre l'impérialisme. De fait, les hauts dirigeants soviétiques de l'époque avaient effectivement pour seul but de se débarrasser d'eux. Mais du point de vue de mon amie, les Vietnamiens n'avaient pas été trompés. Ils ne comprenaient juste pas encore le potentiel de cette arme.

Cela ne les a pas cependant pas empêchés de la déployer sur le champ de bataille ; ils ont même affecté à cette tâche une unité technique spéciale du TC2, les services secrets vietnamiens. Avant le lancement de l'opération, elle a formé les membres de l'unité pendant une semaine, après quoi ils sont partis pour le front. Je lui ai demandé en tremblant sur quel front – peut-être était-ce au Cambodge ? Je me raccrochais encore à une misérable lueur d'espoir… Mais elle a répondu : "Non, pas au Cambodge. Les troupes vietnamiennes disposaient déjà d'un avantage absolu sur ce front-là. L'unité a été envoyée sur l'autre front – contre vous." Les yeux agrandis d'effroi, je lui ai demandé : "Tu… tu es allée à la frontière sino-vietnamienne ? – Oui", a-t-elle répondu, elle y était allée. Elle ne pouvait évidemment pas aller en première ligne, mais elle était allée jusqu'à Lan Son. À chaque expédition, ces jeunes gaillards secs et nerveux se préparaient en appliquant quelques gouttes de liquide répulsif sur leur col, puis ils partaient par équipes de cinq, emmenant mille à deux mille frelons d'attaque vers les premières lignes…

C'est à ce moment-là qu'elle a finalement réalisé que je n'étais pas dans mon état normal. Elle m'a demandé :

"Qu'est-ce qui t'arrive ? Tout au long de l'opération, nous n'avons procédé qu'à des attaques expérimentales. Quand la guerre s'est terminée, nous n'avions pas tué grand monde chez vous." Elle en parlait avec décontraction, comme si ce n'était qu'une rencontre sportive. De fait, dans le cadre d'une conversation de soldat à soldat, ma réaction pouvait effectivement être vue comme disproportionnée ; même si nous avions parlé de l'île Zhenbao*, nous aurions dû être capables de discuter en toute civilité. Mais je ne voulais pas lui dire comment maman était morte. Sous son regard ébahi, je suis partie en courant. Elle m'a rattrapée et a essayé de me retenir, me suppliant de lui dire ce qu'elle avait fait, mais je l'ai repoussée. J'ai erré, seule et sans but, dans les rues glaciales de la ville. Cette nuit-là, il neigeait à gros flocons, et le monde m'a soudain paru hideux et féroce. Finalement, un véhicule de patrouille de la police, chargé de ramasser les ivrognes dans les rues, m'a ramenée à l'hôtel…

De retour en Chine, j'ai reçu un e-mail de sa part. Voici ce qu'il disait :

"Yun, je ne sais pas ce que j'ai fait pour te blesser. Après ton départ, j'en ai perdu le sommeil pendant plusieurs jours. J'ai beau me creuser la tête, je n'arrive pas à comprendre, même si je sais que c'est certainement lié à l'histoire de mes frelons tueurs. Si tu étais une fille ordinaire, je ne t'aurais jamais révélé un mot de tout cela. Mais tu es comme moi – un soldat qui cherche à développer de nouveaux concepts d'armes. Nous poursuivons le même but, et c'est pourquoi je t'ai raconté tout ça. Quand tu t'es

* L'île Zhenbao, ou île Damanski en russe, est une petite île située sur le cours de la rivière Oussouri, à la frontière sino-russe. Objet d'un vif litige, elle a été en 1969 le théâtre d'affrontements sanglants entre les deux pays. Occupée par les Soviétiques, elle n'a été restituée à la Chine qu'en 1991.

enfuie en courant, cette nuit-là, mon cœur s'est brisé. De retour à la résidence, j'ai ouvert la petite boîte du dispositif de stockage à azote liquide et j'ai regardé l'azote s'évaporer en formant une brume blanche dans les airs. Dans le chaos qui a suivi la dissolution de notre organisme de recherche, des millions d'embryons de frelons offensifs ont péri suite à des problèmes de gestion. Le dispositif de stockage que je t'ai montré contient les derniers embryons au monde de cette variété de frelons. À ce moment-là, je comptais bien rester assise ainsi toute la nuit, jusqu'à ce que l'azote liquide se soit entièrement évaporé. Même dans le froid de l'hiver russe, les embryons se seraient très rapidement dégradés. Je détruisais vingt années d'efforts ; je détruisais les rêves de ma jeunesse, tout cela parce qu'une jeune Chinoise, que j'aimais plus que ma propre fille, haïssait mes frelons. À mesure que la brume blanche de l'azote se dissipait, mon appartement devenait de plus en plus froid. C'est ce froid qui m'a fait reprendre mes esprits. J'ai soudain réalisé que le contenu de cette boîte ne m'appartenait pas. Son développement avait coûté des milliards de roubles, il était né du sang et de la sueur versés par le peuple soviétique en des temps de pénurie et de pauvreté. À cette idée, j'ai soigneusement refermé le couvercle du conteneur. À l'avenir, je le défendrai avec ma vie, jusqu'à ce que je puisse le remettre à qui de droit. Ah, Yun ! Au nom de nos idéaux et de nos convictions, au nom de la patrie, nous avons toutes les deux emprunté la route la moins fréquentée, celle que les femmes ne sont pas supposées suivre. Je suis allée plus loin que toi sur cette route, et c'est pourquoi j'en connais les dangers mieux que toi. Toutes les forces de la nature, y compris celles que les gens considèrent comme les plus douces et les plus inoffensives, peuvent devenir des armes de mort. L'horreur et la brutalité de certaines de ces armes sont impossibles à imaginer si on ne les a pas vues de ses propres yeux. Mais moi, une femme dont tu penses qu'elle ressemble à ta mère, je veux encore te dire une chose : nous avons raison de suivre cette route. Ces armes effroyables, peut-être frapperont-elles un jour tes compatriotes, les êtres qui te sont chers, les tendres chairs du bébé que tu tiendras dans les bras... Et la meilleure manière d'empêcher que cela ne se produise, c'est d'inventer ces armes avant ton ennemi, réel ou potentiel. C'est pourquoi je ne regrette pas la vie que j'ai menée. J'espère qu'il en sera de même pour toi quand tu auras mon âge. Mon enfant, j'ai déménagé vers un endroit que tu ne connais pas, et je ne te contacterai plus. Avant de te dire adieu, je ne t'adresserai pas de ces vœux de bonheur creux dont les soldats n'ont que faire. Je te donnerai seulement un avertissement : prend garde à mes frelons tueurs ! Quelque chose me dit qu'un jour, ils réapparaîtront sur le champ de bataille. Et quand ils réapparaîtront, ce ne sera pas par petits essaims de mille ou deux mille, mais par dizaines ou par centaines de millions, et ils couvriront la terre et le ciel comme un nuage noir cachant le soleil. En un instant, peut-être anéantiront-ils un groupe d'armée entier. Prends garde à eux – puisses-tu ne jamais les rencontrer sur le champ de bataille, mon enfant ! C'est le seul vœu que je t'adresse."

C'est ainsi que Lin Yun a laissé entrevoir un peu de cette vie intérieure qu'elle avait toujours gardée si profondément enfouie au fond d'elle. Ébranlés, ses auditeurs sont restés silencieux ; mais elle éprouvait manifestement une sorte de soulagement. À ce moment-là, le soleil s'est couché à l'ouest, et un nouveau crépuscule est tombé sur le Gobi. Les nuages illuminés par les derniers rayons du couchant se sont reflétés dans le miroir géant, nimbant tout le monde d'une lueur dorée.

— Ma fille, le passé est le passé. La seule chose que nous pouvons faire maintenant, c'est de prendre nos responsabilités, a dit le général Lin d'une voix lente. Retire tes insignes de col et d'épaules. Tu es maintenant une criminelle, plus un soldat.

À cet instant, le soleil a achevé de disparaître derrière l'horizon et le miroir géant s'est assombri, tout comme les pupilles de Lin Yun. Le chagrin et le désespoir qu'elle éprouvait à ce moment étaient sans doute aussi vastes que le Gobi sur lequel la nuit s'apprêtait à tomber. Ding Yi l'a regardée, et la phrase qu'elle avait jadis prononcée près de la tombe de Zhang Bin a résonné à ses oreilles : *J'ai grandi dans l'armée. Je ne sais pas si je pourrais appartenir corps et âme à quelque chose d'autre. Ou à quelqu'un d'autre.*

Lin Yun a levé la main droite et a touché son insigne de major sur son épaule gauche. Ce n'était cependant pas pour le retirer, mais pour le caresser.

Ding Yi a remarqué que sa main laissait une traînée visuelle en se déplaçant.

Lorsque la main de Lin Yun a touché l'épaulette, le temps a semblé se figer. C'est la dernière image qu'elle a laissée en ce monde. Tout de suite après, son corps a commencé à devenir transparent, et s'est rapidement changé en une silhouette translucide. Puis la Lin Yun quantique a disparu.

Deux chemins divergeaient dans un bois jaune
Désolé de ne pouvoir emprunter les deux
J'ai choisi le moins fréquenté
Et cela a fait toute la différence

VICTOIRE

Lorsque Ding Yi a achevé son récit, il faisait déjà clair dehors. Un nouveau jour se levait sur la ville en guerre.

— Tu as de l'imagination. Si c'était pour me consoler, tu as réussi, ai-je déclaré.

— Tu penses vraiment que je serais capable d'inventer tout ça ?

— Son état quantique se serait maintenu aussi longtemps sans s'effondrer, alors que vous étiez tous en train de l'observer ?

— En fait, depuis que j'ai découvert l'existence d'un état quantique à l'échelle macroscopique, il y a un problème qui n'a cessé de m'obséder : à l'état quantique, il existe une différence majeure entre un individu conscient et les particules ordinaires dépourvues de conscience. Dans notre description de la fonction d'onde de cet individu, nous avons omis un paramètre capital – ou, pour parler plus concrètement, nous avons omis un observateur.

— Un observateur ? Quel observateur ?

— Cet individu lui-même. À la différence des particules quantiques ordinaires, un individu conscient à l'état quantique est aussi son propre observateur.

— Admettons. Mais à quoi sert le fait qu'il s'observe lui-même ?

— Tu l'as bien vu. Il peut contrebalancer les autres observateurs, et empêcher l'état quantique de s'effondrer.

— Et comment a lieu cette auto-observation ?

— C'est sans aucun doute un processus mental d'une extrême complexité. Je crains que cela ne dépasse notre imagination.

Plein d'espoir, j'ai posé la question cruciale :

— Alors, elle reviendra encore de cette manière ?

— Sans doute pas. Lorsqu'un objet entre en résonance avec l'énergie dégagée par la macro-fusion, même une fois la résonance achevée, la probabilité de son état "existant" reste pendant un certain temps supérieure à celle de son état "détruit". C'est la raison pour laquelle nous avons pu observer tous ces nuages de probabilités au moment de la fusion. Mais avec le passage du temps, il se produit une dégradation progressive de l'état quantique, et la probabilité de l'état "détruit" finit par être plus élevée que celle de l'état "existant".

— Oh…

J'ai poussé un soupir qui venait du plus profond du cœur.

— Mais si faible soit la probabilité de l'état "existant", elle existe tout de même.

— Comme l'espoir, ai-je dit, m'efforçant de surmonter la faiblesse qui envahissait mon esprit.

— Oui, comme l'espoir, a répondu Ding Yi.

Comme en réponse aux paroles de Ding Yi, une clameur nous est parvenue depuis l'extérieur. Je me suis approché de la fenêtre pour regarder en bas. Dehors, il y avait déjà beaucoup de monde et une foule de plus en plus nombreuse continuait à jaillir des immeubles. Rassemblés en petits groupes, les gens discutaient ici et là avec excitation. Le plus frappant était leur expression : ils avaient tous des sourires radieux, comme si le soleil s'était levé en avance.

Depuis le début de la guerre, c'était la première fois que je voyais ce genre de sourire ; et contre toute attente, il était maintenant sur tous les visages en même temps.

— Descendons, a dit Ding Yi en ramassant la demi-bouteille d'*erguotou* sur la table.

— Pourquoi tu emportes la bouteille ?

— Nous en aurons peut-être besoin en bas. Bien sûr, si jamais je me trompe, il ne faudra pas te moquer de moi.

Dès que nous sommes arrivés au bas de l'immeuble, un homme s'est détaché de la foule et est venu vers nous en courant. C'était Gao Bo. Je lui ai demandé ce qui se passait.

— La guerre est finie ! a-t-il hurlé.

— Nous avons capitulé ?

— Nous avons gagné ! La coalition ennemie a été dissoute. Ils ont tous décrété un cessez-le-feu unilatéral et ils ont commencé à retirer leurs troupes. On a gagné !

— Tu rêves !

Mon regard est passé de Gao Bo à Ding Yi. Celui-ci n'avait pas l'air surpris.

— C'est toi qui rêves ! Tout le monde a passé la nuit à suivre les négociations. Qu'est-ce que tu faisais ? Tu ronflais ?

Sur ces paroles, Gao Bo, rayonnant de joie, est parti se joindre à une foule plus nombreuse.

— Tu t'y attendais ? ai-je demandé à Ding Yi.

— Je n'ai pas ce genre de clairvoyance. Mais le père de Lin Yun l'avait prédit. Après la disparition de Lin Yun, il nous a confié que la macro-fusion allait sans doute mettre fin à la guerre.

— Pourquoi ?

— C'est très simple, en fait. Quand la vérité a filtré sur la destruction des puces électroniques, le monde entier a été terrifié.

J'ai secoué la tête en riant :

— Impossible ! Même nos armes thermonucléaires ne leur ont pas fait peur.

— C'est différent. Il y a une possibilité à laquelle tu n'as pas songé.

J'ai regardé Ding Yi sans comprendre.

— Imagine que nous faisions sauter la totalité de nos bombes atomiques sur notre propre territoire, qu'est-ce qui se passerait ?

— Seuls des idiots feraient ça.

— Maintenant imaginons que nous disposions d'un grand nombre de macro-noyaux atomiques capables de détruire les circuits intégrés, disons une centaine, et que nous les faisions fusionner les uns après les autres sur notre territoire – ce serait toujours idiot ?

En suivant la pensée de Ding Yi, j'ai soudain compris de quoi il parlait. La première macro-fusion avait détruit toutes les puces électroniques dans la zone qui l'entourait. Si nous procédions maintenant, au même endroit que la première fois, à une deuxième macro-fusion identique, il n'y aurait plus rien dans les environs pour affaiblir son énergie. La vague d'énergie traverserait donc toute la zone couverte par la première fusion et irait détruire toutes les puces électroniques dans un rayon encore plus étendu, jusqu'à ce qu'elle soit à nouveau affaiblie par les puces rencontrées sur sa route. De la même manière, en continuant à déclencher fusion après fusion au même endroit, l'énergie finirait progressivement par faire le tour du monde ; à ce moment-là, la Terre entière serait transparente pour elle. Il ne faudrait peut-être qu'une centaine de cordes de ce type pour ramener la planète entière à l'ère préindustrielle !

Et il y avait un autre point important. Le recours inconsidéré aux armes nucléaires traditionnelles conduirait assurément à la destruction mutuelle de l'humanité tout entière. Quelle que soit la situation, c'est une décision qu'aucun dirigeant politique doté d'un minimum de sagesse n'oserait prendre ; et même si un décideur fou en arrivait à prendre une telle décision, ses ordres ne seraient sans doute pas appliqués. Mais la macro-fusion était différente. Elle permettait d'atteindre les objectifs stratégiques d'un conflit sans faire une seule victime. Par rapport aux armes nucléaires, c'était une décision relativement facile à prendre. Et si un pays était acculé, il pourrait tout à fait décider d'y recourir.

Provoquer une série de macro-fusions visant les circuits intégrés reviendrait à formater le disque dur de la planète ; et les pays les plus avancés technologiquement étaient aussi ceux qui en souffriraient le plus. Tandis que le monde s'efforcerait de revenir à l'âge de l'information, un nouvel ordre mondial impossible à prévoir se mettrait en place.

C'est en comprenant cela que j'ai réalisé que je ne rêvais pas, que la guerre était bel et bien finie. Comme si une corde s'était soudain brisée en moi, mes jambes m'ont lâché et j'ai dû m'asseoir par terre. Je suis resté là, hébété, jusqu'au lever du soleil, et lorsque la chaleur trompeuse des premiers rayons du soleil s'est posée sur moi, j'ai couvert mon visage de mes mains et j'ai pleuré.

Autour de moi, les cris de joie déferlaient comme des vagues. Je me suis enfin levé, le visage plein de larmes. Ding Yi s'était depuis longtemps joint à la foule en liesse et avait disparu je ne sais où. Mais quelqu'un s'est approché de moi et m'a étreint, puis je suis à mon tour allé étreindre quelqu'un d'autre. En ce glorieux matin, je ne sais combien de gens j'ai ainsi étreints. Lorsque ce joyeux étourdissement a commencé à retomber, je me suis rendu compte que j'étais en train de serrer une jeune fille dans mes bras. Après nous être lâchés, nous nous sommes brièvement toisés du regard, et nous sommes tous les deux restés stupéfaits.

Nous nous connaissions – c'était la jolie jeune fille qui m'avait jadis parlé dans la bibliothèque, au milieu de la nuit, bien des années plus tôt ; celle qui m'avait dit que j'avais un but particulier et m'avait demandé ce que je cherchais. J'ai mis longtemps à me souvenir de son nom : Dai Lin.

LA ROSE QUANTIQUE

Deux mois plus tard, je me suis marié avec Dai Lin.

Après la guerre, les gens ont commencé à vivre de manière beaucoup plus traditionnelle. Les célibataires fondaient tous une famille. Les couples sans enfants se mettaient tous à avoir des enfants. La guerre avait appris aux gens à chérir ce qu'ils avaient jadis considéré comme allant de soi.

L'économie se remettait lentement. La vie restait difficile, mais par certains aspects, elle était aussi plus douce qu'avant. Je n'ai jamais raconté à Dai Lin tout ce qui m'était arrivé après l'université, et elle n'a jamais parlé de cette période non plus. De toute évidence, au cours de cette époque désormais révolue, nous avions tous vécu des choses auxquelles nous n'aimions pas repenser. La guerre nous avait enseigné que les seules choses dignes d'attention étaient le présent et l'avenir. Quelques mois plus tard, nous avons eu un enfant.

Au cours de cette période, la seule chose qui est venue rompre la routine de cette existence à la fois banale et affairée a été la visite d'un Américain. Il s'est présenté comme un certain Norton Parker, astronome, et m'a dit que je devais le connaître. Quand il a mentionné le programme

SETI@home, j'ai soudain réalisé qui il était. Je me suis souvenu qu'il dirigeait le programme de recherche de civilisations extraterrestres SETI, à l'époque où Lin Yun et moi avions pénétré par effraction dans leur serveur de calcul distribué pour y introduire en fraude notre propre modèle mathématique de foudre en boule. Cet épisode me paraissait maintenant appartenir à une autre vie. Nos premières recherches sur la foudre en boule étaient désormais une histoire bien connue du grand public, et il n'avait pas dû être très difficile pour lui de me retrouver.

— Il y avait aussi une jeune fille, je crois ? m'a-t-il demandé.

— Elle n'est plus de ce monde.

— Morte pendant la guerre ?

— En quelque sorte.

— Maudite guerre… Mais je suis venu vous présenter le projet d'application pratique de la foudre en boule que je dirige actuellement.

Le secret de la foudre en boule avait déjà été rendu public ; capturer et exciter des macro-électrons pour en faire des boules de foudre était presque devenu un processus industriel. Les recherches civiles sur la foudre en boule se développaient à toute vitesse et présentaient toutes sortes d'applications incroyables, comme de détruire les cellules cancéreuses dans le corps d'un patient sans nuire aux autres cellules. Mais Parker m'a expliqué que leur programme revêtait une signification qui allait bien au-delà de ces simples applications.

— Nous sommes maintenant en train de traquer et d'observer un nouveau phénomène relatif à la foudre en boule : en l'absence de tout observateur, certaines boules de foudre se maintiennent dans un état réduit non quantique.

Je ne voyais rien d'extraordinaire à cela :

— Nous avons aussi été confrontés plusieurs fois à ce genre de phénomène. Mais chaque fois, nous avons fini par découvrir qu'un ou plusieurs observateurs difficiles à repérer nous avaient échappé. La fois qui m'a le plus marqué, c'était sur un champ de tir, où nous avons par la suite réalisé que l'observateur qui provoquait l'effondrement de l'état quantique était un satellite de reconnaissance au-dessus de nous.

Parker a continué :

— C'est bien pour cette raison que nous avons choisi de conduire nos expériences sur des sites capables de faire écran à n'importe quel observateur, par exemple dans des puits de mine abandonnés. Nous avons retiré tout le personnel et tous les instruments de mesure. Il ne pouvait subsister aucun observateur d'aucune sorte. Le dispositif d'accélération des boules de foudre était entièrement automatisé ; les boules étaient projetées vers des cibles et nous observions ensuite les points d'impact pour déterminer si les boules de foudre s'étaient ou non trouvées à l'état réduit pendant l'expérience.

— Quels ont été les résultats ?

— À ce jour, nous avons fait des tests dans trente-cinq puits différents. Les résultats ont été normaux dans la plupart des cas. Mais dans deux séries de tests, au fond d'un puits dépourvu de tout observateur, les boules de foudre sont restées dans leur état réduit du début à la fin.

— Et vous pensez que ces résultats remettent en question la mécanique quantique ?

— Oh, non, la mécanique quantique n'est pas en faute. Mais n'oubliez pas ma spécialité d'origine… Nous nous appuyons sur la foudre en boule pour chercher des extraterrestres.

— Hein ?

— Pendant nos expériences au fond des mines, il n'y avait aucun observateur humain, ni aucun dispositif d'observation conçu par l'homme. Mais la foudre en boule est restée à l'état réduit. Cela ne peut signifier qu'une seule chose : qu'il existe un observateur extérieur à l'humanité.

Mon intérêt a immédiatement été éveillé :

— Ces observateurs doivent être particulièrement puissants, pour être capables de voir à travers l'écorce terrestre !

— Mais c'est la seule explication rationnelle.

— Et vous pouvez reproduire ces deux expériences ?

— Plus maintenant. Mais sur ces deux sites, toutes les premières expériences ont donné pour résultat des états réduits non quantiques. Le phénomène a duré trois jours – puis les résultats sont soudain redevenus normaux, et les tests débouchaient de nouveau sur des états quantiques.

— On pourrait l'expliquer ainsi : le super-observateur a réalisé que nous avions remarqué sa présence.

— Peut-être bien. C'est pourquoi nous sommes maintenant en train de mettre au point des expériences à plus grande échelle, dans le but d'obtenir davantage de données sur ce phénomène.

— Docteur Parker, vos recherches ont en effet une signification énorme. Si l'on pouvait vraiment prouver qu'un super-observateur est en train de nous observer, l'espèce humaine serait peut-être plus attentive à son propre comportement… En vérité, les sociétés humaines ressemblent beaucoup à un état quantique indéterminé, et un super-observateur pourrait les obliger à se réduire à un état plus raisonnable.

— Si l'on avait découvert ce super-observateur un peu plus tôt, la guerre aurait peut-être pu être évitée.

Les recherches de Parker m'ont incité à rendre visite à Ding Yi. À ma grande surprise, j'ai découvert qu'il vivait avec une femme. C'était une ancienne danseuse, qui s'était retrouvée au chômage à cause de la guerre. C'était de toute évidence une fille à l'esprit très simple, et je me suis demandé comment ils s'étaient retrouvés ensemble. Ding Yi avait apparemment appris à profiter de la vie en dehors de la physique… Évidemment, un excentrique comme lui n'aspirait certainement pas au mariage ou à d'autres ennuis du même genre, mais heureusement, cette fille ne semblait pas non plus avoir de telles intentions. Quand je suis arrivé, Ding Yi était absent, et elle était toute seule dans son grand appartement. L'intérieur n'était plus aussi dépouillé que la dernière fois : outre les feuilles de calcul de Ding Yi, il y avait maintenant aussi toutes sortes de décorations puériles. Dès que je lui ai dit que j'étais un ami de Ding Yi, elle a voulu savoir si Ding Yi avait une autre amante.

— J'imagine que la physique compte comme une amante, ai-je répondu en toute franchise. Personne d'autre qu'elle ne peut occuper la première place dans le cœur de Ding Yi.

— Je m'en fiche de la physique. Je veux savoir s'il y a une autre femme dans sa vie.

— Je ne pense pas. Sa tête est déjà bien pleine, il n'aurait pas la place pour y mettre deux femmes.

— Mais j'ai entendu dire que pendant la guerre, il était très proche d'une jeune major.

— Oh, ils étaient juste collègues et amis. De toute façon, elle nous a déjà quittés.

— Je sais… Mais tu sais quoi ? Tous les jours il regarde la photo de cette fille, et il la nettoie.

Mon esprit était ailleurs au début de la conversation, mais ma curiosité s'est soudain réveillée :

— Une photo de Lin Yun ?!

— Oh, alors elle s'appelle Lin Yun ! Elle a l'air d'une espèce de prof. Il y a aussi des profs dans l'armée ?

Encore plus stupéfait, j'ai insisté pour voir la photo. La fille m'a emmené vers la bibliothèque, elle a ouvert un tiroir et en a sorti une photo conservée dans un délicat cadre argenté. Elle m'a dit d'un air mystérieux :

— C'est celle-là. Tous les soirs avant de dormir il la regarde en cachette. Un jour je lui ai dit : "Tu n'as qu'à la mettre sur ton bureau, je m'en fiche !" Mais il n'a pas voulu la sortir du tiroir, tous les jours il la regarde et il l'époussette en cachette.

J'ai pris le cadre en le tenant tourné vers le bas. Les yeux mi-clos, j'ai attendu que les battements de mon cœur se soient stabilisés. La fille devait sûrement me regarder avec étonnement. J'ai brusquement retourné le cadre, j'ai ouvert les yeux, et j'ai regardé. J'ai tout de suite compris pourquoi la fille pensait que Lin Yun était professeur.

Elle était avec un groupe d'enfants.

Elle se tenait au milieu des enfants, toujours vêtue de son impeccable uniforme de major. Sur son visage resplendissait un sourire radieux ; elle était d'une beauté plus fascinante que jamais. En examinant les enfants autour d'elle, j'ai tout de suite reconnu la troupe d'enfants qui avaient été incinérés avec les terroristes dans la centrale nucléaire. Ils arboraient eux aussi un doux sourire, ils étaient manifestement très heureux. J'ai notamment remarqué une petite fille que Lin Yun serrait contre elle. C'était une adorable petite fille, qui souriait si fort que ses yeux étaient réduits à une fente. Mais ce qui a attiré mon attention, c'est surtout sa main gauche.

Elle n'avait pas de main gauche.

Lin Yun et les enfants se tenaient sur une pelouse impeccablement taillée, sur laquelle on voyait aussi plusieurs petits animaux blancs. Derrière eux, se dressait un bâtiment qui m'était familier – le grand entrepôt reconverti en laboratoire d'excitation des macro-électrons, dans lequel nous avions entendu un bêlement de mouton à l'état quantique. Sur les murs du bâtiment étaient peints des animaux de bande dessinée de toutes les couleurs, ainsi que des ballons, des fleurs, et toutes sortes d'autres choses du même genre. Paré de ces couleurs éclatantes, tout le bâtiment ressemblait à un gros jouet.

Depuis la photo, Lin Yun me regardait avec un sourire émouvant. Dans son regard clair, j'ai pu voir des choses qu'elle n'avait jamais connues de son vivant : le bonheur d'avoir un chez-soi, une paix venue du plus profond de l'âme. Elle m'a fait penser à un petit bateau solitaire, qui avait enfin jeté l'ancre dans un port calme et reculé, oublié du monde.

J'ai délicatement remis la photo dans le tiroir. Je me suis retourné et je suis sorti sur le balcon. Je ne voulais pas que l'amante de Ding Yi voie les larmes qui coulaient sur mon visage.

Par la suite, Ding Yi ne m'a jamais parlé de cette photo. Il n'a même jamais mentionné Lin Yun. Je n'ai rien osé lui demander. C'était un secret qu'il gardait enfoui tout au fond de lui. Quant à moi, j'ai bientôt eu mon propre secret.

C'était une nuit à la fin de l'automne. J'avais travaillé jusqu'à deux heures du matin à mon bureau. En relevant la tête, mon regard s'est posé sur le vase en améthyste qui se trouvait sur le bureau. C'est Ding Yi qui me l'avait offert pour mon mariage. Il était très joli, mais les deux fleurs que nous y avions placées – je ne me rappelais même plus quand – étaient fanées depuis longtemps. J'ai sorti les fleurs du vase et je les ai jetées dans la corbeille à papier, en pensant avec un sourire amer : *Les responsabilités de la vie sont de jour en jour plus pesantes. Je me demande bien quand nous aurons le temps de remettre des fleurs fraîches dans ce vase…*

Je me suis adossé à ma chaise en fermant les yeux, et je suis resté assis sans penser à rien. Tous les jours, au cœur de la nuit, je passais un moment ainsi. C'était le moment le plus paisible de la journée ; j'avais l'impression d'être la seule personne encore éveillée au monde.

J'ai soudain senti un agréable parfum.

C'était un parfum qui ne dégageait aucune note sucrée, mais plutôt une sorte de subtile et délicieuse amertume, qui m'évoquait une verte prairie inondée de soleil après l'orage, la dernière trace d'un nuage dans un vaste ciel bleu, le tintement évanescent d'une clochette au fond d'un profond val silencieux... Cette fois, il était plus ténu que jamais, je l'avais à peine remarqué qu'il s'était déjà évanoui. Mais quand j'ai cessé de concentrer mon attention sur mon odorat, il est à nouveau apparu.

— *Tu aimes ce parfum ?*

— *Oh... euh... dans l'armée, ce n'est pas interdit de mettre du parfum ?*

— *C'est parfois autorisé.*

— C'est toi ? ai-je demandé à voix basse, sans ouvrir les yeux.

Aucune réponse.

— Je sais que c'est toi, ai-je répété, les yeux toujours fermés.

Toujours aucune réponse. Tout était très silencieux.

J'ai brusquement ouvert les yeux. Dans le vase d'améthyste sur le bureau, il y avait une rose bleue. La rose a disparu à l'instant même où je l'ai aperçue, et il n'y avait plus devant moi qu'un vase vide. Mais la rose s'était gravée dans mon esprit jusque dans ses moindres détails. Elle débordait de vitalité, et dégageait en même temps une aura glaciale.

J'ai fermé les yeux et je les ai rouverts. La rose n'est pas réapparue, mais je savais qu'elle était là, posée dans le vase d'améthyste.

— À qui tu téléphones ? m'a demandé ma femme en se redressant sur le lit, à moitié endormie.

— Ce n'est rien. Dors, ai-je doucement répondu.

Je me suis relevé et j'ai pris le vase avec d'infinies précautions. Avec d'infinies précautions, je l'ai à demi rempli d'eau claire, et avec d'infinies précautions je l'ai replacé sur le bureau. Puis je suis resté là à le regarder jusqu'au matin.

Ayant vu de l'eau dans le vase, ma femme a ramené un bouquet de fleurs fraîches en rentrant du travail. Au moment où elle s'apprêtait à les mettre dans le vase, je l'ai arrêtée.

— Non. Il y a une fleur dedans.

Elle m'a regardé bizarrement.

— C'est une rose bleue, ai-je ajouté.

— Ah, et en plus c'est la variété la plus chère ! a-t-elle répondu en riant, pensant évidemment que je plaisantais.

Elle a de nouveau pris le vase pour y mettre ses fleurs.

Je lui ai arraché le vase, et je l'ai doucement reposé sur le bureau, puis je lui ai retiré les fleurs de la main, et je les ai jetées dans la corbeille.

— Je t'ai dit qu'il y avait déjà une fleur dedans, qu'est-ce qui te prend !?

Elle m'a regardé un instant, hébétée, puis m'a dit :

— Je sais qu'au fond de ton cœur, tu as ton propre jardin secret. J'en ai un aussi ; après tout, il s'est passé tant d'années depuis l'université… Tu peux garder ton jardin secret. Mais tu n'as pas le droit de le faire entrer dans notre vie !

— Il y a vraiment une fleur dans ce vase, une rose bleue, ai-je marmonné d'une voix plus basse.

Elle est partie en pleurant, couvrant son visage de ses mains.

C'est ainsi que cette invisible rose bleue, dans son vase de cristal violet, a créé un fossé entre Dai Lin et moi.

— J'exige que tu me dises qui est la personne imaginaire qui a mis cette rose imaginaire dans ce vase ! Sinon je vais devenir folle ! m'a-t-elle dit à plusieurs reprises.

— Elle n'est pas imaginaire. Il y a vraiment une rose dans le vase, une rose bleue, lui répondais-je chaque fois.

Est arrivé un jour où le fossé qui s'était creusé entre nous est devenu infranchissable. C'est finalement notre fils qui a sauvé notre mariage. Un matin, au réveil, il a dit en bâillant :

— Maman, dans le vase d'améthyste sur le bureau, il y a une rose, une rose toute bleue, elle est jolie ! Mais dès qu'on la regarde elle n'est plus là.

Ma femme m'a regardé avec panique. La première fois que nous nous étions querellés à ce sujet, notre fils n'était pas là. Par la suite, nous ne nous étions jamais disputés devant lui. Il était impossible qu'il ait entendu parler de cette histoire de rose bleue.

Deux jours plus tard, au milieu de la nuit, ma femme s'est endormie à son bureau en rédigeant un article scientifique. Quand elle s'est réveillée, elle est venue me secouer. Elle avait un regard affolé :

— Je viens de me réveiller, et j'ai senti une odeur… un parfum de rose. Ça venait de ce vase ! Mais quand j'ai essayé de la sentir de plus près, l'odeur avait disparu. Je t'assure, je n'ai pas rêvé… C'était vraiment un parfum de rose, je ne te raconte pas d'histoires !

— Je sais que tu ne me racontes pas d'histoires. Il y a vraiment une rose dans ce vase, une rose bleue, ai-je répondu.

Par la suite, elle n'a plus jamais mentionné cette affaire. Elle a laissé le vase à sa place, et parfois elle l'époussetait même soigneusement, en le tenant toujours à la verticale, comme si elle craignait de faire tomber la rose qui était à l'intérieur. Plusieurs fois, elle a même rempli le vase après que l'eau s'était évaporée.

Je n'ai plus jamais revu la rose bleue, mais savoir qu'elle est là me suffit. Parfois, à l'heure la plus silencieuse de la nuit, je place le vase d'améthyste sur le rebord de la fenêtre, et je lui tourne le dos. Quand je me tiens ainsi, je peux souvent sentir un imperceptible parfum de fleur, et je sais qu'elle est là. Avec les yeux de l'âme, je peux la voir dans les moindres détails, et je caresse délicatement chacun de ses pétales, en la regardant osciller doucement dans la brise nocturne qui s'engouffre par la fenêtre… C'est une rose que je ne peux voir qu'avec le cœur.

Mais j'ai encore espoir de la revoir de mes propres yeux au cours de cette vie. D'après Ding Yi, du point de vue de la mécanique quantique, la mort n'est qu'un processus par lequel un observateur fort se transforme en observateur faible, puis en non-observateur. Quand je deviendrai à mon tour un observateur faible, la vitesse à laquelle le nuage de probabilités de la rose bleue se réduit à son état détruit se ralentira, et j'espère que je pourrai alors l'apercevoir.

Quand j'arriverai au bout de cette vie solitaire, quand j'ouvrirai pour la dernière fois les yeux, aux portes de la mort, toutes mes idées et tous mes souvenirs s'évanouiront dans l'abîme du passé, et je reviendrai aux émotions et aux rêveries innocentes de l'enfance ; et c'est à ce moment que la rose quantique me sourira.

Niangziguan – 16 décembre 2000 (première version)
Niangziguan – 29 avril 2004 (deuxième version)

NOTE

C'était par une nuit d'orage. Chaque fois que fulgurait la lumière bleue d'un éclair, les gouttes de pluie à l'extérieur se figeaient brièvement dans une clarté absolue. La tempête avait commencé à la tombée de la nuit, et depuis, les éclairs et le tonnerre n'avaient cessé de redoubler d'intensité. Après un éclair aveuglant, elle est apparue sous un grand arbre, flottant doucement dans les airs, sa lueur rouge orangé illuminant les gouttelettes de pluie tout autour d'elle. En flottant, elle semblait aussi émettre un son qui ressemblait à celui d'un *xun*. Au bout d'une dizaine de secondes, elle a disparu…

Ceci n'est pas un roman de science-fiction : c'est une scène que l'auteur a vue de ses propres yeux pendant l'été 1981, au cours d'une tempête dans la ville de Handan, dans la province du Hebei. Cela se passait à l'extrémité sud de la rue Zhonghua ; à l'époque, c'était un quartier encore assez reculé, il suffisait de continuer un peu pour se retrouver en plein milieu des champs.

La même année, *2001 : l'Odyssée de l'espace* et *Rendez-vous avec Rama* d'Arthur C. Clarke sont parus en Chine. C'étaient les premiers grands classiques de la science-fiction à être traduits en Chine en dehors des œuvres de Jules Verne et de H. G. Wells.

J'ai eu beaucoup de chance à ces deux égards. En effet, à peine 1 % des gens affirment avoir vu une boule de foudre au cours de leur vie (un chiffre que j'ai trouvé dans un article scientifique d'un magazine de météorologie chinois, mais que je suspecte d'être trop élevé). Pour ce qui est des deux romans d'Arthur C. Clarke, il n'y a peut-être pas plus d'une personne sur dix mille qui les ait lus en Chine.

Ce sont ces deux romans qui ont façonné mes idées en matière de science-fiction, des idées qui n'ont pas changé à ce jour. Avant de les avoir lus, j'avais retiré des romans de Jules Verne l'impression que l'essence de la science-fiction consistait à prédire toutes sortes de grandes machines qui existeraient peut-être un jour dans l'avenir. Mais Clarke m'a fait changer d'avis ; il m'a fait comprendre que la véritable beauté de la science-fiction consistait à créer un objet imaginaire (comme le monolithe de *2001 : l'Odyssée de l'espace*) ou un monde imaginaire (comme le vaisseau de *Rendez-vous avec Rama*). Ces entités imaginaires n'ont jamais existé dans le passé et n'existent pas dans le présent ; mais d'un certain point de vue, après avoir été imaginées par leur auteur, elles se sont mises à exister, et n'ont besoin d'aucune confirmation ou promesse d'avenir supplémentaire. C'est même l'inverse : si jamais ces créations de l'esprit venaient par le plus grand des hasards à se réaliser un jour, elles perdraient beaucoup de leur charme. Chez Clarke, les créations qui ont le plus fasciné les lecteurs sont le monolithe de *2001* et le vaisseau de *Rama*, tandis que son idée d'ascenseur spatial, qui pourrait un jour devenir réalité, est loin d'avoir aussi profondément marqué les esprits ; quant aux satellites de télécommunications, qui sont déjà une réalité, ils exercent encore moins d'attrait.

De même que la littérature générale a offert aux lecteurs une galerie de personnages hauts en couleur, les romans de science-fiction occidentaux nous ont légué un grand nombre d'univers imaginaires : outre le monolithe et le *Rama* de Clarke, on trouve encore l'immense empire galactique et le monde des robots qu'Asimov a délicatement édifiés sur les trois lois de la robotique, l'extraordinaire complexité de l'empire de Dune chez Herbert, le Monde vert d'Aldiss, les mondes construits à partir des lois de la physique de Hal Clement, et bien d'autres tours de Babel à l'existence impossible du point de vue des sciences naturelles ou de l'histoire. Ces mondes imaginaires sont cependant construits de manière si précise et vivante que le lecteur finit bien souvent par se demander s'ils n'existent pas bel et bien dans un autre espace-temps.

Si l'on examine en revanche la science-fiction chinoise, sa plus grosse lacune est de ne nous avoir légué aucun univers de ce type. Les auteurs de science-fiction chinois ne semblent pas spécialement avoir envie de créer leur propre univers ; ils se contentent de développer leur intrigue dans des univers créés par d'autres. Nos univers de science-fiction sont des univers familiers, dans lesquels il ne reste qu'à ajouter une histoire.

Créer un monde imaginaire aussi vivant que nature jusque dans ses moindres détails est une entreprise ardue. Il faut des idées profondes, il faut être inventif au niveau macroscopique aussi bien que microscopique, il faut manier l'imagination avec adresse et compétence, il faut l'audace et la vision d'un Créateur faisant jaillir sa Création du néant ; et ces deux derniers points sont précisément ce qui fait le plus défaut à notre culture. Mais si nous ne sommes pas encore capables, pour le moment, de créer un univers entier, ne pouvons-nous pas ajuster nos ambitions, et inventer au moins un nouvel objet à l'intérieur de notre univers ? C'est le but dans lequel j'ai écrit ce roman.

La foudre en boule est jusqu'à présent restée une énigme pour la science. Mais on parvient déjà à la reproduire en laboratoire (bien qu'il faille près de sept mille expériences pour arriver à en créer une seule) et le voile ne devrait pas tarder à être définitivement levé sur cette énigme. Lorsque cela se produira, une chose est certaine : vous découvrirez que la vraie nature de la foudre en boule n'a rien à voir avec le phénomène décrit dans ce roman. Comprendre ce qu'est véritablement la foudre en boule n'est pas l'affaire de la science-fiction et n'est de toute façon pas à sa portée. Tout ce que nous pouvons faire, c'est décrire ce que nous montre notre imagination, et créer une nouvelle figure de science-fiction

– avec cette différence par rapport à la littérature générale que cette figure n'est pas un personnage.

Depuis que j'ai vu de mes propres yeux une boule de foudre, il y a près de vingt ans, je n'ai pu m'empêcher d'imaginer toutes sortes d'explications à son sujet. Ce roman présente l'une de ces explications, qui n'est pas celle que j'estime être la plus proche de la réalité, mais celle que je pense être la plus intéressante et la plus romantique. Ce n'est qu'un objet sorti de mon imagination : un espace courbe bouillonnant d'énergie, une bulle évanescente vacillant entre existence et inexistence, un électron de la taille d'un ballon de foot. Le monde dans lequel se déroule le roman est le monde gris de notre propre réalité – le ciel et les nuages gris, les paysages de montagne gris, l'océan gris, les individus gris et la vie quotidienne grise qui nous sont familiers. Mais dans la grisaille du monde réel, échappant à l'attention des hommes, flotte cette petite chose qui le transcende, comme un petit grain de poussière qui se serait échappé du pays des rêves pour nous laisser entrevoir l'immensité et le mystère de l'univers, pour nous suggérer que dans cet univers existe peut-être un autre monde, entièrement différent de notre réalité…

Liu Cixin
11 janvier 2001

TABLE

Retrouvez la trilogie magistrale
du *Problème à trois corps*
dans la collection Babel.

LE PROBLÈME À TROIS CORPS
traduit du chinois par Gwennaël Gaffric

En pleine Révolution culturelle, le pouvoir chinois construit la base militaire secrète de Côte Rouge, destinée à développer une arme de grand calibre. Ye Wenjie, une jeune astrophysicienne en cours de "rééducation", intègre l'équipe de recherche. Dans ce lieu isolé où elle croit devoir passer le restant de sa vie, elle est amenée à travailler sur un système de télétransmissions dirigé vers l'espace et découvre peu à peu la véritable mission de Côte Rouge…

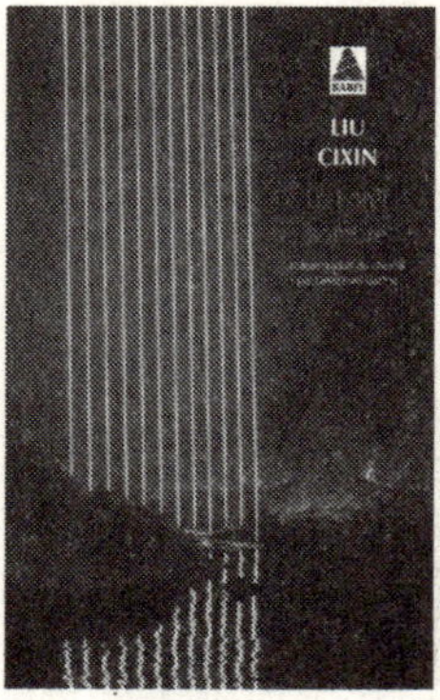

LA FORÊT SOMBRE

traduit du chinois par Gwennaël Gaffric

L'humanité sait qu'il lui reste quatre siècles avant que la flotte trisolarienne n'envahisse le système solaire. Les sciences fondamentales se retrouvant verrouillées par les intellectrons, la Terre doit se préparer du mieux qu'elle peut. Au sein du programme "Colmateur", quatre individus sont chargés d'envisager des stratégies secrètes pour contrer l'invasion ennemie. Car s'ils peuvent espionner toutes les conversations et tous les ordinateurs grâce aux intellectrons, les Trisolariens sont en revanche incapables de lire dans leurs pensées.

LA MORT IMMORTELLE
traduit du chinois par Gwennaël Gaffric

Lorsqu'une ingénieure en aéronautique originaire du début du XXIe siècle sort de son hibernation, elle réveille avec elle le souvenir d'un programme qui confronte l'humanité à un choix crucial : il en va en effet de la survie des Terriens… Après Le Problème à trois corps *et* La Forêt sombre, *Liu Cixin referme l'un des cycles de science-fiction les plus ambitieux de ce siècle.*

OUVRAGE RÉALISÉ
PAR L'ATELIER GRAPHIQUE ACTES SUD
REPRODUIT ET ACHEVÉ D'IMPRIMER
EN JANVIER 2022
PAR NORMANDIE ROTO IMPRESSION S.A.S.
À LONRAI
POUR LE COMPTE DES ÉDITIONS
ACTES SUD
LE MÉJAN
PLACE NINA-BERBEROVA
13200 ARLES

DÉPÔT LÉGAL
1re ÉDITION : OCTOBRE 2021
N° impr. : 2107118
(Imprimé en France)